Queridos leitores,

ESTAMOS DE VOOOOOLTA! Uau, nós ganhamos uma sequência!! Pessoal!! Não consigo nem começar a explicar como tudo isso continua sendo surreal para mim, e tudo graças a vocês! Vocês mostraram seu apoio a *After* de uma forma tão incrível que o mundo inteiro notou, e vocês fizeram de *After* o filme independente mais visto de 2019! Foi por causa de vocês que ganhamos TRÊS prêmios Teen Choice Awards! Vocês são simplesmente a melhor comunidade de fãs do mundo.

Vamos poder ver mais um capítulo da história de Hessa em *After — Depois da verdade*. Ouvimos suas opiniões sobre *After* e fizemos o novo filme pensando em vocês. Espero que vocês amem da mesma forma como amaram este livro (ou pelo menos perto disso :P). Eu amo todos vocês, e estou empolgadíssima para começar esta nova jornada com vocês enquanto o mundo assiste a *After — Depois da verdade*. Mal posso esperar ;)

Por enquanto, muito obrigada por tudo e, como um pequeno agradecimento, escrevi um capítulo que TANTA gente pediu <3 Se você ainda não leu a série toda, CUIDADO COM O SPOILER ENORME, GIGANTESCO QUE ESSE CAPÍTULO VAI TRAZER.

E, para vocês que não são novos por aqui, aproveitem <3

ANNA TODD

Também de Anna Todd:

After
After – Depois do desencontro
After – Depois da esperança
After – Depois da promessa
Before – A história de Hardin antes de Tessa

ANNA TODD

AFTER

DEPOIS DA VERDADE

Tradução
CAROLINA CAIRES COELHO
JULIANA ROMEIRO

paralela

Copyright © 2014 by Anna Todd
Todos os direitos reservados.

Publicado em Língua Portuguesa por acordo com a Gallery Books, um selo da Simon and Schuster, Inc.

A Editora Paralela é uma divisão da Editora Schwarcz S.A.

Grafia atualizada segundo o Acordo Ortográfico da Língua Portuguesa de 1990, que entrou em vigor no Brasil em 2009.

TÍTULO ORIGINAL After We Collided
CAPA Voltage Pictures
IMAGEM DE MIOLO Departamento de Arte do Grupo Planeta, Espanha
PREPARAÇÃO Alexandre Boide
REVISÃO Mariana Zanini e Renata Lopes Del Nero

Dados Internacionais de Catalogação na Publicação (CIP)
(Câmara Brasileira do Livro, SP, Brasil)

Todd, Anna
  After : depois da verdade / Anna Todd ; tradução Carolina Caires Coelho e Juliana Romeiro. — 1ª ed. — São Paulo : Paralela, 2020. — (After ; 2)

  Título original: After We Collided.
  ISBN 978-85-8439-182-0

  1. Ficção norte-americana I. Título. II. Série.

20-42895   CDD-813

Índice para catálogo sistemático:
1. Ficção : Literatura norte-americana 813

Cibele Maria Dias – Bibliotecária – CRB–8/9427

[2020]
Todos os direitos desta edição reservados à
EDITORA SCHWARCZ S.A.
Rua Bandeira Paulista, 702, cj. 32
04532-002 — São Paulo — SP
Telefone: (11) 3707-3500
editoraparalela.com.br
atendimentoaoleitor@editoraparalela.com.br
facebook.com/editoraparalela
instagram.com/editoraparalela
twitter.com/editoraparalela

*Para todos que estiverem lendo este livro,
com muito, mas muito amor e gratidão.*

Prólogo

HARDIN

Não sinto o cimento gelado sob meu corpo nem a neve se acumulando sobre mim. Tudo o que sinto é um buraco no peito. Estou de joelhos, impotente, vendo Zed arrancar com o carro e sair do estacionamento com Tessa no banco do carona.

Jamais poderia ter imaginado isso — nem em meus sonhos mais insanos imaginaria que sofreria desse jeito. Acho que é isso que chamam de dor da perda. Nunca tive nada nem ninguém para amar, nunca senti a necessidade de ter uma pessoa que fosse completamente minha. Nunca quis me apegar a alguém dessa forma. O pânico — esse pânico filho da puta de perdê-la — não foi algo planejado. Nada disso foi. Era para ser tudo bem fácil: dormir com ela, pegar meu dinheiro e tirar onda com Zed. O de sempre. Só que não foi o que aconteceu. Em vez disso, a loira das saias compridas que gosta de fazer listas de tarefas foi entrando no meu coração, bem devagar, até eu ficar inacreditavelmente apaixonado. Não sabia o quanto a amava até me pegar vomitando numa pia depois de mostrar aos degenerados dos meus amigos a prova da virgindade que roubei.

Como odiei aquilo, cada momento... mas fui até o fim.

Ganhei a aposta, mas perdi a única coisa que um dia me fez feliz. E com isso, perdi também toda a bondade que ela me fez enxergar em mim mesmo. Sentindo a neve encharcar minhas roupas, minha vontade é de culpar meu pai por me transmitir seu vício; culpar minha mãe por ter ficado tanto tempo com ele, ajudando a criar uma criança tão desajustada; culpar Tessa por ter dado bola para mim. Que inferno, quero culpar todo mundo.

Mas não posso. Fui *eu* que fiz isso. Eu a destruí. Destruí tudo o que tínhamos.

Mas vou fazer de tudo para consertar meus erros.

Para onde ela está indo agora? Para algum lugar onde nunca vou encontrá-la?

1

TESSA

"Levou mais de um mês", digo em meio aos soluços, assim que Zed termina de explicar como começou a aposta. Sinto enjoo e fecho os olhos, procurando algum tipo de alívio.

"Eu sei. Ele ficava dando desculpas, pedindo mais tempo e diminuindo o valor que ia receber. Foi estranho. Estava todo mundo pensando que ele estava obcecado para ganhar — para provar alguma coisa ou sei lá —, mas agora entendi." Zed para de falar por um instante, e seus olhos observam atentamente meu rosto. "Ele só falava disso. Aí, naquele dia, quando chamei você para o cinema, ele surtou. Depois de levar você, ele veio falar um monte de merda para mim, para eu ficar longe de você. Mas eu dei risada, achei que ele estava bêbado."

"Ele... ele contou do rio? E... das outras coisas?" Prendo a respiração assim que faço a pergunta. Pela expressão que vejo refletida nos olhos de Zed, já sei a resposta. "Ai, meu Deus." Cubro o rosto com as mãos.

"Ele contou tudo... Tipo, tudo *mesmo*...", ele revela, em voz baixa.

Fico quieta e desligo o celular, que não parou de vibrar desde que saí do bar. Ele não tem o direito de me ligar.

"Onde fica o seu novo alojamento?", Zed pergunta, e percebo que estamos perto do campus.

"Não moro mais em alojamento. Hardin e eu..." Mal consigo terminar a frase. "Ele me convenceu a ir morar com ele, tem só uma semana."

"Não acredito", Zed comenta.

"Sim. Ele não tem a menor... ele é tão...", gaguejo, incapaz de pensar numa palavra apropriada para definir aquele tipo de crueldade.

"Não sabia que as coisas estavam nesse pé. Achei que, depois que a gente tinha visto... sabe como é, a prova... Pensei que ele fosse voltar ao normal, pegar uma garota diferente a cada noite. Mas ele sumiu. Mal falou com a gente, a não ser uma vez, quando apareceu nas docas pedindo para mim e para o Jace não contarmos nada pra você. Ele ofereceu uma bolada para o Jace ficar quieto."

"Dinheiro?", pergunto. Hardin era mesmo muito baixo. A cada revelação doentia, o espaço dentro da caminhonete de Zed parece diminuir mais e mais.

"Pois é. Jace morreu de rir, claro, e disse que ia ficar de boca fechada."

"E você não?", pergunto, lembrando do punho fechado de Hardin no rosto de Zed.

"Não exatamente... Falei que, se ele não contasse logo, eu mesmo ia contar. Ele não ficou muito contente, claro", Zed explica, apontando para o próprio rosto. "Se isso serve de consolo, acho que ele gosta de você."

"Gosta nada. E, mesmo se gostar, não faz diferença", digo e recosto a cabeça na janela.

Hardin descreveu para seus amigos cada beijo e cada toque; tudo o que fiz foi completamente escancarado. Meus momentos mais íntimos. Os únicos momentos íntimos que tenho não são só meus.

"Quer ficar lá em casa? Sem segundas intenções. Tenho um sofá na sala, e você pode ficar até... resolver as coisas", ele oferece.

"Não. Não, obrigada. Mas posso usar seu telefone? Preciso ligar para o Landon."

Zed aponta com o queixo para o telefone no painel do carro e, por um momento, penso em como as coisas teriam sido diferentes se eu não tivesse me afastado de Zed por causa de Hardin depois da fogueira. Eu não teria cometido tantos erros.

Landon atende no segundo toque e me manda ir direto para a casa dele, exatamente como imaginei que faria. É bem verdade que ainda não contei o que está acontecendo, mas ele é muito gentil. Dou o endereço a Zed, e ele fica em silêncio durante a maior parte do trajeto.

"Ele vai me matar por não ter levado você de volta para casa", Zed diz, afinal.

"Em outras circunstâncias eu pediria desculpas por ter envolvido você nisso... mas foram vocês que inventaram essa história toda", digo, com toda a sinceridade. Tenho um pouco de pena de Zed, porque acredito que ele tinha intenções muito melhores que as de Hardin, mas minhas feridas ainda são recentes demais para pensar nisso agora.

"Eu sei." E então oferece: "Se precisar de alguma coisa, me liga."

Respondo com um aceno de cabeça antes de saltar do carro.

Minha respiração condensa nuvens quentes de vapor em meio ao ar gelado. Mas não sinto frio. Não sinto nada.

Landon é meu único amigo, e mora na casa do pai de Hardin. A ironia da situação é evidente.

"Está caindo uma nevasca lá fora", diz Landon, enquanto me coloca para dentro de casa. "Cadê o seu casaco?", ele me dá uma bronca meio de brincadeira antes de fazer uma careta ao me ver melhor sob a luz. "O que aconteceu? O que ele fez?"

Meus olhos esquadrinham a sala, torcendo para que Ken e Karen estejam no andar de cima. "Está tão na cara assim, é?" Enxugo os olhos.

Landon me dá um abraço e enxugo os olhos de novo. Já não tenho forças, nem físicas nem emocionais, para soluçar. Estou chocada demais até para isso.

Ele me dá um copo d'água e diz: "Vai para o seu quarto".

Eu me esforço para abrir um sorriso, mas, quando chego ao andar de cima, algum instinto perverso me leva até a porta de Hardin. Quando me dou conta, a dor, que já estava tão perto de vir à tona de novo, volta ainda mais forte, então me viro correndo para o quarto em frente. Ao abrir a porta, a lembrança de atravessar o corredor às pressas para acudir Hardin na noite em que o ouvi gritando durante o sono se reaviva dentro de mim. Sento desajeitadamente na cama do "meu quarto", sem saber o que fazer.

Landon aparece alguns minutos depois. Ele senta ao meu lado, perto o suficiente para demonstrar preocupação, mas longe o bastante para ser respeitoso, como sempre.

"Quer conversar?", pergunta, com gentileza.

Faço que sim com a cabeça. Repetir a história toda dói ainda mais do que a descoberta em primeira mão, mas a sensação de contar para Landon é quase libertadora. E é um consolo saber que pelo menos uma pessoa não estava o tempo todo sabendo da minha humilhação.

Enquanto me escuta, Landon permanece imóvel feito pedra, e não consigo decifrar o que está pensando. Quero saber o que ele acha do filho de seu padrasto depois dessa história toda. O que acha de mim. Mas, assim que termino, ele fica de pé em um pulo, com uma energia furiosa.

"Não acredito! O que esse cara tem na cabeça?! Eu aqui achando que ele estava quase virando... alguém decente... e ele faz *isso*! É sujeira demais! Não acredito que ele faria isso com você, logo com você. Por que destruir a única coisa que tem?"

Assim que termina de falar, Landon vira a cabeça para o lado.

E então eu também percebo passos apressados subindo a escada. E não é qualquer passo, mas botas pesadas batendo com força contra os degraus de madeira.

"É ele", dizemos juntos e, por uma fração de segundo, chego a pensar em me esconder no armário.

Landon me encara com uma expressão muito séria e madura. "Você quer falar com ele?"

Faço que não freneticamente com a cabeça, e Landon levanta para fechar a porta no mesmo instante em que sinto a voz de Hardin me dilacerar.

"Tessa!"

Assim que Landon estende o braço, Hardin irrompe pela porta e passa por ele. Hardin para no meio do quarto, e eu levanto da cama. Desacostumado com esse tipo de coisa, Landon não se move, atordoado.

"Tessa, graças a Deus. Graças a Deus que você está aqui." Ele suspira e passa as mãos pelos cabelos.

Meu peito dói só de olhar para ele, então afasto o olhar, virando para a parede.

"Tessa, linda. Você precisa me escutar. Por favor, só..."

Fico em silêncio e caminho na direção dele. Seus olhos brilham de esperança, e ele estende a mão para mim. Quando passo direto por ele, vejo essa esperança se extinguir.

Bem feito.

"Fala comigo", ele implora.

Mas eu nego com a cabeça, parando ao lado de Landon. "Não... Nunca mais vou falar com você!", grito.

"Você não pode estar falando sério..." Hardin se aproxima.

"Fica longe de mim!", grito quando ele agarra meu braço.

Landon se coloca entre nós e põe uma das mãos no ombro dele. "Hardin, é melhor você ir embora."

Hardin cerra o maxilar, e seu olhar alterna entre nós dois. "Landon, é melhor você sair da minha frente", adverte.

Mas Landon não se move, e eu conheço Hardin bem o bastante para saber que ele está analisando suas opções, avaliando se vale a pena esmurrar Landon agora, bem na minha frente.

Parecendo ter decidido não partir para a agressão, ele respira fundo. "Por favor... só preciso de um minuto com ela", diz ele, tentando manter a calma.

Landon olha para mim, e meus olhos praticamente imploram por sua ajuda. Ele se vira para Hardin. "Ela não quer falar com você."

"Não vem você me dizer o que ela quer, porra!", Hardin grita e soca a parede, amassando e rachando o gesso.

Dou um pulo para trás e começo a chorar de novo. *Não, agora não*, penso comigo mesma, tentando controlar minhas emoções.

"Vai embora, Hardin!", Landon grita, e no mesmo instante Ken e Karen aparecem na porta.

Ai, não. Eu não devia ter vindo para cá.

"Que diabos está acontecendo aqui?", pergunta Ken.

Ninguém responde. Karen me lança um olhar cheio de compaixão, e Ken repete a pergunta.

Hardin olha feio para o pai. "Estou tentando conversar com a Tessa, e o Landon fica se metendo onde não foi chamado!"

Ken olha para Landon, depois para mim. "O que você fez, Hardin?" Seu tom mudou de preocupado para... *furioso*? Não sei ao certo.

"Nada! Que merda!" Hardin ergue os braços.

"Ele estragou tudo, foi isso. E agora a Tessa não tem para onde ir", resume Landon.

Quero falar alguma coisa; só não tenho ideia do quê.

"Ela tem para onde ir, sim, ela pode ir para casa. O lugar dela é lá... comigo", diz Hardin.

"Hardin estava o tempo todo só usando a Tessa. Ele fez coisas que não tenho nem coragem de contar!", explode Landon, e Karen solta um suspiro enquanto caminha na minha direção.

Fico toda encolhida. Nunca me senti tão exposta e diminuída. Não queria que Ken e Karen soubessem... mas talvez não faça muita diferença, já que depois de hoje eles certamente nunca mais vão querer me ver de novo.

"Você quer voltar para casa com ele?", pergunta Ken, interrompendo minha espiral descendente.

Com um gesto tímido, faço que não com a cabeça.

"Bom, eu não saio daqui sem você", Hardin rosna. Ele dá um passo na minha direção, mas eu me afasto.

"Acho que é melhor você ir embora, Hardin", diz Ken, me pegando de surpresa.

"O quê?" O rosto de Hardin assume um tom de vermelho tão profundo que só pode ser descrito como *fúria*. "Você tem a sorte de eu querer frequentar a sua casa... e ainda tem a cara de pau de me pôr para fora?"

"Estou muito feliz com a evolução do nosso relacionamento, filho, mas agora você tem que ir embora."

Hardin joga as mãos para o ar. "Que palhaçada, quem é ela para você?"

Ken se vira para mim, e depois para o filho. "Sejá lá o que você fez, espero que tenha valido a pena perder a única coisa boa da sua vida", ele responde e baixa a cabeça.

Não sei se é o choque das palavras de Ken, ou se a raiva de Hardin já atingiu o ponto máximo depois do qual simplesmente começa a refluir, mas ele se acalma, olha para mim por um instante e sai pisando duro. Em silêncio, só ouvimos enquanto ele desce a escada sem hesitação.

Quando escuto a porta da frente bater, ecoando pela casa agora tranquila, viro para Ken e começo a soluçar. "Desculpa. Estou indo embora. Não queria que nada disso tivesse acontecido."

"Não, pode ficar o tempo que precisar. Você é sempre muito bem-vinda aqui", diz ele. E então ele e Karen me abraçam.

"Não queria ter atrapalhado as coisas entre vocês", digo, me sentindo péssima pela forma como Ken teve que expulsar o filho de casa.

Karen aperta minha mão, e Ken me olha com uma expressão exasperada e cansada. "Tessa, eu amo o Hardin, mas acho que nós dois sabemos que, sem você, não existiria coisa nenhuma para ser atrapalhada entre a gente", diz ele.

2

TESSA

Fiquei o máximo que podia, deixando a água escorrer pelo corpo. Queria me limpar, me tranquilizar de alguma forma. Mas o banho quente não me ajudou a relaxar como gostaria. Não consigo pensar em nada que possa acalmar a dor dentro de mim. Ela parece infinita. Permanente. Como um organismo que veio se alojar no meu corpo, mas também como um buraco que não para de crescer.

"Estou me sentindo péssima por causa da parede. Até me ofereci para pagar, mas Ken recusou", digo a Landon enquanto penteio o cabelo molhado.

"Não se preocupa com isso. Você já tem muito o que resolver." Landon franze a testa e faz um carinho nas minhas costas com uma das mãos.

"Não consigo entender como a minha vida chegou a este ponto, como isso foi acontecer." Continuo virada para a frente, evitando o olhar do meu melhor amigo. "Três meses atrás, tudo fazia sentido. Eu estava com Noah, que jamais faria uma coisa dessas. Estava bem com a minha mãe e tinha um rumo para a minha vida. E agora não tenho nada. Literalmente. Nem sei se deveria continuar o estágio na editora, porque Hardin pode aparecer por lá, ou então convencer Christian Vance a me despedir só porque tem esse poder." Pego o travesseiro na cama e o aperto com todas as forças. "Ele não tinha nada a perder, mas eu sim. E deixei que ele tirasse tudo de mim. Minha vida antes dele era bem simples e definida. Agora... depois dele... é só... o depois."

Landon me encara com os olhos arregalados. "Tessa, você não pode desistir do estágio; ele já tirou coisas demais de você. Não deixe que ele roube isso também, por favor", ele praticamente implora. "O lado positivo da sua vida depois dele é que você pode fazer o que quiser, começar tudo de novo."

Eu sei que ele está certo, mas não é tão simples assim. Tudo na minha vida está ligado a Hardin agora, até a pintura da merda do meu carro. De alguma forma, ele se transformou no pilar que sustenta o meu mundo e, sem ele, só o que me resta é o entulho daquilo que um dia foi a minha existência.

Quando enfim concordo com um aceno não muito convicto, Landon abre um sorriso desanimado e diz: "Vou deixar você descansar um pouco." Em seguida, me abraça e se levanta para sair.

"Você acha que algum dia vai passar?", pergunto, e ele se vira para mim.

"O quê?"

Minha voz sai quase num sussurro: "A dor?".

"Não sei... Mas prefiro pensar que vai. O tempo cura... *quase* todas as feridas", responde ele e me oferece uma expressão reconfortante, que é ao mesmo tempo sorridente e séria.

Não sei se o tempo vai me curar ou não. Mas sei que, se isso não acontecer, não vou sobreviver.

Na manhã seguinte, firme, mas sempre muito educado, Landon me força a sair da cama, para ter certeza de que não vou faltar no estágio. Escrevo um bilhete para Ken e Karen, agradecendo e me desculpando de novo pela rachadura que Hardin deixou na parede. Enquanto dirige, Landon me olha de relance e tenta me animar com sorrisos e pequenas frases de efeito. Mas ainda me sinto péssima.

Quando ele encosta o carro no estacionamento do bar, as lembranças começam a invadir a minha cabeça. Hardin de joelhos na neve. Zed me contando da aposta. Abro a porta do meu carro depressa e entro, para fugir do frio. Assim que me acomodo no banco do motorista, estremeço diante do reflexo no retrovisor. Meus olhos ainda estão vermelhos, envoltos por olheiras profundas. O inchaço complementa a visão de filme de terror. Definitivamente vou precisar de mais maquiagem do que imaginava.

Passo no Walmart, a única loja próxima aberta a essa hora, e compro tudo o que preciso para mascarar meus sentimentos. Mas não tenho forças nem energia para cuidar da aparência, então não sei se vai fazer alguma diferença.

Conforme o esperado, assim que chego à Vance, Kimberly arregala os olhos na minha direção. Tento sorrir, mas ela levanta da mesa.

"Tessa, querida, tudo bem com você?", pergunta, assustada.

"Estou tão mal assim?", questiono, dando de ombros timidamente.

"Não, claro que não", ela mente. "Você só parece..."

"Exausta. Porque estou mesmo exausta. As provas finais acabaram comigo", digo.

Ela balança a cabeça e sorri calorosamente, mas posso sentir seus olhos me acompanhando enquanto caminho pelo corredor até minha sala. Depois disso, o dia se arrasta, parecendo interminável, até o final da manhã, quando o sr. Vance bate à minha porta.

"Boa tarde, Tessa", diz, com um sorriso.

"Boa tarde", consigo responder.

"Só queria dar uma passadinha para dizer que estou impressionado com o que tem feito até agora." Ele ri. "Você está fazendo um trabalho melhor e mais detalhado do que muitos dos meus funcionários efetivos."

"Obrigada, isso significa muito para mim", digo, e imediatamente a voz em minha cabeça me lembra que só estou neste estágio por causa de Hardin.

"Por isso queria te convidar para a conferência em Seattle no fim de semana. Às vezes essas coisas são meio chatas, mas essa é sobre publicação digital, a 'onda do futuro' e tal. Você vai conhecer um monte de gente, aprender várias coisas. Vou abrir uma segunda filial em Seattle daqui alguns meses, e também preciso falar com algumas pessoas." Ele ri. "E aí, o que acha? Todas as despesas pagas. Saímos na sexta-feira à tarde. E o Hardin pode vir junto, claro. Não para a conferência, mas para Seattle", explica, com um sorriso.

Se ao menos ele *soubesse* o que estava acontecendo.

"Claro, vou adorar. Agradeço muito o convite!", digo a ele, incapaz de conter o entusiasmo e o alívio de que, enfim, algo de bom esteja acontecendo comigo.

"Ótimo! Vou pedir a Kimberly para passar os detalhes e explicar como funciona a questão das despesas..." Ele continua a falar, mas eu me distraio.

A ideia de ir para a conferência alivia um pouco a dor. Vou me afastar de Hardin, mas, por outro lado, Seattle me faz lembrar de quando Hardin queria me levar para lá. Ele poluiu todas as instâncias da minha vida, incluindo todo o estado de Washington. A sala parecia ficar cada vez menor, o ar mais abafado.

"Você está bem?", pergunta o sr. Vance, franzindo a testa de preocupação.

"Ah, estou, é que... Não comi nada hoje e não dormi bem esta noite", respondo.

"Então vá para casa, você pode terminar o que está fazendo por lá", diz ele.

"Não precisa..."

"Não, vá para casa. No mercado editorial, ninguém precisa sair de ambulância do trabalho. A gente dá conta sem você", ele assegura com um aceno de mão e sai da sala.

Recolho minhas coisas, dou uma conferida na minha aparência no espelho do banheiro — sim, ainda está péssima — e estou prestes a entrar no elevador quando Kimberly me chama.

"Já vai?", ela pergunta. Faço que sim com a cabeça, e ela acrescenta: "Bom, Hardin está de mau humor, melhor tomar cuidado."

"O quê? Como você sabe?"

"Porque ele me xingou por não transferir a ligação para você." Ela sorri. "Nem na décima vez que ligou. Imaginei que, se você quisesse falar com ele, estaria com o celular ligado."

"Obrigada", respondo, agradecendo em silêncio por ela ser tão observadora. Ouvir a voz de Hardin ao telefone teria feito o buraco dolorido dentro de mim crescer muito mais rápido.

De alguma forma, consigo chegar ao carro antes de desmoronar mais uma vez. Sem distrações, sozinha com meus pensamentos e lembranças, a dor só parece aumentar. E, claro, mais ainda quando vejo as quinze chamadas não atendidas de Hardin no celular e um aviso de que tenho dez novas mensagens, que não vou ler.

Depois de me recompor o suficiente para dirigir, faço o que vinha evitando ao máximo: ligo para minha mãe.

Ela atende no primeiro toque. "Alô?"

"Mãe", digo, num soluço. Aquela palavra soa estranha saindo de minha boca, mas preciso do conforto dela agora.

"O que ele fez?"

O fato de esta ter sido a reação de todo mundo é mais uma prova de que o perigo representado por Hardin era óbvio para todos, menos para mim.

"Eu... ele..." Não sou capaz de formular uma frase. "Posso voltar para casa, só por hoje?", pergunto.

"Claro, Tessa. Vejo você em duas horas", ela responde e desliga.

Melhor do que eu esperava, mas não tão acolhedor quanto eu gostaria. Queria que ela fosse mais como a Karen, amável e capaz de aceitar erros. Queria que pegasse um pouco mais leve, só para eu poder sentir por um tempo o consolo de se ter uma mãe amorosa e acolhedora.

Assim que pego o acesso para a rodovia, desligo o telefone antes de fazer uma besteira, como ler uma das mensagens de Hardin.

3

TESSA

O caminho até a casa onde fui criada é familiar e tranquilo, exigindo pouca atenção de minha parte. Antes de entrar em minha cidade natal, deixo, literalmente, todos os gritos que tenho guardados dentro de mim saírem o mais alto possível, até minha garganta doer. Na verdade, é muito mais difícil do que achei que seria, sobretudo porque não estou com vontade de gritar. Minha vontade é de chorar e sumir. Daria qualquer coisa para voltar no tempo até o primeiro dia na faculdade — eu teria seguido o conselho da minha mãe e mudado de quarto. A preocupação dela era *Steph* ser má influência; se ao menos tivéssemos percebido que o problema ia ser o garoto mal-educado de cabelo ondulado, que ele iria roubar tudo de mim e virar minha vida de cabeça para baixo, me rasgando em pedacinhos para então soprar os meus restos e me jogar pelos ares e sob os pés de seus amigos...

Eu estava a apenas duas horas de casa, mas, com tudo o que aconteceu, parecia muito mais distante. Desde o início das aulas não voltava para lá. Se ainda estivesse com Noah, teria voltado muitas vezes. Forço meus olhos a se concentrarem na rua ao passar diante da casa dele.

Paro o carro na entrada da garagem e praticamente pulo para fora. Mas, quando chego à porta, hesito na hora de bater. É uma sensação estranha bater à porta da minha própria casa, mas também não me sinto à vontade para ir entrando. Como é possível que tanta coisa tenha mudado desde que fui para a faculdade?

Decido entrar sem bater e encontro minha mãe de pé ao lado do sofá de couro marrom, toda maquiada e usando um vestido e sapatos de salto. Está tudo como sempre: limpo e perfeitamente organizado. A única diferença é que o lugar parece menor, talvez por causa do tempo que passei na casa de Ken. Bem, a casa da minha mãe é definitivamente pequena e pouco atraente do lado de fora, mas, por dentro, é decorada com muito bom gosto, e ela sempre fez o melhor possível para mascarar o caos de seu casamento fracassado com flores, uma pintura bonita e atenção à limpeza. Uma estratégia de decoração que se perpetuou depois que meu pai foi embora, porque, a essa altura, acho que já tinha virado hábito. A casa é aconchegante, e o cheiro familiar de canela invade meu nariz. Sempre obcecada com velas e aromatizadores, ela acende um em cada quarto. Tiro os sapatos na entrada, ciente de que ela não vai querer ver neve no piso de madeira nobre.

"Quer um pouco de café, Theresa?", pergunta ela, antes de me dar um abraço.

Meu vício por café é herança da minha mãe, e esse vínculo me traz um pequeno sorriso aos lábios. "Sim, por favor."

Vou até a cozinha e sento à pequena mesa, sem saber como começar a conversa.

"Então, vai me contar o que aconteceu?", pergunta ela, sem rodeios.

Respiro fundo e dou um gole no café antes de responder. "Hardin e eu terminamos."

Ela mantém uma expressão neutra. "Por quê?"

"Bom, ele não era quem eu achei que fosse", digo e envolvo a xícara escaldante com as mãos, numa tentativa de me distrair da dor e me preparar para a resposta da minha mãe.

"E quem você achou que ele fosse?"

"Alguém que me amasse." Fora isso, como pessoa, não sei direito quem eu imaginava que ele fosse.

"E agora você acha que ele não te ama?"

"Eu sei que não."

"Como você tem tanta certeza?", ela pergunta, friamente.

"Porque eu confiava nele, e ele me traiu, de uma forma terrível." Sei que estou deixando de fora os detalhes, mas ainda sinto uma estranha necessidade de proteger Hardin do julgamento da minha mãe. Fico com raiva por estar sendo tão idiota, por pensar nele, quando ele obviamente não faria o mesmo por mim.

"Você não acha que devia ter pensado nessa possibilidade antes de decidir morar com ele?"

"É, eu sei. Vai em frente. Pode me dizer o quanto sou burra, e que você me avisou."

"Pois eu avisei mesmo, avisei para tomar cuidado com esse tipinho. É melhor ficar longe de homens como ele e o seu pai. Fico feliz que tenha acabado antes mesmo de começar. As pessoas cometem erros, Tessa." Ela dá um gole, deixando um círculo de batom rosa em sua caneca. "Tenho certeza de que ele vai te perdoar."

"Ele quem?"

"Noah, é claro."

Como é possível que ela não entenda? Só preciso de alguém para conversar, e ser reconfortada, não ser empurrada de volta para os braços de Noah. Levanto, olho para ela e então olho ao meu redor, para a cozinha. *Ela está mesmo falando sério? Não pode ser.* "Só porque as coisas não deram certo com Hardin não significa que vou voltar para o Noah!", exclamo.

"Por que não? Tessa, você deveria agradecer se ele ainda estiver disposto a te dar outra chance."

"O quê? Por que você não para com isso? Não preciso de namorado agora, muito menos o Noah." A vontade que sinto é de arrancar os meus cabelos. Ou os dela.

"Como assim, 'muito menos o Noah'? Como você pode falar isso dele? Ele sempre foi muito bom para você, desde que eram crianças."

Eu suspiro e sento novamente. "Eu sei, mãe, e gosto muito dele. Só não dessa maneira."

"Você não tem ideia do que está falando." Ela levanta e derrama o café pelo ralo. "Amor nem sempre é tão importante assim, Theresa; é mais uma questão de estabilidade e segurança."

"Eu tenho só dezoito anos", digo a ela. Não quero nem pensar em ficar com alguém sem amor só por causa de estabilidade. Quero eu mesma garantir minha estabilidade e segurança. Quero alguém para amar e alguém que me ame.

"Quase dezenove. E, se não tomar cuidado, ninguém vai querer você. Agora vai ajeitar essa maquiagem, porque Noah vai chegar a qualquer momento", ela anuncia e sai da cozinha.

Eu deveria ter pensado melhor antes de vir para casa em busca de apoio. Teria sido melhor dormir no carro o dia inteiro.

Como prometido, Noah chega cinco minutos depois — não que eu tenha me dado ao trabalho de ajeitar a maquiagem. Vê-lo entrar na cozinha apertada faz com que eu me sinta ainda pior, o que não achava que fosse possível.

Ele abre seu sorriso gentil e perfeito. "Oi."

"Oi, Noah", respondo.

Ele se aproxima, e eu levanto para abraçá-lo. Noah é caloroso, e sua blusa de moletom tem um cheirinho bom, exatamente como eu me lembrava. "Sua mãe me ligou", diz ele.

"Pois é." Tento sorrir. "Desculpa, ela não devia envolver você na história. Não sei qual é o problema dela."

"Eu sei. Ela quer que você seja feliz", diz ele em sua defesa.

"Noah...", aviso.

"Ela só não sabe o que faz você feliz. Queria que fosse eu, mesmo sabendo que não é." Ele encolhe os ombros.

"Desculpa."

"Tess, para de se desculpar. Só quero saber se você está bem", ele garante e me abraça de novo.

"Não estou", admito.

"Dá para ver. Quer conversar?"

"Não sei... tem certeza de que quer falar sobre isso comigo?" Não consigo suportar a ideia de magoá-lo de novo falando do cara que é o motivo por eu ter terminado com ele.

"Tenho", ele responde e pega um copo d'água antes de sentar do outro lado da mesa.

"Tá...", começo. E então conto basicamente tudo. Deixo de lado só os detalhes sobre o sexo, já que são particulares.

Na verdade, *não são*. Mas, para mim, são particulares, sim. Ainda não consigo acreditar que Hardin contou aos amigos tudo o que fizemos... essa é a pior parte. Muito pior do que mostrar o lençol foi o fato de que, depois de dizer que me amava e de fazer amor comigo, ele simplesmente me deu as costas e fez piada de tudo que aconteceu entre nós na frente de todo mundo.

"Eu sabia que ele ia magoar você, só não fazia ideia de que ia ser tão ruim assim", diz Noah. Dá para ver que ele está furioso; é estranho ver toda essa emoção em seu rosto, dada a calma e a serenidade que lhe são tão particulares. "Você é boa demais para ele, Tessa; esse cara é um escroto."

"Não acredito no quanto eu fui idiota. Abri mão de *tudo* por ele. Mas o pior sentimento do mundo é amar alguém que não te ama."

Noah segura o copo e o gira entre as mãos. "Nem me fale", diz baixinho.

Sinto vontade de dar um tapa na minha própria cara por dizer uma coisa dessas para ele. Abro a boca, mas ele me interrompe antes que eu possa me desculpar.

"Tudo bem", diz, e estende a mão para esfregar o polegar sobre as costas da minha mão.

Deus, como eu queria ser apaixonada por Noah. Seria muito mais feliz com ele, que jamais faria o que Hardin fez.

Noah me coloca a par de tudo o que aconteceu desde que fui embora, o que não é muito. Ele me diz que vai fazer faculdade em São Francisco, e não na WCU, e percebo que isso me deixa feliz. Pelo menos uma coisa boa saiu do fato de eu tê-lo machucado: era o empurrão de que ele precisava para sair de Washington. Ele me conta sobre sua pesquisa a respeito da Califórnia, e quando vai embora o sol já se pôs. Só então percebo que minha mãe ficou o tempo todo no quarto.

Vou até o quintal e caminho até a estufa, onde passei a maior parte de minha infância. Ao fitar meu reflexo no vidro, vejo que todas as plantas e flores lá dentro estão mortas, e que a estufa está uma bagunça, o que parece bem adequado ao momento.

Tenho muita coisa para fazer, para decidir. Preciso encontrar um lugar para morar e arrumar um jeito de pegar minhas coisas no apartamento de Hardin. Estava pensando seriamente em deixar tudo lá, mas não posso fazer isso. Todas as roupas que tenho estão lá e, o mais importante, preciso de meus livros.

Levo a mão ao bolso e ligo meu telefone. Em questão de segundos minha caixa de entrada está cheia, e o símbolo de correio de voz aparece no alto da tela. Ignoro as mensagens de voz e passo os olhos pelas de texto, me concentrando no remetente. São todas de Hardin, com exceção de uma.

Kimberly escreveu: **Christian mandou dizer que é para você ficar em casa amanhã. Todo mundo vai ser liberado ao meio-dia mesmo, porque o** primeiro andar precisa ser repintado, então não precisa vir. Me avise se precisar de alguma coisa. Bjo.

Um dia de folga é um alívio e tanto. Adoro o estágio, mas estou começando a achar que deveria pedir transferência da wcu, talvez até ir embora de Washington. O campus não é grande o suficiente para que eu consiga evitar Hardin e todos os seus amigos. E não quero ficar lembrando o tempo todo o que tive com ele. Na verdade, o que achava que tive.

Quando volto para dentro de casa, minhas mãos e meu rosto estão dormentes do frio. Minha mãe está sentada numa cadeira, lendo uma revista.

"Posso dormir aqui hoje?", pergunto.

Ela me olha. "Pode. E amanhã vamos descobrir como pôr você de volta no alojamento", ela avisa antes de voltar sua atenção para a revista.

Considerando que isso é tudo que minha mãe tem a me oferecer por hoje, vou até o meu antigo quarto, que está exatamente do jeito como deixei. Ela não mudou nada. Não me dou ao trabalho de tirar a maquiagem antes de deitar. É difícil, mas me obrigo a dormir, sonhando com quando a vida era muito melhor. Antes de conhecer Hardin.

No meio da noite, acordo com o telefone tocando. Mas ignoro, e me pergunto se Hardin está conseguindo dormir.

Na manhã seguinte, tudo o que minha mãe me diz antes de sair para o trabalho é que vai ligar para a faculdade e obrigá-los a me pôr de volta no alojamento, num prédio diferente, bem longe do outro. Saio de casa com a intenção de ir à aula, mas acabo decidindo passar no apartamento. Pego a saída na rodovia que vai me levar direto para lá e acelero, para não mudar de ideia.

Quando entro no condomínio, passo os olhos pela garagem, duas vezes, à procura do carro de Hardin. Só depois de ter certeza de que ele não está paro o carro e cruzo a garagem coberta de neve em direção à portaria. Quando chego ao saguão do prédio, a bainha da minha calça está encharcada, e estou congelando. Tento pensar em qualquer coisa além de Hardin, mas é impossível.

Ele deve me odiar demais para chegar ao ponto de arruinar a minha vida e depois me fazer mudar para um apartamento longe de todo mundo que conheço. Deve estar muito orgulhoso de si mesmo por ter me causado tanto sofrimento.

Eu me atrapalho com as chaves tentando abrir a porta, e uma onda de pânico me envolve, quase me derrubando no chão.

Quando isso vai parar? Ou pelo menos diminuir?

Vou direto para o quarto, pego minhas malas no closet e enfio todas as minhas roupas nelas, de qualquer jeito. Meus olhos passam de relance por um pequeno porta-retratos no criado-mudo, com uma foto de Hardin e eu sorrindo juntos, antes do casamento de Ken.

Pena que era tudo mentira. Passando por cima da cama, seguro o porta-retratos e atiro no chão de cimento. Ele quebra em pedaços. Saio da cama, pego a foto e rasgo no máximo de pedaços de que sou capaz, e só me dou conta de que estou chorando quando começo a sentir dificuldade para respirar.

Empilho meus livros numa caixa vazia e, instintivamente, pego também o exemplar de Hardin de *O morro dos ventos uivantes*; ele não vai sentir falta, e, para ser sincera, eu tenho direito de levá-lo, depois de tudo o que ele tirou de mim.

Minha garganta está ardendo, então vou até a cozinha e pego um copo d'água. Sento à mesa e me permito fingir por alguns minutos que nada aconteceu. Faço de conta que, em vez de precisar encarar os dias de solidão que tenho pela frente, Hardin vai chegar em casa da aula daqui a pouco, sorrir e dizer que me ama, que morreu de saudade o dia inteiro. Que vai me colocar na bancada da cozinha e me beijar com desejo e amor...

O barulho da porta me acorda de meu devaneio patético. Fico de pé num salto, e Hardin entra em casa. Mas não me vê, já que está olhando para trás por cima do ombro.

Para uma morena num vestido preto de lã.

"Pronto, aqui estamos...", começa ele, mas para ao notar minhas malas no chão.

Fico completamente imóvel, acompanhando o movimento de seus olhos pelo apartamento e então pela cozinha, até eles se arregalarem de susto ao me ver.

"Tess?", ele diz, como se não tivesse certeza de que eu existo de fato.

4

TESSA

Estou um lixo. Calça jeans larga e blusa de moletom, maquiagem de ontem borrada e completamente descabelada. Olho para a menina atrás dele. Seu cabelo castanho encaracolado é sedoso e cai em ondas soltas pelas costas. A maquiagem é leve e perfeita, mas ela é do tipo que nem precisaria de maquiagem. Claro.

É uma situação humilhante, minha vontade é de afundar no chão e desaparecer da vista daquela garota bonita.

Quando me abaixo para pegar uma das minhas malas, Hardin parece se lembrar que a garota está lá e dá uma olhada para ela.

"Tessa, o que você está fazendo aqui?", ele pergunta. Enquanto limpo a maquiagem borrada dos olhos, Hardin diz a sua nova conquista: "Você pode dar um minutinho para a gente?".

Ela me olha, faz que sim com a cabeça e volta para o corredor do prédio.

"Não acredito que você está aqui", ele diz e vai até a cozinha. Hardin tira o casaco, e sua camiseta branca lisa sobe, revelando a pele bronzeada. Vejo a tatuagem, os ramos retorcidos e enfurecidos da árvore morta em seu estômago me provocando. Pedindo para serem tocados. Adoro aquela tatuagem, é a que mais gosto. Só agora vejo a semelhança entre ele e a árvore. Ambos insensíveis. Ambos sozinhos. Pelo menos a árvore tem esperança de florescer de novo. Hardin não.

"Eu... Eu estava de saída", consigo dizer afinal. Ele parece tão perfeito, tão bonito. Um lindo desastre.

"Por favor, me deixa explicar", ele implora, e noto que suas olheiras são ainda mais carregadas do que as minhas.

"Não." Me abaixo para pegar as malas de novo, mas ele as agarra antes de mim e as joga de volta no chão.

"Dois minutos, é só isso que estou pedindo, Tess."

Dois minutos é tempo demais para ficar aqui com Hardin, mas preciso acabar logo com isso se quiser seguir em frente com a minha vida. Suspiro e sento, tentando conter qualquer ruído que possa arruinar minha ausência de expressão. Hardin fica nitidamente surpreso, mas se apressa em sentar na cadeira do outro lado da mesa, de frente para mim.

"Você não perdeu tempo, né?", digo baixinho, apontando a porta com o queixo.

"O quê?", pergunta ele e, em seguida, parece se lembrar da morena. "Ela trabalha comigo; o marido está lá embaixo com a filha recém-nascida. Eles estão procurando apartamento, e ela queria dar uma olhada no nosso... ver a disposição dos quartos."

"Você vai se mudar?", pergunto.

"Não, se você quiser ficar. Mas não vejo por que ficar aqui sem você. Só estou avaliando as minhas opções."

Uma parte de mim sente uma pontada de alívio, mas logo minha parte mais defensiva lembra que, só porque ele não está dormindo com a morena, não significa que não vai dormir com outra em breve. Ignoro a fisgada de tristeza que sinto ao ouvir Hardin falar sobre se mudar, mesmo que eu não esteja aqui para ver isso acontecer.

"Você acha que eu iria trazer alguém aqui? Só faz dois dias... é isso que você pensa de mim?"

Que cara de pau. "É! Depois de tudo isso, claro que é!"

Diante da minha crueldade, seu rosto é invadido por uma onda de dor. Mas, depois de um instante, ele se limita a um suspiro derrotado. "Onde você passou a noite? Passei na casa do meu pai e você não estava lá."

"Na casa da minha mãe."

"Ah." Ele baixa os olhos para as próprias mãos. "Vocês fizeram as pazes?"

Eu o encaro diretamente nos olhos; não acredito que tenha a coragem de me perguntar sobre a minha família. "Isso não é mais da sua conta."

Ele faz um movimento na minha direção, mas se detém. "Estou com muita saudade, Tessa."

Fico sem fôlego de novo, mas então me lembro que ele é especialista em distorcer as coisas e me afasto. "Até parece."

Apesar do meu turbilhão de emoções, me recuso a perder a compostura na frente dele.

"É sério, Tessa. Sei que fiz uma merda muito grande, mas eu te amo. Preciso de você."

"Pode parar, Hardin. Poupe o seu tempo e a sua energia. Você não me engana mais. Já conseguiu o que queria, então por que não para?"

"Porque não consigo." Ele tenta pegar a minha mão, mas eu me afasto. "Eu te amo. Preciso que você me dê uma chance de consertar isso. Preciso de você, Tessa. Preciso de você. E você também precisa de mim…"

"Não preciso coisa nenhuma. Eu estava muito bem antes de você entrar na minha vida."

"Muito bem não é o mesmo que feliz", diz ele.

"*Feliz?*", pergunto com desdém. "Como assim? Você acha que estou feliz agora?" Que atrevimento o dele, insinuar que me faz feliz.

Mas já me fez um dia. Muito feliz.

"Não é possível que você não acredite que eu te amo."

"Eu sei que você não me ama, que era tudo uma brincadeira. Você me usou o tempo inteiro, enquanto eu me apaixonava por você."

Seus olhos se enchem de lágrimas. "Me deixa provar que eu te amo, por favor. Faço o que você quiser, Tessa. Qualquer coisa."

"Você já provou o que tinha que provar, Hardin. O único motivo de eu estar sentada aqui agora é porque preciso ouvir o que você tem a dizer logo de uma vez para seguir em frente com a minha vida."

"Não quero que você siga em frente", diz ele.

Deixo escapar um suspiro áspero. "Não importa o que *você* quer! Estamos falando sobre o quanto você me magoou."

"Você disse que nunca ia me abandonar", diz ele, com a voz fraca e embargada.

Não respondo por mim quando ele fica desse jeito. Odeio o jeito como sua dor me domina, me torna irracional. "Eu disse que não ia abandonar você se não tivesse motivos. Mas *você* me deu um."

Agora faz todo o sentido para mim tanta preocupação da parte dele que eu fosse terminar tudo. Na época achei que era paranoia, mas estava enganada. Muito enganada. Ele sabia que, assim que eu descobrisse, iria dar o fora. O que eu devia estar fazendo neste exato momento. Criei justificativas para ele por causa das coisas pelas quais passou quando criança, mas agora estou começando a me perguntar se Hardin não mentiu sobre isso também. Sobre tudo.

"Não aguento mais. Eu confiei em você, Hardin. Confiei em você com todas as fibras do meu ser... Dependi de você, amei você, e estava sendo usada o tempo todo. Você tem ideia de como estou me sentindo? Depois de saber que todo mundo ao meu redor estava zombando de mim e rindo pelas minhas costas, inclusive você, a pessoa em quem eu mais confiava?"

"Eu sei, Tessa, eu sei. Não consigo nem dizer o quanto me arrependo. Não sei o que deu em mim quando inventei aquela aposta. Achei que ia ser fácil..." Suas mãos tremem enquanto ele fala. "Pensei que você ia dormir comigo e pronto. Mas você era tão teimosa e tão... intrigante, que descobri que não conseguia parar de pensar em você. Eu ficava sentado no meu quarto, tentando dar um jeito de a gente se ver, mesmo que fosse só para brigar. Depois daquele dia no rio, percebi que não era mais só uma aposta, só que não conseguia admitir. Eu estava em conflito comigo mesmo, e preocupado com a minha reputação... Sei que isso é horrível, mas estou tentando ser sincero. E quando contei para todo mundo as coisas que a gente fez, não contei o que a gente estava fazendo de verdade... Não podia fazer isso com você, mesmo no começo. Eu só inventava um monte de merda que nem aconteceu, e eles acreditaram."

Algumas lágrimas caem dos meus olhos, e ele estende o braço para limpá-las. Não me afasto rápido o bastante, e seu toque queima a minha pele. O esforço que preciso fazer para não recostar o rosto contra a palma de sua mão é praticamente sobre-humano.

"Odeio ver você desse jeito", ele murmura. Fecho os olhos e abro-os novamente, desesperada para que as lágrimas parem de escorrer. Fico em silêncio, e ele continua: "Eu juro. Quando comecei a contar para Nate e Logan sobre o rio, fui ficando irritado, com ciúmes, não queria que eles soubessem o que fiz com você... o que fiz você sentir... Então eu falei que você me fez um... bom, inventei um monte de merda."

Sei que o fato de ele ter mentido sobre o que fizemos não ameniza em nada a situação, não mesmo. Mas, por alguma razão, sinto algum alívio por Hardin e eu sermos os únicos que realmente sabem o que aconteceu entre nós, os verdadeiros detalhes dos nossos momentos juntos.

Mas só isso não basta. Até porque ele pode muito bem estar mentindo agora também — é impossível saber —, e eu aqui, caindo feito um patinho na história dele. *Onde eu estou com a cabeça?*

"Mesmo que eu acreditasse nisso, não consigo te perdoar", digo. Pisco algumas vezes para afastar as lágrimas, e ele leva as mãos à cabeça.

"Você não me ama?", ele pergunta, me olhando por entre os dedos.

"Amo", admito. A verdade de minha confissão cai como um peso entre nós. Ele abaixa as mãos e me olha de um jeito que faz com que eu me arrependa de ter confessado meus sentimentos. Mas é a verdade. Sou apaixonada por Hardin. Muito apaixonada.

"Então por que não consegue me perdoar?"

"Porque isso é imperdoável. Não foi só uma mentira. Você tirou a minha virgindade para ganhar uma aposta. E depois mostrou às pessoas o meu sangue no lençol. Como alguém pode perdoar isso?"

Ele tira as mãos do rosto, e seus olhos verdes parecem desesperados. "Eu tirei a sua virgindade porque te amo!", ele diz. Começo a sacudir violentamente a cabeça, então ele acrescenta: "Não sei mais quem eu sou agora que estou sem você".

Eu desvio o olhar. "Isso não ia dar certo mesmo, nós dois sabíamos muito bem", digo a ele numa tentativa de me sentir melhor. É difícil ficar sentada na frente de Hardin vendo seu sofrimento, mas, por outro lado, meu senso de justiça faz com que a dor dele alivie a minha... ao menos um pouco.

"Por que não ia dar certo? Estava indo tudo tão bem..."

"Tudo o que a gente teve foi baseado numa mentira, Hardin." E, como o sofrimento dele me transmitiu uma súbita sensação de confiança, acrescento: "Além do mais, dá uma olhada para você, e dá uma olhada para mim". Não queria usar isso contra ele, mas — embora algo dentro de mim esteja morrendo um pouco por causa disso — a expressão no seu rosto quando menciono sua maior insegurança a respeito do nosso relacionamento também me faz lembrar que ele fez por merecer. Hardin sempre se preocupou com a nossa aparência como casal, achava que sou boazinha demais para ele. E agora joguei isso na cara dele.

"Isso tem a ver com o Noah? Você encontrou com ele, não foi?", Hardin pergunta, e fico boquiaberta com tamanha audácia. Seus olhos se enchem de lágrimas, e preciso me lembrar que é tudo culpa dele. Foi ele quem arruinou tudo.

"Sim, mas a questão aqui não é ele. É você... Você sai por aí fazendo o que bem entende com as pessoas, sem se importar com as consequências, e depois quer que todo mundo aceite tudo numa boa!", grito e me levanto.

"Não, Tessa, eu não faço *nada disso*!", ele exclama, e eu reviro os olhos. Ao notar minha reação, ele para de falar, levanta e olha pela janela; em seguida se volta para mim. "Tá legal, talvez eu faça isso. Mas eu me importo de verdade com você."

"Bom, então devia ter pensado nisso antes de sair se gabando da sua conquista", respondo com firmeza.

"Minha conquista? *Sério*? Você não é uma conquista para mim... Você é tudo! É o ar que eu respiro, a minha dor, o meu coração, a minha vida!" Ele dá um passo na minha direção. O mais triste é que essas são as palavras mais tocantes que Hardin já me falou, mas ele está dizendo tudo aos berros.

"Bom, agora é um pouco tarde demais para isso!", grito de volta. "Se você acha que pode simplesmente..."

Ele me pega de surpresa, passando uma das mãos ao redor da minha nuca e me puxando para junto de si, chocando seus lábios contra os meus. O calor familiar de sua boca quase me deixa de joelhos. Antes que minha mente consiga se dar conta do que está acontecendo, minha língua já está se movendo com a dele. Hardin solta um gemido de alívio, e eu tento afastá-lo. Ele agarra os meus pulsos com uma das mãos e aperta-os junto do peito, sem parar de me beijar. Continuo lutando para me soltar, mas minha boca insiste em acompanhar a dele. Ele dá um passo para trás, me puxando consigo, até encostar contra a bancada da cozinha, e sua outra mão desliza pelo meu pescoço para me manter imóvel. Toda a dor e o sofrimento dentro de mim começam a se dissolver, e minhas mãos relaxam sob seu toque. Está tudo errado, mas parece tão certo...

Ainda assim, é errado.

Eu me afasto. Ele tenta tocar nossos lábios novamente, mas viro a cabeça e digo: "Não".

Seus olhos assumem uma expressão mais suave. "Por favor...", ele implora.

"Não, Hardin. Eu tenho que ir."

Ele solta meus pulsos. "Para onde?"

"Eu... ainda não sei. Minha mãe está tentando me pôr de volta no alojamento."

"Não... não..." Hardin sacode a cabeça e começa a falar freneticamente. "Pode morar aqui, não precisa voltar para o alojamento." Ele passa as mãos pelo cabelo. "Se alguém tiver que sair, sou eu. Por favor, fica aqui, assim eu sei onde você está."

"Você não precisa saber onde eu estou."

"Fica", ele repete.

Minha vontade mais verdadeira é a de ficar com ele. De dizer que preciso mais dele do que do ar que eu respiro, mas não posso. Me recuso a voltar atrás e ser a garota que deixa os caras fazerem com ela o que bem entendem.

Pego minhas malas e digo a única coisa que vai impedi-lo de me seguir. "Noah e minha mãe estão me esperando, tenho que ir", minto e saio porta afora.

Ele não me segue, e eu não olho para trás, para não ver a dor que está sentindo.

5

TESSA

Quando chego ao carro, não caio no choro como achei que cairia. Fico só olhando pela janela. A neve se acumula no para-brisa, me escondendo aqui dentro. O vento lá fora é caótico, apanhando os flocos de neve e fazendo-os girar no ar, me encobrindo por completo. Cada floco que cai no vidro complementa a barreira entre a dura realidade e o meu carro.

Não consigo acreditar que Hardin apareceu no apartamento enquanto eu estava lá. Estava torcendo para não encontrá-lo. Mas ajudou um pouco, não para aliviar a dor, mas a situação como um todo. Pelo menos agora posso tentar tocar a vida a partir desse desastre. Quero acreditar que ele me ama, mas isso tudo aconteceu justamente porque confiei em Hardin. Ele pode estar dizendo isso só porque sabe que não tem mais controle sobre mim. E, mesmo que seja verdade, que diferença faz? Não muda nada o que ele fez, não apaga as piadas, o fato de ter se gabado das coisas que vivemos, e muito menos as mentiras.

Queria ser capaz de bancar o apartamento sozinha, bem que eu ia gostar de ficar e fazer Hardin ir embora. Não quero voltar para o alojamento e ter que dividir o quarto com alguém... não quero voltar para os chuveiros comunitários. Por que tudo tinha que ter começado com uma mentira? Se tivéssemos nos conhecido de outro jeito, poderíamos estar dentro daquele apartamento agora, rindo no sofá ou dando beijos no quarto. Em vez disso, estou sozinha no meu carro, sem ter para onde ir.

Quando enfim ligo o motor, minhas mãos estão congeladas. Não dava para ter ficado sem casa no verão, pelo menos?

Me sinto uma Catherine de novo, só que dessa vez não é a Catherine de *O morro dos ventos uivantes*, e sim a de *A Abadia de Northanger*: atordoada e forçada a fazer uma longa viagem sozinha. Tudo bem, não estou fazendo uma viagem de mais de cem quilômetros de Northanger depois de ser dispensada e humilhada, mas entendo sua dor. Não sei que personagem Hardin seria nessa versão do livro. Por um lado, ele é parecido com Henry, inteligente e espirituoso, com um conhecimento sobre romances comparável ao meu. Só que Henry é muito mais gentil do que Hardin, e nesse sentido Hardin é mais parecido com John, arrogante e grosseiro.

Dirijo pela cidade sem ter para onde ir, e percebo que as palavras de Hardin tiveram um impacto ainda maior em mim do que gostaria de admitir. O modo como ele me implorou para que ficasse quase resolveu as coisas entre nós, mas ele acabaria estragando tudo de novo depois. Tenho certeza de que só queria que eu ficasse para provar que era capaz. Afinal, não me ligou nem me mandou mensagens desde que fui embora.

Eu me obrigo a dirigir até o campus para fazer a última prova antes do recesso de inverno. Me sinto desconectada durante a prova, não me parece possível que as pessoas na faculdade não percebam o que estou passando. Acho que um sorriso falso e um pouco de conversa fiada escondem a dor lancinante.

Ligo para minha mãe, para ver como estão indo suas tentativas de me pôr de volta no alojamento, mas ela murmura um "nada feito" e rapidamente desliga o telefone. Depois de dirigir sem rumo por um tempo, percebo que estou a um quarteirão da Vance e já são cinco da tarde. Não quero abusar de Landon, pedindo para dormir na casa de Ken de novo. Sei que ele não se importaria, mas não seria justo envolver a família de Hardin na situação e, sinceramente, aquela casa me traz lembranças demais. Não iria aguentar. Passo por uma rua repleta de motéis e entro com o carro num dos mais arrumadinhos. De repente me dou conta de que nunca entrei num motel antes, mas não tenho outro lugar para ir.

O baixinho na recepção me parece simpático ao sorrir para mim e pedir minha carteira de motorista. Poucos minutos depois, me entrega um cartão para abrir a porta do quarto e um papel com a senha do Wi-Fi. Arrumar um quarto é muito mais fácil do que imaginei — um pouco caro, mas não quero ficar num lugar barato e arriscar minha segurança.

"É só sair para a calçada e virar à esquerda", ele me informa com um sorriso.

Agradeço e atravesso o frio cortante de volta até o carro. Em seguida, estaciono numa vaga mais próxima do quarto, para não ter que carregar as malas.

A que ponto cheguei, tudo por causa de um menino egoísta e sem consideração: sozinha num quarto de motel, com todos os meus pertences enfiados de qualquer jeito dentro de algumas malas. Uma pessoa sem ninguém com quem contar, em vez de alguém que sempre tinha tudo planejado.

Pego algumas das malas e tranco o carro, que parece uma lata velha comparado com o BMW ao lado. E, justamente quando achava que meu dia não podia piorar, uma das malas escorrega da minha mão e cai na calçada coberta de neve, espalhando roupas e livros pelo chão molhado. Me esforço para catar tudo com a mão livre, mas tenho medo de ver quais livros caíram... Acho que não aguento ver minhas coisas preferidas serem arruinadas junto comigo, não hoje.

"Eu ajudo você", diz uma voz de homem, e vejo a mão de alguém se estender na minha direção. "*Tessa?*"

Surpresa, ergo a cabeça e vejo dois olhos azuis e um rosto preocupado. "Trevor?", pergunto, embora tenha certeza de que é ele. Fico de pé e olho ao redor. "O que você está fazendo aqui?"

"Eu ia perguntar a mesma coisa." Ele sorri.

"Bom... Eu..." Mordo o lábio inferior.

Mas Trevor me poupa de ter que me explicar. "Estou com problema no encanamento de casa, por isso vim pra cá." Em seguida, ele se abaixa, pega algumas das minhas coisas e me entrega um exemplar encharcado de *O morro dos ventos uivantes* com a testa franzida. Em seguida me passa dois suéteres ensopados e o exemplar de *Orgulho e preconceito*, dizendo com tristeza: "Aqui... este molhou bem".

Só pode ser uma piada de mau gosto do universo para cima de mim.

"Sabia que você tinha uma queda pelos clássicos", ele me diz com um sorriso gentil. Então pega as minhas malas, e eu agradeço com um aceno de cabeça antes de abrir a porta com o cartão.

O quarto está gelado, e ligo o aquecedor no máximo assim que entro.

"Com o preço da diária, é de se imaginar que eles não precisem se preocupar com a conta de luz", diz Trevor, colocando minhas malas no chão.

Sorrio e balanço a cabeça. Penduro as roupas que caíram na neve na haste da cortina de chuveiro. Quando volto do banheiro, me vejo diante de uma pessoa que mal conheço num quarto que não é meu, e o silêncio é constrangedor. "Seu apartamento fica aqui perto?", pergunto, tentando quebrar o gelo.

"Moro numa casa. É bem perto daqui, menos de dois quilômetros. Gosto de morar perto do trabalho, para ter certeza de que não vou chegar atrasado."

"É uma boa ideia..." Exatamente o tipo de coisa que eu faria.

Trevor fica muito diferente vestido de forma mais casual. Nunca o tinha visto com outra coisa que não um terno, mas hoje ele está usando uma calça jeans apertada e um moletom vermelho. E o cabelo, sempre perfeitamente arrumado com gel, está todo bagunçado.

"Também acho. Então, você está sozinha?", ele pergunta e olha para o chão, obviamente desconfortável com a própria curiosidade.

"Estou." Muito mais do que ele pode imaginar.

"Não queria me meter, só perguntei porque o seu namorado não parece gostar muito de mim." Ele dá uma risadinha sem graça e afasta os cabelos negros da testa.

"Ah, o Hardin não gosta de ninguém, não é pessoal." Fico remexendo minhas unhas. "Só que ele não é meu namorado."

"Ah, me desculpa. Pensei que fosse."

"Ele foi... mais ou menos."

Foi mesmo? Hardin disse que sim. Mas ele também disse um monte de outras coisas.

"Ah, me desculpa de novo. Eu não dou uma dentro." Ele ri.

"Tudo bem. Não tem problema", digo a ele e começo a tirar minhas coisas das malas.

"Quer que eu saia? Não quero me intrometer." Trevor se vira para a porta, para demonstrar que está falando sério.

"Não, pode ficar. Se quiser, é claro. Mas não precisa", acrescento, depressa.

O que é que eu tenho na cabeça?

"Certo, então eu fico", ele diz e se senta na cadeira ao lado da mesa. Procuro um lugar para sentar e acabo escolhendo a beirada da cama. Estou bem longe dele, o que me faz perceber que o quarto é espaçoso. "E aí, está gostando da Vance?", ele pergunta, deslizando os dedos no tampo de madeira da mesa.

"Estou adorando. É muito mais do que eu esperava. É literalmente o emprego dos meus sonhos. Espero ser contratada depois de me formar."

"Ah, acho que vão oferecer um emprego para você lá muito antes disso. Christian gosta muito de você. Num almoço um dia desses só se falava naquele manuscrito que você entregou na semana passada. Ele diz que você tem um bom olho e, vindo dele, é um elogio e tanto."

"Sério? Ele disse isso?" Não consigo parar de sorrir. É uma sensação estranha e inconveniente, mas ao mesmo tempo reconfortante.

"Sim, por que acha que ele chamou você para a conferência? Só vamos nós quatro."

"Nós quatro?", pergunto.

"É. Eu, você, Christian e Kim."

"Ah, não sabia que Kim também ia." Espero de verdade que o sr. Vance não tenha me convidado só porque se sente obrigado, por causa do meu relacionamento com Hardin, filho do melhor amigo dele.

"Ele não ia conseguir passar um fim de semana longe dela", brinca Trevor. "Digo, por causa de suas habilidades de gerenciamento."

Eu abro um sorrisinho. "Claro. E você, por que vai?", pergunto, e me arrependo logo em seguida. "Tipo, você trabalha com finanças, não é? Por que está indo para a conferência?", tento esclarecer.

"Já entendi, o pessoal do editorial não precisa da calculadora humana." Ele revira os olhos, e eu dou risada, um riso sincero. "Christian vai abrir uma nova sede em Seattle em breve, e vamos fazer uma reunião com um potencial investidor. Além disso, temos que procurar um imóvel para alugar, então ele precisa de mim para fechar um bom negócio, e de Kimberly para verificar se o imóvel que escolhermos é adequado para o nosso fluxo de trabalho."

"Você também entende de mercado imobiliário?" O quarto finalmente está quente, então tiro os sapatos e cruzo as pernas.

"Não, nem um pouco, mas sou bom com números", ele se gaba. "Vai ser divertido. Seattle é uma cidade bonita. Já foi?"

"Já, é a minha cidade preferida. Não que eu tenha muitas para escolher..."

"Também é a minha preferida. Sou de Ohio, então não vi muita coisa. Comparada com Ohio, Seattle é tipo Nova York."

De repente, fico genuinamente interessada em saber mais sobre Trevor. "Por que você veio para Washington?"

"Bom, minha mãe morreu no meu último ano do colégio, e eu tive que sair de casa. O mundo é bem grande, né? Então, pouco antes de ela morrer, prometi que não iria passar o resto da vida naquela cidade horrível em que a gente morava. O dia em que fui aceito na wcu foi o melhor e o pior da minha vida."

"Pior?", pergunto.

"Ela morreu no mesmo dia. Que ironia, não?" Ele abre um sorriso amarelo. Apenas metade de sua boca se curva, um charme.

"Sinto muito."

"Não... não se preocupe. O lugar dela não era aqui com o restante de nós. Era uma pessoa muito boa, sabe? Minha família teve mais tempo com ela do que merecia, e eu não mudaria nada na maneira como as coisas aconteceram", diz ele. Então abre um sorriso sincero e gesticula na minha direção. "E você? Vai ficar aqui para sempre?"

"Não, sempre quis me mudar para Seattle. Mas ultimamente tenho pensado em ir ainda mais longe", admito.

"Pois vá. Você tem que viajar e ver tudo o que puder. Uma mulher como você não pode ficar presa numa caixa." Trevor provavelmente notou alguma coisa estranha em meu rosto, pois se apressa em acrescentar: "Desculpa... Só quis dizer que você é capaz de muita coisa. Tem talento, sei disso".

Mas não estou incomodada com o que ele disse. Ser descrita como uma mulher me deixou feliz. Sempre me senti como uma criança por causa do jeito como sou tratada. Trevor é só um amigo, um novo amigo, mas estou muito contente por ter sua companhia neste dia terrível.

"Já jantou?", pergunto.

"Ainda não. Estava pensando em pedir uma pizza, para não ter que voltar para aquela nevasca." Ele ri.

"Podemos rachar uma?", ofereço.

"Fechado", diz ele, com o olhar mais gentil que vejo em muito tempo.

6

HARDIN

Toda vez que tenta parecer autoritário, meu pai fica com a mesma cara de idiota, exatamente a que está fazendo agora, com os braços cruzados e bloqueando a minha entrada na porta de casa.

"Tessa não vai aparecer aqui, Hardin... Ela sabe que aqui você a encontraria."

Reprimo um impulso de esmurrar os dentes dele goela abaixo. Em vez disso, passo as mãos no cabelo, estremecendo ao sentir a pontada de dor em meus dedos. Os cortes estão mais profundos do que o habitual. Socar a parede foi pior do que eu imaginava. Mas não é nada comparado ao que sinto por dentro. Nunca soube que este tipo de dor existia; é muito pior do que qualquer dor física que eu poderia infligir a mim mesmo.

"Filho, acho que você precisa dar um pouco de espaço para ela."

Quem diabos ele pensa que é?

"Espaço? Ela não precisa de espaço! Ela precisa voltar para casa!", grito. A velha da casa ao lado nos olha, e eu olho de volta, erguendo os braços.

"Por favor, não seja mal-educado com meus vizinhos", meu pai me avisa.

"Então fala para os seus vizinhos cuidarem da própria vida!" *Isso* eu tenho certeza de que a velhota da cabeça branca ouviu.

"Tchau, Hardin", diz meu pai, com um suspiro, e fecha a porta.

"*Caralho!*", grito e ando de um lado para o outro na varanda algumas vezes antes de voltar para o carro.

Onde diabos ela se meteu? Mesmo em meio à raiva, estou louco de preocupação. Será que está sozinha ou com medo? Conhecendo Tessa, é claro que não está com medo; provavelmente está pensando nos motivos por que me odeia. Ou melhor, deve estar fazendo uma lista. Aquela necessidade constante de estar no controle de tudo e as listas idiotas me deixavam maluco, mas agora tudo que quero é vê-la anotando as coisas mais irrelevantes. Daria qualquer coisa para vê-la mordendo o lábio inferior, absolutamente concentrada, ou ver seu rosto bonito se franzindo uma vez mais. Agora que ela está com Noah e com a mãe, a pequena chance que achei que ainda tinha se foi. Assim que se lembrar dos motivos por que Noah é melhor para ela do que eu, vai voltar para ele.

Ligo de novo mesmo assim, pela vigésima vez, e a chamada cai direto na caixa postal. Que merda, sou um idiota mesmo. Depois de passar uma hora dirigindo de uma biblioteca a outra e passar por todas as livrarias da cidade, decido voltar para o apartamento. Talvez ela apareça, quem sabe... Mas sei que não vai.

Mas e se aparecer? Preciso arrumar a bagunça e comprar uns pratos novos para substituir os que quebrei atirando nas paredes, só para o caso de ela voltar para casa.

A voz de um homem reverbera pelo ar, e faz meus ossos vibrarem: "Cadê você, Scott?".

"Eu vi quando ele saiu do bar. Tenho certeza de que está aqui", diz outro homem.

Saio da cama e sinto o piso frio sob meus pés. No começo achei que fosse meu pai e seus amigos, mas agora acho que não.

"Saia, saia de onde você está!", a voz mais grave grita, e ouço um estrondo enorme.

"Ele não está aqui", diz minha mãe assim que termino de descer a escada e vejo quem são. Minha mãe e quatro homens.

"Ei, olha só o que temos aqui", diz o homem mais alto. "Quem diria que a mulher do Scott era tão gostosa?" Ele segura minha mãe pelo braço e a puxa para fora do sofá.

Ela agarra sua camisa desesperadamente. "Por favor... ele não está em casa. Se é dinheiro que está devendo, dou tudo o que tenho. Pode levar qualquer coisa da casa, até a televisão..."

Mas o homem ri da cara dela. "Televisão? Não quero televisão nenhuma, porra."

Vejo minha mãe lutar para se livrar dele, quase como um peixe que pesquei uma vez. "Tenho algumas joias, não muitas... mas por favor..."

"Cala a boca!", diz outro homem, dando-lhe um tapa.

"Mãe!", exclamo e corro até a sala de estar.

"Hardin... volta lá para cima!", ela grita, mas não vou deixar minha mãe com esses homens maus.

"Sai daqui, seu merdinha", diz um deles, me empurrando de bunda no chão. "Olha aqui, sua vadia, o problema é que seu marido fez isso aqui", ele rosna, apontando para um corte enorme na própria careca. "E, como ele não está aqui, a única coisa que a gente quer é *você*." Ele sorri, e ela esperneia para se soltar.

"Hardin, meu amor, vai lá pra cima... Agora!", grita ela.

Espera aí, por que ela está com raiva de mim?

"Acho que ele quer ver", diz o homem machucado, jogando-a no sofá.

Acordo num sobressalto e sento na cama.

Caralho.

Toda noite agora é isso, e está ficando cada vez pior. Estava tão acostumado a não ter mais pesadelos que até conseguia dormir. Por causa dela, tudo por causa dela.

Mas aqui estou eu, às quatro da manhã, num lençol todo sujo de sangue por causa dos dedos machucados e uma dor de cabeça de matar por causa dos pesadelos.

Fecho os olhos e tento fingir que ela está aqui, torcendo para que o sono volte.

7

TESSA

"Tess, acorda, gata", Hardin sussurra, tocando os lábios na pele macia sob minha orelha. "Você fica tão bonita quando está acordando."

Abro um sorriso e o puxo pelos cabelos para ver seu rosto. Esfrego o nariz contra o dele, e ele ri.

"Eu te amo", diz e cola os lábios nos meus.

Só que eu não sinto nada. "Hardin?", chamo. "Hardin?"

Mas ele desaparece do meu lado...

Abro os olhos e sou lançada de volta no mundo real. O quarto estranho está um breu, e por um segundo não sei onde estou. E então me lembro: num quarto de motel. Sozinha. Pego o celular no criado-mudo e vejo que ainda são quatro da manhã. Enxugo as lágrimas do canto dos olhos e fecho-os novamente, para tentar voltar para Hardin, mesmo que seja apenas num sonho.

Quando acordo de novo, são sete horas. Entro debaixo do chuveiro e tento aproveitar a água quente e relaxante. Seco o cabelo e passo a maquiagem; hoje é o primeiro dia em que sinto minha aparência minimamente decente. Preciso me livrar dessa... *bagunça* dentro de mim. Sem saber o que fazer, sigo o exemplo da minha mãe e capricho na maquiagem para esconder o que tenho por dentro.

Quando termino, pareço revigorada de alguma forma, e até bonita. Faço cachos no cabelo, tiro o vestido branco da mala e faço uma careta. Ainda bem que tem um ferro de passar no quarto. Está frio demais para este vestido, que não cobre nem os joelhos, mas não vou ficar na rua por muito tempo. Pego umas sapatilhas pretas e coloco na cama, ao lado do vestido.

Antes de me vestir, arrumo as malas de novo, para deixar tudo pronto. Espero que minha mãe ligue com alguma notícia boa sobre o alojamento. Caso contrário, vou ter que ficar aqui até ela conseguir alguma coisa, o que vai acabar com o pouco dinheiro que tenho em dois tempos. Talvez eu devesse procurar um lugar para alugar. Quem sabe não consigo bancar um apartamento pequeno perto da Vance?

Abro a porta e vejo que o sol da manhã derreteu a maior parte da neve. Ainda bem. Assim que destranco o carro, Trevor sai do seu quarto, a duas portas do meu. Está de terno preto e gravata verde; bem elegante.

"Bom dia! Eu poderia ajudar com isso, sabe", diz ele, ao me ver carregando minhas malas.

Na noite anterior, depois que de comer pizza, vimos um pouco de TV e contamos histórias sobre a faculdade. Como ele já era formado, tinha muito mais a dizer do que eu. E, embora eu realmente tenha gostado de ouvir sobre como a minha experiência na faculdade poderia — e deveria — ter sido, fiquei um pouco triste também. Não foi uma boa ideia ter ido a tantas festas com gente como Hardin. Seria melhor ter encontrado um grupo pequeno de amigos de verdade. Teria sido tão diferente, tão melhor.

"Dormiu bem?", pergunta ele, tirando um molho de chaves do bolso. Em seguida, apertando um único botão, liga o motor do BMW. Claro que o BMW é dele.

"Seu carro liga sozinho?" Eu dou risada.

Ele me mostra a chave. "Na verdade, ele precisa dessa coisa aqui para ligar."

"Que chique." Abro um sorriso levemente sarcástico.

"Conveniente", rebate ele.

"Extravagante?"

"Um pouco." Trevor ri. "Mas, ainda assim, muito conveniente. Você está muito bonita hoje, como sempre."

Coloco a bagagem no porta-malas. "Obrigada, está um frio terrível", digo e sento no banco do motorista.

"Vejo você no trabalho, Tessa", ele diz e entra no BMW.

Apesar do sol, ainda está frio, então coloco a chave depressa na ignição e giro para ligar o aquecimento.

Clique... clique... clique... é tudo o que o carro faz.

Franzindo a testa, tento de novo e obtenho o mesmo resultado.

"Vai acontecer tudo ao mesmo tempo mesmo?", reclamo em voz alta e bato as palmas das mãos contra o volante.

Tento ligar o carro pela terceira vez, mas claro que nada acontece, nem mesmo o clique-clique. Ergo os olhos e fico feliz que Trevor ainda esteja por perto. Ele abre a janela, e eu dou risada da minha própria desgraça.

"Pode me dar uma carona?", pergunto, e ele faz que sim com a cabeça.

"Claro. Acho que sei aonde você está indo...", responde com uma risada, e eu salto do carro.

Durante o curto trajeto até a Vance, não consigo conter a tentação de ligar o celular. Surpreendentemente, Hardin não mandou mais nenhuma mensagem. Tenho alguns recados de voz, mas não sei se são dele ou da minha mãe. Decido não ouvir, por via das dúvidas. Em vez disso, escrevo para minha mãe perguntando sobre o alojamento. Trevor me deixa na porta do prédio, para eu não ter que andar no frio, o que é muito gentil da parte dele.

"Você parece mais descansada", diz Kimberly, com um sorriso, assim que entro e pego um donut.

"Estou me sentindo um pouco melhor. Mais ou menos", digo enquanto pego uma xícara de café.

"Pronta para amanhã? Estou ansiosa pelo fim de semana... Seattle tem lojas incríveis, e a gente pode se divertir enquanto o sr. Vance e Trevor estiverem nas reuniões. É... hã... Você já falou com Hardin?"

Hesito por um instante, mas acabo decidindo contar a ela. Kimberly provavelmente vai descobrir de qualquer forma. "Não. Na verdade, tirei minhas coisas do apartamento ontem", digo, e ela franze a testa.

"Que pena. Mas com o tempo tudo melhora."

Espero que ela esteja certa.

Meu dia passa mais rápido do que o esperado, e termino o manuscrito da semana mais cedo. Estou animada para ir a Seattle, e espero conseguir esquecer Hardin, pelo menos um pouco. Segunda-feira é meu aniversário, e não estou nem um pouco ansiosa pela data. Se as coisas não tivessem desmoronado tão depressa, estaria a caminho da Inglaterra com

Hardin na terça-feira. Também não quero passar o Natal com a minha mãe. Espero que, até lá, já esteja no alojamento de novo — mesmo que o lugar fique às moscas —e aí eu dou um jeito de arrumar um pretexto bom o suficiente para não aparecer na casa dela. Sei que é Natal, e que isso é horrível da minha parte, mas não estou exatamente em clima de festa.

No fim do dia, minha mãe me manda uma mensagem, dizendo que ainda não teve retorno sobre o alojamento. *Ótimo*. Pelo menos só falta uma noite até a viagem para Seattle. Pular de um lugar para outro não tem a menor graça.

Enquanto me arrumo para ir embora, lembro que não vim de carro para o trabalho. Espero que Trevor ainda não tenha saído.

"Vejo você amanhã. A gente se encontra aqui, e o motorista do Christian nos leva para Seattle", avisa Kimberly.

O sr. Vance tem motorista?

Claro que tem.

Assim que saio do elevador, vejo Trevor sentado num dos sofás do saguão do prédio; a combinação do sofá preto com o terno preto e os seus olhos azuis é muito atraente.

"Não sabia se você ia precisar de uma carona e não queria interromper seu trabalho", diz ele.

"Obrigada, é muito gentil da sua parte. Vou chamar alguém para ver o carro assim que chegar ao motel." Está um pouco mais quente agora do que de manhã, mas ainda assim está um gelo lá fora.

"Posso esperar com você, se quiser. Já consertaram o encanamento lá em casa, então não vou dormir no motel de novo, mas se você..." Ele para de falar de repente e arregala os olhos.

"O que foi?", pergunto, seguindo seu olhar até ver que Hardin está de pé no estacionamento, do lado de seu carro, olhando furioso para mim e Trevor.

Perco o fôlego de novo. Sério mesmo que as coisas podem ficar ainda piores?

"Hardin, o que você está fazendo aqui?", pergunto, pisando duro na direção dele.

"Bem, você não atende o telefone, então não tenho muita escolha, né?"

"Eu não atendo por um motivo, você não pode simplesmente aparecer no meu trabalho!", grito de volta.

Trevor parece desconfortável e intimidado pela presença de Hardin, mas não sai de perto de mim. "Está tudo bem? Me avise quando estiver pronta."

"Pronta para quê?", pergunta Hardin, com um brilho selvagem nos olhos.

"Ele vai me levar de volta para o motel, porque o meu carro quebrou."

"Motel?!" Hardin levanta a voz.

Antes que eu possa impedi-lo, Hardin está segurando Trevor pela gola do paletó, empurrando-o contra uma caminhonete vermelha.

"Hardin! Para! Solta ele! Não está acontecendo nada entre nós!", digo. Não sei por que estou me explicando para ele, mas não quero ver Trevor machucado.

Hardin solta a roupa de Trevor, mas não se afasta dele.

"Sai de perto dele, agora." Seguro o ombro de Hardin, e ele relaxa um pouco.

"Fica longe dela", ele rosna, com o rosto a apenas poucos centímetros do de Trevor.

Trevor parece pálido. Mais uma vez, envolvi na confusão alguém que não merece nada disso.

"Desculpa", digo a Trevor.

"Tudo bem, você ainda precisa de carona?", pergunta ele.

"Não, não precisa", Hardin responde por mim.

"Preciso, sim, por favor", digo a Trevor. "Só um minuto."

Como o cavalheiro que é, Trevor faz que sim com a cabeça e vai me esperar no carro.

8

TESSA

"Não acredito que você está dormindo num motel." Ele passa as mãos pelo cabelo.

"Pois é... Nem eu."

"Você pode ficar no apartamento, eu volto para a república ou arranjo outro lugar."

"Não." Nem pensar.

"Por favor, não dificulta as coisas." Ele esfrega a testa.

"Como assim? Você só pode estar brincando! Eu nem devia estar falando com você!"

"Que tal você se acalmar? Agora me fala, qual o problema com o seu carro? E por que aquele cara estava num motel?"

"Não sei o que aconteceu com o carro", resmungo. E não vou responder sobre Trevor, Hardin não tem nada com isso.

"Vou dar uma olhada."

"Não, eu vou chamar alguém. Vai embora."

"Vou seguir você até o motel." Ele aponta com a cabeça para a estrada.

"Quer parar?", rosno, e Hardin revira os olhos. "Isso é mais um joguinho seu para ver até onde você consegue me pressionar?"

Ele dá um passo para trás como se tivesse levado um empurrão. O carro de Trevor ainda está no estacionamento, esperando por mim.

"Não, não é isso que estou fazendo. Como você ainda pode pensar assim depois de tudo que eu fiz?"

"Eu penso assim *exatamente* por causa de tudo que você fez", respondo, quase rindo da maneira dele de dizer as coisas.

"Só quero que você fale comigo. Sei que a gente pode resolver isso."

Hardin já me enganou tanto que nem sei mais qual é a verdade.

"Sei que você também sente a minha falta", diz ele, recostando contra seu carro. Suas palavras me deixam de queixo caído. Quanta arrogância.

"É isso que você quer ouvir? Que eu sinto falta de você? Claro que sim, mas quer saber? Não é de você que eu sinto falta, mas de quem eu achei que você fosse. Agora que sei quem você é de verdade, o que eu mais quero é distância!", grito.

"Você sempre soube quem eu era! Nunca deixei de ser eu mesmo, e você sabe disso!", ele grita de volta.

Por que não podemos conversar sem gritar um com o outro? Porque ele me deixa louca, claro.

"Sei coisa nenhuma. Se soubesse, eu..." Interrompo o que ia dizer antes de admitir que quero perdoá-lo. O que quero fazer e o que sei que preciso fazer são duas coisas completamente diferentes.

"Você o quê?", pergunta ele. Claro que Hardin não perderia a chance de me pressionar a falar.

"Nada, é melhor você ir embora."

"Tess, você não sabe como os últimos dias estão sendo para mim. Não consigo dormir, não consigo fazer nada sem você. Preciso saber se existe uma chance de..."

Eu o interrompo antes que ele termine a frase.

"Como os últimos dias estão sendo para *você*?" Como ele pode ser tão egoísta? "E como você acha que estão as coisas para mim, Hardin? Tenta imaginar como é ter a sua vida completamente dilacerada em questão de horas! Tenta imaginar abrir mão de tudo por uma pessoa por quem se apaixonou e depois descobrir que era tudo uma brincadeira, uma aposta! Como você acha que é essa sensação?" Dou um passo na direção dele, agitando as mãos freneticamente. "Como você acha que é a sensação de deixar de falar com a minha mãe por causa de alguém que não dá a mínima por mim? Como você acha que é a sensação de passar a noite numa merda de um quarto de motel? Como você acha que é a sensação de tentar seguir em frente com a minha vida com você me seguindo por tudo o que é canto? Você simplesmente não sabe parar!"

Ele fica calado, então continuo meu discurso. Parte de mim acha que estou sendo dura demais com ele, mas ele me traiu da pior maneira possível, e merece tudo isso.

"Nem tenta vir me dizer que está sendo difícil, porque foi você que criou essa situação! Você estragou tudo, como sempre faz! Então quer saber? Não tenho pena de você... Na verdade, tenho, sim. Tenho pena porque você nunca vai ser feliz. Você vai ficar sozinho para o resto da vida, e isso me faz sentir pena de você. Eu vou seguir em frente, encontrar um cara legal que vai me tratar do jeito que você deveria ter tratado, e nós vamos casar e ter filhos. Eu vou ser feliz."

Dizer tanta coisa de uma só vez me deixa sem fôlego, e Hardin está me olhando boquiaberto e com os olhos vermelhos.

"Sabe a pior parte? É que você me avisou, disse que ia acabar comigo, e eu não ouvi." Tento desesperadamente refrear as lágrimas, mas não consigo. Elas escorrem livremente por meu rosto, borrando a maquiagem e fazendo meus olhos arderem.

"De-desculpa... Eu vou embora", ele diz baixinho.

Hardin parece completamente derrotado, do jeito como eu queria que ficasse, mas a cena não me proporciona a satisfação que imaginava sentir.

Talvez eu pudesse tê-lo perdoado se tivesse me contado a verdade, mesmo depois de termos dormido juntos. Mas ele resolveu esconder tudo de mim, ofereceu dinheiro pelo silêncio das pessoas e tentou me prender, me fazendo assinar um contrato de aluguel com ele. Minha primeira vez é algo que nunca vou esquecer, e ele destruiu isso.

Corro para o carro de Trevor e sento no banco do carona. O aquecimento está ligado, soprando um vento morno no meu rosto e misturando-se com minhas lágrimas quentes. Trevor não fala nada, e mais uma vez fico grata por seu silêncio enquanto ele dirige até o motel.

Quando o sol se põe, me forço a tomar um banho quente, bem quente. A expressão no rosto de Hardin ao se afastar de mim e entrar no carro ainda está gravada bem fundo na minha mente. Vejo seu rosto toda vez que fecho os olhos.

Meu celular parou de tocar desde então. Fui ingênua de achar que tínhamos como dar certo. Que, apesar de nossas diferenças e do temperamento de Hardin... bom, do nosso temperamento... conseguiríamos arrumar um jeito de fazer as coisas funcionarem entre nós. Não sei como, mas acabo conseguindo adormecer.

Na manhã seguinte, estou levemente ansiosa por causa da minha primeira viagem a trabalho e começo a entrar em pânico. Para piorar, esqueci de chamar alguém para consertar o carro. Procuro o mecânico mais próximo e ligo. Provavelmente consertar o carro no fim de semana vai me custar mais caro, mas essa é a menor das minhas preocupações agora. Não toco no assunto com o homem simpático do outro lado da linha, na esperança de que eles não me cobrem por isso.

Me arrumo, fazendo cachos e passando mais maquiagem do que o habitual. Escolho um vestido azul-marinho que nunca usei, algo que comprei porque sabia que Hardin iria gostar do jeito como o tecido fino adere às minhas curvas. O vestido em si não mostra muita coisa; a bainha chega até logo abaixo dos joelhos e as mangas vão até a metade do braço. Mas o caimento é perfeito.

Odeio que tudo me faça pensar nele. Fitando-me no espelho, imagino-o olhando para a minha roupa, o jeito como suas pupilas se dilatariam e ele lamberia os lábios antes de puxar o piercing da boca com os dentes enquanto me veria arrumar o cabelo uma última vez.

Uma batida à porta me traz de volta à realidade.

"Srta. Young?", pergunta o homem de uniforme azul de mecânico assim que abro a porta.

"Sou eu", respondo e abro a bolsa para pegar as chaves. "Aqui. É o Corolla branco", digo ao entregá-las a ele.

Ele olha para trás. "Corolla branco?", pergunta, confuso.

Dou um passo para fora. O meu carro... sumiu.

"Ué... Bom, vou ligar para a recepção para ver se eles rebocaram o carro, porque ele estava aqui ontem." Que excelente maneira de começar o dia.

"Alô, aqui é Tessa Young, do quarto 36", digo quando o rapaz da recepção atende. "Por acaso vocês rebocaram o meu carro?" Estou tentando ser gentil, mas isso é realmente frustrante.

"Não, ninguém rebocou carro nenhum", responde ele.

Não estou entendendo nada. "Certo, então meu carro deve ter sido roubado ou coisa do tipo..." Se alguém tiver roubado meu carro, estou mais do que ferrada. Está quase na hora de sair.

"Não, seu amigo veio buscar hoje de manhã."

"Meu amigo?"

"É, o cara das... das tatuagens e tal", ele responde baixinho, como se Hardin pudesse ouvi-lo.

"O quê?" Ouvi muito bem o que ele falou, mas não consigo pensar em mais nada para dizer.

"Pois é, ele veio com um guincho hoje de manhã, deve ter duas horas mais ou menos", continua ele. "Desculpa, achei que você sabia..."

"Obrigada", resmungo e desligo. Em seguida, me viro para o mecânico e digo: "Mil desculpas, mas parece que alguém já tinha levado meu carro para outro mecânico. E eu não sabia. Desculpa desperdiçar seu tempo".

Ele sorri e me garante que não tem problema.

Depois da briga de ontem com Hardin, esqueci completamente que ia precisar de uma carona para o trabalho. Ligo para Trevor para avisar, e ele me diz que já pediu ao sr. Vance e Kimberly para passarem no motel no caminho para Seattle. Depois de agradecer, desligo e abro as cortinas. Um carro preto entra no estacionamento e para bem na frente do meu quarto. A janela se abre e vejo o cabelo loiro de Kimberly.

"Bom dia! Viemos te salvar!", ela anuncia com uma risada, assim que abro a porta. Trevor, tão inteligente e tão gentil, sempre se antecipando a tudo.

O motorista salta do carro, me cumprimenta levando os dedos à aba do quepe e pega minha bagagem para guardar no porta-malas. Quando abre a porta traseira, vejo dois bancos de couro, um de frente para o outro. Kimberly, sentada sozinha num deles, dá um tapinha ao seu lado, me convidando para ficar junto dela. Do outro, o sr. Vance e Trevor me examinam com uma expressão divertida no rosto.

"Pronta para a sua escapadinha de fim de semana?", pergunta Trevor, com um sorriso animado.

"Mais do que você pode imaginar", respondo e entro no carro.

9

TESSA

Assim que pegamos a estrada, Trevor e o sr. Vance retomam o que parece ser uma conversa séria sobre o preço do metro quadrado em um prédio novo em Seattle. Kimberly me cutuca com o cotovelo e depois imita, com as mãos, os dois falando.

"Esses meninos são sérios demais", diz. "Trevor comentou que o seu carro está com algum defeito."

"É. Não sei o que foi ainda", respondo, tentando manter a voz tranquila, o que se torna mais fácil com o sorriso gentil de Kimberly. "Ontem não quis pegar de jeito nenhum, então chamei alguém para consertar. Mas Hardin já tinha mandado alguém buscar."

Ela sorri. "Persistente, hein?"

Solto um suspiro. "Pois é. Só queria que ele me desse um tempo para absorver tudo isso."

"Absorver o quê?", pergunta ela. Esqueço que Kimberly não sabe da aposta, da minha humilhação, e eu certamente não quero contar. Ela só sabe que Hardin e eu terminamos.

"Sei lá, tudo. Tem tanta coisa acontecendo ao mesmo tempo, e ainda não tenho nem onde morar. Parece que ele não está levando isso a sério como deveria. Acha que pode brincar comigo e com a minha vida como se eu fosse uma marionete. Que pode simplesmente aparecer e pedir desculpas que tudo vai ser perdoado, mas não é assim que funciona. Não mais", concluo, com um suspiro pesado.

"Gostei de ver. Fico feliz que não esteja deixando ninguém se aproveitar de você."

É um alívio que Kimberly não peça mais detalhes. "Obrigada. Eu também."

Estou realmente orgulhosa de mim mesma por ter peitado Hardin e não ter me rendido a suas pressões, mas, ao mesmo tempo, me sinto péssima pelas coisas que disse ontem. Sei que ele merecia, mas não consigo deixar de pensar: *E se ele realmente estiver tão preocupado quanto diz?* Mas, mesmo que em algum lugar lá no fundo ele esteja arrependido, não acho que seja o suficiente para garantir que não vai me magoar de novo.

Porque é isso que ele faz: machuca as pessoas.

Mudando de assunto, Kimberly diz, toda animada: "A gente devia sair hoje à noite logo depois da última palestra. No domingo, esses dois vão passar a manhã toda em reuniões, então nós duas podemos fazer umas compras. E talvez seja uma boa ideia sair no sábado à noite também. O que você acha?"

"Sair para onde?", pergunto, rindo. "Tenho dezoito anos."

"Ah, por favor. Christian conhece um monte de gente em Seattle. Com ele, você entra em qualquer lugar." Adoro o jeito como seus olhos brilham quando fala do sr. Vance, mesmo que ele esteja bem na frente dela.

"Legal", digo. Nunca fui "para a noite" antes. Fui a algumas festas da fraternidade, mas nunca pisei numa casa noturna nem nada do tipo.

"Vai ser divertido, não se preocupe", Kimberly me assegura. "E você *precisa* usar esse vestido", ela acrescenta, com uma gargalhada.

10

HARDIN

Você vai ficar sozinho para o resto da vida, e isso me faz sentir pena de você. Eu vou seguir em frente, encontrar um cara legal que vai me tratar do jeito que você deveria ter tratado, e nós vamos casar e ter filhos. Eu vou ser feliz.

As palavras de Tessa continuam a ecoar na minha cabeça. Sei que ela está certa, mas quero desesperadamente que esteja errada. Nunca me importei de estar sozinho... até agora. Hoje sei o que estou perdendo.

"Você topa?" A voz de Jace interrompe meus pensamentos confusos.

"Hã, o quê?", pergunto. Quase esqueci que estava dirigindo. Ele revira os olhos e dá um trago no baseado.

"Perguntei se você topa. A gente vai na casa do Zed."

Solto um gemido. "Não sei..."

"Por que não? Está na hora de parar com a frescura. Você está emburrado feito uma criancinha, porra."

Olho feio para Jace. Se tivesse conseguido dormir na noite passada, esganaria o pescoço dele. "É nada", digo lentamente.

"É *sim*, cara. O que você está precisando hoje é encher a cara e comer alguém. Aposto que vai estar cheio de menina fácil lá."

"Não preciso comer ninguém." Não quero ninguém além dela.

"Ah, qual é, cara, só uma passada na casa do Zed. Se você não quiser comer ninguém, então pelo menos vamos tomar umas cervejas", insiste ele.

"Você não tem vontade de fazer outras coisas?", pergunto, e Jace me olha como se tivessem crescido chifres na minha testa.

"O quê?"

"Sei lá, você não acha que esse negócio de festas e pegar toda hora uma menina diferente está começando a cansar?"

"Ei, ei... É pior do que eu pensava. Você está mal, cara!"

"Não estou. Só estou falando. Fazer a mesma merda o tempo todo cansa."

55

Ele não sabe como é bom ficar deitado na cama fazendo Tessa rir, e como é divertido ouvi-la divagar sobre seus livros preferidos, e os tapas que me dá toda vez que tento passar a mão nela. É muito melhor do que qualquer festa.

"Ela pegou você de jeito, hein? Que merda, né?" Ele ri.

"Pegou nada", minto.

"Ah, claro..." Ele atira a ponta do baseado pela janela do carro. "Mas ela está solteira, não é?", pergunta e, ao me ver apertando o volante com força, ri ainda mais alto. "Estou brincando, Scott. Só provocando você."

"Vai se foder", resmungo e, como se quisesse provar alguma coisa, pego a saída para a casa do Zed.

11

TESSA

O Four Seasons de Seattle é o melhor hotel que já vi. Tento andar devagar, para absorver todos os detalhes maravilhosos, mas Kimberly praticamente me arrasta até o elevador e depois pelo corredor, deixando Trevor e o sr. Vance para trás.

Parando em frente a uma porta, ela diz: "Aqui é o seu quarto. Depois de desfazer as malas, vamos nos encontrar na nossa suíte para rever a programação do fim de semana, apesar de saber que você já fez isso. E troque de roupa, porque acho mesmo que você tinha que guardar esse vestido para hoje à noite". Ela me dá uma piscadinha e sai andando pelo corredor.

Este lugar nem se compara ao motel em que passei as duas últimas noites. Só um dos quadros do saguão deve custar mais do que a decoração de um quarto inteiro daquele motel. A vista da minha janela é incrível. Seattle é uma cidade muito linda. Posso facilmente me imaginar morando aqui, num apartamento de um desses edifícios altos, trabalhando na Seattle Publishing, ou até na Vance, agora que eles estão abrindo um escritório aqui. Ia ser incrível.

Depois de pendurar minhas roupas do fim de semana, visto uma saia lápis preta e uma blusa lilás. Estou animada com a conferência, mas apreensiva com a ideia de sair à noite. Sei que preciso espairecer um pouco, mas tudo isso é novidade para mim, e ainda sinto o vazio do estrago que Hardin causou.

Quando chego à suíte de Kimberly e do sr. Vance, são duas e meia da tarde. Estou ansiosa, porque sei que precisamos estar no salão de eventos às três.

Kimberly abre a porta, me cumprimenta toda animada e me conduz pelo quarto. A suíte deles tem uma sala de estar e uma sala de visitas separadas. Parece maior do que a casa da minha mãe inteira.

"Uau... que lindo!", digo.

O sr. Vance ri e se serve de um copo do que parece ser água. "Dá para o gasto."

"Pedimos uns aperitivos para todo mundo beliscar algo antes de descer. Deve chegar a qualquer momento", diz Kimberly, e sorrio, agradecendo. Só percebi agora que estava faminta, ao ouvi-la tocar no assunto. Não comi nada hoje.

"Pronta para se entediar até não aguentar mais?", pergunta Trevor, vindo da sala de estar.

"Para mim não vai ser chato", digo com um sorriso, e ele ri. "Acho que nunca mais vou querer sair daqui", acrescento.

"Nem eu", admite ele.

"Eu que o diga", diz Kim.

O sr. Vance balança a cabeça. "Isso pode ser providenciado, meu amor." Ele põe a mão nas costas dela, e eu desvio os olhos daquele gesto de intimidade.

"A gente devia trazer a sede para cá e se mudar todo mundo junto!", brinca Kimberly. Pelo menos eu acho que é brincadeira.

"Smith iria adorar Seattle", diz o sr. Vance.

"Smith?", pergunto, então me lembro do filho dele, que conheci no casamento, e fico vermelha. "Desculpe, seu filho, é claro."

"Tudo bem... é um nome estranho, eu sei." Ele ri e se encosta em Kimberly. Deve ser muito bom ter alguém carinhoso em quem confiar. Tenho inveja de Kimberly nesse aspecto, uma inveja inofensiva, mas não deixa de ser inveja. Ela tem um homem em sua vida que, obviamente, faria qualquer coisa para vê-la feliz. Que sortuda.

Abro um sorriso. "É um nome bonito."

Depois de comer, nós descemos, e eu me vejo numa sala de conferências enorme, repleta de pessoas que amam livros. É o paraíso.

"Contatos. Contatos. Contatos", diz o sr. Vance. "O negócio é fazer contatos." E, pelas três horas seguintes, ele me apresenta a quase todas as pessoas na sala. A melhor parte é que não me apresenta como sua estagiária, o sr. Vance me trata como adulta. Todos eles, aliás.

12

HARDIN

"Ei, vejam só quem está aqui", diz Molly, revirando os olhos, assim que Jace e eu entramos no apartamento de Zed.

"Bebaça, já?", pergunto a ela.

"E daí? Já são mais de cinco horas", comenta ela com um sorriso maligno. Balanço a cabeça negativamente em resposta, e ela diz: "Vem tomar uma comigo, Hardin". Em seguida, pega uma garrafa com uma bebida marrom e dois copinhos na bancada.

"Tudo bem. Uma só", digo, e ela sorri antes de encher os copos.

Dez minutos depois, estou revendo as fotos do meu celular. Queria ter deixado Tessa tirar mais fotos de nós juntos, assim teria mais para ver agora. Deus, ela me pegou de jeito mesmo, como Jace disse. É como se eu estivesse enlouquecendo aos poucos, e a pior parte é que não estou nem aí, desde que isso me ajude a me aproximar dela de novo.

Eu vou ser feliz, ela falou. Sei que não a fiz feliz, mas que seria capaz. Ao mesmo tempo, não é justo ficar enchendo o saco. Consertei o carro dela porque não queria obrigá-la a se preocupar com isso sozinha. E ainda bem que fiz isso, porque não teria descoberto que Tessa ia viajar para Seattle se não tivesse ligado para Vance dar uma carona para ela.

Por que ela não me contou? Aquele idiota do Trevor está lá com ela agora, em vez de mim. Sei que está de olho nela, e posso até imaginá-la se apaixonando por ele. O cara é exatamente o que ela precisa, e os dois são muito parecidos. Ao contrário de nós. Trevor poderia fazê-la feliz. Só de pensar nisso fico puto e com vontade de jogá-lo pela janela...

Mas de repente pode ser melhor dar um pouco de espaço para ela, uma chance de ser feliz. Tessa deixou bem claro ontem que não vai me perdoar.

"Molly!", chamo do sofá.

"O quê?"

"Me dá outra dose." E, mesmo sem olhar para ela, posso sentir seu sorriso triunfal dominar o ambiente.

13

TESSA

"Foi o máximo! Muito obrigada por ter me trazido, sr. Vance." Estou praticamente aos berros de tão agitada quando entramos no elevador.

"O prazer foi todo meu, você é uma das minhas melhores funcionárias. Estagiária ou não, tem muito talento. E eu já pedi, pelo amor de Deus, para me chamar de Christian", diz ele com uma aspereza fingida.

"Ah, pode deixar. Isso foi mais do que incrível, senhor... *Christian*. Foi demais ouvir todas aquelas pessoas falando sobre publicação digital, principalmente porque esse ramo só vai crescer, e é muito conveniente e prático para os leitores. Isso é importantíssimo, e o mercado não para de crescer...", começo a divagar.

"Verdade, verdade. E hoje nós ajudamos a Vance a crescer um pouco mais... imagine quantos clientes novos vamos alcançar quando tivermos otimizado completamente nossas operações", ele concorda.

"Então, já acabaram?", provoca Kimberly e enlaça o braço no de Christian. "Vamos trocar de roupa e sair pela cidade! É o primeiro fim de semana em meses que contratamos uma babá." Ela faz beicinho de brincadeira.

Ele sorri para Kim. "Sim, senhora."

Fico feliz que o sr. Vance — quero dizer, Christian — tenha uma segunda chance de ser feliz depois que sua esposa faleceu. Olho para Trevor, que abre um sorrisinho.

"Preciso de uma bebida", diz Kimberly.

"Eu também", concorda Christian. "Certo, todo mundo na recepção em meia hora. O motorista vai pegar a gente na porta. E o jantar é por minha conta!"

Quando volto para o quarto, ligo o babyliss para retocar o cabelo. Passo uma sombra escura nas pálpebras e me olho no espelho. Ficou um tanto pesada em mim, mas não muito. Complemento com um delineador preto e um pouco de blush nas bochechas, antes de arrumar o cabelo. O vestido azul-marinho que estava usando de manhã combinou ainda mais com a maquiagem escura e o cabelo com mais volume. Queria que Hardin...

Não, você não queria coisa nenhuma, repito para mim mesma ao calçar os sapatos pretos de salto. Por fim, pego meu celular e a bolsa antes de sair do quarto para encontrar meus amigos... eles são *mesmo* meus amigos?

Na verdade não sei, mas Kimberly sem dúvida parece minha amiga, e Trevor é muito gentil. Christian é meu chefe, então é um pouco diferente.

No elevador, mando uma mensagem para Landon, dizendo que estou me divertindo muito em Seattle. Sinto falta dele e torço para manter o contato, apesar de não estar mais com Hardin.

Quando saio do elevador, vejo o cabelo preto de Trevor perto da entrada do saguão. De calça social preta e suéter creme, ele me lembra um pouco Noah. Aproveito para admirar sua beleza por um segundo, antes de falar com ele. Quando seus olhos me encontram, se arregalam, e Trevor faz um barulhinho que fica no meio do caminho entre uma tossida e um chiado. Não consigo segurar o riso ao vê-lo todo vermelho.

"Você... você está linda", diz.

Sorrio e respondo: "Obrigada. Você também não está nada mal."

Suas bochechas parecem corar ainda mais. "Obrigado", murmura. É estranho vê-lo sem jeito. Trevor em geral é calmo e controlado.

"Lá estão eles!", ouço Kimberly chamar.

"Uau, Kim!", exclamo, abanando uma das mãos diante do rosto, como se estivesse tentando desfazer alguma mágica. Kimberly está deslumbrante, num vestido frente-única vermelho que mal chega à metade de suas coxas. Ela escovou o cabelo loiro curto para ficar bem liso, o que lhe dá um ar sensual e elegante ao mesmo tempo.

"Estou com a impressão de que vamos passar a noite tentando afastar os homens", diz Christian para Trevor, e os dois riem ao nos conduzirem para a rua.

Atendendo às ordens de Christian, o motorista nos leva a um restaurante de frutos do mar delicioso, onde experimento os bolinhos de salmão com caranguejo mais gostosos que já comi. Durante o jantar, Christian nos entretém com histórias engraçadas sobre sua época no mercado editorial de Nova York. Todos nos divertimos muito; Trevor e Kimberly o provocam um pouco, aproveitando-se de seu bom humor.

Em seguida, o motorista nos leva a um edifício de três andares todo de vidro bem próximo do restaurante. Através das janelas, posso ver centenas de luzes iluminando as silhuetas de pessoas dançando, o que cria uma atmosfera fascinante de luz e sombra entre membros e corpos em movimento. Não é muito diferente da imagem que eu tinha de uma casa noturna, embora muito maior e com muito mais gente.

Ao sairmos do carro, Kimberly me segura pelo braço. "Amanhã vamos a um lugar mais calmo... alguns dos caras da conferência queriam vir aqui, então aqui estamos!" Ela ri.

O segurança na porta tem uma prancheta nas mãos e está claramente controlando o acesso dos frequentadores. Uma fila de gente ansiosa se estende por toda a calçada até a esquina.

"Será que vamos ter que esperar muito?", pergunto a Trevor.

"Ah, não." Ele ri. "O sr. Vance não espera."

Logo entendo o que ele quer dizer. Christian sussurra algo para o segurança, e na mesma hora o homem imenso afasta a corda para nos deixar entrar. Fico um pouco tonta a princípio, com a música alta e as luzes piscando pelo ambiente carregado de fumaça.

Nunca vou entender por que as pessoas gostam de pagar para ficar com dor de cabeça e inalar fumaça sintética enquanto se espremem em meio a estranhos.

Uma mulher de vestido curto nos conduz por uma escada até uma pequena sala com cortinas finas servindo de parede. Lá dentro, há dois sofás e uma mesa.

"Aqui é uma área VIP, Tessa", diz Kimberly, ao notar que estou olhando ao redor com uma expressão de curiosidade.

"Ah", respondo e sento num dos sofás com os outros.

"O que você costuma beber?", Trevor me pergunta.

"Não costumo beber", respondo.

"Nem eu. Quer dizer, gosto de vinho, mas não sou muito de beber."

"Ah, não, *hoje* você vai beber, Tessa. Você está precisando!", exclama Kimberly.

"Eu...", começo a dizer.

"Ela vai tomar um Sex on the beach, e eu também", ela diz à garçonete.

A moça faz que sim com a cabeça. Christian pede um drinque que nunca ouvi falar e Trevor, uma taça de vinho tinto. Ninguém me perguntou ainda se sou maior de idade ou não. Talvez eu pareça mais velha do que sou, ou talvez Christian seja conhecido o bastante aqui para as pessoas não quererem perturbar seus convidados com perguntas.

Não tenho ideia do que é Sex on the beach, mas prefiro não mostrar minha ignorância. Quando a moça retorna, me entrega um copo com um pedaço de abacaxi e um guarda-chuvinha rosa no alto. Agradeço a ela e dou um gole pelo canudo. É mesmo muito bom, doce, mas com um toque levemente azedo.

"Gostou?", pergunta Kim, e eu faço que sim, tomando outro longo gole.

14

HARDIN

"Ah, qual é, Hardin. Só mais um", Molly me diz ao pé do ouvido.

Ainda não decidi se quero encher a cara. Já tomei três doses e sei que, se tomar a quarta, vou ficar *bêbado*. Por um lado, chapar o máximo possível e esquecer tudo o que está acontecendo parece boa ideia. Mas, por outro, preciso manter minha capacidade de raciocinar.

"Quer sair daqui?", pergunta ela, enrolando as palavras.

Molly está cheirando a maconha e uísque. Parte de mim quer levá-la para o banheiro e transar com ela, só porque posso. Só porque Tessa está em Seattle com o merdinha do Trevor, e eu estou a três horas de distância, semibêbado nesta porcaria de sofá.

"Qual é, Hardin, você sabe que posso fazer você esquecer essa garota", diz ela, pulando no meu colo.

"O quê?", pergunto enquanto ela envolve os braços em minha nuca.

"A Tessa. Posso fazer você se esquecer dela. Pode me foder até não lembrar mais nem o nome dela." Sua respiração quente toca o meu pescoço, e eu me afasto.

"Sai de cima de mim", digo.

"Que porra é essa, Hardin?", Molly rosna, com o ego nitidamente ferido.

"Não quero você", digo bruscamente.

"Desde quando? Você nunca teve problema em me comer *várias vezes*."

"Não depois que...", começo a dizer.

"Não depois *do quê*?" Ela levanta do sofá, sacudindo os braços descontroladamente. "Depois que conheceu aquela vadia metida a besta?"

Antes de fazer uma bobagem, tento lembrar que Molly é uma mulher — e não o monstro que está falando comigo. "Não fala assim dela." Eu me levanto.

"É verdade, e agora olhe só para você. Está de quatro feito um cachorrinho por causa de uma santinha que virou puta e obviamente não quer nada com você!", ela grita, rindo ou chorando, não sei. Com Molly, as duas coisas são sempre iguais.

Cerro os punhos, e Jace e Zed aparecem ao lado dela. Molly leva uma das mãos ao ombro de Jace. "Falem para ele. Podem dizer que ele virou um chato depois de ser desmascarado por nós na frente dela."

"Nós, não. *Você*", Zed a corrige.

Molly o fulmina com o olhar. "Dá no mesmo", ela rebate, e ele revira os olhos.

"Qual é o problema?", Jace pergunta.

"Nada", respondo por ela. "Molly só está puta porque não vamos trepar e ela está necessitada."

"Não... estou chateada porque você é um *escroto*. Ninguém mais quer você por perto mesmo. Foi por isso que o Jace me mandou contar para ela."

A raiva faz minha vista ficar borrada. "Ele o quê?", pergunto com os dentes cerrados. Sabia que Jace era um babaca, mas tinha certeza de que Molly havia contado para Tessa por ciúme.

"É, foi ele quem me mandou contar. Estava tudo planejado: eu ia dizer tudo bem na sua frente, depois que ela tivesse tomado uns drinques, e então ele ia correr atrás dela, para consolar a pobrezinha, enquanto você ficava chorando feito um criançion." Ela ri. "O que foi que você disse, Jace? Que ia 'meter até ela virar os olhinhos'?", pergunta Molly, usando os dedos para desenhar aspas no ar.

Dou um passo na direção de Jace.

"Ei, cara, foi só uma brincadeira", ele começa a dizer.

Se não me engano, vejo um sorriso se esboçar nos lábios de Zed assim que acerto um murro no queixo de Jace.

Depois de repetidos socos no rosto de Jace, não sinto mais meus dedos; minha raiva domina tudo, e eu subo em cima dele para continuar a agressão. Imagens dele tocando Tessa, beijando-a, despindo-a, invadem minha mente em flashes, me fazendo bater com cada vez mais força. O sangue em seu rosto só me encoraja a continuar, a querer machucá-lo o máximo que puder.

Sinto mãos fortes me afastando dele e vejo seus óculos de armação preta quebrados no chão, junto ao rosto ensanguentado.

"Ei, já chega! Você vai acabar matando o cara!", Logan grita, me trazendo de volta à realidade.

"Se algum de vocês tem alguma coisa a dizer para mim, fala agora!", grito para o grupo que um dia considerei meus amigos, ou a coisa mais próxima que já tive disso.

Ficam todos em silêncio, até mesmo Molly.

"Estou falando sério! Se alguém disser mais alguma palavra sobre ela, vou quebrar a cara de cada um de vocês, seus filhos da puta!" Dou uma última olhada em Jace, que está se esforçando para levantar do chão, e saio do apartamento de Zed para a noite fria.

15

TESSA

"Esse negócio é uma delícia!", praticamente grito para Kimberly ao mandar goela abaixo o restante de minha bebida frutada. Reviro o gelo avidamente com o canudinho para não desperdiçar nada.

Ela sorri. "Quer outro?" Seus olhos estão um pouco vermelhos, mas Kimberly ainda mantém a compostura, enquanto eu já estou me sentindo esquisita e meio zonza.

Bêbada. É a palavra que estou procurando.

Concordo com a cabeça ansiosamente e me vejo tamborilando os dedos nos joelhos ao ritmo da música.

"Tudo bem?", Trevor ri ao perceber.

"Tudo. Muito bem, aliás!", grito por cima da música.

"A gente precisa dançar!", diz Kimberly.

"Eu não danço! Quero dizer, não sei dançar, não esse tipo de música!" Nunca dancei do jeito que as pessoas na pista estão fazendo, e normalmente ficaria paralisada de medo de me juntar a elas. Mas o álcool correndo em minhas veias me dá uma coragem que nunca tive. "Que se dane, vamos dançar!" Exclamo.

Kimberly sorri, então se vira e dá um beijo nos lábios de Christian, mais longo que o normal. Depois, num instante está de pé me puxando do sofá em direção à pista lotada. Ao passar por um corrimão, olho para baixo e vejo os dois andares inferiores repletos de pessoas dançando. Parecem todos tão perdidos em seu próprio mundo que formam uma visão intimidante e intrigante ao mesmo tempo.

Kimberly, evidentemente, dança muito bem, então fecho os olhos e simplesmente tento deixar a música tomar conta de meu corpo. Fico me sentindo estranha, mas tudo o que quero é me enturmar. Isso é só o que me resta.

Depois de várias músicas e mais dois drinques, a pista começa a girar.

Peço licença para ir ao banheiro, pego minha bolsa e abro caminho em meio a um mar sem-fim de corpos suados. Sinto o telefone vibrando na bolsa, então tiro o aparelho para ver quem é. Minha mãe. De jeito nenhum vou atender a essa ligação — estou bêbada demais para falar com ela agora. Quando chego à fila do banheiro, algo me faz olhar a lista de mensagens, e imediatamente enrugo a testa ao perceber que Hardin não me mandou mais nenhuma.

De repente posso ver o que ele anda fazendo...

Não. De jeito nenhum. Isso seria irresponsável, e amanhã eu iria me arrepender.

Na fila do banheiro, as luzes piscando contra as paredes começam a me incomodar. Procuro me concentrar na tela do celular, esperando a sensação ir embora. Quando a porta de uma das cabines finalmente se abre, entro às pressas e me debruço sobre o vaso sanitário, esperando meu corpo se decidir se vou ou não vomitar. Odeio essa sensação. Se Hardin estivesse aqui, iria me trazer um copo d'água e se oferecer para segurar meu cabelo.

Não. Ele não faria nada disso.

Eu devia ligar para ele.

Percebendo que não vou passar mal, saio da cabine e vou até a pia. Após apertar uns botões no celular, equilibro-o entre o ombro e o rosto e pego uma toalha de papel. Coloco o papel sob a torneira para molhá-lo, mas a torneira não abre até eu sacudi-lo diante do sensor — odeio essas pias automáticas. Meu delineador borrou um pouco, e pareço uma pessoa diferente. Meu cabelo está todo bagunçado, e meus olhos estão vermelhos. Depois do terceiro toque, desligo o telefone e ponho na borda da pia.

Por que diabos ele não atende?, me pergunto, e logo em seguida meu telefone começa a vibrar, quase caindo na água, o que me faz rir. Não sei por que, mas acho engraçado.

O nome de Hardin aparece na tela, e eu passo o dedo molhado sobre ela para atender à chamada. "Harold?", digo ao telefone.

Harold? Ai, Deus, bebi demais.

A voz de Hardin parece estranha e ofegante. "Tessa? Está tudo bem? Você me ligou?"

Nossa, a voz dele é divina.

"Não sei... tem alguma chamada minha aí no seu telefone? Porque, se tiver, provavelmente fui eu." Eu dou risada ao dizer isso.

Seu tom de voz muda. "Você andou bebendo?"

"Talvez", resmungo e jogo o papel molhado no lixo.

Duas meninas bêbadas entram no banheiro, e uma delas tropeça nos próprios pés, fazendo todas rirem. Elas cambaleiam para dentro da cabine maior, e eu volto minha atenção para a ligação.

"Onde você está?", Hardin pergunta com severidade.

"Ei, calma!" Ele sempre me diz para me acalmar, então agora é a minha vez.

Hardin suspira. "Tessa..." Dá para perceber que está com raiva, mas minha cabeça está confusa demais para se importar. "Quanto você bebeu?", pergunta.

"Não sei... uns cinco. Ou seis. Acho", respondo e me apoio na parede. A sensação do azulejo frio em minha pele quente através do tecido fino do vestido é uma delícia.

"Cinco ou seis o quê?"

"Sex on the beach... a gente nunca fez sexo na praia... Isso podia ter sido divertido", digo com um sorriso. Eu daria tudo para ver a cara idiota dele agora. Idiota não... *linda*. Mas idiota soa melhor.

"Ai, meu Deus, você está *bebaça*", diz ele. De alguma forma, sei que está passando as mãos pelos cabelos. "Onde você está?", pergunta de novo.

Sei que é imaturo da minha parte, mas respondo: "Longe de você".

"Isso é óbvio. Fala logo. Você está numa balada?", ele rosna.

"Iiiih... alguém ficou nervosinho." Eu dou risada.

Sem dúvida, ele está ouvindo a música ao fundo, e ameaça: "Eu posso descobrir onde você está rapidinho". Eu meio que acredito nele. Não que isso me preocupe.

As palavras saem antes que eu possa impedi-las: "Por que você não me ligou hoje?"

"O quê?", pergunta ele, obviamente surpreso.

"Você não tentou me ligar hoje." Que patética.

"Achei que você não queria."

"Não quero, mas mesmo assim..."

"Bom, amanhã eu ligo", diz ele, calmamente.

"Não desliga agora."

"Não vou desligar... Só estou dizendo que amanhã eu ligo de novo, mesmo que você não atenda", explica ele, e meu coração dispara.

Tento soar neutra. "Tudo bem." *O que estou fazendo?*

"Então, agora você vai me dizer onde está?"

"Não."

"O Trevor está aí?" Seu tom é grave.

"Sim, mas Kim também está... e o Christian." Não sei por que estou me defendendo.

"Então esse era o plano? Embebedar você depois da conferência e ir para uma merda de uma balada?" Ele levanta a voz. "Você precisa voltar para o hotel. Não está acostumada a beber e agora está aí, e o Trevor..."

Desligo antes que termine a frase. Quem ele pensa que é? Hardin tem sorte de eu ainda querer falar com ele, bêbada ou não. Que estraga prazeres.

Preciso de outra bebida.

Meu telefone não para de vibrar, mas eu cancelo todas as chamadas. *Toma essa, Hardin.*

Encontro o caminho de volta até a área VIP e peço outra bebida à garçonete.

"Você está bem?", pergunta Kimberly. "Parece meio bêbada."

"Sim, está tudo bem!", minto e viro meu drinque assim que a garçonete aparece. Hardin é um idiota. É culpa dele não estarmos juntos agora, e o cara ainda tem a coragem de tentar gritar comigo quando eu ligo? Ele podia estar aqui se não tivesse feito o que fez. Em vez disso, é Trevor que está aqui. Trevor, tão bonito, e um doce de pessoa.

"Que foi?", Trevor pergunta com um sorriso ao me pegar olhando para ele.

Eu dou risada e desvio o olhar. "Nada."

Depois de comentarmos que amanhã vai ser mais um grande dia — e de eu terminar de beber outro drinque —, me levanto e anuncio: "Vou dançar de novo!".

Trevor parece querer dizer alguma coisa, talvez até se oferecer para vir comigo, mas seu rosto fica vermelho, e ele permanece em silêncio. Kimberly parece cansada e dispensa o convite, então decido ir sozinha. Abro caminho até o meio da pista de dança e começo a me mover. Devo parecer ridícula, mas é bom sentir a música e esquecer de tudo, como o telefonema no meio da bebedeira para Hardin.

Após meia música, percebo uma pessoa alta atrás de mim, bem perto. Viro e dou de cara com um gatinho usando calça jeans escura e camisa branca. O cabelo castanho é raspado bem rente, e o sorriso é até bonito. Não chega a ser um Hardin, mas até aí, ninguém é.

Para de pensar em Hardin, penso comigo mesma quando ele põe as mãos nos meus quadris e diz junto ao meu ouvido: "Posso dançar com você?".

"Humm... claro", respondo. Mas é o álcool que está falando.

"Você é muito bonita", diz ele. Em seguida, gira o meu corpo e me puxa para junto de si. Sinto seu peito contra as minhas costas e fecho os olhos, tentando imaginar que sou outra pessoa. Uma mulher que dança com estranhos numa balada.

A música seguinte é mais lenta, mais sensual, o que faz com que meus quadris se movam mais lentamente. Viramos de frente um para o outro, e ele leva minha mão até a sua boca, tocando minha pele com os lábios. Seus olhos encontram os meus, e quando me dou conta ele está com a língua na minha boca. Meu coração grita, pedindo para eu afastá-lo, quase engasgando com seu gosto estranho. Mas meu cérebro diz algo completamente diferente: *Beija esse cara até esquecer Hardin*.

Então ignoro a sensação de mal-estar no estômago. Fecho os olhos e deixo minha língua acompanhar a dele. Em três meses de faculdade, beijei mais caras do que na vida inteira. As mãos do desconhecido passam para as minhas costas, começam a descer e param um pouco mais abaixo.

"Quer ir lá para casa?", diz ele, quando nossas bocas se separam.

"O quê?" Ouvi muito bem o que ele disse, mas algo dentro de mim espera que, com essa pergunta, eu possa fingir que o convite não foi feito.

"Minha casa, vamos lá", ele repete.

"Ah... Acho que não é uma boa ideia."

"Ah, é uma boa ideia, sim." Ele ri. As luzes coloridas piscam em seu rosto, fazendo-o parecer estranho e muito mais ameaçador do que antes.

"Por que está achando que eu iria para a sua casa? Nem conheço você!", grito por sobre a música.

"Porque você está se abrindo todinha em mim e está *adorando*, safadinha", diz ele, como se fosse algo óbvio, e não ofensivo.

Eu me preparo para gritar com ele, ou dar uma joelhada em sua virilha, mas tento me acalmar e pensar melhor. Eu estava me esfregando no cara, e então o beijei. É *claro* que ele vai querer mais. Qual é o meu problema? Acabei de me pegar com um estranho numa balada... Essa não sou eu.

"Desculpa, mas não", digo e vou embora.

Quando reencontro meu grupo, Trevor parece prestes a dormir no sofá. Não posso deixar de sorrir diante de tanta fofurice.

E desde quando isso é uma palavra? Nossa, eu bebi demais.

Sento no sofá e pego uma garrafa d'água do balde de gelo sobre a mesa.

"Se divertindo?", Kimberly me pergunta, e eu faço que sim com a cabeça.

"Sim, foi ótimo", respondo, apesar do que aconteceu há poucos minutos.

"Está pronta, querida? Temos que acordar cedo", diz Christian para Kim.

"Estou. Podemos ir quando você quiser." Ela passa a mão na coxa dele. Desvio o olhar e sinto as bochechas corarem.

Cutuco Trevor. "Você vem ou vai dormir aqui?", provoco.

Ele ri e se ajeita no sofá. "Não sei, este sofá é tão confortável. E a música tão gostosa..."

Christian liga para o motorista, que diz que nos buscará em poucos minutos. Levantamos e descemos a escada em espiral numa das laterais da casa noturna. No bar do primeiro andar, Kimberly pede uma última bebida, e eu penso se devia ou não pedir uma para mim também enquanto esperamos, mas percebo que já bebi o suficiente. Mais um drinque, e eu ia acabar desmaiando ou vomitando. Duas coisas que não queria naquela hora.

Christian recebe uma mensagem, e nós saímos. Recebo satisfeita o ar frio em minha pele quente, feliz de termos que enfrentar apenas uma brisa leve no caminho até o carro.

Quando chegamos ao hotel, são quase três da manhã. Estou bêbada e morrendo de fome. Depois de comer quase tudo que encontro no frigobar, me jogo na cama e apago sem sequer tirar os sapatos.

16

TESSA

"Cala a boooooca", resmungo quando um barulho desagradável me acorda de meu sono embriagado. Demoro alguns segundos para perceber que não é a minha mãe gritando comigo, mas sim alguém batendo à minha porta.

"Ai, meu Deus, já vai!", grito e tropeço no caminho até a porta.

Só então eu paro e olho para o relógio em cima da mesa: são quase quatro da manhã. *Quem será?*

Mesmo em meu estado de embriaguez, minha mente começa a se agitar com um medo louco. E se for Hardin? Já faz mais de três horas que liguei para ele, mas como ele iria me encontrar? O que vou dizer a ele? Não estou preparada para isso.

Quando as batidas recomeçam, afasto meus pensamentos e abro a porta, me preparando para o pior.

Mas é só Trevor. Meu peito arde de decepção, e enxugo os olhos. Me sinto tão bêbada agora quanto no momento em que me joguei na cama.

"Desculpa incomodar, mas você ficou com o meu celular?", pergunta ele.

"Hã?", digo, dando um passo para trás para que ele possa entrar no quarto. Quando a porta se fecha atrás de Trevor, ficamos envoltos em relativa escuridão, a única luz é a que vem da cidade lá fora. Mas estou bêbada demais para encontrar o interruptor.

"Acho que nossos celulares foram trocados. Estou com o seu, e acho que você pegou o meu por engano." Ele mostra o meu aparelho na palma da mão. "Eu ia esperar até amanhã de manhã, mas o seu telefone não para de tocar."

"Ah", é tudo o que consigo dizer. Ando até a minha bolsa, e vejo o telefone de Trevor em cima da minha carteira.

"Desculpa... devo ter pegado no carro." Entrego o telefone a ele.

"Tudo bem. Desculpa incomodar. Você é a única garota que conheço que é tão bonita quando acorda quanto na hora em que..."

Uma batida forte na porta o interrompe, e o barulho repentino me enfurece.

"*Que merda é essa?* Festa no quarto da Tessa?", grito e vou pisando duro em direção à porta, pronta para esbravejar contra o funcionário que no mínimo veio reclamar do barulho de Trevor — ironicamente, fazendo ainda mais barulho do que ele.

Assim que chego à porta, as batidas ficam mais fortes, o que me deixa paralisada. E então eu ouço: "Tessa! Abre a porra dessa porta!". A voz de Hardin preenche o ar, como se não houvesse barreira alguma entre nós. Uma luz se acende atrás de mim, e vejo o rosto de Trevor pálido de medo.

O fato de Hardin encontrá-lo no meu quarto não vai cair bem, independentemente do que estivesse de fato acontecendo.

"Se esconde no banheiro", digo, e Trevor arregala os olhos.

"O quê? Não posso me esconder no banheiro!", ele exclama, e percebo que é mesmo uma ideia ridícula.

"*Abre esta merda!*", Hardin grita de novo e começa a chutar a porta. Repetidamente.

Olho para Trevor de novo antes de abrir a porta, tentando memorizar seu rosto bonito antes de Hardin desfigurá-lo.

"Já vai!", grito e entreabro a porta. Hardin está furioso, todo de preto. Meus olhos embriagados vagam por seu corpo, e percebo que, em vez das botas pesadas, está de All-Star preto. Nunca o vi usando outra coisa que não suas botas. Gostei desses tênis novos...

Mas estou me distraindo.

Hardin empurra a porta e passa direto por mim, indo na direção de Trevor. Por sorte, consigo segurar sua camiseta e segurá-lo.

"Quem você pensa que é para embebedar a Tessa e aparecer no quarto dela no meio da noite?", Hardin grita com ele e tenta se soltar. Sei que não está usando toda a sua força, pois, nesse caso, eu certamente estaria no chão, e não segurando sua camiseta fina. "Eu vi pelo olho mágico a hora em que a luz acendeu... O que vocês dois estavam fazendo sozinhos no escuro?"

"Eu não estava... Eu", Trevor começa.

"Hardin, para com isso! Você não pode sair por aí batendo nas pessoas!", grito e dou um puxão em sua camiseta.

"Posso... Posso, sim!", ele rosna.

"Trevor", digo. "Volta para o seu quarto que vou tentar botar algum juízo nessa criatura. Desculpa por ele ser um doido varrido."

Trevor quase ri da maneira como eu disse aquilo, mas um olhar de Hardin o silencia.

Assim que Trevor deixa o quarto, Hardin se vira para mim e pergunta: "'Doido varrido'?".

"É, doido! Você não pode simplesmente aparecer aqui, invadir o meu quarto e tentar espancar o meu amigo."

"Ele não deveria estar aqui. E por que estava, aliás? Por que você ainda está vestida? E, porra, que vestido é esse?", diz ele, olhando para o meu corpo.

Ignoro o calor que começa a subir pela minha barriga e me concentro em minha indignação.

"Ele veio buscar o celular, porque eu peguei o dele por engano. E... não me lembro mais das outras perguntas", admito.

"Bom, então devia ter bebido menos."

"Eu bebo o que quiser, quando quiser e o quanto quiser. Muito obrigada."

Ele revira os olhos. "Você fica muito chata quando está bêbada." Hardin desaba na poltrona.

"E você fica muito chato... *sempre*. E quem disse que você podia sentar?", bufo, cruzando os braços.

Hardin me olha com seus olhos verdes brilhantes. Nossa, ele é muito sexy. "Não acredito que ele estava no seu quarto."

"Não acredito que *você* está no meu quarto", revido.

"Você transou com ele?"

"*O quê?* Como você se *atreve* a me perguntar isso?", grito.

"Responde a minha pergunta."

"Não, seu idiota. É claro que não."

"E você ia... você quer transar com ele?"

"Ai, meu Deus, Hardin! Você é louco!" Balanço a cabeça e ando de um lado para o outro entre a janela e a cama.

"Bom, então por que ainda está vestida?"

"Isso não faz o menor sentido!" Reviro os olhos. "Além do mais, não é da sua conta com quem eu transo. Talvez eu tenha feito sexo com ele, talvez tenha sido com outra pessoa!" Meus lábios ameaçam um sorriso, mas forço uma expressão séria e acrescento calmamente: "Você nunca vai saber".

Minhas palavras têm o efeito pretendido, e o rosto de Hardin se torna sombrio, animalesco. "O que foi que você disse?", ele rosna.

Ah, isso é muito mais divertido do que achei que seria. Gosto de ficar bêbada quando Hardin está por perto porque digo as coisas sem pensar — *tudo* que tenho vontade —, e isso é muito engraçado.

"Você me ouviu...", respondo e caminho na direção dele. "Talvez eu tenha deixado um cara na balada me levar para o banheiro. Ou de repente o Trevor me comeu nessa cama", digo, olhando casualmente para trás, por cima do ombro.

"Cala a boca. Pode parar com isso, Tessa", Hardin me avisa.

Mas eu dou risada. E me sinto forte, corajosa... com vontade de arrancar fora a camiseta dele. "Qual o problema, Hardin? Não gosta de pensar nas mãos do Trevor por todo o meu corpo?" Não sei se é a raiva de Hardin, o álcool ou a falta que sinto dele, mas, sem pensar muito no que estou fazendo, subo no colo dele. Meus joelhos se apoiam ao lado de suas coxas. Hardin fica completamente surpreso e, se não me engano, está tremendo.

"O que... o que você está fazendo, Tessa?"

"Fala pra mim, Hardin, você gosta de pensar em Trev..."

"Para com isso. Para de falar isso!", ele pede, e eu obedeço.

"Ah, relaxa, Hardin, você sabe que eu não faria isso."

Eu o envolvo pelo pescoço. A saudade que me invade por estar em seus braços é quase de tirar o fôlego.

"Você está bêbada, Tessa", diz ele, tentando afastar meus braços.

"E daí... Quero você", digo, surpreendendo a nós dois.

Decido ignorar meus pensamentos, ao menos os racionais, e agarro seus cabelos com ambas as mãos. Ah, como senti falta dessa sensação em meus dedos.

"Tessa... Você não sabe o que está fazendo. Está completamente chapada", diz ele.

Mas não há convicção alguma em sua voz.

"Hardin... para de pensar demais. Você não sente falta de mim?", digo contra o seu pescoço, dando uma chupada de leve. Estou completamente entregue aos meus hormônios, não sabia que o queria tanto assim.

"S-sinto...", ele sussurra, e eu chupo com mais força, certamente deixando uma marca. "Não posso, Tess... Por favor."

Mas me recuso a parar e, em vez disso, movo os quadris no colo dele, fazendo-o gemer.

"Não...", ele sussurra e me agarra pela cintura, interrompendo meus movimentos.

Eu me afasto e lanço um olhar fulminante. "Só existem duas opções aqui: ou transa comigo ou vai embora. Você decide."

O que eu acabei de dizer?

"Você vai me odiar amanhã se eu fizer isso com você nesse... estado", ele diz e me olha nos olhos.

"Eu já te odeio", revido, e ele estremece diante de minhas palavras. "Mais ou menos", acrescento, com mais suavidade do que gostaria.

Ele afrouxa as mãos em minha cintura, permitindo que eu me mexa de novo. "Será que a gente pode pelo menos conversar sobre isso antes?"

"Não, deixa de ser chato", resmungo e me esfrego contra sua perna.

"A gente não pode fazer isso... não assim."

Desde quando ele tem alguma preocupação moral? "Sei que você quer, Hardin. Estou sentindo como está duro embaixo de mim", digo em seu ouvido.

Não acredito nas palavras sujas que saem dos meus lábios bêbados, mas a boca de Hardin está bem escura, e seus olhos estão arregalados, quase pretos.

"Qual é, Hardin, você não quer me debruçar naquela mesa? Ou na cama? Na pia? Tantas possibilidades...", sussurro e mordo de leve sua orelha.

"Caralho... Tá bom. Foda-se", ele diz e passa as mãos pelo cabelo, puxando a minha boca para a sua.

No momento em que os lábios de Hardin tocam os meus, meu corpo se inflama. Solto um gemido contra a sua boca e sou recompensada com um som igualmente febril de sua parte. Meus dedos brincam em seu cabelo, e eu o aperto com força, incapaz de controlar a mim mesma ou minha necessidade. Sei que ele está se segurando, e isso me deixa maluca. Minhas mãos descem até a barra da camiseta preta, segurando o tecido e puxando-o por sobre a sua cabeça. No instante em que interrompemos o beijo, Hardin recua a cabeça ligeiramente.

"Tessa...", ele implora.

"Hardin", respondo e corro os dedos por sua tatuagem. Sinto saudade da forma como seus músculos rígidos se esticam sob a pele, o jeito como a tatuagem preta e intricada se retorce e decora seu corpo perfeito.

"Não posso me aproveitar de você", diz, mas depois geme quando deslizo a língua pelo seu lábio inferior.

Deixo escapar uma risadinha zombeteira. "Para de falar."

Quando o envolvo com a palma da mão através da calça jeans, sei que ele não vai mais resistir, o que me agrada mais do que deveria. Nunca achei que estaria no controle com Hardin; é muito divertida a forma como trocamos de papel.

Ele está tão duro e tão excitado. Saio do seu colo e tateio à procura do zíper.

17

HARDIN

Minha mente está a mil. Sei que isso é errado, mas não consigo evitar. Eu quero tê-la, preciso dela. Sinto muita falta dela. Tenho que possuí-la. E Tessa deixou bem claro que é para eu ir embora se não fosse transar com ela, então não há nenhuma chance de eu sair daqui se essas são as minhas opções. As palavras saíram de seus lábios com tanta naturalidade, foi tão estranho...

Mas tão sensual.

Suas mãos pequenas abrem minha calça jeans. Quando meu cinto bate em meus tornozelos, balanço a cabeça. Não estou pensando direito, não estou conseguindo raciocinar. Estou perdido, completamente apaixonado por essa mulher em geral tão doce, mas hoje tão indomável. Eu a amo mais do que posso suportar.

"Espera...", digo novamente, sem desejar que ela pare, mas o lado bom que existe em mim quer resistir ao menos um pouco para aliviar a culpa.

"Nada... de esperar. Já esperei demais." Sua voz é suave e provocante. Ela puxa minha cueca e me segura em sua mão.

"Caralho, Tessa..."

"Isso mesmo. Caralho. É isso que eu quero."

Não posso impedi-la. Nem que quisesse. Ela precisa disso, precisa de mim. E, bêbada ou não, sou egoísta o suficiente para aceitar isso, já que é a única maneira de ela me querer.

Tessa se ajoelha e me envolve com a boca. Quando olho para ela, vejo que está retribuindo o olhar, piscando algumas vezes. Porra, ela parece um anjo e o diabo ao mesmo tempo, tão doce e tão devassa, me acariciando com a língua, lambendo e brincando comigo.

Então ela para com o meu pau junto do rosto e pergunta com um sorriso: "Você gosta de mim assim?".

Quase gozo só com aquelas palavras. Faço que sim com a cabeça, incapaz de responder, e ela me engole de novo, mais fundo, e me chupando mais forte. Não quero que ela pare, mas preciso tocá-la. Senti-la. "Para", imploro e a afasto com carinho pelo ombro. Ela faz que não e continua sua tortura, movendo a cabeça para cima e para baixo numa velocidade perigosa. "Tessa... por favor", digo num gemido, mas sinto que ela está rindo, uma vibração profunda que me atravessa por inteiro, até que, por sorte, ela para logo antes de eu gozar em sua boca.

Tessa sorri e limpa os lábios agora inchados com as costas da mão. "Você tem um gosto tão bom."

"Porra, de onde veio essa sem-vergonhice?", pergunto enquanto ela se levanta.

"Não sei... Sempre penso nessas coisas. Só nunca tive as manhas de dizer", ela responde e se move em direção à cama.

Quase dou risada ao ouvi-la falar daquele jeito. Não tem nada a ver com ela, mas esta noite Tessa está no comando e sabe disso. Sei que está gostando da situação, de ter meu corpo à sua mercê.

Esse vestido é suficiente para fazer qualquer um ceder. A forma como o tecido se agarra a cada curva de sua pele impecável é a coisa mais sensual que já vi. Quero dizer, isso até ela tirá-lo pela cabeça, jogando-o na minha direção com atrevimento. Quando vejo seu corpo, quase posso sentir meus olhos tentando saltar da cabeça. A renda branca do sutiã mal sustenta os seios cheios, e a calcinha combinando está enrolada num dos lados, revelando a pele macia entre o quadril e o púbis. Ela gosta de ser beijada ali, embora eu saiba que tem vergonha das finas linhas brancas, quase transparentes, em sua pele. Não sei por que; para mim, ela é impecável, com marcas e tudo.

"Sua vez." Ela sorri e arremessa os sapatos junto da cama antes de se jogar de costas no colchão.

Sonho com isso desde o dia em que ela me abandonou. Achei que este momento nunca iria chegar, e agora que está acontecendo sei que preciso prestar atenção a cada detalhe, porque provavelmente não vai rolar de novo.

Devo ter demorado demais, porque ela deita a cabeça de lado e me olha com a sobrancelha arqueada. "Quer que eu comece?", provoca.

Meu Deus, ela está insaciável.

Em vez de responder, vou com ela para a cama. Sento junto de suas pernas, e ela puxa a calcinha com impaciência. Afasto suas mãos de seu corpo.

"Senti tanta saudade", digo. Ela, no entanto, só agarra meu cabelo e empurra meu rosto para baixo, para onde ela quer. Balanço a cabeça, mas acabo cedendo, pressionando os lábios contra ela. Tessa geme e se contorce sob minha língua, enquanto me dedico com atenção especial ao seu ponto mais sensível. Sei o quanto ela adora isso. Lembro da primeira vez em que a toquei, e ela perguntou: "O que é isso?".

Sua inocência foi — e ainda é — muito excitante para mim.

"Ah, meu Deus, Hardin", ela geme.

Que saudade desse som. Em geral, eu diria alguma coisa sobre ela estar molhadinha, prontinha, mas não consigo encontrar as palavras. Também estou consumido por seus gemidos e suas mãos se agarrando aos lençóis de tanto prazer. Enfio um dedo nela, entrando e saindo, e ouço sua respiração ofegante.

"Mais, Hardin, por favor, mais", Tessa implora, e dou a ela o que quer. Enfio e retorço dois dedos dentro dela antes de tirá-los para colocar a língua. Sinto suas pernas se enrijecerem, como acontece sempre que está perto do orgasmo. Afasto a cabeça para ver meus dedos esfregando-a depressa, de um lado para outro, e ela grita — literalmente grita meu nome — e goza na minha mão. Olho para ela, assimilando cada detalhe, a forma como seus olhos se fecham com força, e como sua boca se abre num O quase perfeito, como seu peito e suas bochechas se coram num tom de rosa-claro. Sou apaixonado por ela; puta que pariu, sou muito apaixonado por ela. Não posso me conter e levo os dedos à boca depois que ela termina. Seu gosto é muito bom, e quero ter algo do qual me lembrar quando ela me deixar de novo.

O movimento rápido de seu peito subindo e descendo me distrai, e ela abre os olhos. Está com um sorriso enorme no rosto bonito, e não consigo deixar de sorrir de volta quando ela me chama para perto de si com o indicador.

"Você tem camisinha?", pergunta cheia de malícia enquanto me debruço sobre ela.

"Tenho", respondo. Uma cara feia substitui o seu sorriso, e espero que ela não pense muito no assunto. "É só um hábito", admito com sinceridade.

"Não me importo", ela murmura e olha para a minha calça jeans no chão. Em seguida, se senta na cama e puxa a calça, vasculhando os bolsos até encontrar o que está procurando.

Relutante, pego a embalagem de alumínio e fixo os olhos nos dela. "Tem certeza?", pergunto, pela vigésima vez.

"Tenho. E, se você perguntar de novo, vou levar a *sua* camisinha para o quarto do *Trevor*", ela rosna.

Baixo os olhos. Tessa está terrível hoje, mas não consigo pensar em ninguém mais com ela além de mim. Talvez porque isso me mataria. Meu coração começa a se acelerar à medida que vejo imagens dela com aquele Noah, o sangue fervendo e a raiva ressurgindo.

"Tudo bem, a escolha foi sua, ele vai...", ela começa a dizer, mas eu a interrompo, cobrindo sua boca com a mão.

"Não se atreva a terminar essa frase", rosno e sinto seus lábios se abrindo num sorriso sob a minha mão. Sei que isso não está certo, a forma como está antagonizando comigo e o fato de eu transar com ela quando está bêbada, mas parece que nenhum de nós é capaz de evitar isso. Não posso negar a ela o que quer, e existe uma chance... uma pequena chance... de que, se Tessa se lembrar de como somos quando estamos juntos, vai me perdoar. Tiro a mão de sua boca e abro a camisinha. Assim que a coloco, ela sobe no meu colo.

"Quero fazer assim primeiro", ela insiste, segurando meu pau antes de sentar em mim. Deixo escapar um suspiro cheio de derrota e prazer, enquanto ela rebola os quadris contra os meus. Ela se move lentamente, em círculos, criando o ritmo mais gostoso do mundo. O formato do seu corpo à medida que me cavalga, a perfeição de seus quadris curvilíneos, é fascinante e incrivelmente sensual. Sei que não vou durar muito; já aguentei tempo demais. O único alívio que tive recentemente veio de mim mesmo, pensando nela.

"Fala comigo, Hardin, fala comigo como você fazia antes", ela geme e envolve o meu pescoço, me puxando para perto de si. Odeio o jeito como diz "fazia antes", como se tivesse tanto tempo assim.

Ergo o corpo da cama um pouco para acompanhar seus movimentos e aproximar a boca da sua orelha. "Você gosta quando falo sacanagem no seu ouvido, né?" Respiro junto de sua pele, e ela geme. "Responde", insisto, e ela faz que sim com a cabeça. "Sabia que gostava. Você tenta dar uma de inocente, mas eu te conheço direitinho."

Mordo de leve o seu pescoço. Estou perdendo o controle. Sugo sua pele com força o suficiente para deixar uma marca. Para o babaca do Trevor ver. Para todo mundo ver.

"Você sabe que sou o único que consegue deixar você assim... que ninguém mais é capaz de fazer você gritar do jeito que eu faço... que ninguém sabe onde te tocar", digo, baixando a mão para esfregá-la no ponto em que nossos corpos se misturam. Ela está encharcada, e meus dedos deslizam facilmente sobre a umidade.

"Ai, Deus...", ela ronrona.

"Fala, Tessa. Diz que sou o único." Esfrego seu clitóris em movimentos circulares velozes, mexendo o quadril para entrar nela, enquanto ela continua se movendo em cima de mim.

"Você é." Ela revira os olhos. Está tão perdida em sua paixão por mim, e estou me juntando a ela.

"Sou o quê?"

Preciso ouvi-la dizer isso, mesmo que seja mentira. Meu desespero por ela me apavora. Agarro sua cintura e giro nossos corpos, deitando por cima dela. Entro com mais força do que nunca, e Tessa grita. Meus dedos entram fundo em sua carne. Preciso fazê-la me sentir, me sentir por inteiro, e preciso que ela goste do que estou fazendo. Ela é minha, e eu sou dela. Sua pele macia está brilhando de suor, e ela está absolutamente linda. Seus seios se movem ritmicamente com os meus movimentos, e seus olhos se reviram para trás.

"Você é o único... Hardin... o único...", diz Tessa, e eu a vejo morder o lábio, cobrir o rosto com a mão e depois levá-la até o meu rosto. Eu a vejo se desfazer por inteiro sob mim... e é lindo. Vê-la se esquecendo de tudo enquanto goza é perfeito demais. Suas palavras são tudo o que eu precisava para conseguir o meu próprio alívio, e ela enterra as unhas nas minhas costas. A dor é bem-vinda, amo essa paixão entre nós. Elevo o tronco, trazendo o corpo dela junto com o meu e colocando-a no meu colo de novo. Meus braços envolvem suas costas, e a cabeça dela cai em meu ombro enquanto levanto meus quadris. Meu pau entra e sai num ritmo constante, e eu gozo na camisinha, gemendo seu nome.

Deito de costas na cama, ainda com os braços ao redor dela, e Tessa suspira quando corro meus dedos por sua testa, afastando o cabelo encharcado de suor de seu rosto. Seu peito sobe e desce, sobe e desce, num movimento reconfortante.

"Eu te amo", digo e tento olhar para ela. Tessa, no entanto, vira a cabeça e toca meus lábios com o indicador.

"Shhh..."

"Não, nada de shhh..." Viro-a de lado e digo baixinho: "A gente precisa conversar sobre isso".

"Dormir... tenho que acordar em três horas... Hora de dormir...", murmura ela, passando o braço pela minha cintura.

Seu abraço é mais gostoso que o sexo que acabamos de fazer, e a ideia de dormir na mesma cama que Tessa me emociona; faz muito tempo. "Tudo bem", digo e beijo sua testa. Ela hesita um pouco, mas sei que está exausta demais para brigar comigo.

"Eu te amo", digo novamente, mas, como não obtenho resposta, resolvo me tranquilizar concluindo que ela já dormiu.

Nosso relacionamento, ou o que quer que isso seja, sofreu uma reviravolta completa numa única noite. De repente, me tornei tudo aquilo que sempre tive o maior medo de ser, ela tem controle total sobre mim. Pode me fazer o homem mais feliz do mundo ou me destruir com uma única palavra.

18

TESSA

O alarme do telefone invade meu sono como um pinguim dançarino. Minha mente sonolenta literalmente o incorpora ao meu sonho na forma de um pinguim dançarino.

Mas a fantasia feliz não dura muito tempo. Desperto um pouco mais, e minha cabeça começa a doer imediatamente. Quando tento sentar, sinto o peso de alguma coisa... ou melhor, de alguém.

Ai, não. Lembro de ter dançado com um cara tarado. Em pânico, abro os olhos... e, em vez de um estranho, vejo a tão conhecida pele tatuada de Hardin em cima de mim. Ele está com a cabeça na minha barriga, me envolvendo com um dos braços.

Meu Deus. O que aconteceu?!

Tento empurrar Hardin sem acordá-lo, mas ele murmura e abre os olhos devagar. Em seguida fecha-os de novo e sai de cima de mim, desenlaçando suas pernas das minhas. Saio da cama, e quando ele abre os olhos de novo, não diz nada, apenas me observa como se eu fosse algum tipo de predador. A imagem de Hardin entrando em mim sem parar enquanto eu gritava seu nome surge em meus pensamentos. *Onde eu estava com a cabeça?*

Quero dizer alguma coisa, mas, para ser sincera, não sei o quê. Estou enlouquecendo por dentro, tendo um colapso total. Percebendo meu desconforto, Hardin sai da cama, enrolando o corpo nu no lençol. Meu Deus. Ele senta na poltrona e me olha, então percebo que estou só de sutiã. Instintivamente, aperto minhas pernas e sento na cama.

"Fala alguma coisa", ele pede.

"Eu... não sei o que dizer", admito. Não acredito que isso aconteceu. Não acredito que Hardin está aqui, na minha cama, pelado.

"Desculpa", diz ele, e enterra a cabeça nas mãos.

Minha cabeça está latejando por causa do excesso de álcool ingerido há apenas poucas horas, além do fato de eu ter dormido com Hardin na noite passada. "Melhor se desculpar mesmo", murmuro.

Ele puxa o cabelo. "Você me ligou."

"Eu não disse para você vir para cá", retruco. Ainda não decidi como lidar com isso. Ainda não sei se quero brigar com ele, expulsá-lo do quarto ou tentar lidar com a situação como uma pessoa adulta.

Levanto e vou até o banheiro, ouvindo sua voz no caminho. "Você estava bêbada, e eu achei que estava em apuros ou coisa do tipo, e o Trevor estava aqui."

Ligo o chuveiro e me olho no espelho. Tem um hematoma vermelho escuro no meu pescoço. Que merda. Passo os dedos sobre a marca ainda sensível, e minha mente divaga para a lembrança da língua de Hardin em minha pele. Ainda devo estar meio bêbada, porque não consigo pensar direito. Achei que estava seguindo em frente, e aqui está quem destruiu meu coração, dentro do meu quarto, e eu com um chupão enorme no pescoço, feito uma adolescente assanhada.

"Tessa?", diz ele e chega ao banheiro assim que entro na água quente. Fico em silêncio, deixando a água escaldante lavar meus pecados. "Você...", sua voz falha. "Você está brava por causa do que aconteceu ontem?"

Por que ele está assim tão estranho? Eu esperaria um sorriso arrogante ou pelo menos uns cinco "não tem de quê" no exato instante em que abrisse os olhos.

"Eu... não sei. Não estou conseguindo digerir muito bem o que aconteceu", digo a ele.

"Você... me odeia mais do que antes?"

A vulnerabilidade em sua voz faz meu coração se apertar, mas não posso dar o braço a torcer. Está tudo errado; logo quando eu estava começando a superá-lo. *Estava coisa nenhuma*, meu inconsciente zomba de mim, mas eu ignoro.

"Não. Odeio igual", respondo.

"Ah."

Lavo o cabelo uma última vez e rezo baixinho para que a água do chuveiro me cure da ressaca.

"Não foi minha intenção me aproveitar de você, juro", diz ele, assim que desligo o chuveiro. Pego uma toalha do gancho e me enrolo. Ele está encostado na porta, só de cueca, o peito e o pescoço cheio de manchas vermelhas que eu mesma deixei.

Nunca mais vou beber de novo.

"Tessa, eu sei que você deve estar com raiva, mas a gente tem muito o que conversar."

"Não, não temos. Eu estava bêbada e te liguei. Você veio aqui, e a gente transou. O que mais tem para falar?" Estou tentando manter a calma. Não quero que ele saiba o efeito que tem sobre mim. Como essa última noite mexeu comigo.

Então noto que seus dedos estão em carne viva. "O que aconteceu com as suas mãos?", pergunto. "Ai, meu Deus, Hardin... você bateu no Trevor, não foi?", grito e estremeço com uma pontada de dor de cabeça.

"O quê? Não!" Ele ergue as mãos na defensiva.

"Então quem foi?"

Hardin faz que não com a cabeça. "Não importa. Temos coisas mais importantes para conversar."

"Não temos, não. Nada mudou." Abro a bolsa de maquiagem e pego o corretivo. Começo a aplicá-lo generosamente no pescoço, enquanto Hardin fica atrás de mim, em silêncio. "Foi um erro, eu não devia ter ligado para você", digo por fim, irritada porque três camadas de corretivo não foram capazes de cobrir o hematoma.

"Não foi um erro, você estava com saudade. Por isso me ligou."

"O quê? Não, eu liguei porque... porque foi um acidente. Não queria ter ligado."

"Mentira."

Ele me conhece muito bem. "Sabe de uma coisa? Não importa por que eu liguei", exclamo. "Você não tinha nada que vir aqui." Pego o delineador e passo no olho, bem grosso.

"Tinha, sim. Você estava bêbada, e só Deus sabe o que poderia ter acontecido."

"Ah, o quê, por exemplo? Eu poderia ter dormido com alguém que não devia?"

Ele fica vermelho. Sei que estou pegando pesado, mas Hardin devia ter pensado melhor antes de transar comigo quando eu estava tão bêbada. Passo a escova pelo cabelo molhado.

"Você não me deu muita escolha, lembra?", diz ele, tão seco quanto eu.

Lembro. Lembro de subir em cima dele e me esfregar no seu colo. Lembro de exigir que ele fizesse sexo comigo ou fosse embora. Lembro que ele disse não e me pediu para parar. Estou envergonhada e horrorizada com meu comportamento, mas o pior de tudo, talvez, é que isso me lembra da primeira vez em que o beijei, e ele alegou que eu estava me jogando em cima dele.

A raiva fervilha dentro de mim, e jogo a escova na pia com força. "Não se atreva a tentar colocar a culpa em mim, você podia ter dito não!", grito.

"Eu disse! Várias vezes!", ele grita de volta.

"Eu não tinha ideia do que estava acontecendo, e você sabe disso!", minto. Eu sabia muito bem o que queria; só não estou disposta a admitir.

Mas ele começa a repetir as coisas que eu disse ontem à noite: "'Você tem um gosto tão bom!', 'Fala comigo como fazia antes!', 'Você é o único, Hardin!'". Ele me espreme contra a pia.

"Sai daqui! Agora!", grito e pego meu telefone para ver a hora.

"Não foi isso que você disse ontem à noite", diz ele, com crueldade.

Viro-me para encará-lo. "Eu estava muito bem antes de você chegar. Trevor estava aqui", respondo, porque sei que isso vai deixá-lo louco.

Mas ele dá risada, me pegando de surpresa. "Ah, *por favor*, nós dois sabemos muito bem que Trevor não serve para você. Era eu que você queria, só eu. Você ainda me quer", ele provoca.

"Eu estava bêbada, Hardin! Por que ia querer você, se posso ter *ele*?", lamento por essas palavras na mesma hora em que saem da minha boca.

Os olhos de Hardin brilham, revelando algo que pode ser mágoa ou ciúme, e dou um passo na direção dele.

"Não", diz ele, estendendo o braço para me afastar. "Sabe de uma coisa? Chega. Ele pode ficar com você! Nem sei por que vim até aqui. Eu devia saber que você ia agir assim!"

Tento manter a minha voz baixa para evitar que alguém ligue reclamando, mas não sei se sou capaz. "Está falando sério? Você vem aqui, se aproveita de mim e tem a coragem de me insultar?"

"Me aproveito de você? Foi você que se aproveitou de mim, Tessa! Você sabe que não consigo dizer não... e ficou me pressionando!"

Sei que ele tem razão, mas estou com raiva e vergonha do meu comportamento agressivo da noite passada. "Não importa quem se aproveitou de quem... O que importa é que você está indo embora e não vai mais voltar", digo com determinação, e ligo o secador para abafar sua resposta. Em poucos segundos, ele puxa o fio do secador da tomada — por pouco não arrancando também a tomada da parede.

"Você está louco?", grito e ligo o secador de novo. "Você podia ter quebrado esse negócio!"

Hardin está absolutamente furioso. *O que deu em mim para ligar para ele?*

"Não vou embora até você conversar comigo sobre isso", ele bufa.

Ignorando a dor em meu peito, eu digo: "Já falei, não temos nada para conversar. Você me magoou, e eu não consigo perdoar. Fim de papo". Por mais que tente lutar contra isso, no fundo estou adorando tê-lo aqui. Mesmo que seja para brigar e gritar um com o outro, estava morrendo de saudade dele.

"Você nem tentou", ele tenta argumentar, com a voz muito mais suave agora.

"Tentei, *sim*. Tentei superar na minha cabeça, mas não consigo. Isso ainda pode ser só mais uma parte do seu joguinho. Você ainda pode me magoar de novo." Ligo o babyliss e suspiro. "Preciso terminar de me arrumar."

Quando aciono o secador de novo, ele sai do banheiro, e torço para que esteja indo embora. A pequena parte de mim que espera que ele esteja sentado na cama quando eu sair do banheiro é uma idiota. Não é meu lado racional. É a menina ridícula e ingênua apaixonada por um cara que não a merece. Hardin e eu nunca vamos dar certo, sei disso. Só queria que ele também soubesse.

Arrumo os meus cachos, tomando o cuidado de cobrir a marca que Hardin deixou no meu pescoço. Quando saio do banheiro para pegar minhas roupas, Hardin *está* sentado na cama, e a garota idiota dentro de mim se alegra um pouco. Pego um conjunto de calcinha e sutiã vermelho da mala e visto sem tirar a toalha. Quando deixo a toalha cair, Hardin respira fundo e tenta disfarçar com uma tossida.

Enquanto me troco, sinto como se estivesse sendo puxada na direção dele por uma corda invisível, mas luto contra a sensação e pego o vestido branco no armário. Sinto-me estranhamente à vontade perto dele agora, considerando nossa situação. Por que tudo isso é tão confuso e demorado? Por que precisa ser tão complicado? E, o mais importante, por que não posso simplesmente esquecê-lo e seguir em frente?

"Você devia ir embora", digo baixinho.

"Quer ajuda?", pergunta ele ao me ver lutando com o fecho do vestido.

"Não... Eu me viro."

"Pode deixar." Ele se levanta e caminha até mim. Estamos numa fronteira tênue entre amor e ódio, raiva e calma. É estranho e, sem dúvida, faz muito mal para mim.

Levanto o cabelo, e ele fecha meu vestido, levando mais tempo do que deveria. Sinto meu pulso acelerar e me repreendo por deixá-lo me ajudar.

"Como você me encontrou?", pergunto assim que penso no assunto.

Ele dá de ombros como se não tivesse me seguido feito um maníaco até outra cidade. "Liguei para o Vance, claro."

"Ele deu o número do meu quarto?" Essa ideia não me agrada.

"Não, perguntei na recepção." Ele abre um sorrisinho. "Posso ser muito persuasivo."

O hotel ter feito isso não alivia em nada a situação. "Isso não está certo... você aí fazendo piadas e sendo todo simpático", digo, calçando os sapatos pretos de salto alto.

Ele pega a calça e começa a se vestir. "Por que não?"

"Porque essa proximidade não é boa para nenhum de nós dois."

Ele sorri, e as covinhas malignas despontam em seu rosto. "Você sabe que isso não é verdade", Hardin rebate casualmente ao colocar a camiseta.

"É, sim."

"Não."

"Você pode ir embora, por favor?", imploro.

"Você não quer isso, sei que não. Você sabia o que estava fazendo quando me deixou ficar."

"Não, não sabia", protesto. "Eu estava bêbada. Não sabia o que estava fazendo na noite passada, desde a hora em que beijei aquele cara até deixar você entrar."

Fecho a boca na mesma hora. Não, eu não acabei de falar isso em voz alta. Mas, pela forma como os olhos de Hardin se arregalam e ele cerra os dentes, sei que falei. Minha dor de cabeça se multiplica por dez, e minha vontade é de dar um tapa na minha própria cara.

"O quê? Você o quê... o que foi que você disse?", rosna ele.

"Nada... Eu..."

"Você *beijou* alguém? Quem?", ele pergunta, ofegante como se tivesse acabado de correr uma maratona.

"Um cara na balada", admito.

"Está... está falando sério?", Hardin bufa. E, quando faço que sim, ele explode. "O que... Que *merda*, Tessa? Você beija um cara numa porra de balada e depois transa comigo? *Quem* é você?" Ele leva as mãos ao rosto. Se o conheço tão bem quanto imagino, está se preparando para quebrar alguma coisa.

"Aconteceu, e a gente não está mais junto", tento me defender, mas isso só parece piorar as coisas.

"Uau... você é inacreditável. A minha Tessa nunca beijaria um filho da puta qualquer numa balada!", grita ele.

"A 'sua' Tessa não existe", retruco.

Ele balança negativamente a cabeça várias vezes. Por fim, me olha profundamente nos olhos e diz: "Quer saber? Você tem razão. E, para a sua informação, enquanto você estava beijando aquele cara, eu estava transando com a Molly".

19

TESSA

Eu estava transando com a Molly. Eu estava transando com a Molly. Eu estava transando com a Molly. Eu estava transando com a Molly. Eu estava transando com a Molly. Eu estava transando com a Molly. Eu estava transando com a Molly. Eu estava transando com a Molly. Eu estava transando com a Molly. Eu estava transando com a Molly. Eu estava transando com a Molly.

As palavras de Hardin ecoam na minha cabeça sem parar, muito depois de ele bater a porta e sair da minha vida para sempre. Tento me acalmar antes de descer para encontrar os outros.

Eu devia saber que Hardin não queria nada sério comigo, devia saber que ele ainda estava envolvido com aquela vagabunda. Que merda, ele no mínimo transou com ela o tempo todo em que estávávamos "namorando". Como pude ser tão burra? Quase acreditei nele ontem à noite quando disse que me amava... Fiquei imaginando que outro motivo ele poderia ter para dirigir até Seattle. Mas a resposta é uma só: Hardin faz esse tipo de coisa para me torturar. Sempre fez e sempre vai fazer. E, para me confundir ainda mais, estou me sentindo culpada por ter dito que beijei aquele cara, e por ter jogado em Hardin toda a culpa pela noite de ontem, quando sei que queria tanto quanto ele. Só não queria admitir isso para ele, ou para mim. Não mesmo.

Pensar nele com Molly faz meu estômago se revirar. Se não comer alguma coisa logo, vou passar mal. Não só pela ressaca, mas por causa da confissão de Hardin. Logo a Molly... Odeio aquela garota. Posso até vê-la, com aquele sorrisinho idiota, dormindo de novo com Hardin, sabendo que isso iria me magoar.

Esses pensamentos revoam em minha cabeça feito abutres, até que, por fim, saio da beira do abismo do colapso total e limpo os cantos dos olhos com um lenço de papel antes de pegar minha bolsa. No elevador, quase perco o controle de novo, mas quando chego ao térreo já me acalmei.

"Tessa!", Trevor chama do outro lado do saguão. "Bom dia", ele diz e me entrega uma xícara de café.

"Obrigada. Trevor, desculpa pelo Hardin ontem à noite", começo.

"Está tudo bem, sério mesmo. Ele é um pouco... intenso, não...?"

Quase dou risada, mas só de pensar nisso sinto náuseas. "Humm, é... *intenso*", murmuro e dou um gole no café.

Ele olha para o telefone e o guarda de novo no bolso. "Kimberly e Christian já estão descendo." Ele sorri. "E aí... Hardin ainda está aqui?"

"Não. E não vai voltar", tento informar com a maior indiferença possível. "Dormiu bem?", pergunto, na esperança de mudar de assunto.

"Dormi, mas fiquei preocupado com você." Os olhos de Trevor passeiam por meu pescoço, e eu ajeito o cabelo para cobrir o local em que talvez a marca esteja aparecendo.

"Preocupado? Por quê?"

"Posso perguntar uma coisa? Não quero deixar você chateada..." Seu tom é cauteloso, e me deixa um pouco apreensiva.

"Claro... pode falar."

"O Hardin alguma vez... sabe como é... ele nunca machucou você, né?" Trevor olha para o chão.

"Quê? A gente briga muito, então, sim, ele me machuca o tempo todo", respondo e dou outro gole no café delicioso.

Trevor me olha todo sem jeito. "Eu quis dizer *fisicamente*", murmura.

Viro a cabeça para encará-lo. Trevor acabou de me perguntar se Hardin já me bateu? Estremeço toda só de pensar. "Não! Claro que não. Ele nunca faria isso."

Sei pela expressão nos olhos de Trevor que ele não quer me ofender. "Desculpa... É que ele parece ser bem violento e revoltado."

"Hardin tem muita raiva, e às vezes é violento, mas nunca me machucaria desse jeito." Sinto um estranho rancor de Trevor por acusar Hardin desse jeito. Ele não conhece Hardin... Mas, até aí, nem eu, ao que parece.

Ficamos em silêncio por alguns minutos, e penso no assunto até ver o cabelo loiro de Kimberly vindo na nossa direção.

"Desculpa, sério. Só acho que você merece um tratamento muito melhor", Trevor diz baixinho logo antes de os outros se juntarem a nós.

"Estou um lixo. Um lixo completo", Kimberly reclama.

"Eu também, minha cabeça está me matando", concordo enquanto caminhamos por um longo corredor na direção da sala de conferências.

"Mas você está com uma cara ótima. Já eu estou parecendo alguém que precisou sair arrastada da cama", diz ela.

"Nada disso", discorda Christian, e beija sua testa.

"Obrigada, meu amor, mas a sua opinião é bastante tendenciosa." Ela ri e esfrega as têmporas.

Trevor sorri e comenta: "Parece que não vamos sair hoje à noite".

Todo mundo concorda prontamente.

Assim que chegamos à conferência, vou direto para o balcão do café da manhã e pego uma tigela de granola. Como mais rápido do que deveria, sem conseguir afastar as palavras de Hardin da minha mente. Queria ao menos tê-lo beijado mais uma vez... *Não*, queria coisa nenhuma. Ainda devo estar bêbada.

As palestras passam depressa e, embora Kimberly solte um gemido baixinho toda vez que a voz do orador principal ressoa um pouco alto demais pela sala, na hora do almoço minha dor de cabeça já desapareceu quase por completo.

Meio-dia. Hardin já deve estar em casa agora, provavelmente com Molly. Deve ter ido direto para a casa dela só para me irritar. Será que eles já dormiram juntos no nosso quarto? Quer dizer, nosso *antigo* quarto? Na cama que era para ser nossa? Quando me lembro do jeito como ele me tocou e gemeu meu nome na noite passada, meu corpo é substituído pelo dela na minha mente. Tudo o que consigo ver é Hardin e Molly. Molly e Hardin.

"Está me ouvindo?", pergunta Trevor, sentando ao meu lado.

Abro um sorriso sem graça. "Desculpa, estava meio aérea."

"Queria saber se você topa jantar comigo hoje à noite, já que vai ficar todo mundo no hotel." Fito seus olhos azuis brilhantes e, como não respondo de imediato, ele gagueja: "Se... se você não... não quiser, tudo bem."

"Na verdade, eu adoraria", digo a ele.

"Sério?", ele pergunta, ofegante. Sei que achou que eu fosse recusar, sobretudo depois da maneira como foi tratado por Hardin.

Durante as quatro horas seguintes de palestras, a ideia de que Trevor ainda quer me levar para jantar, mesmo depois de ser ameaçado pelo maluco do meu ex-namorado, me aquece o coração.

"Graças a Deus acabou. Preciso dormir", Kimberly murmura assim que entramos no elevador.

"Parece que você não tem mais o pique de outros tempos", Christian provoca, e ela revira os olhos, reclinando-se contra o seu ombro.

"Tessa, amanhã de manhã vamos às compras, enquanto estes dois fazem suas reuniões", ela diz e fecha os olhos.

O que me parece ótimo. Exatamente como um jantar tranquilo com Trevor em Seattle — na verdade, me parece *incrível* depois da noite de loucura com Hardin. Estou um tanto desconfortável com o meu comportamento no fim de semana: beijar um estranho, praticamente forçar Hardin a fazer sexo comigo e agora ir a um jantar com uma terceira pessoa. Mas a última dessas atitudes é a mais inofensiva, e ao menos sei que não vai envolver nada físico.

Não para você, mas para Hardin e Molly..., meu inconsciente ataca.

Uau, esses pensamentos já estão me dando nos nervos.

Na porta do quarto, Trevor para e me diz: "Passo aqui às seis e meia, tudo bem?".

Respondo com um sorriso e um aceno de cabeça e entro na cena do crime.

Pretendia tentar cochilar antes do jantar, mas acabo tomando outro banho. Me sinto suja depois dos acontecimentos de ontem à noite, e preciso lavar de novo o cheiro de Hardin de meu corpo. Há apenas duas semanas, achei que hoje tudo estaria muito diferente, cuidando dos preparativos para visitarmos a mãe de Hardin em Londres no Natal. Agora nem sequer tenho onde morar, o que me faz lembrar que preciso ligar para minha mãe. Ela me telefonou várias vezes na noite passada.

Quando saio do banho, começo a recolocar a maquiagem e digito o número dela.

"Olá, Theresa", atende ela com um tom áspero.

"Oi, desculpa não ter atendido ontem. Estou em Seattle numa conferência sobre o mercado editorial, e ficamos conversando até tarde com uns clientes depois do jantar."

"Ah, tudo bem. Ele está aí?", ela pergunta, me deixando levemente atordoada.

"Não... Por quê?", digo como o máximo de indiferença possível.

"Porque ele ligou para cá ontem à noite, tentando descobrir onde você estava. Não gostei de saber que ele tem meu telefone, você sabe que não gosto dele, Theresa."

"Não fui eu que dei seu telefone..."

"Vocês não tinham terminado?", interrompe ela.

"Nós terminamos. Eu terminei. Ele só devia querer me perguntar alguma coisa sobre o apartamento ou algo do gênero", minto. Hardin devia estar realmente desesperado para me achar para ter ligado para a casa da minha mãe. Esse pensamento me magoa e me agrada ao mesmo tempo.

"Falando nisso, não tem mais lugar no alojamento para você até o fim do recesso de Natal, mas, como você vai ter uma semana de folga no trabalho e na faculdade, pode ficar aqui."

"Ah... tá certo", concordo. Não quero passar o recesso com a minha mãe, mas que escolha eu tenho?

"Vejo você na segunda. E, Tessa, se você tiver algum juízo, fique longe desse menino", ela diz antes de desligar.

Passar uma semana na casa da minha mãe vai ser um inferno; não sei como consegui viver lá por dezoito anos. Para ser sincera, nunca percebi como ela era até experimentar um pouco de liberdade. Como Hardin vai viajar para o exterior na terça-feira, talvez eu possa ficar naquele motel mais duas noites e ficar no apartamento enquanto ele estiver fora. Por mais que não queira nunca mais pisar lá, meu nome ainda está no contrato, e ele jamais vai descobrir.

Ao conferir o telefone, vejo que não tenho mais nenhuma mensagem nova ou ligação dele, embora já desconfiasse disso. Não consigo acreditar que ele tenha transado com a Molly e me jogado isso na cara daquele jeito. A pior parte é que, se eu não tivesse deixado escapar que beijei alguém, ele nunca iria me contar. Exatamente como fez com a aposta que deu início ao nosso "relacionamento". E isso significa que ele não merece a minha confiança.

Termino de me arrumar, optando por um vestido preto liso. Meus dias de saias plissadas de lã parecem ter ficado para trás. Aplico outra camada de corretivo no pescoço e espero por Trevor. Pontual como sempre, ele bate à porta exatamente às seis e meia.

20
∞
HARDIN

Fico olhando a casa enorme do meu pai, incapaz de decidir se entro ou não.

Karen decorou o lado de fora com luzes demais, além de pequenas árvores de Natal e o que parecem ser renas dançantes. No jardim, um Papai Noel inflável balança ao sabor do vento de um jeito que parece zombar de mim quando salto do carro. Os pedaços das passagens rasgadas voam sobre o assento antes de eu fechar a porta.

Vou ter que ligar para a companhia aérea para tentar um reembolso das passagens, caso contrário vou perder dois mil dólares. Talvez seja melhor ir sozinho e escapar deste estado lastimável por um tempo, mas, por algum motivo, ir para Londres sem Tessa não me parece uma boa ideia. Na verdade, estou feliz que minha mãe tenha concordado em vir para cá. Ela pareceu realmente animada com a ideia de vir para os Estados Unidos.

Ao tocar a campainha da casa do meu pai, tento inventar uma desculpa para estar aqui. Mas, antes que consiga pensar em alguma coisa, Landon abre a porta.

"Oi", digo quando ele dá um passo para o lado para eu entrar.

"Oi?", questiona ele.

Enfio as mãos nos bolsos, sem saber o que dizer ou fazer.

"Tessa não está", ele me informa e sai andando para a sala de estar, indiferente à minha presença.

"É... Eu sei. Ela está em Seattle", respondo, seguindo a poucos passos de distância.

"Então..."

"Eu... hã... bom, vim falar com você... ou com o meu pai, quer dizer, o Ken. Ou com a sua mãe", gaguejo.

"Falar sobre o quê?" Ele tira o marcador do livro que está segurando e começa a ler. Minha vontade é de arrancar o livro de suas mãos e jogar na lareira, mas isso não vai me levar a lugar nenhum.

"Sobre Tessa", digo baixinho. Mexo ansioso no piercing do lábio enquanto espero que ele caia na gargalhada.

Landon me encara e fecha o livro. "Deixa eu ver se entendi... Tessa não quer nada com você, então você está aqui para falar comigo? Ou com o seu pai, ou até com a minha mãe?"

"É... Eu acho..." Deus, como ele é irritante. Como se eu já não estivesse passando vergonha suficiente.

"Certo... e o que exatamente você acha que posso fazer? Eu, pessoalmente, acho que Tessa nunca mais deveria falar com você. E achei que, a essa altura, você já estaria em outra."

"Para de ser babaca. Eu sei que fiz merda, mas sou apaixonado pela Tessa, Landon. E sei que ela me ama. Só está magoada."

Landon inspira profundamente e esfrega o queixo com os dedos.

"Não sei, Hardin. O que você fez é imperdoável. Ela foi muito humilhada, e confiava em você."

"Eu sei... Eu sei. Porra, você acha que eu não sei?"

Ele suspira. "Bom, considerando que apareceu aqui para pedir ajuda, eu diria que você tem noção de que a situação está feia."

"Então, o que você acha que eu posso fazer? Não como amigo, mas como... você sabe, enteado do meu pai?"

"Como alguém da família, é isso? Da sua família." Ele sorri. Reviro os olhos, e ele dá risada. "Bom, você já falou com ela depois de tudo o que aconteceu?", pergunta.

"Já... Na verdade, fui para Seattle na noite passada, fiquei com ela lá."

"*Como é?*" Landon está claramente surpreso.

"É, ela estava bêbada, *muito* bêbada, e praticamente me *obrigou* a comer ela." Noto sua expressão de nojo pelas palavras que usei. "Desculpa... ela me obrigou a dormir com ela. Bem, não me obrigou, porque eu queria, tipo, como poderia dizer não... Ela simplesmente..." *Por que estou contando isso para ele?*

Landon me interrompe com um aceno das mãos. "Tá bom! Tá bom! Já entendi."

"Enfim, hoje de manhã falei uma merda que não deveria, porque ela me contou que beijou outra pessoa."

"Tessa beijou outra pessoa?", ele pergunta, claramente incrédulo.

"É... um cara numa merda de uma balada", resmungo. Não quero nem pensar nisso de novo.

"Uau. Ela está mesmo com raiva de você", ele comenta.

"Eu sei."

"O que você disse a ela hoje de manhã?"

"Que eu comi a Molly ontem", admito.

"E é verdade? Você... transou com a Molly?"

"Não, de jeito nenhum." Nego com a cabeça.

Que diabos está acontecendo para eu estar abrindo o meu coração logo com o Landon?

"Então por que disse que fez isso?"

"Porque fiquei com raiva." Encolho os ombros. "Ela beijou outro cara."

"Certo... e aí você disse que dormiu com a Molly, alguém que sabe muito bem que a Tess detesta, só para magoá-la?"

"Foi..."

"Boa ideia." Ele revira os olhos.

Dispenso seu sarcasmo fazendo um aceno veemente com a mão. "Você acha que ela me ama?", pergunto, porque preciso saber.

Landon me olha, subitamente sério. "Não sei..." Ele é um péssimo mentiroso.

"Responde. Você conhece a Tess melhor do que ninguém, fora eu."

"Ela te ama. Mas, por causa da sua traição, está convencida de que o sentimento nunca foi correspondido", Landon explica.

Sinto meu coração se arrebentar mais uma vez. Não acredito que estou recorrendo a Landon, mas preciso da ajuda dele. "O que eu faço? Você pode me ajudar?"

"Não sei..." Ele me olha com desconfiança, mas deve estar vendo o meu desespero. "Acho que posso tentar falar com a Tessa. Amanhã é aniversário dela, você sabe, né?"

"Claro que sei. Vocês têm algum plano?", pergunto. É melhor que não tenham.

"Não, ela disse que vai ficar na casa da mãe."

"Na casa da mãe? Por quê? Quando você falou com ela?"

"Ela me mandou uma mensagem há umas duas horas. E o que mais ela poderia fazer? Passar o aniversário sozinha num motel?"

Decido ignorar a pergunta. Se tivesse mantido a calma hoje de manhã, Tessa talvez tivesse me deixado passar mais uma noite com ela. Em vez disso, ainda está em Seattle com o babaca do Trevor.

Ouço passos na escada e, logo depois, meu pai aparece na porta. "Achei que tinha ouvido a sua voz..."

"É... Vim conversar com o Landon", minto. Bom, não deixa de ser verdade, em certo sentido; vim conversar com a primeira pessoa que encontrasse.

Sou patético.

Ele parece surpreso. "Ah é?"

"É. Hã, e minha mãe chega na terça-feira de manhã", acrescento. "Vai passar o Natal aqui."

"Que bom. Sei que ela sente sua falta", diz ele.

Meu primeiro instinto é pensar numa resposta, alguma observação sobre o pai de merda que ele é, mas perco a vontade.

"Bom, vou deixar vocês dois conversarem", ele fala antes de subir a escada novamente. "Ah, e Hardin...", acrescenta, na metade do caminho.

"Quê?"

"Fico feliz que esteja aqui."

"Certo." Não sei mais o que dizer. Meu pai abre um sorriso nervoso e continua a subir a escada.

O dia inteiro está uma merda. Minha cabeça dói. "Bom... Acho que vou indo...", digo a Landon, e ele concorda.

"Vou fazer o que puder", promete enquanto caminho até a porta.

"Obrigado." E, quando ficamos os dois sem jeito na entrada de casa, eu acrescento: "Você sabe que não vai ganhar um abraço nem merda nenhuma do tipo, né?"

Ao sair, ouço Landon dar uma gargalhada antes de fechar a porta.

21

TESSA

"Algum plano para o Natal?", pergunta Trevor.

Levanto um dedo para indicar que vou responder assim que terminar de saborear a garfada de ravióli. A comida está excelente. Não sou *gourmet* nem nada, mas imagino que só pode ser um restaurante cinco estrelas.

"Na verdade, não. Vou só passar a semana na casa da minha mãe. E você?"

"Vou fazer um trabalho voluntário num abrigo. Não gosto muito de voltar para Ohio. Tenho primos e tias por lá, mas, desde que a minha mãe morreu, não tenho muito motivo para voltar", explica.

"Ah, Trevor, sinto muito pela sua mãe. Mas é muito legal da sua parte fazer trabalho voluntário." Sorrio com simpatia e levo o último pedaço de ravióli à boca. O gosto é tão bom quanto na primeira mordida, mas a revelação de Trevor me faz apreciar um pouco menos a comida, embora valorize ainda mais o jantar. Estranho, não?

Conversamos mais um pouco e comemos um bolo de chocolate sem fermento delicioso com calda de caramelo. Mais tarde, quando a garçonete traz a conta, Trevor saca a carteira.

"Você não é dessas mulheres que exige pagar metade da conta, é?", brinca ele.

"Ha." Eu dou risada. "Talvez, se estivéssemos no McDonald's."

Ele ri, mas não diz nada. Hardin teria se saído com alguma observação sarcástica e idiota sobre o meu comentário ter feito o feminismo retroceder uns cinquenta anos.

Notando que voltou a chover e a nevar, Trevor me diz para esperar dentro do restaurante enquanto chama um táxi, o que é muita consideração de sua parte. Alguns momentos depois, acena para mim através do vidro, e eu corro para o táxi quentinho.

"Então, o que fez você querer entrar no mercado editorial?", pergunta ele no caminho para o hotel.

"Bom, eu adoro ler... é só isso que eu faço. É a única coisa que me interessa, então foi uma escolha natural de carreira para mim. Adoraria virar escritora em algum momento no futuro, mas por enquanto estou adorando o que faço na Vance", respondo.

Ele sorri. "É a mesma coisa comigo e a contabilidade. Nada mais me interessa tanto. Sempre soube, desde muito novo, que iria fazer alguma coisa com números."

Odeio matemática, mas sorrio enquanto ele fala. "E gosta de ler?", pergunto assim que o táxi para na frente do hotel.

"Gosto, mais ou menos. Principalmente não ficção."

"Ah... por quê?", não consigo deixar de perguntar.

Ele encolhe os ombros. "Não ligo muito para ficção." Ele salta do táxi e estende a mão para mim.

"Como assim?", pergunto e pego sua mão para sair. "A melhor coisa de ler é escapar da sua vida, viver centenas ou mesmo milhares de vidas diferentes. A não ficção não tem esse poder... Não muda o leitor do jeito que a ficção é capaz."

"Não muda o leitor?" Ele ergue uma sobrancelha.

"Isso mesmo. Se você não for afetado de alguma forma, mesmo a menor possível, não está lendo o livro certo." Enquanto passamos pelo saguão, olho para os quadros nas paredes. "Gosto de pensar que cada romance que li se tornou uma parte de mim, ajudou a criar quem eu sou, de certa forma."

"Você fala com muita paixão!" Ele ri.

"É... Acho que sim", digo. Hardin concordaria comigo, uma conversa como essa entre nós poderia se estender por horas, dias até.

Pegamos o elevador em relativo silêncio e, quando saímos, Trevor anda meio passo atrás de mim no corredor. Estou exausta e pronta para dormir, embora sejam só nove da noite.

Trevor sorri quando chegamos à porta do meu quarto. "Foi uma noite incrível. Obrigado por jantar comigo."

"Obrigada a *você* pelo convite." Sorrio de volta.

"Gosto muito da sua companhia; temos muito em comum. Adoraria sair com você de novo." Ele espera minha resposta, e em seguida esclarece: "Fora do ambiente de trabalho".

"É, eu também", respondo.

Trevor dá um passo à frente, e eu gelo por dentro. Ele estende o braço e põe a mão em meu quadril, se inclinando na minha direção.

"Humm... Acho que essa não é a melhor hora", murmuro.

Seu rosto se inflama de vergonha, e me sinto terrivelmente culpada por impedir seu avanço.

"Ah, entendi. Desculpa. Não devia ter...", ele gagueja.

"Não, tudo bem. Só não estou pronta para isso...", explico, e ele sorri.

"Entendi. Vou voltar para o meu quarto. Boa noite, Tessa", ele diz e vai embora.

Assim que entro no quarto, solto um suspiro profundo que não tinha percebido que estava segurando. Tiro os sapatos, e me pergunto se deveria ou não tirar o vestido antes de deitar. Estou cansada, muito cansada. Decido deitar enquanto penso no assunto, e em poucos minutos pego no sono.

O dia seguinte passa num instante ao lado de Kimberly, e fazemos mais fofoca do que compras.

"Como foi a noite ontem?", pergunta ela.

A mulher que lixa minhas unhas inclina a cabeça, curiosa, e eu sorrio para ela. "Foi bom, Hardin e eu saímos para jantar", respondo, e Kimberly fica boquiaberta.

"Hardin?"

"Trevor. Eu quis dizer Trevor." Se não estivesse fazendo as unhas, teria dado um tapa na minha própria testa.

"Humm...", Kimberly me provoca, e eu reviro os olhos.

Depois da manicure, entramos numa loja de departamentos. Vemos um monte de sapatos diferentes, e gosto de algumas coisas, mas nada que realmente queira comprar. Kimberly pega um monte de blusinhas com um entusiasmo que me diz que ela realmente gosta de fazer compras.

Quando passamos pela seção de roupas masculinas, ela escolhe uma camisa azul-marinho de botão e diz: "Acho que vou levar essa para o Christian também. É divertido, porque ele odeia quando gasto dinheiro com ele".

"Ele não tem... você sabe... bastante dinheiro?", pergunto, torcendo para não parecer intrometida.

"Ah, tem. É podre de rico. Mas gosto de pagar a minha parte quando saímos. E não estou com ele por causa do dinheiro", ela responde, orgulhosa.

Fico feliz de ter conhecido Kimberly. Tirando Landon, é minha única amiga agora. E nunca tive muitas amigas, então isso é um pouco novo para mim.

Apesar disso, fico feliz quando Christian liga e manda um carro nos buscar. Me diverti muito em Seattle, mas sofri um bocado também. Durmo durante toda a viagem de volta, e eles me deixam no motel. Para minha surpresa, meu carro está lá, estacionado na mesma vaga que antes.

Pago mais duas noites e mando uma mensagem para minha mãe, dizendo que estou doente, talvez alguma intoxicação alimentar. Ela não responde, então ligo a televisão depois de vestir um pijama. Não tem nada passando, literalmente nada, e prefiro ler, de qualquer jeito. Pego as chaves do carro e vou buscar minhas coisas no porta-malas.

Quando abro a porta, um objeto preto me chama a atenção. Um e-reader?

Pego o aparelho e retiro o pequeno post-it grudado na frente, que diz: *Feliz Aniversário. Hardin*. Meu coração dispara, e depois fica apertado. Nunca gostei muito da ideia de dispositivos eletrônicos de leitura. Prefiro segurar um livro nas mãos. Mas, depois da conferência do fim de semana, minha opinião mudou um pouco. Além disso, assim vai ser mais fácil carregar os originais por aí sem desperdiçar tanto papel para imprimir todos eles.

Ainda assim, pego a cópia de Hardin de *O morro dos ventos uivantes* do assoalho do carro e volto para o meu quarto. Quando ligo o e-reader, abro um sorriso e, na mesma hora, começo a soluçar. Na tela inicial, há uma pasta chamada *Tess*, e quando toco nela para abri-la vejo uma longa lista com todos os romances sobre os quais Hardin e eu discutimos, brigamos ou até rimos.

22

TESSA

Quando enfim acordo, já são duas horas da tarde. Não me lembro a última vez em que dormi até depois das onze, muito menos até depois do almoço. Mas acabo me perdoando, já que fiquei lendo e mexendo no presente maravilhoso de Hardin até as quatro da manhã. É perfeito, perfeito demais, o melhor presente que já ganhei.

Pego meu telefone no criado-mudo e vejo as chamadas não atendidas. Duas da minha mãe, e uma de Landon. Algumas mensagens de "Feliz aniversário" enchem a minha caixa de entrada, incluindo uma de Noah. Nunca fui muito de comemorar aniversários, mas também não gosto da ideia de passar o dia sozinha.

Bom, eu não vou estar sozinha. Catherine Earnshaw e Elizabeth Bennet são companhias muito melhores que a minha mãe.

Peço um monte de comida chinesa e fico de pijama o dia inteiro. Minha mãe está uma fera quando ligo e digo que estou "doente". Sei que ela não acredita em mim, mas, sinceramente, não me importo. É meu aniversário, posso fazer o que quiser. E, se quiser ficar deitada na cama com uma quentinha de comida para viagem e o meu brinquedo novo, então é isso que vou fazer.

Meus dedos tentam digitar o número de Hardin algumas vezes, mas eu me detenho. Não importa que o presente seja maravilhoso, ele transou com a Molly. Sempre que penso que Hardin não pode me magoar mais, é exatamente isso que ele faz. Começo a pensar em meu jantar com Trevor no sábado. Trevor, tão bonzinho e tão simpático. Ele fala o que pensa e me elogia. Não grita comigo, nem me irrita. Nunca mentiu para mim. E nunca tive que adivinhar o que estava pensando ou como estava se sentindo. É inteligente, educado, bem-sucedido e faz trabalho voluntário em abrigos durante as festas de fim de ano. Comparado com Hardin, é perfeito.

O problema é que ele não deveria ser comparado com Hardin. Trevor pode ser meio sem graça, é verdade, e não tem a mesma paixão por romances que eu e Hardin, mas por outro lado não temos o peso de um passado problemático.

A coisa mais irritante a respeito de Hardin é que, na verdade, eu amo sua personalidade, sua indelicadeza e tudo mais. Ele é engraçado, espirituoso, e pode ser muito gentil quando quer. Seu presente está mexendo com a minha cabeça — preciso lembrar o que ele fez comigo. Todas as mentiras, os segredos e, acima de tudo, o fato de ter transado com Molly.

Mando uma mensagem para Landon, agradecendo, e em poucos segundos ele responde perguntando o endereço do motel. Minha vontade é dizer para ele não se incomodar em dirigir até aqui, mas também não quero passar o restante do dia sozinha. Não troco de roupa, mas visto um sutiã por baixo da camiseta e leio um pouco mais, à espera de Landon.

Uma hora mais tarde, ele bate à porta e, quando abro, seu sorriso caloroso de sempre me faz sorrir de volta. Ele me dá um abraço.

"Feliz aniversário, Tessa", diz, junto do meu cabelo.

"Obrigada", respondo, abraçando-o bem apertado.

Ele me solta e senta na cadeira da escrivaninha. "Está se sentindo mais velha?"

"Não... quer dizer, estou. Parece que envelheci dez anos na última semana."

Ele abre um sorrisinho, mas não diz nada.

"Pedi comida chinesa... sobrou um monte, se você quiser", ofereço.

Landon se vira, pega a caixinha de isopor branco e um garfo de plástico da mesa. "Obrigado. Então é isso que está fazendo o dia inteiro?", brinca.

"Óbvio." Dou risada e sento de pernas cruzadas na cama.

Enquanto mastiga, Landon me olha e ergue uma sobrancelha, curioso. "Você tem um e-reader? Achei que detestava essas coisas."

"Bom... Detestava, mas agora meio que me apaixonei por elas." Pego o aparelho e o admiro por um instante. "Milhares de livros na palma da minha mão! O que pode ser melhor que isso?" Sorrio e inclino a cabeça para o lado.

"Bom, nada é melhor para um aniversário feliz do que comprar um presente para si mesmo", ele diz com a boca cheia de arroz.

"Na verdade, foi o Hardin que me deu. Ele deixou no meu carro."

"Ah. Que atencioso", Landon comenta com um tom peculiar.

"É, muito atencioso. Até incluiu um monte de livros maravilhosos e..." Me interrompo subitamente.

"E aí, o que você acha disso?", pergunta Landon.

"Me deixa ainda mais confusa. Ele faz coisas incrivelmente gentis às vezes, mas ao mesmo tempo me faz sofrer demais."

Landon sorri e agita o garfo enquanto diz: "Bom, ele te ama. Infelizmente, o amor e o bom senso nem sempre andam juntos".

Suspiro. "Ele não sabe o que é amor." Começo a percorrer a lista de livros românticos e percebo que bom senso não é algo muito presente em nenhuma dessas histórias.

"Ele veio falar comigo ontem", conta Landon, me fazendo soltar o e-reader na cama.

"*O quê?*"

"É, eu sei. Também fiquei surpreso. Ele veio procurar alguém, queria falar comigo, com o pai ou até com a minha mãe", ele continua, e eu balanço a cabeça, incrédula.

"Falar o quê?"

"Pedir ajuda."

A preocupação cresce dentro de mim. "Ajuda? Para quê? Está tudo bem com ele?"

"Está... Na verdade, não. Ele veio pedir ajuda sobre como agir com você. Estava completamente transtornado, Tessa. Imagina, aparecer na casa do pai dele."

"O que ele disse?" Não posso imaginar Hardin batendo à porta de Ken para pedir conselhos sobre relacionamentos.

"Que te ama. Que quer a minha ajuda para conseguir outra chance. Eu queria que você soubesse; não quero fazer nada pelas suas costas."

"Eu... bom... Não sei o que dizer. Não acredito que ele foi falar com você. Não acredito que ele falaria com ninguém, para ser sincera."

"Apesar de não querer admitir, ele não é o mesmo Hardin Scott que conheci. Até fez uma brincadeira sobre me abraçar." Landon ri.

Não consigo me conter e me junto a ele. "*Mentira!*" Não sei como me sinto sobre nada disso, mas é definitivamente engraçado. Quando paro de rir, olho para Landon e me atrevo a perguntar: "Você acha que ele me ama?".

"Acho. Não sei se você deveria perdoá-lo, mas uma coisa eu tenho certeza: ele te ama."

"Mas ele mentiu para mim, fez com que eu virasse motivo de piada... Mesmo depois de dizer que me amava, foi lá e contou tudo o que aconteceu entre a gente. E aí, quando estou começando a achar que poderia esquecer isso, ele dorme com a Molly." Meus olhos se enchem de lágrimas, e eu pego a garrafa d'água na mesa de cabeceira e dou um gole, numa tentativa de me distrair.

"Ele não dormiu com ela."

Dou uma encarada em Landon. "Dormiu, sim. Ele me contou."

Landon coloca a caixinha de isopor na mesa e faz que não com a cabeça. "Ele só disse isso para magoar você. Sei que não ajuda muito, mas vocês dois têm esse hábito de retribuir as coisas na mesma moeda."

Olhando para Landon, a primeira coisa que penso é que Hardin tem *talento*. Ainda consegue fazer o enteado de seu pai acreditar em suas mentiras. A segunda é: *Mas e se Hardin não tiver dormido com Molly?* Tirando isso, eu seria capaz de perdoá-lo? Tinha decidido que jamais o perdoaria, mas aparentemente não consigo esquecê-lo.

Como se o universo estivesse zombando de mim, meu telefone pisca com uma mensagem de Trevor dizendo: **Feliz aniversário, menina bonita**.

Mando uma resposta rápida de agradecimento e me viro para Landon: "Preciso de mais tempo. Não sei o que pensar."

Ele faz que sim com a cabeça. "Claro. O que você vai fazer no Natal?"

"Isto aqui." Aponto a caixinha de isopor vazia e o e-reader.

Ele pega o controle remoto. "Não vai para casa?"

"Aqui estou tão em casa quanto lá na minha mãe", respondo, tentando não pensar em como sou patética.

"Você não pode passar o Natal sozinha num motel, Tessa. Pode ir lá em casa. Acho que minha mãe comprou alguma coisa para você antes de... você sabe."

"A minha vida ir por água abaixo?" Eu dou uma meia risada, e ele faz que sim com a cabeça, divertido.

"Na verdade, estava pensando que, como Hardin vai viajar amanhã, eu poderia ficar no apartamento... só até conseguir vaga no alojamento, o que com sorte vai acontecer antes de ele voltar. Caso contrário, sempre posso voltar para esta bela morada." Não consigo deixar de fazer piada com o ridículo da situação em que me encontro.

"É... boa ideia", diz Landon, com os olhos voltados para a televisão.

"Você acha? E se ele aparecer ou coisa do tipo?"

Ele mantém os olhos fixos na tela, mas insiste que sim. "Ele vai estar em Londres, não?"

"É. Tem razão. E o meu nome também está no contrato."

Landon e eu ficamos vendo televisão e conversando sobre a mudança de Dakota para Nova York. Se ela decidir ficar por lá, ele provavelmente vai pedir transferência para a NYU no ano que vem. Fico feliz por ele, mas não quero que se mude de Washington — não digo isso, claro. Landon fica até as nove e depois que vai embora. Eu me enrolo nas cobertas e leio até dormir.

Na manhã seguinte, me arrumo para voltar ao apartamento. Não consigo acreditar que estou indo para lá, mas não tenho muitas opções. Não quero abusar da boa vontade de Landon, definitivamente não quero ir para a casa da minha mãe e, se ficar aqui, meu dinheiro vai acabar. Sinto uma pontada de culpa por não ir ficar com minha mãe, mas não quero passar uma semana ouvindo seus comentários sarcásticos. Ainda posso passar lá no dia do Natal, mas hoje não. Tenho cinco dias para me decidir.

Quando termino de arrumar o cabelo e passar a maquiagem, visto uma camisa branca de manga comprida e uma calça jeans escura. Quero ficar de pijama, mas preciso passar no mercado para comprar comida para os próximos dias. Se comer alguma coisa que Hardin tiver deixado no apartamento, ele vai saber que estive lá. Arrumo meus poucos pertences nas malas e corro para o carro, que para minha surpresa foi aspirado e está com cheirinho de menta. Hardin.

No caminho do mercado, começa a nevar. Compro comida suficiente para durar até eu decidir o que fazer no Natal. Na fila do caixa, me distraio pensando no que Hardin teria comprado para mim de Natal. Meu presente de aniversário foi tão bem pensado, quem pode saber o que ele teria inventado? Espero que tenha sido algo simples, barato.

"Não vai andar, não?", uma mulher rosna atrás de mim.

Quando ergo os olhos, o caixa está me esperando com uma expressão impaciente no rosto. Não percebi que a fila tinha andado e sumido na minha frente.

"Perdão", murmuro, colocando minhas compras na esteira.

Quando entro na garagem do prédio, meu coração dispara. E se ele ainda não tiver saído? É meio-dia ainda. Olho freneticamente ao redor, e o carro dele não está lá. Deve ter dirigido até o aeroporto e deixado o carro lá.

Ou pegou carona com a Molly.

Meu inconsciente não sabe a hora de calar a boca. Quando concluo que ele não está em casa, estaciono e pego as compras. A neve está caindo com mais força, acumulando-se numa camada fina nos carros ao meu redor. Pelo menos vou estar num apartamento quentinho daqui a pouco. Quando chego à porta, respiro fundo uma última vez antes de abri-la e entrar. Adoro este lugar — é tão perfeito para nós... para ele... ou para mim, separadamente.

Quando abro os armários e a geladeira, fico surpresa de ver tanta comida. Hardin deve ter feito compras nos últimos dias. Enfio as coisas que comprei onde consigo e desço até o carro para buscar minha bagagem.

Não consigo parar de pensar no que Landon disse. Estou chocada por Hardin ter pedido conselho para alguém, e por Landon pensar que Hardin me ama — algo do qual já tive certeza, mas que enterrei e trancafiei fundo dentro de mim, por medo de que pudesse me dar esperanças. Admitir que ele me ama só vai piorar as coisas.

Volto para o apartamento, tranco a porta e levo minhas malas para o quarto. Tiro a maioria das roupas e penduro, para não ficarem muito amassadas. Usar o nosso closet, no entanto, só faz a faca que sinto dentro do meu peito girar e entrar mais um pouco. Hardin só tem algumas calças jeans pretas penduradas no lado esquerdo. Tenho que me segurar para não pendurar suas camisetas — elas estão sempre um pouco amarrotadas, mas, de alguma forma, ele consegue ficar lindo. Meus olhos passam pela camisa social preta pendurada de qualquer jeito no canto, a que ele usou no casamento. Termino de arrumar minhas coisas depressa e me afasto do closet.

Preparo um macarrão no fogão e ligo a televisão. Aumento o volume para ouvir um episódio antigo de *Friends* que já vi pelo menos umas vinte vezes e vou para a cozinha. Falo junto com os personagens enquanto coloco a louça suja na máquina. Espero que Hardin não perceba, mas odeio deixar pratos sujos na pia. Acendo uma vela e limpo a bancada. Quando me dou conta, estou varrendo o chão, limpando o sofá e fazendo a cama. Quando o apartamento está limpo, coloco minha roupa suja para lavar e dobro as que Hardin deixou na secadora. Hoje é sem dúvida o dia mais tranquilo e calmo que tenho desde a semana passada. Mas só até ouvir algumas vozes e ver a maçaneta da porta da frente se abrir em câmera lenta.

Merda. Hardin está aqui de novo. Por que ele sempre aparece quando estou no apartamento? Torço para que ele tenha dado uma chave extra para um de seus amigos... Quem sabe não é Zed com uma garota? *Qualquer pessoa, menos Hardin, por favor.*

Uma mulher que nunca vi na vida passa pela porta, mas, de alguma forma, sei quem ela é na mesma hora. As semelhanças são inegáveis, ela é linda.

"Uau, Hardin, o apartamento é uma graça", ela comenta, com um sotaque tão carregado quanto o do filho.

Não pode ser. Vou parecer uma perfeita psicopata aos olhos da *mãe* do Hardin — com a minha comida nos armários, minhas roupas na máquina de lavar e o apartamento limpinho de cima a baixo. Estou completamente imóvel e, quando ela me olha, entro em pânico.

"Ah, meu Deus! Você deve ser a Tessa!" Ela sorri e vem correndo até mim.

Hardin entra no apartamento, inclina a cabeça de lado e deixa as malas floridas caírem no chão. A surpresa em seu rosto é mais que evidente. Desvio os olhos dele e me concentro na mulher vindo em minha direção com os braços abertos.

"Fiquei tão decepcionada quando Hardin disse que você ia passar a semana fora!", exclama ela e me envolve em seus braços. "Que menino danado, mentindo para me fazer uma surpresa!"

O quê?

Ela põe as mãos em meus ombros e me afasta um pouco, para me ver melhor. "Ah, que menina bonita, olha só você!", ela grita e me abraça outra vez.

Fico em silêncio e retribuo o abraço. Hardin parece aterrorizado e completamente desprevenido.

Bem-vindo ao clube.

23

TESSA

Quando a mãe de Hardin me abraça pela quarta vez, ele enfim resolve dizer num murmúrio: "Mãe, pega leve. Ela é meio tímida".

"Tem razão, desculpa, Tessa. Estou tão feliz por finalmente nos conhecermos. Hardin me falou muito de você", diz ela, calorosamente. Então dá um passo para trás, acenando com a cabeça, e eu sinto meu rosto ficar vermelho. Estou surpresa que ela saiba que eu existo — achei que Hardin tinha guardado segredo, como de costume.

"Tudo bem", consigo dizer em meio ao susto.

A sra. Daniels sorri animada e olha para o filho, que diz: "Mãe, por que você não bebe um copo d'água lá na cozinha um minuto?" Quando ela sai, Hardin se aproxima lentamente. "Posso... hã... posso falar com você lá no quarto um instante?", gagueja.

Faço que sim com a cabeça e olho de relance para a cozinha, antes de segui-lo até o quarto que um dia dividimos.

"O que foi isso?", pergunto baixinho ao fechar a porta.

Hardin estremece e senta na beirada da cama. "Eu sei... Desculpa. Não consegui contar a ela o que aconteceu. Não podia dizer o que fiz." E então pergunta com mais esperança na voz do que posso suportar. "Você voltou... para ficar?"

"Não..."

"Ah."

Suspiro e passo as mãos pelo cabelo, um hábito que suspeito ter pegado de Hardin. "Bom, o que eu faço?", pergunto a ele.

"Não sei...", ele responde com um longo suspiro. "Não estou pedindo para você aceitar participar de uma farsa... Só preciso de um pouco mais de tempo para contar."

"Não sabia que você ia estar aqui, achei que tinha ido para Londres."

"Mudei de ideia, não queria ir sem..." Ele interrompe a frase, e a dor em seus olhos é evidente.

"E por que você não disse a ela que não estamos mais juntos?" Não sei se quero ouvir a resposta.

"Ela estava tão feliz que eu tinha encontrado alguém... Não queria estragar isso."

Lembro-me de Ken dizer que nunca pensou que Hardin fosse capaz de namorar alguém, e ele estava certo. No entanto, não quero estragar a visita da mãe de Hardin. O que digo a seguir sem dúvida não é por causa dele: "Tudo bem. Pode contar a ela quando estiver pronto. Só não fale sobre a aposta". Olho para baixo, imaginando como sua mãe ficaria magoada ao saber dos detalhes de como o filho arruinou seu primeiro e único amor.

"Sério? Tudo bem se ela pensar que estamos juntos?" Hardin parece mais surpreso do que deveria. Quando faço que sim com a cabeça, ele solta um suspiro profundo. "Obrigado. Achei que você ia me dedurar bem na frente dela."

"Jamais faria isso", digo, e é verdade. Não importa a raiva que já senti de Hardin, não iria estragar seu relacionamento com a mãe. "Só vou terminar de lavar minha roupa e vou embora. Achei que você não estaria aqui, então pensei em vir para cá, em vez de ficar no motel." Encolho os ombros, sem jeito. Já ficamos sozinhos no quarto por tempo demais.

"Você não tem para onde ir?"

"Posso ir para a casa da minha mãe. Só não quero", admito. "O motel não é ruim, só um pouco caro." É a conversa mais civilizada que Hardin e eu tivemos em uma semana.

"Sei que você não vai concordar em ficar aqui, mas será que posso colaborar com algum dinheiro?" É evidente que Hardin está com medo da minha reação à sua oferta.

"Não preciso do seu dinheiro."

"Eu sei, só estou oferecendo." Ele olha para o chão.

"É melhor a gente voltar para a sala." Suspiro e abro a porta.

"Já vou", diz ele em voz baixa.

Não gosto da ideia de enfrentar sua mãe sozinha, mas não posso ficar naquele quarto pequeno com Hardin. Respiro fundo e saio.

Quando entro na cozinha, a sra. Daniels está de pé ao lado da pia, me olhando. "Ele não está chateado comigo, está? Não quis sufocar você." Sua voz é tão doce. Um total contraste com o filho.

"Ah, não, claro que não. É que ele... teve uma semana difícil", minto. Eu nunca soube mentir direito, por isso é algo que evito a todo custo.

"Ah bom. Sei que ele pode ser mal-humorado às vezes." Seu sorriso é tão afetuoso que não posso deixar de sorrir de volta.

Pego um copo d'água para me acalmar, e ela começa a falar assim que dou o primeiro gole. "Ainda não não consigo acreditar no quanto você é bonita. Ele me disse que você era a garota mais linda que já tinha visto, mas achei que fosse exagero."

Com muito menos graciosidade que a garota mais bonita que um menino já viu faria, cuspo a água de volta no copo. *Hardin disse o quê?* Quero perguntar a ela, para ter certeza de que é isso mesmo, mas acabo só bebendo mais um gole para disfarçar a minha reação vergonhosa.

Ela ri. "Estou falando sério, achei que você teria um monte de tatuagens e o cabelo verde ou coisa do tipo."

"Não, tatuagem não é comigo. Nem cabelo verde." Eu dou risada e sinto meus ombros começando a relaxar.

"Você está cursando inglês, como Hardin, não é isso?"

"Sim, senhora."

"Senhora? Pode me chamar de Trish."

"Na verdade, estou fazendo estágio na Vance, por isso meu horário de aulas é meio confuso. E agora estamos no recesso de fim de ano."

"Vance? Do Christian Vance?", pergunta ela, e faço que sim com a cabeça. "Ah, deve fazer pelo menos uns dez anos que não vejo Christian." Ela olha para o copo d'água em minhas mãos. "Na verdade, Hardin e eu moramos com ele por um ano depois que o Ken... Bom, não importa, Hardin não gosta quando dou com a língua nos dentes." Ela ri nervosamente.

Não sabia que Hardin e a mãe tinham morado com o sr. Vance, mas sabia que eles eram muito próximos, mais do que seriam se Christian fosse só amigo de seu pai.

"Eu sei sobre Ken", digo a Trish numa tentativa de aliviar seu desconforto, mas na mesma hora fico apreensiva por ter deixado subentendido que sei também sobre o que aconteceu com *ela*, e fico com medo de ter tocado em um assunto doloroso.

"Você sabe?", pergunta Trish.

Tento contornar a situação e começo a falar: "Sei, Hardin me contou...".

Quando Hardin aparece na cozinha, porém, paro de falar — e tenho que admitir que fico feliz com a interrupção.

Ele ergue uma sobrancelha, curioso. "Hardin contou o quê?"

Minha tensão dispara, mas, para minha surpresa, sua mãe resolve a situação, dizendo: "Nada, meu filho, é conversa de mulher". Em seguida, caminha até ele e o envolve pela cintura. Ele se afasta um pouco, como que por instinto. Ela franze a testa, mas tenho a sensação de que se trata de uma interação habitual entre eles.

A secadora apita, e eu interpreto isso como a minha deixa para recolher minhas roupas e sair dali, bem rápido.

Pego as roupas quentes e sento no chão na pequena lavanderia para dobrá-las. A mãe de Hardin é muito gentil, gostaria de tê-la conhecido em circunstâncias diferentes. Não estou mais com raiva de Hardin; já guardei ressentimentos por tempo demais. Estou triste, lamentando a perda do que poderíamos ter vivido.

Quando termino de arrumar minhas roupas, vou para o quarto para colocá-las nas malas. Queria não ter pendurado nada no closet nem guardado comida na cozinha.

"Precisa de ajuda, querida?", pergunta Trish.

"Hã, estava só arrumando minhas coisas para ir para a casa da minha mãe, vou passar a semana lá", respondo, imaginando que vai ser melhor assim, já que o motel custa caro demais.

"Você vai embora hoje? Agora?" Ela franze a testa.

"Vou... Prometi a ela passar o Natal lá." Pela primeira vez, desejo que Hardin apareça para me tirar dessa.

"Ah, estava torcendo para que você ficasse pelo menos uma noite. Quem sabe quando vou poder ver você de novo? E eu queria muito conhecer a jovem por quem meu filho se apaixonou."

De repente, algo dentro de mim sente vontade fazer essa mulher feliz. Não sei se é porque eu disse que sabia sobre Ken, ou por causa do jeito como ela contornou o assunto na frente de Hardin. Mas sei que não quero pensar demais nisso, então calo a minha voz interior e simplesmente faço que sim com a cabeça, dizendo: "Tudo bem".

"*Sério?* Você vai ficar? Pelo menos uma noite, e aí você pode ir para a casa da sua mãe. E é melhor não pegar a estrada com toda essa neve." Em seguida me envolve no quinto abraço do dia.

Pelo menos ela pode servir como um amortecedor entre mim e Hardin. Com ela aqui, não podemos brigar. Bom, pelo menos eu não posso brigar. Sei que, provavelmente... certamente, essa é a pior ideia possível, mas é difícil dizer não a Trish. Assim como ao seu filho.

"Bom, vou tomar um banho rápido. A viagem foi bem longa!" Ela abre um sorriso largo e sai do quarto.

Afundo na cama e fecho os olhos. Vão ser as vinte e quatro horas mais difíceis e dolorosas da minha vida. Não importa o que eu faça, parece que estou sempre voltando à estaca zero com ele.

Depois de alguns minutos, abro os olhos e vejo Hardin de pé na frente do closet, de costas para mim. "Desculpa, não queria incomodar", diz ele, se virando para mim. Sento na cama. Ele está tão estranho, se desculpando por tudo o que diz. "Vi que você limpou o apartamento", comenta em voz baixa.

"É... Não consegui me conter." Abro um sorriso, e ele sorri em resposta. "Hardin, eu disse à sua mãe que iria passar a noite aqui. Só hoje, mas, se quiser, vou embora. Só me senti mal, porque ela é tão gentil, e não consegui dizer não. Mas se você não estiver à vontade com isso..."

"Tessa, tudo bem", diz ele depressa. Em seguida, no entanto, sua voz treme quando ele acrescenta: "Quero que você fique".

Não sei o que dizer, não entendo essa estranha reviravolta dos acontecimentos. Quero agradecer pelo presente, mas tem coisas demais acontecendo na minha cabeça.

"E o dia do aniversário, foi bom?", pergunta ele.

"Ah, sim. Landon veio me visitar."

"Ah..." Ouvimos Trish na sala, e Hardin faz menção de sair do quarto. Antes de passar pela porta, porém, ele para e olha para mim. "Não sei o que fazer."

Solto um suspiro. "Nem eu."

Ele balança a cabeça, e nós dois saímos do quarto para nos juntar à sua mãe.

24

TESSA

Quando chegamos à sala, a mãe de Hardin está sentada no sofá com o cabelo molhado preso num coque. Parece bem jovem para a idade, e muito bonita. "A gente devia alugar uns filmes, e eu posso preparar um jantar!", exclama ela. "Você não sente falta da minha comida, docinho?"

Hardin revira os olhos e dá de ombros. "Claro. Melhor cozinheira do mundo."

Isso não poderia ser mais estranho.

"Ei! Não sou tão ruim assim." Ela ri. "E acho que com isso você *acabou* de assumir o papel de responsável pela cozinha esta noite."

Me mexo de um lado para o outro, pouco à vontade, sem saber como lidar com Hardin quando não estamos juntos ou brigando. É uma novidade para nós, mas de repente me dou conta de que se trata de um padrão: Karen e Ken acharam que estávamos namorando antes de o namoro começar de verdade.

"Você sabe cozinhar, Tessa?", pergunta Trish, quebrando minha linha de raciocínio. "Ou é Hardin que cozinha?"

"Hã, nós dois cozinhamos. Talvez eu 'prepare' mais do que cozinhe", respondo.

"Bom saber que você está cuidando do meu menino. E este apartamento é tão bom. Imagino que seja Tessa quem faz a limpeza", brinca ela.

Não estou "cuidando do menino dela", já que é isso que ele está perdendo por me magoar. "Pois é... ele é um porcão", respondo.

Hardin me olha com um pequeno sorriso nos lábios. "Não sou um porcão, ela é que tem mania de limpeza."

Reviro os olhos. "Ele é um porcalhão", Trish e eu dizemos em uníssono.

"A gente vai ver um filme ou vocês vão ficar pegando no meu pé a noite toda?" Hardin faz um bico.

Sento antes de Hardin para não ter que tomar a decisão desconfortável sobre onde ficar. Ele fica olhando para o sofá, silenciosamente pensando no que fazer. Depois de um tempo, ele senta ao meu lado, e sinto o calor familiar de sua proximidade.

"O que vocês querem ver?", sua mãe pergunta.

"Não importa", responde Hardin.

"Você pode escolher", tento suavizar sua resposta.

Ela sorri para mim e escolhe *Como se fosse a primeira vez*, um filme que tenho certeza de que Hardin vai odiar.

E não dá outra — assim que começa, Hardin reclama. "Este filme é mais velho que a minha vó."

"Shhh", eu faço, e ele bufa, mas fica quieto.

Enquanto Trish e eu rimos e suspiramos com o filme, percebo Hardin me olhando vez ou outra. Na verdade, estou me divertindo e, por alguns momentos, quase me esqueço de tudo o que aconteceu entre nós. É difícil não me encostar nele, não tocar suas mãos, não ajeitar seu cabelo quando ele cai em sua testa.

"Estou com fome", ele murmura quando o filme termina.

"Por que você e Tessa não cozinham alguma coisa, já que estou vindo de uma viagem tão longa?". Trish sorri.

"Você está mesmo se aproveitando dessa história da viagem, hein?", Hardin diz a ela.

Ela balança a cabeça com um sorriso irônico que já vi no rosto de Hardin algumas vezes.

"Tudo bem, eu posso cozinhar", me ofereço, levantando do sofá. Entro na cozinha e me apoio na bancada. Me seguro à beirada de mármore com mais força do que o necessário, tentando recuperar o fôlego. Não sei por quanto tempo mais posso fazer isso, fingir que Hardin não estragou tudo, fingir que sou apaixonada por ele. *Mas eu sou, desesperadamente*. O problema não são meus sentimentos por esse menino mal-humorado e egoísta. O problema é que já dei chances demais a ele, apesar das coisas odiosas que diz e faz. Mas dessa vez ele foi longe demais.

"Hardin, seja um cavalheiro e ajude a Tessa", ouço Trish dizer e corro para o congelador para fingir que não estava tendo um pequeno colapso.

"Hã... Posso ajudar?" A voz dele atravessa a pequena cozinha.

"Tudo bem", respondo.

"Picolé?", pergunta ele, e olho para o objeto em minhas mãos. Queria ter tirado um frango do congelador, mas acho que me distraí.

"É. Todo mundo gosta de picolé, certo?", respondo, e ele sorri, revelando suas covinhas malignas.

Eu consigo. Posso ficar perto de Hardin. Posso ser civilizada com ele, e a gente pode se dar bem.

"Você devia fazer aquele macarrão com frango que fez para mim", sugiro.

Seus olhos verdes se concentram em mim. "É isso que você quer?"

"É. Se não for muito trabalho."

"Claro que não."

"Você está tão estranho hoje", sussurro para que nossa hóspede não ouça.

"Não estou, não." Ele encolhe os ombros e caminha na minha direção.

Meu coração dispara quando ele se aproxima. Dou um passo para o lado, e ele abre a porta do congelador.

Achei que fosse me beijar. Qual o problema comigo?

Preparamos o jantar em quase completo silêncio, sem saber o que dizer. Meus olhos o observam o tempo todo, o modo como seus dedos compridos envolvem o cabo da faca para cortar o frango e os legumes, o jeito como ele fecha os olhos quando o vapor da água fervente atinge seu rosto e como sua língua limpa o canto da boca quando prova o molho. Sei que observá-lo assim me impede de ser imparcial e não é nem um pouco saudável, mas não consigo evitar.

"Vou pôr a mesa. Avisa à sua mãe que está pronto", digo quando ele finalmente termina.

"O quê? É só gritar para ela vir."

"Não, que falta de educação. Vai lá chamar", repreendo.

Hardin revira os olhos, mas me obedece, só para voltar segundos depois, sozinho. "Dormiu", ele informa.

Eu o ouvi, mas ainda assim pergunto: "O quê?".

"Pois é, desmaiou no sofá. Chamo mesmo assim?"

"Não... Ela teve um dia cheio. Vou preparar um prato, e ela pode comer quando acordar. Já está tarde, de qualquer forma."

"São oito horas."

"Então... está tarde."

"É." A voz dele não demonstra emoção.

"O que você tem? Sei que a situação é desconfortável, mas você está tão *estranho*", digo enquanto sirvo dois pratos sem pensar no que estou fazendo.

"Obrigado", diz ele, pegando um dos pratos e sentando à mesa.

Pego um garfo na gaveta e decido comer de pé, junto da bancada. "Você vai me dizer?"

"Dizer o quê?" Ele dá uma garfada no frango e leva à boca.

"Por que está assim tão... calmo e... gentil. É estranho."

Ele demora um tempo mastigando antes de engolir, então responde: "Só não quero dizer nenhuma bobagem".

"Ah", é tudo que consigo pensar em responder. Bem, não era *isso* que eu esperava ouvir.

Então ele vira o jogo. "E por que *você* está sendo tão gentil e estranha?"

"Porque a sua mãe está aqui, e o que passou, passou... Não posso fazer nada para mudar isso. Não posso continuar com raiva para sempre." Apoio o cotovelo na bancada.

"E o que isso quer dizer?"

"Nada. Só estou dizendo que vou ser civilizada e não quero mais brigar. Isso não muda nada entre nós." Mordo minha bochecha para não chorar.

Em vez de responder, Hardin se levanta e joga o prato na pia. A porcelana racha ao meio com um estrondo que me provoca um sobressalto. Mas ele não vacila nem por um momento nem olha para trás antes de sair da cozinha.

Dou uma espiada na sala para me certificar de que o gesto brusco de Hardin não acordou sua mãe. Felizmente, ela ainda está dormindo, com a boca um pouco aberta, de um jeito que faz suas semelhanças com o filho ficarem ainda mais evidentes.

Como sempre, sou eu quem tem que limpar a bagunça de Hardin. Coloco a louça suja na máquina e guardo as sobras antes de limpar a pia. Estou exausta, mais mentalmente do que fisicamente, preciso tomar um banho e dormir. Mas onde diabos vou dormir? Hardin está no quarto e Trish no sofá. Talvez eu devesse voltar para o motel.

Aumento um pouco o aquecedor e desligo a luz da sala de estar. Quando entro no quarto para pegar meu pijama, Hardin está sentado na beirada da cama, os cotovelos sobre os joelhos e a cabeça entre as mãos. Ele não ergue os olhos, então pego uma bermuda, uma camiseta e uma calcinha na mala antes de sair do quarto. Ao bater a porta, ouço o que parece ser um soluço abafado.

Hardin está chorando?

Não é possível. Não pode ser.

Não posso sair do quarto se ele estiver chorando. Na ponta dos pés, volto até a cama e paro na frente dele. "Hardin?", chamo baixinho, tentando tirar suas mãos do rosto. Ele resiste, mas eu puxo com mais força. "Olha para mim", imploro.

Quando ele me obedece, fico completamente sem fôlego. Seus olhos estão vermelhos e o rosto coberto de lágrimas. Tento segurar suas mãos, mas ele me afasta. "Vai embora, Tessa."

Já o ouvi dizer isso muitas vezes. "Não", respondo e me ajoelho entre suas pernas abertas.

Ele enxuga os olhos com as costas das mãos. "Foi uma péssima ideia. Amanhã de manhã eu conto para a minha mãe."

"Não precisa." Já o vi deixar escapar algumas lágrimas antes, mas nunca de forma tão descontrolada, com o corpo convulsionado e o rosto encharcado.

"Preciso, sim. É uma tortura ter você tão perto, mas ao mesmo tempo tão distante. É o pior castigo possível. Não que eu não mereça, porque sei que mereço, mas isso é demais." Ele chora. "Mesmo para mim." Ele inspira fundo, de forma desesperada. "Quando você concordou em ficar... achei que talvez... que talvez você ainda gostasse de mim do jeito que gosto de você. Mas eu já entendi, Tess, percebi o jeito como você me olha agora. Estou vendo a dor que causei. A mudança que provoquei em você. Sei que fui eu quem fez isso, mas saber que perdi você ainda está me matando por dentro." As lágrimas vêm muito mais rápido agora, pingando em sua camiseta preta.

Quero dizer alguma coisa — qualquer coisa — para fazer isso parar. Para fazer sua dor ir embora.

Mas onde ele estava quando eu chorava até dormir, noite após noite?

"Quer que eu vá embora?", pergunto, e ele faz que sim.

Sua rejeição dói, mesmo agora. Sei que não deveria estar aqui, não deveria estar fazendo isso, mas preciso de mais. Preciso de mais tempo com ele. Por mais perigoso e doloroso que seja, é melhor que nada. Queria não amá-lo, preferia nunca ter conhecido Hardin.

Mas eu o conheci. E me apaixonei por ele.

"Certo." Engulo em seco e me levanto.

Mas ele me segura pelo pulso. "Desculpa. Por tudo, por magoar você, por tudo", Hardin diz, e percebo o tom de adeus em sua voz.

Por mais que eu resista, sei que no fundo não estou preparada para saber que ele desistiu de mim. Por outro lado, ainda não estou pronta para perdoá-lo. Estou tão confusa há vários dias, mas hoje mais do que nunca.

"Eu..."

"O quê?"

"Não quero ir embora", digo tão baixo que nem sei se ele ouviu.

"O quê?", ele pergunta de novo.

"Não quero ir. Sei que é a melhor coisa a fazer, mas não quero. Não hoje, pelo menos." Sou capaz de jurar que estou vendo os fragmentos do homem na minha frente se recompondo lentamente, um por um. É uma cena bonita, mas também aterrorizante.

"O que isso significa?"

"Não sei, mas ainda não estou pronta para descobrir", respondo, na esperança de entender tudo conversando a respeito.

Hardin me olha com uma expressão neutra, os soluços anteriores sumiram por completo. Ele enxuga o rosto com a camisa num gesto mecânico e diz: "Tudo bem. Você pode dormir na cama, eu fico no chão".

Enquanto ele pega dois travesseiros e uma manta, não posso deixar de pensar que talvez, de repente, todas aquelas lágrimas tenham sido fingimento. Ainda assim, de alguma forma, sei que não foi nada disso.

25

TESSA

Embrulhada no edredom, não consigo deixar de pensar que nunca — nunca na vida — achei que fosse ver Hardin daquele jeito. Tão exposto, tão vulnerável, o corpo convulsionado pelas lágrimas. Parece que a dinâmica entre nós está sempre mudando, em cada momento um de nós assume uma posição de vantagem em relação ao outro. No momento, sou eu quem está no controle.

Mas não quero estar. Não gosto dessa dinâmica. O amor não deveria ser uma batalha. Além do mais, não confio em mim para assumir as rédeas do que acontece entre nós. Poucas horas atrás eu tinha tudo planejado, mas agora, depois de vê-lo tão abalado, minha mente está confusa, e meus pensamentos, anuviados.

Mesmo no escuro, posso sentir os olhos de Hardin sobre mim. Quando enfim solto a respiração que não tinha percebido que estava segurando, ele pergunta: "Quer que eu ligue a televisão?".

"Não. Se quiser pode ligar, mas estou bem", respondo.

Queria ter trazido meu e-reader para a cama, para ler até dormir. Talvez participar da ruína da vida de Catherine e de Heathcliff fizesse a minha parecer mais fácil, menos traumática. Catherine passou a vida tentando conter o amor que sentia por aquele homem, até o dia em que implorou por seu perdão e admitiu que não podia viver sem ele — apenas para morrer horas depois. Eu seria capaz de viver sem Hardin, não? Não vou passar a vida lutando contra isso. Essa sensação é apenas temporária... Não é? Não vamos destruir nossa vida e a das pessoas ao redor por causa da nossa teimosia, né? A incerteza dessa analogia me incomoda, sobretudo porque significa que vou começar a comparar Trevor com Edgar. E não sei o que pensar disso. É estranho.

"Tess?", meu Heathcliff chama, me afastando de meus pensamentos.

"O quê?", pergunto, numa voz rouca.

"Não comi a... quer dizer, não *dormi* com a Molly", conta ele, como se moderar a boca suja pudesse tornar a declaração menos chocante.

Fico em silêncio, em parte atordoada por ele ter tocado no assunto, em parte porque quero acreditar no que diz. Mas não posso esquecer que Hardin é um gênio da mentira.

"Eu juro", acrescenta ele.

Ah, bem, se ele "jura"...

"Por que falou aquilo, então?", pergunto secamente.

"Para magoar você. Fiquei com muita raiva quando você falou que beijou outro, então disse a coisa que sabia que ia doer mais."

Não consigo vê-lo, mas, de alguma forma, sei que está deitado de costas, com os braços cruzados sob a cabeça, com os olhos virados para o teto.

"Você beijou outro mesmo?", ele pergunta antes que eu possa me manifestar.

"Beijei", admito. Mas, quando ouço sua respiração profunda, tento suavizar o golpe, acrescentando: "Só uma vez".

"Por quê?" A voz dele é ao mesmo tempo fria e carregada. É um som estranho.

"Para falar a verdade, não tenho a menor ideia... Fiquei com raiva do jeito como você estava se comportando no telefone, e tinha bebido demais. Então dancei com um cara, e ele me beijou."

"Você dançou com ele? Dançou como?"

Reviro os olhos diante de sua necessidade de saber cada detalhe do que faço, mesmo quando não estamos juntos. "Você não vai querer que eu responda isso."

Suas palavras fazem o ar entre nós ficar pesado novamente. "Quero, sim."

"Hardin, dancei do jeito que as pessoas dançam numa balada. Então ele me beijou e tentou me convencer a ir para a casa dele." Vejo as pás do ventilador de teto. Sei que, se continuarmos a falar disso, elas vão parar de funcionar, incapazes de cortar a tensão do ar. Tento mudar de assunto. "Obrigada pelo e-reader. Foi um presente muito bem pensado."

"Ele tentou levar você para a casa dele? E o que você fez?" Posso ouvi-lo se mexendo, o que me diz que agora está sentado.

Permaneço deitada. "E precisa perguntar? Você sabe que eu nunca faria isso", retruco.

"Bom, nunca imaginei você dançando e beijando outros caras na balada", ele rosna.

Depois de alguns momentos de silêncio, comento: "Acho que você não quer começar a discutir o inesperado".

Ouço o barulho da manta novamente e posso senti-lo ao meu lado. Sua voz está bem perto de mim. "Por favor, me diz que você não foi com ele."

Hardin está sentado na cama ao meu lado, e eu me afasto dele. "Você sabe que não fui. Fiquei com *você* naquela noite."

"Preciso ouvir da sua boca." Sua voz é dura, mas suplicante. "Me diz que só beijou o cara uma vez e nunca mais falou com ele."

"Só beijei uma vez e nunca mais falei com ele", repito, só porque sei que ele precisa desesperadamente ouvir essas palavras.

Mantenho os olhos fixos na tatuagem em espiral que se insinua sob a gola cavada de sua camiseta. Estar na cama com ele me acalma e me inflama ao mesmo tempo. Não suporto a batalha interna na qual estou presa.

"Tem mais alguma coisa que eu preciso saber?", pergunta baixinho.

"Não", minto. Não conto do jantar com Trevor. Não aconteceu nada, e isso não é da conta dele. Gosto de Trevor e quero mantê-lo a salvo da bomba-relógio que é Hardin.

"Tem certeza?"

"Hardin... Acho que você não tem mais o direito de ficar me enchendo o saco", digo e olho em seus olhos. Não consigo evitar.

"Eu sei." Ele me surpreende com a resposta.

Quando sai da cama, tento ignorar o vazio que toma conta de mim.

26

HARDIN

O dia de hoje foi um inferno. Um inferno que recebi de braços abertos, mas, ainda assim, um inferno. Jamais esperava ver Tessa quando cheguei em casa do aeroporto. Eu tinha inventado uma mentira simples: minha namorada ia passar a semana do Natal fora de casa. Minha mãe reclamou um pouco, mas não fez muitas perguntas nem questionou a minha história. Ela estava empolgada — e surpresa, na verdade — por eu ter alguém na minha vida. Acho que tanto ela como meu pai esperavam que eu fosse ficar sozinho para sempre. Mas, até aí, eu também.

Acho engraçado, de um jeito meio louco, não conseguir ficar um segundo sem pensar nessa menina, sendo que três meses atrás só queria ficar sozinho. Nunca soube o que estava perdendo e, agora que sei, não posso deixar isso escapar. Mas tem que ser com ela; não importa o que eu faça, não consigo tirá-la da cabeça.

Tentei evitar, tentei esquecê-la, tentei seguir em frente... e foi um desastre. A loira simpática com quem saí no sábado à noite não era Tessa. Ninguém é capaz de substituí-la. Podia até se parecer com ela, e se vestir como ela. Ficou vermelha quando falei palavrão, e pareceu ter um pouco de medo de mim durante o jantar. Era uma pessoa legal, mas meio sem graça.

Faltava aquele fogo de Tessa — não me repreendeu pelos palavrões, nem disse nada quando coloquei a mão em sua coxa no meio do jantar. Sabia que só estava saindo comigo para satisfazer alguma fantasia de pegar um bad-boy na véspera da missa de domingo, mas tudo bem, porque eu também a estava usando. Estava usando aquela loira para preencher o vazio que Tessa deixou. Para me distrair do fato de que Tessa estava em Seattle com o babaca do Trevor. A culpa que senti quando a beijei foi esmagadora. Eu me afastei, e vi o constrangimento se mostrar naquele rosto inocente. Praticamente corri para o carro, largando a menina no restaurante.

Sento de novo e fico observando a pessoa por quem estou desesperadamente apaixonado dormir. Vê-la em casa, com suas roupas na máquina de lavar, o apartamento limpo e até a escova de dente no banheiro... me deu um pouco de esperança. Mas todo mundo sabe o que as pessoas dizem sobre a esperança.

Ainda estou me agarrando à pequena chance de que ela possa me perdoar. Se Tessa acordasse agora, certamente iria gritar ao me ver de pé tão perto dela enquanto dorme.

Sei que preciso pegar leve. Dar um pouco de espaço para ela. Ter esse tipo de sentimentos, e me comportar dessa maneira, é uma coisa desgastante para mim, e não sei como lidar com isso. Mas *vou* descobrir — tenho que dar um jeito de corrigir as coisas. Ajeito uma mecha solta do cabelo macio que caiu sobre seu rosto e me esforço para me afastar da cama e voltar para a minha pilha de cobertores no chão de cimento, que é o meu lugar.

Talvez consiga dormir esta noite.

27

TESSA

Quando abro os olhos, fico momentaneamente confusa com o teto de tijolos em cima de mim. É estranho acordar aqui depois de passar uma semana dormindo em hotéis. Saio da cama e vejo que o chão está vazio e o cobertor e os travesseiros estão empilhados perto do closet. Pego minha nécessaire e vou até o banheiro.

Ouço a voz de Hardin na sala de estar: "Não, mãe, ela tem que ir hoje. A mãe dela está esperando".

"Será que a mãe dela não pode vir para cá? Eu adoraria conhecê-la", responde Trish.

De jeito nenhum.

"Não, a mãe dela... não gosta muito de mim", diz ele.

"Por que não?"

"Ela diz que não sou bom o suficiente para Tessa, acho. Talvez por causa da minha aparência."

"Qual o problema com a sua aparência? Hardin, nunca deixe ninguém fazer você se sentir inseguro. Achei que você gostava do seu... estilo?"

"E gosto. Quero dizer, não dou a mínima para o que as pessoas pensam. Menos a Tessa."

Fico boquiaberta, e ouço Trish dar risada. "Quem é você, e o que fez com o meu filho?" Em seguida, ela acrescenta, com um toque genuíno de felicidade na voz: "Nem me lembro da última conversa que tivemos em que você não me chamou de um monte de nomes. Faz anos e anos. Isso é bom".

"Já chega... Já chega...", murmura Hardin, e eu rio escondido, imaginando Trish tentando abraçar o filho.

Depois do banho, decido me arrumar por completo antes de sair do banheiro. Sei que é uma covardia da minha parte, mas preciso de um pouco mais de tempo antes de colocar um sorriso falso no rosto para a mãe de Hardin. O sorriso, no entanto, não chega a ser completamente falso... *E isso é parte do problema*, me lembra meu inconsciente. Me diverti bastante ontem, e tive a melhor noite de sono em uma semana.

Assim que os cachos do meu cabelo estão quase perfeitos, guardo os cosméticos de volta na nécessaire e ouço um leve toque na porta. "Tess?", pergunta Hardin.

"Já acabei", respondo e abro a porta, e o encontro encostado no batente, vestindo uma bermuda comprida cinza de algodão e uma camiseta branca.

"Não queria apressar você nem nada, mas estou apertado."

Ele me dá um sorrisinho, e eu aceno com a cabeça. Tento não notar o caimento da bermuda em sua cintura, deixando as letras cursivas tatuadas na lateral de seu corpo ainda mais visíveis sob a camiseta branca.

"Vou me vestir e já vou embora", digo a ele.

Ele olha para o lado, concentrando-se na parede. "O.k."

Vou para o quarto, me sentindo terrivelmente culpada por mentir para a mãe dele e sair tão cedo. Sei que ela estava muito animada para me conhecer, e estou indo embora logo no segundo dia.

Ponho o vestido branco e umas meias pretas por baixo, já que está muito frio para ficar sem elas. Na verdade seria melhor só colocar uma calça jeans e uma camiseta, mas adoro este vestido, ele me dá uma estranha sensação de autoconfiança, algo que realmente preciso hoje. Guardo as roupas de volta nas malas e penduro os cabides no closet.

"Quer ajuda?", pergunta Trish atrás de mim. Dou um pulo, deixando cair o vestido azul-marinho que usei em Seattle.

"Só estava...", gaguejo.

Seus olhos examinam o closet semivazio. "Quanto tempo está pensando em ficar com a sua mãe?"

"Hã... Eu..." Sou mesmo uma péssima mentirosa.

"Parece que você vai ficar fora um bom tempo."

"É... Não tenho muitas roupas", invento.

"Eu ia perguntar se você queria fazer compras comigo enquanto estou aqui. De repente se você voltar antes de eu ir embora... Que tal?"

Não sei se ela acredita em mim ou se desconfia que não pretendo voltar. "Sim... claro", minto de novo.

"Mãe...", diz Hardin em voz baixa ao entrar no quarto. Noto seu cenho franzido ao fitar o closet vazio, e espero que Trish não esteja observando o filho como eu.

"Estou só terminando de arrumar minhas coisas", explico, e ele assente com a cabeça. Fecho a última mala e olho para ele, sem saber o que dizer.

"Vou descer as malas para você", ele avisa, pegando minhas chaves na cômoda e desaparecendo com as minhas coisas.

Quando Hardin sai, Trish envolve meus ombros num abraço. "Estou muito feliz de conhecer você, Tessa. Você não tem ideia do que significa para uma mãe ver o único filho desse jeito."

"De que jeito?", pergunto.

"Feliz", responde ela, e meus olhos começam a arder.

Se esse é um Hardin feliz para ela, não quero conhecer o seu Hardin normal.

Me despeço de Trish e me preparo para sair do apartamento pela última vez.

"Tessa?", a mãe de Hardin me chama, numa voz controlada. Eu me viro para encará-la novamente. "Você vai voltar para ele, não vai?", ela pergunta, e meu coração se derrete. Tenho a sensação de que não está se referindo só às festas de fim de ano.

Não confio em minha voz. Simplesmente aceno com a cabeça e saio o mais rápido que posso.

Quando chego ao elevador, decido descer de escada, para não ter que ver Hardin. Enxugo os cantos dos olhos e respiro fundo antes de sair na neve. No meu carro, noto que ele limpou o para-brisa e que o motor está ligado.

Prefiro não ligar para minha mãe para dizer que estou a caminho. Não estou com vontade de falar com ela agora. Quero usar a viagem de duas horas para tentar limpar a cabeça. Preciso fazer uma lista mental dos prós e dos contras de reatar com Hardin. Sei que estou sendo idiota de sequer contemplar a ideia — ele fez coisas horríveis comigo. Mentiu para mim, me traiu e me humilhou. Até agora, na lista dos contras, temos as mentiras, o lençol, a camisinha, a aposta, o temperamento explosivo, seus amigos, Molly, o ego, a falta de educação e o fato de ter destruído minha confiança nele.

Na lista dos prós, temos... bem... eu ser apaixonada por ele. Ele me faz feliz, mais forte, mais autoconfiante. Geralmente quer o melhor para mim, a não ser, claro, que seja ele quem esteja me prejudicando à sua maneira toda impetuosa... O jeito como ri e sorri, como me pega e me beija, como me abraça, e a maneira como está tentando mudar por minha causa.

Sei que a lista dos prós está repleta de coisas pequenas, sobretudo se comparadas com a enormidade dos pontos negativos, mas as pequenas coisas são as mais importantes, não? Não sei se estou completamente maluca de mesmo pensar em perdoá-lo ou se estou seguindo os ditames do amor. Qual o melhor guia nos caminhos da paixão, meus sentimentos ou minha razão?

Por mais que tente lutar contra isso, não consigo ficar longe dele. Nunca consegui.

Este seria um bom momento para ter uma amiga com quem conversar, alguém que já tenha passado por isso antes. Queria poder ligar para Steph, mas ela também mentiu para mim o tempo todo. Poderia ligar para Landon, mas ele já me disse o que pensa e, às vezes, é melhor ouvir a opinião de uma mulher, alguém que entenda melhor a situação.

A neve está grossa, e o vento é forte, batendo contra o meu carro nas estradas desertas. Devia ter ficado no hotel... Não sei o que me deu para querer vir para cá. Ainda assim, apesar de alguns momentos assustadores, a viagem é muito mais rápida do que previ, e antes que me dê conta a casa da minha mãe aparece diante de mim.

Estaciono na frente da garagem, onde a neve foi cuidadosamente escavada, e depois de três batidas ela finalmente abre a porta, de cabelo molhado e usando um roupão. Posso contar nos dedos da mão quantas vezes na vida vi minha mãe sem o cabelo e a maquiagem impecáveis.

"O que está fazendo aqui? Por que não ligou?", dispara ela, hostil como sempre.

Entro em casa. "Não sei. Estava dirigindo na neve e não queria me distrair."

"Você devia ter me avisado para eu me arrumar."

"Você não precisa se arrumar, sou só eu."

Ela bufa. "Não existe desculpa para o desleixo, Tessa", ela repreende num tom acusatório que parece se referir ao meu estado atual.

Quase dou risada de seu comentário ridículo, mas prefiro ficar quieta.

"Onde estão suas malas?", pergunta ela.

"No carro, pego mais tarde."

"O que é isso... que vestido é esse?" Seus olhos avaliam o meu corpo, e eu sorrio.

"Uso para trabalhar. Gosto muito dele."

"É revelador demais... mas a cor é boa, acho."

"Obrigada. Então, como vão os Porter?", pergunto. Sei que falar da família de Noah vai distraí-la.

"Estão ótimos. Com saudade de você." E, no caminho da cozinha, acrescenta casualmente me olhando por sobre o ombro: "Talvez seja bom convidá-los para jantar hoje à noite".

Eu estremeço toda e corro atrás dela. "Ah, acho que não é uma boa ideia."

Ela me olha e pega uma xícara de café. "Por que não?"

"Não sei... ia ser estranho para mim."

"Theresa, você conhece os Porter há anos. Adoraria que eles vissem você, agora que está num estágio e na faculdade."

"Ou seja, você quer me exibir?" Esse pensamento me irrita. Ela só quer convidá-los para ter algo do que se gabar.

"Não, quero mostrar a eles as coisas que você conquistou. Isso não é exibicionismo", retruca ela.

"Melhor não."

"Bem, Theresa, a minha casa é minha, e se eu quiser convidá-los é isso o que vou fazer. Vou terminar de me arrumar e já volto." E, com uma virada dramática, ela me deixa sozinha na cozinha.

Reviro os olhos e vou até o meu antigo quarto. Cansada, deito na cama e espero minha mãe terminar seus extensos rituais de beleza.

"Theresa?" Desperto com a voz da minha mãe. Nem me lembro de ter pegado no sono.

Ergo a cabeça de Buddha, meu velho elefante de pelúcia, e respondo, um tanto desorientada: "Já vou!".

Sonolenta, arrasto os pés pelo corredor. Quando chego à sala de estar, Noah está sentado no sofá. Não é a família Porter inteira, como minha mãe ameaçou, mas é o suficiente para me acordar.

"Olha quem passou aqui quando você estava dormindo!", diz minha mãe, abrindo seu sorriso mais falso.

"Oi", cumprimento, mas na verdade estou pensando: *Sabia que não devia ter vindo.*

Noah responde com um aceno de mão. "Oi, Tessa, você está ótima."

Claro, não tenho nenhum problema com Noah — gosto muito dele, como se fosse um membro da família. Mas preciso de uma folga de tudo que está acontecendo na minha vida, e a presença dele aqui só aumenta a culpa e a dor. Sei que não é culpa de Noah, e que não é justo da minha parte ser grossa com ele, sobretudo considerando sua postura gentil durante toda a separação.

Minha mãe sai da sala, e eu tiro os sapatos e sento no sofá, ao lado de Noah. "Como está indo o recesso?", pergunta ele.

"Bem, e para você?"

"Tudo tranquilo. Sua mãe disse que você foi para Seattle?"

"Fui, foi ótimo. Fui com meu chefe e uns colegas de trabalho."

Ele balança a cabeça, animado. "Que bom, Tessa. Fico feliz que esteja indo bem no mundo editorial!"

"Obrigada." Abro um sorriso. Isso não é tão estranho quanto achei que seria.

Depois de um momento, ele olha para o corredor por onde minha mãe saiu, depois se aproxima. "Bom, então, sua mãe anda meio tensa desde sábado. Quer dizer, mais do que o habitual. Como estão as coisas?"

Arqueio as sobrancelhas, numa interrogação. "Como assim?"

"Essa história do seu pai", ele comenta meio de passagem, como se eu soubesse do que está falando.

O quê? "Que história do meu pai?"

"Ela não contou?" Ele olha para o corredor vazio. "Ah... Não me diz que fui eu que falei."

Antes que ele possa terminar, estou de pé, pisando duro pelo corredor, indo até o quarto dela. "Mãe!"

Que história do meu pai? Faz oito anos que não o vejo nem tenho notícias dele. A seriedade no tom de voz de Noah... *Será que ele morreu?* Não sei como me sentiria sobre isso.

"O que aconteceu com o papai?" Levanto a voz ao invadir seu quarto. Seus olhos se arregalam, mas ela se recompõe depressa. "*Hein?*", exclamo.

Ela revira os olhos. "Tessa, você precisa falar mais baixo. Não foi nada, nada com que você precise se preocupar."

"Isso sou eu que decido. O que está acontecendo? Ele morreu?"

"Morreu? Não. Quem me dera", ela diz com um aceno desdenhoso.

"Então o que foi?"

Ela suspira e me fita por um segundo. "Ele voltou. Se mudou para não muito longe de onde você está agora, mas não vai entrar em contato, então não se preocupe com isso. Pode deixar que eu cuido dele."

"Como assim?" Com toda essa confusão com Hardin, minha cabeça está mais do que cheia, e agora meu pai ausente está de volta a Washington. Agora que penso no assunto, não sabia que ele tinha ido embora, para começo de conversa. Só sabia que não estava perto de mim.

"Como assim nada. Eu ia contar quando liguei na sexta à noite, mas você não se dignou a atender o telefone, então lidei com a situação sozinha."

Eu estava bêbada demais para atender naquela noite — ainda bem que não fiz isso. Jamais poderia lidar com essa situação embriagada. Mesmo agora não me sinto capaz.

"Ele não vai incomodar você, por isso pode desfazer essa cara triste e se arrumar, porque nós vamos às compras", ela comunica, indiferente.

"Não quero fazer compras, mãe. Isso é importante para mim, sabia?"

"Não, não é", ela responde, cheia de aborrecimento e veneno. "Faz anos que ele não aparece. E vai continuar não aparecendo, nada mudou." Minha mãe entra no closet, e me dou conta de que não adianta discutir com ela.

Volto para a sala, pego o telefone e calço os sapatos.

"Aonde você vai?", pergunta Noah.

"Sei lá", respondo e saio para o ar frio.

Desperdicei um tempo enorme vindo para cá, duas horas dirigindo na neve, só para a minha mãe agir feito uma bruxa completa... bruxa não, uma *vaca*. Ela é uma *vaca*. Limpo a neve do para-brisa com o braço; uma péssima ideia, já que me deixa com ainda mais frio. Entro no carro, cerro os dentes enquanto giro a chave e espero um pouco o carro aquecer.

Saio dirigindo aos berros, chamando minha mãe de tudo que é nome sujo que consigo lembrar. Quando perco a voz, tento descobrir o que fazer em seguida, mas as lembranças do meu pai inundam minha mente, e não consigo me concentrar em nada. As lágrimas encharcam meu rosto. Pego o telefone no banco do carona.

Em poucos segundos, a voz de Hardin reverbera no pequeno alto-falante. "*Tess?* Você está bem?"

"Estou...", começo, mas minha voz me trai, e eu engasgo com um soluço.

"O que foi? O que ela fez?"

"Ela... Posso voltar?", pergunto, e ele solta um suspiro profundo.

"Claro que pode, linda... Tessa." Ele se corrige, mas me pego desejando que não tivesse feito isso. "Onde você está?", pergunta.

"Chego em vinte minutos", respondo chorando.

"Certo, quer ficar no telefone?"

"Não... está nevando", explico e desligo.

Não devia nem ter ido, para começo de conversa. Que ironia estar correndo de volta para Hardin, depois de tudo que ele fez.

Muito tempo depois, quando entro com o carro na garagem, ainda estou chorando. Limpo os olhos o melhor que posso, mas minha maquiagem borrada suja meu rosto todo. Quando saio do carro, vejo Hardin de pé junto da porta, coberto de neve. Sem pensar no que estou fazendo, praticamente me jogo em cima dele, envolvendo-o com os braços. Hardin dá um passo para trás, sem dúvida surpreso pela demonstração de carinho, mas em seguida passa os braços em torno de mim e me deixa chorar em seu moletom molhado de neve.

28

HARDIN

Abraçá-la pela primeira vez em uma eternidade é melhor do que eu poderia tentar descrever. No instante em que ela correu para os meus braços, fui invadido por um alívio físico — nunca achei que isso fosse acontecer. Ela tem andado tão distante, tão fria ultimamente. Não que seja culpa dela, mas dói pra cacete.

"Você está bem?", pergunto junto ao seu cabelo.

Ela move a cabeça para cima e para baixo contra o meu peito, mas continua a chorar. Sei que não está. Sua mãe provavelmente disse alguma merda. Sabia que isso ia acontecer e, para falar a verdade, meu lado mais egoísta está feliz que tenha acontecido. Não por ela ter magoado Tessa, mas porque isso significa que a minha menina correu para mim em busca de conforto.

"Vamos entrar", digo.

Ela faz que sim com a cabeça, mas não me solta, então me esforço para tirar seus braços de mim e caminhamos juntos para dentro. Seu belo rosto está marcado com trilhas negras, e os olhos e lábios estão inchados. Espero que não tenha chorado a viagem toda.

Assim que entramos no saguão, pego o cachecol com o qual desci e o enrolo em sua cabeça, cobrindo as orelhas e fazendo um pacotinho roxo e macio em torno de seu belo rosto. Ela deve estar com frio, só com esse vestido. Esse vestido... Normalmente eu elaboraria longas fantasias sobre despir o tecido fino de seu corpo. Mas hoje não, não com ela desse jeito.

Tessa solta o soluço mais lindo do mundo e cobre a cabeça com o cachecol. Seu cabelo loiro está todo para o lado, fazendo-a parecer ainda mais jovem do que o habitual.

Quando saímos do elevador e caminhamos até o nosso... até o apartamento, aproveito a pequena chance que tenho para perguntar: "Quer conversar?".

Ela faz que sim, e eu abro a porta. Minha mãe está sentada no sofá, e a preocupação se espalha por seu rosto assim que repara na aparência de Tessa. Lanço um olhar de advertência, torcendo para que ela se lembre da promessa que fez de não bombardear Tessa com perguntas sobre sua volta. Minha mãe desvia os olhos de Tessa e os fixa na televisão, fingindo indiferença.

"Vamos ficar um pouco lá no quarto", comunico, e minha mãe faz um gesto silencioso concordando. Sei que está louca para falar, mas não vou deixar sua curiosidade piorar ainda mais o estado de Tessa.

Ao passarmos pelo corredor, paro junto do termostato para aumentar a temperatura, pois sei que ela está congelando. Quando entro no quarto, Tessa já está sentada na beirada da cama. Sem saber se posso me aproximar, espero que ela diga alguma coisa.

"Hardin?", começa ela, baixinho. A rouquidão em sua voz me diz que Tessa chorou a viagem toda, o que me abala ainda mais.

Fico de pé na frente dela, e Tessa me surpreende mais uma vez, me agarrando pela camiseta e me puxando entre suas pernas. Aconteceu alguma coisa mais grave do que simples grosserias vindas da sua mãe.

"Tess... o que foi que ela fez?", pergunto quando ela começa a chorar de novo, manchando a barra da minha camiseta branca com sua maquiagem. Não ligo a mínima para a sujeira, no mínimo vai me deixar algo como lembrança quando ela for embora de novo.

"Meu pai...", ela choraminga, e eu fico imóvel.

"Seu pai?" Se ele estava lá... "Tessa, ele estava lá? Ele fez alguma coisa com você?", pergunto por entre os dentes.

Ela faz que não com a cabeça, e eu ergo seu queixo com uma das mãos, forçando-a a olhar para mim. Tessa nunca fica tão quieta, mesmo quando está chateada. Em geral, fala ainda mais nessas horas.

"Ele voltou para cá... Eu nem sabia que ele tinha ido embora. Quer dizer, acho que sabia, mas nunca pensei a respeito. Nunca penso nele."

"Você falou com ele hoje?", pergunto, e minha voz não soa tão calma quanto eu gostaria.

"Não. Mas ela falou. Disse que ele não vai entrar em contato comigo, mas não quero que ela decida isso por mim."

"Você quer vê-lo?" Tessa só me disse coisas ruins sobre esse cara. Ele era violento, muitas vezes batia na mulher na frente dela. Por que iria querer *vê-lo?*

"Não... quer dizer, não sei. Mas *eu* quero decidir." Ela enxuga os olhos com as costas da mão. "Não que ele queira me ver..."

A vontade de ir atrás do sujeito e impedir que ele se aproxime dela me invade, e preciso me acalmar antes de fazer alguma coisa estúpida e impetuosa.

"Não consigo parar de pensar, e se ele for que nem o *seu* pai?"

"Como assim?"

"E se ele tiver mudado? Se não estiver bebendo mais?" A esperança em sua voz é de partir o coração... bom, o que restou dele.

"Não sei... nem sempre isso acontece", digo com franqueza. Vejo como seus lábios se curvam para baixo nos cantos, por isso acrescento: "Mas é possível. Talvez ele tenha mudado...". Não acredito nisso, mas quem sou eu para destruir sua esperança? "Não sabia que você tinha algum interesse nele."

"Não tenho... quer dizer, não tinha. Só estou com raiva porque minha mãe escondeu isso de mim...", ela explica, e em seguida, entre uma parada e outra para limpar o nariz e o rosto na minha camiseta, me conta o que aconteceu. A mãe de Tessa é a única mulher que contaria para a filha que seu ex-marido alcoólatra voltou e em seguida anunciaria casualmente que ia às compras. Não comento sobre a presença de Noah, apesar de isso me irritar. O cara não larga o osso.

Por fim, ela me olha com uma expressão um pouco mais calma. Parece muito melhor do que quando me abraçou lá na garagem, e gostaria de pensar que é porque está comigo. "Tudo bem eu ficar aqui?", pergunta.

"Tudo... claro. Pode ficar o tempo que precisar. O apartamento é seu, afinal de contas."

Tento sorrir e, surpreendentemente, ela retribui o gesto antes de limpar o nariz mais uma vez na minha camiseta. "Semana que vem já devo ter um quarto no alojamento."

Faço que sim com a cabeça; se falar alguma coisa, vou acabar implorando pateticamente para ela não me abandonar de novo.

29

TESSA

Vou ao banheiro para tirar a maquiagem e me recompor. A água quente lava todas as evidências da minha manhã agitada, e fico realmente satisfeita por estar aqui. Apesar de tudo por que Hardin e eu passamos, fico feliz em saber que ainda tenho um lugar seguro ao seu lado. Hardin é a única coisa constante na minha vida. Lembro dele dizendo o mesmo para mim uma vez. Estava falando sério?

Mesmo que não estivesse, acho que hoje ele pensa assim. Só queria que me falasse mais sobre seus sentimentos. Vê-lo perder o controle ontem foi o máximo de emoção que já o vi expressar desde que nos conhecemos. Queria poder ouvir as palavras por trás das lágrimas.

Volto para o quarto e vejo Hardin colocando minhas malas no chão. "Fui lá embaixo buscar suas coisas", ele explica.

"Obrigada, espero não estar incomodando", digo e me abaixo para pegar uma calça de moletom e uma camiseta. Preciso tirar este vestido.

"Quero você aqui. Você sabe disso, né?", ele diz em voz baixa. Dou de ombros, e ele franze a testa. "Você devia saber a esta altura, Tess."

"Eu sei... É que a sua mãe está aqui, e eu com todo esse drama e essa choradeira", argumento.

"Minha mãe está feliz que você esteja aqui, e eu também."

Sinto meu peito se inflamar, mas mudo de assunto. "Vocês têm algum plano para hoje?"

"Acho que ela queria fazer compras ou coisa do tipo, mas podemos ir amanhã."

"Podem ir, eu me entretenho sozinha." Não quero que ele cancele os planos com sua mãe, que não vê há mais de um ano.

"Não, sem problema. Você não precisa ficar sozinha."

"Estou bem."

"Tessa, o que eu acabei de dizer?", ele rosna, e eu o encaro. Hardin parece ter esquecido que não decide mais as coisas por mim. Ninguém mais pode fazer isso. Ele suaviza o tom e se corrige. "Desculpa... pode ficar. Vou fazer compras com ela."

"Assim é bem melhor", digo e tento conter um sorriso.

Hardin tem sido tão gentil, tão... *medroso* nos últimos dias. Mesmo que estivesse errado em me pressionar a sair com eles, não deixa de ser bom saber que ele ainda é o mesmo.

Vou até o closet para trocar de roupa e, assim que tiro o vestido pela cabeça, ele bate na porta. "Tess?"

"O quê?", digo.

Depois de um instante, ele pergunta: "Você vai estar aqui quando a gente voltar?".

Solto um suspiro impaciente. "Vou. Nem tenho outro lugar para ir."

"Certo. Se precisar de alguma coisa, me liga", ele pede, e a tristeza em sua voz é nítida.

Poucos minutos depois, ouço a porta da frente bater e saio do quarto. Talvez fosse melhor ter ido com eles, para não ficar aqui sozinha com meus pensamentos. Já me sinto solitária. Depois de ver TV por uma hora, estou mais que entediada. Meu telefone vibra de tempos em tempos, e o nome da minha mãe aparece na tela. Ignoro por completo e torço para que Hardin volte logo. Pego o e-reader e começo a ler para passar o tempo, mas não consigo parar de olhar para o relógio.

Quero mandar uma mensagem para Hardin e perguntar quanto eles ainda vão demorar, mas em vez disso resolvo preparar o jantar para passar o tempo. Vou até a cozinha para pensar no que fazer, algo bem demorado, mas fácil. Me decido por uma lasanha.

Logo são oito da noite, oito e meia e lá pelas nove já estou pensando de novo em mandar uma mensagem.

O que eu tenho na cabeça? Basta uma briga com a minha mãe e volto a ser dependente de Hardin? Para ser sincera, sei que nunca deixei de depender dele. Mesmo que não queira admitir, sei que não estou pronta para uma vida sem Hardin. Não vou fazer as pazes de uma hora para outra, mas estou cansada de brigar o tempo todo. Por mais terrível que ele tenha sido para mim, fiquei muito mais triste sem ele do que quando fiquei sabendo da aposta. Parte de mim está irritada comigo mesma pela fraqueza, mas uma outra parte não consegue negar que me senti bem quando voltei para cá. Ainda preciso de um pouco de tempo para pensar, ver como as coisas ficam entre nós. Ainda estou confusa.

Nove e quinze. São apenas nove e quinze quando termino de arrumar a mesa e limpar a bagunça que fiz na cozinha. Vou mandar uma mensagem, só uma: **E aí, como estão as coisas?** Está nevando, então só estou escrevendo para saber se está tudo bem. Razões de segurança, esse tipo de coisa.

Assim que pego o telefone, a porta da frente se abre. Escondo o celular depressa, enquanto Hardin e Trish entram em casa.

"Então, como foram as compras?", pergunto no mesmo instante em que ele diz:

"Você fez o jantar?"

"Você primeiro", dizemos ao mesmo tempo e rimos.

Ergo a mão e digo: "Preparei um jantar. Se vocês já tiverem comido, tudo bem, não tem problema".

"O cheiro está bom!", comenta sua mãe, avaliando a mesa cheia de comida. Na mesma hora, ela coloca as sacolas no chão e senta à mesa. "Obrigada, Tessa, querida. Aquele shopping estava uma loucura, um monte de gente fazendo compras de Natal de última hora. Quem espera até dois dias antes do Natal para comprar presentes?"

"Hã, *você*", responde Hardin e pega um copo d'água.

"Ah, não enche", repreende ela, pondo uma torrada na boca.

Hardin senta ao lado da mãe, e eu escolho o lugar em frente ao dela. Durante o jantar, Trish conta as confusões que viram no shopping, como a de um homem que foi derrubado pelos seguranças ao tentar roubar um vestido da Macy's. Hardin jura que o vestido era para o próprio sujeito, mas Trish revira os olhos e continua a história. Percebo que a comida que fiz até que está bem gostosa — melhor do que o habitual —, e quando terminamos vejo que demos conta de quase toda a travessa de lasanha. Eu mesma comi e repeti — é a última vez que fico o dia inteiro sem comer.

"Ah, compramos uma árvore", informa sua mãe, de repente. "É pequena, mas vocês precisam de uma árvore em casa, principalmente no seu primeiro Natal juntos!" Ela bate palmas, e eu dou risada.

Mesmo antes de tudo ir por água abaixo, Hardin e eu nunca cogitamos comprar uma árvore de Natal. Eu estava tão distraída com a mudança e com Hardin, que quase esqueci completamente o período de festas. Nenhum de nós liga para o dia de Ação de Graças — ele por ser estrangeiro, e eu porque não queria passar o feriado na igreja da minha mãe. Por isso pedimos pizza e passamos o dia no meu quarto no alojamento.

"Você não se importa, né?", pergunta Trish, me fazendo perceber que não respondi.

"Claro que não", digo a ela e olho para Hardin, que está encarando o prato vazio.

Trish retoma a conversa, e eu fico feliz. Depois de mais alguns minutos, ela anuncia: "Bom, por mais que adore ficar acordada com vocês, criaturas da noite, preciso garantir meu sono de beleza".

Agradecendo mais uma vez e levando o prato até a pia, ela nos dá boa-noite antes de beijar Hardin na bochecha. Ele resmunga e se afasta, e seus lábios mal roçam a pele dele, mas Trish parece satisfeita com o breve contato. Ela me envolve pelos ombros, dando um beijo no alto da minha cabeça. Hardin revira os olhos, e eu o chuto por baixo da mesa. Depois que ela sai, levanto e começo a guardar as poucas sobras de comida.

"Obrigado por fazer o jantar. Não precisava", diz Hardin. Eu balanço a cabeça, e nós seguimos para o quarto.

"Posso dormir no chão hoje, você já fez isso na noite passada", ofereço, embora saiba que ele nunca vai deixar.

"Não, tudo bem. Na verdade não é tão ruim", diz.

Sento na cama, e Hardin pega a manta no closet e a estende no chão. Jogo dois travesseiros, e ele abre um sorrisinho antes de desabotoar a calça jeans. *Ai, é melhor olhar para o outro lado.* Não quero desviar o olhar, mas sei que deveria. Ele baixa a calça jeans preta e tira uma perna. A forma como seus músculos se contraem em sua barriga tatuada quando ele se abaixa me impede de desviar os olhos, me fazendo lembrar da atração que sinto por ele, apesar da raiva. Sua cueca preta se agarra à pele. E ele ergue os olhos para me olhar. Seu rosto, duro e concentrado no meu, só faz aumentar meu transe. Sua mandíbula é tão proeminente, tão intrigante. Ele ainda está olhando.

"Desculpa", digo e viro o rosto, queimando de vergonha.

"Não, eu que peço desculpas. Força do hábito, acho." Ele encolhe os ombros e pega uma calça de algodão na cômoda.

Mantenho os olhos fixos na parede até ele dizer: "Boa noite, Tess" e apagar a luz. Consigo praticamente ouvir o sorriso em sua voz.

Sou acordada por um ruído agudo e olho para o teto, mal posso ver as pás do ventilador em movimento na escuridão.

Então ouço novamente a voz de Hardin. "Não! Por favor!", ele choraminga.

Merda, está tendo um pesadelo de novo. Pulo para fora da cama e me ajoelho ao lado de seu corpo, que está se debatendo.

"Não!", repete ele, muito mais alto dessa vez.

"Hardin! Hardin, acorda!", digo em seu ouvido, sacudindo seus ombros.

A camisa está encharcada de suor, e o rosto se contorceu na mesma hora em que ele abriu os olhos e sentou. "Tess..." Ele respira e me puxa para seus braços.

Passo os dedos por seu cabelo e desço a mão pelas suas costas, acariciando-as de leve, minhas unhas mal tocando a pele.

"Está tudo bem", digo várias vezes, e ele me abraça apertado. "Venha, vamos para a cama", digo e me levanto.

Agarrando-se à minha camiseta, ele sobe na cama comigo.

"Você está bem?", pergunto quando ele se deita.

Ele faz que sim com a cabeça, e o puxo para perto de mim. "Pode trazer um copo d'água?", pergunta.

"Claro. Já volto."

Ligo o abajur antes de sair da cama e tento caminhar no maior silêncio possível, para não acordar Trish. Mas, quando chego à cozinha, ela já está lá.

"Ele está bem?", pergunta.

"Agora está. Só vim buscar um pouco d'água", digo e encho um copo na pia. Quando me viro, ela me puxa num abraço e beija minha bochecha.

"A gente pode conversar amanhã?", pergunta.

De repente, fico nervosa demais para falar, portanto apenas concordo com a cabeça, o que a faz sorrir. Mas, enquanto deixo a cozinha, ouço-a fungar.

De volta ao quarto, Hardin parece um pouco aliviado de me ver e agradece ao pegar o copo da minha mão. Ele bebe tudo num único gole, e eu volto para a cama. Sei que está inquieto, provavelmente por causa do pesadelo, mas também sei que em parte é por minha causa.

"Vem aqui", digo a ele, e vejo o alívio em seus olhos enquanto arrasta o corpo para perto de mim. Envolvo-o num abraço e apoio a cabeça em seu peito. A sensação é tão reconfortante para mim como imagino que seja para ele. Apesar de tudo que fez, me sinto em casa quando estou em seus braços.

"Não desiste de mim, Tess", ele sussurra e fecha os olhos.

30

TESSA

Acordo suando. A cabeça de Hardin está na minha barriga, e seus braços me envolvem num abraço apertado. Sem dúvida está com os braços dormentes pelo peso do meu corpo. Suas pernas estão entrelaçadas nas minhas, e ele está roncando baixo.

Prendendo a respiração, ergo a mão cuidadosamente para afastar seu cabelo maravilhoso da testa. Parece que faz séculos que não toco seu cabelo, mas na verdade a última vez foi no sábado. Corro os dedos por entre os fios bagunçados, e minha mente repassa os acontecimentos em Seattle como num filme.

Ele abre os olhos, e eu afasto a mão depressa. "Desculpa", digo, envergonhada de ser pega em flagrante.

"Não, estava gostoso", ele responde com a voz embargada de sono.

Depois de se recompor e respirar contra a minha pele por um instante, Hardin levanta — rápido demais —, e eu desejo não ter tocado seu cabelo, assim ele ainda estaria dormindo, abraçado comigo.

"Tenho um trabalho para fazer, então vou passar na cidade", ele anuncia e pega uma calça jeans preta no closet. Hardin calça as botas depressa, e tenho a sensação de que está fugindo.

"Tá..." *O quê?* Pensei que ficaria feliz por ter dormido comigo e me abraçado pela primeira vez em uma semana. Achei que algo teria mudado, não completamente, mas imaginei que talvez ele pudesse ver que estou começando a mudar de ideia, que estou alguns passos mais perto de me reconciliar com ele do que estava ontem.

"É...", diz ele, girando o piercing da sobrancelha antes de tirar a camiseta branca e pegar uma preta na cômoda.

Hardin não fala mais nada antes de sair do quarto, me deixando confusa mais uma vez. De todas as coisas que imaginei que fossem acontecer, essa fuga não era uma delas. Que trabalho ele pode ter para fazer agora?

Ele avalia manuscritos, o mesmo trabalho que eu — só que trabalha em casa, então por que sair hoje? A lembrança do que aconteceu na última vez em que Hardin disse que ia "trabalhar" faz meu estômago se revirar.

Ouço-o falando com a mãe brevemente e a porta da frente ser aberta e batida. Me jogo de volta nos travesseiros, esperneando feito uma criança. Mas, ao ouvir o apito que sinaliza cafeína, finalmente saio da cama e vou até a cozinha para tomar um café.

"Bom dia, querida", Trish cantarola ao me ver passar por ela na bancada da cozinha.

"Bom dia. Obrigada por fazer o café", agradeço enquanto pego a bebida fresquinha.

"Hardin falou que tinha um trabalho para fazer", diz ela, embora pela entonação pareça mais uma pergunta que uma afirmação.

"É... ele comentou alguma coisa a respeito", respondo, sem saber o que dizer.

Mas ela parece ignorar e diz, com a voz cheia de preocupação: "Estou feliz que ele esteja bem depois da noite passada".

"Eu também." Então, sem pensar, acrescento: "Não devia ter falado para ele dormir no chão".

As sobrancelhas de Trish se erguem numa expressão de interrogação. "Ele não tem pesadelos quando não dorme no chão?", ela pergunta, cautelosa.

"Não, ele não tem pesadelos quando estamos..." Eu me interrompo, mexendo o açúcar no café e tentando pensar numa maneira de sair dessa.

"Quando *você* está com ele", ela termina a frase por mim.

"É... quando estou com ele."

Trish me lança um olhar esperançoso que — segundo dizem — só uma mãe é capaz ao falar dos filhos. "Quer saber por que ele tem pesadelos? Sei que ele vai me odiar por isso, mas acho que você devia saber."

"Ah, por favor, sra. Daniels." Engulo em seco. Não quero que ela me conte essa história. "Ele me contou... sobre aquela noite." E engulo de novo ao ver seus olhos se arregalarem de surpresa.

"*Contou?*", ela repete, ofegante.

"Desculpa, não queria mencionar o assunto desse jeito. E, na outra noite, achei que você tivesse entendido..." Dou outro gole de café.

"Não... não... Não precisa pedir desculpas. Eu simplesmente não consigo acreditar que ele tenha contado. É claro que você sabia dos pesadelos, mas saber disso... estou espantada." Ela enxuga os olhos com os dedos e me lança um sorriso do fundo do coração.

"Espero que você não se importe. Sinto muito pelo que aconteceu." Não quero me intrometer em segredos de família, mas também nunca tive que lidar com algo assim.

"Estou longe de me importar, Tessa, querida", diz ela e começa a soluçar descontroladamente. "Só estou feliz que ele tenha você... Os pesadelos eram tão ruins. Ele gritava e gritava. Tentei colocar Hardin na terapia, mas você sabe como ele é. Não quis falar com ninguém. Nem uma palavra. Ficava só sentado lá, olhando para a parede."

Ponho minha caneca na bancada e dou um abraço nela.

"Não sei o que fez você voltar ontem, mas estou feliz que esteja aqui", ela diz junto ao meu ombro.

"O quê?"

Ela me afasta e lança um olhar malicioso. "Ah, querida, sou velha, mas nem tanto. Sabia que tinha alguma coisa acontecendo entre vocês dois. Vi como ele ficou surpreso ao ver você na hora em que chegamos, e já estava desconfiada quando ele falou que vocês não iam mais para a Inglaterra."

Bem que eu estava com a impressão de que ela tinha percebido, mas não sabia que era tudo tão óbvio. Dou um grande gole de meu café, agora já morno, e penso no assunto.

Trish pega carinhosamente em meu outro braço. "Hardin estava tão animado para levar você para a Inglaterra... bom, na medida do possível para ele... E aí, há alguns dias, disse que você ia passar a semana fora, mas entendi tudinho. O que aconteceu?", pergunta ela.

Dou outro gole, e nossos olhares se encontram. "Bom..." Não sei o que dizer, porque *Ah, o seu filho profanou a minha virgindade por causa de uma aposta* não iria cair muito bem agora.

"Ele... mentiu para mim", é tudo o que digo. Não quero que ela fique chateada com Hardin, e de verdade não quero falar sobre esse assunto com a mãe dele, mas também não quero passar por mentirosa.

"Uma mentira muito grave?"

"Gravíssima."

Ela me olha, e eu me sinto prestes a explodir. "Ele está arrependido?"

Conversar com Trish sobre isso é estranho. Nem a conheço, e ela é mãe dele, então vai se sentir inclinada a tomar as dores do filho. Por isso respondo delicadamente: "Está... Acho que está", e viro o restante do café.

"Ele já pediu desculpas?"

"Já... algumas vezes."

"E demonstrou arrependimento?"

"Mais ou menos." *Demonstrou?* Sei que ele caiu no choro outro dia, e anda mais contido do que o habitual, mas não disse exatamente o que quero ouvir.

Trish me olha e, por um momento, sinto medo da resposta que vai dar. Mas então ela me surpreende dizendo: "Bom, como mãe dele, é minha obrigação aturar as coisas que Hardin apronta. Mas você não. Se ele quer o seu perdão, então precisa se esforçar para isso. Precisa mostrar que nunca mais vai fazer o que fez — e imagino que tenha sido uma mentira e tanto, para você sair de casa. Tente lembrar que ele não sabe lidar com os próprios sentimentos. Hardin é um menino... um *homem*... muito revoltado".

Sei que a pergunta soa ridícula — as pessoas mentem o tempo todo —, mas as palavras saem da minha boca antes que meu cérebro possa processá-las: "Você perdoaria alguém por mentir para você?".

"Bom, depende da mentira e do quanto a pessoa se arrepende. O que posso dizer é que, quando você aceita mentiras demais, fica difícil encontrar o caminho de volta para a verdade."

Ela está dizendo que não deveria perdoar Hardin?

Em seguida, tamborila os dedos de leve na bancada. "Mas eu conheço o meu filho, e sei que está bem diferente do que estava no nosso último encontro. Ele mudou muito nos últimos meses, Tessa. Nem sei dizer quanto. Agora ele ri e sorri. Até conversou comigo ontem." Ela abre um sorriso animado, apesar da seriedade do assunto. "Sei que, se perdesse você, voltaria a ser como era antes, mas não quero que se sinta obrigada a ficar com ele por causa disso."

"Não me sinto... obrigada. Só não sei o que pensar." Queria poder explicar a história toda, para ter uma opinião sincera. Queria que minha mãe fosse tão compreensiva quanto Trish parece ser.

"Bom, essa é a parte mais difícil. É você quem precisa decidir. Mas faça as coisas no seu tempo, e faça Hardin se esforçar para isso. Ele tem tudo fácil demais, sempre teve. Talvez isso seja parte do problema, ele sempre consegue o que quer."

Eu dou risada, porque essa afirmação não poderia ser mais verdadeira. "Isso é verdade."

Suspiro e vou até a despensa pegar uma caixa de cereal. Mas Trish me interrompe, dizendo: "Por que não trocamos de roupa e vamos tomar café da manhã na rua, fazer umas coisas de mulher? Estou precisando cortar o cabelo". Ela ri e balança a cabeleira castanha.

Ela tem um ótimo senso de humor, assim como Hardin, quando fica mais à vontade. Ele é mais atrevido, claro, mas dá para ver que puxou isso da mãe.

"Legal. Só preciso tomar um banho primeiro", digo e guardo o cereal.

"Banho? Está nevando lá fora, e vamos lavar o cabelo de qualquer forma! Eu no seu lugar iria assim mesmo." Ela aponta para o moletom preto. "Coloca uma calça jeans ou coisa do tipo e vamos lá!"

Isso é muito diferente de ir a qualquer lugar com a minha mãe. Eu teria que vestir roupas passadas, arrumar o cabelo e colocar maquiagem mesmo que só estivéssemos indo ao supermercado.

Eu sorrio e respondo: "Tudo bem".

No quarto, pego uma calça jeans e um moletom do closet e prendo o cabelo num coque. Calço uma sapatilha e vou escovar os dentes e jogar uma água fria no rosto. Quando me junto a Trish na sala de estar, ela está pronta e esperando na porta.

"Eu devia deixar um recado para o Hardin, ou mandar uma mensagem", digo.

Mas ela sorri e me puxa pela porta. "Ele vai ficar bem."

Depois de passar o restante da manhã e a maior parte da tarde com Trish, me sinto muito mais relaxada. Ela é amável, engraçada e tem uma ótima conversa. Mantém o papo descontraído e me faz rir quase o tempo todo. Nós duas cortamos o cabelo. Trish decide fazer uma franja e me desafia a fazer o mesmo, mas recuso com um sorriso. No entanto, ela me convence a comprar um vestido para o Natal. Só não sei ainda o que vou fazer no feriado. Não quero atrapalhar os planos de Hardin e sua mãe, e não comprei presentes nem nada. Acho que vou aceitar o convite de Landon de ir para a casa dele. Parece meio demais passar o Natal com Hardin quando estamos separados. Estamos num período transitório esquisito: não estamos juntos, mas me sinto como se estivéssemos mais próximos, pelo menos até ele sair de casa hoje de manhã.

Quando voltamos, o carro de Hardin está na garagem do prédio, e começo a ficar nervosa. Entramos em casa, e ele está sentado no sofá com uns papéis espalhados no colo e na mesa de centro. Tem uma caneta entre os dentes e olha concentrado para o que está fazendo. Trabalhando, imagino, mas só o vi trabalhar umas poucas vezes desde que o conheci.

"Oi, filho!", diz Trish, animada.

"Oi", responde Hardin, indiferente.

"Sentiu nossa falta?", brinca ela, e ele revira os olhos antes de juntar as páginas soltas e guardar numa pasta.

"Vou lá para o quarto", ele bufa e levanta do sofá.

Encolho os ombros para Trish e sigo Hardin até o quarto.

"Aonde vocês foram?", pergunta ele, colocando a pasta sobre a cômoda. Uma página se solta, e ele a empurra depressa para dentro da pasta, fechando a divisória com um estalo.

Sento na cama com as pernas cruzadas. "Tomar café da manhã, e depois cortar o cabelo e fazer compras."

"Ah."

"E você, aonde foi?", pergunto. Ele olha para o chão antes de responder.

"Trabalhar."

"Amanhã é véspera de Natal. Eu não caio nessa", argumento num tom de voz que me diz que Trish me cansou um pouco.

Seus olhos verdes me fulminam. "Não estou nem aí se você *não cai nessa*", diz ele num tom zombeteiro e senta no lado oposto da cama.

"Qual é o problema?", retruco.

"Nada. Problema nenhum." Ele está uma muralha agora.

"Claro que tem um problema. Por que você saiu daquele jeito hoje de manhã?"

Ele passa as mãos no cabelo. "Já falei."

"Mentir para mim não vai ajudar em nada, foi isso que colocou você... ou a gente... nesta situação", lembro.

"Ótimo! Quer saber onde eu estava? Estava na casa do meu pai!", ele grita e se levanta.

"Na casa do seu pai? Por quê?"

"Fui falar com Landon." Hardin senta na cadeira.

Reviro os olhos. "Estava acreditando mais na história do trabalho do que nisso."

"Fui sim. Pode ligar para ele se não acredita em mim."

"Tudo bem, e sobre o que você estava falando com Landon?"

"Você, é claro."

"O que tem eu?" Levanto as mãos.

"Tudo. Sei que você não quer estar aqui." Ele me encara.

"Se não quisesse, não estaria."

"Você não tem para onde ir, sei que não estaria aqui se tivesse."

"O que faz você ter tanta certeza? Dormimos na mesma cama ontem."

"É, e você sabe por quê... se não fosse meu pesadelo, você não teria concordado. É o único motivo por que me chamou para a cama e o único motivo por que está falando comigo agora. Porque tem pena de mim." Suas mãos estão tremendo, e seus olhos são penetrantes. Dá para enxergar a vergonha por trás de seu tom de verde.

"Não importa por que aconteceu." Balanço a cabeça para ele. Não sei por que Hardin sempre chega a essas conclusões. Por que é tão difícil para ele aceitar que é amado?

"Você está com peninha do pobrezinho do Hardin que tem pesadelos e não consegue dormir numa merda de cama sozinho!" Ele está falando alto demais agora, e nós temos companhia.

"Para de gritar! Sua mãe está na sala!", grito de volta.

"Foi isso que vocês duas fizeram o dia todo... falaram de mim? Não preciso da merda da sua piedade, Tess."

"Meu Deus! Você é tão decepcionante! Nós não falamos de você, não desse jeito. E, para a sua informação, não sinto pena de você, queria você na cama comigo independente dos seus sonhos." Cruzo os braços.

"Ah, *claro*", ele rosna.

"A questão aqui não é o que eu sinto; é o que você sente a respeito de si mesmo. Você precisa parar com essa autopiedade", digo num tom tão duro quanto o dele.

"Não sinto pena de mim mesmo."

"Parece que sente. Você acabou de começar uma briga comigo sem motivo. A gente devia estar andando para a frente e não para trás."

"Para a frente?" Seus olhos encontram os meus.

"É... Quer dizer, t-talvez", gaguejo.

"Talvez?" Ele sorri.

De repente, Hardin fica muito feliz. Está sorrindo feito uma criança no Natal. Num minuto estava brigando comigo, com o rosto vermelho de raiva. E, estranhamente, sinto a minha própria raiva evaporar também. O controle que ele exerce sobre minhas emoções me aterroriza.

"Você é louco, literalmente", digo a ele.

Ele me lança um sorriso fatal. "Seu cabelo está bonito."

"Você precisa se tratar", provoco, e Hardin dá risada.

"Isso eu não nego", responde ele.

Não consigo segurar o riso... Talvez seja tão maluca quanto ele.

31

TESSA

Nosso momento é interrompido pela vibração do meu telefone sobre a cômoda. Hardin pega o aparelho para mim, olha a tela e diz: "Landon".

Seguro o telefone e atendo: "Alô?".

"Oi, Tessa", diz Landon. "Então, minha mãe pediu para eu ligar para saber se você topa passar o Natal com a gente."

A mãe de Landon é muito gentil. Aposto que faz um almoço de Natal maravilhoso. "Ah... sim, eu adoraria", respondo. "Que horas devo chegar?"

"Meio-dia." Ele ri. "Ela já começou a cozinhar, então é melhor parar de comer."

"Pode deixar, vou começar o jejum", brinco. "Preciso levar alguma coisa? Sei que Karen cozinha muito melhor que eu, mas posso fazer uma sobremesa, que tal?"

"É, pode trazer uma sobremesa... e também... sei que isso é estranho, e se você ficar sem jeito então tudo bem." Sua voz diminui. "Mas eles querem convidar Hardin e a mãe dele. Mas se você e Hardin não estiverem se dando bem..."

"Estamos. Mais ou menos", interrompo. Hardin ergue a sobrancelha diante da minha resposta, e eu lhe ofereço um sorriso nervoso.

Landon solta um suspiro. "Ótimo. Se você puder passar o convite adiante, eles agradecem."

"Vou passar", prometo e, em seguida, algo me ocorre. "Que presente eu levo?"

"Não, não... nada! Não precisa trazer presente."

Fixo os olhos na parede, tentando ignorar o olhar firme de Hardin sobre mim. "Claro. Mas vou levar mesmo assim, o que você sugere?"

Landon solta um suspiro bem-humorado. "Teimosa como sempre. Bom, minha mãe adora coisas de cozinha, e Ken ficaria satisfeito com um peso de papel... ou algo assim."

"Um peso de papel?" Dou risada. "Que horror."

Ele ri. "Bom, só não compre uma gravata, porque já comprei", resmunga. "Me avisa se precisar de alguma coisa até lá. Tenho que ajudar a arrumar a casa", ele diz e desliga.

Quando abaixo o telefone, Hardin pergunta na mesma hora: "Você vai passar o Natal com eles?".

"Vou... Não quero ir para a casa da minha mãe", digo e sento na cama.

"Dá para entender." Ele esfrega o queixo com o indicador. "Você não pode ficar aqui?"

Remexo nas minhas unhas, com as mãos sobre o colo. "Você podia... ir comigo."

"E deixar a minha mãe aqui sozinha?", ele protesta.

"Não! Claro que não, Karen e seu pai querem que ela vá... E você também."

Hardin me olha como se eu fosse louca. "Ah, claro. E por que a minha mãe ia querer passar o Natal com o meu pai e a esposa nova dele?"

"Eu... Não sei, mas pode ser bom reunir todo mundo."

Na verdade, não sei como vai ser, em grande parte porque não sei que tipo de relação Trish e Ken têm agora, se é que têm alguma. Também não é meu papel tentar reunir todo mundo, nem da família eu sou. Merda, não sou mais nem a namorada de Hardin.

"Não concordo." Ele franze a testa.

Apesar de tudo o que tem acontecido entre mim e Hardin, seria bom passar o Natal com ele. Mas eu entendo. Já seria difícil o bastante convencer Hardin a ir à casa do pai no Natal, quanto mais sua mãe.

E, como parte do meu cérebro gosta de ter sempre um problema para resolver, começo a pensar que preciso comprar presentes para Landon e os pais dele, talvez algo para Trish também. Mas o quê? Melhor ir agora, já são cinco da tarde, o que só me deixa a noite de hoje e o dia de amanhã, véspera de Natal. Não tenho ideia se devo ou não comprar algo para Hardin; na verdade, tenho certeza de que não. Seria estranho dar um presente a ele quando estamos nesta estranha fase transitória.

"O que você está pensando?", pergunta Hardin, diante do meu silêncio.

Solto um gemido. "Tenho que ir ao shopping. Isso é o que dá estar desabrigada no Natal", digo a ele.

"Acho que falta de planejamento não tem nada a ver com você estar desabrigada", ele brinca. Seu sorriso não é dos mais escancarados, mas seus olhos estão brilhando...

Ele está flertando comigo? Dou risada desse pensamento e reviro os olhos. "Eu nunca me planejo mal."

"Claro que não...", ele zomba, e leva um tapa por isso.

Hardin agarra meu pulso, impedindo meu ataque de brincadeira. Um calor familiar inunda o meu corpo, e nossos olhares se cruzam. Ele me solta depressa, e nós dois desviamos os olhos. O ar se enche de tensão, e eu levanto para colocar os sapatos de novo.

"Você vai sair agora?", pergunta ele.

"Vou... o shopping fecha às nove", lembro.

"E vai sozinha?" Ele remexe os pés, sem jeito.

"Quer vir comigo?" Sei que provavelmente não é uma boa ideia, mas, se ao menos quero tentar seguir em frente, ir ao shopping juntos não deveria ser problema. Certo?

"Fazer compras com você?"

"É... se não quiser, tudo bem", digo, sem jeito.

"Não, claro que quero. Eu só... não achei que você fosse me chamar."

Balanço a cabeça, pego o telefone e a bolsa e saio do quarto, seguida de perto por Hardin.

"Vamos dar uma passada no shopping", Hardin diz à mãe.

"Vocês dois?", pergunta ela, entendendo tudo, e ele revira os olhos. Assim que chegamos à porta, ela grita por cima do ombro: "Tessa, querida, se quiser deixar Hardin por lá, não vou reclamar".

Eu dou risada. "Vou pensar no caso", respondo e sigo Hardin para o corredor.

Quando Hardin liga o carro, uma melodia de piano muito familiar invade o ambiente. Ele se apressa para abaixar o volume, mas é tarde demais. Lanço um olhar presunçoso na direção dele.

"Acabei pegando gosto, entendeu?", diz.

"Claro", brinco e aumento de novo o volume.

Se as coisas pudessem ser assim para sempre, se essa convivência sedutora, esse meio-termo cauteloso em que estamos pudesse durar para sempre... Mas não vai. Não é possível. Temos que discutir o que aconteceu e o que vai acontecer daqui para a frente. Sei que temos muito a falar, mas não vamos resolver o problema de uma única vez, por mais que eu force a barra. Quero encontrar o momento certo, e quero que isso demore um pouco mais.

Na maior parte do trajeto ficamos em silêncio, a música dizendo todas as coisas que gostaria que pudéssemos dizer um ao outro. Perto da entrada da Macy's, Hardin diz: "Vou deixar você perto da porta", e eu concordo com um gesto silencioso. Espero por ele sob o jato quente de ar da entrada enquanto estaciona e corre em meio ao frio na minha direção.

Depois de quase uma hora olhando artefatos de cozinha de todos os formatos e tamanhos, escolho um conjunto de formas de bolo para Karen. Sei que ela provavelmente tem mais do que o suficiente, mas cozinha e jardinagem parecem ser suas únicas distrações, e não tenho tempo para pensar em nada melhor.

"A gente pode deixar isso no carro e voltar para terminar as compras?", pergunto a Hardin, me esforçando para equilibrar a caixa grande nas mãos.

"Pode deixar que eu levo. Fica aqui", ele diz, pegando a caixa.

Assim que ele vai embora, vou até a seção masculina, onde centenas de gravatas em grandes caixas me lembram com ironia da piada de Landon sobre serem um presente fácil. Continuo procurando, mas nunca comprei um "presente de pai" antes, então não sei por onde começar.

"Está um frio do caralho lá fora", diz Hardin ao voltar, tremendo e esfregando as mãos.

"Bom, talvez sair só de camiseta na neve não tenha sido boa ideia."

Ele revira os olhos. "Estou com fome, e você?"

Seguimos até a praça de alimentação, onde Hardin encontra um assento livre e vai pegar uma pizza da única lanchonete decente do shopping. Minutos depois, ele se junta a mim na mesa com dois pratos cheios. Pego uma fatia e um guardanapo e dou uma pequena mordida.

"Quanta elegância", brinca ele quando limpo a boca depois de mastigar.

"Cala a boca", digo e dou outra mordida.

"Isso é... bom. Não é?", pergunta ele.

"O quê? A pizza?", pergunto, inocente, embora saiba que ele não está falando da comida.

"Nós. Saindo juntos. Faz muito tempo."

Muito mesmo... "Não tem nem duas semanas", lembro.

"Isso é muito tempo... para nós."

"É..." Dou uma mordida maior para poder ficar em silêncio por mais tempo.

"Há quanto tempo você tem pensando em seguir em frente?", pergunta ele.

Termino de mastigar lentamente e dou um longo gole na minha água. "Há alguns dias, acho." Quero manter a leveza da conversa, para evitar um climão na praça de alimentação, mas acrescento: "Mas temos muito o que conversar".

"Eu sei, mas sou tão..." Seus olhos verdes se arregalam, concentrados em algo atrás de mim. Quando me viro e vejo o cabelo ruivo, meu estômago vai parar na boca. Steph. E, ao lado dela, o namorado, Tristan.

"Quero ir embora", digo a ele e fico de pé, deixando a bandeja de comida na mesa.

"Tessa, você ainda tem presentes para comprar. Além do mais, acho que eles ainda não viram a gente."

Quando viro de novo, os olhos de Steph encontram os meus, e o espanto em seu rosto é evidente. Não sei se ela está mais surpresa em me ver ou por eu estar com Hardin. Provavelmente as duas coisas.

"Viram, sim."

Eles caminham na nossa direção, e sinto como se meus pés tivessem sido pregados ao chão.

"Oi", diz Tristan, sem jeito, quando chega à nossa mesa.

"Oi", responde Hardin, esfregando a nuca.

Não digo nada. Olho para Steph, pego minha bolsa na mesa e levanto para ir embora.

"Tessa, espera!", ela grita para mim. Os saltos grossos de seus sapatos batem contra o piso duro quando corre para me alcançar. "A gente pode conversar?"

"Sobre o *quê*, Steph?", questiono. "Sobre como a minha primeira e basicamente única amiga me deixou ser humilhada na frente de todo mundo?"

Hardin e Tristan olham um para o outro, obviamente sem saber se devem intervir.

Steph ergue as mãos. "Desculpa, tá bom? Eu devia ter contado, achei que ele ia contar!"

"Ah, então tudo bem?"

"Não, claro que não. Mas eu sinto muito mesmo, Tessa. Sei que devia ter contado."

"Mas não contou." Cruzo os braços.

"Estou com saudade de você, de sair com você", diz ela.

"Com certeza estão sentindo falta de ter alguém para ser o alvo das piadas de vocês."

"Não era assim, Tessa. Você era... Você é minha amiga. Sei que eu fiz merda, mas me arrependo muito mesmo."

Seu pedido de desculpas me pega desprevenida. Mas eu me recomponho e digo: "Bom, eu não consigo desculpar você".

Ela franze a testa. Então sua expressão se transforma em raiva. "Mas *ele* sim? Foi ele quem começou tudo, e está perdoado. Que loucura é essa?"

Quero gritar com ela, xingá-la até, mas sei que está certa. "Ele não está perdoado, estou só... Não sei o que estou fazendo", confesso, cobrindo o rosto com as mãos.

Steph suspira. "Tessa, não estou pedindo para você esquecer tudo de uma hora para outra, mas pelo menos me dá uma chance. Nós podemos sair, só nós quatro. Já está tudo fodido com o resto do pessoal mesmo."

Olho para ela. "Como assim?"

"Bom, o Jace ficou ainda mais chato desde que apanhou do Hardin. Então Tristan e eu resolvemos manter um pouco de distância."

Olho para Hardin e Tristan, que estão de olho em nós, e então de volta para Steph. "Hardin bateu no Jace?"

"Bateu... na sexta passada." Ela ergue as sobrancelhas. "Ele não contou?"

"Não..." Quero ouvir o máximo que puder antes que Hardin chegue e interrompa, mas ela está ansiosa para fazer as pazes comigo, então começa a explicar antes de eu perguntar.

"É, então, foi porque a Molly contou para ele que foi o Jace quem planejou todo o... você sabe", ela acrescenta em voz baixa, "o negócio de contar a verdade na frente de todo mundo..." Ela dá uma risadinha. "Para falar a verdade, ele mereceu, e a cara da Molly quando foi praticamente jogada longe pelo Hardin foi impagável. Tipo, sério mesmo, eu devia ter tirado uma foto!"

Ainda estou assimilando o fato de que Hardin rejeitou Molly e bateu em Jace antes de ir para Seattle, quando ouço Tristan dizer: "Meninas", para avisar que Hardin está se aproximando.

Ele fica ao meu lado e pega na minha mão. Tristan começa a puxar Steph, mas ela para na minha frente por um momento e diz com os olhos arregalados: "Tessa, pensa nisso, tá? Estou com saudade".

32

TESSA

"Você está bem?", pergunta Hardin, assim que eles vão embora.

"Estou... tá tudo bem", respondo.

"O que ela falou?"

"Nada... só pediu desculpas." Dou de ombros, e nós vamos para o corredor principal. Preciso processar tudo o que Steph contou antes de comentar com Hardin. Ele devia estar numa festa antes de ir até Seattle, e Molly devia estar lá. Não posso negar que é um alívio enorme ouvir a versão de Steph das coisas. É quase engraçado que ele tenha me dito que dormiu com Molly na mesma noite em que a rejeitou. Quase. O alívio e a ironia são rapidamente ofuscados por minha culpa por ter beijado o cara da balada, enquanto Hardin estava dando um pé em Molly.

"Tess?" Hardin para de andar e gesticula com as mãos na frente do meu rosto. "O que está acontecendo?"

"Nada. Só estava pensando no que comprar para o seu pai." Sou uma péssima mentirosa, e minha voz sai mais apressada do que eu gostaria. "Será que ele gosta de esportes? Ele gosta, né? Vocês dois estavam vendo um jogo de futebol outro dia, lembra?"

Hardin me encara por um instante, e em seguida: "Os Packers, ele é torcedor dos Packers". Tenho certeza de que quer perguntar mais sobre Steph, mas fica quieto.

Vamos até uma loja de artigos esportivos, e mantenho o silêncio também, enquanto Hardin escolhe algumas coisas para o pai. Ele se recusa a me deixar pagar, então pego um chaveiro da vitrine perto do caixa e pago eu mesma, só para irritá-lo. Hardin revira os olhos, e mostro a língua para ele.

"Você sabe que pegou o do time errado, né?", diz quando saímos da loja.

"O quê?" Procuro o pequeno objeto na sacola.

"Esse é do Giants, e não dos Packers." Ele sorri, e eu enfio o chaveiro de volta na sacola.

"Bom... ainda bem que ninguém vai saber que os presentes bons são seus."

"Já acabamos?", ele reclama.

"Não, ainda tenho que comprar alguma coisa para o Landon, lembra?"

"Ah, é. Ele falou que queria provar uma cor nova de batom. Quem sabe coral?"

Coloco as mãos na cintura e o encaro. "Não fala assim dele! E talvez eu devesse comprar um batom para você, já que conhece todas as cores", brinco. É bom brigar com Hardin desse jeito divertido, em vez de com quatro pedras na mão.

Ele revira os olhos, mas vejo um sorrisinho surgir em seus lábios antes de falar: "Você devia comprar ingressos para um jogo de hóquei. Fácil e não muito caro".

"Excelente ideia."

"Eu sei", diz ele. "Pena que ele não tenha nenhum amigo para levar."

"Hã, eu iria com ele."

A maneira como Hardin agora se refere a Landon me faz sorrir, porque é bem diferente de antes, não há mais maldade em sua voz.

"Queria comprar alguma coisa para a sua mãe também", digo.

Ele me lança um olhar engraçado e inofensivo. "Por quê?"

"Porque é Natal."

"É só comprar um suéter ou coisa do tipo", diz ele, apontando para uma loja de senhoras de idade.

Avaliando a loja, eu digo: "Sou péssima em comprar presentes para as pessoas. O que você vai dar para ela?".

O presente que ele me deu de aniversário foi tão perfeito que imagino que tenha se dedicado com o mesmo carinho na escolha do presente da mãe.

Ele dá de ombros. "Uma pulseira e um cachecol."

"Uma pulseira?", pergunto, arrastando-o pelo shopping.

"Não, um colar. É só um colar simples, escrito *Mãe* ou algo assim."

"Quanta gentileza da sua parte", digo, enquanto voltamos para a Macy's. Olho em volta, me sentindo confiante. "Acho que consigo encontrar alguma coisa aqui... ela gosta desses moletons."

"Ai, Deus, por favor, chega de moletom. Ela usa isso *todo* dia."

Dou risada da careta que ele faz. "Então... mais um motivo para comprar outro."

Enquanto caminhamos pelas araras de roupas para ver as opções, Hardin estende a mão para sentir o tecido de um dos modelos. Dou uma boa olhada em seus dedos e na pele ainda em cicatrização, o que me traz de volta à revelação de Steph.

Logo vejo um moletom verde-claro do qual acho que ela vai gostar, e seguimos até o caixa. No caminho, pensamentos frenéticos sobre Hardin se atenuam um pouco, em parte porque agora sei que ele não estava mesmo dormindo com Molly quando eu estava em Seattle.

Quando chegamos ao caixa, coloco a roupa no balcão e viro de repente para Hardin, dizendo: "A gente precisa conversar hoje à noite".

A moça no caixa olha para mim e para Hardin, com a confusão estampada nos olhos. Sinto vontade de dizer a ela que é falta de educação encarar as pessoas, mas Hardin volta a falar antes que eu possa criar coragem.

"Conversar?"

"É...", confirmo, vendo a moça retirar a etiqueta de segurança. "Depois de montar a árvore que você comprou com a sua mãe ontem."

"Mas conversar sobre o quê?"

Eu me viro para ele. "Tudo", respondo.

Hardin parece aterrorizado, e as implicações da palavra pesam no ar. Quando a moça passa o código de barras do moletom no leitor, um apito interrompe o silêncio, e Hardin resmunga: "Ah... Vou pegar o carro."

Enquanto observo a moça empacotar o presente de Trish, penso: *No ano que vem, vou tomar o cuidado de comprar presentes incríveis para compensar essa tragédia.* Mas logo em seguida, outro pensamento me vem à cabeça: *No ano que vem? Quem falou que vou estar com ele no ano que vem?*

No caminho de volta para casa, ficamos os dois em silêncio. Eu porque estou tentando organizar as ideias sobre o que quero dizer, e ele... bom, tenho a sensação de que está fazendo o mesmo. Quando chegamos, pego as sacolas e corro pela chuva gelada até a portaria. Prefiro mil vezes neve a chuva.

Quando entro no elevador, minha barriga reclama. "Estou com fome", digo assim que ele me olha.

"Ah." Hardin parece querer acrescentar algo sarcástico, mas prefere ficar em silêncio.

A fome só aumenta quando entramos no apartamento e o cheiro de alho envolve meus sentidos, me fazendo salivar na mesma hora.

"Preparei um jantar!", anuncia Trish. "Como foi lá no shopping?"

Hardin pega as sacolas da minha mão e vai para o quarto.

"Não foi tão ruim. Nem tão cheio quanto imaginei", comento.

"Que bom, pensei em montar aquela árvore com você, o que acha? Hardin provavelmente não vai querer ajudar." Ela sorri. "Ele odeia diversão. Mas nós duas podemos fazer isso sozinhas, se você não se importar?"

Eu dou risada. "Não, claro."

"Melhor comer primeiro", ordena Hardin ao voltar para a cozinha.

Olho feio para ele e volto minha atenção para Trish. Já que depois de terminar de montar a árvore com ela vou ter que encarar a tão temida conversa com Hardin, não estou com muita pressa. Além disso, preciso de pelo menos uma hora para reunir forças suficientes para ser capaz de dizer tudo o que quero. Provavelmente não é uma ideia muito boa ter uma conversa tão importante com a mãe dele aqui, mas não dá para esperar mais. Eu preciso falar... agora. Minha paciência está diminuindo; não podemos ficar nessa situação por muito mais tempo.

"Já está com fome, Tessa, querida?", pergunta Trish.

"Está", Hardin responde por mim por cima do ombro.

"Estou, sim", digo a ela, ignorando seu filho malcriado.

Trish serve um prato de caçarola de frango com espinafre e alho, e eu me sento à mesa concentrada apenas no aroma delicioso. Quando ela traz o prato, vejo que a aparência é ainda melhor do que o cheiro.

Ao colocá-lo na minha frente, ela diz para o filho: "Hardin, você podia ir tirando a árvore da caixa para facilitar um pouco a nossa vida?".

"Claro", diz ele.

Ela sorri para mim. "Comprei uns enfeites também."

Quando termino de comer, Hardin já colocou todos os galhos e montou a árvore.

"Até que ele não se saiu tão mal, não foi?", diz Trish. Ela pega a caixa de enfeites e caminha na direção dele. "Vamos ajudar com isso."

Completamente satisfeita com a comida, me levanto da mesa e penso que montar uma árvore de Natal com Hardin e a mãe dele, num apartamento que já foi nosso, é algo que nunca pensei que iria fazer. Jamais. Gosto da sensação de decorar a árvore e, no final, embora os enfeites não pareçam combinar muito com a árvore em miniatura, Trish aparenta estar muito satisfeita.

"A gente devia tirar uma foto na frente dela!", sugere ela.

"Não tiro fotos", resmunga Hardin.

"Ah, vamos lá, Hardin, é Natal." Ela pisca algumas vezes, e ele revira os olhos pela centésima vez desde a chegada da mãe.

"Hoje não", responde.

Sei que não é justo da minha parte, mas tenho pena de Trish, então olho para ele com olhos suplicantes e digo: "Só uma?".

"Ah, foda-se. Só uma."

Ele fica de pé ao lado de Trish, na frente da árvore, e eu pego o celular para tirar uma foto dos dois. Hardin mal sorri, mas a alegria dela compensa. Fico aliviada que ela não peça para Hardin e eu tirarmos uma foto juntos; precisamos descobrir o que estamos fazendo antes de começarmos a fazer poses românticas diante de árvores de Natal.

Pego o número de telefone de Trish e mando uma mensagem com a imagem para ela e uma para Hardin, que volta para a cozinha e pega um prato de comida.

"Vou embrulhar uns presentes antes que fique muito tarde", anuncio.

"Claro, vejo você amanhã, querida", diz Trish e me dá um abraço.

Quando chego ao quarto, vejo que Hardin já pegou papel de embrulho, laços, fitas e tudo que eu poderia precisar. Começo a embalar os presentes depressa, para poder ter "a conversa" o quanto antes. Quero acabar logo com isso, mas ao mesmo tempo tenho medo do que vai acontecer. Sei que tomei minha decisão, mas não tenho certeza de que estou pronta para admitir isso. Sei que é bobagem da minha parte, mas tenho sido uma boba desde que conheci Hardin, e isso nem sempre foi uma coisa ruim.

Quando ele entra, estou terminando de escrever o nome de Ken numa etiqueta.

"Acabou?", pergunta ele.

"Acabei... Só preciso imprimir os ingressos de Landon antes de a gente conversar."

Ele joga a cabeça para trás. "Por quê?"

"Porque preciso da sua ajuda, e você não é de colaborar muito quando a gente está brigando."

"Como sabe que a gente vai brigar?"

"Porque a gente sempre briga." Eu meio que rio, e ele concorda em silêncio.

"Vou pegar a impressora no closet."

Assim que ele sai, ligo meu computador. Vinte minutos depois, temos dois ingressos para o Seattle Thunderbirds impressos e embalados numa caixinha para Landon.

"Certo... mais alguma distração antes da nossa... conversa?", pergunta Hardin.

"Não. Acho que não", respondo.

Nós dois sentamos na cama, ele contra a cabeceira, com as longas pernas esticadas, e eu com as pernas cruzadas, na outra ponta. Não tenho ideia de como começar ou o que dizer.

"Então...", Hardin começa.

Isso é estranho. "Então..." Mexo nas unhas. "O que aconteceu com Jace?", pergunto.

"Steph contou", ele afirma, sem alterar a voz.

"Contou."

"Ele estava falando merda."

"Hardin, você tem que falar comigo, ou isso não vai funcionar."

Ele arregala os olhos, indignado. "Mas eu estou falando."

"Hardin..."

"Tá bom, tá bom." Hardin deixa escapar um suspiro irritado. "Ele estava armando para tentar ficar com você."

Meu estômago se revira diante da ideia. Além do mais, não foi isso que Steph falou no shopping. *Será que Hardin está mentindo para mim de novo?* "E daí? Você sabe que isso nunca iria acontecer."

"Não faz diferença, só de pensar nele tocando em você..." Hardin estremece e continua: "E também, foi ele que... bom, ele e a Molly... que planejaram contar sobre a aposta na frente de todo mundo. Ele não tinha o direito de humilhar você. Ele estragou tudo".

O alívio momentâneo que sinto quando a história de Hardin se encaixa com a de Steph é rapidamente substituído pela raiva com essa atitude de que, se eu não soubesse da aposta, estaria tudo bem. "Hardin, *você* estragou tudo. Eles só me contaram", lembro a ele.

"Eu sei, Tessa", diz ele, irritado.

"Sabe? Sabe mesmo? Porque até agora você não disse nada sobre isso."

Hardin puxa as pernas num movimento brusco. "Já falei, sim... Eu estava chorando no outro dia, porra."

Sinto meu rosto se fechar numa cara feia. "Em primeiro lugar, você precisa parar de falar tanto palavrão. E, segundo, aconteceu só uma vez. Foi a única vez que você demonstrou alguma coisa. E não é o bastante."

"Eu tentei em Seattle, mas você não queria falar comigo. E você tem me ignorado, então o que eu podia dizer?"

"Hardin, se vamos mesmo tentar seguir em frente, você vai ter que se abrir para mim, preciso saber exatamente como você se sente", digo.

Seus olhos verdes penetram fundo dentro de mim. "E quando vou poder ouvir como você se sente, Tessa? Você é tão fechada quanto eu."

"O quê? Não... Não sou, não."

"É, sim! Você não me disse como se sente sobre nada disso. Só fica falando que para você, acabou." Ele agita as mãos na minha direção. "Mas está aqui agora. É meio confuso."

Preciso de um momento para refletir sobre o que ele disse. Pensei em tanta coisa e acabei esquecendo de me comunicar melhor com ele. "Eu ando bem confusa", digo.

"Não sei ler pensamentos, Tessa. Sobre o que você está confusa?"

Um nó se forma em minha garganta. "Sobre isso. Nós dois. Não sei o que fazer. Sobre nós. Sobre a sua traição." Mal começamos a conversa, e já estou à beira das lágrimas.

Um pouco ríspido demais, ele pergunta: "O que você *quer* fazer?".

"Não sei."

Ele insiste. "Sabe, sim."

Tem um monte de coisas que preciso ouvi-lo dizer antes de ter certeza do que quero fazer. "O que *você* quer que eu faça?"

"Quero que você fique comigo. Quero que me perdoe e me dê outra chance. Sei que já pedi um monte vezes, mas, por favor, me dá mais uma chance. Não posso ficar sem você. Eu tentei, e sei que você tentou também. Não tem mais ninguém no mundo para mim. Se não formos nós dois, não é nada... e sei que você sabe disso também." Hardin está com os olhos marejados ao terminar de falar, e eu enxugo minhas lágrimas.

"Você me magoou demais, Hardin."

"Eu sei, linda, sei disso. Daria qualquer coisa para desfazer aquilo", diz ele, então olha para a cama com uma expressão estranha. "Na verdade, não daria, não. Não mudaria nada. Bom, eu teria contado mais cedo, claro", admite. Eu levanto os olhos. Ele ergue o rosto e me encara. "Não mudaria nada, porque não estaria com você se não tivesse feito aquela merda toda. Nossos caminhos nunca teriam se cruzado, não desse jeito, nos unindo com tanta força. Mesmo que tenha destruído a minha vida, sem aquela aposta maldita, eu nem teria uma vida. Sei que isso faz você me odiar ainda mais, mas você queria a verdade. E essa é a verdade."

Olho para Hardin, para seus olhos verdes, e não sei o que dizer.

Porque, pensando bem — digo, pensando bem mesmo —, sei que também não mudaria nada.

33

HARDIN

Nunca fui tão sincero com ninguém antes. Mas quero colocar tudo para fora.

Ela começa a chorar e pergunta baixinho: "Como posso ter certeza de que você não vai me magoar de novo?".

Dava para ver que ela estava tentando segurar as lágrimas o tempo todo, mas fico feliz que não consiga mais. Precisava ver alguma emoção da parte dela... Tessa anda fria demais ultimamente. Muito diferente. No início, eu era capaz de dizer o que ela estava pensando só de ver seus olhos. Agora, é como se tivesse uma parede me impedindo de entendê-la do jeito que só eu consigo. Peço a Deus que o tempo que passamos juntos hoje trabalhe ao meu favor.

Isso e a minha sinceridade. "Não dá para ter essa certeza, Tessa. Eu vou magoar você de novo. E você vai me magoar também. Mas também tenho certeza de que nunca vou esconder nada de você nem te trair de novo. Você pode dizer alguma besteira que não queria dizer, e é óbvio que vou dizer um monte de besteiras, mas podemos tentar resolver os nossos problemas, porque é isso que as pessoas fazem. Só preciso de uma última chance de mostrar que posso ser o homem que você merece. Por favor, Tessa. Por favor...", imploro.

Ela me encara com os olhos vermelhos, mordendo a parte interna da bochecha. Odeio ver Tessa desse jeito, e fico com raiva de mim mesmo por fazer isso com ela.

"Você me ama, não é?", pergunto, com medo da resposta.

"Amo. Mais do que qualquer coisa", ela admite com um suspiro.

Não consigo esconder meu sorriso. Ouvi-la dizer que ainda me ama faz a vida ressurgir dentro mim. Fiquei tão preocupado que ela fosse desistir de mim, parar de me amar e partir para outra. Não mereço alguém como Tessa, e sei que ela tem consciência disso.

Mas estou confuso, e ela está quieta demais. Não consigo lidar com essa distância. "O que eu posso fazer, então? O que preciso fazer para a gente superar isso?", pergunto, desesperado. Fui direto demais — percebo isso pela forma como ela me olha de repente, como se estivesse com medo ou irritada ou... não sei o quê. "Falei a coisa errada, né?" Levo as mãos ao rosto e enxugo a umidade dos olhos. "Sabia que ia fazer besteira, você sabe que não sou bom com palavras."

Nunca estive tão emotivo na vida, e não estou gostando. Nunca fui obrigado a expressar meus sentimentos para ninguém ou me preocupar com isso, mas por ela vou fazer tudo o que for preciso. Sempre estrago tudo, mas tenho que corrigir isso, ou pelo menos tentar o melhor que puder.

"Não...", ela soluça. "Eu só... Eu não sei. Quero ficar com você. Quero esquecer tudo, mas não quero me arrepender. Não quero ser aquela garota que deixa todo mundo passar por cima dela e aguenta tudo de bico calado."

Eu me aproximo e pergunto: "Por causa de quem? Quem você está preocupada que pense assim?".

"Todo mundo, minha mãe, seus amigos... você."

Sabia que era isso. Sabia que ela estava mais preocupada com o que *deve* fazer e não com o que *quer* fazer. "Não pensa em mais ninguém. Quem liga para o que os outros falam? Pelo menos uma vez na vida, pensa no que você quer, no que faz você feliz!"

Com os lindos olhos arregalados e vermelhos, aos prantos, ela me diz: "Você". E meu coração dá um pulo. "Estou cansada de segurar tudo isso dentro de mim. Estou *exausta* por causa de todas as coisas que não disse e que queria ter dito", acrescenta.

"Então para de segurar tudo isso dentro de você", digo a ela.

"Você me faz feliz, Hardin. Mas também me deixa triste, irritada e, acima de tudo, maluca."

"Aí é que está, não? É por isso que combinamos tão bem, Tess, porque somos terríveis um para o outro." Ela também me deixa maluco e cheio de raiva, mas feliz. Muito feliz.

"Sem dúvida, somos terríveis um para o outro", diz ela com um sorrisinho.

"Ah, se somos", repito e devolvo o sorriso. "Mas eu te amo. Mais do que qualquer um jamais poderia, e juro que vou passar o resto da vida compensando essa burrada, se você deixar."

Espero que ela possa ouvir a sinceridade em minha voz, o quanto quero o seu perdão. Preciso disso, preciso *dela* como nunca precisei de nada na vida, e sei que ela me ama. Não estaria aqui se não me amasse. Mas não acredito que acabei de falar "o resto da vida" — isso talvez a assuste.

Como Tessa não responde, meu coração se despedaça. E, pouco antes de sentir as lágrimas chegando, eu sussurro: "Me desculpa, Tessa... Eu te amo tanto...".

Ela me pega completamente de surpresa e se joga no meu colo. Levo as mãos até o seu rosto bonito, e ela inspira fundo, inclinando o rosto na direção do meu toque.

Ela olha para mim. "Preciso fazer as coisas nos meus termos. Não vou suportar um coração partido de novo."

"O que você quiser. Só quero ficar com você", afirmo.

"Precisamos ir devagar, eu nem devia estar aqui... Se você me magoar de novo, nunca mais vou conseguir perdoar, nunca", ela ameaça.

"Não vou. Eu juro." Prefiro morrer a magoá-la novamente. Ainda não acredito que ela esteja me dando outra chance.

"Senti muitas saudades, Hardin."

Tessa fecha os olhos, e quero beijá-la, sentir seus lábios quentes contra os meus, mas ela acabou de me dizer para ir devagar. "Eu também."

Ela descansa a testa na minha, e deixo escapar a respiração, que nem sabia que estava prendendo. "Vamos mesmo fazer isso então?", pergunto, tentando não soar tão desesperadamente aliviado como me sinto.

Tessa afasta o rosto, e eu olho em seus olhos, que me assombraram todas as vezes que fechei os meus na última semana. Ela sorri e faz que sim com a cabeça. "Vamos... Acho que sim."

Envolvo os braços em sua cintura, e ela se aproxima de novo. "Me beija?", praticamente imploro.

Ela não tenta esconder seu divertimento ao tocar minha testa, ajeitando meu cabelo para trás. Deus, como adoro quando ela faz isso.

"Por favor?", peço.

E Tessa me silencia, pressionando os lábios contra os meus.

34

TESSA

Abro a boca na mesma hora, e ele não perde a chance de tocar a língua na minha. Meus lábios tocam a superfície fria de seu piercing, e corro a língua ao longo da superfície lisa. O gosto tão familiar me inflama, como sempre fez. Não importa o quanto eu lute contra isso, preciso dele. Preciso estar perto dele, preciso dele para me confortar, me desafiar, me irritar, me beijar e me amar. Meus dedos percorrem seu cabelo, e eu puxo os fios macios quando sinto seus braços apertando minha cintura. Hardin disse tudo que eu queria e precisava ouvir para me sentir melhor sobre a minha decisão irresponsável de aceitá-lo de volta na minha vida... apesar de nunca ter saído dela de fato. Sei que eu devia ter aguentado por mais tempo, devia tê-lo torturado com a espera do mesmo jeito como ele me torturou com suas mentiras, mas não consegui. Não estou em um filme. Isto é a vida real — a minha vida —, e a minha vida não é completa nem tolerável sem ele. Esse garoto tatuado, mal-educado e nervosinho me pegou de jeito e conquistou meu coração, e eu sei que, por mais que tente, não consigo me livrar dele.

Sua língua desliza por meu lábio inferior, e fico ligeiramente envergonhada quando deixo escapar um gemido rouco. Quando me afasto, estamos os dois sem fôlego, minha pele está quente, e suas bochechas, coradas.

"Obrigado por me dar outra chance", ele diz ofegante e me aperta contra o seu peito.

"Até parece que eu tinha escolha."

Ele franze a testa. "Você tem."

"Eu sei", minto. Mas, desde que o conheci, não tive escolha. Estou completamente entregue a ele desde que nos beijamos pela primeira vez. "O que a gente faz agora?", pergunto.

"Isso é com você. O que eu quero você já sabe."

"Quero ser como éramos antes... bom, sem as outras coisas todas", digo, e ele concorda.

"É o que eu quero, também, linda. Vou compensar você, prometo."

Toda vez que Hardin me chama assim, sinto um frio na barriga. A voz rouca, o sotaque britânico e a gentileza por trás de seu tom são a combinação mais perfeita.

"Por favor, não me faça me arrepender disso", imploro, e ele segura meu rosto nas mãos uma vez mais.

"Não vou. Você vai ver", ele promete e me beija outra vez.

Sei que Hardin e eu ainda temos coisas para acertar, mas me sinto tão resolvida agora, tão calma, tão certa. Estou preocupada com a reação dos outros, sobretudo da minha mãe, mas vou lidar com isso quando chegar a hora. O fato de não passar o Natal com ela pela primeira vez em dezoito anos porque reatei com Hardin só vai piorar as coisas, mas, sinceramente, não me importo. Bom, claro que me importo, mas não posso continuar guerreando com ela por causa das minhas escolhas de vida, e é impossível deixá-la feliz, então desisti de tentar.

Encosto a cabeça contra o peito de Hardin, e ele pega a ponta do meu rabo de cavalo e enrola em seus dedos. Que bom que embrulhei todos os presentes; foi bem estressante comprar tudo de última hora.

Merda. Não comprei nada para Hardin! Será que ele comprou alguma coisa para mim? Provavelmente não, mas agora que estamos juntos de novo... ou meio que juntos pela primeira vez... estou com medo que ele tenha comprado e fique triste porque não dei nada em troca. Aliás, o que eu poderia dar para ele?

"Qual o problema?", pergunta ele, levando a mão até o meu queixo para puxar meu rosto em sua direção.

"Nada..."

"Você não está...", ele começa, inseguro e devagar. "Você não está... sabe como é... mudando de ideia?"

"Não... não. Eu só... não comprei presente para você", admito.

Seu rosto se abre num sorriso, e seus olhos encontram os meus. "Você está preocupada com um presente de Natal?" Ele ri. "Tessa, sinceramente, você já me deu *tudo*. Se preocupar com um presente de Natal é ridículo."

Ainda me sinto culpada, mas adoro ver a segurança em seu rosto. "Tem certeza?", pergunto.

"Absoluta." Ele ri de novo.

"No seu aniversário, vou dar o melhor presente do mundo", prometo, e ele leva a mão de volta para o meu rosto. Seu polegar desliza pelo meu lábio inferior, fazendo com que minha boca se abra, e fico esperando que ele me beije novamente. Em vez disso, seus lábios tocam meu nariz e depois minha testa, num gesto surpreendentemente doce.

"Não sou muito de comemorar aniversário", diz.

"Eu sei... Nem eu." É uma das poucas coisas que temos em comum.

"Hardin?", a voz de Trish chama, e ouvimos um leve toque na porta. Ele suspira e revira os olhos assim que saio do seu colo.

Faço uma cara feia para ele. "Você bem que podia ser um pouco mais gentil. Fazia um ano que vocês não se viam."

"Eu não sou malcriado com ela", ele responde. E, sinceramente, sei que acredita nisso.

"Só tenta ser um pouquinho melhor, por mim?" Eu pisco dramaticamente, fazendo-o sorrir e balançar a cabeça.

"Você é um demônio", brinca ele.

Sua mãe bate novamente. "Hardin?"

"Já vai!", diz ele e desce da cama. Ao abrir a porta, vejo sua mãe, que parece completamente entediada.

"Vocês querem ver um filme?", pergunta ela.

Ele se vira para mim e ergue a sobrancelha no instante em que eu respondo: "Claro", e saio da cama.

"Ótimo!" Ela sorri e brinca com o cabelo do filho.

"Só preciso trocar de roupa primeiro", diz Hardin, nos dispensando com um aceno de mão.

E Trish estica o braço para mim. "Vem, Tessa, vamos preparar um lanche."

Enquanto sigo sua mãe até a cozinha, percebo que provavelmente não é uma boa ideia ver Hardin mudar de roupa. Quero ir devagar. Bem devagar. Com Hardin, não sei se isso é possível. Eu me pergunto se devia dizer a Trish que o perdoei, ou pelo menos estou tentando.

"Biscoito?", sugere ela, e eu concordo, abrindo os armários.

"De manteiga de amendoim?", pergunto e pego a farinha.

Ela ergue as sobrancelhas, impressionada. "Você vai fazer? Estava pensando em usar uma massa pronta, mas, se você sabe fazer biscoito caseiro, é muito melhor!"

"Não sou lá uma grande cozinheira, mas Karen me ensinou uma receita fácil de biscoito de manteiga de amendoim."

"Karen?", pergunta ela, e meu estômago vai parar na boca. Me arrependo de ter mencionado Karen. A última coisa que quero é deixar Trish desconfortável. Viro para ligar o forno e esconder a vergonha em meu rosto. "Vocês se conhecem?"

Não sou capaz de interpretar seu tom de voz, então sigo com cuidado. "Sim... o filho dela, Landon, é meu amigo... meu melhor amigo, na verdade."

Trish me passa umas tigelas e uma colher, perguntando com uma neutralidade calculada: "Ah... Como ela é?".

Coloco a farinha num copo de medidas e derramo na tigela grande, tentando evitar contato visual. Não sei como responder. Não quero mentir, mas não sei como ela se sente em relação a Ken e sua nova esposa.

"Pode falar", insiste Trish.

"Ela é ótima", admito.

Trish balança a cabeça bruscamente. "Sabia que seria."

"Não tive a intenção de falar nela, escapou", me desculpo.

Ela me passa um tablete de manteiga. "Não, querida, não se preocupe com isso. Não tenho nenhum ressentimento por ela. Mas claro que gostaria de ouvir que é uma megera." Ela dá risada, e sou tomada por uma onda de alívio. "Mas estou feliz que o pai de Hardin seja feliz. Só queria que Hardin pudesse deixar de lado a raiva que sente dele."

"Ele está...", começo, mas me interrompo abruptamente assim que Hardin entra na cozinha.

"Ele está o quê?", pergunta ela.

Olho para Hardin e, em seguida, de volta para Trish. Não sou eu que tenho que contar a ela, se Hardin não tocou no assunto. "Do que vocês estão falando?", pergunta ele.

"Do seu pai", ela responde, e o rosto dele empalidece. Sei por sua expressão que Hardin não tinha a intenção de contar a ela sobre a relação com o pai.

"Eu não sabia...", tento dizer, mas ele ergue a mão para me silenciar.

Odeio essa sua mania de ser cheio de segredos; acho que é um problema que sempre vamos ter.

"Tudo bem, Tess. Eu meio que... ando passando um tempinho com ele." Seu rosto fica vermelho.

Sem pensar, caminho até junto dele. Achei que ficaria com raiva de mim e mentiria para a mãe, mas estou contente com a surpresa.

"Ah, é?" Trish fica espantada.

"É... Desculpa, mãe. Eu só fui atrás dele uns meses atrás. Fiquei bêbado e destruí a sala da casa dele... mas aí acabei dormindo lá algumas vezes e a gente foi ao casamento."

"Você andou bebendo de novo?" Seus olhos se enchem de lágrimas. "Hardin, por favor, me diga que você não voltou a beber."

"Não, mãe, foram só algumas vezes. Não como antes", ele garante.

Não como antes? Sei que Hardin bebia muito, mas a reação de Trish faz parecer que era pior do que eu imaginava.

"Está com raiva de mim por voltar a falar com ele?", pergunta Hardin, e eu levo a mão às suas costas para tentar confortá-lo.

"Ah, Hardin, eu jamais ficaria chateada com você por ter um relacionamento com o seu pai. Só estou surpresa. Você podia ter me contado." Ela pisca depressa, para segurar as lágrimas. "Faz muito tempo que quero que você deixe de lado essa raiva. Aquele foi um período negro na nossa vida, mas já passou, ficou no passado. Seu pai não é o mesmo homem de antes, e eu não sou aquela mulher."

"Isso não resolve as coisas", ele diz baixinho.

"Não, não resolve. Mas às vezes é melhor deixar para lá, seguir em frente. Estou muito feliz que você esteja falando com ele. É bom para você. O motivo por que mandei você para cá... bom, um deles, foi para você perdoar seu pai."

"Eu ainda não perdoei."

"Pois deveria", diz ela com sinceridade. "Eu perdoei."

Hardin apoia os cotovelos na bancada e baixa a cabeça, enquanto eu esfrego a mão para cima e para baixo em suas costas. Percebendo o gesto,

Trish me lança um sorriso de cumplicidade. Minha admiração por ela cresce ainda mais. É uma pessoa muito forte e amorosa, apesar da falta de sentimentos do filho. Queria que ela tivesse alguém na vida, assim como Ken encontrou Karen.

Hardin deve estar pensado a mesma coisa, porque baixa a cabeça de novo e diz: "Mas ele vive numa casa enorme e tem carros caros. Tem uma mulher... e você está sozinha".

"Não estou nem aí para a casa ou o dinheiro dele", ela garante ao filho. E então sorri. "E de onde tirou essa ideia de que estou sozinha?"

"O quê?" Ele ergue a cabeça.

"Por que a surpresa? Eu não sou de se jogar fora, filho."

"Você está saindo com alguém? Quem?"

"Mike." Ela fica vermelha, e meu coração se enche de alegria.

Hardin fica boquiaberto. "*Mike?* O seu vizinho?"

"É, o meu vizinho. Ele é um homem muito bom, Hardin." Ela ri e me lança um olhar de cumplicidade. "E é conveniente que more bem ao lado."

Hardin faz um gesto impaciente com a mão. "Há quanto tempo? Por que você não me contou?"

"Há alguns meses, não é nada sério... ainda. Além do mais, não acho que devia pedir conselhos de relacionamento a *você*", brinca ela.

"Mas o Mike? Ele é meio..."

"Nada de falar mal dele. Você ainda tem idade para levar umas boas palmadas", ela o repreende, com um sorriso irônico.

Ele levanta os braços, brincando. "Tudo bem... tudo bem..."

Hardin está muito mais à vontade do que de manhã. A tensão entre nós desapareceu quase por completo, e vê-lo brincar com a mãe me deixa muito feliz.

Trish então anuncia, animada: "Ótimo! Vou escolher o filme... E não me apareçam na sala sem biscoitos". Ela sorri e nos deixa na cozinha.

Volto para a tigela de ingredientes e termino de mexer a massa. Quando provo um pouquinho na pontinha do dedo, Hardin comenta com ironia: "Acho que isso não é muito higiênico".

Enfio o dedo de volta na tigela, tiro um pouquinho da massa pegajosa e caminho na direção dele. "Experimente um pouco", digo, erguendo a mão para passar a massa para o dedo dele. Hardin, no entanto, abre a boca e chupa meu dedo. Solto um suspiro de susto, tentando me convencer de que é só o jeito dele de provar massa de biscoito... embora ele esteja me olhando com olhos cheios de malícia. Não importa o quanto ele golpeie o meu dedo com a língua quente. Não importa quantos graus a temperatura na cozinha pareça ter se elevado. Não importa a forma como o meu coração dispara em meu peito e minhas entranhas pareçam pegar fogo. "Acho que já chega", digo com a voz rouca, e tiro o dedo de sua boca.

Ele me lança um sorriso perverso. "Mais tarde, então."

O prato de biscoitos é devorado nos primeiros dez minutos de filme. Sou obrigada a admitir que estou orgulhosa de minhas recém-adquiridas habilidades na cozinha; Trish me elogia, e Hardin come mais da metade da fornada, o que por si só já é um elogio.

"É muito chato dizer que esses biscoitos são a minha coisa preferida dos Estados Unidos até agora?" Trish ri, ao dar uma última mordida.

"É, muito triste", Hardin brinca com ela, e eu dou uma risadinha.

"Acho que você vai ter de fazer esses biscoitos até o dia de eu ir embora, Tessa."

"Por mim tudo bem." Sorrio e me encosto em Hardin. Ele passa um dos braços em volta da minha cintura, e eu cruzo as pernas no sofá, para ficar mais perto dele.

Trish adormece perto do fim do filme, e Hardin baixa um pouco o volume para terminarmos de ver sem acordá-la. No final, estou tendo uma crise de choro, e Hardin não esconde a graça que sente do meu desespero. Foi um dos filmes mais tristes que já vi na vida; não sei como Trish dormiu no meio.

"Isso foi terrível. O filme é lindo, mas tão triste", soluço.

"Culpa da minha mãe. Pedi uma comédia, mas, por algum motivo, acabamos vendo À *espera de um milagre*. Eu avisei." Ele sobe o braço até o meu ombro, me puxando para junto de si e beijando minha testa. "Podemos ver um pouco de *Friends* no quarto para você esquecer que ele mor..."

"Hardin! Para de falar nisso!", reclamo.

Mas ele apenas ri e levanta do sofá, me puxando pelo braço para acompanhá-lo. Quando chegamos ao quarto, Hardin acende o abajur e liga a tv.

Quando vai até a porta, passa a chave e, em seguida, vira-se para mim com aqueles olhos verdes brilhantes e as covinhas malignas, sinto um tremor tomar conta de mim.

35

HARDIN

"Vou trocar de roupa", diz Tessa, entrando no closet com um lenço ainda na mão.

Seus olhos estão vermelhos por causa do filme. Sabia que ia ficar triste, mas confesso que estava ansioso por essa reação. Não porque quero vê-la triste, mas porque adoro a forma como ela se entrega emocionalmente às coisas. Ela se abre por inteiro para o poder da ficção, seja um filme ou um romance, e se deixa levar completamente. É cativante ver isso acontecer.

Tessa sai do closet só de short e um sutiã branco de renda.

Puta merda. Nem tento disfarçar o olhar.

"Você poderia vestir... uma camiseta minha?", peço. Não sei o que ela acha disso, mas sinto falta de vê-la dormir com as minhas camisetas.

"Claro." Ela sorri e pega uma camiseta usada no topo do cesto de roupas.

"Ótimo", digo, tentando não parecer muito animado. Mas fico observando o jeito como seus seios saltam para fora da renda quando ela ergue os braços.

Para de ficar olhando. Devagar, ela quer ir devagar. Posso ir devagar... bem devagar... entrar e sair devagarinho. Meu Deus, qual é o meu problema? Quando começo a pensar em afastar os olhos, ela abre o sutiã por baixo da camiseta e tira por uma das mangas... *Nossa.*

"Algum problema?", pergunta, subindo na cama.

"Não." Engulo em seco e, embasbacado, observo-a soltar o rabo de cavalo. Seu cabelo cai sobre os ombros em ondas loiras, e ela balança a cabeça lentamente. Tessa *só pode* estar fazendo isso de propósito.

"Certo...", diz ela, deitando por cima do edredom. Queria que tivesse deitado embaixo dele, para não ficar assim tão... exposta. Ela me lança um olhar interrogativo. "Você vem para a cama?"

Não tinha percebido que ainda estava de pé ao lado da porta. "Estou indo..."

"Sei que isso é um pouco estranho agora, sabe como é, se acostumar a estar junto de novo, mas não precisa ficar assim... distante", diz ela, nervosa.

"Eu sei", respondo e me junto a ela na cama, mantendo as mãos junto do corpo, para esconder o que está acontecendo lá embaixo.

"Não é tão estranho quanto achei que seria", diz ela, num sussurro.

"Não..." Fico aliviado ao ouvir isso. Estava com medo de que as coisas não voltassem a ser como antes. Que ela ficasse retraída, e não fosse mais a Tess que amo tanto. Tem só algumas horas, mas espero que tudo continue assim. É fácil estar com ela, bem fácil, mas ao mesmo tempo muito difícil.

Ela coloca a mão sobre a minha e se aproxima do meu peito. "Você está tão estranho. O que está pensando?", pergunta.

"Só estou feliz por você ainda estar aqui." *E não consigo parar de pensar em fazer amor com você*, penso em silêncio. Não é só uma questão de voltar a transar com Tessa como antes, é muito mais que isso. Muito mais. É uma questão de estar conectado e ligado a ela o máximo possível. É uma questão de recuperar sua confiança plenamente. Meu peito dói quando penso que ela confiava em mim, mas que eu estraguei tudo.

"Não é só isso", insiste ela.

Concordo com a cabeça, e ela traceja uma linha da minha têmpora até o piercing em minha sobrancelha.

"Estou pensando em uma coisa horrível", admito. Não quero que ela pense que é um objeto para mim, que só quero usá-la. Não estou nem um pouco a fim de dizer o que estou pensando, mas não posso continuar a esconder as coisas dela, preciso ser sincero agora e sempre.

Quando ela me olha, sua expressão de preocupação dói em mim. "O quê?"

"Eu... bom, estava pensando em... foder... digo, *fazer amor* com você."

"Ah", ela diz baixinho, com os olhos arregalados.

"Eu sei, sou um escroto", resmungo, desejando ter simplesmente mentido.

"Não... não é." Seu rosto fica vermelho. "Eu meio que estava pensando a mesma coisa." Ela morde o lábio inferior, me provocando ainda mais.

"Estava?"

"Estava... Tipo, já faz tempo... bom, tirando Seattle, quando estava caindo de bêbada."

Avalio seu rosto, tentando entender seu julgamento a respeito da minha falta de controle na semana passada, mas não vejo nada. Só o constrangimento à medida que ela relembra os acontecimentos em sua cabeça. Minha cueca começa a ficar desconfortavelmente apertada à medida que me lembro desse dia.

"Não quero que você pense que estou usando você... por causa de tudo", explico.

"Hardin, estou pensando em um monte de coisas agora, mas isso não é uma delas. É bem verdade que devia ser, mas não é."

Estava morrendo de medo que nossos momentos íntimos ficassem para sempre marcados pela minha estupidez. "Tem certeza? Porque não quero estragar tudo de novo", digo.

Ela responde pegando minha mão e colocando entre suas coxas.

Caralho. Agarro Tessa pela cintura com a outra mão e puxo seu corpo para junto de mim. Em questão de segundos estou deitado sobre ela, com um joelho entre suas pernas. Beijo seu pescoço primeiro, a boca febril e rápida contra sua pele macia. Ela puxa a camiseta que está vestindo e levanta o corpo o suficiente para eu tirá-la. Minha língua deixa um rastro molhado à medida que vou beijando sua clavícula e o contorno dos seios. Suas mãos puxam minha camiseta e minha calça ao mesmo tempo, e eu a ajudo, ficando só de cueca.

Quero tocar cada parte de seu corpo, cada centímetro de pele, cada curva, cada ângulo. Meu Deus, como ela é linda. Quando me abaixo para beijar sua barriga, seus dedos desaparecem em meu cabelo, puxando as raízes. Mordisco sua pele. O short e a calcinha vão parar no chão. Com a língua, acaricio a curva dos quadris.

Exploro seu corpo como se fosse a primeira ou a última vez, mas ela me apressa com um: "Hardin... Por favor...".

Levo a boca à sua área mais sensível e deslizo a língua lentamente, saboreando seu gosto, que consome meus sentidos.

"Ai, Deus", ela diz, ofegante, e puxa meu cabelo com mais força.

Seus quadris se erguem da cama, e ela se esfrega contra a minha língua. Eu me afasto, e ela reclama. Adoro que esteja tão desesperada quanto eu. Abro depressa a gaveta do criado-mudo, pego a camisinha e rasgo a embalagem com os dentes.

Tessa me observa, e eu olho para ela. Observo a maneira como seu peito sobe e desce de ansiedade. Tiro a cueca e me abaixo para dar um pequeno beijo em sua bochecha, descansando o pau em sua coxa por um instante.

Me ergo novamente e coloco a camisinha. "Não se mexe", ordeno.

Ela obedece, e eu deito de novo no meio de suas pernas. A expectativa é revigorante. Estou tão duro que até dói.

"Você está sempre prontinha para mim, linda", murmuro, passando os dedos em sua carne úmida antes de levá-los à sua boca para que ela sinta seu próprio gosto. Ela é tímida, mas não protesta ao enrolar a língua em meu dedo. Entro nela lentamente. A sensação é maravilhosa, estava morrendo de saudade. "Meu Deus", exclamo, ao ouvi-la gemer de alívio.

Toda a minha mágoa anterior se dissolve à medida que me enterro nela, preenchendo-a por completo. Seus olhos se reviram, e faço movimentos lentos e circulares com o quadril, entrando e saindo repetidas vezes.

"Mais... por favor, Hardin."

Ah, como adoro ouvi-la implorar. "Não, linda... Quero ir devagar agora." Remexo o quadril de novo. Quero saborear cada segundo disso. Quero que seja lento e quero que ela sinta que a amo, que estou arrependido de magoá-la, disposto a fazer qualquer coisa por ela. Colo minha boca na sua e acaricio sua língua com a minha. Sinto suas unhas cravarem meu bíceps com uma força que certamente vai deixar marcas.

"Eu te amo... te amo tanto", digo a ela e acelero o ritmo aos poucos. Sei que essa provocação é uma tortura, esses movimentos lentos.

"Eu... Eu te amo", murmura ela, e suas pernas começam a tremer, dizendo-me que está quase lá.

Adoraria ver a gente agora, encaixados um no outro, mas tão separados. O contraste da sua mão em meus braços, a sua pele lisa e clara sobre a tinta preta que cobre a minha, deve ser uma visão e tanto. É a escuridão encontrando a luz; uma perfeição caótica; tudo o que temo, quero e preciso.

Seus gemidos ficam mais altos, e eu levo a mão até sua boca, para que ela possa mordê-la. "Shhh... deixa rolar, linda."

Minhas estocadas se aceleram, e o corpo dela fica rígido sob o meu, enquanto Tessa murmura meu nome contra a palma da minha mão. Em questão de segundos, estou me juntando a ela, entrando em transe. Ela é a droga perfeita. "Olha para mim", sussurro. Seus olhos encontram os meus, e não consigo mais aguentar. Transbordo para fora de mim, e o corpo dela relaxa; estamos os dois abalados e ofegantes. Tiro a camisinha e jogo no lixo perto da cama.

Quando faço menção de sair de cima dela, Tessa me agarra pelos braços, para me impedir. Sorrio e fico parado. Uso o cotovelo para me apoiar e diminuir o peso sobre ela. Tessa toca meu rosto, usando o polegar para desenhar pequenos círculos em minha pele úmida.

"Eu te amo, Hardin", diz baixinho.

"Eu te amo, Tess", respondo e deito a cabeça em seu peito.

Minhas pálpebras estão pesadas. Sinto sua respiração lenta e pego no sono, ouvindo o bater constante de seu coração.

36

TESSA

O barulho do meu celular vibrando em cima da mesa me acorda, e sinto a cabeça de Hardin pesando sobre minha barriga. Levanto com cuidado, com o mínimo de movimentação possível, e pego o aparelho irritante. A tela pisca com o nome da minha mãe, e solto um gemido antes de atender.

"Theresa?", minha mãe chama do outro lado da linha.

"Oi."

"Onde você está, e a que horas vai chegar?", pergunta.

"Eu não vou para casa", digo a ela.

"É véspera de Natal, Tessa. Sei que está chateada com essa história do seu pai, mas você precisa passar o Natal comigo. Não pode ficar num motel sozinha."

Sinto-me ligeiramente culpada por não passar as festas de fim de ano com a minha mãe. Ela não é a mais gentil das pessoas, mas não tem mais ninguém além de mim. Ainda assim, respondo: "Não vou dirigir até aí, mãe. Está nevando, e não quero ficar na sua casa".

Hardin se mexe e levanta a cabeça. Exatamente quando estou prestes a pedir silêncio, ele abre a boca. "Que foi?", pergunta, e ouço o suspiro da minha mãe.

"Theresa Young! O que você tem na cabeça?", grita ela.

"Mãe, não vou falar sobre isso agora."

"É ele, não é? Conheço essa voz!"

Péssima maneira de acordar. Tiro Hardin de cima de mim e sento, escondendo meu corpo nu com o cobertor. "Vou desligar, mãe."

"Não se atreva a..."

Mas eu desligo. Em seguida, coloco o telefone em modo silencioso. Sabia que ela iria descobrir mais cedo ou mais tarde; só estava torcendo que fosse um pouco mais tarde. "Bom, agora ela sabe que a gente... voltou. Ela ouviu você, e está tendo um ataque", digo e mostro a tela do telefone para ele, com duas chamadas dela no último minuto.

Ele se acomoda atrás de mim na cama. "Você sabia que isso ia acontecer, então é quase melhor que ela tenha descoberto assim."

"Na verdade, não. Eu podia ter contado, em vez de ela ouvir sua voz."

Ele dá de ombros. "É a mesma coisa. Ela teria ficado com raiva do mesmo jeito."

"Mesmo assim." Estou um pouco irritada com a reação dele. Sei que ele não se importa com ela, mas ela é minha mãe, e não queria que descobrisse assim. "Você podia ser um pouco mais gentil."

Ele balança a cabeça e diz: "Desculpa".

Para quem esperava uma resposta mal-educada, até que essa foi uma agradável surpresa.

Hardin sorri e me puxa de volta para junto dele. "Quer que eu prepare seu café da manhã, Daisy?"

"Daisy?" Levanto uma sobrancelha.

"Está cedo, e não estou no melhor espírito para citações literárias, mas você está mal-humorada, então... chamei você de Daisy."

"Daisy Buchanan não era mal-humorada. Nem eu", resmungo, mas não posso deixar de sorrir.

Ele ri. "Ah, é sim. E como você sabia de que Daisy eu estava falando?"

"Não existem muitas, e eu conheço bem você."

"Ah, é?"

"É, e a sua tentativa de me insultar foi um fracasso total", provoco.

"Tudo bem... Tudo bem... sra. Bennet", ele dispara de volta.

"Como você disse 'senhora', presumo que esteja falando da mãe, e não de Elizabeth, o que significa que está me chamando de detestável. Mas, como você está meio aéreo esta manhã, então talvez esteja me chamando de encantadora? Não estou reconhecendo você hoje." Abro um sorriso.

"Tá bom... Tá bom... Nossa." Ele ri. "Não posso nem fazer uma piada sem graça sem ser censurado."

À medida que as brincadeiras prosseguem, minha irritação desaparece, e saímos da cama. Hardin diz para ficarmos de pijama, já que não vamos sair de casa. Para mim, é uma ideia estranha. Se estivesse na casa da minha mãe, ela esperaria me ver em minha melhor roupa de domingo.

"Pode ficar com aquela camiseta." Ele aponta para a peça caída no chão. Sorrio e visto a camiseta e uma calça de moletom. Não me lembro de ficar de calça de moletom na frente de Noah, jamais. Nunca fui muito de usar maquiagem até recentemente, mas estava sempre bem-vestida. Eu me pergunto o que Noah teria pensado se me visse vestida assim para passar o dia com ele. É engraçado, sempre achei que ficava à vontade perto dele, já que nos conhecíamos havia muito tempo, mas na verdade ele nem me conhece. Não conhece o meu eu verdadeiro, o eu que, graças a Hardin, agora me sinto confortável para revelar.

"Pronta?", pergunta Hardin.

Concordo com um gesto de cabeça e prendo o cabelo num coque bagunçado. Desligo o telefone e o deixo sobre a cômoda e vou com Hardin até a sala de estar. O delicioso aroma de café toma conta do apartamento, e nós encontramos Trish de pé na frente do fogão, fazendo panquecas.

Ela sorri e se vira para nós. "Feliz Natal!"

"Ainda não é Natal", diz Hardin, e eu o fulmino com o olhar. Ele revira os olhos e sorri para a mãe. Sirvo uma xícara e agradeço Trish por fazer o café da manhã. Hardin e eu sentamos à mesa, e ela conta que aprendeu a fazer aquelas panquecas com sua avó. Hardin ouve atentamente e até sorri um pouco.

Quando começamos a comer as *deliciosas* panquecas de framboesa, Trish pergunta: "Vamos abrir os presentes hoje? Imagino que você vai para a casa da sua mãe amanhã?".

Não sei exatamente como responder e começo a me atrapalhar com as palavras. "Eu... na verdade, eu... disse ao..."

"Ela vai para casa do meu pai amanhã. Tinha prometido para o Landon que iria e, como é a única amiga dele, não pode cancelar", interrompe Hardin.

Fico feliz pela ajuda, mas dizer que sou a única amiga de Landon é meio pesado... Bem, talvez eu seja. Mas ele é o meu único amigo também.

"Ah... tudo bem. Não precisa ter medo de me dizer essas coisas. Não vejo nenhum problema em você querer passar um tempo com Ken", diz Trish, e não sei bem com qual de nós ela está falando.

Hardin faz que não com a cabeça. "Eu não vou. Pedi a Tessa para dizer que recusamos o convite."

Trish interrompe a garfada no meio. "'Recusamos'? Eles me convidaram?" O tom de voz dela é de surpresa.

"Convidaram... Queriam que vocês dois fossem", explico.

"Por quê?", pergunta ela.

"Eu... não sei...", respondo. E não sei mesmo. Karen é muito gentil, e sei que ela realmente quer ajudar na relação do marido com seu filho, então essa é a única explicação que tenho.

"Eu já disse que a gente não vai. Não esquenta com isso, mãe."

Trish dá mais uma garfada e mastiga pensativamente. "Não, talvez seja uma boa ir", ela diz por fim, surpreendendo a nós dois.

"Por que você ia querer ir lá?", pergunta Hardin, fazendo uma careta.

"Não sei... faz quase dez anos que não vejo o seu pai. Acho que devo isso a ele e a mim mesma, ver como a vida o tratou. Além do mais, sei que você não quer ficar longe de Tessa no Natal."

"Eu posso ficar aqui", digo. Não me sentiria bem dando o cano neles, mas não quero que Trish se sinta forçada a ir.

"Não, sério. Tudo bem. Acho que devemos ir todos."

"Tem certeza?" A preocupação na voz de Hardin é evidente.

"Tenho... não vai ser tão ruim." Ela sorri. "E, se Kathy ensinou Tessa a fazer aqueles biscoitos, imagino que a comida vai estar uma delícia."

"Karen, mãe... O nome dela é Karen."

"Ei, ela é a nova mulher do meu ex-marido, e vamos passar o Natal juntas. Posso chamá-la do que eu bem entender." Trish dá risada, e eu me junto a ela.

"Vou avisar para Landon que vai tudo mundo", digo e pego meu telefone. Nunca imaginei que passaria o Natal com a família de Hardin — ambos os lados dela. Os últimos meses têm sido completamente diferentes do que eu poderia esperar.

Quando ligo o celular, vejo que recebi três mensagens de voz, com certeza da minha mãe. Ignoro e ligo para Landon.

"Oi, Tessa, Feliz véspera de Natal!", ele me cumprimenta, alegre como sempre. Posso até ver seu sorriso caloroso.

"Feliz véspera de Natal, Landon."

"Obrigado! Primeiro de tudo, você não está ligando para dizer que vai dar o cano na gente, né?"

"Não, claro que não. Muito pelo contrário, na verdade. Liguei para perguntar se o convite para Hardin e Trish ainda está de pé para amanhã."

"Sério? Eles querem vir?"

"Querem..."

"Isso significa que você e Hardin..."

"É... Sei que sou uma idiota..."

"Eu não disse isso."

"Sim, mas está pensando..."

"Não. Não estou. A gente pode falar sobre isso amanhã, mas você não é uma idiota, Tessa."

"Obrigada", agradeço com sinceridade. Ele é a única pessoa que não vai ter uma opinião negativa sobre esse assunto.

"Vou avisar à minha mãe que eles vão vir. Ela vai ficar animada", ele diz antes de desligar.

Quando me junto a Hardin e Trish na sala de estar, eles já estão com os presentes no colo, e há duas caixas no sofá que presumo que são para mim.

"Eu primeiro!", diz Trish e rasga o embrulho de flocos de neve de um dos pacotes. Ao ver o moletom que escolhi para ela, abre um sorriso enorme. "Eu adoro esses agasalhos! Como você sabia?", pergunta, apontando o moletom cinza que está usando.

"Não sou muito boa para comprar presentes", digo a ela.

Ela dá risada. "Não seja boba, é lindo", garante, enquanto abre a segunda caixa. Depois de conferir o conteúdo, dá um abraço apertado em Hardin e ergue um colar que diz *Mãe*, exatamente como ele havia me dito. Trish parece gostar também do cachecol grosso que ele comprou para ela.

Queria muito ter comprado um presente para Hardin. Sabia o tempo todo que iríamos reatar, e acho que ele também. Ele não falou que comprou alguma coisa para mim, e as duas caixas que tenho no colo têm o nome de Trish, o que é um grande alívio.

Hardin é o próximo, e abre seu melhor sorriso amarelo para a mãe ao olhar as roupas que ela comprou para ele. Uma delas é uma camisa vermelha de manga comprida. Tento imaginar Hardin usando qualquer coisa que não seja preta ou branca, mas não consigo.

"Sua vez", diz ele para mim.

Abro um sorriso nervoso ao puxar o laço brilhante do primeiro presente. Trish obviamente sabe escolher melhor roupas femininas do que masculinas; o vestido amarelo-claro na caixa é uma prova. Parece uma camisola leve, e adoro isso.

"Obrigada... é lindo!", digo e lhe dou um abraço. Fiquei realmente emocionada que ela tenha pensado em mim. Acabou de me conhecer, mas tem sido tão amável e acolhedora que parece que nos conhecemos há muito mais tempo.

A segunda caixa é bem menor que a primeira, mas a quantidade de fita torna o embrulho muito mais difícil de abrir. Quando finalmente rasgo a embalagem, encontro uma pulseira — uma espécie de bracelete com pingentes, diferente de tudo que já vi antes. Trish é muito atenciosa, assim como o filho. Ergo a pulseira e corro os dedos ao longo do cordão texturizado para examinar os pingentes. São apenas três, pouco maiores do que a unha do meu dedão. Dois deles parecem de estanho, e o outro é branco... de porcelana, talvez? O pingente branco tem um símbolo de infinito, com as extremidades em formato de coração. Exatamente como a tatuagem no pulso de Hardin. Olho para ele, e meus olhos se movem imediatamente para a sua tatuagem. Ele se remexe, inquieto, e volto o olhar para a pulseira. O segundo pingente é uma nota musical, e o terceiro, um pouco maior que os outros, tem o formato de um livro. Quando viro o pingente de livro em meus dedos, percebo que tem algo escrito no verso:

Seja qual for a matéria de que nossas almas são feitas, a minha e a dele são iguais.

Olho para Hardin e reprimo as lágrimas que ameaçam se formar. Não foi sua mãe que me deu isso.

Foi ele.

37

TESSA

As bochechas de Hardin ficam vermelhas. Seus lábios se abrem num sorriso nervoso, enquanto o encaro em silêncio por um minuto.

Em seguida praticamente pulo em cima dele na poltrona. Quase o derrubo em meu entusiasmo e desejo de estar perto desse garoto louco e imprevisível. Por sorte, ele é forte o suficiente para impedir nossa queda. Dou um abraço bem apertado nele, fazendo-o tossir, e relaxo um pouco os braços. "É... é simplesmente perfeito", soluço. "Obrigada. É muito lindo, simplesmente incrível." Grudo a testa na dele e me aninho em seu colo.

"Não é nada... sério", ele afirma timidamente, e fico me perguntando o motivo do tom casual — até que Trish, sentada ali perto, limpa a garganta.

Saio imediatamente de seu colo. Esqueci, por um momento, que não estamos sozinhos em casa. "Desculpa!", digo a ela e volto para o meu lugar no sofá.

Ela abre um sorriso. "Não precisa se desculpar, querida."

Hardin fica em silêncio; sei que ele não vai falar do presente na frente de Trish, então mudo de assunto por enquanto. Que presente mais bem pensado. Ele não poderia ter escolhido uma citação mais perfeita de romance nenhum para gravar naquele pingente.

"Seja qual for a matéria de que nossas almas são feitas, a minha e a dele são iguais" — é exatamente o que sinto em relação a ele. Somos muito diferentes, mas ao mesmo somos idênticos, como Catherine e Heathcliff. Só espero que nosso destino não seja o mesmo. Gostaria de pensar que, de alguma forma, aprendemos com os erros deles e não vamos permitir que isso aconteça conosco.

Coloco a pulseira e balanço o braço de leve, sacudindo os pingentes. Nunca ganhei nada assim antes. Pensei que o e-reader tinha sido o melhor presente do mundo, mas Hardin conseguiu se superar mesmo com essa pulseira. Noah sempre me dava a mesma coisa: perfume e meias. Todo ano. Até aí, eu também dava perfume e meias para ele. Era uma coisa nossa — chata e rotineira.

Fico olhando a pulseira por mais alguns segundos antes de perceber que tanto Hardin como Trish estão me observando. Na mesma hora, fico de pé e começo a recolher os papéis de embrulho.

Com uma risada, Trish pergunta: "Muito bem, minha senhora e meu senhor, o que podemos fazer hoje?".

"Eu vou tirar um cochilo", Hardin responde, e ela revira os olhos.

"Um cochilo? Assim tão cedo? No Natal?", ela zomba.

"Pela décima vez, ainda não é Natal", ele retruca de um jeito meio áspero, mas em seguida sorri.

"Você é muito irritante", repreende ela, dando-lhe um tapa no braço.

"Tal mãe, tal filho."

Enquanto eles pegam no pé um do outro, me perco em pensamentos e levo a pequena pilha de papel amassado até a lixeira de aço. Estou me sentindo ainda pior por não comprar um presente para Hardin. Queria que o shopping estivesse aberto hoje... Não tenho ideia do que comprar, mas qualquer coisa seria melhor do que nada. Olho para a pulseira de novo e passo o dedo sobre o pingente do infinito com os corações. Ainda não consigo acreditar que ele me deu um pingente para combinar com a sua tatuagem.

"Já terminou?"

Dou um pulo de surpresa com o som e as cócegas que sinto na orelha. Viro o rosto e dou um tapa em Hardin. "Que susto!"

"Desculpa, amor", diz ele em meio às risadas. Meu coração dispara com a palavra "amor". Não é muito a cara dele.

Sinto seu sorriso junto ao meu pescoço, e ele passa os braços em volta da minha cintura. "Vem tirar um cochilo comigo?"

Fico de frente para ele. "Não. Vou fazer companhia à sua mãe. Mas", acrescento com um sorriso, "vou botar você na cama." Não sou de tirar cochilos, a menos que esteja exausta demais para fazer qualquer outra coisa, e seria bom ficar com a mãe dele e ler um pouco ou coisa do tipo.

Hardin revira os olhos, mas me leva para o nosso quarto. Ele tira a camiseta e deixa cair no chão. Ao notar meus olhos passeando pelos desenhos familiares em sua pele, sorri para mim. "Você gostou mesmo da pulseira?", pergunta, no caminho até a cama. Então joga as almofadas decorativas no chão, e eu as recolho.

"Bagunceiro!", reclamo. Guardo as almofadas no baú e a camiseta de Hardin na cômoda, antes de pegar meu e-reader e deitar ao lado dele da cama. "Mas, respondendo à sua pergunta, adorei a pulseira. É perfeita, Hardin. Por que não disse que o presente era seu?"

Ele me puxa para junto de si e coloca minha cabeça em seu peito. "Porque eu sabia que você já estava se sentindo mal por não ter comprado nada para mim." Ele solta uma gargalhada. "E que ia se sentir ainda pior depois do meu presente incrível."

"Quanta humildade", brinco.

"Além do mais, quando mandei fazer a pulseira, não sabia se você ia falar comigo de novo", ele admite.

"Sabia, sim."

"Para ser sincero, não sabia. Você estava diferente dessa vez."

"Como assim?" Olho para ele.

"Não sei... só sei que estava diferente. Não foi como nas outras centenas de vezes que disse que não queria nada comigo." Ele fala com a voz mansa, afastando uma mecha de cabelo da minha testa com o polegar.

Eu me concentro na movimentação de seu peito. "Bom, eu sabia... Quero dizer, não queria admitir, mas sabia que ia voltar. Sempre volto."

"Não vou dar motivo para você ir embora de novo."

"Espero que não", digo e beijo a palma da sua mão.

"Eu também."

Não falo mais nada; não há nada a dizer no momento. Ele está com sono, e não quero conversar mais sobre ir embora. Em poucos minutos, Hardin está dormindo, respirando pesadamente. O fato de ele ter me chamado de Daisy hoje de manhã me fez querer reler *O grande Gatsby*, então repasso a biblioteca do meu e-reader, para ver se Hardin incluiu o livro. E logo o encontro, claro. No exato instante em que estou pensando em levantar para me juntar à sua mãe, ouço a voz irritada de uma mulher.

"Com licença!"

Minha mãe. Jogo o e-reader na ponta da cama e fico de pé. *O que ela está fazendo aqui?*

"Você não tem direito de entrar aí!", ouço Trish gritar.

Trish. Minha mãe. Hardin. O apartamento. Ai, meu Deus. Isto não vai dar certo.

A porta do quarto se escancara e revela minha mãe, usando um vestido vermelho e sapatos de salto pretos que lhe dão um ar elegante e ameaçador ao mesmo tempo. Seu cabelo está enrolado e preso num penteado que parece uma colmeia, e o batom vermelho é forte, muito carregado.

"O que você está fazendo aqui? Depois do que aconteceu!", grita ela.

"Mãe...", começo, mas ela se vira para Trish.

"E quem diabos é *você*?", pergunta, com o rosto a apenas poucos centímetros de Trish.

"Sou a mãe dele", responde Trish asperamente.

Hardin solta um gemido de sono e abre os olhos. "Que porra é essa?", são as primeiras palavras que saem da sua boca ao ver o diabo de vestido vermelho.

Minha mãe vira a cabeça na minha direção. "Vamos embora, Theresa."

"Não vou a lugar nenhum. O que você está fazendo aqui?", pergunto, e ela bufa, colocando as mãos nos quadris.

"Eu já falei. Você é minha única filha, e não vou ficar assistindo você arruinar a sua vida por causa desse... desse *imbecil*."

Suas palavras acendem um fogo sob a minha pele, e fico imediatamente na defensiva. "Não fala *assim* dele!", grito.

"Esse 'imbecil' é meu filho, minha senhora", diz Trish com os olhos furiosos. Sob a camada de gentileza, há uma mulher claramente pronta para lutar pelo filho.

"Bom, seu filho está *arruinando* e *corrompendo* a minha filha", retruca minha mãe.

"Vocês duas, fora!", diz Hardin, levantando da cama.

Minha mãe balança a cabeça e abre um sorriso furioso. "Theresa, pegue suas coisas, *agora*."

Receber ordens me faz ter um ataque. "Que parte de 'Não vou a lugar nenhum' você não entendeu? Você teve a oportunidade de passar as festas comigo, mas só consegue pensar em si mesma." Sei que não devia estar falando com ela dessa maneira, mas não consigo evitar.

"*Só penso em mim mesma?* Você acha que, só porque comprou uns vestidos vulgares e aprendeu a passar maquiagem, já sabe mais do que eu sobre a vida?" Embora esteja gritando, é como se ela estivesse rindo também. Como se minhas escolhas fossem uma piada. "Bom, você está errada. Só porque se entregou a esse... esse *traste*, não significa que seja uma mulher! Você não passa de uma garotinha. Uma menina ingênua e deslumbrada. Agora pegue as suas coisas antes que eu faça isso por você."

"Você *não vai* tocar nas coisas dela", Hardin rosna. "Ela não vai a lugar nenhum com você. Ela vai ficar aqui comigo, que é o lugar dela."

Minha mãe contorna a cama na direção dele, qualquer resquício de ironia em sua voz desaparece por completo. "'O lugar dela'? E onde era o lugar dela quando estava numa porcaria de um motel por sua causa? Você não serve para ela. E ela não vai ficar aqui com você."

"Sra. White, eles são adultos", interrompe Trish. "Tessa é adulta. Se ela quiser ficar, não tem nada..."

Os olhos enfurecidos de minha mãe encontram o brilho igualmente hostil de Trish. Isto é um desastre. Abro a boca para falar, mas minha mãe é mais rápida.

"Como você pode defender esse comportamento pecaminoso? Depois do que ele fez com ela, devia ir para a cadeia!", grita ela.

"Ela obviamente decidiu perdoá-lo. Você precisa aceitar isso", diz Trish friamente. Muito friamente. Parece uma serpente, daquelas que rastejam de forma tão sorrateira que você não as vê dando o bote. Mas, quando ela ataca, não dá para escapar. Minha mãe é a presa, e estou torcendo para que a picada de Trish seja venenosa.

"Perdoá-lo? Ele roubou a inocência dela num *jogo*... uma aposta com os amigos. E depois foi se gabar por aí, enquanto ela estava aqui brincando de casinha!"

O suspiro de assombro de Trish encobre todo o som e silencia tudo por um segundo. Boquiaberta, ela se vira para o filho. "O que..."

"Ah, você não sabia? Que surpresa... o mentiroso mentiu até para a própria mãe? Coitada, não é de se admirar que esteja defendendo esse garoto", continua minha mãe, balançando a cabeça. "Seu filho apostou com os amigos que seria capaz de tirar a virgindade da Tessa. E ainda guardou as provas e mostrou para todo mundo no campus."

Estou completamente paralisada. Mantenho os olhos fixos nas duas, apavorada demais para olhar para Hardin. Sei pela mudança em sua respiração que ele não imaginou que eu tivesse contado os detalhes de sua traição à minha mãe. Quanto à mãe dele, não queria que ela soubesse as coisas terríveis que o filho fez. O constrangimento foi meu, e ninguém mais deveria decidir quem deve ou não ficar sabendo.

"Provas?" A voz de Trish começa a falhar.

"Sim, provas. A camisinha! Ah, e o lençol com a virgindade roubada da Tessa. Deus sabe o que ele fez com o dinheiro, mas contou para todo mundo os detalhes da... intimidade dela. Então me diga você se devo levar minha filha daqui ou não." Minha mãe ergue uma sobrancelha perfeitamente delineada para Trish.

Percebo tudo no momento em que acontece. Sinto a mudança no ar, a transferência de energia. Trish agora está do lado da minha mãe. Tento desesperadamente me agarrar à beira do precipício em ruínas que é Hardin, mas posso ver tudo perfeitamente no olhar enojado que ela lança na direção do filho. Um olhar que posso dizer que não é novo. É algo que já usou com ele antes, como uma lembrança que vem à tona em forma de expressão facial. Um olhar dizendo que ela acredita, mais uma vez, em todas as coisas ruins que já foram ditas sobre seu filho.

"Como você pôde, Hardin?", exclama ela. "Pensei que tivesse mudado... Que tivesse parado de fazer essas coisas com meninas... com mulheres. Você esqueceu o que aconteceu da última vez?"

38

TESSA

Isso não está ajudando. Minha mãe foi atrás de Trish para a sala de estar, praticamente berrando: "Da última vez? Está vendo, Theresa? É exatamente por isso que você precisa ficar longe dele. Ele já fez isso antes, eu sabia! O Príncipe Encantado ataca novamente!".

Olho para Hardin, com os dedos escorregando da beirada do precipício. *De novo não.* Não sei se aguento mais um baque. Não com ele.

"Não foi bem assim, mãe", diz Hardin, afinal.

Trish faz uma expressão de descrença absoluta e enxuga os olhos, embora as lágrimas não parem de escorrer. "Pelo jeito foi, sim, Hardin. Sinceramente não consigo acreditar em você. Amo você, meu filho, mas não posso ajudá-lo nessa. Isso é errado, muito errado."

Nunca consigo abrir a boca nessas situações. Quero falar, preciso falar, mas minha cabeça está ocupada demais formulando uma interminável lista de coisas terríveis que poderiam ter acontecido "da última vez". Isso me deixa sem voz.

"Eu falei que não foi bem assim!", grita Hardin, com os braços bem abertos.

Trish se vira e olha para mim, intensamente. "Tessa, melhor você ir com a sua mãe", ela diz, e sinto um nó na garganta.

"O quê?", exclama Hardin.

"Você não está fazendo bem para ela, Hardin. Te amo mais que a própria vida, mas não posso permitir que faça isso de novo. Vir para os Estados Unidos devia ter ajudado a..."

"Theresa", diz minha mãe. "Acho que já ouvimos o suficiente." Ela agarra meu braço. "Hora de ir."

Hardin se move na direção dela, e minha mãe dá um passo para trás, me agarrando com mais força.

"Solta ela, agora", ele diz com os dentes cerrados.

Suas unhas roxas furam minha pele, e tento processar os acontecimentos dos últimos dois minutos. Não esperava que minha mãe fosse invadir o apartamento — e jamais imaginei que Trish soltasse pistas sobre mais um dos segredos de Hardin.

Ele já fez isso antes? Com quem? Será que era apaixonado por ela? Será que ela era apaixonada por ele? Ele disse que nunca tinha transado com uma virgem antes, que nunca tinha amado ninguém antes. *Era mentira?* A máscara de raiva que está usando dificulta minha tarefa de decifrá-lo.

"Você não tem mais o direito de dar palpite em nada que se refira a ela", retruca minha mãe.

Mas, surpreendendo a todos na sala, até a mim mesma, puxo o braço lentamente... e me coloco atrás de Hardin. Ele fica boquiaberto, como se não tivesse certeza do que estou fazendo. Trish e minha mãe exibem expressões igualmente horrorizadas.

"Theresa! Não seja burra. Venha aqui!", ordena minha mãe.

Em resposta, envolvo os dedos no antebraço de Hardin e me escondo atrás dele. Não sei por que estou fazendo isso, mas é o que faço. Devia estar saindo com a minha mãe, ou forçando Hardin a me contar do que diabos Trish está falando. Mas só quero que minha mãe vá embora. Preciso de alguns minutos, algumas horas — algum tempo — para compreender o que está acontecendo. Acabei de perdoar Hardin. Acabei de decidir esquecer tudo e seguir em frente. Por que sempre precisa haver um segredo escondido que vem à tona no pior momento possível?

"Theresa." Minha mãe dá mais um passo na minha direção, e Hardin me envolve com um braço nas costas. Para me proteger dela.

"Fica longe dela", avisa.

Trish chega mais perto. "Hardin. Tessa é filha dela. Você não tem o direito de se meter entre as duas."

"Não tenho o *direito*? *Ela* não tem o direito de entrar no nosso apartamento, no nosso quarto, sem ser convidada, porra!", grita ele. Meus dedos apertam seu braço com mais força.

"Aquele quarto não é *dela*, nem este apartamento", diz minha mãe.

"É, sim! Olha só atrás de quem ela está? Ela está me usando de escudo contra *você*." Hardin aponta o dedo na direção da minha mãe.

"Ela só está sendo burra e não está entendendo o que é melhor para..."

Mas eu a interrompo, finalmente recuperando em parte a minha voz. "Para de falar como se eu não estivesse aqui! Eu estou aqui, e sou adulta, mãe. Se quiser ficar, é o que vou fazer", anuncio.

Com os olhos compadecidos, Trish tenta argumentar comigo. "Tessa, querida. Acho que você precisa ouvir a sua mãe."

Isso arde em meu peito como uma traição, mas não sei o que ela sabe sobre o filho.

"Obrigada!" Minha mãe suspira. "Pelo menos alguém nesta família tem algum juízo."

Trish lança um olhar de advertência. "Escuta aqui, minha senhora, não concordo com a forma como você trata a sua filha, por isso não pense que estamos do mesmo lado aqui, porque não estamos."

Minha mãe dá de ombros. "Não importa, nós duas concordamos que você tem que vir comigo, Tessa. Você precisa sair deste apartamento e não voltar nunca mais. Podemos mudar você de faculdade, se for necessário."

"Ela é capaz de se decidir sozi...", começa Hardin.

"Ele envenenou sua mente, Theresa... Olhe as coisas que ele fez com você. Você acha *mesmo* que o conhece?", pergunta ela.

"*Conheço*, mãe", digo por entre os dentes.

Ela volta sua atenção para Hardin. Não sei como não tem medo dele, com sua respiração ofegante e seu peito queimando de raiva, seus punhos cerrados com tanta força que os nós dos dedos estão pálidos. Ela devia se sentir intimidada, mas permanece imperturbável ao acrescentar: "Olhe aqui, moleque, se você tem algum apreço por ela, o mínimo que seja, vai dizer para ela vir comigo. Só o que você fez foi acabar com a vida dela. Minha filha não é mais a mesma menina que deixei na faculdade há três meses, e a culpa é sua. Não foi você que precisou vê-la chorar por dias seguidos depois do que fez com ela. Devia estar por aí, na farra com outra garota, enquanto ela chorava até dormir. Você acabou com ela. Como consegue se olhar no espelho? Você sabe que ela vai acabar se magoando de novo, mais cedo ou mais tarde. Então, se ainda tem um pingo de decência no corpo, vai dizer a ela... vai dizer a ela para vir comigo."

O silêncio na sala é de arrepiar.

Trish permanece calada, olhando para a parede, imersa em seus pensamentos, na certa refletindo sobre as ações passadas de Hardin. Minha mãe está encarando Hardin, esperando sua resposta. Hardin está tão ofegante que parece prestes a entrar em combustão. E eu... estou tentando decidir quem vai ganhar a batalha dentro de mim: o coração ou a razão?

"Não vou com você", anuncio por fim.

Em resposta à minha decisão — minha decisão adulta, com consequências com as quais vou ter que lidar e que vão me fazer enfrentar coisas muito difíceis à medida que tento descobrir se posso ou não continuar com o homem que amo —, minha mãe revira os olhos.

E eu perco a paciência.

"Você não é bem-vinda. Nunca mais ponha os pés aqui!", grito com uma crueza que faz minha garganta arder. "Quem você pensa que é para invadir meu apartamento, e ainda tem a coragem de falar com ele desse jeito!", empurro Hardin para ficar cara a cara com ela. "Não quero mais saber de você! Ninguém quer! É por isso que você está sozinha depois de todos esses anos... você é cruel e arrogante! Nunca vai ser feliz!" Respiro fundo e engulo em seco, sentindo minha garganta.

Minha mãe me encara com autoconfiança e uma pitada de desprezo. "Estou sozinha porque escolhi estar sozinha. Não preciso de ninguém, não sou como você."

"Como *eu*! Como se eu precisasse de alguém! Você basicamente me *obrigou* a ficar com Noah. Era como se eu nunca tivesse direito de escolher nada! Você sempre me controlou. E agora eu cansei. *Cansei, porra!*" As lágrimas irrompem.

Minha mãe comprime os lábios, como se estivesse pensando seriamente em alguma coisa, mas sua voz sai cheia de sarcasmo. "Está na cara que você tem alguns problemas de dependência emocional. É por causa do seu pai?"

Com os olhos ardendo, sem dúvida vermelhos e deixando transparecer todo o mal que quero infligir a ela, encaro minha mãe. Falando lentamente a princípio, vou entrando em um frenesi enquanto digo: "Eu te odeio. Te odeio mesmo. Você é a razão por que ele foi embora. Porque não te aguentava mais! E não ponho a culpa nele, na verdade, queria que ele tivesse me..."

Na mesma hora, sinto a mão de Hardin apertando minha boca e seus braços fortes me puxando contra seu peito.

39

HARDIN

O tempo todo, fiquei pensando que era melhor a mãe de Tessa não bater nela de novo. Não tinha imaginado que Tessa fosse atacá-la desse jeito.

Seu rosto está vermelho, e as lágrimas escorrem pela minha mão.

Por que a mãe dela sempre tem que estragar tudo? Sua raiva é compreensível, por mais que eu a deteste. Eu realmente magoei Tessa. Mas não acho que acabei com a vida dela.

Ou acabei?

Não sei o que fazer. Olho para a minha mãe, pedindo ajuda — o olhar que ela me lança deixa claro o ódio que está sentindo de mim. Não queria que ela soubesse o que fiz com Tess. Sabia que ia magoá-la, principalmente depois do que aconteceu antes.

Mas eu não sou a mesma pessoa de antes. A situação é totalmente diferente.

Sou apaixonado por Tessa.

Em meio a todo o caos que causei, encontrei o amor.

Tessa grita contra a minha mão e tenta me afastar, mas não tem força para isso. Sei que, se não segurá-la, ou sua mãe vai dar um tapa nela e eu vou ter de intervir, ou Tessa vai dizer alguma coisa da qual vai se arrepender para o resto da vida. "Acho melhor você ir embora", digo para a mãe dela.

Tessa está tendo um ataque sob meus braços, chutando minhas canelas.

É muito perturbador vê-la com raiva — principalmente desse jeito descontrolado —, mas o meu lado mais egoísta está satisfeito que essa raiva não seja dirigida a mim dessa vez.

Em breve vai ser...

Sei que a mãe dela tem razão ao meu respeito: sou *péssimo* para ela. Não sou o homem que Tessa pensa que sou, mas sou apaixonado demais por ela para permitir que me abandone novamente. Acabei de conquistá-la de volta, e não vou perdê-la de novo. Só espero que ela me ouça, que escute a história inteira. Mesmo assim, não sei se isso importa. Já estou vendo o que vai acontecer; de jeito nenhum ela vai ficar comigo depois de ouvir o que aconteceu. *Porra, por que a minha mãe tinha que abrir a boca?*

Levo Tessa para o quarto. Enquanto caminhamos, ela se debate tanto que ficamos de frente para sua mãe de novo. Com um último olhar de ódio, ela se joga para a frente, mas eu a seguro firme.

Empurro-a para dentro do quarto, solto-a por um instante e bato a porta, trancando-a atrás de mim.

Tessa volta seu olhar furioso para mim. "Por que você está fazendo isso? Você..."

"Porque você está dizendo coisas das quais sabe que vai se arrepender."

"Por que você fez isso?", grita ela. "Por que você me segurou? Eu tinha tanta coisa para dizer para aquela vaca, que eu nem... nem consigo..." Ela aperta as mãos contra o peito.

"Ei... ei... calma", digo, tentando lembrar que ela está transferindo a raiva da mãe para mim; sei que está.

Seguro seu rosto entre minhas mãos e aliso suavemente suas bochechas com os polegares, tendo o cuidado de manter contato visual até sua respiração ficar mais lenta. "Calma, linda", repito.

A vermelhidão desaparece de suas bochechas, e ela concorda lentamente com a cabeça.

"Vou pedir para ela ir embora, certo?", digo tão baixo que é quase um sussurro.

Tessa balança a cabeça de novo e senta na cama. "Não demora", ela pede assim que eu saio do quarto.

Quando entro na sala, a mãe de Tessa está sozinha, andando de um lado para o outro. Ela me encara estreitando os olhos, como um gato selvagem identificando uma presa. "Cadê ela?", pergunta.

"Não vai sair. E você vai embora e não vai mais voltar. Estou falando sério", digo por entre os dentes.

Ela levanta uma sobrancelha. "Está me ameaçando?"

"Entenda como bem entender, mas fique longe dela."

E a mulher bem-vestida, tão elegante e empertigada, me lança um olhar dissimulado e duro que só vi em gente como Jace. "Isso é tudo culpa sua", ela diz sem se alterar. "Você fez a cabeça dela; ela não pensa mais por si mesma. Sei muito bem o que você está fazendo. Já conheci homens como você. Sabia que tinha cheiro de encrenca desde o dia em que coloquei os olhos em você. Devia ter mudado Tessa de alojamento e evitado tudo isso. Homem nenhum vai querer ficar com ela depois disso... depois de você. Olhe só para você." Ela aponta na minha direção e se vira para a porta.

Vou atrás dela até o corredor. "O problema é esse, então? Que nenhum homem vai querer ficar com ela, ninguém além de mim. Ela nunca vai querer ninguém além de mim", exclamo. "Sempre vai escolher a mim em vez de você, em vez de qualquer um."

Ela se volta e dá um passo na minha direção. "Você é o diabo em pessoa, e não vou desistir assim tão fácil. Ela é minha filha, e é boa demais para você."

Faço que sim com a cabeça várias vezes e olho bem em seus olhos. "Pode deixar que vou lembrar disso quando estiver entrando na sua filha hoje à noite."

À medida que as palavras saem da minha boca, ela respira fundo e ergue a mão para me bater. Seguro seu pulso e baixo seu braço. Jamais bateria nela ou em mulher nenhuma, mas também não vou deixá-la me machucar.

Abro meu melhor sorriso antes de voltar para dentro e bater a porta na cara dela.

40

HARDIN

Apoio a testa contra a porta por um instante e, quando me viro, minha mãe está de pé na sala de estar, me encarando com uma caneca de café nas mãos, os olhos inchados.

"Onde você estava?", pergunto.

"No banheiro", diz ela, com a voz embargada.

"Como você pôde dizer para a Tessa ir embora? Me abandonar?" Sabia que ela ficaria decepcionada, mas isso era demais.

"Porque, Hardin..." Ela suspira, levantando as mãos como se fosse uma coisa óbvia. "Você não está fazendo bem para ela. Sabe que não. Não quero vê-la acabar como Natalie ou como as outras." Minha mãe sacode a cabeça.

"Você sabe o que vai acontecer comigo se ela me abandonar, mãe? Acho que ainda não entendeu... Não *consigo* viver sem ela. Sei muito bem o que fiz, e me arrependo disso toda vez que olho para ela, mas eu também *posso* fazer bem para ela. Sei que posso." Caminho até o centro da sala e começo a andar de um lado para o outro.

"Hardin... você tem certeza de que não está só alimentando o seu próprio jogo?"

"Não, mãe..." Eu abaixo a cabeça para tentar manter a calma. "Não é um jogo para mim, não desta vez. Sou apaixonado pela Tessa, de verdade." Ergo os olhos para minha mãe, tão gentil e generosa, que já suportou tanta coisa. "Nem sei explicar o que sinto por ela, porque eu mesmo não entendo. Nunca pensei que fosse me sentir assim. Só o que sei é que ela é a minha única chance de ser feliz. Se a Tessa for embora, nunca vou me recuperar. Não vou, mãe. Ela é a única chance que tenho de não ficar sozinho para o resto da vida. Não sei o que fiz para merecer alguém assim. Só sei que ela me ama. Você sabe qual é a sensação de se sentir amado apesar de todas as merdas que já fez? Ela faz bem demais para mim, e me ama. Apesar de eu não entender por quê."

Minha mãe enxuga os olhos com as costas da mão, me fazendo parar por um momento. É difícil continuar, mas eu acrescento:

"Ela está sempre comigo, mãe. Sempre me perdoa, mesmo quando não devia. E sempre diz a coisa certa. Ela me acalma, mas também me desafia. Me faz querer ser um homem melhor. Sei que sou um merda, sei disso. Fiz besteiras demais, mas a Tessa não pode me abandonar. Não quero mais ficar sozinho, e nunca mais vou amar alguém de novo, só ela. Sei disso. Ela é o meu pecado final, mãe, e por ela aceito ser condenado com muito prazer."

Quando termino, estou sem fôlego, e o rosto da minha mãe está lavado de lágrimas. Mas ela também está olhando para algo atrás de mim.

Viro e vejo Tessa com os braços esticados junto ao corpo, os olhos arregalados e as bochechas tão molhadas quanto as da minha mãe.

Minha mãe assoa o nariz e diz baixinho: "Vou dar uma volta... dar um pouco de privacidade a vocês dois". Ela vai até a porta, pega os sapatos e o casaco e sai de casa.

Me sinto um pouco mal por não haver muitos lugares para ela ir na véspera de Natal, principalmente no meio da neve, mas preciso ficar sozinho com Tessa agora. Assim que a minha mãe passa pela porta, atravesso a sala na direção dela.

"Isso que você disse... agora... é verdade?", ela pergunta em meio às lágrimas.

"Você sabe que é", digo.

Ela curva os lábios num leve sorriso e se aproxima, para colocar a mão no meu peito. "Preciso saber o que você fez."

"Eu sei... Só me promete que vai tentar entender..."

"Fala logo, Hardin."

"E que vai entender que não me orgulho de nada disso."

Tessa faz que sim com a cabeça, e eu respiro fundo enquanto vamos até o sofá.

De verdade, não sei por onde começar.

41

TESSA

O rosto de Hardin empalidece. Ele esfrega as mãos nos joelhos. Passa os dedos pelo cabelo. Olha para o teto e, em seguida, de volta para o chão. Em algum lugar lá no fundo, provavelmente deseja que isso possa adiar esta conversa para sempre.

Mas, enfim, começa: "Eu tinha um grupo de amigos idiotas lá na Inglaterra. Eles eram como o Jace, acho... A gente fazia uma coisa... uma brincadeira, acho. A gente escolhia uma garota — cada um escolhia uma menina para o outro — e via quem conseguia transar com a sua primeiro."

Sinto um vazio no estômago.

"Quem ganhasse ficava com a garota mais gostosa na semana seguinte. Não tinha dinheiro envolvido..."

"Quantas semanas?", pergunto, já me arrependendo. Não quero saber, mas preciso.

"Só cinco, até aparecer essa garota..."

"Natalie", digo, ligando os pontos.

Hardin olha para as janelas. "É... Natalie foi a última."

"E o que você fez com ela?" Tenho medo da resposta.

"Na terceira semana... James achou que Martin estava mentindo, então veio com a ideia da prova..."

Prova. Essa palavra sempre vai me assombrar. O lençol manchado de sangue me vem à mente, e meu peito começa a doer.

"Não esse tipo de prova..." Ele sabe o que estou pensando. "Fotos..."

Fico de queixo caído. "Fotos?"

"E um vídeo...", admite ele, cobrindo o rosto com as mãos grandes.

Um vídeo? "Você se filmou fazendo sexo com alguém? Ela sabia?", pergunto. Mas sei a resposta antes mesmo de ele balançar a cabeça. "Como você pôde? Como pôde fazer isso com alguém?", começo a chorar.

209

A percepção de que não conheço nem um pouco de Hardin me atinge, e tenho que engolir a bile que sobe pela minha garganta. Me afasto instintivamente e vejo a dor em seus olhos.

"Não sei... Eu não estava nem aí. Para mim foi divertido... Bom, não exatamente divertido, mas não dei muita bola." Sua sinceridade me magoa; pela primeira vez, sinto saudade do tempo em que ele escondia as coisas de mim.

"E o que aconteceu com Natalie?" Minha voz sai rouca, e eu enxugo as lágrimas nos olhos.

"Quando James viu o vídeo... ele quis transar com ela. Ela não topou, e ele mostrou o vídeo para todo mundo."

"Meu Deus. Coitada." Me sinto péssima pelo que eles fizeram com ela, o que Hardin fez com ela.

"O vídeo espalhou tão depressa que os pais dela descobriram no mesmo dia. A família dela era atuante na comunidade da igreja... então a notícia não caiu muito bem. Ela foi expulsa de casa e, quando a história se espalhou, perdeu a bolsa para a universidade que ia começar a frequentar naquele ano."

"Você acabou com ela", digo baixinho.

Hardin acabou com a vida dessa menina, do mesmo jeito que ameaçou acabar com a minha. Será que vou terminar como ela? Será que já sou como ela?

Olho para ele. "Você disse que nunca tinha dormido com uma virgem antes."

"Ela não era virgem. Já tinha dormido com outro cara. Mas foi por isso que a minha mãe me mandou para cá. Todo mundo ficou sabendo. Eu não aparecia no vídeo. Quer dizer, estava transando com ela, mas não dava para ver, só algumas tatuagens nos braços." Ele esfrega o punho cerrado na palma da outra mão. "É por isso que eu sou conhecido por lá agora..."

Minha cabeça está a mil. "O que ela falou quando descobriu o que você fez?"

"Disse que era apaixonada por mim... e perguntou se podia ficar na minha casa até encontrar outro lugar para ir."

"E você deixou?"

Ele nega com a cabeça.

"Por quê?"

"Porque não quis. Não ligava para ela."

"Como você pode ser tão frio? Não entende o que fez com ela? Você enganou a menina. Transou com ela e filmou. Mostrou o vídeo para os amigos e praticamente para a escola toda, e ela perdeu a bolsa de estudos e a família por sua causa! E ainda por cima você nem teve a compaixão de ajudar quando ela *não tinha mais para onde ir?*", grito e me levanto. "Onde ela está *agora*? O que aconteceu com ela?"

"Não sei. Não quis saber."

A parte mais assustadora dessa história toda é a frieza e a desfaçatez de Hardin. É de embrulhar o estômago. Dá para identificar o padrão, as semelhanças entre Natalie e eu. Também fiquei sem ter para onde ir por causa de Hardin. Rompi relações com a minha mãe por causa de Hardin. Me apaixonei por ele enquanto estava sendo usada como parte de uma brincadeira doentia.

Hardin se levanta ao mesmo tempo que eu, mas mantém a distância.

"Meu Deus..." Todo o meu corpo começa a tremer. "Você também me filmou, não é?"

"Não! *Claro* que não! Nunca faria isso com você! Tessa, juro por Deus que não."

Eu não devia, mas parte de mim acredita nisso, ao menos. "Quantas outras?", pergunto.

"Quantas outras o quê?"

"Você filmou?"

"Só a Natalie... até vir para cá."

"Você fez isso de novo! Depois de tudo que aconteceu com a coitada, você ainda fez isso de novo?", eu grito.

"Uma vez... com a irmã do Dan", responde ele.

A irmã do Dan? "Do seu amigo Dan?" Agora faz sentido. "Era disso que Jace estava falando quando vocês brigaram!" Tinha me esquecido do Dan e da briga, mas Jace insinuou que havia algum problema entre os dois. "Por que você fez isso se ele era seu amigo? Mostrou para todo mundo também?"

"Não, não mostrei para ninguém. Apaguei depois de mandar uma captura de tela para o Dan... Nem sei por que fiz aquilo. Ele foi todo babaca, me mandando ficar longe dela quando apareceu com a irmã pela primeira vez, que me deixou com vontade de transar com ela só por pirraça. Enfim, Dan é um idiota, Tessa."

"Como você pode não enxergar que isso tudo é uma coisa doentia? Que você teve um comportamento doentio?", grito.

"Eu sei, Tessa! Eu sei!"

"Achava que a minha aposta tinha sido a pior coisa que você já fez, mas... ai, meu Deus, isso é ainda pior."

A história de Natalie não me machuca tão fundo quanto descobrir sobre a aposta de Hardin e Zed, mas é pior por ser mais vil e repugnante, e me faz questionar tudo o que achei que sabia sobre Hardin. Sabia que ele não era perfeito, longe disso, mas esse é um patamar inteiramente novo de degradação.

"Isso foi tudo antes de você, Tessa. É passado. Por favor, vamos deixar isso no passado", implora ele. "Não sou mais o mesmo, você fez de mim uma pessoa melhor."

"Hardin, você nem se importa com o que fez com essas meninas! Nem se sente culpado, não é?"

"Me sinto, sim."

Deito a cabeça de lado e estreito os olhos. "Só porque agora eu sei." Como ele não rebate, reitero o que disse: "Você não se importava com elas, não estava nem aí para ninguém!".

"É isso mesmo! Eu não me importo com ninguém, só com você!", ele grita de volta.

"Isso é demais, Hardin! Até para mim... a aposta, o apartamento, as brigas, as mentiras, voltar para você, minha mãe, sua mãe, o Natal... é demais para mim. Não tenho nem uma folguinha para respirar entre... uma *confusão* e outra. Toda vez que penso que superei uma coisa, aparece outra. Só Deus sabe o que mais você fez!" Começo a chorar. "Eu nem conheço você, né?"

"Conhece, sim, Tessa! Você me conhece. Aquilo não era eu. Eu estou aqui. Este sou eu agora. E eu te amo! Vou fazer qualquer coisa por você, para você ver que este sou eu, o homem que te ama mais do que o próprio ar que respira, e que dança em casamentos e fica vendo você dormir, o homem que não consegue começar o dia sem um beijo seu, e que prefere morrer a ficar sem você. Este sou eu, é assim que eu sou. Por favor, não deixa isso acabar com a gente. Por favor, linda."

Seus olhos verdes estão úmidos, e suas palavras me comovem, mas isso não basta. Ele dá um passo na minha direção, e eu recuo. Tenho que pensar melhor. Levanto a mão para detê-lo. "Preciso de tempo. Isso é demais para mim."

Seus ombros desabam, e ele parece aliviado. "Tudo bem... Tudo bem... um tempo para pensar."

"Longe de você", explico.

"Não..."

"Sim, Hardin. Não consigo pensar perto de você."

"Não, Tessa, você não vai embora", insiste ele.

"Você não vai me dizer o que fazer", retruco.

Ele suspira e segura os cabelos com as mãos, puxando com força. "Tudo bem... tudo bem... Eu vou, então. Você fica."

Quero discordar, mas realmente não quero sair. Já fiquei em quartos de hotel demais, e amanhã é Natal.

"Amanhã de manhã eu volto... a não ser que você precise de mais tempo", diz ele. Então calça os sapatos e caminha até o gancho de chaves, mas então se dá conta de que sua mãe levou o seu carro.

"Vai com o meu", digo.

Ele balança a cabeça e caminha na minha direção.

"Não", digo com a mão estendida na minha frente. "E você ainda está de pijama."

Ele franze a testa e olha para baixo, mas caminha até o quarto e volta em dois minutos, completamente vestido. Então para e me olha nos olhos. "Por favor, não esquece que eu te amo, e que eu mudei", ele diz mais uma vez antes de me deixar sozinha no apartamento.

42

TESSA

O que eu faço?

Ando para o quarto e sento na beirada da cama. Meu estômago está embrulhado depois de tudo isso. Sabia que Hardin não tinha sido uma boa pessoa, e sabia que haveria mais coisas que eu não ficaria feliz de ouvir, mas, de todas as coisas em que pensei quando Trish falou sobre o passado, isso nunca, jamais me passou pela cabeça. Ele violou aquela menina de uma forma terrível, deplorável, e não teve o menor remorso — e até hoje não parece ter.

Tento inspirar e expirar lentamente à medida que as lágrimas escorrem por meu rosto. A pior parte para mim é saber o nome dela. É meio absurdo, mas, se fosse apenas uma menina anônima, eu quase podia fingir que ela não existe. Mas saber que se chama Natalie me faz pensar em um monte de coisas. Como ela é? O que ia estudar na faculdade antes de Hardin fazê-la perder a bolsa? Será que tem irmãos ou irmãs? Eles viram o vídeo? Se Trish não tivesse tocado no assunto, será que eu saberia?

Quantas vezes eles transaram? Será que Hardin gostou?... Claro que sim. Era sexo e, obviamente, Hardin estava transando bastante na época. Com outras garotas. Um monte delas. Será que passou a noite com Natalie depois? Por que estou com ciúme dela? Devia estar com pena, e não com inveja por ter ficado com Hardin. Afasto o pensamento doentio e volto a considerar o tipo de pessoa que Hardin realmente é.

Devia ter falado para ele ficar, para conversar sobre isso. Sempre acabo indo embora ou, nesse caso, pedindo para ele ir. O problema é que a presença dele acaba com o meu autocontrole.

Queria saber o que aconteceu com Natalie depois de Hardin ter destruído sua vida. Se estiver feliz agora, levando uma vida boa, me sentiria um pouco melhor. Queria ter um amigo com quem conversar sobre isso, alguém para me dar conselhos. Mesmo que tivesse, não iria revelar a indiscrição de Hardin. Não quero que ninguém saiba o que ele fez com essas meninas. Sei que é bobo querer proteger alguém que não merece, mas não consigo evitar. Não quero que ninguém pense mal dele e, principalmente, não quero que ele tenha um conceito ainda pior sobre si mesmo.

Recosto a cabeça no travesseiro e olho para o teto. Tinha acabado de superar... bom, estava *me esforçando para superar* o fato de que Hardin me usou para ganhar uma aposta — e agora isso? Natalie e mais quatro outras meninas, já que ele disse que ela foi na quinta semana. Depois a irmã de Dan. Isso é um ciclo para ele — será que vai conseguir interrompê-lo? O que teria acontecido comigo se ele não tivesse se apaixonado por mim?

Sei que ele me ama, que me ama de verdade. Sei disso.

E eu sou apaixonada por ele, apesar de todos os erros que cometeu no passado e continua a cometer. Estou vendo mudanças nele, inclusive na última semana. Ele nunca expressou seus sentimentos a meu respeito como fez hoje. Eu só queria que aquela declaração bonita não tivesse sido seguida por uma revelação tão feia.

Hardin falou que sou sua única chance de ser feliz, que sou a única chance de ele não passar o resto da vida sozinho. Que declaração pesada. E verdadeira. Ninguém jamais vai amá-lo tanto quanto eu. Não porque ele não seja digno disso, mas porque ninguém jamais vai conhecê-lo do jeito que o conheço. Conhecia. *E será que ainda conheço?* Não sei dizer, mas quero acreditar que sim, que conheço o verdadeiro Hardin. A pessoa que ele é hoje não é a mesma de há apenas alguns meses.

Apesar da dor que me causou, Hardin também tem feito muito para mostrar seu valor para mim. Tem feito um esforço enorme para ser a pessoa que preciso que seja. Ele pode mudar; estou vendo mudanças. Uma parte de mim acha que talvez seja a hora de assumir um pouco da responsabilidade — não pelo que fez com Natalie, mas por ser tão dura com ele, mesmo sabendo que qualquer mudança leva tempo e ninguém pode apagar seu passado. O que ele fez foi errado, muito errado, mas às vezes esqueço que ele é um homem revoltado e solitário que até então nunca tinha amado ninguém. Ele ama sua mãe, à sua maneira, ou à maneira que a maioria das pessoas geralmente ama seus pais.

Mas a outra parte de mim está cansada. Cansada desse ciclo com Hardin. No início do nosso relacionamento, era um vai e vem constante, com ele me tratando mal, e depois bem, e então mal de novo. Agora o ciclo evoluiu um pouco, mas é pior. Muito pior. Eu termino nosso relacionamento, e depois volto, e então termino de novo. Não posso continuar fazendo isso — *nós* não podemos continuar fazendo isso. Se ele estiver escondendo mais alguma coisa, vai acabar comigo — já estou por um fio. Não aguento mais segredos, mais sofrimento, mais rompimentos. Eu sempre tinha tudo planejado — todos os detalhes da minha vida eram calculados, superanalisados, até Hardin aparecer. Ele virou minha vida completamente do avesso, em alguns casos de forma negativa. E mesmo assim ele me fez feliz como nunca fui.

Ou ficamos juntos e tentamos superar todas as coisas terríveis que ele fez, ou eu acabo tudo de uma vez. Se terminar com ele, vou precisar mudar daqui, ir para bem longe. Se não deixar para trás todas as lembranças da minha vida com ele, nunca vou ser capaz de seguir em frente.

E, de repente, percebo que as lágrimas pararam, o que me diz que já cheguei ao meu veredicto. A dor que sinto ao pensar em deixá-lo é muito pior do que o sofrimento que ele me causou.

Não posso terminar com ele. Sei que não vou conseguir.

Por mais que isso seja patético, não tenho como seguir em frente sem ele. É impossível sentir por mais alguém o que sinto por ele. Ninguém pode ser como ele. Para mim só existe Hardin, do mesmo jeito que, para ele, só existe eu. Não devia tê-lo mandado sair. Eu precisava de um tempo para pensar, o que foi bom, mas já estou querendo Hardin de volta. *Será que o amor é sempre assim? Tão ardente, mas tão doloroso?* Não tenho nenhuma experiência que possa servir como comparação.

Ao ouvir a porta da frente se abrir, pulo da cama e corro para a sala de estar, mas fico decepcionada ao descobrir que é Trish, não Hardin.

Trish pendura as chaves de Hardin no gancho e tira os sapatos cobertos de neve. Não sei o que dizer a ela depois que me aconselhou a ir embora com a minha mãe.

"Cadê o Hardin?", pergunta ela, no caminho da cozinha.

"Foi embora... por essa noite", explico.

Ela se vira para mim. "Ah."

"Se você ligar para ele tenho certeza de que vai dizer onde está, se não quiser ficar aqui... comigo."

"Tessa", diz ela, nitidamente escolhendo as palavras, mas com a compaixão estampada no rosto. "Sinto muito pelo que falei. Não quero que você pense que tenho alguma coisa contra você, porque não tenho. Só estava tentando protegê-la do que Hardin pode fazer. Não quero que você..."

"Acabe como a Natalie?"

É evidente que essa lembrança ainda lhe causa dor. "Ele contou?"

"Contou."

"Tudo?" Consigo ouvir a dúvida em sua voz.

"Tudo — o vídeo, as fotos, a bolsa de estudos. Tudo."

"E você ainda está aqui?"

"Eu disse que precisava de tempo e de espaço, mas estou. Não vou a lugar nenhum."

Ela assente com a cabeça, e nós sentamos à mesa, de frente uma para a outra.

Quando ela me olha com olhos arregalados, sei o que está pensando, por isso digo: "Sei que ele fez coisas terríveis, coisas deploráveis, mas também acredito quando diz que mudou. Ele não é mais aquela pessoa".

Trish coloca uma das mãos sobre a outra. "Tessa, ele é meu filho, e eu o amo, mas você realmente tem que pensar bastante sobre isso. Ele acabou de fazer com você uma coisa que já fez antes. Sei que ele te ama — para mim, isso está claro agora —, mas só estou com medo de que o estrago já tenha sido feito."

Balanço a cabeça, apreciando sua sinceridade. Mas acrescento: "Não foi. Bom, muito estrago já foi feito, mas não é nada irreversível. E a decisão de descobrir como lidar com o passado dele é *minha*. E, se eu usar o passado contra ele, como Hardin vai seguir em frente? Ele nunca mais merece ser amado? Sei que você provavelmente acha que sou ingênua e boba por perdoar tudo, mas sou apaixonada pelo seu filho, e também não posso ficar sem ele".

Trish estala a língua de leve e balança a cabeça. "Tessa, não acho nada disso de você. Se o seu perdão demonstra alguma coisa, é maturidade e compaixão. Meu filho odeia a si mesmo — sempre odiou —, e eu achei que sempre odiaria, até você aparecer. Fiquei transtornada quando sua mãe me contou o que ele fez com você, e sinto muito. Não sei onde foi que errei com Hardin. Tentei ser a melhor mãe que podia ser, mas era tudo muito difícil com o pai dele longe. Tive que trabalhar muito e não dei a atenção que deveria ter dado. Se tivesse, talvez ele pudesse ter mais respeito pelas mulheres."

Sei que, se já não tivesse chorado hoje, ela estaria chorando agora. A culpa é um sentimento muito forte nela, e tudo que quero é consolá-la. "Ele não é assim por sua causa. Acho que tem muito a ver com o que sente pelo pai, e com os amigos com quem anda, duas coisas que estou tentando mudar. Por favor, não se sinta culpada. Nada disso é culpa sua."

Trish estende os braços para o outro lado da mesa, e eu ofereço as minhas mãos. Ela as segura e diz: "Você é sem dúvida a pessoa mais generosa que conheci nos meus trinta e cinco anos".

Enrugo a testa. "Trinta e cinco?"

"Ei, você podia deixar passar. Eu engano, não?" Ela sorri.

"Claro." Eu dou risada.

Há vinte minutos eu estava chorando, à beira de um colapso, e agora estou rindo com Trish. No instante em que decidi deixar o passado de Hardin para trás, senti a maior parte da tensão deixar meu corpo.

"Talvez seja bom ligar para ele e dizer o que decidi", digo.

Trish inclina a cabeça e sorri. "Acho que ele pode aguentar mais um pouquinho."

A ideia de torturá-lo ainda mais não me atrai, mas ele bem que precisa pensar no que fez. "É, acho que sim..."

"Acho que ele precisa saber que atitudes ruins têm consequências", ela diz com um brilho nos olhos. "Que tal eu preparar o jantar, e você aliviar o sofrimento de Hardin só *depois*?"

Fico feliz de tê-la aqui para me animar e me ajudar a encarar o passado de Hardin. Estou disposta a seguir em frente, ou pelo menos tentar, mas ele precisa saber que esse tipo de coisa não é admissível, e eu preciso saber se existem mais demônios em seu passado esperando para me atropelar.

"O que você quer comer?"

"Qualquer coisa está bom. Posso ajudar", ofereço, mas ela nega com a cabeça.

"Tenta relaxar o máximo que puder. Você teve um dia complicado, com Hardin... e a sua mãe."

Reviro os olhos. "É... ela é difícil."

Trish sorri e abre a geladeira.

"'Difícil'? Eu ia usar outra palavra, mas ela é sua *mãe*..."

"Ela é uma...", digo, não querendo completar a frase na frente de Trish.

"Ah, sim, ela é uma vaca. Pode deixar que eu falo por você." Ela ri, e eu também.

Trish prepara tacos de frango para o jantar, e nós conversamos sobre o Natal, o clima, e tudo o mais, a não ser o que realmente está na minha cabeça: Hardin.

Por fim, concluo que vou ter um surto se não ligar e mandá-lo voltar para casa agora.

"Você acha que ele já 'pensou' o suficiente?", digo, não querendo admitir que estou contando os minutos.

"Não, mas não sou eu quem tem que dizer", diz ela.

"Sou eu."

Saio da cozinha para ligar para Hardin. Quando ele atende, a surpresa em sua voz é evidente. "Tessa?"

"Hardin, ainda temos muito o que discutir, mas queria que você voltasse para casa para a gente conversar."

"Já? Tá, tá, claro!", ele responde apressado, cuspindo as palavras. "Daqui a pouco estou aí."

"Certo", digo e desligo. Não tenho muito tempo para repassar tudo em minha cabeça antes de ele chegar. Preciso defender minha posição para que ele entenda que está errado, mas que eu o amo de qualquer maneira.

Ando de um lado para o outro sobre o piso gelado de cimento, esperando. Depois do que parece uma hora, a porta da frente se abre, e escuto as botas pisando duro no pequeno corredor de entrada.

Quando ele abre a porta do quarto, meu coração se despedaça pela milésima vez.

Seus olhos estão inchados e vermelhos. Ele não diz nada. Em vez disso, se aproxima e coloca um pequeno objeto na minha mão. *Papel?*

Olho para Hardin enquanto ele fecha meus dedos em torno da folha dobrada. "Leia isso antes de se decidir", diz, baixinho.

Então, com um beijo rápido na minha têmpora, vai para a sala de estar.

43

TESSA

Desdobro o papel, e meus olhos se arregalam de surpresa. A folha está inteiramente coberta com palavras escritas à mão com tinta preta, frente e verso. É uma carta — uma carta de Hardin, escrita à mão.

Quase tenho medo de ler... mas sei que preciso.

Tess,

Já que não sou bom com palavras quando tento expressar o meu eu interior, roubei algumas do sr. Darcy, de quem você gosta tanto. Escrevo sem nenhuma intenção de incomodá-la, ou de me humilhar, insistindo em desejos que, para a felicidade de ambos, tão cedo não serão esquecidos; e os esforços que a redação e a leitura desta carta devem ocasionar deveriam ter sido evitados, não fosse uma exigência do meu caráter que tudo seja escrito e lido. Você deve, portanto, perdoar a liberdade que tomo ao pedir sua atenção; seus sentimentos, bem o sei, haverão de ser contrariados, mas apelo aqui ao seu senso de justiça...

Sei que fiz um monte de coisas horríveis para você, e que não te mereço, de jeito nenhum. Mas estou pedindo — ou melhor, implorando —, por favor, para deixar de lado as coisas que fiz. Sei que não é pedir pouco, como sempre, e sinto muito por isso. Se pudesse voltar atrás, eu faria isso. Sei que você está com raiva e decepcionada com os meus atos, e isso me mata por dentro. Em vez de criar pretextos para o jeito que sou, vou contar a você ao meu respeito, contar sobre a pessoa que eu era, e que você nunca conheceu. Vou começar pelas merdas que lembro — tenho certeza de que tem muito mais, mas juro, a partir de hoje, não esconder mais nada de você. Quando tinha uns nove anos, roubei a bicicleta do meu vizinho e quebrei a roda, depois menti a respeito. Naquele mesmo ano, quebrei a janela da sala de estar com uma bola de beisebol e menti a respeito. Você já sabe da minha mãe e dos soldados. Meu pai foi embora um pouco depois, e fiquei feliz com isso.

Não tinha muitos amigos, porque era um babaca. Implicava com as crianças da minha turma, muito. Todos os dias, praticamente. Era um idiota com a minha mãe — aquele foi o último ano em que disse que a amava. A provocação e a grosseria com todo mundo continuaram até agora, então não sou capaz de relatar todos os casos, só sei que foram muitos. Com cerca de treze anos, eu e uns amigos invadimos uma farmácia na rua da minha casa e roubamos um monte de coisas. Não sei por que fiz isso, mas, quando um dos meus amigos foi pego, fiz ameaças para que assumisse a culpa, e ele assumiu. Fumei meu primeiro cigarro aos treze. Tinha um gosto horrível, e tossi por dez minutos. Nunca mais fumei de novo até começar a fumar maconha, mas já vou chegar nisso.

Aos catorze, perdi a virgindade com a irmã mais velha do meu amigo Mark. Ela era uma vagabunda e tinha dezessete anos na época. Foi uma experiência estranha, mas eu gostei. Ela dormiu com toda a nossa turma, não só comigo. Depois de experimentar o sexo pela primeira vez, não fiz de novo até os quinze anos, mas aí eu já não podia mais parar. Ficava com um monte de garotas em festas. Sempre mentia a idade, e as meninas eram fáceis. Nenhuma delas gostava de mim, e eu não dava a mínima para elas. Foi nesse ano que comecei a fumar maconha, e com frequência. Comecei a beber mais ou menos na mesma época — eu e meus amigos roubávamos bebida dos pais ou de qualquer lugar que conseguíssemos. Comecei a brigar muito também. Apanhei algumas vezes, mas na maior parte do tempo levava a melhor. Sempre tive muita raiva — sempre —, e era bom machucar alguém. Procurava briga o tempo todo para me divertir. A pior foi com um garoto chamado Tucker, que era de uma família pobre. Ele usava roupas velhas, farrapos, e eu o torturava por isso. Fazia uma marca na camiseta dele com uma caneta só para provar quantas vezes usava a mesma sem lavar. É doentio, eu sei.

Enfim, um dia eu o vi na rua e dei um soco no ombro dele só para irritar. Tucker ficou com raiva e me chamou de idiota, então o espanquei. Ele quebrou o nariz, e a mãe dele não tinha dinheiro nem para pagar uma consulta médica. E eu continuei enchendo o saco do cara depois. Alguns meses mais tarde, a mãe dele morreu, e Tucker foi adotado, por sorte, por uma família rica. Um dia ele passou de carro por mim. Era o meu aniversário de dezesseis anos, e ele estava num carro novo. Fiquei com raiva e queria encontrá-lo só para quebrar o nariz dele de novo, mas, agora que penso nisso, fico feliz por ele.

Vou pular o restante do meu décimo sexto ano, porque tudo o que fazia era beber, ficar doidão e brigar. Na verdade, isso vale para os dezessete também. Eu arranhava carros, quebrava janelas. Conheci James aos dezoito. Ele era legal porque não dava a mínima para nada, que nem eu. Bebíamos todos os dias, com o nosso grupo. Voltava para casa bêbado toda noite e vomitava no chão, e minha mãe tinha que limpar. Quase toda noite quebrava alguma coisa... Ninguém se metia com a nossa turma, que era uma espécie de gangue. Dá para entender por quê.

As brincadeiras começaram — as que contei para você —, e você sabe o que aconteceu com Natalie. Essa foi a pior, juro. Sei que está com nojo por eu não me importar com o que aconteceu com ela. Não sei por que não me importava, mas era assim. Só hoje, quando estava dirigindo aqui para este quarto de hotel vazio, é que pensei em Natalie. Ainda não me sinto tão mal quanto deveria, mas comecei a pensar: e se alguém tivesse feito isso com você? Quase tive que parar o carro para vomitar só de pensar em você no lugar de Natalie. Eu estava errado, muito errado de fazer isso com ela. Uma das outras meninas, Melissa, também se apegou a mim, mas não deu em nada. Era chata e histérica. Eu espalhei uma história de que ela não era muito limpinha, lá embaixo... então todo mundo implicou com ela por causa disso, e ela nunca mais me incomodou. Fui preso por bebedeira em público, e minha mãe ficou com tanta raiva que me deixou passar uma noite na delegacia. E aí, quando todo mundo descobriu sobre a história da Natalie, ela cansou. Tive um ataque quando minha mãe falou sobre me mandar para os Estados Unidos. Não queria deixar minha vida na Inglaterra, por mais doentio que tudo aquilo fosse — eu era doentio. Mas, quando espanquei uma pessoa na frente de uma multidão durante um festival, minha mãe disse chega. Me inscrevi na WCU e passei, claro.

Quando cheguei aos Estados Unidos, odiei tudo. Tudo. Estava tão chateado por precisar estar perto do meu pai que me rebelei mais ainda, bebendo e zoando na fraternidade o tempo inteiro. Conheci Steph primeiro. Foi numa festa, e ela me apresentou para o restante do grupo. Nate e eu ficamos amigos de cara. Dan e Jace eram uns babacas, Jace era o pior. Você já sabe da irmã do Dan, então vou pular isso. Transei com algumas meninas desde então, mas não tantas quanto você deve imaginar. Dormi com a Molly uma vez depois de você e nos beijamos, mas só fiz isso porque não conseguia parar de pensar em você. Não conseguia tirar você da cabeça, Tess. Ficava pensando o tempo todo que só podia ser com você. Achei que ia ajudar, mas estava errado. Eu sabia que ela não era você. Com você teria sido melhor. Continuei dizendo a mim mesmo: se eu encontrar Tessa mais uma vez, vou perceber que isso é só uma obsessão ridícula, mais nada. Só tesão. Mas toda vez que te via eu queria mais e mais. Ficava pensando em maneiras de te irritar só para ouvi-la dizer meu nome. Queria saber o que você estava pensando na sala de aula para olhar para o seu livro com o rosto franzido, queria alisar a ruga entre as suas sobrancelhas, saber o que você e Landon tanto cochichavam, o que você escrevia naquele maldito bloco. Na verdade, quase roubei de você uma vez, naquele dia em que ele caiu e eu peguei para devolver. Você provavelmente não se lembra, mas estava com uma camiseta roxa e aquela saia cinza horrorosa que costumava usar dia sim, dia não.

    Depois daquele dia no seu alojamento, quando espalhei suas anotações e beijei você encostada contra a parede, não dava mais para voltar atrás. Pensava em você o tempo todo. Todos os meus pensamentos eram consumidos por você. Não sabia o que isso era a princípio, não sabia por que estava tão obcecado. A primeira vez que você passou a noite comigo é que eu soube, eu ENTENDI que te amava. Entendi que faria qualquer coisa por você. Sei que soa falso agora, depois de tudo que fiz você passar, mas é verdade. Juro.

    Eu ficava sonhando acordado — imagina, EU sonhando acordado — sobre a vida que poderia ter com você. Imaginei você sentada no sofá com uma caneta entre os dentes e um livro no colo, os pés no meu colo. Não sei por quê, mas não conseguia tirar essa imagem da cabeça. Era uma tortura querer você do jeito que eu queria e saber que nunca sentiria o mesmo. Ameacei todo mundo que tentou sentar naquele lugar ao seu lado, ameacei Landon, só para sentar ali, para ficar perto de você. Eu dizia a mim mesmo que só estava fazendo aquelas coisas estranhas para ganhar a aposta. Sabia que era mentira, mas não estava pronto para admitir. Eu fazia as maiores merdas para alimentar minha obsessão por você. Marcava trechos nos meus livros que me faziam lembrar de você. Quer saber o primeiro? Era: "Desceu até a pista, evitando olhá-la de frente, como se ela fosse o sol, mas, sol que era, também não precisava de a olhar para vê-la".

    Sabia que estava apaixonado quando comecei a sublinhar Tolstói.

    Quando disse que te amava na frente de todo mundo, estava falando sério — só era idiota demais para admitir depois que você me rejeitou. No *dia em que você me disse que me amava foi a primeira vez em que senti que havia esperança para mim. Esperança para nós. Não sei por que continuei te magoando e te tratando daquele jeito. Não vou desperdiçar seu tempo com uma desculpa, porque não tenho. Só tenho muitos instintos e hábitos ruins, e estou lutando contra eles por você. Tudo o que sei é que você me faz feliz, Tess. Você me ama quando não devia, e eu preciso de você. Sempre precisei e sempre vou precisar. Quando você me abandonou na semana passada, quase morri, fiquei perdido. Completamente perdido sem você. Saí com uma pessoa na semana passada. Não ia contar, mas não suporto a chance de perdê-la novamente. Não dá nem para chamar de encontro, na verdade. Não aconteceu nada. Eu quase a beijei, mas me segurei. Não podia beijar aquela menina, não podia beijar ninguém além de você. Ela era chata, não era nada comparada a você. Ninguém é, ninguém nunca vai ser.*

Sei que provavelmente é tarde demais para isso, especialmente agora que você sabe todas as merdas que fiz. Só posso rezar para que continue me amando mesmo depois de ler isto. Senão, tudo bem. Vou entender. Sei que você pode arrumar coisa melhor. Não sou romântico, nunca vou escrever um poema ou cantar uma música para você.

Não sou nem gentil.

Não posso prometer que não vou te magoar de novo, mas posso jurar que vou te amar até o dia em que morrer. Sou uma pessoa terrível, e não mereço você, mas espero que me dê a chance de recuperar sua fé em mim. Lamento a dor que causei, e entendo se você não puder me perdoar.

Desculpa. Esta carta não era para ser tão longa. Acho que já fiz mais merda do que pensava.

Eu te amo. Sempre.

Hardin.

Fico sentada, olhando para o papel num torpor, e releio a carta duas vezes. Não tinha ideia do que esperar, mas não era isso. Como ele pode dizer que não é romântico? A pulseira no meu braço e esta carta bonita, um tanto perturbadora, mas acima de tudo bonita, prova o contrário. Ele até usou o primeiro parágrafo da carta de Darcy para Elizabeth.

Agora que se abriu para mim, não posso deixar de amá-lo ainda mais. Hardin fez um monte de coisas que eu jamais faria, coisas terríveis que magoaram muitas pessoas — mas o que mais importa para mim é que ele não é mais assim. Ele nem sempre faz a coisa certa, mas não posso ignorar seu esforço para me mostrar que está mudando, tentando mudar. Que me ama. Odeio admitir, mas não deixa de haver certa poesia no fato de ele não se importar com ninguém, exceto comigo.

Fico olhando para a carta um pouco mais até ouvir uma batida leve na porta. Dobrando a folha, guardo-a no fundo da gaveta da cômoda. Não quero que Hardin me faça jogá-la fora ou rasgá-la agora que já li.

"Entra", digo e vou até a porta para encontrá-lo.

Ele abre a porta, já olhando para o chão. "Você leu..."

"Li..." Ergo seu queixo para olhar para mim, do jeito como ele normalmente faz comigo.

Seus olhos vermelhos estão tão arregalados e tristes. "Foi ridículo... Eu sabia que não devia ter...", começa ele.

"Não, não foi. Nem um pouco ridículo." Solto seu queixo, mas ele mantém os olhos vermelhos fixos nos meus. "Hardin, era tudo que estava querendo que você dissesse para mim todo esse tempo."

"Desculpa ter demorado tanto, e fazer isso por escrito... É que era mais fácil. Não sou muito bom falando." O vermelho em seus olhos cansados forma um contraste bonito contra o verde vibrante das íris.

"Sei que não."

"Você... a gente devia conversar? Você precisa de mais tempo, agora que sabe como sou problemático?" Ele franze a testa e olha para o chão novamente.

"Você não é problemático. Você era... Já fez um monte de coisas... de coisas ruins, Hardin." Ele faz que sim com a cabeça; não suporto vê-lo se sentindo tão mal sobre si mesmo, sobre sua história. "Mas isso não significa que seja uma pessoa ruim. Você já fez coisas ruins, mas não é mais uma pessoa ruim."

Ele levanta a cabeça. "O quê?"

Seguro seu rosto entre as mãos. "Eu disse que você não é uma pessoa ruim, Hardin."

"Você acha mesmo isso? Depois de ler o que eu escrevi?"

"Li, e o fato de ter escrito tudo aquilo prova que você não é."

A confusão é clara em seu rosto perfeito. "Como você pode dizer isso? Eu não entendo... Você queria um tempo sozinha, e aí você lê essa merda toda e ainda diz isso? Eu não entendo..."

Acaricio seu rosto com os dedos. "Eu li e, mesmo sabendo de tudo o que você fez, não mudei de ideia."

"Ah..." Os olhos dele se iluminam.

A ideia de fazer Hardin chorar de novo, sobretudo na minha frente, me dói. Ele claramente não entendeu o que estou tentando dizer.

"Eu já tinha me decidido quando você estava fora. E, depois de ler o que escreveu, quero ficar mais do que nunca. Eu te amo, Hardin."

44

TESSA

Hardin segura as minhas mãos por um segundo antes de me envolver em seus braços como se eu pudesse desaparecer se ele não me segurasse.

Ao dizer as palavras *quero ficar*, percebi como tudo isso é libertador. Já não preciso me preocupar que os segredos do passado de Hardin voltem para nos assombrar. Não preciso temer que alguém despeje uma bomba em cima de mim. Sei de tudo. Finalmente decobri tudo o que ele vinha escondendo. Não posso deixar de pensar na frase "Às vezes é melhor ficar na escuridão do que ser cegado pela luz". Mas não acho que isso se aplique a mim agora. Estou perturbada pelas coisas que ele fez, mas, pelo amor que sentimos um pelo outro, escolhi não mais deixar seu passado nos afetar.

Hardin se afasta e senta na beirada da cama. "O que você está pensando? Tem alguma pergunta? Quero tirar tudo a limpo." Fico de pé entre suas pernas. Ele vira minhas mãos para cima e corre os dedos em movimentos pequenos pelas palmas, enquanto observa o meu rosto em busca de pistas sobre como estou me sentindo.

"Não... Eu queria saber o que aconteceu com Natalie... mas não tenho nenhuma pergunta."

"Não sou mais essa pessoa, você sabe disso, né?"

Já disse a ele que sim, mas sei que ele precisa ouvir de novo. "Eu sei. Sei de verdade, lindo."

Seus olhos disparam na direção dos meus. "Lindo?" Ele arqueia a sobrancelha.

"Não sei por que disse isso..." Fico vermelha. Nunca o chamava de outra coisa que não Hardin, então é um pouco estranho chamá-lo de "lindo", como ele faz comigo.

"Não... eu gostei." Ele sorri.

"Senti falta do seu sorriso", digo, e seus dedos param de brincar com as minhas mãos.

"Eu também." Hardin franze a testa. "Não faço você sorrir o suficiente."

Quero dizer alguma coisa para apagar a dúvida de seu rosto, mas sem mentir. Ele precisa saber como me sinto. "É verdade... a gente precisa melhorar nisso", digo.

Seus dedos voltam a se mover, desenhando pequenos corações nas palmas das minhas mãos. "Não sei por que você me ama."

"Isso não interessa, o que importa é que eu te amo."

"A carta foi ridícula, não foi?"

"Não! Quer parar de se menosprezar? Foi linda. Li três vezes seguidas. Fiquei muito feliz de ler que você pensava em mim... em nós."

Ele ergue o olhar, meio rindo, meio preocupado. "Você sabia que eu te amava."

"Sabia... mas é bom saber as pequenas coisas, que você se lembra do que eu estava vestindo. Esse tipo de coisa. Você nunca diz esse tipo de coisas."

"Ah." Ele parece envergonhado. Ainda é um pouco incômodo que Hardin seja a pessoa mais vulnerável em nosso relacionamento. Esse papel sempre foi meu.

"Não precisa ficar com vergonha", digo.

Ele me envolve pela cintura e me coloca em seu colo. "Não estou com vergonha", mente.

Aliso seu cabelo e passo o braço em volta de seu ombro. "Acho que está", desafio em um tom de voz suave, e ele ri, enterrando a cabeça em meu pescoço.

"Que véspera de Natal! Foi um dia bem cheio", ele reclama, e não posso deixar de concordar.

"Cheio demais. Não acredito que a minha mãe veio aqui. Ela é tão inacreditável."

"Nem tanto", diz ele, e eu me afasto para encará-lo.

"O quê?"

"Na verdade, ela não está sendo insensata. Pode até reagir do jeito errado, mas dá para entender por que não quer você com alguém como eu."

Cansada dessa conversa — e dessa ideia de que a minha mãe tem alguma razão para pensar assim ao seu respeito —, olho feio para ele e saio do seu colo para sentar ao seu lado na cama.

"Tess, não me olha assim. Só estou dizendo que agora pensei de verdade na merda toda que fiz, e não culpo sua mãe por se preocupar."

"Bom, ela está errada, e a gente pode mudar de assunto?", reclamo. O tumulto emocional do dia — do ano, na verdade — está me deixando cansada e irritada. O ano está quase acabando. Nem posso acreditar.

"Certo, então do que você quer falar?", pergunta ele.

"Não sei... algo mais leve." Sorrio, me forçando a ser menos ranzinza. "De repente o seu romantismo."

"Não sou *romântico*", desdenha ele.

"Ah, é sim. Aquela carta foi um clássico", brinco.

Ele revira os olhos. "Não foi uma carta, foi um bilhete. Um bilhete que era para ter um parágrafo no máximo."

"Claro. Um bilhete romântico, então."

"Ah, cala a boca...", ele resmunga, divertido.

Envolvo uma mecha do seu cabelo em meu dedo e dou risada. "Agora é a hora em que você me irrita para eu dizer o seu nome?"

Ele se move rápido demais para eu responder, agarrando minha cintura, me jogando na cama e se debruçando em cima de mim, com as mãos nos meus quadris. "Não. Já aprendi outras maneiras de fazer você dizer meu nome", ele sussurra, com os lábios junto do meu ouvido.

Meu corpo inteiro se inflama com apenas algumas palavras de Hardin. "Ah, é?", digo com a voz rouca.

Mas, de repente, a imagem sem rosto de Natalie surge em minha mente, fazendo meu estômago revirar. "Acho que a gente devia esperar até a sua mãe não estar na sala", sugiro, em parte porque obviamente preciso de mais tempo para retomar o nosso relacionamento, mas também porque já foi estranho o bastante fazer isso uma vez com ela aqui.

"Posso expulsá-la agora mesmo", brinca ele, mas rola de lado na cama.

"Ou eu posso expulsar você."

"Não vou embora de novo. Nem você." A certeza em sua voz me faz sorrir.

Ficamos deitados um do lado do outro, olhando para o teto. "Então é isso, chega desse vai e vem?", pergunto.

"Chega. Chega de segredos, de fugas. Você acha que consegue ficar uma semana sem me abandonar?"

Empurro seu ombro com o braço e dou risada. "Você acha que consegue ficar uma semana sem me irritar?"

"É, provavelmente não", responde ele. Sei que está sorrindo.

Viro de lado e confirmo: um enorme sorriso cobre o seu rosto. "Você vai ter que passar umas noites no meu alojamento também. A viagem é longa."

"No seu alojamento? Você não mora num alojamento. Mora aqui."

"Acabamos de reatar... você acha mesmo que é uma boa ideia?"

"Você fica aqui. Não tem discussão."

"Você deve estar confuso, para falar comigo desse jeito", respondo, e em seguida me apoio num dos cotovelos para encará-lo. Balanço a cabeça de leve e abro um pequeno sorriso. "Não quero voltar para o alojamento, só queria ver a sua reação."

"Ah", diz ele, copiando minha posição, "que bom que você voltou ao seu estado irritante."

"Que bom que você voltou ao seu estado mal-educado. Estava ficando preocupada que depois dessa carta romântica talvez estivesse perdendo a prática."

"Se me chamar de romântico mais uma vez, vou te comer aqui e agora, com mãe ou sem mãe lá na sala." Arregalo os olhos, e ele ri mais alto do que acho que jamais ouvi. "É brincadeira! Você devia ter visto a sua cara!", exclama.

Não posso deixar de rir com ele.

Depois que paramos, ele admite: "Talvez a gente não devesse rir depois de tudo que aconteceu hoje."

"Talvez seja exatamente por isso que *precisamos* rir." É assim que nós somos: brigamos e depois fazemos as pazes.

"Nosso relacionamento é meio perturbado." Ele sorri.

"É... só um pouco." Definitivamente tem sido como uma montanha-russa.

"Mas isso ficou para trás, certo? Prometo."

"Certo." Eu me aproximo e lhe dou um beijo rápido nos lábios.

Não é o bastante, porém. Nunca é. Levo meus lábios de volta aos seus e dessa vez me demoro mais. Nossas bocas se abrem ao mesmo tempo, e ele desliza a língua para dentro da minha. Agarro seus cabelos, e ele me puxa para cima de seu corpo, enquanto sua língua massageia a minha. Por mais perturbada que tenha sido a nossa relação, não há como negar a paixão que nos consome. Começo a mover os quadris, me esfregando nele, e sinto seu sorriso contra os meus lábios.

"Acho que já basta", diz.

Assentindo, deito ao seu lado e descanso a cabeça em seu peito, deleitando-me com a sensação de seus braços envolvendo minhas costas. "Espero que corra tudo bem amanhã", desejo em voz alta, depois de alguns minutos de silêncio.

Ele não responde. Ergo a cabeça e seus olhos estão fechados, e os lábios, entreabertos; Hardin adormeceu. Devia estar esgotado. Mas tudo bem, eu também estou.

Saio de cima dele e vejo a hora. Já passam das onze. Tiro sua calça jeans com cuidado, para não acordá-lo, e me aconchego ao seu lado. Amanhã é Natal, e só posso rezar para que seja um dia muito melhor do que hoje.

45

HARDIN

"Hardin." A voz de Tessa é suave.

Resmungo e puxo o braço que está sob seu corpo. Pego o travesseiro e cubro o rosto. "Está cedo demais para levantar."

"A gente foi dormir tarde e está na hora de se arrumar." Ela arranca o travesseiro da minha mão e joga no chão.

"Fica na cama comigo. Vamos cancelar." Pego o braço dela, e Tessa rola de lado, encaixando o corpo no meu.

"Não dá para *cancelar* o Natal." Ela dá risada e cola os lábios no meu pescoço. Mexo o corpo junto ao dela, empurrando os quadris contra os seus, e ela se afasta, rindo. "Ah, não, nem vem." Em seguida, empurra o meu peito com as mãos para impedir que eu suba em cima dela.

Tessa sai da cama, me deixando sozinho. Penso em segui-la até o banheiro, não para fazer qualquer coisa, só para estar perto dela. Mas a cama está tão quentinha, acabo ficando. Ainda estou perplexo com o fato de que ela esteja aqui. Seu perdão e sua aceitação nunca vão deixar de me surpreender.

Passar o Natal com ela também vai ser diferente. Nunca liguei para esse tipo de feriado, mas ver a forma como o rosto de Tessa se ilumina por causa de uma árvore idiota com enfeites de preços abusivos torna a coisa toda um pouco mais tolerável. A presença da minha mãe também não é nada mal. Tessa parece adorá-la, e minha mãe está quase tão obcecada com a minha namorada quanto eu.

Minha namorada. Tessa é a minha namorada de novo, e vou passar o Natal com ela — e a minha família desajustada. Que diferença do ano passado, quando passei o Natal completamente chapado. Poucos minutos depois, me forço a sair da cama e vou até a cozinha. Café. Preciso de café.

"Feliz Natal", diz minha mãe, quando entro na cozinha.

"Para você também." Passo por ela no caminho até a geladeira.

"Fiz café", diz.

"Estou vendo." Pego o cereal em cima da geladeira e vou até a cafeteira.

"Hardin, desculpe pelo que disse ontem. Sei que ficou chateado quando concordei com a mãe da Tessa, mas você tem que ver o meu lado."

A questão é que eu *vejo* o lado dela, mas não é papel dela dizer para Tessa me deixar. Depois de tudo por que passamos, precisamos de alguém do nosso lado. Parece que somos só eu e ela, lutando contra todo mundo, e preciso da minha mãe do nosso lado.

"É que o lugar dela é comigo, mãe, e em mais lugar nenhum. Só comigo." Pego uma toalha para limpar o café que escorreu da caneca. O líquido marrom mancha a toalha branca, e quase posso ouvir a voz de Tessa me repreendendo por usar a toalha errada.

"Sei disso, Hardin. Agora eu sei. Sinto muito."

"Eu também. Desculpa ser um idiota o tempo todo. Não é a minha intenção."

Ela parece surpresa com as minhas palavras. Acho que entendo por quê. Nunca peço desculpas, não importa se estou certo ou errado. Esse é o meu problema, acho — ser um idiota e não assumir as consequências.

"Está tudo bem, vamos esquecer isso. E aproveitar o maravilhoso Natal na casa do seu amável pai." Ela sorri, com o sarcasmo evidente na voz.

"É, vamos esquecer."

"É. Vamos. Não quero que a confusão de ontem estrague o dia de hoje. Entendo melhor agora a situação toda. Sei que você é apaixonado por ela, Hardin, e posso ver que está aprendendo a ser um homem melhor. Ela está ensinando você, e isso me deixa muito feliz." Minha mãe leva as mãos ao peito, e eu reviro os olhos. "De verdade, estou muito feliz por você", diz.

"Obrigado." Desvio o olhar. "Eu te amo, mãe." Essas palavras provocam um estranho gosto na minha boca, mas a expressão no rosto dela faz valer a pena.

Minha mãe solta um suspiro de susto. "O que foi que você disse?" Ao ouvir as palavras que nunca falo, as lágrimas se acumulam em seus olhos. Não sei o que me fez dizer isso agora, talvez o reconhecimento de que ela de fato só quer o melhor para mim. Talvez o fato de estar aqui agora e por ter desempenhado um papel tão importante no perdão de Tessa. Não sei, mas a expressão em seu rosto me faz desejar que eu tivesse dito isso antes. Ela lidou com um monte de merda e tentou o máximo que pôde ser uma boa mãe para mim — e merece o simples prazer de ouvir o único filho dizer que a ama mais do que uma vez em treze anos.

Eu tinha tanta raiva — ainda tenho —, mas não é culpa dela. Nunca foi.

"Eu te amo, mãe", repito, um pouco envergonhado.

Ela me puxa em seus braços e me abraça mais apertado, mais apertado do que eu normalmente permitiria.

"Ah, Hardin, também te amo. Muito, filho."

46

TESSA

Decido usar o cabelo liso, para tentar algo diferente. Mas, quando termino, acho que ficou estranho, então enrolo de novo, como de costume. Estou demorando muito para me arrumar, e já deve estar na hora de sair. Talvez uma parte de mim esteja enrolando, apreensiva com o que vai acontecer durante o dia.

Espero que Hardin se comporte, ou pelo menos tente.

Opto por uma maquiagem simples, só um pouquinho de base, delineador e rímel. Ia passar uma sombra também, mas tive que tirar a linha torta da pálpebra três vezes antes de enfim acertar.

"Você morreu aí dentro?", Hardin pergunta pela porta.

"Estou quase terminando", respondo e escovo os dentes mais uma vez.

"Vou tomar um banho rápido, mas depois a gente tem que sair se você quiser chegar lá na hora", diz Hardin quando abro a porta.

"Tá bom, tá bom, vou me vestir enquanto você toma banho."

Ele desaparece no banheiro, e vou para o closet e pego o vestido verde-escuro sem manga que comprei para usar hoje. O tecido é grosso, e o decote é alto. O laço na cintura é muito maior do que parecia quando experimentei na loja, mas vou usar um casaco de lã por cima de qualquer forma. Pego a pulseira na cômoda e sinto um frio na barriga ao reler a citação perfeita.

Não sei que sapato usar; salto alto provavelmente vai criar um visual produzido demais. Escolho as sapatilhas pretas e visto o casaco branco sobre o vestido no mesmo instante em que Hardin abre a porta só com uma toalha amarrada na cintura.

Nossa. Não importa quantas vezes o veja, ainda fico sem fôlego. Olhando para o corpo seminu de Hardin, não consigo entender por que nunca gostei de tatuagens.

"Caramba", diz ele, me observando de cima a baixo.

"O quê? Qual o problema?" Olho para baixo para ver o que há de errado.

"Você parece... incrivelmente inocente."

"E isso é bom ou ruim? É Natal, não queria parecer indecente." De uma hora para outra, me sinto insegura sobre minha roupa.

"Ah, é bom. Muito bom." Ele passa a língua pelo lábio inferior, e eu finalmente entendo, corando e desviando o olhar, antes de começar uma coisa que não vamos poder terminar. Não agora, pelo menos.

"Obrigada. O que você vai usar?"

"O de sempre."

Olho para ele. "Ah."

"Não vou me arrumar todo para ir à casa do meu pai."

"Eu sei... Que tal você vestir a camisa que a sua mãe te deu de Natal?", sugiro, sabendo que ele não vai querer.

Hardin dá risada. "De jeito nenhum." Ele vai até o closet e tira a calça jeans do cabide, que cai no chão — não que ele perceba essas coisas. Decido não dizer nada; em vez disso me afasto do closet no instante em que a toalha de Hardin bate no piso.

"Vou ficar com a sua mãe", grito do quarto, me esforçando para não olhar para o seu corpo.

"Como quiser." Ele sorri, e vou para a sala.

Quando encontro Trish na sala de estar, ela está usando um vestido vermelho e saltos pretos, muito diferente do moletom habitual.

"Você está linda!", digo a ela.

"Tem certeza? Será que não exagerei, com toda essa maquiagem?", ela pergunta, nervosa. "Não que eu me importe, sério, só não quero estar feia quando encontrar meu ex-marido depois de todos esses anos."

"Confia em mim, feia é a *última* coisa que você está", garanto a ela, o que a faz sorrir um pouco.

"Prontas?", pergunta Hardin ao se juntar a nós na sala de estar. Ainda está com o cabelo molhado, mas de alguma forma perfeito. Está todo de preto, incluindo o All-Star que eu adoro, que ele usou em Seattle.

Trish não parece notar que o filho está todo de preto, provavelmente porque ainda está preocupada com a própria aparência. Quando entramos no elevador, Hardin olha para a mãe como se fosse a primeira vez, então pergunta: "Por que você está toda arrumada?".

Ela fica um pouco vermelha. "É uma festa, por que não estaria?"

"Só achei estranho..."

Eu o interrompo antes que diga algo que estrague o dia de sua mãe. "Ela está linda, Hardin. E eu estou tão arrumada quanto ela."

Ficamos todos em silêncio durante o trajeto de carro, até mesmo Trish. Sei que está ansiosa, e como não entender? Eu também ficaria incrivelmente nervosa. Na verdade, por razões diferentes; quanto mais nos aproximamos da casa de Ken, mais apreensiva fico. Queria muito ter um Natal tranquilo.

Quando enfim chegamos e estacionamos junto ao meio-fio, ouço Trish suspirar. "*Esta* é a casa dele?"

"Pois é. Falei que era grande", diz Hardin e desliga o carro.

"Não achei que fosse tão grande", ela comenta baixinho.

Hardin salta do carro e abre a porta para a mãe, que permanece sentada, em estado de choque. Saio do carro sozinha e, enquanto subimos os degraus que levam à casa, vejo a apreensão no rosto de Hardin. Seguro sua mão para tentar acalmá-lo, e ele olha para mim com um sorriso discreto, mas perceptível. Ele não toca a campainha, simplesmente abre a porta e entra.

Karen está de pé na sala de estar com um sorriso radiante e acolhedor, tão contagiante que imediatamente me sinto *um pouco* melhor. Hardin atravessa o hall de entrada com sua mãe, e eu vou atrás dos dois, ainda de mão dada com ele.

"Obrigada por terem vindo", agradece Karen, aproximando-se de Trish, ciente que Hardin não é de fazer apresentações. "Oi, Trish, sou a Karen", diz ela e lhe estende a mão. "Que bom conhecer você. Fico muito feliz que tenha vindo." Karen parece completamente calma, mas já a conheço bem o suficiente para saber que não é o caso.

"Oi, Karen, é bom conhecer você também", responde Trish e aperta sua mão.

Nesse instante, Ken aparece na sala e parece surpreso aos nos ver. Ele detém o passo e olha para a ex-mulher. Eu me apoio em Hardin, torcendo para que Landon tenha avisado Ken que viríamos.

"Oi, Ken", diz Trish, mais confiante do que parecia estar durante toda a manhã.

"Trish... Uau... Oi", gagueja ele.

Trish, que suponho estar satisfeita com a reação dele, acena com a cabeça uma vez e diz: "Você está... diferente".

Tento imaginar como era Ken naquela época — olhos avermelhados por causa da bebida, testa suada, rosto pálido —, mas não consigo.

"É... você também", diz ele.

A tensão está me deixando tonta, então fico mais do que aliviada quando Karen de repente exclama: "Landon!", e ele se junta a nós. Karen está obviamente mais calma ao ver o menino dos seus olhos, e ele parece digno de representar o papel, de calça social azul, camisa branca e gravata preta.

"Você está linda." Ele me elogia e me dá um abraço.

Hardin aperta minha mão, mas consigo me soltar e abraçar Landon de volta. "Você também está ótimo, Landon", digo.

Hardin engancha o braço em minha cintura e me puxa de volta para ele, mais perto do que antes. Landon revira os olhos para o filho de seu padrasto, então se vira para Trish. "Olá, sra. Daniels, sou o Landon, filho de Karen. É muito bom finalmente conhecê-la."

"Ah, por favor, não me chame de senhora." Trish ri. "Mas é muito bom conhecer você também. Tessa falou muito de você."

Ele sorri. "Espero que só coisas boas."

"Na maior parte", ela brinca.

O charme de Landon parece aliviar um pouco a tensão na sala, e Karen anuncia: "Bom, vocês chegaram bem na hora. O pato vai ficar pronto em dois minutos!".

Ken nos leva para a sala de jantar, enquanto Karen desaparece na cozinha. Não fico surpresa de ver a mesa posta com perfeição, o melhor aparelho de jantar, talheres de prata polidos e elegantes anéis de guardanapo feitos de madeira. A mesa está repleta de travessas arrumadas com primor. O pato está cercado de grossas fatias de laranja, com um montinho de frutas vermelhas no topo. É tudo muito elegante, e o cheiro é de dar água na boca. Bem na minha frente, vejo um prato de batatas assadas. O aroma de alho e alecrim enche o ar, e eu admiro o restante da mesa.

No centro, um arranjo grande com flores e enfeites em tons de laranja e vermelho. Karen é sempre uma anfitriã incrível.

"Alguém aceita uma bebida? Tenho uns tintos deliciosos na adega", oferece ela. Suas bochechas ficam vermelhas ao perceber o que acabou de perguntar. Álcool é definitivamente um assunto delicado com este grupo.

Trish sorri. "Na verdade, eu aceito, sim."

Karen desaparece, e ficamos num silêncio tão profundo que, quando ela tira a rolha na cozinha, o som é tão alto que parece reverberar nas paredes à nossa volta. Quando ela volta com uma garrafa aberta, penso em pedir uma taça para acalmar a sensação desconfortável na barriga, mas mudo de ideia. A anfitriã está de volta, e nós sentamos à mesa — Ken na cabeceira; Karen, Landon e Trish de um lado; Hardin e eu do outro. Depois de alguns elogios à arrumação da mesa, ninguém diz uma palavra enquanto serve os pratos.

Após algumas garfadas, Landon faz contato visual comigo, e sei que está se perguntando se deve ou não falar. Dou um pequeno aceno de cabeça; não quero ser a pessoa responsável por quebrar o silêncio. Levo uma garfada de pato à boca, e Hardin coloca a mão na minha coxa.

Landon limpa a boca com o guardanapo e se vira para Trish. "Então, o que está achando dos Estados Unidos, sra. Daniels? É a sua primeira vez aqui?"

Ela faz que sim com a cabeça algumas vezes. "Sim, é a minha primeira vez aqui. Estou gostando. Não moraria aqui, mas gosto. Você está pensando em ficar em Washington quando terminar a faculdade?" Ela olha para Ken, como se estivesse perguntando a ele, e não a Landon.

"Não sei ainda; minha namorada está de mudança para Nova York no mês que vem, então vai depender do que ela quer fazer."

Por mim, torço para que Landon não mude tão cedo.

"Bom, vou ficar feliz quando Hardin terminar os estudos, para poder voltar logo para casa", comenta Trish, e eu deixo o garfo cair no prato.

Todos os olhos se voltam para mim, e eu sorrio, pedindo desculpas, antes de pegar o talher de volta.

"Você vai voltar para a Inglaterra depois da faculdade?", Landon pergunta a Hardin.

"Vou, claro", responde Hardin, abruptamente.

"Ah", diz Landon, olhando diretamente para mim. Hardin e eu não fizemos planos para depois da faculdade, mas jamais imaginei que fosse voltar para a Inglaterra. Precisamos discutir isso mais tarde, e não na frente de todo mundo.

"E você... gosta dos Estados Unidos, Ken? Pretende ficar de vez?", Trish pergunta.

"Sim, amo aqui. Vou ficar, com certeza", responde ele.

Trish sorri e dá um gole lento no vinho. "Você sempre odiou os Estados Unidos."

"É... *odiava*", ele responde, meio que sorrindo de volta para ela.

Karen e Hardin se remexem desconfortavelmente em suas cadeiras, e eu me concentro em mastigar o pedaço de batata em minha boca.

"Dá para falar de outra coisa que não os Estados Unidos?" Hardin revira os olhos. Eu o chuto de leve por baixo da mesa, mas ele não demonstra ter percebido.

Karen intercede rapidamente, perguntando para mim: "Como foi sua viagem para Seattle, Tessa?".

Tenho certeza de que já falei sobre isso com ela, mas sei que Karen está só tentando preencher o silêncio, então conto a todos sobre a conferência e sobre o meu trabalho novamente. Com isso, chegamos ao final da refeição, pois todos seguem me fazendo perguntas num claro esforço para manter a conversa num tópico seguro, que não envolva ex-mulheres e ex-maridos.

Depois que todos terminam de comer o delicioso pato e os acompanhamentos, ajudo Karen a levar os pratos para a cozinha. Ela parece um pouco abalada, então não puxo conversa enquanto arrumamos a cozinha.

"Aceita mais uma taça de vinho, Trish?", pergunta Karen, depois que todos se acomodam na sala de estar. Hardin, Trish e eu sentamos num dos sofás, Landon fica na poltrona, e Karen e Ken ficam no outro sofá diante de nós. Parece que somos dois times, com Landon como árbitro.

"Sim, por favor. Está muito bom", responde Trish e entrega a taça vazia a Karen.

"Obrigada, compramos na Grécia, no último verão; uma delícia de..." Ela se interrompe no meio da frase. Depois de uma pausa, acrescenta: "Um lugar interessante", antes de devolver a taça.

Trish sorri e faz um pequeno aceno de cabeça. "Bem, o vinho é excelente."

Não entendo muito bem esse constrangimento a princípio, mas então percebo que Karen tem o Ken que Trish nunca teve. Viagens à Grécia e ao resto do mundo, uma casa enorme, carros novos e, o mais importante, um marido amoroso e sóbrio. Tenho que exaltar Trish por ser tão forte e tolerante. Está fazendo um esforço tremendo para ser educada, sobretudo diante das circunstâncias.

"Mais alguém? Tessa, aceita uma taça?", pergunta Karen ao terminar de servir Landon. Olho para Trish e Hardin.

"Só uma, para comemorar o Natal", insiste Karen.

Acabo cedendo e respondo: "Aceito, por favor". Se o dia for continuar assim tão estranho, vou precisar de uma taça de vinho.

Enquanto ela me serve, vejo Hardin acenando a cabeça perto de mim várias vezes. E, em seguida, ele comenta: "E você, pai? Quer uma taça de vinho?".

Todos olham para ele com os olhos arregalados, boquiabertos. Aperto sua mão para tentar silenciá-lo.

Mas ele continua com um sorriso perverso. "O quê? Não? Qual é, tenho certeza que quer. Sei que você sente falta."

47

TESSA

"Hardin!", exclama Trish.

"O quê? Só estou oferecendo uma bebida. Sendo gentil", diz ele.

Olho para Ken, e sei que ele está se perguntando se deve ou não morder a isca e transformar isso numa discussão acalorada.

"Para", sussurro para Hardin.

"Não seja grosso", diz Trish.

Ken enfim resolve reagir. "Tudo bem", ele diz e dá um gole em sua água.

Olho ao redor da sala. Karen empalideceu. Landon está com os olhos voltados para a televisão enorme na parede. Trish baixou seu vinho. Ken parece espantado, e Hardin está encarando o pai.

Em seguida, abre um sorriso dissimulado. "Eu *sei* que está tudo bem."

"Você só está com raiva, então pode dizer o que quiser", afirma Ken. Ele não deveria ter dito isso. Não devia ter tratado os sentimentos de Hardin com tanta trivialidade, como se fossem a opinião de um garoto que ele simplesmente tem que suportar por um momento.

"Com raiva? Não estou com raiva. Estou irritado e impressionado, mas com raiva, não", Hardin responde calmamente.

"Impressionado com o quê?", pergunta Ken. *Ai, Ken, para de falar.*

"Impressionado com o fato de você estar agindo como se nada tivesse acontecido, como se você não fosse um puta de um canalha." Ele aponta para Ken e Trish. "Vocês dois estão sendo ridículos."

"Você está passando dos limites", repreende Ken. *Meu Deus, Ken.*

"Estou? E quem disse que é você quem decide os limites?", Hardin o desafia.

"Eu, Hardin. Na minha casa, quem decide os limites sou eu."

Hardin fica de pé na mesma hora. Agarro seu braço para detê-lo, mas ele me afasta sem dificuldade. Ponho minha taça de vinho depressa

243

na mesinha de canto e levanto. "Hardin, para com isso!", imploro e agarro seu braço de novo.

Estava tudo bem. Estranho, mas bem. E então Hardin resolveu fazer um comentário mal-educado. Sei que está com raiva do pai por seus erros, mas o almoço de Natal não é hora de falar disso. Hardin e Ken estavam só começando a refazer seu relacionamento e, se Hardin não parar agora, as coisas vão piorar muito.

Ken se levanta com um ar de autoridade e afirma, exatamente como um professor faria: "Pensei que a gente estivesse superando isso. Você foi ao meu casamento". Eles estão a apenas alguns passos de distância um do outro, e sei que isso não vai acabar bem.

"Superando o quê? Você nem admite! Fica aí fingindo que não aconteceu *nada*!"

Hardin está gritando agora. Minha cabeça está dando voltas. Como eu queria não ter passado adiante o convite de Landon para Hardin e Trish. Mais uma vez, causei um problema na família.

"Hoje não é o dia de discutir isso, Hardin. Estamos nos divertindo, e você resolve começar uma briga comigo", diz Ken.

Erguendo as mãos, Hardin pergunta: "*Qual* é o dia então? Minha nossa, dá para acreditar nesse cara?".

"Não no Natal. Faz anos que não vejo a sua mãe, e este é o momento que você escolhe para falar disso?"

"Faz anos que você não vê a minha mãe porque você foi embora! Você deixou a gente sem nada — sem dinheiro, sem carro, nada!", grita Hardin e cola o rosto no do pai.

Ken fica rubro de raiva. E então começa a gritar: "Sem dinheiro? Eu mandei dinheiro todos os meses! Um monte de dinheiro! E a sua mãe não aceitou o carro que ofereci!".

"Mentira!", bufa Hardin. "Você não mandou nada. É por isso que a gente morava naquela porcaria de casa e ela trabalhava cinquenta horas por semana!"

"Hardin... não é mentira", interrompe Trish.

Ele se vira para a mãe. "O quê?"

Que desastre. É muito pior do que eu podia prever.

"Ele mandava dinheiro, Hardin", explica ela. Em seguida, baixa a taça e vai na direção dele.

"E onde foi parar, então?", pergunta Hardin, com um tom incrédulo.

"Está pagando a sua faculdade."

Hardin aponta um dedo furioso para Ken. "Você disse que *ele* estava pagando a faculdade!", grita, e meu coração dói por ele.

"E está... com o dinheiro que guardei ao longo dos anos. O dinheiro que ele mandava para nós."

"Como assim?". Hardin esfrega a testa com a mão. Eu me coloco atrás dele e enlaço os dedos de sua mão livre.

Trish coloca a mão no ombro do filho. "Não usei tudo na sua faculdade. Paguei as contas também."

"Por que você não me contou? Ele devia estar pagando agora — e não com o dinheiro que era para pôr comida na nossa mesa e pagar uma casa decente." Ele se vira para o pai. "Mandando dinheiro ou não, você foi embora! Foi embora e não ligou nem no meu aniversário."

Espumando pelos cantos da boca, Ken começa a piscar rapidamente. "O que eu podia ter feito, Hardin? Ficar? Eu era um bêbado, um bêbado imprestável. E vocês dois mereciam mais do que eu podia oferecer. Depois daquela noite... Eu sabia que precisava ir embora."

Hardin fica rígido, e sua respiração se torna irregular. "*Não fala daquela noite! Aquilo aconteceu por sua causa!*"

Quando Hardin puxa a mão da minha, Trish parece furiosa, Landon, aterrorizado, e Karen... bom, ela continua chorando, e eu percebo que sou eu quem precisa interromper a cena.

"Eu sei disso! Você não sabe o quanto eu queria desfazer aquilo, filho... faz dez anos que aquela noite vem me assombrando!", diz Ken, com a voz embargada, tentando nitidamente conter o choro.

"Assombrando você? Eu vi *tudo*, seu babaca! Fui eu que limpei a porra do sangue do chão enquanto você enchia a cara!", Hardin cerra os punhos.

Karen choraminga e cobre a boca antes de sair da sala. Dá para entender por quê. Eu mesma não tinha percebido que estava chorando até as lágrimas quentes baterem no meu peito. Estava com uma sensação de que alguma coisa iria acontecer, mas nada como isso.

Ken ergue as mãos no ar. "Eu sei, Hardin! Eu sei! E não posso fazer nada para apagar isso! Estou sóbrio agora! Faz anos que não bebo! Você não pode usar isso contra mim para sempre!"

Trish grita ao ver o filho avançar contra o pai. Landon corre para tentar ajudar, mas é tarde demais. Hardin empurra Ken contra a cristaleira — a substituta daquela que ele quebrou antes. Ken agarra a camisa do filho, tentando afastá-lo, mas o punho de Hardin acerta sua mandíbula.

Hardin está batendo no próprio pai, e eu fico imóvel, como sempre.

Ken consegue se esquivar antes que o filho o acerte de novo. Em vez do pai, Hardin soca o vidro da porta da cristaleira. Ao ver o sangue, saio do meu estupor e agarro a camisa de Hardin. Ele joga o braço para trás, me arremessando contra uma mesa e derrubando uma taça de vinho tinto em meu casaco branco.

"Olha o que você fez!", Landon grita com Hardin e corre para junto de mim.

Trish está de pé perto da porta, lançando um olhar furioso na direção do filho, e Ken olha da cristaleira quebrada para mim. Hardin interrompe seu ataque contra o pai e se vira para mim.

"Tessa, Tessa, você está bem?", pergunta.

Faço que sim em silêncio, no chão, vendo o rastro de sangue que escorre dos dedos por seu braço. Não me machuquei; meu casaco está arruinado, o que é uma futilidade em meio a este caos.

"Sai para lá", Hardin grita com Landon e toma seu lugar ao meu lado. "Você está bem? Achei que fosse Landon", ele justifica e me ajuda com a mão que não está sangrando, embora esteja machucada.

"Estou bem", repito e me afasto de seu toque assim que fico de pé.

"Vamos embora", ele rosna e tenta passar o braço ao redor da minha cintura.

Eu me afasto e olho para Ken, que está usando a manga da camisa branca impecável para limpar o sangue da boca.

"Acho melhor você ficar, Tessa", sugere Landon.

"Nem começa, Landon", adverte Hardin, mas o enteado de seu pai parece irredutível. Isso não é bom.

"Hardin, para com isso agora", exclamo. Quando ele solta um suspiro, mas não discute, eu me volto para Landon. "Vou ficar bem." É com Hardin que ele deveria estar preocupado.

"Vamos", ordena Hardin, mas, ao passar pela porta, olha para trás para se certificar de que estou saindo com ele.

"Sinto muito... por tudo isso", digo a Ken ao sair.

Atrás de mim, ouço-o dizer baixinho: "Não foi culpa sua, foi minha".

Trish está quieta. Hardin está quieto. E eu estou morrendo de frio. Os assentos de couro estão gelados contra minhas pernas nuas, e meu casaco molhado não está ajudando em nada. Coloco o aquecimento no máximo, e Hardin vira a cabeça para o meu lado, mas mantenho os olhos na janela. Não sei se devia estar com raiva dele. Ele arruinou o Natal e agrediu o pai na frente de todo mundo. No entanto, tenho pena dele. Hardin já passou por muita coisa, e o pai é a raiz de todos os seus problemas — os pesadelos, a raiva, a falta de respeito pelas mulheres. Ele nunca teve ninguém para ensiná-lo a ser homem.

Quando Hardin coloca a mão na minha coxa, eu não a retiro. Minha cabeça está latejando, e não acredito na forma como tudo descambou tão depressa.

"Hardin, precisamos conversar sobre o que aconteceu", diz Trish depois de alguns minutos.

"Não, não precisamos", responde ele.

"Precisamos, sim. Você passou dos limites."

"Eu passei dos limites? Como você pode esquecer tudo o que ele fez?"

"Não esqueci nada, Hardin. Decidi perdoar, só isso; não posso ficar guardando raiva dele. Mas partir para a violência é sempre passar dos limites. E não é só a violência, esse tipo de raiva vai consumir você — vai tomar conta da sua vida se você deixar. Se ficar apegado a isso, vai acabar se destruindo. Não quero viver assim. Quero ser feliz, Hardin, e perdoar o seu pai faz com que isso seja muito mais fácil."

A força de Trish nunca deixa de me surpreender, nem a teimosia de Hardin. Ele se recusa a perdoar o pai por seus erros, mas não perde tempo em pedir o meu perdão todas as vezes. E, mesmo assim, não é capaz de perdoar a si mesmo. É o cúmulo da ironia.

"Bom, eu não quero perdoar o meu pai. Achei que era capaz, mas não depois de hoje."

"Ele não fez nada para você hoje", Trish o repreende. "*Você* o provocou com a bebida sem motivo."

Hardin tira a mão da minha perna, deixando uma mancha de sangue na minha pele. "Ele não merece sair impune, mãe."

"Não é questão de impunidade. Pensa bem: o que você ganha com essa raiva dele além de sangue nas mãos e uma vida solitária?"

Hardin não responde. Só continua olhando para a frente.

"Pois então", diz ela, e o restante da viagem se dá em silêncio.

Quando chegamos ao apartamento, vou direto para o quarto.

"Você precisa pedir desculpas para ela, Hardin", ouço Trish dizer em algum lugar atrás de mim.

Tiro o casaco manchado e deixo cair no chão. Descalço os sapatos e ajeito o cabelo atrás das orelhas. Segundos depois, Hardin abre a porta do quarto; seus olhos vão para o tecido manchado de vermelho no chão, e em seguida para o meu rosto.

Ele para na minha frente e pega minhas mãos, com os olhos repletos de súplica. "Desculpa, Tess. Não tive a intenção de empurrar você."

"Você não devia ter feito aquilo. Não hoje."

"Eu sei... você se machucou?", pergunta ele, limpando as mãos feridas na calça jeans preta.

"Não." Se tivesse me machucado fisicamente, teríamos problemas muito maiores.

"Desculpa. Tive um acesso de raiva. Pensei que fosse o Landon..."

"Não gosto quando você fica daquele jeito, tão irritado." Meus olhos se enchem de lágrimas quando me lembro dos cortes em sua mão.

"Eu sei, linda." Ele dobra os joelhos de leve para ficar da minha altura. "Nunca machucaria você de propósito. Você sabe disso, né?" Ele acaricia minha têmpora com o polegar, e eu faço que sim com a cabeça com um aceno lento. Sei que ele nunca me machucaria, ao menos fisicamente. Sempre soube disso.

"Por que você tinha que comentar da bebida? Estava indo tudo bem", questiono.

"Porque ele estava agindo como se nada tivesse acontecido. Estava sendo um babaca pretensioso, e minha mãe estava indo na onda. Alguém tinha que ficar do lado dela." Sua voz é suave e confusa, o exato oposto de trinta minutos atrás, quando estava gritando na cara do pai.

Meu coração fica apertado de novo. Esse é o jeito dele de defender a mãe. Não é o jeito certo, mas é o instinto de Hardin. Ele afasta o cabelo da testa, manchando a pele de sangue.

"Tenta imaginar como ele se sente... Ele tem que viver com essa culpa para sempre, Hardin, e você não facilita as coisas. Não estou dizendo que não pode sentir raiva, porque é uma reação natural, mas, entre todas as pessoas, você devia ser mais compreensivo."

"Eu..."

"E tem que parar com a violência. Você não pode sair por aí batendo nos outros toda vez que fica chateado. Não é certo, e não gosto nem um pouco."

"Eu sei." Ele olha para o piso de cimento.

Eu suspiro e pego suas mãos. "A gente precisa limpar você; seus dedos ainda estão sangrando." Levo Hardin até o banheiro para limpar suas feridas pelo que parece ser a milésima vez desde que o conheci.

48

TESSA

Hardin nem sequer estremece enquanto limpo suas feridas. Mergulho a toalha de volta na pia cheia d'água, tentando diluir o sangue no tecido branco. Ele ergue os olhos para mim. Está sentado na borda da banheira, e eu, de pé entre suas pernas. Ele levanta as mãos mais uma vez.

"A gente precisa colocar alguma coisa no seu polegar", aviso a ele, torcendo a toalha encharcada.

"Vai ficar tudo bem", responde ele.

"Não, olha como está fundo", insisto. "A pele já é só cicatriz, e você fica abrindo de novo."

Ele não diz nada, apenas observa meu rosto.

"O que foi?", pergunto.

Abro o ralo da pia, para escorrer a água cor-de-rosa, e espero por sua resposta. "Nada...", mente ele.

"Fala."

"Não acredito que você ainda me aguenta", diz.

"Nem eu." Abro um sorriso. Ele faz uma cara feia. "Mas vale a pena", acrescento, com sinceridade. Hardin sorri, e levo a mão ao seu rosto, alisando sua covinha com o polegar.

Seu sorriso fica mais largo. "Claro que sim", ele responde e se levanta. "Preciso de um banho." Hardin tira a camisa e se inclina para abrir o chuveiro.

"Vou para o quarto então", digo a ele.

"Ué... por quê? Vem tomar um banho comigo."

"A sua mãe está logo ali na sala", explico calmamente.

"E daí... é só um banho. Por favor?"

Não sei dizer não para ele; e Hardin sabe disso. O sorriso em seu rosto depois do meu suspiro de derrota é a prova.

"Abre meu vestido?", peço e viro as costas para ele.

Levanto o cabelo, e seus dedos encontram o zíper imediatamente. Quando o tecido verde bate no chão, Hardin comenta: "Gosto desse vestido".

Ele tira a calça e a cueca, e eu tento não olhar para o corpo ao deslizar as alças do sutiã pelos braços. Quando fico completamente nua, Hardin entra no chuveiro e estende a mão para mim. Seus olhos percorrem o meu corpo e param em minhas coxas, franzindo a testa.

"O que foi?" Tento me cobrir com os braços.

"O sangue. Está em você." Aponta para algumas leves marcas vermelhas.

"Não tem problema." Pego a esponja e limpo o sangue da pele.

Ele tira a esponja de mim e enche de sabão. "Deixa comigo." Hardin se ajoelha, e a visão dele diante de mim me deixa arrepiada. A esponja se move para cima e para baixo em minhas coxas, em círculos lentos. Esse menino tem uma conexão direta com meus hormônios. Ele aproxima o rosto da minha pele, e tento não me contorcer à medida que seus lábios tocam meu quadril do lado esquerdo. Hardin mantém uma das mãos na parte de trás da minha coxa, me segurando no lugar, enquanto repete seus movimentos na coxa direita. "Me passa o chuveiro", diz ele, interrompendo meus pensamentos pervertidos.

"O quê?"

"Me passa o chuveiro", repete.

Faço que sim com a cabeça e solto o chuveiro do suporte para entregar a ele. Me encarando com um brilho nos olhos e água pingando da ponta do nariz, Hardin vira o chuveiro e aponta diretamente para a minha barriga.

"O quê... o que você está fazendo?", murmuro, enquanto ele vai descendo o chuveiro. A água quente golpeia a minha pele, e eu fico só olhando, ansiosa.

"Está gostoso?"

Faço que sim com a cabeça.

"Se está bom agora, o que vai achar quando eu descer um pouquinho mais...?" Cada célula do meu corpo se acende, dançando sob minha pele à medida que Hardin me provoca de um jeito torturante. Tenho um sobressalto quando a água me atinge, e Hardin sorri.

A água é tão gostosa, muito melhor do que jamais imaginei que pudesse ser. Meus dedos se enrolam em seu cabelo, e eu mordo o lábio inferior para abafar os gemidos. A mãe dele está na sala, mas não consigo fazê-lo parar — é uma delícia.

"E então?", Hardin exige uma resposta.

"É bom... não para", ofego, e ele ri, trazendo o jato mais para perto de mim, para aumentar a pressão. Quando sinto a língua macia de Hardin deslizar sob a água, quase perco o equilíbrio. É demais, a língua me lambendo junto com a pulsação da água fazem meus joelhos fraquejarem.

"Hardin... Não..." Não sei o que estou tentando dizer, mas, quando ele acelera os movimentos de sua língua, puxo seu cabelo, com força. Minhas pernas começam a tremer, e Hardin solta o chuveiro para usar ambas as mãos para me segurar. "Porra...", xingo baixinho, na esperança de que o barulho da água abafe meus gemidos. Sinto seu sorriso junto de mim enquanto ele continua a me levar ao delírio. Fecho os olhos com força e deixo o prazer tomar meu corpo.

Hardin afasta a boca apenas por tempo suficiente para dizer: "Vai, linda, goza para mim".

E é exatamente isso que eu faço.

Quando abro os olhos, ele ainda está ajoelhado, segurando o pau duro e grosso entre os dedos. Ainda tentando recuperar o fôlego, fico de joelhos. Seguro-o em minha mão, acariciando-o.

"Fica de pé", ordeno, calmamente. Ele assente, as pálpebras pesadas, e levanta. Coloco-o na boca, lambendo a pontinha.

"Cacete..." Ele prende a respiração, e giro a língua ao redor dele. Passo os braços em volta de suas pernas, para manter o equilíbrio no chão molhado, e enfio seu pau fundo em minha boca. Hardin enterra os dedos em meu cabelo molhado, me mantendo parada enquanto move os quadris, entrando na minha boca. "Ah, eu podia ficar enfiando na sua boca por horas."

Ele começa a se mover mais depressa, e eu solto um gemido. Suas palavras me fazem aumentar a sucção dos lábios, e ele fala outro palavrão. A forma animalesca como ele usa minha boca é nova. Ele está no controle total, e estou adorando.

"Vou gozar na sua boca, linda." Hardin puxa meu cabelo um pouco mais, e posso sentir os músculos de suas pernas rijos sob minhas mãos, e ele exclama meu nome várias vezes quando chega ao clímax em minha garganta.

Depois de algumas respirações irregulares, ele me ajuda a ficar de pé e beija minha testa. "Acho que estamos limpos agora." Sorri, lambendo os lábios.

"Eu diria que sim", respondo, recuperando o fôlego, e pego o xampu.

Assim que estamos de fato limpos e prontos para sair, corro as mãos pelo seu abdome, seguindo o desenho do crânio em sua barriga. Minha mão desce um pouco mais; Hardin, no entanto, impede seu avanço.

"Sei que sou irresistível, mas minha mãe está logo ali na sala. Tenha um pouco de autocontrole, mocinha", brinca ele, e dou um tapa em seu braço antes de sair do banho e pegar uma toalha.

"Isso vindo de alguém que acabou de..." Fico vermelha, incapaz de terminar a frase.

"Você gostou, não é?" Ele ergue a sobrancelha, e eu reviro os olhos.

"Vai buscar minhas roupas no quarto", peço num tom autoritário.

"Sim, senhora." Ele envolve a toalha na cintura e sai do banheiro cheio de vapor. Enrolo o cabelo na toalha e limpo o espelho com a mão.

O Natal foi caótico e estressante. Eu provavelmente devia ligar para Landon mais tarde, mas primeiro quero falar com Hardin sobre essa ideia de voltar para a Inglaterra depois da faculdade. Ele nunca falou disso antes.

"Toma." Hardin me entrega uma pilha de roupas e me deixa me arrumar em paz no banheiro. Fico feliz de encontrar um conjunto de calcinha e sutiã de renda junto com a camiseta preta e a calça de moletom. Uma calcinha limpa, porque a de hoje está suja de sangue.

49

TESSA

Nossa última noite com a mãe de Hardin consiste basicamente em beber chá e ver Hardin se envergonhar das histórias de quando era pequeno. Isso e umas dez indiretas de que no ano que vem o Natal será na Inglaterra: "Não quero saber de desculpas".

A ideia de passar o Natal com Hardin daqui a um ano me causa um frio na barriga. Pela primeira vez desde que nos conhecemos, posso visualizar um futuro com ele. Não necessariamente ter filhos e se casar, mas pela primeira vez me sinto segura o suficiente sobre seus sentimentos para poder fazer planos com um ano de antecedência.

Na manhã seguinte, quando Hardin volta do aeroporto após deixar Trish de manhã bem cedo, eu acordo. Ouço-o largando as roupas no chão, e ele deita na cama só de cueca. Ele me abraça de novo. Ainda estou um pouco irritada por causa do que aconteceu, mas seus braços estão gelados, e senti falta dele enquanto esteve fora.

"Amanhã volto ao trabalho", aviso depois de alguns minutos, sem saber se ele já dormiu ou não.

"Eu sei", responde Hardin.

"Estou animada para voltar para a Vance."

"Por quê?"

"Porque adoro aquele lugar, e tive uma semana de folga. Estou com saudade de trabalhar."

"Você é um prodígio", ele ironiza, e sei que está revirando os olhos, mesmo não podendo ver seu rosto.

O que me faz revirar os meus próprios, num reflexo. "Desculpa se eu gosto do meu estágio e você não gosta do seu trabalho."

"Eu gosto do meu trabalho. Fiz o mesmo estágio que você e troquei por algo melhor", ele se gaba.

"Você só gosta mais porque pode trabalhar em casa?"

"É, é o principal motivo."

"E qual é o outro motivo?"

"Parecia que as pessoas achavam que só consegui o estágio por causa do Vance."

Não chega a ser uma grande revelação, mas é uma resposta muito mais honesta do que eu esperava. Imaginei uma palavra ou duas sobre o trabalho ser exaustivo ou irritante.

"Você acha mesmo que as pessoas pensavam isso?", giro na cama, ficando de barriga para cima, e Hardin se apoia no cotovelo para me olhar.

"Não sei. Ninguém chegou a falar, mas era a minha impressão. Principalmente depois que ele me efetivou depois do estágio."

"Você acha que ele ficou chateado quando você resolveu trabalhar para outra pessoa?"

Ele abre um sorriso que, à meia-luz, parece mais radiante do que o normal. "Acho que não. Enfim, os outros funcionários viviam reclamando da minha suposta falta de educação."

"*Suposta* falta de educação?", provoco.

Ele segura meu rosto e se aproxima para beijar minha testa. "É, *suposta*. Sou um anjo. Não era nem um pouco mal-educado." Hardin sorri contra a minha pele. Eu dou risada, e seu sorriso fica mais largo. Ele cola a testa contra a minha. "Quer fazer o quê hoje?", pergunta.

"Não sei; estava pensando em ligar para Landon e passar no mercado."

Ele recua um pouco. "Para quê?"

"Para ver quando ele pode me encontrar. Queria dar os ingressos para ele."

"Os presentes ficaram na casa dele. Tenho certeza de que já abriram."

"Não acho que eles abririam os presentes sem a gente."

"Eu acho."

"Pois é", brinco.

Mas Hardin já ficou sério só com a menção à sua família. "Você acha que... O que você acha de eu pedir desculpa... quer dizer, não pedir desculpa... mas e se eu ligasse... você sabe... para o meu pai?"

Sei que preciso pegar leve quando o assunto é Hardin e Ken. "Acho que você devia ligar para ele. Você precisa fazer um esforço para evitar que o que aconteceu ontem não estrague o recomeço do relacionamento de vocês."

"É..." Ele suspira. "Depois que bati nele, achei por um segundo que você ia ficar lá e me mandar embora."

"Achou?"

"É, achei. Fico feliz que não tenha feito isso, mas foi o que imaginei que ia acontecer."

Em vez de responder, levanto a cabeça e dou um beijo de leve em seu queixo. Tenho que admitir que provavelmente teria feito isso se não tivesse me resolvido a respeito do seu passado. Isso mudou tudo para mim. Mudou a forma como olho para Hardin — não de um jeito negativo ou positivo, só mais compreensivo.

Hardin olha para a janela. "Posso ligar para ele hoje, acho."

"Você acha que a gente podia passar lá? Queria muito entregar os presentes."

Piscando algumas vezes, ele responde: "A gente pode dizer para eles abrirem com você no telefone. É a mesma coisa, só que você não vai ver os sorrisos amarelos quando eles abrirem os embrulhos."

"Hardin!", exclamo.

Ele ri e apoia a cabeça em meu peito. "Brincadeira; seus presentes são os melhores. Aquele chaveiro do time errado foi demais."

"Vai dormir." Dou um tapa em seu cabelo bagunçado.

"O que você precisa do mercado?", pergunta ele, deitando de barriga para cima.

Esqueci que tinha mencionado isso. "Nada."

"Não, não, você disse que precisava ir ao mercado. O que é, plugues ou algo assim?"

"Plugues?"

"Você sabe... para plugar em você."

O quê? "Não entendi..."

"Absorvente interno."

Fico vermelha. Tenho certeza de que todo o meu corpo está vermelho. "Ah... não."

"Você não menstrua?"

"Ai, meu Deus, Hardin, para com isso."

"Por quê? Você tem vergonha de falar da sua mens-tru-a-ção comigo?" Quando ele ergue os olhos para me olhar, está com um sorriso enorme estampado no rosto.

"Não tenho vergonha. Só não acho adequado", me defendo, absolutamente constrangida.

Ele sorri. "Já fizemos várias coisas inadequadas, Theresa."

"Não me chama de Theresa — e para com essa conversa!", reclamo, cobrindo o rosto com as mãos.

"Você está sangrando agora?" Sinto sua mão descer pela minha barriga.

"Não...", minto.

Já me safei dessa situação outras vezes, porque a gente estava sempre indo e vindo, e nunca aconteceu antes. Agora que vamos ficar juntos o tempo todo, sabia que isso ia acontecer — só estava evitando.

"Então você não se importaria se eu..." Ele desliza a mão para dentro da minha calcinha.

"Hardin!", grito e dou um tapa em sua mão.

Ele ri. "Fala, então: 'Hardin, estou menstruada'."

"Não, não vou dizer isso." Sei que, a esta altura, estou vermelha de vergonha.

"Qual é, é só um pouco de sangue."

"Você é nojento."

"Que é isso, sou muito sangue bom." Ele sorri, obviamente orgulhoso da piada idiota.

"Ridículo."

"Você precisa ter mais sangue frio com essas coisas." Ele gargalha.

"Meu Deus! Tá legal, se eu disser você para com as piadas de sangue?"

"Poxa, eu aqui dando o meu sangue para aliviar a sua tensão!"

Sua risada é contagiosa, e é uma delícia ficar na cama rindo com Hardin, apesar do constrangimento do assunto. "Hardin, eu estou menstruada. Começou um pouco antes de você chegar em casa. Pronto, satisfeito?"

"Por que você tem vergonha disso?"

"Não tenho, só não acho que seja algo que as mulheres deviam discutir."

"Não é nada de mais, não me importo com um pouco de sangue." Ele cola o corpo no meu.

Faço uma careta. "Você é nojento."

"Já me chamaram de coisa muito pior." Ele sorri.

"Você está de bom humor hoje", comento.

"Talvez você também estivesse, se não estivesse naqueles dias."

Solto um suspiro e cubro rosto com o travesseiro. "Será que a gente pode falar de outra coisa?", pergunto através do travesseiro.

"Claro... claro... parece que tem alguém de chico." Ele ri.

Tiro o travesseiro do rosto e bato na cabeça dele, antes de sair da cama. Ouço Hardin dar risada enquanto abre o closet, atrás de uma calça, imagino. Está cedo, são sete da manhã, mas estou completamente acordada. Preparo um bule de café e pego uma tigela de cereal. Não acredito que o Natal já passou; daqui a pouco, o ano acaba.

"O que você costuma fazer no Ano-Novo?", pergunto assim que Hardin senta à mesa, usando uma calça branca de malha.

"Saio."

"Para onde?"

"Uma festa ou uma balada. Ou as duas coisas. No ano passado foram as duas coisas."

"Ah." Passo a tigela de cereal para ele.

"O que você quer fazer?"

"Não sei. Quero sair, acho", respondo.

Ele ergue uma sobrancelha. "Quer?"

"Quero... você não?"

"Não ligo, mas, se você quiser sair, é *isso* o que a gente devia fazer." Ele leva uma colherada de cereal à boca.

"Tá...", respondo, sem saber aonde vamos. Sirvo outra tigela de cereal para mim. "Você vai perguntar ao seu pai se a gente pode passar lá hoje?", pergunto e sento ao lado dele.

"Não sei..."

"Que tal eles virem aqui?", sugiro.

Hardin estreita os olhos. "Melhor não."

"Por que não? Você ficaria mais à vontade aqui, não?"

Ele fecha os olhos por um instante e abre novamente. "Acho que sim. Daqui a pouco eu ligo."

Termino o café da manhã depressa e levanto da mesa.

"Aonde você vai?", pergunta Hardin.

"Arrumar a casa, claro."

"Arrumar o quê? O lugar está impecável."

"Impecável coisa nenhuma e, se a gente vai receber visitas, quero que esteja perfeito." Passo uma água na minha tigela e coloco na máquina de lavar. "Você podia ajudar, sabia? Já que é a pessoa que faz a maior parte da bagunça", comento.

"Ah, não. Você é muito melhor na limpeza do que eu." Ele aponta para a caixa de cereal.

Reviro os olhos, mas pego a caixa para ele. Não me importo de limpar, porque, para falar a verdade, gosto das coisas do meu jeito, e o que Hardin chama de limpeza está muito longe disso. Ele só empurra as coisas para qualquer canto.

"Ah, e não se esquece de passar no mercado para comprar os seus plugues." Ele ri.

"Para com isso!" Jogo um pano de prato na cara dele, e ele gargalha diante do meu embaraço.

50

TESSA

Depois que o apartamento está limpo de acordo com os meus padrões, vou ao mercado comprar absorvente e mais algumas coisas, para o caso de Ken, Karen e Landon aparecerem. Hardin tentou vir, mas eu sabia que ele iria ficar implicando comigo o tempo todo por causa do absorvente, então pedi que ficasse em casa.

Quando volto, ele está sentado no mesmo lugar no sofá. "Já ligou para o seu pai?", pergunto da cozinha.

"Não... Estava esperando você", ele responde, vai até a cozinha e senta à mesa com um suspiro. "Vou ligar agora."

Faço que sim com a cabeça e sento na frente dele, enquanto ele leva o telefone ao ouvido.

"Hã... oi", diz Hardin. Em seguida, liga o viva-voz e põe o celular na mesa entre nós.

"Hardin?" Ken parece surpreso.

"É... hã, então, queria saber se você quer vir aqui ou coisa do tipo."

"Ir aí?"

Hardin olha para mim, e sei que está perdendo a paciência. Coloco a mão sobre a sua na mesa e faço um sinal de encorajamento.

"É... você, Karen e Landon. A gente pode trocar os presentes, já que não fez isso ontem. Minha mãe já foi", diz ele.

"Tem certeza?", Ken pergunta ao filho.

"Acabei de convidar, não foi?", responde Hardin, e eu aperto sua mão. "Quer dizer... é, tenho", ele se corrige, e eu sorrio.

"Tudo bem. Preciso falar com a Karen, mas sei que ela vai gostar da ideia. Que horas é melhor para você?"

Hardin olha para mim. Respondo duas silenciosamente com os lábios, e ele repassa a resposta ao seu pai.

"Certo... então, nos vemos às duas."

"Tessa vai mandar o endereço para o Landon", diz Hardin e desliga.

"Não foi tão ruim, não é?", pergunto.

Ele revira os olhos. "Claro."

"Que roupa que eu uso?"

Ele aponta para a minha calça jeans e a camiseta da WCU. "Essa."

"De jeito nenhum. Este é o nosso Natal."

"Não, é o dia depois do Natal, então você pode usar jeans." Ele sorri e brinca com o piercing do lábio.

"Não vou usar jeans." Dou risada e vou até o quarto para decidir o que vestir.

Estou de pé diante do espelho, segurando o vestido branco na minha frente, quando Hardin entra no quarto. "Acho que você não devia usar branco." Ele sorri.

"Pelo amor de Deus, para com isso!", imploro.

"Você fica linda quando está com vergonha."

Pego meu vestido vinho no closet. Ele traz muitas memórias; foi o que usei na minha primeira festa da fraternidade, com Steph. Tenho saudade dela, apesar de toda a raiva que sinto... sentia... dela. Ainda me sinto traída, mas, por outro lado, Steph não estava errada quando disse que não era justo que eu perdoasse Hardin, mas não ela.

"Em que você está pensando?", pergunta Hardin.

"Nada... Só estava pensando na Steph."

"O que tem ela?"

"Não sei... Tenho saudade dela, um pouco. Você tem saudade dos amigos?", pergunto. Desde que escreveu a carta Hardin não fala deles.

"Não." Hardin dá de ombros. "Prefiro ficar com você."

Gosto de sua sinceridade, mas comento: "Você pode ficar com eles também".

"Acho que sim. Não sei; não gosto deles mesmo. E você iria querer ficar perto deles... depois de tudo?" Seus olhos se concentram no chão.

"Não sei... mas posso pelo menos tentar, para ver o que acontece. Mas a Molly não." Faço uma cara feia.

Ele me lança um olhar malicioso. "Mas vocês duas são tão amigas."

"Argh, chega de falar dela. O que você acha que eles vão fazer no Ano-Novo?", pergunto. Não sei como vai ser sair com os amigos dele, mas sinto falta de ter amigos, ou do que pareciam ser amigos.

"Provavelmente vão para uma festa. Logan está obcecado com esse lance de Ano-Novo... Tem certeza de que quer sair com eles?"

Abro um sorriso. "Tenho... se der errado, ano que vem a gente fica em casa."

Hardin arregala os olhos quando menciono o ano que vem, mas finjo não perceber. Preciso que a nossa segunda tentativa de Natal seja pacífica. Estou me concentrando no dia de hoje.

"Preciso preparar alguma comida. Devia ter marcado para as três; já é meio-dia, e não fiz nada." Esfrego as mãos no rosto sem maquiagem.

"Pode se arrumar, eu faço alguma coisa...", diz Hardin e sorri. "Só toma cuidado de comer *só* o que eu colocar no seu prato."

"Que bonitinho, brincando de envenenar o próprio pai", ironizo. Ele dá de ombros e se afasta. Lavo o rosto e passo uma maquiagem leve antes de fazer um rabo de cavalo e enrolar as pontas. Quando termino de me vestir, um cheiro maravilhoso de alho vem da cozinha.

Quando me junto a Hardin, vejo que ele preparou duas travessas de frutas e legumes e já colocou a mesa. Estou realmente impressionada com o que fez, mas tenho que lutar contra a vontade de rearrumar algumas coisas. Estou muito feliz que ele se disponha a convidar o pai para o nosso apartamento, e ainda mais aliviada de que pareça estar de bom humor hoje. Dou uma olhada no relógio; nossas visitas vão chegar em meia hora, então preciso começar a limpar a pequena bagunça que Hardin fez preparando a comida e deixar o apartamento impecável de novo.

Passo os braços em volta de sua cintura enquanto ele está na frente do fogão. "Obrigada por fazer tudo isso."

Ele dá de ombros. "Não é nada."

"Tudo bem?", pergunto, soltando os braços para virá-lo de frente para mim.

"Tudo... Tudo bem."

"Tem certeza de que não está nem um pouco nervoso?" Sei que está.

"Não... quer dizer, só um pouco. É muito estranho imaginar ele aqui, sabe?"

"Sei. Estou muito orgulhosa que você tenha convidado." Aperto a bochecha contra seu peito, e ele me abraça pela cintura.

"Está?"

"Claro que estou, lin... Hardin."

"O que foi isso... o que você ia dizer?"

Escondo o rosto. "Nada." Não sei de onde veio essa vontade súbita de usar apelidos, mas é algo constrangedor.

"Fala", murmura ele, levantando meu queixo para me fazer sair da toca.

"Não sei por quê, mas quase chamei você de 'lindo' de novo." Mordo o lábio inferior, e o sorriso dele se abre ainda mais.

"Tudo bem, pode chamar", diz Hardin.

"Você vai tirar sarro de mim." Dou um sorriso amarelo.

"Não, não vou. Chamo você de 'linda' o tempo todo."

"É... mas é diferente com você."

"Como assim?"

"Não sei... é... mais sensual, sei lá, quando você fala... mais romântico. Não sei." Fico vermelha.

"Você está muito tímida hoje." Ele sorri e me dá um beijo na testa. "Mas eu gosto. Vai, fala."

Dou um abraço apertado nele. "Tudo bem."

"Tudo bem, o quê?"

"Tudo bem... *lindo*." A palavra deixa um gosto estranho na boca.

"De novo."

Deixo escapar um gritinho de surpresa, quando Hardin me ergue e me coloca sobre a bancada fria e fica de pé entre as minhas pernas. "Tudo bem, lindo!", repito.

Suas faces estão mais rosadas do que o habitual. "Adorei isso. É... como foi que você falou? Sensual e romântico?" Ele sorri.

De repente, sou tomada por uma coragem que me faz falar de novo. "É mesmo, lindo?" Sorrio e mordo o lábio mais uma vez.

"É... incrivelmente sexy." Ele aperta os lábios contra o meu pescoço, e eu estremeço ao sentir suas mãos subindo minhas coxas. "Não pense que isso vai me manter afastado." Seus dedos desenham círculos sobre minhas meias pretas.

"Pode ser que as meias não, mas a... você sabe... vai."

Uma batida na porta me faz dar um pulo, e Hardin sorri e pisca para mim. Enquanto caminha até a porta, diz para mim por sobre o ombro: "Ah, linda... não vai, *não*".

51

HARDIN

Quando abro a porta, a primeira coisa que vejo é o rosto do meu pai. Na bochecha, há um hematoma bem escuro, e um pequeno corte no lábio inferior.

Cumprimento-os com a cabeça, sem saber o que dizer.

"Que linda a sua casa." Karen sorri, e os três ficam de pé, perto da porta, sem saber o que fazer.

Tessa nos salva, aparecendo na sala. "Por favor, entrem. Pode colocar isso na árvore", ela diz para Landon, apontando o saco de presentes em seus braços.

"A gente trouxe os que vocês deixaram lá em casa também", diz meu pai.

O ar está carregado — não chega a ser raiva, mas é uma tensão pesada pra cacete.

Tess sorri gentilmente. "Muito obrigada." Ela é boa em deixar as pessoas à vontade. Pelo menos um de nós precisa ser.

Landon é o primeiro a entrar na cozinha, seguido por Karen e Ken. Seguro a mão de Tessa, usando-a como âncora para a minha ansiedade.

"Tudo bem no caminho?", Tessa puxa conversa.

"Tudo bem; eu dirigi", responde Landon.

Enquanto comemos, a conversa a princípio desconfortável vai ficando um pouco mais descontraída. Entre um prato e outro, Tessa aperta minha mão debaixo da mesa.

"Estava uma delícia", elogia Karen, olhando para Tessa.

"Ah, não fui eu que fiz, foi Hardin", comenta Tessa, colocando a mão na minha coxa.

"Sério? Estava ótimo, Hardin." Karen sorri.

Não teria me incomodado se Tessa tivesse ficado com o crédito. Ter quatro pares de olhos em mim me dá vontade de vomitar. Tessa aperta minha perna com mais força, querendo que eu diga alguma coisa.

Olho para Karen. "Obrigado", digo, e Tessa aperta minha coxa de novo, me fazendo abrir um sorriso sem jeito para a mulher do meu pai.

Depois de alguns segundos de silêncio, Tessa fica de pé e tira seu prato. Ela caminha até a pia, e eu me pergunto se devo segui-la ou não.

"A comida estava ótima, filho. Estou impressionado", diz meu pai, quebrando o silêncio.

"É só comida", murmuro. Ele baixa os olhos, e eu me corrijo. "Quer dizer, a Tessa cozinha melhor que eu, mas obrigado."

Meu pai parece satisfeito com a minha resposta e dá um gole em seu copo. Karen sorri sem jeito, olhando para mim com aqueles olhos estranhamente reconfortantes dela. Desvio o olhar. Tessa volta à mesa antes que outra pessoa tenha a chance de elogiar a comida.

"E aí, vamos abrir os presentes?", pergunta Landon.

"Vamos", Karen e Tessa respondem juntas.

No caminho da sala de estar, fico o mais perto que posso de Tessa. Meu pai, Karen e Landon sentam no sofá. Estendo a mão para Tessa e puxo-a para sentar no meu colo na poltrona. Ela arrisca uma olhada para os nossos convidados, e Karen tenta esconder um sorriso. Tessa desvia o olhar, envergonhada, mas não sai do meu colo. Eu me aproximo dela um pouco mais e a abraço com mais força pela cintura.

Landon se levanta e pega os presentes. Ele os distribui, e me concentro em Tessa e no jeito como ela fica animada com esse tipo de coisa. Amo o seu entusiasmo, e sua forma de deixar as pessoas à vontade. Mesmo nessa segunda tentativa de Natal.

Landon entrega a ela uma pequena caixa que diz *De: Ken e Karen*. Quando ela rasga o papel, revela uma caixa azul com um *Tiffany & Co.* escrito em letra cursiva prateada.

"O que é?", pergunto baixinho. Não entendo nada de joias, mas sei que a marca é cara.

"Uma pulseira." Ela tira a joia da caixa e me mostra uma pulseira de corrente prateada, com um pequeno pingente em formato de coração flechado balançando, preso ao metal caro. O objeto reluzente faz o bracelete no pulso de Tessa, o meu presente para ela, parecer uma porcaria.

"Claro", digo entredentes.

Tessa franze a testa para mim, depois se volta para eles. "É linda; muito obrigada mesmo." Ela sorri.

"Ela já...", começo a reclamar. Odeio que o presente deles seja melhor do que o meu. Eu sei — ele tem dinheiro. Mas eles não podiam ter comprado outra coisa, qualquer coisa?

Mas Tessa vira para mim, me implorando em silêncio para não tornar as coisas ainda mais desagradáveis. Solto um suspiro derrotado e me recosto na poltrona.

"E o seu, o que é?" Tessa sorri, tentando aliviar meu humor. Ela se reclina sobre mim, beijando minha testa, e olha para a caixa no braço da poltrona, me mandando abrir o presente. Eu obedeço e levanto o objeto caríssimo para ela ver.

"Um relógio." Mostro a Tessa, tentando agradá-la ao máximo.

Sinceramente, ainda estou morrendo de raiva daquela pulseira. Queria que ela usasse a *minha* pulseira todos os dias — queria que fosse o seu presente preferido.

52

HARDIN

Karen abre um sorriso enorme ao abrir as formas de bolo. "Estou querendo esse conjunto desde que lançaram!"

Tessa acrescentou o meu nome na etiqueta de boneco de neve e achou que eu não tinha percebido, mas percebi. Só resolvi não tirar.

"Estou me sentindo um idiota. Ganhei esses ingressos maravilhosos e só dei um vale-presente", Landon diz para Tessa.

Tenho que admitir que fiquei bem satisfeito com o presente impessoal de Landon, um vale-presente para o e-reader que dei de aniversário para ela. Se ele tivesse comprado alguma coisa mais interessante, teria me incomodado. Mas, pelo sorriso carinhoso de Tessa, parecia que tinha ganhado uma merda de uma primeira edição da Jane Austen. Ainda não estou acreditando na pulseira cara; que exibidos. E se ela quiser usar a deles em vez da minha?

"Obrigada pelos presentes, adorei", diz meu pai e olha para mim, erguendo o chaveiro que Tessa escolheu por engano para ele.

Me sinto um pouco culpado por seu rosto machucado, mas ao mesmo tempo acho aquele estranho toque de cor um tanto divertido. Quero pedir desculpas pelo meu ataque — bom, não diria que *quero*, mas preciso. Não quero que as coisas entre nós retrocedam. Foi até legal passar um tempo com ele, acho. Karen e Tessa se dão muito bem, e me sinto obrigado a dar a ela a chance de ter uma figura materna por perto, já que é minha culpa que esteja tudo tão ruim com sua mãe. E é bom para mim que esteja, em certo sentido, pois é menos uma pessoa tentando nos separar.

"Hardin?" Ouço a voz de Tessa em meu ouvido.

Ergo os olhos e percebo que um deles devia estar falando comigo.

"Você quer ir ao jogo com Landon?", pergunta ela.

"O quê? Não", respondo depressa.

"Valeu, cara." Landon revira os olhos.

"Quer dizer, acho que ele não ia querer", me corrijo.

Ser legal é muito mais difícil do que eu pensava. Só estou fazendo isso por ela... Bom, para ser sincero, é um pouco por mim também, pois as palavras de minha mãe sobre a minha raiva só me render mãos machucadas e uma vida solitária continuam ecoando na minha cabeça.

"Posso ir com a Tessa, se você não quiser", diz Landon.

Por que ele está tentando me irritar quando estou me esforçando para ser gentil pela primeira vez na vida?

Ela sorri. "Legal, eu vou. Não entendo nada de hóquei, mas vou."

Sem pensar, passo o outro braço ao redor da cintura dela e a puxo contra o meu peito. "Eu vou", dou o braço a torcer.

A diversão está estampada no rosto de Landon e, mesmo de costas para mim, sei que Tessa está com a mesma expressão.

"Gostei da decoração, Hardin", meu pai diz.

"O apartamento já estava quase todo decorado, mas, obrigado", respondo. Estou chegando à conclusão de que é menos estranho dar um soco nele do que tentar evitar uma discussão.

Karen sorri para mim. "Foi muito legal da sua parte chamar a gente."

Minha vida seria muito mais fácil se ela fosse uma megera, mas claro que ela é uma das pessoas mais legais que já conheci. "Não foi nada, sério... depois do que aconteceu ontem, é o mínimo que posso fazer." Sei que minha voz soa mais frágil e tensa do que gostaria.

"Não foi nada... essas coisas acontecem", Karen me assegura.

"Acho que não. Não lembro de violência fazer parte da tradição de Natal", acrescento.

"Talvez faça, a partir de agora... a Tessa pode me dar um soco no ano que vem", brinca Landon, numa tentativa idiota de aliviar o clima.

"Olha, que eu dou." Tessa mostra a língua para ele, e eu sorrio um pouco.

"Não vai acontecer de novo", digo e olho para o meu pai.

Meu pai fica me encarando, pensativo. "Eu também tive culpa, meu filho. Devia ter percebido que não ia dar certo, mas espero que, agora que você extravasou um pouco da raiva, a gente possa voltar às tentativas de construir uma boa relação", diz ele.

Tessa coloca sua mão pequena sobre a minha para me consolar, e eu faço que sim com a cabeça. "Hã, tá... legal", digo timidamente. "É..." Mordo a parte interna da bochecha.

Landon bate as mãos nos joelhos e levanta. "Bom, temos que ir. Se quiser mesmo ir ao jogo, me avisa. Obrigado aos dois por nos receber."

Tessa abraça os três, e eu fico encostado contra a parede. Até topei ser gentil hoje, mas não vou abraçar ninguém, de jeito nenhum. A não ser Tessa, claro, mas, depois da maneira como me comportei, ela podia me dar bem mais que um abraço. Observo o jeito como seu vestido solto esconde suas belas curvas e tenho que me segurar para não arrastá-la para o quarto. Lembro da primeira vez em que a vi nesse vestido horroroso. Bom, na época achava horroroso; agora meio que adoro. Ela saiu do alojamento parecendo pronta para vender Bíblias de porta em porta. Revirou os olhos para mim quando impliquei com ela enquanto entrava no meu carro, mas não tinha ideia de que acabaria apaixonado por ela.

Aceno mais uma vez enquanto nossas visitas vão embora e solto um suspiro profundo que não tinha percebido que estava segurando. *Uma partida de hóquei com Landon — onde fui me meter?*

"Foi tão bom. Você foi tão gentil." Tessa me elogia e tira os sapatos de salto, arrumando-os cuidadosamente ao lado da porta.

Dou de ombros. "Foi tudo bem, acho."

"Foi melhor do que tudo bem." Tessa sorri para mim.

"Tanto faz", digo, num mau humor exagerado, e ela ri.

"Amo você de verdade. Você sabe disso, né?", pergunta ela enquanto caminha pela sala, catando o lixo. Eu implico com suas manias de limpeza, mas a casa estaria um chiqueiro se eu morasse sozinho. "E o relógio? Gostou?", pergunta ela.

"Não, é horrível. E não uso relógio."

"Achei bonito."

"E a pulseira?", pergunto, hesitante.

"É linda".

"Ah..." Desvio o olhar. "É chique e cara", acrescento.

"É... Me sinto um pouco mal que eles tenham gastado tanto dinheiro, já que nem vou usar. Vou ter que colocar uma ou outra vez, quando estiver com eles."

"E não vai usar por quê?"

"Porque já tenho uma pulseira preferida." Ela balança o pulso, fazendo os pingentes baterem um no outro.

"Ah. Você gostou mais da minha?" Não consigo esconder meu sorriso idiota.

Ela me lança um olhar com uma leve reprimenda. "Claro, Hardin."

Tento manter a pouca dignidade que me resta, mas não consigo me conter e a levanto pela parte de trás das coxas. Tessa solta um grito, e eu dou uma gargalhada. Não me lembro de ter rido assim alguma vez na vida.

53

TESSA

Na manhã seguinte, acordo cedo, tomo um banho e, ainda enrolada na toalha, começo depressa a preparar meu elixir da vida: café. Enquanto espero o café sair, uma questão borbulha dentro de mim, estou um pouco nervosa de ver Kimberly. Não sei qual vai ser sua reação quando souber que Hardin e eu estamos juntos de novo. Ela não é de julgar ninguém, mas, se fosse o contrário, não sei qual seria a minha reação se ela estivesse passando pela mesma coisa com Christian. Kim não conhece todos os detalhes, mas sabe que são ruins o suficiente para eu querer escondê-los.

Com uma caneca fumegante na mão, vou até a janela na sala de estar. A neve está caindo em flocos grossos; seria bom se parasse. Odeio dirigir na neve, e a maior parte do caminho para a Vance é pela via expressa.

"Bom dia." A voz de Hardin no corredor me assusta.

"Bom dia." Sorrio e dou mais um gole no café. "Você não devia estar dormindo?", pergunto, enquanto ele esfrega os olhos.

"Você não devia estar vestida?", rebate ele.

Sorrio e passo por ele para ir me vestir, mas ele puxa a toalha e a arranca do meu corpo, me fazendo gritar e correr para o quarto. Ao ouvir passos atrás de mim, tranco a porta. Deus sabe o que vai acontecer se o deixar entrar. Minha pele se inflama ao pensar na ideia, mas não tenho tempo para isso agora.

"Legal, muito madura", diz ele através da madeira.

"Nunca disse que era madura." Sorrio e corro para o closet, onde escolho uma saia preta longa e uma blusa vermelha. Não é a minha roupa mais sedutora, mas é o primeiro dia de volta ao trabalho e está nevando. Depois de passar uma maquiagem leve no espelho de corpo inteiro do closet, só falta arrumar o cabelo. Quando abro a porta, Hardin não está em lugar nenhum. Seco um pouco o cabelo antes de prendê-lo num coque.

"Hardin?" Pego minha bolsa e puxo o telefone para ligar para ele. Nenhuma resposta. *Cadê ele?* Meu coração começa a bater forte enquanto corro pelo apartamento. Depois de um minuto, a porta da frente se abre e Hardin entra, coberto de neve.

"Onde você estava? Estava ficando preocupada."

"Preocupada? Por quê?", pergunta ele.

"Não sei. Você podia estar chateado ou coisa do tipo." Sei que pareço ridícula.

"Estava só limpando seu para-brisa e ligando o carro para você, para ele estar quentinho quando você chegar lá." Ele tira o casaco e as botas encharcadas, deixando uma poça de gelo semiderretido no piso.

Não consigo esconder a surpresa. "Quem é você?", pergunto aos risos.

"Nem começa, ou eu vou lá rasgar os pneus", responde ele.

Reviro os olhos e rio de sua ameaça vazia. "Bem, obrigada."

"Eu... Eu posso levar você?" Seus olhos encontram os meus.

Agora não sei mesmo quem ele é. Hardin se comportou bem na maior parte do tempo ontem, e agora está aquecendo meu carro e se oferecendo para me levar ao trabalho — para não falar da forma como riu na noite passada até quase chorar. Honestidade realmente lhe cai bem.

"... ou não", acrescenta, quando demoro muito para responder.

"Eu adoraria", respondo, e ele calça as botas de novo.

Assim que começamos a sair da garagem, Hardin comenta: "Ainda bem que o seu carro é uma merda, ou alguém poderia ter roubado enquanto ele estava aqui ligado."

"Meu carro *não é* uma merda!", me defendo, olhando a pequena rachadura na janela do passageiro. "De qualquer forma, estava pensando que, na semana que vem, quando as aulas começarem, a gente pode ir junto para a faculdade, o que você acha? As suas aulas são mais ou menos na mesma hora que as minhas, e nos dias em que eu for para a Vance pego meu carro e encontro você em casa."

"Tá..." Ele mantém os olhos fixos na estrada.

"O que foi?"

"Só queria que você tivesse me dito que aulas vai fazer."

"Por quê?"

"Não sei... talvez a gente pudesse fazer uma aula juntos, em vez de você ficar só com o seu amiguinho Landon."

"Você já fez Literatura Francesa e Norte-Americana, e não acho que esteja interessado em Religiões do Mundo."

"Não estou", ele bufa.

Sei que essa conversa não vai a lugar nenhum, então fico feliz de ver o grande V no prédio da Vance. A neve diminuiu, mas Hardin para o carro perto da entrada, para eu ficar menos tempo no frio.

"Pego você às quatro", diz ele, e faço que sim antes de me aproximar para um beijo de despedida.

"Obrigada por me trazer", sussurro contra seus lábios, tocando-os mais uma vez.

"Mm-humm...", murmura ele, e eu me afasto.

Quando saio do carro, Trevor aparece a apenas alguns metros de distância, o terno preto salpicado de neve branca. Ele abre um sorriso caloroso, e sinto um frio na barriga.

"Ei, há quanto..."

"Tess!" Hardin chama meu nome e bate a porta do motorista, dando a volta no carro para ficar ao meu lado. Os olhos de Trevor vão de Hardin para mim, e seu sorriso desaparece. "Você esqueceu uma coisa...", diz Hardin, me entregando uma caneta.

Uma caneta? Levanto a sobrancelha.

Ele assente com a cabeça e me abraça pela cintura, apertando os lábios com força contra os meus. Se não estivéssemos num estacionamento — e eu não tivesse a impressão de que esse é o seu jeito doentio de marcar território —, estaria toda entregue à agressividade com que sua língua abre meus lábios. Quando me afasto, ele tem uma expressão presunçosa no rosto. Eu tremo e esfrego os braços. Devia ter vestido um casaco mais quente.

"Bom te ver. Trenton, não é?", Hardin diz, todo fingido.

Sei muito bem que ele sabe o nome. Que grosseria.

"Hã... é. Bom te ver também", murmura Trevor e desaparece porta adentro.

"Que foi isso?", olho feio para Hardin.

"O quê?" Ele sorri.

Solto um gemido. "Seu besta."

"Fica longe dele, Tess. Por favor", Hardin manda, me beijando na testa para suavizar suas palavras duras.

Reviro os olhos e entro no edifício pisando duro como uma criança contrariada.

"Como foi de Natal?", pergunta Kimberly enquanto pego um donut e um café. Talvez não devesse beber outra caneca, mas a postura de homem das cavernas de Hardin me irritou, e só o cheiro dos grãos de café já me acalma.

"Foi..."

Ah, sabe como é, reatei com Hardin, descobri que ele filmou escondido enquanto fazia sexo com outras garotas, arruinando a vida de uma delas, mas acabei reatando de novo mesmo assim. Minha mãe apareceu no meu apartamento e fez uma cena, então agora a gente parou de se falar. A mãe de Hardin veio passar as festas com ele, por isso a gente teve que fingir que estava junto, mesmo quando não estava, o que basicamente fez a gente ficar junto, e foi tudo bem até a minha mãe contar à mãe dele sobre a minha virgindade roubada por causa de uma aposta. Ah, e o Natal? Para comemorar o Natal, Hardin meteu a mão no pai e quebrou uma porta de vidro com um soco. Você sabe, o de sempre.

"... foi ótimo. E o seu?", respondo, optando pela versão resumida.

Kimberly começa a descrever seu incrível Natal com Christian e o filho dele. O menino chorou quando viu a bicicleta nova que o "Papai Noel" trouxe. Ele até chamou Kimberly de "mamãe Kim", o que inflou seu coração, mas a deixou um pouco desconfortável ao mesmo tempo. "É estranho, sabe", diz ela. "Pensar em mim como guardiã de alguém ou sei lá o quê. Não sou casada com Christian, não estamos nem noivos. Então não sei qual é o meu papel com Smith."

"Acho que é muita sorte de Smith e Christian ter você na vida deles, não importa como eles te chamem", garanto a ela.

"Você tem uma cabeça muito boa para a sua idade, srta. Young."

Ela sorri, e eu corro para a minha sala depois de olhar para o relógio. Na hora do almoço, Kim não está na mesa dela. O elevador para no terceiro andar, e eu grito por dentro quando Trevor entra nele.

"Oi", digo baixinho.

Não sei por que isso é tão desconfortável. Nunca fomos namorados nem nada do tipo. Saímos juntos uma vez e nos divertimos. Gosto da companhia dele, e ele gosta da minha. E pronto.

"Como foi o feriado?", pergunta ele, os olhos azuis brilhando sob a luz fluorescente.

Queria que as pessoas parassem de me perguntar isso hoje. "Bom. E o seu?"

"Foi bom... apareceu bastante gente no abrigo, servimos mais de trezentas pessoas." Ele sorri com orgulho.

"Uau, trezentas pessoas? Que máximo." Abro um sorriso. Trevor é muito gentil, e a tensão entre nós diminui um pouco.

"Foi ótimo. No ano que vem, com sorte, vamos ter ainda mais recursos para poder servir quinhentas pessoas." Ao sairmos do elevador, ele pergunta: "Vai almoçar?".

"Vou, ia andando até o Firehouse, já que não vim de carro", respondo, não querendo tocar no assunto Hardin por enquanto.

"Posso te dar uma carona, se quiser. Estou indo para o Panera, mas posso deixar você no Firehouse primeiro. Não é bom andar na neve", oferece ele educadamente.

"Sabe de uma coisa? O Panera é uma boa ideia. Vou com você." Eu sorrio, e caminhamos até o carro.

Os bancos aquecidos do seu BMW me esquentam antes mesmo de sairmos do estacionamento. No restaurante, Trevor e eu ficamos em silêncio a maior parte do tempo, depois de fazermos o pedido e sentarmos em uma pequena mesa no fundo do salão.

"Estou pensando em me mudar para Seattle", conta Trevor, enquanto mergulho uma torrada na minha sopa de brócolis.

"Sério? Quando?", pergunto, elevando a voz para me fazer ouvir por sobre as muitas vozes das pessoas almoçando.

"Março. Christian me ofereceu um emprego lá, uma promoção para diretor de finanças da filial nova, e estou pensando em aceitar."

"Que bom! Parabéns, Trevor!"

Ele limpa os cantos da boca com um guardanapo. "Obrigado. Vai ser bom coordenar o departamento de finanças, e vou adorar me mudar para Seattle."

Falamos de Seattle pelo restante da refeição e, quando terminamos, tudo o que posso pensar é: *Por que Hardin não pensa o mesmo sobre Seattle?*

Quando voltamos para a Vance, a neve se transformou numa chuva gelada, e nós dois corremos para dentro do prédio. Estou tremendo ao chegar ao elevador. Trevor me oferece o paletó, mas recuso.

"Então, você e Hardin estão juntos de novo?", ele faz a já esperada pergunta.

"É... estamos resolvendo as coisas." Mordo o interior da bochecha.

"Ah... e você está feliz?" Ele olha para mim.

Levanto os olhos para ele. "Estou."

"Bem, fico feliz por você." Trevor ajeita o cabelo preto, e sei que está mentindo, mas agradeço silenciosamente por ele não fazer a situação ficar mais constrangedora do que já é. Isso só o torna ainda mais generoso aos meus olhos.

Quando saio do elevador, Kimberly está com uma expressão estranha no rosto. Fico confusa com o jeito como ela olha momentaneamente para Trevor, até que, seguindo seus olhos, vejo Hardin encostado na parede.

54

∞

HARDIN

"Sério? Sério mesmo?", pergunto, erguendo as mãos de forma dramática.

Tessa abre a boca, mas as palavras não saem, e ela olha para o idiota do Trevor e de volta para mim. *Que merda, Tessa.* A raiva flui pelo meu corpo, e começo a imaginar várias maneiras de arrebentar esse cara.

"Obrigado pelo almoço, Tessa. Vejo você mais tarde", diz Trevor, com calma, antes de se retirar.

Quando olho para Kimberly, ela balança a cabeça em sinal de desaprovação antes de pegar uma pasta da mesa e nos deixar sozinhos. Tessa lança um olhar de súplica para a amiga, e eu quase dou risada.

"Foi só um almoço, Hardin." Ela se defende e sai andando para sua sala. "Posso almoçar com quem quiser. Então nem começa", avisa.

Assim que entramos, fecho a porta e passo a chave. "Você sabe o que penso dele." Eu me inclino contra a parede.

"Você precisa falar mais baixo. Aqui é o meu trabalho."

"Estágio", eu a corrijo.

"O quê?" Ela arregala os olhos.

"Você não é uma funcionária de verdade, é só uma estagiária", digo.

"Então vai começar tudo de novo, é?"

"Não, só estou citando fatos." Sou um escroto: outro fato.

"Ah, é?", desafia ela.

Cerro os dentes e encaro minha menina teimosa.

"O que você está fazendo aqui?", pergunta ela e senta em sua cadeira atrás da mesa.

"Vim levar você para almoçar, para não ter que sair na neve", digo.

"Mas parece que você sabe muito bem se virar com outros."

"Não foi nada de mais. A gente foi comer e voltou. Você precisa controlar esse ciúme."

"Não é ciúme." Claro que é ciúme. E medo. Mas não vou admitir isso.

"Somos amigos, Hardin. Para com isso e vem cá."

"Não", resmungo.

"Por favor?", ela pede, e eu reviro os olhos diante da minha falta de autocontrole enquanto caminho até ela. Tessa se apoia na mesa e me puxa para ficar de pé na frente dela. "Só quero você, Hardin. Eu te amo e não quero ficar com mais ninguém." Ela me olha com tanta intensidade que eu desvio o olhar. "É uma pena que não goste dele, mas você não pode me dizer de quem eu posso ser amiga." Quando ela sorri para mim, tento manter a raiva, mas o sentimento lentamente começa a se dissipar. *Caralho, ela é boa nisso.*

"Não suporto aquele cara."

"Ele é inofensivo. De verdade. Além do mais, vai se mudar para Seattle em março."

Sinto o gelo correr em minhas veias, mas tento me manter neutro. "Ah, é?" Claro que o idiota do Trevor vai se mudar para Seattle — o lugar em que Tessa quer morar. O lugar em que nunca vou morar. Será que ela pensou em ir com ele? *Não, ela não faria isso. Será?*

Porra, não sei.

"É, então ele vai estar bem longe. Por favor, para de implicar com ele." Ela aperta minhas mãos.

Olho para ela. "Tá. Merda, tudo bem. Vou parar." Suspiro. *Não acredito que não vou fazer nada com o cara que tentou beijar Tessa.*

"Obrigada. Eu te amo muito", diz ela, os olhos azul-acinzentados fitando os meus.

"Ainda estou bravo com ele por tentar seduzir você. E com você por não me ouvir."

"Eu sei, agora fica quieto..." Tessa lambe o lábio inferior. "Posso te relaxar?", pergunta, com a voz trêmula.

O quê?

"Eu... Eu quero mostrar que amo só você." Suas bochechas ficam profundamente vermelhas, e ela leva as mãos à minha cintura, ficando na ponta dos pés para me beijar.

Estou confuso, com raiva — e incrivelmente excitado. Tessa lambe o lábio inferior. Solto um gemido na mesma hora e a ponho sobre a mesa. Suas mãos trêmulas se atrapalham com o meu cinto de novo, mas dessa vez consegue abri-lo. Levanto sua saia ridiculamente longa até o alto da coxa, grato por ela não estar de calça hoje.

"Quero *você*, lindo", ela murmura contra o meu pescoço, envolvendo as pernas na minha cintura.

Solto um suspiro ao ouvir essas palavras saírem de seus lábios carnudos, e adoro seu impulso súbito de dominância, seu jeito de assumir o controle, baixando minha calça.

"Você não está querendo...?", pergunto, me referindo à sua menstruação. "É... não mesmo."

Ela fica vermelha e segura meu pau com a mão cheia. Solto ar entre os dentes, e ela sorri enquanto começa a mexer a mão bem devagar.

"Não me provoca." Solto um gemido, e ela move a mão mais depressa, chupando meu pescoço. Se esse é o seu jeito de fazer as pazes comigo, espero que faça merda mais vezes. Contanto que não envolva outro cara. Puxo seus cabelos, forçando sua cabeça para trás para olhar em seus olhos. "Quero te comer."

Ela faz que não, e um sorriso tímido brinca em seus lábios.

"Sim."

"Não dá." Ela olha para a porta.

"Já fizemos isso antes."

"Quero dizer... por causa da... você sabe."

"Não é tão ruim." Dou de ombros. Não é tão ruim quanto as pessoas pensam que é.

"Isso é... normal?"

"É. Claro que é", afirmo, e seus olhos se arregalam. Apesar da timidez, suas pupilas estão dilatadas, me dizendo que ela também está louca para fazer isso. Sua mão continua se movendo lentamente, e eu abro suas pernas um pouco mais. Puxo a cordinha do absorvente interno e jogo no lixo, em seguida, afastando sua mão, coloco a camisinha.

Tessa desce da mesa e se debruça nela, de costas para mim, levantando a saia até a cintura.

É a coisa mais sexy que já vi na vida, apesar das circunstâncias.

55

TESSA

A ansiedade só aumenta enquanto Hardin puxa o tecido grosso da minha saia mais para cima em minha cintura.

"Relaxa, Tess. Não pensa em nada... Não vai ser diferente", promete Hardin.

Estou tentando esconder a vergonha, e ele entra em mim; a sensação é exatamente a mesma. Bom, se existe alguma diferença, é para melhor. Mais ousado. Fazer algo tão fora dos padrões, tão tabu, torna tudo ainda mais emocionante. Hardin desliza a mão pela minha coluna, me fazendo tremer de ansiedade. Seu humor mudou completamente. Quando vi sua postura ao sair do elevador, achei que fosse dar um escândalo.

"Você está bem?", pergunta.

Faço que sim com a cabeça, gemendo em resposta.

Uma de suas mãos agarra meu quadril, e a outra me segura pelo cabelo, me mantendo no lugar. "Você é tão gostosa, linda." Sua voz é contida, e ele entra e sai devagar.

Hardin leva a mão do meu cabelo até os meus seios. Ele puxa o decote da minha blusa, expondo meu peito. Ao encontrar o mamilo, segura com carinho e esfrega de leve com os dedos. Suspiro e arqueio as costas enquanto ele repete o movimento de novo e de novo.

"Deus", murmuro e cerro os dentes. Sei que estamos no meu trabalho, mas isso não parece me preocupar, como seria de se esperar. Meus pensamentos só giram em torno de Hardin e do prazer. A realidade do momento e o tabu do nosso ato não são relevantes para mim agora.

"É bom, né? Eu falei, não muda nada... bom, pelo menos não para pior", ele murmura e me envolve pela cintura com um dos braços. Quase escorrego da beirada da mesa quando Hardin muda a posição, apoiando minhas costas contra a madeira dura da mesa. "Eu te amo, você sabe disso, não sabe?", Hardin ofega em meu ouvido.

Concordo com um aceno de cabeça, mas sei que ele precisa de mais. "Fala", insiste ele.

"Eu sei que você me ama", asseguro. Meu corpo está tenso, e ele ergue o corpo e leva os dedos ao meu clitóris. Levanto a cabeça, tentando ver seus dedos mágicos em meu corpo, mas a sensação é forte demais.

"Anda, linda, goza pra mim." Hardin acelera o ritmo e levanta uma das minhas pernas no ar.

Ele revira os olhos para cima. Estou tão perto agora, a sensação é tão intensa e avassaladora que não posso ver nada além de estrelas enquanto aperto seus braços tatuados. Mordo os lábios com força, para não gritar o nome dele ao atingir o clímax. Hardin, por sua vez, não é tão controlado: ele enterra a cabeça em meu pescoço, dizendo o meu nome antes de apertar a boca contra a minha pele para silenciar a voz.

Hardin sai de dentro de mim e me dá um beijo na orelha. Levanto da mesa e ajeito minhas roupas, pensando que preciso ir ao banheiro. *Nossa, que estranho.* Não posso negar que gostei, mas é difícil esquecer uma ideia tão arraigada em minha mente.

"Pronta?", pergunta ele.

"Para quê?", questiono, ofegante.

"Para ir para casa."

"Não posso ir para casa. São duas da tarde." Aponto o relógio na parede.

"No caminho você liga para o Vance. Vem pra casa comigo", pede Hardin, pegando minha bolsa na mesa. "Mas acho que você vai precisar se plugar de novo antes de sair." Ele pega um absorvente interno na minha bolsa e bate com ele de leve no nariz.

Dou um tapa em seu braço. "Para de falar isso!", resmungo, guardando o absorvente de novo na bolsa, enquanto ele ri.

Três dias depois, estou esperando pacientemente Hardin vir me buscar, olhando pelos janelões de vidro no saguão do prédio, agradecendo por não ter nevado nos últimos dias. A única evidência da neve recente é a lama preta se acumulando na sarjeta.

Muito para o meu aborrecimento, Hardin insistiu em me levar para o trabalho todos os dias desde a nossa briga por causa de Trevor. Ainda estou surpresa que tenha conseguido acalmá-lo. Não sei o que teria feito se ele agredisse Trevor dentro da editora; Kimberly ia ter que acionar a segurança, e Hardin na certa seria preso.

Hardin marcou comigo às quatro e meia, e já são cinco e quinze. Quase todo mundo já foi embora, e várias pessoas se ofereceram para me dar uma carona para casa, inclusive Trevor, embora tenha falado comigo a uns trinta metros de distância. Não quero que as coisas fiquem estranhas entre nós, e ainda gostaria que fôssemos amigos, apesar das "ordens" de Hardin.

Por fim o carro de Hardin aparece no estacionamento, e eu saio para o vento frio. Hoje o dia está mais quente, com a luz do sol fornecendo uma dose extra de calor, mas não o suficiente. "Desculpa o atraso, peguei no sono", diz ele assim que entro no carro aquecido.

"Tudo bem", respondo, olhando pela janela.

Estou um pouco apreensiva com a noite de Ano-Novo hoje e não quero acrescentar uma briga com Hardin em minha lista de fatores de estresse. Ainda não decidimos o que vamos fazer, o que está me enlouquecendo — quero saber os detalhes e planejar a noite inteira.

Faz um tempo que estou em dúvida sobre responder ou não às mensagens que Steph me mandou há dois dias. Parte de mim quer muito revê-la, para mostrar a ela e aos outros que não acabaram comigo — embora tenham me humilhado, é verdade —, e que sou mais forte do que imaginam. Por outro lado, a outra metade de mim acha que vai ser incrivelmente difícil encarar os amigos de Hardin. Sei que provavelmente vão pensar que sou uma idiota de estar com ele de novo.

Não sei me como comportar perto deles e, para falar a verdade, tenho medo de que seja tudo diferente quando Hardin e eu não estivermos em nosso próprio mundinho. E se ele me ignorar o tempo todo? E se Molly estiver lá? Meu sangue ferve só de pensar.

"Aonde você quer ir?", pergunta ele.

Eu já tinha falado que precisava de uma coisa para usar esta noite, então respondo: "Pode ser o shopping. A gente precisa decidir aonde vai hoje à noite, para eu saber o que comprar".

"Você quer mesmo sair com esse pessoal ou vamos só nós dois? Meu voto ainda é por ficar em casa."

"Não quero ficar em casa, a gente faz isso o tempo todo." Sorrio. Adoro ficar em casa com Hardin, mas ele costumava sair sempre, e às vezes me preocupo que, se o prender em casa tempo demais, vai acabar cansando de mim.

Quando chegamos ao shopping, Hardin me deixa na entrada da Macy's, e eu corro para dentro da loja. Quando ele me encontra, já estou com três vestidos pendurados nos braços.

"O que é isso?" Hardin torce o nariz para o vestido amarelo-canário no alto da pilha. "Que cor horrorosa."

"Toda cor que não é preto você acha horrorosa."

Ele dá de ombros para minha constatação e corre o dedo pelo tecido do vestido dourado logo abaixo. "Gostei desse", diz.

"Sério? Estava em dúvida com esse. Não quero aparecer muito, sabe?"

Hardin levanta a sobrancelha. "E você não iria aparecer muito de amarelo?"

Ele não deixa de ter razão. Penduro o vestido amarelo de volta na arara e levanto um tomara que caia branco, perguntando: "E este?".

"Você devia experimentar", sugere ele com um sorriso insolente.

"Pervertido", brinco.

"Sempre." Ele sorri e me segue até o provador.

"Você não vai entrar", eu o repreendo e puxo a porta do provador, deixando só o espaço para colocar a cabeça para fora.

Ele faz beicinho e senta no sofá preto de couro do lado de fora. "Quero ver todos", grita, quando termino de fechar a porta.

"Fala baixo."

Ouço a risada de Hardin, e minha vontade é de abrir a porta só para ver o seu sorriso, mas mudo de ideia. Ponho o vestido branco e luto para fechar o zíper até o alto: muito apertado. Apertado demais; e curto, curto demais. Por fim, consigo terminar de fechar o vestido e puxo a barra da saia para baixo antes de abrir a porta do provador.

"Hardin?", chamo num sussurro.

"Cacete." Ele quase engasga ao virar e me ver num vestido praticamente inexistente.

"É curto." Fico vermelha.

"É, você não vai levar esse", diz ele, correndo os olhos pelo meu corpo.

"Se eu quiser, vou, sim", contesto, lembrando que não é ele quem decide o que eu visto.

Hardin me olha por um momento antes de falar. "Eu sei... Só acho que não devia. É muito revelador para o seu gosto."

"Foi o que pensei." Eu me olho no espelho de corpo inteiro mais uma vez, cantarolando.

Hardin sorri, e eu o pego conferindo a minha bunda. "Mas é incrivelmente sexy."

"Próximo", digo e volto para o provador.

O vestido dourado é gostoso contra a pele, apesar de ser todo coberto de paetês. Chega até o meio das minhas coxas, e as mangas são três quartos. É muito mais a minha cara, só um pouquinho mais ousado do que o habitual. As mangas dão um ar conservador, contrastando com o comprimento diminuto e o jeito como o tecido se agarra ao meu corpo.

"Tess", reclama Hardin, impaciente, do lado de fora.

Abro a porta, e sua reação faz meu coração vibrar.

"Nossa." Ele engole em seco.

"Gostou?" Mordo o lábio inferior. Me sinto muito confiante naquele vestido, principalmente depois de ver Hardin corar e o jeito como ele muda o peso de uma perna para a outra.

"Muito."

É uma coisa bem banal entre casais, a mulher experimentar roupas na Macy's para o homem ver. Uma sensação estranha, mas muito boa. Eu estava apavorada alguns dias atrás, quando ele descobriu sobre o jantar com Trevor, em Seattle.

"Vou levar esse, então", anuncio.

Depois de encontrar um par de sapatos pretos de salto grosso um tanto intimidantes, seguimos para o caixa. Hardin me enche o saco para pagar, mas eu me recuso, vencendo a batalha desta vez.

"Tem razão, *você* é quem devia estar me comprando um presente... sabe como é, para compensar o Natal", brinca ele, assim que saímos do shopping.

Tento dar um tapa em seu braço, mas Hardin agarra meu pulso. Seus lábios tocam a palma da minha mão num beijo leve, e não a solta enquanto me leva para o carro. *Nunca fomos de andar de mãos dadas em público*... Assim que o pensamento passa pela minha cabeça, ele parece perceber o que estamos fazendo e solta a minha mão. Bem, um passo de cada vez.

De volta ao apartamento, depois de eu dizer pela oitava vez que devemos sair com os amigos dele, começo a fraquejar, imaginando as possibilidades para a noite. Mas não podemos nos esconder do mundo para sempre. O comportamento de Hardin na frente de seus velhos amigos vai me mostrar como ele se sente de fato em relação a mim, a nós dois.

Tomo banho e raspo a perna três vezes, ficando debaixo da água quente até ela não estar mais quente. Ao sair, pergunto a Hardin: "O que o Nate disse sobre hoje?". Não sei o que esperar como resposta.

"Falou para a gente se encontrar em casa... na minha antiga casa. Às nove. Vai ser um festão, pelo jeito."

Olho para o relógio: já são sete horas. "Tá, vou me arrumar."

Passo a maquiagem e seco o cabelo depressa. Meu cabelo está com cachinhos pequenos, e prendo a franja para trás, como sempre. Estou... bonita...

Sem graça. O mesmo de sempre. Preciso estar melhor do que nunca para o meu retorno. É a minha forma de mostrar que eles não roubaram o melhor de mim. Se Molly estiver lá, certamente vai estar vestida para chamar atenção, inclusive a de Hardin. E, por mais que odeie aquela garota, sei que ela *é* linda. Com o cabelo cor-de-rosa de Molly queimando no fundo da mente, pego o delineador preto e desenho uma linha grossa ao longo da pálpebra superior; pela primeira vez a linha sai reta, ainda bem. Faço o mesmo na pálpebra inferior e adiciono um pouco mais de rosa nas bochechas, antes de tirar o grampo prendendo a franja e jogar no lixo.

Pego o grampo de volta do lixo. Tudo bem, talvez eu não esteja completamente pronta para dispensar o grampo, mas vou ignorá-lo esta noite. Jogo a cabeça para baixo e passo os dedos pelos cachos. O reflexo no espelho me choca. A mulher diante de mim parece pronta para ir a uma casa noturna; ela é ousada... sensual até. A última vez que usei tanta maquiagem foi quando Steph fez uma "transformação" em mim, e Hardin tirou sarro da minha cara. Desta vez, estou ainda melhor.

"São oito e meia, Tess!", Hardin me avisa da sala de estar.

Olho para o espelho uma última vez, respiro fundo e corro para o quarto, para me vestir antes que Hardin possa me ver. *E se ele me achar feia?* Da última vez, ele não gostou do meu visual novo e melhorado. Afasto os pensamentos hesitantes, coloco o vestido pela cabeça, fecho o zíper e calço meus sapatos novos.

Será que devo usar meia-calça? Não. Preciso ficar calma e parar de pensar demais.

"Tessa, a gente precisa mesmo..." A voz de Hardin vai aumentando à medida que se aproxima do quarto. Mas então ele para no meio da frase.

"Estou..."

"Está. Porra, e como está", ele praticamente rosna.

"Você não acha que é exagero, toda essa maquiagem?"

"Não, está... hã... está bom, quer dizer... Muito bom", gagueja ele. Tento não rir por aparentemente ter ficado sem palavras, algo que nunca acontece com ele. "Vamos... temos que ir agora ou não vamos sair desse apartamento", murmura ele.

Sua reação eleva a minha autoconfiança. Sei que não deveria, mas é o que acontece. Hardin está impecável como sempre, com uma camiseta preta básica e calça jeans apertada. O All-Star preto pelo qual me apaixonei tão rapidamente complementa o visual que conheço como "Hardin".

56

TESSA

Quando chegamos à fraternidade, a antiga casa de Hardin, uma música do Fray sobre perdão está tocando baixinho. O trajeto foi tenso, com os dois em silêncio. As lembranças, em sua maior parte ruins, inundam minha mente, mas eu as afasto. Hardin e eu temos um relacionamento agora, um relacionamento de verdade, então ele vai se comportar de outra forma. *Será?*

Enquanto caminhamos pela casa lotada até a sala enfumaçada, Hardin não sai de perto de mim. Logo estamos com copos vermelhos de plástico nas mãos, mas Hardin descarta o seu antes de tirar o meu de mim. Tento pegar de volta, mas ele franze a testa.

"Acho melhor a gente não beber hoje", diz.

"Acho melhor *você* não beber hoje."

"Tudo bem, só um", ele avisa e me devolve o copo.

"Scott!", chama uma voz conhecida. Nate aparece na cozinha e dá um tapa no ombro de Hardin antes de me abrir um sorriso simpático. Tinha quase esquecido como ele é bonito. Tento imaginá-lo sem as tatuagens e os piercings, mas não consigo. "Uau, Tessa, você está... diferente", comenta ele.

Hardin revira os olhos, pega a bebida da minha mão e dá um gole. Quero tomar o copo de volta, mas não quero causar uma briga. Um copo não vai fazer mal. Coloco meu telefone no bolso traseiro de Hardin para ficar com as mãos livres.

"Ora... ora... ora... vejam só quem chegou", diz uma voz feminina, e vejo um topete cor-de-rosa passar por trás de um sujeito grande e gordo.

"Ótimo", resmunga Hardin, enquanto Molly, a vadia, caminha na nossa direção.

"Há quanto tempo, Hardin", diz ela, com um sorriso maligno.

"Pois é." Ele dá outro gole.

Seus olhos se movem para mim. "Ah, Tessa! Não vi você aí", ela fala com um sarcasmo exagerado.

Eu ignoro, e Nate me dá outra bebida.

"Estava com saudade de mim?", Molly pergunta a Hardin. Ela está com mais roupa do que o normal, mas mesmo assim é quase roupa nenhuma. A camisa preta é rasgada na frente, de própósito, acho. E o short vermelho é incrivelmente curto, com cortes subindo pelas laterais, revelando uma faixa de pele ainda mais branca que o resto.

"Não muito", Hardin responde sem olhar para ela. Levo o copo aos lábios para esconder o sorriso.

"Tenho certeza de que sentiu", retruca ela.

"Não enche", resmunga ele.

Ela revira os olhos como se fosse uma brincadeira. "Nossa, que nervosinho."

"Vem, Tessa." Hardin me pega pela mão e me puxa para longe. Seguimos na direção da cozinha, deixando para trás uma Molly irritada e um Nate aos risos.

"Tessa!", exclama Steph, pulando de um dos sofás. "Uau! Você está linda!" Em seguida, acrescenta: "Acho até que eu poderia usar isso!".

"Obrigada." Sorrio. É um pouco estranho ver Steph, mas não tão ruim quanto encontrar Molly. Sinto falta dela de verdade, e estou torcendo para que a noite de hoje corra bem, para que seja possível explorar a chance de reconstruir a nossa amizade.

Ela me abraça. "Que bom que você veio."

"Vou falar com o Logan... Não sai daqui", ordena Hardin, antes de se afastar.

Steph o observa com uma expressão bem-humorada. "Mal-educado como sempre." Ela ri alto, encobrindo a música estridente e a fala das pessoas à nossa volta.

"É... algumas coisas nunca mudam." Sorrio e viro o restante da bebida adocicada em meu copo. Detesto pensar nisso, mas o sabor de cereja me faz lembrar o meu beijo com Zed. Sua boca estava fria, e a língua doce. Parece um outro mundo agora, uma outra Tessa a que compartilhou aquele beijo com ele.

Como se pudesse ler meus pensamentos, Steph bate em meu ombro e diz, apontando a unha pintada de zebra para um menino de cabelos pretos: "Olha o Zed ali. Vocês já se viram depois de... você sabe?".

"Não... Na verdade, não vi ninguém. Só o Hardin."

"Zed ficou péssimo depois de tudo. Quase senti pena dele", comenta ela.

"A gente pode mudar de assunto, por favor?", imploro. Nossos olhos se encontram, e eu desvio o olhar.

"Ah, claro. Merda, desculpa. Quer outra bebida?", pergunta ela.

Sorrio, para minimizar a tensão. "Quero!" Dou uma olhada para o local na cozinha onde Zed estava, mas ele sumiu. Mordo a parte de dentro da bochecha e olho de novo para Steph, de cabeça baixa. Nenhuma de nós sabe exatamente o que dizer.

"Vamos procurar Tristan", sugere ela.

"O Hardin...", começo a dizer que ele me pediu para não sair dali. Mas ele não pediu, exigiu, o que é irritante. Viro o copo, engolindo o restinho da bebida fria. Meu rosto já está ficando quente por causa do álcool em minhas veias... Quando pego outro copo antes de seguir Steph para a sala, já estou um pouco mais calma.

A casa está mais cheia do que nunca, e não vejo Hardin em lugar nenhum. Metade da sala está tomada por uma mesa comprida de carteado coberta de fileiras de copos vermelhos. Estudantes bêbados atiram bolas de pingue-pongue nos copos e depois viram o conteúdo goela abaixo. Nunca vou entender a necessidade de fazer essas brincadeiras quando estão embriagados, mas pelo menos dessa vez não parece ter nenhum beijo envolvido na aposta. Vejo Tristan no sofá, ao lado de um cara ruivo que lembro ter visto aqui uma vez. Ele estava fumando um baseado com Jace da última vez. Sentado no braço do sofá, Zed diz algo ao grupo, fazendo Tristan jogar a cabeça para trás numa gargalhada. Assim que vê Steph caminhando em sua direção, Tristan sorri. Gostei do colega de quarto de Nate desde o dia em que o conheci. Ele é gentil e parece gostar de Steph de verdade.

"Como estão as coisas entre vocês?", pergunto antes de chegarmos a eles.

Ela se vira para mim e abre um sorriso radiante. "Ótimas, para falar a verdade. Acho que estou apaixonada!"

"Acha? Vocês não disseram ainda?", pergunto com um suspiro de surpresa.

"Não... de jeito nenhum. Faz só três meses que a gente está namorando!"

"Ah..." Hardin e eu dissemos "eu te amo" antes de começar a namorar.

"Você e Hardin são diferentes", ela acrescenta depressa, apenas estimulando minha teoria de que pode ler meus pensamentos. "E vocês, como estão?", Steph pergunta e desvia os olhos.

"Bem, estamos bem." É ótimo poder dizer isso, já que, pela primeira vez, estamos *mesmo*.

"Vocês dois formam um casal bem estranho."

Eu dou risada. "É verdade."

"Mas isso é bom. Já pensou se o Hardin achasse uma garota igual a ele? Uma coisa é certa, eu jamais iria querer conhecê-la." Ela ri.

"Nem eu", respondo, rindo com ela.

Tristan chama Steph, e ela corre para sentar em seu colo. "Boa menina." Ele dá um beijo rápido na bochecha da namorada e em seguida olha para mim. "Tudo bem, Tessa?"

"Tudo muito bem. E você, como está?", pergunto. Estou falando como um político. *Relaxa, Tessa.*

"Bem. Bêbado que nem um gambá, mas tudo bem." Ele ri.

"Cadê o Hardin? Ainda não vi", pergunta o menino ruivo.

"Ele... bom, não tenho ideia", respondo, dando de ombros.

"Deve estar por aqui em algum lugar. Não vai querer ficar longe de você por muito tempo", diz Steph, para me consolar.

Na verdade, não me importo de Hardin ter sumido de vista, porque o álcool está me deixando menos nervosa, mas queria que ele aparecesse e ficasse um pouco comigo. Esses são os amigos dele, não meus. Tirando Steph, que ainda não decidi. Mas aqui ela é a pessoa que conheço melhor, e não quero ficar me sentindo deslocada e sozinha.

Alguém esbarra em mim, e eu cambaleio de leve para a frente; felizmente meu copo está vazio e, quando bate no tapete já manchado, só esparrama algumas gotas de líquido cor-de-rosa.

"Merda, desculpa", gagueja uma menina bêbada.

"Tudo bem", respondo. Seu cabelo preto é tão brilhante que literalmente me faz apertar os olhos. *Como isso é possível?* Devo estar mais bêbada do que imaginava.

"Senta aqui, antes que você seja atropelada", brinca Steph, e eu dou risada, me acomodando na pontinha do sofá.

"Já sabe do Jace?", pergunta Tristan.

"Não, o que aconteceu com ele?" A simples menção ao seu nome faz meu estômago se revirar.

"Foi preso. Saiu ontem", explica ele.

"Jura? O que ele fez?", pergunto.

"Matou um cara", responde o ruivo.

"Ai, meu Deus!", exclamo, e todos começam a rir. Minha voz está muito mais alta agora que estou a um passo de ficar embriagada.

"Ele está de sacanagem... Jace foi pego dirigindo com maconha." Tristan ri.

"Você é um babaca, Ed", diz Steph, e bate no braço do cara, mas não posso deixar de rir com a rapidez com que acreditei nele.

"Você devia ter visto a sua cara." Tristan ri outra vez.

Mais trinta minutos se passam sem nenhum sinal de Hardin. Estou ficando um pouco irritada com a sua ausência, mas, quanto mais bebo, menos me importo. Em parte é porque posso ficar de olho em Molly daqui, e estou vendo que ela arrumou um brinquedinho loiro para a noite. A mão dele está subindo pela coxa dela, e os dois estão tão bêbados que parecem desleixados e um tanto ridículos. Ainda assim, melhor ele do que Hardin.

"De quem é a vez agora? Kyle já era", diz um cara de óculos, apontando para o amigo bêbado deitado em posição fetal no tapete.

Olho para a mesa coberta de copos e ligo os pontos.

"Tô dentro!", grita Tristan, empurrando Steph com carinho para fora de seu colo.

"Eu também!", ela o acompanha.

"Você sabe que não é muito boa nesse jogo", Tristan a provoca.

"Sou, sim. Você só está reclamando porque sou melhor do que você. Mas agora estou no seu time, então não precisa se sentir intimidado." Ela pisca várias vezes, toda animada, e ele balança a cabeça.

"Tess, você devia jogar!", grita Steph por sobre a música.

"Humm... não, estou bem." Não tenho ideia de como é o jogo, mas sei que seria péssima.

"Ah, vamos lá! Vai ser divertido." Ela junta as mãos, implorando.

"Que jogo é esse?"

"Pingue-pongue de cerveja, dã." Ela encolhe os ombros dramaticamente antes de cair numa gargalhada bêbada. "Você nunca jogou, né?", acrescenta.

"Não gosto de cerveja."

"A gente pode jogar com batida de cereja. Eles fizeram litros e litros. Vou pegar uma garrafa na geladeira." Ela se vira para Tristan. "Arruma os copos, bonitão."

Sinto vontade de dizer não, mas também quero me divertir hoje. Ficar despreocupada e me soltar. Pingue-pongue de cerveja pode não ser tão ruim assim. Não pode ser pior do que ficar sentada no sofá sozinha, esperando Hardin voltar sabe Deus de onde ele se meteu.

Tristan começa a arrumar os copos numa formação triangular que me faz lembrar de pinos de boliche. "Você vai jogar?", pergunta.

"Acho que sim. Mas não sei como é", respondo.

"Quem quer fazer dupla com ela?", oferece Tristan.

Ninguém responde, e eu me sinto uma idiota. Ótimo. *Sabia que isso...*

"Zed?", pergunta Tristan, interrompendo meus pensamentos.

"Humm... Não sei...", Zed responde, sem olhar para mim. Está me evitando desde que cheguei.

"Só uma partida, cara."

Os olhos castanhos de Zed piscam para mim por um instante antes de se voltarem para Tristan, cedendo. "Tá legal, uma partida." Ele levanta e se posiciona ao meu lado. Nós dois ficamos em silêncio enquanto Steph enche os copos.

"Estão usando os mesmos copos a noite toda?", pergunto a ela, tentando esconder o nojo da ideia de que várias bocas tenham bebido nos mesmos copos.

"Relaxa." Ela ri. "O álcool mata os germes!"

Percebo de rabo de olho que Zed está sorrindo, mas, quando viro para ele, ele desvia o olhar. É, vai ser um jogo bem longo.

57

TESSA

"É só acertar qualquer um dos copos do outro lado da mesa, aí o outro time tem que beber o copo que a bola acertar. Quem acertar todos os copos do adversário ganha", explica Tristan.

"Ganha o quê?", pergunto.

"Hã, nada. Você só não fica bêbado tão rápido, porque não tem que beber tantos copos de uma vez."

Estou prestes a argumentar que um jogo cujo objetivo é encher a cara e no qual o vencedor bebe *menos* vai contra o espírito da festa, mas Steph grita: "Eu começo!".

Ela esfrega a bolinha branca na camisa de Tristan e sopra, para dar sorte, antes de arremessá-la para o outro lado da mesa. A bolinha quica na borda do copo da frente e rola dentro do copo ao lado.

"Quer beber primeiro?", pergunta Zed.

"Tá." Dou de ombros e pego o copo.

Tristan joga a bola seguinte e erra. A bola cai no chão, e Zed pega e a mergulha num copo d'água separado dos outros, no nosso lado da mesa. Ah, então é para isso que serve. Uma medida não muito higiênica, mas é uma festa de universitários... o que eu poderia esperar?

"E depois sou eu que jogo mal", Steph provoca o namorado, que apenas sorri para ela.

"Você primeiro", instrui Zed.

Minha primeira vez numa mesa de pingue-pongue de cerveja — bem, de batida de cereja, para ser mais exata — parece estar indo bem, considerando que acertei quatro arremessos seguidos. Minha bochecha está doendo de tanto sorrir e rir dos meus adversários, e meu sangue está fervendo por causa do álcool e do fato de que adoro me sair bem nas coisas, mesmo em jogos universitários que envolvem bebida.

"Você já jogou isso antes! Não é *possível*!", Steph me acusa com uma das mãos na cintura.

"Não, sou só habilidosa." Eu dou risada.

"'Habilidosa'?"

"Você está é com inveja das minhas habilidades em 'king kong' de cerveja", digo, e todo mundo num raio de um metro e meio de mim explode numa gargalhada.

"Ai, meu Deus! Vem falar de 'habilidade' e não consegue nem falar!", diz Steph, e minha barriga dói de tanto rir. Esse jogo foi uma ótima ideia. A enorme quantidade de álcool que consumi ajuda, e me sinto tranquila. Jovem e despreocupada.

"Se você acertar essa, a gente ganha", digo para incentivar Zed. Quanto mais ele bebe, mais à vontade parece perto de mim.

"Ah, eu vou acertar", ele se gaba com um sorriso. A bolinha corta o ar e cai direto no último copo de Steph e Tristan.

Dou um gritinho e um pulinho, feito uma idiota, mas não estou nem aí. Zed bate as mãos uma vez e, sem pensar, lanço os braços em volta do seu pescoço, animada. Ele cambaleia um pouco para trás, mas me segura pela cintura antes de nos afastarmos um do outro. É só um abraço inofensivo — acabamos de ganhar, e estou agitada. Foi inofensivo. Quando olho para Steph, ela está com os olhos arregalados, o que me faz olhar pela sala, procurando por Hardin.

Ele não está por perto, mas e daí se estivesse? Foi ele quem me deixou sozinha na festa. Não posso nem ligar ou mandar uma mensagem, porque coloquei o telefone no bolso dele.

"Revanche!", grita Steph.

Olho para Zed com os olhos arregalados. "Quer jogar de novo?"

Ele olha ao redor, antes de responder. "Quero... quero... vamos jogar outra." Ele sorri.

Zed e eu ganhamos a segunda partida, o que faz Steph e Tristan nos acusarem de trapaça, em um tom brincalhão.

"Você está bem?", pergunta Zed, quando nós quatro deixamos a mesa.

Duas partidas de pingue-pongue de cerveja são o bastante para mim; estou meio bêbada. Tudo bem, um pouco mais do que "meio", mas estou me sentindo ótima. Tristan some com Steph na cozinha.

"Estou. Muito bem. E me divertindo muito", digo, e ele ri. O jeito como posiciona a língua atrás dos dentes quando sorri é encantador.

"Que bom! Mas, se você me der licença, vou lá fora pegar um pouco de ar."

Ar. Gostaria muito de respirar um pouco de ar que não estivesse infestado de fumaça de cigarro ou cheiro de suor. Está quente dentro da casa, muito quente. "Posso ir com você?", pergunto.

"Hã... Não sei se é uma boa ideia", ele responde, desviando o olhar.

"Ah... tudo bem." Minhas bochechas se inflamam de vergonha.

Viro para me afastar, mas ele segura meu braço de leve e diz: "Pode vir. Só não quero criar nenhum problema entre você e Hardin".

"Hardin não está aqui, e posso ser amiga de quem quiser", esbravejo, enrolando as palavras. Minha voz soa engraçada, e não consigo conter o riso.

"Você está muito bêbada, né?", ele pergunta enquanto abre a porta para mim.

"Um pouqueninho... um pouco pequenininho." Dou risada.

O ar cristalino de inverno é uma delícia e muito refrescante. Zed e eu caminhamos pelo quintal e acabamos sentando no muro de pedra que costumava ser o meu lugar preferido durante essas festas. Só umas poucas pessoas estão do lado de fora, por causa do frio. Uma delas está vomitando nos arbustos a poucos metros de distância.

"Que beleza", resmungo.

Zed ri, mas não diz nada. Sinto a superfície gelada da pedra contra minhas coxas, mas tenho um casaco no carro de Hardin, se precisar. Não que tenha alguma ideia de onde ele esteja. Posso ver que o carro ainda está aqui, mas ele sumiu faz... bom, duas partidas de pingue-pongue de cerveja.

Quando olho para Zed, ele está virado para a escuridão. Por que isso é tão estranho? Sua mão se move para a sua barriga, e ele parece estar arranhando a pele. Quando levanta a camisa de leve, vejo uma atadura branca.

"O que é isso?", pergunto, curiosa.

"Uma tatuagem. Acabei de fazer... antes de vir para cá."

"Posso ver?"

"Claro..." Ele tira o casaco e deixa de lado, em seguida puxa o esparadrapo e a atadura. "Está escuro aqui", diz ele, pegando o telefone para usar a tela como uma lanterna.

"Uma engrenagem de relógio?", pergunto.

Sem pensar, corro o indicador por toda a tatuagem. Ele hesita, mas não se afasta. O desenho é grande, cobre quase a barriga toda. O restante de pele é coberto por tatuagens menores, aparentemente aleatórias. A nova é um conjunto de engrenagens; elas parecem estar se movendo, mas deve ser só efeito da vodca.

Meu dedo ainda está traçando sua pele quente, quando, de repente, percebo o que eu estou fazendo. "Desculpa...", digo com um gritinho e afasto a mão.

"Tudo bem... mas, sim, é mais ou menos como um relógio. Está vendo como a pele parece rasgada aqui?" Ele aponta para as bordas da tatuagem, e eu faço que sim.

Ele encolhe os ombros. "É como se, quando a pele é puxada para trás, o que está embaixo é mecânico. Como se eu fosse um robô ou algo assim."

"Robô de quem?" Não sei por que perguntei isso.

"Da sociedade, acho."

"Ah..." É tudo o que digo. Sua resposta é muito mais complexa do que eu esperava. "Entendi, é o máximo." Sorrio, com a cabeça ainda flutuando por causa do álcool.

"Não sei se as pessoas vão entender a ideia. Você é a única até agora que pegou."

"Quantas tatuagens mais você quer?", pergunto.

"Não sei. Não tenho mais espaço nos braços e nem na barriga agora, então acho que vou parar quando não couber mais." Ele ri.

"Eu devia fazer uma tatuagem", digo.

"Você?" Ele solta uma gargalhada alta.

"É! Por que não?", questiono com indignação fingida. Uma tatuagem parece uma boa ideia agora. Não sei o que faria, mas parece divertido. Aventureiro e divertido.

"Acho que você bebeu demais", ele brinca, esfregando os dedos sobre o esparadrapo para recolocar o curativo.

"Você acha que eu não aguento?", desafio.

"Não, não é isso. Eu só... Não sei. Não consigo imaginar você com uma tatuagem. E o que você faria?" Ele tenta não rir.

"Não sei... um sol? Ou uma carinha feliz?"

"Uma carinha feliz? Isso definitivamente é a vodca falando."

"Deve ser." Eu dou risada. Então, quando me acalmo, digo: "Achei que você estava com raiva de mim".

Sua expressão muda do riso para a neutralidade. "Por quê?", pergunta baixinho.

"Porque me evitou até o Tristan obrigar você a jogar pingue-pongue de cerveja comigo."

Ele solta um suspiro. "Ah... Não estava evitando você, Tessa. Só não quero causar problema."

"Com quem? Com Hardin?", pergunto, embora já saiba a resposta.

"É. Ele deixou bem claro que preciso ficar longe de você, e não quero brigar com ele de novo. Não quero mais nenhum problema entre nós, ou com você. Eu só... deixa pra lá."

"Ele está melhorando um pouco nessa questão da raiva", digo, sem jeito. Não sei se é verdade, mas gostaria de pensar que o fato de ele não ter matado Trevor significa alguma coisa.

Zed me encara, incrédulo. "Está?"

"É, está. Acho..."

"E cadê ele, afinal? Que estranho ter deixado você sozinha."

"Não tenho a *menor* ideia", confesso, olhando ao redor, como se isso fosse ajudar. "Ele foi falar com Logan, e não apareceu mais."

Zed balança a cabeça e coça a barriga. "Estranho."

"É, estranho." Dou risada, já que a vodca faz tudo parecer muito mais divertido.

"Steph ficou muito feliz de ver você hoje à noite", comenta ele, levando um cigarro aos lábios. Num movimento rápido com o polegar, ele acende um isqueiro, e logo o cheiro de nicotina invade minhas narinas.

"Eu percebi. Sinto falta dela, mas ainda estou chateada com tudo o que aconteceu." O assunto não parece tão pesado quanto antes. Estou me divertindo muito, apesar de Hardin não estar por perto. Ri e brinquei com Steph e, pela primeira vez, me senti como se pudesse deixar tudo de lado e retomar o contato com ela.

"Você foi muito corajosa de vir aqui", diz ele com um sorriso.

"Burrice e coragem não são a mesma coisa", brinco.

"Estou falando sério. Depois de tudo... você não ficou escondida no seu canto. Acho que seria isso o que eu faria."

"Eu me escondi por um tempo, mas ele me achou."

"Eu sempre acho." A voz de Hardin me faz dar um pulo de susto, e tenho que me segurar no casaco de Zed para não cair do muro de pedra.

58

HARDIN

É verdade. Eu sempre acho Tessa. E geralmente está fazendo coisas que me deixam com uma raiva louca, como estar com o filho da puta do Trevor ou do Zed.

Não acredito que acabei de encontrar Tessa e Zed sentados numa mureta, falando sobre ela se esconder de mim. Que *palhaçada*. Ela se segura em Zed para se equilibrar enquanto eu caminho pela grama congelada.

"Hardin", Tessa exclama, claramente surpresa com a minha presença.

"Isso mesmo, Hardin", digo.

Zed se afasta dela, e eu tento manter a calma. Por que ela está aqui sozinha com Zed? Eu disse claramente para ela ficar lá dentro, na cozinha. Quando perguntei a Steph onde Tessa tinha se metido, tudo o que ela disse foi "Zed". Depois de cinco minutos revirando a porcaria da casa toda — principalmente os quartos —, finalmente resolvi olhar aqui fora. E aqui estão eles. Juntos.

"Era para você ter ficado na cozinha", digo, acrescentando um "linda" para suavizar a aspereza do meu tom.

"Era para você ter voltado logo... *lindo*."

Suspiro e respiro fundo antes de voltar a falar. Sempre acabo reagindo por impulso, e estou tentando não fazer mais isso. Mas ela também não ajuda. "Vamos lá para dentro", digo e pego a mão dela.

Preciso afastá-la de Zed e, sinceramente, também preciso me afastar dele. Já dei uma surra no cara uma vez, e no fundo não me importaria de dar outra.

"Vou fazer uma tatuagem, Hardin", Tess me diz enquanto a ajudo a descer o muro.

"O quê?" *Ela está bêbada?*

"É... Você precisa ver a tatuagem nova do Zed, Hardin. É tão bonita." Ela sorri. "Mostra pra ele, Zed."

Por que a Tessa está olhando as tatuagens dele, e o que será que eu perdi? O que eles estavam fazendo? O que mais ele estava mostrando a ela? Zed sempre foi a fim de Tessa, desde a primeira vez em que a viu, assim como eu. A diferença é que eu queria transar com ela, e ele realmente gostava dela. Mas eu ganhei; ela me escolheu.

"Eu não...", começa Zed, visivelmente desconfortável.

"Não, não. Pode mostrar a tatuagem, por favor", digo, com sarcasmo.

Zed exala um pouco de fumaça e, para meu horror e absoluta indignação, levanta a camisa. Tirando o curativo de lado, vejo que a tatuagem é realmente muito legal, mas por que ele achou que deveria mostrar para a minha Tessa vai além da minha compreensão.

Tessa abre um sorriso enorme. "Não é o máximo? Quero uma. Acho que a gente decidiu que vai ser uma carinha sorridente!"

Ela não está falando sério. Mordo o piercing do lábio para conter o riso. Olho para Zed, que só sacode a cabeça e dá de ombros. Parte do meu aborrecimento desapareceu depois de ouvir a ideia ridícula de uma tatuagem. "Você está bêbada?", pergunto.

"Talvez." Ela ri. *Que ótimo.*

"Quanto você bebeu?", pergunto. Eu bebi duas cervejas, mas estou vendo que ela bebeu mais.

"Não sei... quanto *você* bebeu?", provoca ela, e levanta a barra da minha camisa. Suas mãos frias descansam contra a minha pele quente; eu estremeço, e ela enfia o rosto no meu peito.

Está vendo, Zed, ela é minha. Não sua, nem de ninguém, só minha.

Olhando para ele, pergunto: "Quanto ela bebeu?".

"Não sei quanto ela bebeu antes, mas nós acabamos de jogar duas partidas de pingue-pongue de cerveja... com batida de cereja."

"Nós... nós quem? Vocês dois jogaram pingue-pongue de cerveja?", pergunto, cerrando os dentes.

"Não. Pingue-pongue de batida de cereja!", ela me corrige com uma risada e levanta a cabeça. "E ganhamos, duas vezes! Eu fiz a maior parte dos pontos. Steph e Tristan foram muito bons também, mas nós ganhamos. Duas vezes!" Ela ergue a mão no ar, esperando que Zed bata na palma dela. Relutante, ele levanta a própria a mão, simulando o movimento de bater na mão dela de longe.

Essa é Tessa, a menina que está tão acostumada a ser a melhor e a mais inteligente em tudo, se gabando de ganhar uma partida de pingue-pongue de cerveja.

Amo cada pedacinho dela. "Com vodca pura?", pergunto a Zed.

"Não, é uma mistura só com um pouco de vodca, mas ela bebeu várias."

"E você veio com ela aqui para o escuro sabendo que tinha enchido a cara?", questiono, levantando a voz.

Tessa cola o rosto no meu, e consigo sentir o cheiro de álcool em seu hálito. "Hardin, por favor, relaxa. Fui eu q-que perguntei se po-podia vir aqui com ele. Ele disse não no início, porque sabia que você ia... agir assiiiiiim." Ela franze a testa e tenta tirar as mãos da minha barriga, mas eu as coloco de volta gentilmente contra a minha pele. Passo os braços ao redor da sua cintura, puxando-a para mais perto de mim.

Relaxar? Ela acabou mesmo de me dizer para ficar frio?

"E não vamos esssssssquecer que, se você não tivesse me deixado, po-podia ter jogado comigo", acrescenta, arrastando as palavras.

Sei que ela está certa, mas ainda estou irritado. Por que foi jogar logo com Zed, entre todas as pessoas? Sei que ele ainda tem sentimentos por ela. Nada comparado com o que eu sinto, mas, pelo jeito como ficou olhando para ela, sei que ainda está interessado.

"Estou certa ou estou certa?", pergunta ela.

"Tudo bem, Tessa", rosno, numa tentativa de silenciá-la.

"Eu estou indo lá para dentro", diz Zed, jogando o cigarro no chão antes de ir embora.

Tessa olha para ele, então me diz: "Você é tão mal-humorado, acho melhor voltar para onde se enfiou". Ela tenta se afastar de mim de novo.

"Não vou a lugar nenhum", respondo, propositadamente me esquivando de sua observação sobre a minha ausência.

"Então para de ser mal-humorado, porque estou me divertindo hoje." Ela olha para mim. Seus olhos parecem ainda mais claros do que o habitual, com as linhas pretas que ela desenhou ao redor deles.

"O que você acha, que eu ia ficar feliz de ver você aqui fora sozinha com aquele filho da puta?"

"Você preferia que eu estivesse aqui com outra pessoa?" Ela fica terrivelmente irritadiça quando está bêbada.

"Não, você está mudando de assunto", retruco.

"Porque não tem assunto. Não fiz nada de errado, então para de ser chato ou não vou querer mais ficar com você", ameaça ela.

"Tudo bem, vou parar de reclamar." Reviro os olhos.

"E de revirar os olhos também", repreende ela, e tiro os braços da sua cintura.

"Tudo bem, não vou revirar os olhos." Sorrio.

"Melhor assim." Ela tenta esconder o sorriso.

"Você está muito mandona hoje."

"A vodca me deixou corajosa."

Sinto suas mãos descerem pela minha barriga. "Então você quer uma tatuagem, é?", pergunto, subindo as mãos dela novamente, mas Tessa me desafia e me toca ainda mais embaixo.

"É, umas cinco, talvez." Ela dá de ombros. "Não sei."

"Você não vai fazer tatuagem nenhuma." Eu dou risada, mas estou falando muito sério.

"Por que não?" Seus dedos brincam com o elástico da minha cueca.

"Amanhã a gente conversa sobre isso, quando você estiver sóbria." Sei que a ideia não vai parecer tão interessante quando ela não estiver bêbada. "Vamos entrar."

Ela desliza a mão para dentro da minha cueca e fica na ponta dos pés. Acho que vai beijar minha bochecha, mas leva a boca à minha orelha. Ela me aperta suavemente, e eu solto um suspiro.

"Acho que a gente devia ficar aqui fora", sussurra. *Cacete.*

"A vodca sem dúvida deixa você corajosa." Minha voz falha, me traindo.

"É, e me deixa com te...", ela começa a dizer, muito alto. Eu cubro sua boca enquanto um grupinho de meninas embriagadas passa por nós.

"A gente precisa entrar, está frio, e acho que não ia pegar bem se eu comesse você no meio do mato." Eu sorrio, e suas pupilas se dilatam.

"Mas *eu* ia gostar, e muito", diz Tessa, assim que descubro sua boca.

"Meu Deus, Tess, você fica muito tarada quando bebe." Eu dou risada, lembrando de Seattle e das palavras sacanas que saíram de seus lábios carnudos. Preciso levá-la para dentro antes que acabe aceitando a oferta e a arrastando para o mato.

Ela pisca. "Só por você."

Não consigo conter o riso. "Vamos." Coloco minha mão em seu braço e a puxo pelo quintal para dentro de casa.

Ela vai o tempo todo fazendo beicinho, o que faz a pressão na minha virilha crescer ainda mais, sobretudo quando ela empurra o lábio inferior para fora. Eu podia muito bem me abaixar e morder aquele lábio. Merda, sou tão obcecado quanto ela, e nem estou bêbado. Talvez um pouco chapado, mas bêbado não. Tessa ia ficar louca de raiva se tivesse me encontrado no andar de cima. Eu não cheguei a fumar, mas estava no quarto, e eles fizeram questão de soprar a fumaça na minha cara.

Arrasto Tessa pela multidão e a levo para o lugar mais vazio do andar térreo, que é a cozinha. Tessa se apoia no balcão e olha para mim. Como ela pode estar tão bonita quanto na hora que saiu de casa? Todas as outras meninas estão acabadas a esta altura — depois da primeira bebida, a maquiagem delas começa a borrar, o cabelo começa a embaraçar, e elas parecem meio largadas. Tessa não. Parece uma deusa comparada a elas. Comparada a qualquer uma.

"Quero outra bebida, Hardin", diz ela, mas, quando faço que não com a cabeça, ela coloca a língua para fora feito uma criança. "Por favor? Estou me divertindo, não seja um desmancha-prazeres."

"Tudo bem, mais uma, só que você tem que parar de falar como uma criança de dez anos de idade", provoco.

"Certo, meu caro senhor. Peço as mais sinceras desculpas por minha linguagem imatura. Tal indiscrição não tornará a se repetir..."

"Ou como um velho", digo, com uma risada. "Mas pode me chamar de senhor de novo."

"Porra, tá legal, então. Cacete, vou parar de falar feito um filho da puta de um..." Mas ela não termina a frase mal-educada porque estamos os dois caindo na gargalhada.

"Você está louca hoje", digo a ela.

Tessa ri. "Eu sei, é divertido."

Estou feliz que esteja se divertindo, só não consigo evitar o incômodo que sinto por ela estar se divertindo com Zed, e não comigo. Mas vou ficar de boca fechada, porque não quero estragar sua noite.

Ela fica de pé, dando um gole em sua bebida. "Vamos procurar Steph."

"Você fez as pazes com ela?", pergunto, seguindo-a. Não sei como me sinto sobre isso. Bem? Pode ser...

"Acho que sim. Lá estão eles!" Ela aponta para Tristan e Steph, sentados no sofá.

Enquanto caminhamos até a sala, um grupinho de caras sentados no chão se vira para secar Tessa. Ela não percebe os olhares lascivos, mas eu sim. Lanço um olhar de advertência, e quase todos viram a cara, exceto um loiro, que de longe lembra Noah. Ele continua nos acompanhando com os olhos. Eu me pergunto se dar um chute na cara dele seria boa ideia. Acabo preferindo só pegar a mão de Tessa, pelo menos por enquanto.

Ela olha para trás, para as nossas mãos unidas, e seus olhos estão arregalados. Por que está tão surpresa? Tudo bem, não sou de andar de mão dadas, mas faço isso de vez em quando... não faço?

"Aí estão vocês!", exclama Steph quando chegamos.

Molly está sentada no chão perto de um cara que eu reconheço. Tenho certeza de que ele é do terceiro ano, e seu pai é dono de umas terras em Vancouver, ou seja, é um daqueles playboyzinhos. Os dois parecem ridículos juntos, mas fico feliz que ela tenha me deixado em paz por enquanto. Molly é bem irritante, e Tessa a odeia.

"A gente estava lá fora", digo a ela.

"Essa festa está um tédio", diz Nate, mexendo a cerveja com o dedo.

Sento na ponta do sofá e puxo Tessa para o meu colo. Todo mundo olha para a gente, mas não dou a mínima. Duvido alguém dizer alguma coisa. Em poucos segundos, todos desviam o olhar, menos Steph, que nos avalia um pouco mais antes de sorrir. Não retribuo o sorriso, mas também não levanto o dedo médio, o que é um progresso, certo?

"Vamos brincar de verdade ou desafio", sugere uma voz, e levo um segundo para perceber de onde veio.

Que diabos? Levanto a cabeça para olhar para Tessa, que ainda está sentada no meu colo.

"Claro, como se você fosse querer jogar", Molly zomba dela.

"De onde veio essa ideia? Você odeia essas brincadeiras", digo em voz baixa.

Ela sorri. "Não sei, achei que hoje podia ser divertido."

Sigo seus olhos, percebendo que estão cravados em Molly, e não quero nem saber o que Tessa está tramando em sua linda cabeça.

59

HARDIN

"Não sei se isso é uma boa ideia", sussurro para Tessa, mas ela se vira no meu colo e coloca o dedo indicador sobre os meus lábios para me silenciar.

Molly me lança um sorriso malicioso: "O que foi, Hardin, está com medinho de enfrentar o desafio... ou é da verdade que você não gosta?".

Que vaca. Estou prestes a responder, mas fico surpreso de ouvir Tessa rosnar: "Você é que devia ter medo".

Molly ergue uma sobrancelha. "Ah, é?"

"Ei... Ei... calma, vocês duas", diz Nate.

Embora esteja gostando de ver Tessa colocar Molly no seu lugar, não quero que as coisas saiam de controle. Tessa é muito mais frágil e sensível do que Molly, que com certeza é capaz de dizer qualquer coisa para magoá-la.

"Quem começa?", Tristan pergunta.

Tessa levanta a mão na mesma hora. "Eu!"

Ai, Deus, vai ser um desastre.

"Acho melhor eu começar", Steph intervém.

Tessa suspira, mas fica em silêncio, levando o copo à boca. Seus lábios estão vermelhos da batida de cereja, e, por um momento, me perco pensando neles em volta do meu...

"Hardin, verdade ou desafio?", Steph me arranca de meus devaneios pervertidos.

"Não estou na brincadeira", digo e tento voltar para a minha fantasia.

"Por que não?", pergunta ela.

O feitiço se quebrou... Olho para Steph e resmungo: "Um, porque não quero. Dois, porque já brinquei demais dessas palhaçadas".

"Está aí uma verdade", murmura Molly.

"Não foi isso que ele quis dizer, segura a onda", Tristan me defende.

Por que foi que transei com Molly, hein? Ela é gata e sabe pagar um bom boquete, mas é uma chata. A lembrança dela me tocando me deixa com nojo. Faço um gesto para Steph me ignorar e tento pensar em outra coisa.

"Certo, Nate. Verdade ou desafio?", pergunta Steph.

"Desafio", responde ele.

"Humm..." Steph aponta para uma menina alta, de batom vermelho. "Você tem que dar um beijo na loira de camisa azul."

Olhando para a menina, ele choraminga: "Não pode ser a amiga dela?". Todos nós olhamos para a menina ao lado da loira. Com cabelos longos e encaracolados e a pele morena escura, é muito mais bonita do que a loira. Pelo bem de Nate, espero que Steph permita a mudança, mas, em vez disso, ela ri e diz com autoridade: "Não, tem que ser a loira".

"Você é cruel." Ele reclama, e todos riem enquanto ele caminha na direção da menina.

Quando Nate volta com os lábios manchados de batom vermelho, entendo por que Tessa em geral detesta essas brincadeiras. Obrigar uns aos outros a fazer coisas estúpidas como essa não faz o menor sentido. Nunca me importei antes, mas também nunca quis beijar só uma pessoa. Não quero beijar mais ninguém além de Tessa, nunca mais.

Quando Nate manda Tristan beber um copo de cerveja que as pessoas estavam usando como cinzeiro, me abstraio completamente da brincadeira. Pego uma mecha do cabelo macio de Tessa entre os dedos, e começo a enrolar lentamente num deles. Ela cobre o rosto com as mãos, enquanto Tristan engasga e Steph grita.

Depois de mais alguns desafios sem sentido, finalmente é a vez de Tessa. "Desafio", diz ela, corajosa, para Ed.

Lanço um olhar fulminante na direção dele, deixando claro que, caso se atrever a mandá-la fazer qualquer coisa absurda, não vou hesitar em pular por cima dessa mesa e esganá-lo. Ed é um cara muito legal e descontraído, então não acho que vá querer abusar, mas quero deixá-lo avisado de qualquer maneira. "Desafio você a virar um goró", diz ele.

"Que tosco", Molly resmunga.

Tessa ignora e vira o copo. Ela já está para lá de bêbada — se beber mais, vai passar mal.

"Molly, verdade ou desafio?", diz Tessa, com uma presunção muito evidente na voz. Todo mundo na sala fica tenso. Steph me lança um olhar preocupado.

Molly se vira para Tessa, obviamente surpresa por sua ousadia.

"Verdade ou desafio?", repete Tess.

"Verdade", responde Molly.

"É verdade...", começa Tessa e se inclina para a frente, "que você é uma piranha?"

A sala é tomada por suspiros de assombro e risadas contidas. Enterro o rosto nas costas de Tessa para abafar o riso. Meu Deus, essa menina é uma loucura quando está bêbada.

"*Como é que é?*", retruca Molly, boquiaberta.

"Você me ouviu... é verdade que você é uma piranha?"

"Não", responde Molly, estreitando os olhos.

Nate ainda está rindo, Steph parece divertida, mas preocupada, e Tessa parece pronta para pular no pescoço de Molly.

"O jogo chama verdade ou desafio por um motivo", Tess joga mais lenha na fogueira. Aperto sua coxa delicadamente e sussurro para ela parar com isso. Não quero que Molly faça nada contra ela, porque senão vou ter que interferir.

"Minha vez", diz Molly. "Tessa, verdade ou desafio?", pergunta ela. Lá vamos nós.

"Desafio." Tessa abre um sorriso sádico.

Molly finge surpresa, então zomba: "Você tem que beijar o Zed".

Meu olhar se dirige imediatamente para o rosto terrível de Molly. "De jeito nenhum", digo bem alto. Todos, com exceção dela, parecem se encolher um pouco.

"Por que não?" Molly sorri. "Não tem nada de mais... ela já fez isso antes."

Afasto as costas do encosto, apertando Tessa contra mim. "Nem fodendo", rosno para aquela putinha. Não dou a mínima para essa brincadeira idiota, ela não vai beijar ninguém.

Zed está com os olhos voltados para a parede e, quando Molly se vira para ele, percebe que não tem o seu apoio. "Tudo bem, vai ter que ser verdade, então", ela diz. "É verdade que você foi idiota a ponto de aceitar Hardin de volta depois que ele *admitiu* ter comido você por causa de uma aposta?", Molly pergunta, toda cheia de si.

Tessa fica rígida no meu colo. "Não, não é verdade", responde baixinho.

Molly se levanta. "Espera aí, o nome da brincadeira é *verdade* ou desafio, e não mundinho de 'faz de conta'. E a verdade é essa: você é uma idiota. Acredita em tudo o que sai da boca dele. Tudo bem, não é culpa sua, porque sei as coisas incríveis que aquela boca pode fazer. Cara, que língua..."

Antes que eu possa detê-la, Tessa está de pé, pulando em cima de Molly. Seus corpos se chocam. Tessa a empurra para trás pelos ombros e se agarra a eles enquanto as duas caem por cima de Ed. Para a sorte de Molly, um outro garoto qualquer amortece a sua queda. Mas, para o seu azar, Tessa tira as mãos dos ombros de Molly e agarra seu cabelo.

"Sua vadia!", grita Tessa, segurando o cabelo sedoso de Molly com os punhos cerrados. Ela levanta a cabeça de Molly do tapete e bate de novo contra o chão. Molly grita e debate as pernas sob o corpo de Tessa, mas está em desvantagem, e não parece capaz de virar o jogo. Molly enfia as unhas nos braços de Tessa, que agarra seus pulsos e os comprime contra o chão, antes de levantar a mão e dar um tapa em seu rosto.

Puta merda. Pulo do sofá e passo o braço em volta da cintura de Tessa, levantando-a do chão. Nunca achei que iria apartar uma briga entre Tess e qualquer outra pessoa, muito menos Molly, que fala muito, mas fisicamente não ameaça ninguém.

Tessa se contorce em meus braços por alguns segundos antes de se acalmar um pouco, e consigo arrastá-la para fora da sala. Ajeito seu vestido, para não revelar nada; a última coisa que precisamos é que eu entre numa briga também. Sobraram apenas algumas pessoas na cozinha, e já estão falando da briga na sala de estar.

"Eu vou matar ela, Hardin! Juro!", grita Tessa, desvencilhando-se dos meus braços.

"Eu sei... Eu sei que vai", digo, mas não estou levando a sério, apesar de ter testemunhado sua selvageria em primeira mão.

"Para de rir de mim", ela bufa, sem fôlego. Seus olhos estão arregalados e brilhantes, e suas bochechas estão vermelhas de raiva.

"Não estou rindo de você. Só estou muito surpreso com o que aconteceu." Mordo o lábio para segurar o riso.

"Odeio aquela vaca! *Quem ela pensa que é?*", grita Tessa, com a cabeça para fora da porta, na direção da sala, tentando obviamente chamar a atenção de Molly.

"Já chega, Ortiz... vamos tomar um pouco d'água", digo.

"Ortiz?", pergunta ela.

"É um lutador do UFC..."

"UFC?"

"Esquece." Dou risada e sirvo um copo d'água para ela. Dou uma conferida na sala de estar, para ver se Molly está por perto.

"Minha adrenalina está a mil", Tessa me diz.

A melhor parte de brigar é o pico de adrenalina. É viciante. "Você já brigou com alguém antes?", pergunto, embora já saiba a resposta.

"Não, claro que não."

"E por que entrou numa briga agora? Quem se importa com o que Molly acha da gente?"

"Não é isso. Não foi por isso que fiquei com raiva."

"O que foi, então?", pergunto.

Ela me entrega o copo vazio, e eu encho de novo. "Quando ela falou aquilo... sobre a sua boca", admite, com o rosto retorcido de raiva.

"Ah."

"É. Eu devia ter dado um soco nela", bufa Tessa.

"Devia, mas acho que bater a cabeça dela no chão funcionou muito bem, Ortiz."

Um sorrisinho surge em seus lábios, e ela ri. "Não acredito que fiz isso." Ela ri de novo.

"Você está muito bêbada." Eu rio também.

"*Estou mesmo!*", ela concorda em voz alta. "Bêbada o suficiente para bater a cabeça da Molly no chão", diz, gargalhando.

"Acho que todo mundo gostou do show", comento, passando o braço em volta da sua cintura.

"Espero que ninguém fique bravo comigo por fazer uma cena." Essa é a minha Tessa. Bêbada até dizer chega, mas ainda tentando demonstrar consideração pelas pessoas.

"Não tem ninguém bravo, linda. No mínimo estão agradecendo. Esse é o tipo de coisa que esses garotos de fraternidade dão a vida para ver", afirmo.

"Ai, Deus, que horror", ela diz, parecendo enojada por um instante.

"Não se preocupa com isso. Quer procurar a Steph?", pergunto, tentando distraí-la.

"Ou a gente podia fazer outra coisa...", sugere ela, enganchando os dedos no cós da minha calça jeans.

"Você nunca mais vai beber vodca quando eu não estiver por perto", digo brincando, mas falando sério ao mesmo tempo.

"Pode deixar... agora vamos lá para cima." Ela se aproxima e dá um beijo no meu queixo.

"Você está bem mandona, hein?" Sorrio.

"Você não é o único que pode dar uma de mandão o tempo todo." Ela ri e agarra a gola da minha camisa, puxando meu rosto para junto do seu. "Pelo menos me deixa fazer alguma coisa para você", ela ronrona, mordiscando minha orelha.

"Você acabou de entrar numa briga — sua primeira briga, diga-se de passagem —, e é nisso que está pensando?"

Ela faz que sim com a cabeça. Então diz, numa voz baixa e lenta que deixa minha calça ainda mais apertada: "Você sabe que também quer, Hardin".

"Porra... tudo bem." Acabo cedendo.

"Nossa, que fácil."

Seguro Tessa pelo pulso e a levo para o segundo andar.

"Alguém já pegou o seu antigo quarto?", ela pergunta quando chegamos ao final da escada.

"Já, mas ainda tem um monte sobrando", digo e abro a porta de um deles. As duas camas de solteiro estão cobertas com edredons pretos, e há sapatos no armário. Não sei de quem é esse quarto, mas agora é nosso.

Tranco a porta e caminho na direção de Tessa. "Abre o meu vestido", ela ordena.

"Não quero perder tempo, acho..."

"Cala a boca e abre o meu vestido", ela repete a ordem.

Balanço a cabeça, divertido, e Tessa se vira e levanta o cabelo. Enquanto desço o zíper ao longo de suas costas, roço os lábios de leve em sua nuca. A pele macia fica arrepiada, e vou acompanhando os pelos eriçados com o indicador, descendo por sua coluna. Estremecendo um pouco, ela se vira, despindo as mangas do vestido. A coisa toda cai a seus pés, revelando a calcinha e o sutiã rosa-choque de renda que eu adoro. Pelo sorriso em seu rosto, Tessa parece saber disso.

"Fica de sapato", eu praticamente imploro.

Ela concorda com um sorriso e olha para os pés. "Quero fazer uma coisa por você antes." Num movimento rápido, ela puxa a minha calça jeans, mas franze a testa quando vê que ela não cede. Seus dedos abrem depressa o botão e o zíper, e ela puxa a calça para baixo. Dou um passo para trás, na direção da cama, mas ela me interrompe.

"Não, eca. Vai saber o que já fizeram nessa coisa", diz, com uma cara de nojo. "No chão", exige.

"Garanto que é muito mais sujo do que a cama", rebato. "Aqui, deixa eu colocar minha camisa no chão." Tiro a camiseta, estendo no chão e sento nela. Tessa monta em cima de mim, uma perna de cada lado. Sua boca se cola ao meu pescoço, e ela mexe os quadris, se esfregando em mim.

Cacete. "Tess...", sussurro. "Assim vou terminar antes de começar."

Ela afasta os lábios do meu pescoço. "O que você quer, Hardin? Quer me comer ou quer um bo..."

Interrompo-a com um beijo. Não vou perder tempo com preliminares. Quero Tessa — preciso dela — agora. Em poucos segundos, sua calcinha está no chão ao lado dela e estou procurando uma camisinha no bolso da calça. Preciso falar com ela sobre começar a tomar pílula — não suporto ter que usar camisinha com Tessa. Quero senti-la por inteiro.

"Hardin... vai logo", ela implora, de costas no chão, usando os cotovelos para erguer o corpo, os cabelos longos se arrastando no chão atrás de si.

Rastejo até ela, abro suas coxas um pouco mais com os joelhos e me posiciono para entrar nela. Ela perde o equilíbrio nos cotovelos e cai no chão, agarrando meus braços para se reeguer.

"Não... Eu quero fazer", ela diz, me empurrando para o chão e subindo em cima de mim. Ela geme ao sentar em mim, um som mais do que delicioso. Seus quadris se mexem devagar, girando, subindo e descendo, me torturando. Ela cobre a boca com a mão, e seus olhos se reviram. Quando arranha minha barriga com as unhas, quase me deixo levar. Eu ao envolvo nos braços e viro nossos corpos. Chega de deixá-la no controle — não aguento mais.

"O que...", começa ela.

"Sou eu que mando aqui — eu que tenho o controle. Não se esqueça disso, linda", murmuro, abrindo-a com força, entrando e saindo num ritmo muito mais rápido do que o que Tessa estava usando para me torturar.

Ela faz que sim freneticamente com a cabeça e cobre a boca mais uma vez.

"Quando... a gente chegar em casa... vou foder você de novo, e você não vai tapar a boca...", aviso, levantando sua perna até o meu ombro. "Todo mundo vai ouvir o que estou fazendo com você, o que só eu posso fazer com você."

Ela geme de novo, e dou um beijo em sua panturrilha, sentindo seu corpo enrijecer. Estou perto... muito perto; enterro o rosto em seu pescoço enquanto encho a camisinha. Então descanso a cabeça em seu peito até a nossa respiração voltar ao normal.

"Isso foi...", ela ofega.

"Melhor do que bater na Molly?" Dou uma risada.

"Não sei... no mínimo, chegou bem perto", brinca ela e se levanta para se vestir.

60

TESSA

Hardin ajuda a subir meu zíper, e ajeito o cabelo com os dedos enquanto ele abotoa a calça jeans.

"Que horas são?", pergunto quando ele calça os sapatos.

"Faltam dois minutos para a meia-noite", ele responde, conferindo no rádio-relógio na mesinha.

"Ah... bom, precisamos descer logo", digo a ele. Ainda estou bêbada, mas agora me sinto relaxada e calma, graças a Hardin. Bêbada ou não, ainda não consigo acreditar naquela cena com Molly.

"Vamos." Ele pega a minha mão, e quando estamos chegando à escada a contagem começa.

"Dez... nove... oito..."

Hardin revira os olhos.

"Sete... seis..."

"Que idiotice", Hardin reclama.

"Cinco... quatro... três...", começo a gritar. "Conta comigo", peço.

Um sorrisão se abre em seu rosto, apesar de ele tentar contê-lo.

"Dois... um..." Toco o rosto dele com o dedo.

"*Feliz Ano-Novo!*", todo mundo grita, inclusive eu.

"Uhul! Ano-Novo!" Hardin diz num tom monótono, e eu dou risada quando ele me beija os lábios. Parte de mim ficou com medo que ele não me beijasse aqui, na frente de todo mundo, mas aqui estamos nós. Minhas mãos descem por sua cintura, e ele as segura para me deter. Quando se afasta, seus olhos verdes estão brilhando. Ele é tão lindo.

"Você ainda não cansou?", ele brinca, e eu faço que não com a cabeça.

"Não fica se achando. Eu não estou me insinuando para você", digo com um sorriso. "Preciso fazer xixi."

"Quer que eu vá junto?"

"Não. Já volto", digo, e dou um beijinho nele antes de ir ao banheiro. Eu deveria tê-lo chamado para ir comigo; ir ao banheiro é bem mais fácil quando estou sóbria. A noite de hoje foi muito divertida, apesar do drama com Molly. Hardin me surpreendeu com sua calma, mesmo quando me viu com Zed, e manteve o bom humor a noite toda. Depois de lavar as mãos, volto pelo corredor para encontrar Hardin.

"Hardin!", ouço uma voz feminina chamar.

Olho e vejo um rosto conhecido: a garota de cabelos pretos que esbarrou em mim mais cedo. E ela está caminhando na direção de Hardin. Para poder espionar melhor, permaneço um pouco afastada.

"Estou com seu celular, você deixou no quarto do Logan." Ela sorri e tira o telefone de Hardin da bolsa.

O quê? Não é nada, tenho certeza. Eles estavam no quarto de Logan, o que quer dizer que provavelmente não estavam sozinhos. Confio nele.

"Obrigado." Ele pega o telefone da mão dela, que começa a se afastar. Graças a Deus.

"Ei!", ele chama a atenção dela. "Pode me fazer o favor de não contar para ninguém que a gente estava no quarto do Logan?"

"Não sou do tipo que espalho minhas conquistas." Ela sorri e se afasta.

O corredor começa a girar. Meu peito dói, e rapidamente tomo o caminho da escada. Hardin percebe que estou passando e empalidece no mesmo instante, sabendo que foi flagrado.

61

∞

HARDIN

Reparo na presença de um vulto dourado a alguns passos de distância. Olho atrás de Jamie e vejo Tessa com os olhos arregalados e o lábio inferior tremendo. Ela passa de criatura indefesa a namorada enfurecida em um instante, e desce as escadas correndo.

O quê?

"Tessa! Espera!", grito atrás dela. Mesmo estando bêbada, ela desce a escada *voando*. Por que ela sempre foge de mim?

"Tess!", grito de novo, empurrando as pessoas para que saiam da minha frente.

No fim, quando estou quase a alcançando no hall de entrada da casa, Tessa faz algo que quase acaba comigo. O imbecil de cabelo loiro que estava de olho nela mais cedo assobia ao vê-la passar apressada. Ela para de repente, e o olhar em seu rosto me detém. Ela segura o cara pela camisa, sorrindo.

Que diabos ela está fazendo? Ela vai...?

Ela responde à minha pergunta silenciosa olhando para mim antes de beijar a boca do cara. Pisco várias vezes numa tentativa de fazer a cena desaparecer. Mas não adianta. Ela não faria isso, não a Tessa, por mais irritada que estivesse.

O cara, depois de um instante de surpresa com a demonstração repentina de afeto, passa os braços pela cintura dela. Ela abre a boca, leva a mão aos cabelos dele e começa a puxá-los. Não consigo entender o que está acontecendo.

"Hardin! Para!", ela grita.

Parar o quê? Quando pisco de novo, estou em cima do cara, e os lábios dele estão machucados. Eu já bati nele?

"Por favor, Hardin!", ela grita de novo.

Saio de cima dele antes que alguém se aproxime.

"Mas que porra é essa?", o cara resmunga.

Sinto vontade de dar um chute na cara dele, mas estou tentando me controlar. Ela tinha que fazer isso, estragar tudo que venho me esforçando para fazer. Corro para a porta e não me dou ao trabalho de olhar para ver se ela está me seguindo.

"Por que você bateu nele?", ela pergunta atrás de mim enquanto caminho até o carro.

"Por que você acha, Tessa? Talvez porque eu tenha acabado de ver você beijando o cara!", grito. Quase não lembrava mais da sensação, da onda de adrenalina e do formigamento bem conhecido em meus dedos. Só dei um soco... Eu acho, pelo menos... então não é tão ruim. Mas quero mais.

Ela começa a chorar.

"E daí? Você beijou aquela menina! Provavelmente fez até mais que isso. Como você pôde?"

"Não! Nem vem com essa merda de choro, Tessa. Você acabou de beijar um cara bem na minha frente!" Dou um murro no capô do meu carro.

"Você fez pior! Pensa que não ouvi você dizer para aquela menina não contar para ninguém que vocês estavam no quarto do Logan?"

"Você nem sabe o que está falando. Não beijei ninguém, porra!"

"Beijou, sim! Ela disse que não sai espalhando suas conquistas!", ela grita, balançando os braços como uma idiota. *Cacete, ela está puta da vida.*

"Foi só um jeito de falar, Tessa. Ela quis dizer que não ia contar para ninguém sobre a conversa que rolou... ou que a gente estava fumando maconha!", grito.

Ela se assusta.

"Vocês estavam fumando maconha?"

"Não, na verdade eu não, mas que diferença faz? Você acabou de me trair, caralho!" Puxo meus cabelos.

"Por que você me largou para ficar com ela? E depois ainda pediu para ela não contar nada? Isso não faz nenhum..."

"Ela é a irmã do Dan! Pedi para ela para não contar nada porque estava tentando me desculpar em particular pelo que fiz com ela. Eu ia contar para você amanhã, quando estivesse mais calma! Estava todo mundo no quarto, eu, ela, Logan e Nate. Eles estavam fumando um baseado, e quando saíram pedi para ela porque queria me desculpar com ela, por você." Toda a minha ira aparece em meus olhos, tenho certeza disso, quando digo: "Eu nunca trairia você — e você deveria saber disso!".

E, do nada, Tessa se acalma. Fica sem saber o que dizer. Ela não está certa. Está muito errada, e eu estou *muito* puto.

"Bom...", ela começa.

"Bom o quê? Você está errada, não eu. Nem me deu uma chance de me explicar. Se comportou como uma criança. Uma criancinha impulsiva!", grito, batendo no capô de novo. Ela tem um sobressalto com o barulho, mas eu não dou a mínima.

Eu devia entrar, encontrar o cara loiro e terminar o que comecei. Bater no carro não é a mesma coisa.

"Eu não sou criança! Pensei que você tivesse feito alguma coisa com ela!", ela grita entre lágrimas.

"Bom, eu não fiz! Depois de tudo pelo que passei para você ficar comigo, ainda acha que eu trairia você com uma menina qualquer em uma festa... ou com quem quer que seja?"

"Eu fiquei sem saber o que pensar." Ela levanta as mãos de novo. Passo os dedos pelo cabelo, tentando me acalmar.

"Bom, aí é com você. Não sei mais o que dizer para te convencer de que te amo." Ela beijou alguém, beijou outro cara bem na minha frente. Isso é ainda pior do que quando ela me abandonou; pelo menos, naquela vez, a culpa era minha. O hálito quente de Tessa lança nuvens de vapor no ar frio.

"Bem, se não soubesse que você tem essa mania de guardar segredos, talvez não entendesse tudo errado!", ela grita.

Olho para ela.

"Você é inacreditável. Sinceramente, não consigo nem olhar para você agora." Não consigo esquecer a cena de Tessa beijando aquele cara.

"Me desculpa pelo que eu fiz." Ela suspira. "Não foi nada de mais, também."

"Você está de brincadeira, né? Por favor, diz que está, porque, se eu tivesse beijado outra garota, você nunca mais ia querer falar comigo! Mas esqueci que, como foi a princesa Tessa, então tudo bem! Não tem problema nenhum!", ironizo.

Ela cruza os braços com uma indignação a que não tem direito.

"Princesa Tessa? Sério, Hardin?"

"Sim, é isso mesmo! Você me traiu, bem na minha frente! Vim até aqui para mostrar o quanto você é importante para mim. Queria que soubesse que não me importa o que as pessoas pensam de nós. Queria que você tivesse uma noite legal, e aí você faz essa merda!"

"Hardin... eu..."

"Não, ainda não terminei!" Pego minhas chaves. "Você está agindo como se não fosse nada de mais! Mas, para mim, é. Ver outro cara beijar você... é... não consigo explicar o que isso me faz sentir."

"Eu disse..."

Acabo perdendo a cabeça. Sei que estou sendo agressivo demais, mas não consigo me controlar.

"Para de me interromper pelo menos uma vez na sua maldita vida!", grito. "Quer saber...? Beleza. Pode voltar lá e pedir uma carona para o seu novo namorado." Eu me viro e destravo a porta do carro. "Ele é bem parecido com o Noah, e você deve estar com saudade dele."

"O quê? O que o Noah tem a ver com isso? E eu claramente não tenho um tipo de homem", ela rosna e faz um gesto para mim. "Mas talvez devesse ter."

"Que se foda", digo e entro no carro, dou a partida e deixo Tessa no frio. Quando chego a um farol vermelho, fico batendo os dedos no volante sem parar. Se ela não me ligar dentro de uma hora, vou saber que foi para casa com outra pessoa.

62

TESSA

Dez minutos depois, ainda estou de pé na calçada. Minhas pernas e meus braços estão adormecidos, e estou tremendo. Hardin vai voltar a qualquer minuto, não vai me deixar aqui sozinha. Bêbada e sozinha.

Quando penso em ligar para ele, lembro que está com meu celular. *Que maravilha.*

Que diabos eu estava pensando? Não estava, esse é o problema. Estava indo tudo tão bem, e eu não dei a ele o benefício da dúvida. Fui logo beijando outro cara. Pensar nisso me dá vontade de vomitar na calçada.

Por que ele ainda não voltou?

Preciso entrar. Está frio demais aqui fora, e quero mais uma bebida. Minha bebedeira está passando, e não estou pronta para encarar a realidade. Quando entro, vou direto para a cozinha e pego mais uma dose. É por isso que não posso beber: não tenho nenhum juízo quando estou bêbada. Imaginei o pior cenário possível logo de cara e cometi um erro enorme.

"Tessa?", Zed diz atrás de mim.

"Oi", resmungo e me viro do balcão para poder olhar para ele.

"Hã... o que você está fazendo?" Ele pergunta e dá uma risadinha. "Está tudo bem?"

"Sim... está", minto.

"Cadê o Hardin?"

"Foi embora."

"Foi embora? Sem você?"

"É." Tomo um gole de meu copo.

"Por quê?"

"Porque sou uma idiota", respondo com toda a sinceridade.

"Duvido." Ele sorri.

"Não, é sério. Dessa vez, fui uma idiota."

"Quer conversar?"

"Na verdade, não." Suspiro.

"Certo... bom, vou deixar você em paz", ele diz e começa a se afastar. Mas em seguida se vira. "Não deveria ser tão complicado, sabia?"

"O quê?", pergunto enquanto vou com ele sentar a uma mesa de baralho na cozinha.

"Amor, relacionamento, essas coisas. Não precisa ser assim tão difícil."

"Mas essas coisas não são sempre assim?" Não tenho nenhuma referência além de Noah. Nunca brigamos dessa maneira, mas não sei se eu o amava. Pelo menos não como amo Hardin. Viro minha bebida no ralo da pia e pego um copo para encher de água.

"Acho que não. Nunca vi ninguém brigar como vocês dois."

"É porque somos muito diferentes, só isso."

"É, acho que são, sim." Ele sorri.

Quando olho no relógio de novo, vejo que já faz uma hora que Hardin me largou aqui. Acho que ele não vai voltar mesmo. "Você perdoaria alguém se esse alguém beijasse outra pessoa?", finalmente pergunto.

"Acho que depende das circunstâncias."

"E se tivesse sido bem na sua frente?"

"Sem dúvida, não. Isso seria imperdoável", ele diz com uma expressão de nojo.

"Ah."

Zed se inclina na minha direção, com uma expressão compadecida. "Ele fez isso?"

"Não." Olho para ele com os olhos arregalados. "Fui *eu*."

"*Você*?" Zed está claramente surpreso.

"É. Eu disse que sou uma idiota."

"É. Detesto dizer isso, mas é mesmo."

"Pois é." Concordo.

"Como você vai voltar para casa?", ele pergunta.

"Bom, queria que ele voltasse para me pegar, mas está na cara que não vai rolar." Mordo o lábio.

"Posso levar você, se quiser", ele diz. Quando olho ao redor, hesitante, ele acrescenta: "A Steph e o Tristan provavelmente estão lá em cima... você sabe".

Olho para ele de novo.

"Será que você pode me levar agora?" Não quero me encrencar ainda mais, mas estou começando a ficar sóbria, ainda bem, e quero chegar logo em casa para tentar falar com Hardin.

"Sim, vamos lá", Zed responde, e bebo o resto da água antes de ir com ele para fora, até seu carro.

Quando estamos a uns dez minutos do apartamento, começo a entrar em pânico ao pensar na reação de Hardin se souber que Zed está me levando para casa. Tento ficar sóbria, mas não é assim que as coisas funcionam. Estou bem melhor do que estava uma hora atrás, mas continuo bêbada.

"Posso usar seu telefone para tentar ligar para ele?", pergunto a Zed.

Ele tira uma das mãos do volante e enfia no bolso, à procura do celular.

"Aqui... merda, está sem bateria", ele diz, pressionando o botão de cima e me mostrando um símbolo de bateria vazia.

"Obrigada mesmo assim." Eu encolho os ombros. Telefonar para Hardin do celular de Zed provavelmente não seria boa ideia. Não tão ruim quanto a ideia de beijar um cara qualquer na frente dele, mas ainda assim...

"E se ele não estiver lá?", pergunto.

Zed olha para mim sem entender.

"Você tem a chave, não?"

"Não trouxe a minha... não pensei que fosse precisar."

"Ah... bom... com certeza ele vai estar lá", Zed diz, com um tom apreensivo.

Hardin literalmente mataria Zed se descobrisse que estive na casa dele. Quando chegamos ao apartamento, Zed estaciona e eu olho ao redor na garagem à procura do carro de Hardin. Está parado no lugar de sempre, graças a Deus. Não tenho ideia do que teria feito se ele não estivesse aqui.

Zed insiste em me acompanhar. Por mais que eu acredite que isso não vai acabar bem, não sei se sou capaz de chegar ao apartamento sozinha neste estado de embriaguez.

Por que Hardin foi me largar naquela festa? Por que eu fui tão impulsiva e idiota? Por que Zed precisa ser tão gentil e destemido, mesmo quando não precisa? Por que no estado de Washington faz tanto frio?

Quando chegamos ao elevador, minha cabeça começa a latejar, acompanhando as batidas do meu coração. Preciso pensar no que vou dizer a Hardin. Ele vai ficar irritadíssimo comigo, e preciso pensar em uma boa maneira de me desculpar sem usar o sexo. Não estou acostumada a pedir desculpas por nada, porque é sempre ele quem estraga as coisas. Estar do outro lado da situação não é nada bom. É horrível.

Atravessamos o corredor, e eu me sinto como se estivesse caminhando na prancha para ser lançada ao mar. Só não sei quem vai cair na água, eu ou Zed.

Bato na porta, e Zed fica alguns passos atrás enquanto esperamos. Foi uma péssima ideia, eu deveria ter ficado na festa. Bato de novo, dessa vez mais alto. E se ele não atender?

E se ele pegou meu carro e nem estiver aqui? Não pensei nessa possibilidade.

"Se ele não atender, posso ir para a sua casa?" Tento controlar as lágrimas.

Não quero ficar na casa de Zed e deixar Hardin ainda mais bravo, mas não consigo pensar em outra opção. E se ele não me perdoar? Não posso ficar sem ele. Zed passa a mão nas minhas costas para me acalmar. Não posso chorar, preciso ficar calma quando ele atender... se atender.

"Claro que pode", Zed responde finalmente.

"Hardin! Abre, por favor." Peço e encosto a testa na porta. Não quero gritar e fazer cena às quase duas da madrugada. Nossos vizinhos já devem estar cansados de ouvir nossos gritos.

"Acho que ele não vai atender." Suspiro e me recosto na parede por um minuto. E então, finalmente, quando nos viramos para ir embora, a porta se abre.

"Então... olha só quem decidiu aparecer", diz Hardin, parado na porta, olhando para nós. Algo em seu tom de voz causa um arrepio na minha espinha. Quando me viro para encará-lo, seus olhos estão vermelhos, e seu rosto, corado. "Zed! Amigão! Que bom ver você", ele fala com a voz arrastada. Está bêbado.

Meus pensamentos clareiam de repente.

"Hardin... você bebeu?"

Ele olha para mim, visivelmente transformado.

"O que você tem a ver com isso? Já tem outro namorado."

"Hardin..." Não sei o que dizer a ele. Ele está muito alterado. A última vez em que o vi bêbado desse jeito foi na noite em que Landon me chamou para ir à casa de Ken. Com o histórico de alcoolismo de seu pai, e o temor que Trish demonstrou de que Hardin começasse a beber de novo, sinto o coração apertado.

"Obrigada por me trazer para casa, acho acho melhor você ir agora", digo educadamente para Zed. Hardin está bêbado demais para estar perto dele.

"Nãoooo-não-não." Hardin suspira. "Entra! Vamos beber alguma coisa juntos!" Ele segura o braço de Zed e o puxa para dentro.

Eu entro em seguida, protestando.

"Não, não é uma boa ideia. Você está bêbado."

"Tudo bem", Zed me diz com um aceno. É como se ele tivesse um instinto suicida.

Hardin vai até a mesa de centro, pega a garrafa de bebida e despeja o líquido escuro em um copo.

"É, Tessa, relaxa, caralho." Sinto vontade de gritar com ele por falar comigo desse jeito, mas não consigo falar. "Aqui está... vou pegar outro copo para mim. E um para você também, Tess." Hardin murmura e entra na cozinha.

Zed senta na poltrona, e eu no sofá.

"Não vou deixar você sozinha aqui com ele. Olha só como está bêbado", Zed sussurra. "Pensei que ele não bebesse."

"Ele não bebe... Não desse jeito. É culpa minha." Levo as mãos à cabeça. Odeio o fato de Hardin estar embriagado por causa de uma coisa que eu fiz. Queria que tivéssemos uma conversa civilizada para poder me desculpar por tudo.

"Não é, não", Zed tenta me assegurar.

"Este aqui... é para você", Hardin fala alto quando volta para a sala e me dá um copo cheio de bebida.

"Não quero mais. Já bebi muito hoje." Pego o copo das mãos dele e deixo sobre a mesa.

"Você que sabe, sobra mais para mim." Ele abre um sorriso maldoso, não o sorriso que aprendi a amar. Sinceramente, estou um pouco assustada. Sei que Hardin nunca me machucaria fisicamente, mas não gosto desse lado dele. Seria melhor que estivesse gritando comigo ou socando a parede em vez de ficar tão bêbado e calmo. Calmo demais.

Zed ergue o copo e leva a bebida aos lábios.

"É como nos velhos tempos, né? Você sabe, quando você queria comer minha namorada", Hardin diz, e Zed cospe a bebida dentro do copo de novo.

"Não é nada disso. Você foi embora, e ela teve que voltar comigo", Zed diz num tom ameaçador.

Hardin levanta seu copo.

"Não estou falando só de hoje, e você sabe. Apesar de estar bem irritado por ela ter vindo embora com você. Ela já é bem grandinha, consegue se virar sozinha."

"Ela não deveria ter que se virar sozinha", Zed rebate.

Hardin bate o copo na mesa, e eu me sobressalto.

"Isso não depende de você! Mas bem que você queria que dependesse, não é?"

Parece que estou no meio de um tiroteio. Quero fazer alguma coisa para interferir, mas meu corpo não deixa. Observo horrorizada enquanto o sr. Darcy começa a se transformar em Tom Buchanan...

"Não", Zed responde.

Hardin senta ao meu lado, mas mantém os olhos vidrados em Zed. Olho para a garrafa, e cerca de um quarto do líquido já foi consumido. Torço para que Hardin não tenha tomado aquilo sozinho, em uma hora e meia.

"Eu sei que sim, não sou idiota. Você é a fim dela; Molly me contou tudo o que você já disse."

"Deixa isso pra lá, Hardin", Zed resmunga, o que só deixa Hardin ainda mais irritado. "Você já começou errado, acreditando na Molly."

"Ah, a Tessa é tão linda, a Tessa é tão meiga! A Tessa é boa demais para o Hardin! Deveria estar comigo!", Hardin diz com ironia.

O quê?

Zed evita olhar para mim.

"Cala a boca, Hardin."

"Ouviu isso, linda? Zed pensou que poderia ter você." Hardin dá risada.

"Para com isso, Hardin", eu digo e levanto do sofá.

Zed parece humilhado. Eu não deveria ter pedido essa carona. Ele disse mesmo todas essas coisas sobre mim? Pensei que ele me tratasse bem por vergonha por causa da aposta, mas agora não tenho mais tanta certeza.

"Olha para ela, aposto que você está pensando nisso agora... não está?", Hardin provoca. Zed olha para ele e coloca a bebida sobre a mesa. "Ela nunca vai ser sua, cara, então desencana. Ninguém além de mim vai ficar com ela, sou o único que vai trepar com ela. O único que vai saber como é bom fazer isso com ela..."

"Chega!", grito. "Qual é o seu problema?"

"Nada, só estou dizendo a real para ele", Hardin responde.

"Você está sendo cruel", rebato. "E está me desrespeitando!" Eu me viro para Zed. "Acho melhor você ir, de verdade." Zed olha para Hardin, e então para mim de novo. "Eu vou ficar bem", garanto a ele.

Não sei o que vai acontecer, mas não pode ser tão ruim quanto o que vai acontecer se ele ficar.

"Por favor", imploro.

Finalmente, Zed concorda.

"Tudo bem, eu vou. Ele precisa se recompor. Vocês dois precisam."

"Você ouviu o que ela disse, vaza! Mas não precisa ficar tão triste, ela também não me quer." Hardin toma mais um gole. "Ela gosta de caras arrumadinhos."

Fico ainda mais chateada, e sei que tenho uma longa noite pela frente.

Não sei se deveria sentir medo, mas não sinto. Bem... sinto um pouco, mas não vou embora.

"Vaza!" Hardin repete, apontando, e Zed caminha até a porta.

Quando Zed sai do apartamento, Hardin tranca a porta e se vira para mim. "Sorte sua eu não ter batido nele por ter trazido você. Você sabe disso, né?"

"Sim", concordo. Discutir com ele não me parece uma boa ideia.

"Por que voltou para cá?"

"Eu moro aqui."

"Não por muito tempo." Ele serve mais bebida.

"O quê?" Perco o ar. "Você vai me pôr para fora?"

Quando o copo já está cheio, ele olha para mim. "Não, você vai acabar indo embora, mais cedo ou mais tarde."

"Não vou, não."

"Talvez seu novo namorado tenha um lugarzinho na casa dele. Vocês dois ficam muito bem juntos." O jeito raivoso como ele está falando comigo me faz lembrar do começo de nosso relacionamento, e não gosto disso.

"Hardin, por favor, para de dizer essas coisas. Eu nem conheço aquele garoto. E me arrependo demais do que fiz."

"Eu falo o que quiser, assim como você faz o que dá na telha."

"Eu cometi um erro, e estou arrependida, mas isso não significa que você tem o direito de ser cruel comigo e encher a cara desse jeito por causa disso. Eu estava muito bêbada e pensei que alguma coisa tivesse acontecido entre você e aquela menina, não soube o que pensar. Me desculpa, eu jamais magoaria você de propósito." Digo tudo isso o mais rápido que consigo, com muita ênfase, mas ele não está ouvindo.

"Você ainda está falando?", ele diz.

Suspiro e mordo minha língua. *Não chora. Não chora.*

"Vou dormir, e podemos conversar quando você não estiver tão bêbado."

Ele não diz nada, nem sequer olha para mim, então tiro meus sapatos e entro no quarto. Assim que fecho a porta, ouço um barulho de vidro quebrando. Corro para a sala de estar e encontro a parede molhada e cacos pelo chão. Observo, sem poder fazer nada, enquanto ele pega os outros dois copos e arremessa na parede.

Ele toma mais um gole da garrafa e então usa toda a sua força para arremessá-la contra a parede.

63

TESSA

Ele pega o abajur da mesa, arrancando o fio da tomada antes de jogá-lo com tudo no chão. Em seguida, pega um vaso e o quebra contra a parede. Por que o primeiro impulso dele é sair quebrando tudo o que vê?

"Para!", grito. "Hardin, você vai quebrar todas as suas coisas. Por favor, para."

"É culpa sua, Tessa! Você causou tudo isso, porra!", ele grita e pega mais um vaso. Atravesso a sala de estar e o arranco da mão dele, antes que seja tarde demais.

"Sei que é! Mas, por favor, fala comigo", imploro. Não consigo segurar mais minhas lágrimas. "Por favor, Hardin."

"Você errou feio, Tessa, de verdade!" Ele soca a parede.

Eu sabia que isso ia acontecer e, sinceramente, estou surpresa por ter demorado tanto. Fico contente por ele ter escolhido a parede de gesso para bater — a de tijolos certamente teria feito um estrago muito maior em sua mão.

"Me deixa em paz, cacete! Vai embora!" Ele anda de um lado a outro antes de bater as mãos espalmadas na parede.

"Eu te amo", digo. Preciso tentar acalmá-lo, mas ele está bêbado e ameaçador.

"Ah, mas não é o que parece! Você beijou outro cara, porra! E depois aparece com o Zed em casa!"

Meu coração se acelera ao ouvir o nome de Zed. Hardin o humilhou.

"Eu sei... me desculpa." Controlo a vontade de chamá-lo de hipócrita. "Sim, eu sei que o que fiz foi errado, muito errado, mas eu perdoei você depois de ter me magoado várias vezes."

"Você sabe que fico louco, totalmente maluco, quando vejo você com outra pessoa, e ainda assim você faz essa merda." As veias de seu pescoço estão ficando roxas, ele está começando a parecer um monstro.

"Eu já pedi desculpas, Hardin", digo com o máximo de delicadeza e calma que sou capaz. "O que mais posso dizer? Eu não estava pensando com clareza."

Ele puxa seus cabelos. "Pedir desculpa não apaga a imagem da minha cabeça. Só consigo ver aquilo."

Eu caminho em sua direção e fico parada na sua frente. Ele cheira a uísque.

"Então, olha para mim, olha para mim." Levo as mãos ao rosto dele, direcionando seu olhar.

"Você fez isso mesmo, você beijou outro cara." A voz dele está bem mais baixa do que poucos segundos atrás.

"Sei que beijei, e estou arrependida, Hardin. Não estava pensando direito. Você sabe que eu posso ser bem irracional de vez em quando."

"Isso não é desculpa."

"Eu sei, lindo, eu sei." Espero que essas palavras o acalmem.

"Isso dói", ele diz, e a fúria em seus olhos vermelhos parece ter se aplacado. "Eu sabia que não era uma boa ter namorada, não porque não queria, mas porque é isso o que acontece quando as pessoas namoram... ou quando casam. Esse tipo de merda é o motivo por que preciso ficar sozinho. Não quero ter que passar por isso." Ele se afasta de mim.

Sinto um aperto no peito porque ele parece uma criança, uma criança triste e solitária. Imagino Hardin quando menino, escondendo-se enquanto os pais brigavam por causa do alcoolismo de Ken.

"Hardin, por favor, me perdoa, não vai acontecer de novo. Nunca mais vou fazer nada desse tipo."

"Não importa, Tessa, um de nós vai acabar fazendo. É o que as pessoas fazem quando se amam. Elas se magoam, terminam ou se divorciam. Não quero isso para nós, para você."

Eu me aproximo dele.

"Não vai acontecer com nós dois. Somos diferentes."

Ele balança a cabeça levemente.

"Acontece com todo mundo; com os nossos pais."

"Nossos pais se casaram com as pessoas erradas, só isso. Veja a Karen e o seu pai." Fico aliviada por ele estar bem mais calmo agora.

"Eles também vão se divorciar."

"Não, Hardin. Acho que não."

"Eu acho. O casamento é um conceito muito errado: 'Olha, eu meio que gosto de você, então vamos morar juntos e assinar uma papelada prometendo que nenhum dos dois vai embora, só para depois não cumprirmos nada disso'. Por que alguém faria isso por vontade própria? Por que alguém ia querer estar preso a outra pessoa para sempre?"

Não estou mentalmente preparada para processar o que ele acabou de me dizer. Ele não vê um futuro comigo? Só está dizendo isso porque está bêbado. Certo?

"Você quer mesmo que eu vá embora? É isso o que você quer, acabar com tudo agora?", pergunto, olhando bem dentro dos olhos dele. Ele não responde. "Hardin?"

"Não... porra... não, Tessa. Amo você. Amo demais, mas você... o que você fez foi muito errado. Fez todos os meus medos virarem realidade com uma única atitude." Os olhos dele ficam marejados, e sinto um aperto no peito.

"Eu sei o que fiz, e estou me sentindo péssima por ter magoado você."

Ele olha ao redor, e consigo ver em seus olhos que tudo o que construímos aqui foi com base na vontade dele de se provar para mim.

"Você deveria estar com alguém como o Noah", ele diz.

"Não quero mais ninguém além de você." Enxugo os olhos.

"Mas tenho medo de que queira."

"Medo de que eu queira o quê? Trocar você pelo Noah?"

"Não exatamente por ele, mas por alguém como ele."

"Não vou, Hardin, eu amo você. Ninguém mais, só você. Amo tudo em você, por favor, para de duvidar." Me machuca pensar que ele se sente assim.

"Pode me dizer com sinceridade que não começou a sair comigo só para irritar sua mãe?"

"O quê?", pergunto, mas ele só me observa e espera a minha resposta. "Não, claro que não. Minha mãe não tem nada a ver com nós dois. Eu me apaixonei por você porque... bom, não foi escolha minha. Não consegui resistir. Tentei não me apaixonar por causa do que minha mãe pensaria, mas não teve jeito. Continuei te amando, querendo ou não."

"Sei."

"O que eu posso fazer para você perceber isso?" Depois de tudo o que enfrentei por ele, como pode achar que só estamos juntos porque quero me rebelar contra minha mãe?

"Não beijar outros caras, talvez."

"Sei que você é inseguro, mas não pode duvidar do meu amor. Briguei por você desde o primeiro dia, com a minha mãe, com o Noah, com todo mundo."

Mas algo do que eu disse não caiu bem.

"'Inseguro'? Não sou inseguro. Mas também não vou ficar só olhando enquanto sou feito de idiota."

Quando ele volta a se irritar, começo a ficar irada também.

"É essa a sua preocupação, ser feito de idiota?" Sei que o que fiz foi errado, mas ele já fez coisas muito piores comigo. Ele me fez de idiota, e eu perdoei.

"Não vem com esse papinho de merda pra cima de mim", ele resmunga.

"Passamos por muita coisa, percorremos um longo caminho, Hardin. Não vamos deixar um único erro acabar com tudo." Nunca pensei que eu imploraria por perdão.

"Você fez isso, não eu."

"Para de ser tão frio comigo. Você fez muita coisa errada comigo também", rebato.

O ódio volta ao seu rosto, e ele se afasta de mim, gritando e olhando para trás.

"Sabe de uma coisa? Já fiz muita coisa errada, mas você beijou outro cara bem na minha frente!"

"Ah, como naquela noite em que Molly estava no seu colo e vocês se beijaram na minha frente?"

Ele se vira depressa.

"Não estávamos juntos naquela época."

"Talvez não para você, mas eu pensei que sim."

"Porra, isso não importa, Tessa."

"Então está me dizendo que não vai esquecer o que aconteceu?"

"Não sei o que estou dizendo, mas você está me irritando."

"Acho melhor você ir para a cama", sugiro. Apesar dos indícios de compreensão que apareceram nos últimos minutos, está claro que ele resolveu ser cruel.

"Acho melhor você não me dizer o que fazer."

"Sei que você está bravo e magoado, mas você não pode falar comigo desse jeito. Não é certo e eu não vou tolerar. Não importa se está bêbado ou sóbrio."

"Não estou magoado." Ele olha para mim fixamente. Hardin e seu orgulho.

"Você disse agora há pouco que estava."

"Não, não disse, não vem me falar o que eu disse ou deixei de dizer."

"Tá bom, tá bom." Levanto as mãos, desistindo. Estou exausta, e não quero puxar o pino da granada na qual Hardin se transformou. Ele pega suas chaves e começa a calçar as botas. "O que você está fazendo?" Vou correndo até ele.

"Indo embora, o que mais seria?"

"Você não vai embora. Está bêbado. Muito." Tento pegar as chaves, mas ele as enfia no bolso.

"Não estou nem aí, preciso beber mais."

"Não! Não precisa. Você já bebeu bastante — e até quebrou a garrafa." Tento enfiar a mão no bolso dele, mas ele segura meu pulso como já fez inúmeras vezes.

Dessa vez é diferente porque está muito irritado e, por um segundo, começo a me preocupar.

"Solta", eu o desafio.

"Para de tentar me impedir de sair que eu solto." Ele não solta, e eu tento me manter firme.

"Hardin... você vai me machucar."

Ele olha em meus olhos e me solta depressa. Quando levanta a mão, eu me retraio e me afasto dele, mas percebo que ele só vai passá-la no cabelo.

Em seus olhos, vejo o pânico.

"Pensou que eu queria bater em você?", ele quase sussurra, e eu me afasto ainda mais.

"Eu... eu não sei, você está transtornado, e está me assustando." Eu sabia que ele não me machucaria, mas foi a maneira mais fácil de trazê-lo de volta à realidade.

"Não acredito que está pensando que eu machucaria você. Por mais bêbado que eu esteja, eu jamais levantaria a mão para você." Ele arregala os olhos para mim.

"Para alguém que odeia tanto o próprio pai, você não hesita em agir como ele", digo.

"O caralho... eu não tenho nada a ver com ele!", ele grita.

"Tem, sim! Você está bêbado, me deixou sozinha naquela festa, e quebrou metade da decoração da nossa sala de estar... inclusive meu abajur preferido. Você está agindo como ele... como ele era antes."

"Ah, é? E você está agindo como a sua mãe. Uma esnobe sem...", ele começa a dizer, e eu me assusto.

"Quem é você?", pergunto, sacudindo a cabeça. Saio de perto dele, por não querer ouvir mais nada do que tem a dizer, e por saber que, se continuarmos brigando enquanto Hardin está bêbado, as coisas não vão acabar bem. Seu desrespeito está atingindo um novo patamar.

"Tessa... eu...", ele começa.

"Não." Eu viro as costas e vou para o quarto. Consigo aguentar os comentários grosseiros, os gritos e tudo — porque, afinal de contas, posso revidar —, mas é melhor parar antes que alguém acabe dizendo alguma coisa ainda pior.

"Não falei por mal", ele diz e me segue.

Fecho a porta do quarto e passo a chave. Deslizo as costas pela superfície lisa até me sentar no chão, com os joelhos flexionados contra o peito. Talvez seja impossível nós nos darmos bem. Talvez ele seja revoltado demais, e eu seja irracional demais. Eu faço Hardin perder as estribeiras, e ele faz o mesmo comigo.

Não, não é verdade. Fazemos bem um para o outro *justamente* por causa dessa intensidade. Apesar de todas as brigas e da tensão entre nós, existe paixão. Tanta paixão que quase me afoga, me puxa para baixo. E ele é minha tábua de salvação, o único que pode me salvar, apesar de ser também quem me afoga.

Hardin bate na porta com delicadeza.

"Tessa, abre a porta."

"Vai dormir, por favor", respondo chorando.

"Porra, Tessa! Abre essa porta agora. Desculpa, tá bom?", ele grita e começa a bater na porta.

Rezando para que ele não derrube a porta, levanto do chão e vou até a cômoda para abrir a última gaveta. Quando vejo o papel branco, sinto uma onda de alívio, entro no closet e me tranco lá dentro. Quando começo a ler o bilhete que Hardin escreveu para mim, as batidas na porta são abafadas e quase deixam de existir. A dor no meu peito desaparece, junto com a dor de cabeça. Nada existe além dessa carta, dessas palavras perfeitas do meu Hardin imperfeito.

Eu a leio várias vezes, até as lágrimas pararem juntamente com o barulho do corredor. Desesperadamente, espero que ele não tenha saído, mas não vou sair para descobrir. Meu coração e meus olhos estão muito pesados. Preciso deitar.

Levando a carta comigo, arrasto meu corpo até a cama, ainda de vestido. Por fim, o sono me pega e estou livre para sonhar com o Hardin que escreveu essas palavras em uma folha de papel em um quarto de hotel.

Quando acordo no meio da noite, dobro a carta e a devolvo à última gaveta antes de abrir a porta do quarto. Hardin está dormindo no corredor, encolhido no chão de cimento. Acho melhor não acordá-lo, e o deixo à vontade para dormir até a embriaguez passar. Eu também volto a dormir.

64

TESSA

De manhã, o corredor está vazio e a bagunça na sala totalmente limpa. Não há nenhum caco de vidro no chão. O cheiro de limão paira no ar, e a mancha de uísque desapareceu da parede.

Fico surpresa que Hardin saiba onde os produtos de limpeza estão guardados.

"Hardin?", chamo, com a voz rouca depois de gritar tanto ontem à noite.

Ele não responde, então vou até a mesa da cozinha, onde há um cartão com a caligrafia dele. *Por favor, não vá embora. Volto logo*, é o que está escrito.

As toneladas de pressão desaparecem de meu peito e eu pego o e-reader, preparo uma xícara de café e aguardo sua volta. Hardin volta para casa depois do que parecem ser horas. Desde então, eu tomei banho, limpei a cozinha e li cinquenta páginas de *Moby Dick* — e nem gosto desse livro. A maior parte do tempo, eu gastei pensando em especulações a respeito de como ele iria se comportar, e o que iria dizer. Não querer que eu vá embora é um bom sinal, certo? Espero que sim. A noite toda é um borrão, mas eu me lembro dos pontos principais.

Quando ouço o clique da porta da frente, paro imediatamente. Tudo que me preparei para dizer desaparece da minha mente. Deixo o e-reader na mesa e sento no sofá quando Hardin entra pela porta, usando uma blusa cinza e a calça jeans escura de sempre. Ele nunca sai de casa usando peças que não sejam pretas e, às vezes, brancas, então o contraste hoje é um pouco estranho, mas a blusa faz com que pareça mais novo. Seus cabelos estão despenteados e puxados para trás, e sob os olhos, vejo olheiras. Tem nas mãos um abajur diferente daquele que destruiu ontem à noite, mas muito parecido.

"Oi", ele diz e passa a língua pelo lábio inferior antes de colocar o piercing do lábio entre os dentes.

"Oi", murmuro em resposta.

"Você... dormiu bem?", ele pergunta.

Levanto do sofá quando ele caminha em direção à cozinha.

"Sim...", minto.

"Que bom."

Fica claro que estamos sendo cautelosos, com medo de dizer alguma bobagem. Ele fica perto do balcão, e eu, perto da geladeira.

"Eu, hã... comprei um abajur novo." Ele aponta com o queixo para o objeto sobre o balcão.

"É bonito." Estou ansiosa, muito ansiosa.

"Aquele não tinha mais na loja, mas...", ele começa.

"Me desculpa", digo, interrompendo sua frase no meio.

"Eu também preciso me desculpar, Tessa."

"A noite de ontem não era para ter sido assim", digo, olhando para baixo.

"Nem de longe."

"Foi horrível. Eu deveria ter deixado você se explicar antes de sair beijando outro, foi uma atitude idiota e imatura da minha parte."

"Sim, foi. Eu não deveria ter que me explicar, você deveria ter confiado em mim e não tirado suas conclusões." Ele apoia os cotovelos no balcão atrás de si, e eu remexo os dedos, tentando não puxar a pele ao redor de minhas unhas.

"Eu sei. Me desculpa."

"Já ouvi as dez primeiras vezes, Tess."

"Você vai me perdoar? Porque falou que queria me mandar embora."

"Eu não falei nada de mandar você embora." Ele encolhe os ombros. "Só disse que relacionamentos em geral não dão certo."

Por um lado, eu estava rezando para que ele não se lembrasse das coisas que falou ontem à noite. Basicamente, ele me disse que casamento é para idiotas e que seria melhor ficar sozinho.

"E o que mais quis dizer com isso?"

"Mais nada."

"Como assim, mais nada? Pensei que..." Não sei o que dizer. Pensei que o abajur novo fosse um modo de se desculpar, e que ele fosse querer retificar algumas coisas que disse ontem.

"Pensou o quê?"

"Que você não queria que eu fosse embora para falar sobre isso quando chegasse em casa."

"É isso que estamos fazendo."

Sinto um nó na garganta.

"Então, você não quer mais ficar comigo?"

"Não estou dizendo isso. Vem aqui", ele chama, abrindo os braços.

Eu permaneço em silêncio quando cruzo nossa pequena cozinha e me aproximo. Ele fica impaciente e, quando me aproximo mais, me puxa para junto de si e enlaça minha cintura com os braços. Encosto a cabeça em seu peito. O algodão macio de sua blusa ainda está frio por causa do vento gélido de inverno.

"Senti tanto a sua falta", ele diz com os lábios encostados no meu cabelo.

"Não fui a lugar nenhum", respondo.

Ele me puxa mais para perto.

"Foi, sim. Quando você beijou aquele cara, eu perdi você por um momento; já foi demais para mim. Não consegui aguentar isso nem por um segundo."

"Você não me perdeu, Hardin. Cometi um erro."

"Por favor...", ele começa a dizer, mas corrige o tom: "Não faz isso de novo, estou falando sério".

"Não vou fazer", garanto a ele.

"Você trouxe o Zed aqui."

"Só porque você me largou naquela festa e eu precisava de uma carona para casa", respondo. Até agora, não nos olhamos, e quero continuar assim. Fico mais destemida... bom, um pouco menos intimidada, sem aqueles olhos verdes nos meus.

"Você deveria ter ligado", ele diz.

Continuo olhando para a frente.

"Você está com meu celular, e eu fiquei lá fora esperando. Pensei que você fosse voltar."

Ele me afasta com delicadeza e olha para mim. Parece bem cansado. Sei que minha aparência também deve ser de cansaço.

"Posso não ter controlado minha raiva direito, mas não sabia o que fazer." A intensidade de seu olhar faz com que eu desvie os olhos e baixe a cabeça.

"Você gosta dele?" A voz de Hardin está trêmula quando ele levanta meu queixo para me encarar.

O quê? Ele não pode estar falando sério.

"Hardin..."

"Responde."

"Não como você está pensando."

"Como assim?" Hardin está ficando ansioso ou irritado, não sei. Talvez as duas coisas.

"Gosto dele como amigo."

"Nada mais?" A voz de Hardin está me implorando para garantir que gosto só dele.

Seguro seu rosto com as mãos.

"Nada mais... amo você. Só você, e sei que fiz uma coisa bem idiota, mas foi só porque estava com raiva, e por causa da bebida. Não tem nada a ver com sentimentos por outra pessoa."

"Com tanta gente lá, por que você veio para casa justamente com ele?"

"Ele foi o único que se ofereceu." E então faço uma pergunta da qual me arrependo na mesma hora. "Por que você é tão grosso com ele?"

"Grosso com ele?" Hardin dá uma risada sarcástica. "Você não pode estar falando sério."

"Foi muito cruel humilhar o Zed daquele jeito na minha frente."

Hardin dá um passo para o lado, para não ficarmos mais frente a frente. Eu me viro e paro diante dele, que passa os dedos pelos meus cabelos despenteados.

"Ele não deveria ter vindo aqui com você."

"Você prometeu que ia controlar sua raiva." Estou tentando não irritá-lo. Quero fazer as pazes, não entrar ainda mais fundo nessa discussão.

"E estava controlando. Até você me trair e ir embora da festa com Zed. Eu poderia ter acabado com o Zed ontem à noite e, porra, poderia sair agora mesmo e fazer isso", ele diz, voltando a elevar o tom de voz.

"Eu sei que sim, e fico feliz por não ter feito isso."

"Não estou feliz, mas que bom que você está."

"Não quero que você beba de novo. Você não é a mesma pessoa quando bebe." Sinto as lágrimas chegarem, e tento controlá-las.

"Eu sei..." Ele se vira. "Não quis ficar daquele jeito. Só fiquei irritado e... magoado... Fiquei magoado. Não conseguia pensar em nada além de matar alguém, então fui até a Conner's e comprei o uísque. Eu não queria beber muito, mas a imagem de você beijando aquele cara não parava de surgir na minha cabeça, então continuei."

Penso em ir à Conner's para gritar com a velha da loja por vender bebida para Hardin, mas seu aniversário de vinte e um anos é exatamente daqui um mês, e o dano de ontem à noite já está feito.

"Você teve medo de mim, dava para ver em seus olhos", ele diz.

"Não... não senti medo de você. Sei que você não me machucaria."

"Você se encolheu toda. Eu lembro. A maioria das coisas eu esqueci, mas disso lembro muito bem."

"Foi só o susto do momento", digo a ele. Eu sabia que Hardin não ia me bater, mas ele estava se comportando de modo muito agressivo, e pessoas alcoolizadas fazem coisas indizíveis que nunca fariam se estivessem sóbrias.

Ele se aproxima de mim, quase cobrindo todo o espaço entre nós.

"Não quero que você... leve mais nenhum susto. Nunca mais vou beber daquele jeito, eu juro." Ele leva a mão ao meu rosto e acaricia minha têmpora com o dedo.

Não quero responder nada, essa conversa como um todo foi confusa e muito cheia de idas e vindas. Em determinado momento, sinto que ele está me perdoando, mas, no seguinte, não sei. Ele está bem mais calmo do que eu esperava, mas a raiva continua lá, só que escondida.

"Não quero ser daquele jeito, e mais do que tudo não quero ser como meu pai. Eu não deveria ter bebido tanto, mas você também errou."

"Eu...", começo a dizer, mas ele me silencia, e seus olhos ficam marejados.

"Mas já fiz um monte de merda... muita merda, e você sempre me perdoou. Fiz coisas muito piores do que você, então tenho que esquecer e perdoar, eu tenho essa obrigação com você. Não é justo eu exigir coisas que não sou capaz de cumprir. Me desculpa, Tessa, por tudo que fiz ontem à noite. Fui um imbecil."

"Eu também fui. Sei como você se sente quando me vê com outros caras, e não devia ter usado isso num momento de raiva. Da próxima vez, vou tentar pensar antes de fazer as coisas, me desculpa."

"Da próxima vez?" Hardin esboça um sorriso. Seu humor muda muito depressa!

"Então estamos bem?", pergunto.

"Não depende só de mim."

Olho em seus olhos verdes.

"Quero que a gente fique bem."

"Eu também, linda, eu também."

O alívio vem quando ouço essas palavras, e me recosto no peito dele de novo. Sei que muitas coisas não foram ditas de propósito, mas o que resolvemos por enquanto basta. Ele beija minha cabeça e meu coração acelera.

"Obrigada."

"Espero que o abajur dê para o gasto", ele diz, brincalhão.

Decidida a entrar na brincadeira, sorrio e respondo:

"Talvez compensasse, se você tivesse conseguido um igual..."

Ele olha para mim, divertido.

"Limpei a sala de estar toda", argumenta com um sorriso.

"Foi você quem sujou."

"Mesmo assim, você sabe o que penso sobre limpar as coisas." Ele me abraça mais forte.

"Eu é que não ia limpar aquela sujeira, ia deixar do jeito que estava", digo a ele.

"Você? Até parece. De jeito nenhum."

"Ia, sim."

"Fiquei com medo de que você não estivesse aqui quando eu voltasse." Nós nos encaramos.

"Não vou a lugar nenhum", digo a ele, e torço para que seja verdade. Em vez de falar, ele me beija.

65

TESSA

"Que jeito de começar o Ano-Novo", Hardin diz quando para de me beijar. Ele encosta a testa na minha.

Meu telefone vibra sobre a mesa, quebrando o encanto, e antes que eu possa pegá-lo Hardin já está atendendo. Quando levanto para tentar tomá-lo de sua mão, ele dá um passo para trás e balança a cabeça, negando.

"Landon, a Tess liga para você mais tarde", ele diz. Com a mão livre, ele segura meu pulso, e me puxa para mais perto dele, minhas costas em seu peito. Alguns segundos se passam e ele responde: "Ela está meio ocupada".

Ele me puxa na direção do nosso quarto, passando os lábios em meu pescoço, e eu estremeço. *Ai*.

"Para de ser irritante, vocês dois precisam se tratar", Hardin diz, desliga e coloca o telefone sobre a mesa.

"Preciso falar com ele sobre nossas aulas", lembro; minha voz me trai quando ele lambe e chupa a pele de meu pescoço.

"Você precisa relaxar, linda."

"Não posso... tenho muita coisa para fazer."

"Posso ajudar você." A voz dele está baixa, mais lenta do que o normal.

Ele aperta meu quadril e leva a outra mão a meu peito para me deixar parada.

"Lembra daquela vez que masturbei você na frente do espelho para você se ver gozando?", ele pergunta.

"Sim", eu me sobressalto.

"Foi divertido, não foi?", ele ronrona.

O calor percorre meu corpo ao ouvir aquelas palavras. Calor, não. Fogo.

"Posso mostrar a você como fazer aquilo sozinha." Ele chupa minha pele. Agora, já estou eletrizada. "Quer?"

A sacanagem parece interessante, mas é meio humilhante admitir.

"Vou encarar esse silêncio como um sim", ele diz e larga meu quadril, mas pega minha mão. Permaneço calada, repassando o que ele disse em minha mente, nervosa. Isso é mais do que embaraçoso, e não sei bem como me sinto.

Ele me leva para a cama e cuidadosamente me posiciona sobre o colchão macio. Sobe em cima de mim e prende minhas pernas com o corpo. Ajudo Hardin a tirar minha blusa, e ele beija o lado interno da minha coxa antes de tirar minha calcinha.

"Fica paradinha, Tess", ele diz.

"Não consigo." Solto um gemido quando ele morde minha coxa. Não consigo me conter. Ele dá risada e, se meu cérebro estivesse ligado ao resto de meu corpo no momento, eu reviraria os olhos para ele.

"Quer fazer isso aqui ou quer ver?", ele pergunta e sinto um arrepio na barriga. A pressão continua aumentando no meio das minhas pernas, e tento apertá-las uma contra a outra para me aliviar um pouco.

"Não, não, linda, ainda não." Ele está me torturando. Afasta minhas pernas e apoia o corpo sobre o meu para mantê-las separadas.

"Aqui", respondo, por fim, quase me esquecendo de que ele fez uma pergunta.

"Foi o que pensei." Ele ri.

Hardin é muito arrogante, mas suas palavras fazem coisas comigo que não imaginei serem possíveis. Não consigo recusar seu toque, mesmo quando ele me prende na cama com as pernas abertas.

"Pensei em fazer isso antes, mas fui muito egoísta. Queria ser o único a fazer você se sentir assim." Ele se inclina e passa a língua pela pele nua entre meu quadril e a parte superior da minha coxa.

Minhas pernas involuntariamente tentam se contrair, mas ele não deixa.

"Mas, como sei exatamente o modo como você gosta de ser tocada, não vai demorar muito."

"Por que você quer fazer isso?", pergunto quando ele volta a morder minha pele, e a lambe em seguida.

"O quê?" Ele olha para mim.

"Por que..." Minha voz está tensa e trêmula. "Por que vai me ensinar se quer ser o único?"

"Porque, apesar disso, só pensar em você fazendo isso sozinha na minha frente... porra", ele suspira.

Ai. Preciso me aliviar, e logo. Espero que ele não esteja planejando me torturar por muito tempo.

"Além disso, você é meio chata, às vezes... talvez isso resolva esse problema." Ele sorri, e eu tento esconder o rosto de vergonha.

Se não estivéssemos fazendo... isso... eu daria uma resposta por ser chamada de chata. Mas ele tem razão e, como disse antes, estou ocupada.

"Aqui... pode começar assim." Ele me surpreende encostando os dedos frios em mim. Respiro fundo quando ele me toca.

"Está com frio?", ele pergunta, e eu faço que sim com a cabeça. "Desculpa." Ele ri, e então desliza os dedos dentro de mim de repente.

Meu quadril se ergue da cama, e eu levo a mão à boca para me silenciar.

Ele dá risada.

"Só estou esquentando os dedos."

Conforme ele move os dedos para dentro e para fora algumas vezes, lentamente sinto o fogo arder dentro de mim. Então ele os retira, e me sinto vazia e desesperada. De repente, ele volta a enfiá-los e eu mordo o lábio.

"Não faz isso, ou não vamos conseguir terminar a aula."

Não olho para ele. Passo a língua pelo lábio e volto a mordê-lo.

"Você está me testando hoje, não está sendo uma boa aluna", ele provoca.

Até mesmo quando faz isso ele me deixa maluca; como é possível ser tão sedutor sem fazer esforço? Essa habilidade é algo que certamente só Hardin tem.

"Me dá a sua mão, Tess", ele me orienta.

Mas não me mexo. A vergonha está estampada no meu rosto.

Ele pega a minha mão, e a empurra pela minha barriga até a parte de cima das coxas.

"Se não quiser fazer, não precisa, mas acho que você vai gostar", Hardin diz suavemente.

"Quero fazer", decido.

Ele sorri.

"Tem certeza?

"Sim, só estou... nervosa", admito. Eu me sinto muito mais à vontade com Hardin do que com qualquer outra pessoa que já conheci na vida, e sei que ele não vai fazer nada que me deixe desconfortável, não de propósito, pelo menos. Estou pensando demais... as pessoas fazem isso o tempo todo. *Certo?*

"Não precisa ficar. Você vai gostar." Ele morde o canto da boca, e eu sorrio de nervosismo. "E não se preocupa: se não conseguir, eu faço para você. Não estou negando fogo ainda."

"Hardin!", eu reclamo envergonhada e repouso a cabeça no travesseiro de novo. Ele ri e diz:

"Assim."

Ele abre meus dedos. Meus batimentos aceleram muito quando ele coloca minha mão... lá. É tão estranho. Diferente e estranho. Estou tão acostumada com o toque de Hardin em mim, a pele grossa de seus dedos e o modo como se movem com toda a calma, sabendo exatamente como me tocar, como...

"Faz assim." A voz de Hardin está carregada de tesão enquanto ele guia meus dedos para o ponto mais sensível. Estou tentando não pensar no que estamos fazendo... *o que eu estou fazendo?*

"Qual é a sensação?", ele pergunta.

"Eu... não sei", respondo.

"Sabe, sim. Fala, Tess", ele exige e tira a mão da minha. Eu resmungo por causa da perda de contato e começo a tirar a mão. "Não, deixa aí, linda." Seu tom de voz faz minha mão voltar ao ponto de antes. "Continua", ele diz com delicadeza.

Eu respiro fundo e fecho os olhos, tentando repetir o que Hardin estava fazendo. Não é tão bom como quando ele faz, mas também não é nem um pouco ruim. A pressão na parte baixa da minha barriga começa a aumentar de novo, e fecho os olhos, tentando fingir que são os dedos de Hardin que estão fazendo tudo.

"Você fica tão gostosa quando se toca na minha frente", Hardin diz, e eu solto um gemido e continuo a seguir o ritmo que os dedos dele me mostraram.

Quando abro os olhos rapidamente, vejo Hardin passando a mão por cima da calça jeans. Ai, meu Deus. Por que isso é tão gostoso? É algo que pensei que as pessoas só fizessem em filmes de sexo, não na vida real. Hardin torna tudo muito excitante, por mais estranha que seja a situação. Ele está olhando para o meio das minhas pernas, mordendo o lábio inferior, deixando seu piercing em destaque.

Quando percebo que ele pode me flagrar observando suas reações, fecho os olhos e calo meu subconsciente. Isso é algo normal e natural, tudo mundo faz... nem todo mundo com alguém olhando, mas, se tivessem Hardin, certamente fariam.

"Sempre tão boazinha comigo", ele diz em meu ouvido, mordiscando minha orelha. Seu hálito é quente e tem cheiro de menta, e sinto vontade de gritar e me derreter nos lençóis ao mesmo tempo.

"Faz também", peço, quase sem reconhecer minha voz.

"Fazer o quê?"

"O que estou fazendo...", digo, mas não quero usar a palavra.

"Você quer que eu faça?" Ele parece surpreso.

"Sim... *por favor*, Hardin." Estou quase lá e preciso disso. Preciso tirar o foco de mim, e, sinceramente, vê-lo se esfregando me deixou louca. Quero ver de novo, isso e muito mais.

"Tá bom", ele responde simplesmente. Hardin é muito confiante quando o assunto é sexo. Queria ser como ele.

Ouço o barulho do zíper de sua calça jeans e tento acalmar o movimento de meus dedos; se não fizer isso, a coisa toda vai acabar já, já.

"Abre os olhos, Tess", ele diz, e eu obedeço.

Ele envolve a ereção com a mão, e meus olhos se arregalam diante da cena perfeita enquanto Hardin faz algo que nunca pensei que veria alguém fazendo.

Ele abaixa a cabeça de novo. Dessa vez, beija meu pescoço e leva os lábios de volta à minha orelha.

"Você gosta disso, não gosta? Gosta de me ver dando prazer a mim mesmo. Você é muito safada, Tessa, safada demais."

Não paro de olhar para a mão dele no meio de suas pernas. Ele mexe a mão com mais rapidez enquanto continua falando comigo.

"Não vou aguentar muito tempo olhando você, linda. Você não faz ideia do tesão que isso me dá." Ele geme e eu faço a mesma coisa.

Não me sinto mais desconfortável. Estou perto, bem perto, e quero que Hardin chegue lá também.

"É tão bom, Hardin", e solto um gemido, sem me preocupar se pareço tola ou desesperada. É a verdade, e por causa dele tudo está parecendo absolutamente normal.

"Porra. Continua falando", ele diz.

"Quero que você goze, Hardin, imagine minha boca ao redor do seu..." As palavras sujas saem de meus lábios, e sinto um calor na barriga quando ele goza em minha pele quente. E é o que basta para mim, que acabo descontrolada e fecho os olhos enquanto repito o nome dele sem parar.

Quando abro os olhos, Hardin está apoiado no cotovelo ao meu lado, e eu instantaneamente enterro meu rosto em seu pescoço.

"Como foi?", ele pergunta, passando os braços ao redor da minha cintura para me puxar para mais perto dele.

"Não sei...", minto.

"Não seja tímida, sei que gostou. Eu também gostei." Hardin beija o topo de minha cabeça, e eu olho para ele.

"Gostei, mas continuo gostando mais quando você faz", admito, e ele sorri.

"Bom, era o que eu esperava", ele diz, e eu levanto a cabeça para beijar a marca que sua covinha faz. "Tem muitas coisas que posso ensinar para você", ele acrescenta e, ao me ver ficar vermelha de novo, tenta me acalmar. "Um passo de cada vez."

Minha imaginação viaja quando penso em todas as coisas que Hardin poderia me ensinar — provavelmente há muitas que nunca vi, nem mesmo ouvi falar, e quero aprender todas elas.

Ele rompe o silêncio.

"Vamos tomar um banho, minha melhor aluna."

Olho para ele.

"Você quer dizer sua *única* aluna?"

"Sim, claro, mas acho que poderia ensinar para o Landon agora. Ele precisa disso tanto quanto você", ele brinca e sai da cama.

"Hardin!", grito e ele ri, uma risada de verdade, e seu som é muito lindo.

Quando meu alarme toca logo cedo na segunda de manhã, saio voando da cama e vou tomar um banho. A água me dá energia, e meus pensamentos começam a se voltar para meu primeiro semestre na WCU. Eu não fazia ideia do que esperar, mas ao mesmo tempo me sentia muito preparada. Tinha todos os detalhes calculados. Pensei que faria novos amigos e me concentraria nas atividades extracurriculares, talvez entrasse para um clube de leitura e alguns outros. Passaria o tempo no quarto ou na biblioteca estudando e me preparando para o futuro.

Mal sabia eu que, apenas alguns meses depois, estaria vivendo em um apartamento com meu namorado, que não seria Noah. Eu não fazia ideia do que me aguardava quando minha mãe parou no estacionamento da WCU — menos ainda quando conheci aquele rapaz grosseiro de cabelos ondulados. Eu não teria acreditado se alguém me dissesse, e agora não consigo imaginar minha vida sem esse cara esquentadinho. Sinto um frio na barriga quando me lembro de como me sentia ao vê-lo no campus, ou quando tentava procurá-lo na aula de Literatura e o flagrava olhando para mim enquanto o professor falava, ou ouvindo minhas conversas com Landon. Essa época parece ter sido há muito tempo, como um passado remoto.

Abandono meus pensamentos nostálgicos quando a cortina do chuveiro é puxada e Hardin aparece sem camisa, com os cabelos bagunçados e caindo na testa enquanto coça os olhos.

Ele sorri e diz com a voz rouca de quem acabou de acordar:

"O que você está fazendo aqui há tanto tempo? Praticando a lição de ontem?"

"Não!", grito, e fico corada ao me lembrar de Hardin gozando.

Ele dá uma piscadinha.

"Sei, sei."

"Não estava, não! Estava só pensando", admito.

"Em quê?" Ele se senta na privada, e eu fecho a cortina.

"No passado..."

"Que passado?", ele pergunta com a voz tomada de preocupação.

"No primeiro dia de faculdade e na sua grosseria", provoco.

"Grosseria? Nem falei com você!"

Dou risada.

"Exatamente."

"Você era bem irritante com sua saia horrorosa e seu namorado engomadinho." Ele bate uma mão na outra, todo alegre. "A cara da sua mãe quando viu a gente foi impagável."

Sinto um aperto no peito quando ele fala sobre a minha mãe. Estou com saudade dela, mas me recuso a levar a culpa por seus erros. Quando ela estiver pronta para parar de julgar a mim e a Hardin, vou conversar com ela, mas, se não fizer isso, não vale a pena perder meu tempo.

"Você era irritante com sua... bom... sua atitude." Não consigo pensar no que dizer, porque ele não falou comigo na primeira vez em que nos vimos.

"Você lembra da segunda vez que vi você? Estava de toalha e com as roupas molhadas nas mãos."

"Sim, e você disse que não ia olhar para mim", eu relembro.

"Mentira, olhei muito para você."

"Parece ter sido há tanto tempo, né?"

"Sim, há muito, muito tempo. Nem parece que aquelas coisas realmente aconteceram; agora, parece que sempre estivemos juntos, sabe como é?"

Espio pela cortina e sorrio.

"Sei, sim."

É verdade, mas é estranho pensar que Noah era meu namorado, e não Hardin. Não combina. Gosto muito de Noah, mas nós dois desperdiçamos anos de nossas vidas namorando. Fecho o chuveiro e procuro não pensar nele.

"Você pode...", começo a pedir, mas, antes que consiga concluir, Hardin joga uma toalha por cima da cortina.

"Obrigada", digo enquanto envolvo meu corpo molhado com a toalha.

Hardin me segue até nosso quarto, e eu me visto o mais rápido possível enquanto ele fica deitado de bruços na nossa casa, sem tirar os olhos de mim. Seco os cabelos com a toalha e me visto. Hardin consegue me distrair com apalpadas nada discretas durante o processo.

"Vou levar você", ele diz e sai da cama para se vestir.

"Nós já acertamos isso, lembra?", eu relembro.

"Cala a boca, Tess." Ele balança a cabeça de modo brincalhão, e eu sorrio ao ver seu sorriso de inocência fingida e vou para a sala de estar.

Decido deixar meus cabelos lisos, para variar. Depois de passar uma maquiagem leve, pego a bolsa e dou mais uma olhada para ver se tudo de que preciso está lá, e encontro Hardin na porta. Ele leva minha bolsa de academia para a aula de ioga que farei depois, e eu levo o restante das coisas.

"Pode falar", ele diz quando saímos.

"Falar o quê?", eu me viro para olhar para ele.

"Pode dizer quais são os planos", ele diz, suspirando.

Sorrio para ele e conto os planos para o dia, pela décima vez em vinte e quatro horas.

Enquanto ele finge ouvir com atenção, prometo a ele e a mim que vou ser muito mais desencanada amanhã.

66

TESSA

Hardin estaciona o mais perto da cafeteria que consegue, mas o campus está lotado, já que todo mundo voltou das festas de fim de ano. Ele fica falando palavrões todas as vezes que tem que dar uma volta pelo estacionamento, e eu tento não rir de sua irritação. É uma graça.

"Me dá a sua bolsa", Hardin diz quando saio do carro.

Eu a entrego a ele com um sorriso e agradeço pelo gesto atencioso. Ela é bem pesada; até consigo carregá-la, mas é bem pesada.

É estranho voltar ao campus; muita coisa mudou desde que estive aqui pela última vez. O vento frio bate em minha pele, e Hardin põe uma touca e sobe o zíper da jaqueta. Atravessamos o estacionamento e andamos pela rua. Eu deveria ter comprado uma jaqueta mais grossa, além de luvas, e até um gorro para mim. Hardin estava certo quando disse que eu não deveria usar o vestido, mas não vou admitir isso de jeito nenhum.

Hardin fica lindo com os cabelos escondidos dentro da touca, e seu rosto e nariz estão vermelhos por causa do frio. Só Hardin consegue ficar ainda mais atraente nesse frio intenso.

"Aí vem ele." Ele aponta para Landon quando entramos na cafeteria.

A familiaridade do espaço pequeno acalma meus nervos, e sorrio assim que vejo meu melhor amigo sentado a uma mesinha à minha espera.

Landon sorri ao nos ver e, quando nos aproximamos, ele nos cumprimenta.

"Bom dia."

"Bom dia", eu respondo.

"Vou para a fila", Hardin diz e segue em direção ao balcão.

Não pensei que ele ficaria, nem que pegaria meu café, mas fico contente que faça isso. Não estamos em nenhuma aula juntos neste semestre, e vou sentir saudade, já que estou acostumada a vê-lo o dia todo.

"Pronta para o novo semestre?", Landon pergunta quando sento na frente dele. A cadeira range contra o piso frio, chamando a atenção para nós, e eu sorrio como se me desculpasse e olho para Landon.

Ele mudou o penteado, tirou os cabelos da testa — e ficou muito bom. Ao olhar para as pessoas na cafeteria, noto que deveria ter vestido uma calça jeans e um moletom. Sou a única pessoa no lugar que está mais bem-vestida, além de Landon, com sua camisa social azul-claro e calça cáqui.

"Sim e não", digo, e ele concorda.

"Mesma coisa comigo. Como estão as coisas...", ele se inclina sobre a mesa para sussurrar: "Tipo... entre vocês dois?".

Olho para o balcão e vejo que Hardin está de costas para nós, mas a atendente está com cara feia. Ela revira os olhos quando ele entrega o cartão de débito, e eu me pergunto o que ele pode ter feito para irritá-la tanto logo cedo.

"Bem. Como estão as coisas com a Dakota? Parece que faz muito mais do que uma semana desde que nos vimos pela última vez."

"Bem, ela está se preparando para Nova York."

"Que incrível, adoraria ir a Nova York." Não consigo nem imaginar como é a cidade.

"Eu também." Ele sorri, e sinto vontade de pedir a ele para não ir, mas sei que não posso. "Ainda não me decidi", ele me informa, respondendo a meus pensamentos. "Quero ficar mais perto dela, porque vivemos longe um do outro há muito tempo. Mas adoro a wcu e não sei se quero ficar longe da minha mãe e do Ken numa cidade enorme onde não conheço absolutamente ninguém além dela."

Compreendo e tento incentivá-lo, apesar de tudo.

"Você se daria muito bem lá... poderia estudar na nyu, e vocês dois poderiam alugar um apartamento."

"É, mas não sei ainda."

"Sabe de uma coisa?", Hardin interrompe, colocando o café na minha frente, mas não se senta. "Nada não, preciso ir, minha primeira aula começa em cinco minutos, do outro lado do campus", ele diz, e eu me retraio só de pensar em chegar atrasada no primeiro dia de aula.

"Certo, a gente se vê depois da ioga. É a minha última aula", digo a ele, que me surpreende ao se inclinar para beijar meus lábios, e depois minha testa.

"Te amo, e toma cuidado para não se entortar demais", ele diz, e eu tenho a impressão de que, se caso seu rosto já não estivesse vermelho por causa do frio, ficaria agora; ele olha para o chão quando se lembra de que Landon está sentado em nossa frente. Demonstrações públicas de afeto não são com ele, definitivamente.

"Pode deixar, também te amo", respondo, e ele faz a Landon um meneio de cabeça antes de caminhar em direção à porta.

"Isso foi... esquisito." Landon ergue a sobrancelha e toma um gole de seu café.

"Foi mesmo." Dou risada e encosto o queixo na mão, soltando um suspiro.

"É melhor irmos para a aula de Religião", Landon diz, e eu pego minha bolsa do chão e saio com ele.

Felizmente, não temos que andar muito para nossa primeira aula. Adoro essa disciplina, Religiões do Mundo. Deve ser muito interessante, dá o que pensar, e ter Landon por perto torna tudo melhor ainda. Quando entramos na sala, não somos os primeiros a chegar, mas a fileira da frente está totalmente vazia. Landon e eu sentamos no meio da primeira fileira e pegamos nossos livros. É bom fazer as coisas de que gosto — estudar é comigo mesmo, e fico feliz por Landon ter a mesma opinião.

Esperamos pacientemente enquanto a sala vai se enchendo de alunos, a maioria deles irritantemente barulhentos. A sala de aula é pequena, o que não ajuda a dispersar o ruído.

Por fim, um homem alto, que parece jovem demais para ser professor, entra e imediatamente começa a aula.

"Bom dia, pessoal. Como a maioria já sabe, meu nome é professor Soto. Esta é a aula de Religiões do Mundo; pode ser que vocês se sintam entediados algumas vezes, e prometo que vão aprender um monte de coisas que não vão servir para nada no mundo real — mas a faculdade é assim mesmo, não é?" Ele sorri, e todo mundo dá risada.

Bom, está aí uma aula diferente.

"Então, vamos começar. Não temos programa neste curso. Não vamos seguir uma estrutura muito rígida, porque não é meu estilo... mas vocês vão aprender o que precisam saber até o fim do curso. Setenta e cinco por cento de sua nota vai ser determinada por um diário que vão manter. E sei que vocês estão pensando: *O que um diário tem a ver com religião?* Não tem, por si só... mas, de certo modo, tem. Para estudar e de fato entender qualquer forma de espiritualidade, vocês têm que estar abertos a toda e qualquer ideia. Manter um diário vai ajudar nisso, e algumas das coisas que vou pedir para serem escritas têm a ver com assuntos com os quais as pessoas não se sentem muito à vontade, temas controversos e desconfortáveis para alguns. Mas, de qualquer modo, espero que todos saiam deste curso com a mente aberta e, talvez, um pouco de conhecimento." Ele sorri e abre a jaqueta.

Landon e eu nos entreolhamos. Landon pergunta, sem emitir som: *Um curso sem programa?*

Um diário? Respondo da mesma maneira.

O professor Soto se senta à mesa grande diante da sala e pega uma garrafa de água de dentro da bolsa.

"Vocês podem conversar até o fim da aula, ou podem sair hoje e começar de verdade amanhã. Só assinem a lista para que eu veja quantas belezuras não apareceram no primeiro dia", ele diz com um sorriso brincalhão.

A sala toda comemora e grita antes de sair às pressas. Landon encolhe os ombros, e nós dois levantamos quando a sala se esvazia.

Somos os últimos a assinar a lista de presença.

"Bom, tudo bem. Posso telefonar para a Dakota e conversar um pouco entre as aulas", ele diz enquanto guarda as coisas.

O resto do dia passa depressa, e estou ansiosa para ver Hardin. Enviei a ele algumas mensagens, mas ainda não tive resposta. Meus pés estão me matando enquanto caminho até o prédio da educação física. Não tinha percebido o quanto teria que andar. O cheiro de suor invade minhas narinas assim que abro a porta de entrada, e me apresso para chegar ao vestiário com um adesivo de uma mulher de vestido na porta. As paredes são tomadas por armários finos e vermelhos, e o metal aparece por baixo da pintura descascada.

"Como sabemos qual armário usar?", pergunto a uma morena baixa que está vestindo um maiô.

"Escolhe qualquer um e usa o cadeado que você trouxe", ela responde.

"Ah..." Claro que eu não pensei em trazer um cadeado.

Ao ver minha expressão, ela procura dentro da bolsa e me entrega um pequeno cadeado.

"Pode ficar, tenho um sobrando. A combinação está atrás; não tirei o adesivo."

Eu agradeço quando ela sai do vestiário. Depois de vestir uma calça nova preta e uma camiseta branca, eu saio. Enquanto caminho pelo corredor em direção à sala de ioga, um grupo de jogadores de lacrosse passa, e muitos deles fazem comentários vulgares que decido ignorar. Todos eles, menos um, continuam andando.

"Você vai entrar para o grupo das líderes de torcida ano que vem?", o rapaz pergunta, me olhando de cima a baixo com os olhos castanhos bem escuros, quase pretos.

"Eu? Não, só estou indo para a aula de ioga", respondo, hesitante. Somos as únicas pessoas no corredor.

"Ah, que pena. Você ficaria fenomenal de saia."

"Tenho namorado", digo e tento desviar dele.

Ele bloqueia o caminho.

"E eu tenho uma namorada... e daí?" Ele sorri e dá um passo à frente, impedindo minha passagem.

Sua postura não é nem um pouco ameaçadora, mas alguma coisa no sorriso convencido dele faz minha pele se arrepiar.

"Preciso ir para a aula", digo.

"Posso ir com você... ou você pode faltar e dar uma volta comigo para conhecer melhor o lugar." Ele apoia a mão na parede ao lado da minha cabeça, e dou um passo para trás por não ter para onde ir.

"*Sai de perto dela, caralho*." A voz de Hardin reverbera atrás de mim, e o idiota vira a cabeça para olhar.

Ele parece mais ameaçador do que nunca, com a bermuda comprida de basquete e uma camiseta preta com mangas cortadas, revelando seus braços tatuados.

"Eu... desculpa, cara, eu não sabia que ela tinha namorado", ele mente.

"Você não escutou o que eu falei? Mandei você sair de perto dela."

Hardin caminha na nossa direção, e o jogador de lacrosse se afasta depressa, mas Hardin agarra sua camisa e o joga contra a parede.

Eu não o impeço.

"Se chegar perto dela de novo eu esmago sua cabeça na parede. Entendeu bem?", ele rosna.

"E-entendi...", o cara gagueja e atravessa o corredor correndo.

"Graças a Deus", digo e o abraço pelo pescoço. "Por que você está aqui? Pensei que não precisasse mais fazer aulas de educação física."

"Decidi fazer uma. E ainda bem!" Ele suspira e segura minha mão.

"Qual?", pergunto. Não consigo imaginar Hardin fazendo exercícios físicos.

"A sua."

Eu levo um susto.

"Não acredito."

"Ah, pode acreditar." A raiva dele parece desaparecer ao sorrir diante de minha expressão de horror.

67

TESSA

Hardin toma o cuidado de andar logo atrás de mim e, de repente, sinto vontade de voltar para o primeiro ano do ensino médio, quando amarrava uma blusa na cintura para me esconder.

Ele diz bem baixinho:

"Você vai precisar comprar mais dessas calças."

Eu me lembro da última vez em que usei calça de ioga na frente do Hardin e dos comentários grosseiros que ele fez, e aquela não era tão apertada quanto a que estou vestindo. Dou uma risadinha e pego a mão dele para forçá-lo a andar ao meu lado e não atrás de mim.

"Não acredito que você vai fazer ioga." Por mais que eu tente imaginar Hardin fazendo as poses, a imagem simplesmente não se forma em minha mente.

"Vou, sim."

"Você sabe o que é ioga, né?", pergunto quando entramos na sala.

"Sim, Tessa. Sei o que é, e vou fazer com você", ele diz.

"Por quê?"

"Não importa o porquê. Só quero passar mais tempo com você."

"Ah." A explicação dele não me convence, mas estou ansiosa para vê-lo tentar fazer ioga, e passar mais tempo juntos também vai ser bom.

No meio da sala, a instrutora está sentada em um tapete amarelo-claro. Os cabelos castanhos encaracolados estão presos no topo da cabeça, e sua camiseta de estampa florida transmite uma boa primeira impressão.

"Onde está todo mundo?", Hardin pergunta enquanto pego um tapete roxo da pilha encostada na parede.

"Chegamos cedo." Entrego um azul a ele, que o observa e o coloca embaixo do braço.

"Claro que chegamos." Ele sorri de modo sarcástico e me segue até a parte da frente da sala.

Começo a estender o tapete bem na frente da instrutora, mas Hardin segura meu braço para me impedir.

"De jeito nenhum, vamos sentar mais no fundo" ele diz, e vejo a professora sorrir ao ouvi-lo.

"O quê? Ficar no fundo na aula de ioga? Não, eu sempre fico na frente."

"Exatamente. Vamos ficar no fundo", ele repete e pega o tapete de minhas mãos para levá-lo para o fundo da sala.

"Se vai ser mal-humorado, melhor ir embora", sussurro para ele.

"Não estou mal-humorado."

A professora acena e se apresenta a nós como Marla quando sentamos em nossos tapetes, e em seguida Hardin diz que ela certamente está doidona, o que me faz rir. Essa aula vai ser divertida.

Mas, quando a sala vai ficando cheia de garotas de calças de ioga bem justas e tops bem pequenos, que parecem olhar fixamente para Hardin, vou ficando menos zen. É claro que ele é o único homem. Felizmente, não parece perceber a quantidade de atenção feminina que está recebendo. Ou isso ou simplesmente já está acostumado — deve ser isso. Ele recebe atenção desse tipo o tempo todo. Eu não entendo a reação das garotas, mas ele é meu namorado, e elas precisam olhar o outro lado. Sei que algumas estão olhando para ele por causa das tatuagens e dos piercings; devem estar se perguntando por que diabos ele está numa aula de ioga.

"Certo, pessoal! Vamos começar!", anuncia a professora.

Ela se apresenta mais uma vez como Marla e faz um discurso breve a respeito de como e por que passou a ensinar ioga.

"Ela não vai calar a boca nunca mais?", Hardin resmunga depois de alguns minutos.

"Está ansioso para fazer as posições, não é?" Ergo a sobrancelha.

"Que posições?", ele pergunta.

"Vamos começar alongando", Marla diz.

Hardin fica parado enquanto todas as outras pessoas imitam os movimentos dela. Consigo sentir que está olhando para mim o tempo todo.

"Você deveria estar se alongando", eu o repreendo, e ele dá de ombros, mas não se mexe.

E então, cantarolando, Marla chama a atenção de Hardin.

"Você aí atrás, junte-se a nós."

"Hãn... tá", ele murmura, descruzando as pernas compridas. Ele as estica à frente e tenta alcançar os dedos dos pés.

Eu me forço a olhar na direção da frente da sala e desvio a atenção de Hardin para controlar o riso que está ameaçando tomar conta de mim.

"Você precisa tocar os dedos dos pés", a loira ao lado de Hardin comenta.

"Estou tentando", ele diz com um sorriso mais do que meigo.

Por que ele respondeu para ela... e por que estou com tanto ciúme?

Ela ri para ele enquanto penso sem parar em bater sua cabeça contra a parede. Sempre repreendo Hardin sobre seu temperamento, mas agora estou aqui planejando o assassinato dessa vaca... e pensando que ela é uma vaca apesar de nem conhecê-la.

"Não estou vendo direito, vou chegar mais perto", digo a Hardin.

Ele parece surpreso ao dizer:

"Por quê? Eu não estava..."

"Não é nada, só quero poder ver e ouvir o que está acontecendo", explico e arrasto o tapete alguns metros, e paro bem na frente de Hardin.

Eu me sento e termino de me alongar com o grupo. Não preciso me virar para saber como está a cara de Hardin.

"Tess", ele diz, tentando chamar a minha atenção, mas eu não me viro. "Tessa."

"Vamos começar com a posição do cachorro olhando para baixo... é muito simples e básica", avisa Marla.

Eu me abaixo, apoio as palmas no tapete, e olho para Hardin pelo espaço entre minha barriga e o chão.

Ele está parado com a boca aberta.

Mais uma vez, Marla percebe a falta de movimentação de Hardin.

"Ei, cara, está a fim de fazer ioga com a gente?", ela pergunta de um jeito brincalhão. Se fizer isso de novo, não vou ficar surpresa caso eu seja xingada na frente da sala toda. Fecho os olhos, mexo o quadril e me abaixo completamente.

"Tessa", ouço ele me chamar de novo. "The-reeeeee-sa."

"O que foi, Hardin? Estou tentando me concentrar", digo, olhando para ele de novo.

Ele está abaixado, tentando entrar na posição, mas seu corpo comprido está alongado num ângulo estranho, e não consigo evitar o riso.

"Fica quieta!", ele diz e eu dou mais risada ainda.

"Você é péssimo nisso", provoco.

"Você está me distraindo", ele diz entredentes.

"Estou? Como?" Adoro controlar Hardin, porque não é algo que acontece com frequência.

"Você sabe como, safada", ele sussurra. Sei que a garota ao lado dele consegue nos ouvir, mas não me importo, espero mesmo que ouça.

"Muda o tapete de lugar, então." Eu me levanto de propósito para me alongar e voltar a me abaixar.

"Muda você... é você que está me manipulando."

"Provocando", eu o corrijo, usando suas palavras de minutos atrás contra ele.

"Certo, vamos levantar um pouco", instrui Marla.

Eu levanto de novo, apoio as mãos nos joelhos e me abaixo de modo a deixar as costas num ângulo de noventa graus.

"Você só pode estar brincando", Hardin resmunga ao ver meu bumbum praticamente na frente de seu rosto. Eu me viro para olhar para ele e vejo que não está nem perto de fazer a posição corretamente; está com as mãos nos joelhos, mas as costas estão quase retas.

"Certo! Agora, vamos inclinar", nossa professora diz, e eu me inclino, dobrando o corpo.

"Parece que ela quer que eu coma você bem na frente de todo mundo", ele comenta, e eu levanto a cabeça para ver se alguém ouviu o que ele disse.

"Shhh...", peço, e ele dá risada.

"Afasta esse tapete ou vou dizer tudo o que estou pensando agora", ele ameaça, e logo me levanto e volto a colocar o tapete ao lado dele.

"Imaginei que você concordaria." Ele ri.

"Você pode me dizer essas coisas mais tarde", sussurro, e ele vira a cabeça para o lado.

"Pode acreditar que vou dizer", Hardin promete, e sinto um frio na barriga.

Ele não participa muito do resto da aula, e a loira acaba mudando de lugar, provavelmente porque Hardin não para de falar.

"Deveríamos estar meditando", cochicho para ele e fecho os olhos. A sala está em silêncio, exceto pelos sussurros de Hardin.

"Isso é chato pra caralho", ele reclama.

"Foi você quem se matriculou para fazer ioga."

"Eu não sabia que era tão chato. Estou literalmente quase dormindo aqui."

"Para de reclamar."

"Não consigo. Você me animou todo, e agora estou aqui, de pernas cruzadas, meditando, de pau duro em uma sala cheia de gente."

"Hardin!", o repreendo mais alto do que pretendia.

"Shhh..." Várias pessoas tentam me silenciar.

Hardin ri, e eu mostro a língua para ele. A garota à minha direita me olha torto. Fazer aula de ioga com Hardin não vai dar certo. Mesmo se não for colocada para fora, não vou conseguir fazer nada direito.

"Vamos sair desta aula", ele diz quando a meditação termina.

"Você vai, eu não. Preciso de créditos para a educação física", respondo.

"O primeiro dia foi demais, pessoal! Estou ansiosa para ver vocês no próximo encontro da semana. Namastê", Marla diz, e nos dispensa.

Enrolo o tapete, mas Hardin nem se dá ao trabalho; simplesmente joga o dele na pilha.

68

TESSA

A garota que me deu o cadeado extra não está em lugar nenhum quando volto ao vestiário, então ponho no meu chaveiro e, se ela não pedir de volta amanhã, vou continuar usando e posso pagar um novo para ela ou coisa coisa do tipo.

Quando termino de recolher minhas coisas, encontro Hardin no corredor. Ele está encostado na parede com um dos pés apoiados.

"Se você demorasse mais, eu teria entrado ali", ele ameaça.

"Deveria ter entrado. Não teria sido o único cara lá", minto e observo sua expressão mudar. Eu viro de costas e dou alguns passos, mas ele segura meu braço e me obriga a encará-lo.

"O que foi que você disse?", ele pergunta, com os olhos semicerrados e cheios de raiva.

"Estou brincando." Abro um sorriso, e bufando, ele solta meu braço.

"Acho que você já fez brincadeiras demais comigo hoje."

"Talvez." Eu sorrio.

Ele balança a cabeça.

"Está na cara que você gosta de me atormentar."

"A ioga me relaxou e limpou minha aura", digo, rindo.

"A minha, não", ele responde quando saímos.

O primeiro dia do novo semestre foi muito bom, até a ioga, que acabou sendo divertida. Diversão não é minha preferência quando o assunto são os estudos, mas foi bacana estar ali com o Hardin. Minha aula de Religião pode ser um problema por não ter programa, mas vou tentar deixar rolar, para não enlouquecer.

"Tenho que trabalhar umas horas, mas termino até a hora do jantar", Hardin me avisa. Ele tem trabalhado muito ultimamente.

"Aquele jogo de hóquei é amanhã, certo?", ele pergunta.

"Sim, você vai, né?"

"Não sei..."

"Preciso saber porque, se você não for, vou com ele", respondo.

Landon com certeza ia preferir que eu fosse com ele, mas os dois poderiam usar essa oportunidade para uma aproximação. Sei que nunca serão grandes amigos, mas seria melhor que se entendessem mais.

"Beleza... eu vou." Ele suspira e entra no carro.

"Obrigada." Eu sorrio e ele revira os olhos.

Meia hora depois, estacionamos na vaga de sempre na garagem de nosso condomínio.

"Como estão suas aulas?", pergunto. "Odeia todas, menos ioga?", provoco, tentando animá-lo.

"Sim, menos a ioga. A aula de ioga foi... interessante." Ele se vira para me olhar.

"É mesmo? Por quê?" Mordo o lábio inferior em uma tentativa de parecer inocente.

"Acho que tem algo a ver com uma loira." Ele sorri, e fico tensa.

"Como é?"

"Você não viu a loira gostosa do meu lado? Então está por fora, linda. Deveria ter visto como fica a bunda dela com aquela calça de ioga."

Faço uma cara feia e abro a porta do carro.

"Aonde você vai?", ele pergunta.

"Vou entrar. Está frio aqui no carro."

"Ah... Tess, você está com ciúmes da garota da ioga?" Hardin provoca.

"Não."

"Está, sim", ele diz, e eu reviro os olhos enquanto saio. Fico um pouco surpresa quando ouço seus passos no concreto atrás de mim. Puxo a porta pesada de vidro, entro e vou para o elevador, e então me lembro de que esqueci minha bolsa no carro.

"Você é uma idiota." Ele ri.

"Como é?" Olho para ele.

"Acha que eu estaria olhando para uma loira qualquer sendo que você estava ali... e eu estava olhando para você? Ainda mais com aquela calça, não olho e não consigo mesmo olhar para mais ninguém. Eu estava falando de você." Ele dá um passo na minha direção, e eu me afasto, encostando na parede fria do saguão.

Faço um bico.

"Bom, eu vi que ela estava tentando paquerar você." Não gosto de sentir ciúmes; é o sentimento mais chato que existe.

"Sua boba." Ele dá mais um passo para aproximar o corpo do meu e então me conduz ao elevador. Com a mão em meu rosto, ele me força a olhar em seus olhos. "Como é que você pode não entender o que faz comigo?", ele pergunta, a centímetros de meus lábios.

"Não sei", digo quando ele segura minha mão e a leva até sua bermuda.

"É isto o que você faz." Ele movimenta o quadril de modo que sua ereção enche a minha mão.

"Ah." Estou perdendo o controle.

"Você vai dizer muito mais do que 'ah'", ele começa, mas é interrompido quando o elevador para no andar seguinte. "Só pode ser brincadeira", ele resmunga quando uma mulher e três filhos entram no elevador.

Tento me afastar, mas ele passa o braço pela minha cintura, impedindo que eu me mexa. Uma das crianças começa a chorar, o que faz Hardin suspirar de irritação. Começo a imaginar como seria engraçado se o elevador parasse e ficássemos presos ali dentro com a criança chorando. Para a sorte de Hardin, as portas se abrem momentos depois e saímos para o corredor.

"Odeio crianças", ele reclama quando chegamos ao nosso apartamento. Quando destranca a porta, um ar gelado sai de dentro.

"Você desligou o aquecedor?", pergunto a ele quando entramos.

"Não, estava ligado hoje cedo." Hardin caminha até o termostato e fala um palavrão baixinho. "Aqui está dizendo que a temperatura está em vinte e seus graus, mas está na cara que não é verdade. Vou chamar o técnico."

Faço que sim com a cabeça.

"Pois é... não está funcionando e está um puta frio aqui dentro." Hardin diz ao telefone. "Trinta minutos? Não, é muito... Não estou nem aí, pago uma boa grana para morar aqui e não vou deixar minha namorada congelar", ele diz, e então se corrige: "Não vou morrer congelado aqui".

Ele olha para mim, e eu desvio o olhar.

"Certo. Quinze minutos. Nada mais", ele rosna ao telefone e o joga no sofá. "Vão mandar alguém para consertar", comunica.

"Obrigada." Abro um sorriso, e ele se senta ao meu lado no sofá.

Abro o cobertor e estendo os braços. Quando ele se aproxima, subo em seu colo, passo os dedos por seus cabelos e puxo levemente.

"O que você está fazendo?" Ele apoia as mãos em meu quadril.

"Você disse que vai demorar quinze minutos." Passo os lábios pelo seu queixo, e ele estremece.

Percebo que ele sorri.

"Você se insinuando para mim, Tess?"

"Hardin...", resmungo para impedi-lo de me provocar mais.

"Estou brincando, agora tira a roupa", ele diz, mas leva as mãos à barra da minha camiseta, contradizendo a própria ordem.

69

HARDIN

A pele dela se arrepia quando meus dedos descem por seus braços. Sei que ela está com frio, mas quero pensar que o arrepio foi causado por mim, em parte. Aperto mais seus braços quando ela se mexe no meu colo, pressionando o quadril contra mim para criar a fricção que eu quero e preciso. Nunca quis tanto alguém, com tanta frequência.

Sim, já transei com um monte de garotas, mas só por diversão, para poder me gabar — nunca foi em busca de proximidade, como com Tess. Com ela, eu busco a sensação, o modo como sua pele se arrepia ao meu toque, o modo como ela reclama que ficar arrepiada faz com que precise se depilar com mais frequência, e eu reviro os olhos apesar de achar engraçado, o modo como ela geme quando eu prendo seu lábio entre meus dentes e faço aquele barulhinho e, o mais importante, o modo como fazemos algo que é compartilhado apenas entre nós. Ninguém nunca esteve nem nunca estará tão perto dela desse modo.

Seus dedos pequenos abrem o fecho do sutiã enquanto chupo sua pele dos seios.

Eu a interrompo.

"Não temos muito tempo", aviso, e ela faz um biquinho, fazendo com que eu a deseje ainda mais.

"Então tira logo a roupa", ela pede com delicadeza. Adoro a maneira como ela vem ficando mais à vontade comigo conforme os dias passam.

"Você sabe que não precisa pedir duas vezes." Seguro o quadril dela para levantá-la e a levo ao sofá.

Tiro a bermuda e a cueca e faço um gesto para que ela se deite. Enquanto pego uma camisinha na carteira sobre a mesa, ela tira a calça — a bendita calça de ioga. Nunca, nos meus vinte anos de vida, vi nada mais sexy. Não sei o que ela tem de especial, talvez o modo como se gruda às coxas dela, mostrando cada curva maravilhosa, ou talvez porque ela exiba a sua bunda com perfeição, mas, seja o que for, ela vai precisar usar isso em casa o tempo todo.

"Você precisa começar a tomar pílula; não quero mais usar isto." Digo e ela concorda, olhando para meus dedos enquanto visto a camisinha.

Mas estou falando sério, e vou lembrá-la todo dia de manhã.

Tessa me surpreende ao puxar meu braço em uma tentativa de me forçar a sentar na almofada a seu lado.

"O que foi?", pergunto, já sabendo a resposta, mas querendo que ela diga. Adoro sua inocência, mas sei que ela é muito mais safada do que se permite ser — outra característica que só eu conheço.

Ela olha para mim, e o tempo é curto, por isso decido não recusar. Sento e logo a puxo para cima de mim, envolvendo seus cabelos com os dedos e grudando os lábios nos dela. Engulo os gemidos e os gritos que saem dos lábios dela ao descê-la em mim. Nós dois suspiramos e ela revira os olhos, e isso quase me faz gozar na hora.

"Da próxima vez vai ser devagarinho, linda, mas dessa vez só temos alguns minutos, tudo bem?", resmungo em seu ouvido enquanto ela mexe o quadril.

"Hum-hum...", ela geme.

Vejo isso como um sinal para acelerar o ritmo. Passo os braços por suas costas e a puxo para perto de mim, de modo que nossos peitos nos toquem, e levanto o quadril ao mesmo tempo em que ela mexe o seu.

A sensação é indescritível. Mal consigo respirar quando aceleramos o ritmo. Não temos muito tempo, e pela primeira vez estou desesperado para acabar logo.

"Fala comigo, Tess", imploro, sabendo que vai ficar tímida, mas esperando que, se meter nela com bastante força, puxar seus cabelos com intensidade suficiente, ela vai tomar coragem para falar comigo do mesmo jeito das outras vezes.

"Tá bom..." Ela está ofegante e eu me movimento mais depressa. "Hardin..." Sua voz está trêmula, e ela morde o lábio para se acalmar, o que me excita mais ainda. A pressão começa a aumentar em minha barriga. "Hardin, você é tão gostoso..." Ela ganha confiança, e eu solto um palavrão. "Você já está gemendo e eu ainda não disse nada", ela se gaba. Seu tom de voz pretensioso me leva à loucura. Seu corpo treme e fica tenso, e eu a vejo gozar. Ela fica muito linda — se não *mais* — quando goza. É por isso que não me canso dela, e nunca vou me cansar.

Uma batida na porta nos traz de volta de nosso estado pós-orgasmo, e ela sai de cima de mim bem depressa e pega a camisa do chão enquanto retiro a camisinha usada e recolho minhas roupas do chão.

"Um minuto", digo. Tessa acende uma vela e começa a reorganizar as almofadas do sofá. "Por que acender essa vela?", pergunto enquanto me visto e caminho em direção à porta.

"Está cheirando a sexo aqui dentro", ela sussurra, apesar de o técnico não poder ouvi-la.

Tessa passa os dedos pelos cabelos sem parar; minha única resposta é uma risada e uma sacudida de cabeça antes de abrir a porta. O cara que chegou é alto, mais alto do que eu, e tem uma barba farta. Os cabelos castanhos chegam aos ombros, e ele parece ter pelo menos cinquenta anos.

"O aquecedor pifou, certo?", ele pergunta com a voz rouca. Está claro que fuma muito.

"Sim, por que mais estaria tão frio aqui?", respondo e vejo quando ele olha para Tessa.

E, bem nesse momento, ela está abaixando para pegar o carregador do celular do cesto embaixo da mesa. E, obviamente, está usando a mesma maldita calça de ioga ao fazer isso. E é claro que esse cara seboso com essa maldita barba está olhando para a bunda dela. E, claro, ela está alheia a tudo isso.

"Ei, Tess, por que não fica no quarto até acabar o conserto?", sugiro. "Lá está mais quente."

"Não, tudo bem. Eu fico aqui com você." Ela encolhe os ombros e senta na poltrona.

Minha paciência está se esgotando e, quando ela levanta os braços para amarrar os cabelos e praticamente exibe a bunda, preciso me controlar para não arrastá-la para dentro do quarto.

Eu devo estar olhando para ela com cara brava, porque ela se vira para mim e diz: "Tá bom...", claramente confusa. Ela pega os livros e caminha até o quarto.

"Conserta a merda do aquecedor", digo para o velho pervertido. Ele começa a trabalhar em silêncio — e assim permanece, então deve ser mais esperto do que pensei.

Depois de alguns minutos, o telefone de Tessa vibra no canto da mesa, e eu decido atender quando vejo o nome de Kimberly na tela.

"Alô?"

"Hardin?" A voz de Kimberly é bem estridente. Não faço a menor ideia de como Christian consegue aturá-la. Deve ter se se interessado nela pela beleza. Provavelmente em uma balada, onde não conseguia ouvir o que ela dizia muito bem.

"Sim. Vou chamar a Tess..."

Abro a porta do quarto e encontro Tessa deitada na cama com uma caneta entre os dentes, os pés balançando no ar.

"É a Kimberly, para você", eu explico, jogando o celular na cama ao lado dela.

Ela pega e atende: "Oi, Kim! Está tudo bem?".

Alguns segundos depois, ela responde: "Ai, não! Que horror". Levanto a sobrancelha para ela, que não percebe.

"Ah... entendi... vou falar com o Hardin. Só um segundo, com certeza não vai ser problema nenhum." Ela afasta o telefone da orelha e cobre o bocal com a mão. "Christian está com intoxicação alimentar e a Kim precisa levá-lo ao hospital... não é nada muito sério, mas a babá deles não está disponível", ela sussurra.

"E daí?", dou de ombros.

"Eles não têm ninguém com quem deixar o Smith."

"Aaaah. E por que você está me contando isso?"

"Ela quer saber se podemos cuidar dele." Tessa morde os lábios.

Ela não pode estar sugerindo que a gente cuide daquela criança.

"Se podemos o quê?"

Tessa suspira.

"Cuidar dele, Hardin."

"Não. De jeito nenhum."

"Por que não? Ele é bonzinho", ela resmunga.

"Não, Tessa, aqui não é creche. Não vai rolar, manda a Kim comprar um Tylenol, fazer uma sopa e deixar o cara descansar."

"Hardin... ela é minha amiga, e ele é meu chefe, e está doente. Pensei que você gostasse dele", ela argumenta, e sinto meu estômago se revirar.

É claro que gosto dele, quando meu pai estava estragando tudo, ele deu uma força para mim e para minha mãe, mas isso não quer dizer que estou a fim de cuidar do filho dele, sendo que preciso ir ao jogo de hóquei com Landon amanhã.

"Eu disse não", digo, mantendo minha posição. A última coisa que preciso é de uma criança irritante bagunçando meu apartamento.

"Por favor, Hardin?", ela implora. "Eles não têm mais ninguém. Por favooooor?"

Sei que ela vai dizer sim de qualquer jeito; só está fingindo que ouve minha opinião. Solto um suspiro de derrota e vejo quando ela abre um sorrisão.

70

HARDIN

"Quer parar de reclamar? Você está se comportando pior do que ele, que tem cinco anos de idade", Tessa me repreende, e eu reviro os olhos.

"Só estou dizendo, você que se vire. Só não quero que ele encoste nas minhas coisas. Você concordou em fazer isso, então o problema é seu, não meu", lembro Tessa assim que ouço uma batida na porta, anunciando a chegada deles.

Sentado no sofá, deixo Tessa abrir a porta. Ela olha para mim, mas não deixa os convidados — seus convidados — esperando por muito tempo, e logo abre o maior e mais reluzente sorriso e escancara a porta de nossa casa.

Imediatamente, Kimberly começa a falar, quase gritando.

"Muito obrigada! Você não tem ideia da ajuda que estão dando. Não imagino o que teria feito se vocês não pudessem cuidar do Smith. Christian está muito doente, está vomitando sem parar, e nós..."

"Está tudo bem, de verdade", Tessa a interrompe, provavelmente porque não quer ouvir os detalhes nojentos a respeito do vômito de Christian.

"Certo, ele está no carro, então é melhor eu ir. Smith é bem independente, faz quase tudo sozinho e avisa se precisar de alguma coisa." Ela dá um passo para a esquerda, revelando um garotinho loiro.

"Oi, Smith! Tudo bem?", Tessa diz com uma voz estranha que nunca ouvi antes. Deve ser sua tentativa de falar com bebês, apesar de o menino ter cinco anos. Só ela mesmo.

O menino não diz nada, só dá um sorrisinho e passa por Kimberly, entrando na sala de estar.

"É, ele não é de falar muito", Kimberly diz a Tess, observando a cara triste que ela faz.

Por mais engraçado que tenha sido ele não responder a Tessa, não quero que ela fique chateada, então é melhor o merdinha se ligar e ser bonzinho.

"Certo. Agora vou embora mesmo!" Kim sorri e fecha a porta, acenando para Smith uma última vez.

Tessa se inclina para a frente e pergunta a Smith:

"Está com fome?"

Ele nega com a cabeça.

"Sede?"

Mesma resposta, mas dessa vez ele se senta no sofá à minha frente.

"Quer brincar?"

"Tess, acho que ele só quer ficar sentado", digo a ela e vejo seu rosto corar. Zapeio pelos canais da TV, esperando encontrar algo interessante que me mantenha ocupado enquanto Tessa está cuidando do garoto.

"Desculpa, Smith", ela diz. "Só quero ter certeza de que você está bem."

Ele assente de um jeito meio robótico, e percebo que se parece muito com o pai. Os cabelos são praticamente da mesma cor, os olhos têm o mesmo tom azul-esverdeado, e acho que, se sorrisse, mostraria as mesmas covinhas de Christian.

Alguns minutos de silêncio desconfortável se passam, com Tessa de pé ao lado do sofá, e percebo que está fazendo planos. Ela pensou que ele chegaria aqui cheio de energia e pronto para brincar. Mas o menino não disse nenhuma palavra, nem saiu de onde estava no sofá. Suas roupas estão tão limpas quanto pensei que estariam, e seus tênis brancos e pequenos parecem nunca ter sido usados. Quando desvio os olhos de sua camiseta polo azul, ele está olhando para mim.

"O que foi?", pergunto.

Ele desvia o olhar depressa.

"Hardin!", Tessa resmunga.

"O que foi? Eu só queria saber por que ele estava olhando para mim." Dou de ombros e tiro do canal que escolhi sem querer. A última coisa que quero ver são as Kardashian.

"Comporte-se." Ela arregala os olhos para mim.

"Estou me comportando", respondo, encolhendo os ombros para perguntar por que ela está tão brava.

Tessa revira os olhos.

"Bom, vou fazer o jantar. Smith, você quer ir comigo ou quer ficar com o Hardin?"

Sinto o olhar dele em mim, mas decido não encará-lo. Ele precisa ir com ela. Ela é a babá aqui, não eu.

"Vai com ela", digo a ele.

"Você pode ficar aqui, Smith, o Hardin não vai perturbar você", ela diz.

Ele fica em silêncio, para variar. Tessa vai para a cozinha, e eu aumento o volume da televisão para evitar qualquer conversa com o pentelhinho — não que haja a possibilidade de acontecer, mas mesmo assim. Sinto um pouco de vontade de ir para a cozinha com ela e deixá-lo sentado sozinho na sala.

Os minutos passam e começo a me sentir desconfortável com ele ali, parado. Por que diabos não está conversando nem brincando, nem fazendo nada que meninos de cinco anos fazem?

"E aí? Por que você não fala?", pergunto, finalmente.

Ele dá de ombros.

"É falta de educação ignorar quando as pessoas falam com você", digo a ele.

"É mais falta de educação ainda perguntar por que eu não falo", ele rebate.

Ele tem um leve sotaque britânico, não tão forte quanto o do pai, mas não totalmente ausente.

"Bom, pelo menos agora eu sei que você sabe falar", respondo, pego de surpresa pela resposta atrevida e sem saber o que dizer.

"Por que você quer tanto falar comigo?", ele pergunta, parecendo muito mais velho do que realmente é.

"Eu... eu sei lá. Por que você não gosta de falar?"

"Sei lá." Ele dá de ombros.

"Está tudo bem aí?", Tessa pergunta da cozinha.

Por um segundo, penso em dizer a ela que não, que o menino está morto ou ferido, mas a ideia perde a graça rapidamente.

"Tudo bem", respondo. Espero que ela termine logo, porque já não tenho mais o que conversar.

"Por que você tem essas coisas no rosto?", Smith pergunta, apontando para meu piercing no lábio.

"Porque eu quero. E por que você não tem nenhum?", digo para virar o jogo, tentando não me lembrar de que ele é só uma criança.

"Dói?", ele questiona, ignorando minha pergunta.

"Não, nem um pouco."

"É legal." Ele dá um sorrisinho.

Ele não é tão ruim, acho, mas ainda não gosto da ideia de ser babá.

"Estou quase acabando aqui", Tessa diz.

"Beleza, só estou ensinando a ele como fazer uma bomba caseira com uma garrafa de refrigerante", provoco, o que a faz espiar pela porta.

"Ela é louca", digo a ele, que dá risada, mostrando as covinhas.

"Ela é bonita", ele sussurra com as mãos em forma de concha.

"É, ela é bonita, né?", concordo e olho para Tessa, que está com os cabelos presos num tipo de ninho no topo da cabeça, a calça de ioga e uma camiseta simples. Ela é linda, e nem precisa se esforçar.

Sei que ela ainda pode nos ouvir, e percebo que está sorrindo quando se vira para terminar o que está fazendo na cozinha. Não entendo por que está sorrindo assim; e daí que estou falando com esse menino? Ele continua sendo irritante, como todos os seres humanos de seu tamanho.

"Sim, muito bonita", ele concorda de novo.

"Então, calma aí, carinha. Ela é minha", eu brinco.

Ele olha para mim, surpreso.

"Sua o quê? Sua esposa?"

"Não... porra. Não", respondo.

"Não, porra?", ele repete.

"Merda, não fala isso!" Eu me inclino para tapar a boca dele.

"Não posso dizer 'merda'?", ele pergunta, livrando-se de minha mão.

"Não, nem 'merda' nem 'porra'." Essa é uma das muitas razões pelas quais não devo ficar perto de crianças.

"Sei que isso é palavrão", ele diz, e eu confirmo com a cabeça.

"Então não fala palavrão", eu respondo.

"Então, ela é ou não é sua esposa?"

Cacete, que pirralho intrometido.

"Ela é minha namorada." Eu não deveria ter deixado esse moleque começar a falar.

Ele junta as mãos e olha para cima como um padrezinho ou coisa do tipo.

"Você quer que ela seja sua esposa?"

"Não, não quero que ela seja minha esposa", digo lenta, mas claramente, para que ele ouça e talvez entenda dessa vez.

"Nunca?"

"Nunca."

"E você tem filho?"

"Não! Nem a pau! De onde você tira essas coisas?" Só de ouvir já estou me estressando.

"Por que você...?", ele começa a perguntar, mas eu o interrompo.

"Para de fazer tantas perguntas", eu resmungo, e ele assente antes de pegar o controle remoto da minha mão e mudar de canal.

Tessa não aparece faz alguns minutos, então decido entrar na cozinha para ver se ela já terminou.

"Tess... você já está terminando? Porque ele está falando demais", reclamo, pegando um pedaço de brócolis do prato que ela está preparando. Ela odeia quando como antes de a refeição ficar pronta, mas tem um menino de cinco anos na sala, então acho que tenho o direito de comer o maldito brócolis.

"Sim, só mais uns minutinhos", ela responde sem olhar para mim. Seu tom de voz está estranho, e algo parece não estar legal.

"Você está bem?", pergunto quando ela se vira com os olhos marejados.

"Sim, estou bem. Foram só as cebolas." Ela encolhe os ombros e abre a torneira para lavar as mãos.

"Fica tranquila... ele vai falar com você também. Ele já deu uma descontraída", digo a ela.

"Sim, eu sei. Não é isso... é só a cebola", ela repete.

71

HARDIN

O merdinha continua calado e só balança a cabeça quando Tessa pergunta a ele, toda animada:

"Gostou do frango, Smith?"

"Está muito bom!", digo mais do que animado, para suavizar o fato de ele ainda não querer conversar com ela.

Ela sorri agradecida para mim, mas não olha nos meus olhos.

O restante da refeição é feito em silêncio.

Enquanto Tessa limpa a cozinha, vou para a sala de estar. Consigo ouvir passinhos me seguindo.

"Posso ajudar?", pergunto e me jogo no sofá.

"Não." Ele dá de ombros, olhando para a televisão.

"Certo, então..." Não tem nada na TV esta noite.

"Meu pai vai morrer?", ele me pergunta de repente.

Olho para ele.

"O quê?"

"Meu pai, ele vai morrer?", Smith pergunta, apesar de parecer bem tranquilo em relação ao assunto.

"Não, ele só comeu alguma coisa que não fez bem."

"Minha mãe ficou doente e morreu", ele diz, e sua voz trêmula me faz ver que ele está preocupado, o que me deixa sem reação.

"Hum... é. Mas foi diferente." *Tadinho.*

"Por quê?"

Nossa, quantas perguntas. Sinto vontade de chamar Tessa, mas algo na expressão preocupada dele me impede.

Ele não quer conversar com ela, então acho que não ia gostar se eu a chamasse.

"Seu pai só está um pouco doente... e sua mãe ficou muito doente. Seu pai vai ficar bem."

"Você está mentindo?", ele pergunta com uma maturidade além de sua idade, meio como eu sempre fui.

Acho que isso é o que acontece quando somos forçados a crescer depressa demais.

"Não, eu contaria se seu pai fosse morrer", digo, e estou sendo sincero.

"Mesmo?" Seus olhinhos claros estão brilhando, e estou com medo de que ele chore. Não faço a menor ideia do que eu faria se ele chorasse agora. Correr. Eu ia correr da sala para me esconder atrás de Tessa.

"É. Agora, vamos falar sobre algum assunto um pouco menos mórbido."

"O que é mórbido?"

"Tudo o que é esquisito e fodido", explico.

"Palavrão", ele me repreende.

"Eu posso dizer, porque sou adulto."

"Ainda assim é palavrão."

"Você já disse dois mais cedo. Eu posso dedurar você para o seu pai", ameaço.

"Vou dedurar você para sua namorada bonita", ele responde, e eu não consigo controlar o riso.

"Tá bom, tá bom, você venceu", admito, fazendo um gesto para que ele pare.

Tessa espia pelo canto.

"Smith, quer vir aqui comigo?"

Smith olha para ela, e em seguida para mim antes de perguntar:

"Posso ficar com o Hardin?"

"Eu não...", ela começa, mas eu a interrompo.

"Tudo bem", suspiro e entrego ao menino o controle remoto.

72

TESSA

Observo quando Smith senta no sofá, aproximando-se um pouco de Hardin, que olha para ele com atenção, mas não o afasta nem diz nada a respeito da proximidade. É irônico que Smith pareça gostar de Hardin, apesar de estar claro que ele detesta crianças. No entanto, como Smith em certos sentidos parece mais um cavalheiro do interior de um romance de Austen do que um garotinho, ele pode não ser incluído nessa categoria.

Hardin disse a Smith que não quer se casar comigo *nunca*.

Nunca. Ele não pretende ter um futuro comigo. Eu sabia disso no fundo, no fundo, mas ainda dói ouvi-lo dizer isso, ainda mais daquele jeito frio e sem hesitação, como se fosse uma piada ou coisa assim. Ele poderia ter aliviado o baque, pelo menos um pouquinho.

Não quero me casar ainda, claro, nem nos próximos anos. Mas isso não ser nem uma possibilidade me magoa, e muito. Ele diz que quer ficar comigo para sempre, mas não quer se casar? Vamos ser apenas "namorado e namorada" para sempre? Será que eu concordo com nunca ter filhos? Ele vai me amar o bastante para me fazer abrir mão do futuro que sempre desejei?

Sinceramente, não sei, e minha cabeça está latejando só de pensar nisso. Não quero ficar obcecada com o futuro no momento. Tenho só dezenove anos. Estamos nos dando muito bem, e não quero estragar isso.

Depois de limpar a cozinha e colocar os pratos na lava-louças, confiro onde estão Hardin e Smith mais uma vez antes de ir para o quarto preparar minhas coisas para amanhã. Meu telefone toca enquanto separo uma saia preta e comprida para o dia seguinte. Kimberly.

"Oi, está tudo bem?", pergunto assim que atendo.

"Sim, está tudo bem. Eles estão aplicando um antibiótico, e vamos ser liberados em breve. Pode ser que demore, espero não estar criando problemas", ela diz.

"Claro que não. Pode demorar o quanto quiser."

"Como está o Smith?"

"Está bem. Na verdade, ele está com o Hardin", digo a ela, ainda sem acreditar.

Ela dá risada.

"É *mesmo*? Com o Hardin?"

"Pois é, eu sei." Reviro os olhos e volto para a sala de estar.

"Bom, isso é inesperado, mas é um bom treinamento para quando vocês tiverem pequenos Hardins correndo pela casa", ela brinca.

Suas palavras tocam meu coração, e eu mordo o lábio.

"É... acho que sim." Quero mudar de assunto antes que o nó em minha garganta fique maior.

"Bom, vamos embora logo, espero. Smith dorme às dez, mas, como já são dez, pode deixá-lo acordado até quando você quiser. E obrigada de novo", Kimberly diz e desliga.

Vou até a cozinha para separar um lanchinho para amanhã; posso levar os restos de hoje.

"Por quê?", ouço Smith perguntar a Hardin.

"Porque estão presos na ilha."

"Por quê?"

"O avião deles caiu."

"Por que eles não morreram?"

"É um programa de TV."

"Um programa idiota", Smith diz, e Hardin ri.

"Pois é, acho que você tem razão." Hardin balança a cabeça, divertindo-se, e Smith dá risada. Eles são parecidos em alguns sentidos: as covinhas, o formato dos olhos e os sorrisos. Imagino que, à exceção dos cabelos loiros e da cor dos olhos, Hardin se parecia muito com Smith quando era mais jovem.

"Tudo bem se eu for para a cama, ou você quer que eu cuide dele?", pergunto a Hardin.

Ele olha para mim, e então para o Smith.

"Hã, tudo bem. Estamos vendo uns programas bobos", ele diz.

"Certo. Boa noite, Smith. A gente se vê daqui a pouco, quando a Kim chegar para pegar você", digo a ele. Ele olha para Hardin, depois para mim e sorri.

"Boa noite", ele sussurra.

Eu me viro para ir para o quarto, mas sou impedida pelos dedos de Hardin no meu braço.

"Ei, não tem boa-noite para mim?" Ele faz um bico.

"Ah... sim. Desculpa." Eu o abraço e lhe dou um beijo no rosto. "Boa noite", digo, e ele me abraça de novo.

"Tem certeza de que está tudo bem?", ele pergunta, me afastando para poder me olhar.

"Sim, só estou cansada, e ele quer ficar com você." Dou um sorrisinho.

"Te amo", ele diz e beija minha testa.

"Te amo", respondo, corro para o quarto e fecho a porta.

73
∞
TESSA

No dia seguinte, o clima está ótimo, sem neve nova, só com um pouco de neve suja nos acostamentos. Quando chego à Vance, Kimberly está sentada à mesa, e sorri para mim quando pego meu donut e um café, como sempre faço.

"Não vi você voltando ontem. Acabei dormindo", digo a ela.

"Eu sei, o Smith também estava dormindo. Obrigada de novo", ela diz, e seu telefone toca.

Minha sala está meio esquisita depois de eu ter passado o dia de ontem no campus.

Às vezes, parece que levo uma vida dupla: numa metade, sou universitária; na outra, sou adulta. Divido um apartamento com meu namorado e tenho um estágio remunerado que é como se fosse um emprego. Adoro as duas metades e, se tivesse que escolher, optaria pela vida adulta, mas com Hardin.

Mergulho no trabalho, e o horário do almoço chega depressa. Depois de vários manuscritos chatos, começo a ler um que está me chamando a atenção, e como bem rápido para poder voltar para terminar. Espero que encontrem a cura para a doença do protagonista; ficarei arrasada se ele morrer. O resto do dia passa em um piscar de olhos, porque me desligo do mundo e me envolvo por completo na leitura, cujo final é incrivelmente triste.

Com lágrimas escorrendo pelo rosto, vou embora para casa. Não falei com o Hardin nenhuma vez desde que o deixei dormindo e bravo na cama, e não consigo parar de pensar no que ele falou ontem à noite. Preciso esquecer as ruminações; às vezes, gostaria de poder desligar a mente como muitas pessoas parecem fazer. Não gosto de pensar demais em tudo, mas não consigo evitar. Eu sou assim, e agora só consigo pensar que Hardin e eu não temos futuro. Por outro lado, preciso fazer algo para não ficar obcecada com isso. Ele é quem é, e não quer se casar nem ter filhos.

Talvez eu devesse telefonar para a Steph depois de ir ao mercado e lavar as roupas, já que Hardin e Landon vão ao jogo de hóquei... Nossa! Espero que tudo dê certo.

Quando chego ao apartamento, encontro Hardin lendo no quarto.

"Oi, delícia. Como foi seu dia?", ele pergunta quando entro.

"Acho que foi bom."

"O que foi?" Hardin olha para mim.

"O original que li hoje era muito triste, incrível, mas arrasador", explico, tentando não me emocionar de novo.

"Ah, deve ser bom mesmo, para você ainda estar emocionada." Ele sorri. "Eu detestaria estar do seu lado na primeira vez em que leu *Adeus às armas*."

Eu sento ao lado dele na cama.

"Foi pior, muito pior."

Ele segura minha camisa e me puxa para encostar a cabeça em seu ombro.

"Minha menina sensível." Ele sobe e desce os dedos pelas minhas costas, e o modo com que diz isso faz meu coração acelerar. Ser chamada de "minha menina" me deixa muito mais feliz do que deveria.

"Você foi para a aula hoje?", pergunto.

"Não. Cuidar do mini-humano acabou comigo."

"'Cuidar' significa assistir tv com ele?"

"Mesmo assim, fiz mais do que você."

"Então você gostou dele?" Não sei bem por que estou perguntando isso.

"Não... bom, ele não é das crianças mais irritantes, mas não pretendo mais ter que cuidar dele num futuro próximo." Ele sorri.

Reviro os olhos, mas não sei o que dizer sobre Smith.

"Está pronto para o jogo?"

"Não, já disse a ele que não vou."

"Hardin! Você precisa ir", grito.

"Estou brincando... ele vai chegar daqui a pouco. Você me paga por essa merda, Tess", Hardin reclama.

"Mas você gosta de hóquei, e o Landon é boa companhia."

"Não tão boa quanto você." Ele beija meu rosto.

"Você está de bom humor para alguém que age como se estivesse sendo levado ao abatedouro."

"Se as coisas derem errado, o abatido não vou ser eu."

"É melhor você ser legal com o Landon hoje", aviso a ele.

Ele ergue as mãos fingindo inocência, mas sei como as coisas são.

Ouvimos uma batida na porta, mas Hardin não se mexe.

"Ele é seu amigo, abre a porta você", ele diz.

Olho feio para ele, mas saio para abrir a porta.

Landon está usando uma blusa de hóquei, calça jeans e tênis.

"Oi, Tessa!", ele diz com o sorriso simpático de sempre e um abraço.

"Podemos acabar logo com isso?", Hardin interrompe antes mesmo de eu conseguir dizer oi.

"Bom, estou vendo que a noite vai ser divertida", Landon brinca e passa a mão pelos cabelos curtos.

"Vai ser a melhor noite de toda a minha vida", provoca Hardin.

"Boa sorte", digo a Landon, que só ri.

"Ah, Tess, ele só está se exibindo, tentando agir como se não estivesse superanimado para passar um tempo comigo." Landon sorri, e Hardin revira os olhos.

"Bom, é testosterona demais para mim, então vou me trocar e fazer umas coisas. Divirtam-se, vocês dois", digo, e deixo os rapazes com suas brincadeiras.

74

HARDIN

Enquanto atravesso a multidão com Landon, eu resmungo e pergunto: "Por que diabos já está tão lotado?"

Ele me lança um olhar meio provocativo.

"Porque você nos atrasou."

"O jogo só começa daqui a quinze minutos."

"Eu costumo chegar uma hora antes", ele explica.

"Ah, sim. Mesmo quando não estou com a Tessa, estou com a Tessa", reclamo. Landon e Tessa são a mesma pessoa quando o assunto é a necessidade irritante de serem os primeiros e os melhores em tudo o que fazem.

"Você deveria se sentir honrado por estar com a Tessa", ele diz para mim.

"Se você parar de ser chato, pode ser que a gente consiga curtir o jogo", digo a ele, mas não consigo conter o sorriso ao ver sua irritação. "Desculpa, Landon. É uma honra para mim estar com ela. Relaxa, tá?" Dou risada.

"Claro, claro. Vamos sentar", ele diz baixinho, e vai na minha frente.

"Caraca! Você viu aquilo? Como foi que isso valeu?", Landon grita ao meu lado. Está mais nervoso do que nunca. Ainda assim, mesmo irado, ele não sabe xingar direito.

"Qual é!" ele grita de novo, e mordo a língua para não rir. Acho que Tessa tinha razão; ele não é uma companhia tão ruim. Não é minha primeira escolha, claro, mas não é tão ruim.

"Ouvi dizer que, quanto mais você grita, mais chances eles têm de ganhar", comento.

Ele me ignora e continua a gritar com o ir e vir do jogo. Eu me divido entre prestar atenção e enviar mensagens safadas a Tess. Quando percebo, Landon está gritando "Isso!", quando seu time vence o jogo no último segundo.

As pessoas saem da arquibancada, e eu passo entre elas.

"Cuidado aí", alguém diz atrás de mim.

"Desculpa", diz Landon.

"É bom mesmo", a pessoa diz e, quando viro, encontro Landon todo apreensivo e um idiota vestindo a camisa do time adversário. Landon engole em seco, mas não diz mais nada quando o cara e seus amigos continuam a perturbá-lo.

"Olha só, ele está com medinho", diz um outro, um dos amigos do idiota, acredito.

"Eu... eu...", Landon gagueja.

Estão de brincadeira?

"Parem de encher o saco", digo bem bravo, e eles se viram para me olhar.

"Ou o quê?" Sinto cheiro de cerveja no hálito do mais alto.

"Ou vou calar a sua boca na frente de todo mundo, e a sua humilhação vai ser o destaque do jogo. É isso", eu aviso, sendo totalmente sincero.

"Vamos, Dennis, vamos embora", diz o baixinho, o único com bom senso, e puxa a camiseta do amigo. Eles desaparecem na multidão. Seguro o braço de Landon e o puxo pelo resto do caminho. Tessa vai me comer vivo se eu permitir que ele apanhe hoje.

"Obrigado, não precisava fazer isso", Landon diz ao chegarmos ao carro dele.

"Nada de ficar sentimental, tá?", respondo com um sorriso, e ele balança a cabeça, mas escuto sua risada.

"Levo você de volta ao apartamento agora?", ele pergunta depois de vários minutos de silêncio desconfortável enquanto esperamos para sair do estacionamento lotado.

"Sim, claro." Olho para meu telefone de novo para ver se Tessa respondeu — ainda não. "Você vai se mudar?", pergunto.

"Ainda não sei, quero muito ficar mais perto da Dakota", ele explica.

"Então, por que ela não se muda para cá?"

"Porque a carreira dela no balé não daria certo aqui; ela precisa estar em Nova York." Landon deixa outro carro passar na frente dele, apesar de mal termos avançado desde que deixamos a vaga.

"E você simplesmente vai abrir mão da sua vida e se mudar?"

"Sim, prefiro fazer isso a continuar longe dela. Não me importo em me mudar. Nova York pode ser um ótimo lugar para morar. O relacionamento nem sempre gira em torno de uma pessoa, sabe?", ele diz, olhando para mim de canto de olho. *Babaca.*

"Isso é uma indireta para mim?"

"Não exatamente, mas se a carapuça serviu, talvez tenha sido." Um grupo de bêbados idiotas para na frente do carro, mas Landon não parece se importar com o fato de eles estarem bloqueando a passagem.

"Por que você não cala essa boca?", pergunto. Ele está sendo bem idiota agora.

"Está me dizendo que não se mudaria para Nova York para ficar com a Tessa?"

"Sim, é exatamente isso que estou dizendo. Não quero morar em Nova York, por isso não me mudaria para Nova York."

"Então, não estou falando de Nova York, e sim de Seattle. Ela quer morar em Seattle."

"Ela vai para a Inglaterra comigo", conto a ele. Aumento o volume do som do carro na esperança de acabar com a conversa.

"E se ela não for? Você sabe que ela não quer, então por que forçaria a barra?"

"Não estou forçando nada, Landon. Ela vai se mudar porque vamos ficar juntos e ela não vai querer ficar longe de mim, simples assim." Confiro o telefone mais uma vez para me distrair da irritação que meu querido irmão postiço está me causando.

"Você é um idiota."

Dou de ombros.

"Nunca disse que não sou."

Digito o número de Tessa e espero que ela atenda. Nada feito.

Ótimo, que incrível. Espero que ela ainda esteja em casa quando eu chegar. Se o Landon não dirigisse tão devagar, já estaríamos lá. Fico calado, puxando com os dentes as peles ao redor das unhas. Depois do que parecem ser três malditas horas, Landon para na frente de meu prédio.

"Hoje não foi tão ruim, certo?", ele pergunta quando saio do carro, e eu dou risada.

"Não, acho que não", admito. E então, provoco: "Se você contar para alguém que eu disse isso, mato você."

Landon ri e parte com o carro. Eu solto um suspiro, satisfeito por ele não ter apanhado daqueles caras.

Quando entro no apartamento, Tessa está dormindo no sofá, então fico sentado observando-a por um momento.

75

HARDIN

Depois de observar Tessa dormir por um tempo, eu a pego no colo e a levo para nosso quarto. Ela se segura em meus braços e repousa a cabeça em meu peito. Eu a deito com delicadeza na cama e puxo o cobertor até seu peito. Dou um beijo em sua testa e estou prestes a me virar e me preparar para dormir quando ela diz algo.

"Zed", ela murmura.

Ela disse...? Fico olhando para ela, tentando repassar os últimos três segundos em minha mente. Ela não disse...

"Zed." Ela sorri, deitando-se de bruços.

Que merda é essa?

Uma parte de mim sente vontade de acordá-la e questionar por que ela está dizendo o nome dele — duas vezes — enquanto dorme. A outra parte, o lado paranoico e maluco, sabe o que ela diria. Tessa vai dizer que não tenho nada com que me preocupar, que eles são só amigos, que ela me ama. O que pode até ser verdade, mas ela acabou de dizer o nome dele.

Ouvir o nome daquele imbecil na boca dela, e pensar no maldito Landon e na certeza que tem em relação a seu futuro é demais para mim. Não tenho certeza de nada, não como ele, e Tessa obviamente também não tem certeza do que sente por mim. Caso contrário, não estaria sonhando com Zed.

Pego papel e caneta, rabisco um bilhete para ela, deixo sobre o criado-mudo e saio.

Ligo o carro para ir à Canal Street Tavern. Decido não ir até lá para não correr o risco de encontrar Nate e os outros, mas tem um lugar ali perto onde eu costumava beber o tempo todo. Amo o estado de Washington e os imbecis que nunca pedem identidade para universitários.

A voz de Tessa surge na minha mente, dizendo para eu não beber de novo depois do que aconteceu da última vez, mas não estou nem aí. Preciso beber. Ouço as vozes de Zed e Landon em seguida. Por que todo mundo com quem convivo acha que estou interessado em suas opiniões?

Não vou me mudar para Seattle — Landon e seus conselhos de merda podem ir para o inferno. Só porque ele quer seguir a namorada não quer dizer que eu queira. Consigo até ver: arrumo minhas coisas e me mudo para Seattle com ela e, dois meses depois, ela decide que já se cansou das minhas palhaçadas e me larga. Em Seattle, vai ser o mundo dela, não o meu, e posso ser tirado dele com a mesma facilidade com que entrei.

Quando chego ao bar, a música está baixa e não há muitas pessoas ali. Uma loira conhecida está atrás do balcão, e olha para mim com surpresa e interesse nos olhos.

"Faz tempo que não vejo você, Hardin. Sentiu saudades?" Ela sorri e passa a língua pelos lábios carnudos, lembrando nossas noites juntos, com certeza.

"Sim. Me dá uma bebida", respondo.

76

TESSA

Quando acordo, Hardin não está na cama. Imagino que tenha ido tomar café ou esteja no chuveiro, então confiro a hora no telefone e me forço a sair da cama. Apesar de não ter saído ontem à noite, estou me sentindo muito cansada, então não me esforço muito com minha aparência, só visto uma camiseta da WCU e uma calça jeans. Sinto vontade de vestir a calça de ioga para poder provocar o Hardin quando nos virmos, mas não consigo encontrá-la. Conhecendo o Hardin como conheço, ele provavelmente a escondeu ou a guardou em algum lugar para que nenhum outro cara me veja com ela. Olho dentro da primeira gaveta da cômoda e, quando a fecho, um pedaço de papel cai de cima do móvel.

Fui tomar café da manhã com meu pai, está escrito com a caligrafia de Hardin. Fico confusa e feliz ao mesmo tempo. Espero mesmo que Hardin e Ken consigam continuar fortalecendo sua relação. Imaginando que eles provavelmente já devem ter terminado, tento telefonar para Hardin, mas ele não atende. Envio uma mensagem de texto e saio para encontrar Landon na cafeteria.

Quando chego, Landon está sentado a uma mesa e aponta duas bebidas em sua frente.

"Já peguei o seu", ele diz, sorrindo, e levanta o copo para mim.

"Que gentil, obrigada." O gosto doce e ao mesmo tempo amargo do café termina de me despertar, mas então começo a me sentir ansiosa por não ter notícias de Hardin.

"Olha para nós, parecemos universitários comuns", Landon brinca, apontando minha camiseta e a dele, que são idênticas. Dou risada e tomo mais um gole do abençoado café.

"Ei, cadê o Hardin?", Landon sorri. "Ele não trouxe você para a aula hoje."

Encolho os ombros.

"Não sei. Ele me deixou um bilhete dizendo que saiu cedo para tomar o café da manhã com o pai."

Landon para de beber e me lança um olhar confuso.

"Sério?" E então, depois de um tempo, balança a cabeça e diz: "Não é a coisa mais estranha do mundo, acho".

A resposta dele só me deixa com mais dúvida. Hardin foi mesmo tomar café com o pai. Certo?

Landon e eu vamos para a aula, e Hardin ainda não respondeu. Sinto um aperto no peito.

Quando sentamos, Landon olha para mim e pergunta:

"Você está bem?" Estou prestes a responder, mas olho para a frente e vejo o professor Soto entrando na sala.

"Bom dia, pessoal! Desculpem o meu atraso, fui dormir tarde ontem." Ele sorri, tira a jaqueta de couro e a coloca nas costas de sua cadeira. "Espero que todo mundo tenha comprado ou roubado um diário."

Landon e eu nos entreolhamos e pegamos nossos diários.

Quando olho ao redor, vejo que somos as duas únicas pessoas com diários, e mais uma vez fico abismada ao ver como os alunos da faculdade são despreparados.

Mas o professor Soto prossegue mesmo assim, e distraidamente ajeita a gravata.

"Se não têm um diário, peguem uma folha de papel, porque vamos usar a primeira metade da aula para escrever. Não decidi ainda quantas vezes vocês vão escrever no diário, mas, como eu disse, isso vai compor a maior parte da nota, então vocês precisam se esforçar um pouco." Ele sorri e se senta, apoiando os pés sobre a mesa. "Quero saber o que vocês acham sobre a fé. O que isso significa para vocês? Não existe resposta certa ou errada, e sua religião não faz diferença. Vocês podem levar esse tópico em muitas direções — você tem fé em um poder superior? Sente que a fé pode trazer coisas boas às vidas das pessoas? Pode ser que vocês pensem na fé de uma maneira totalmente diferente — crer em alguma coisa muda o resultado de uma situação? Se você tem fé que seu namorado infiel vai deixar de ser infiel, isso faz alguma diferença? Ter fé em Deus... ou em vários deuses, torna você uma pessoa melhor do que quem não tem essa fé? Peguem a fé e façam o que quiserem com ela... mas façam alguma coisa", ele diz.

Minha mente está cheia de ideias. Eu costumava ir à igreja quando criança, mas tenho que admitir que minha relação com Deus nunca foi das mais fortes. Sempre que tento começar a escrever, penso em Hardin. Por que não tive notícias dele? Ele sempre liga. Deixou um bilhete, então sei que está bem — mas onde está agora? Quando terei notícias dele?

A cada mensagem de texto que fica sem resposta, o pânico dentro de mim aumenta. Ele mudou tanto, melhorou seu comportamento.

Fé. Coloquei fé demais em Hardin? Se eu continuar tendo fé nele, ele vai mudar?

Quando percebo, o tempo passou e estou na terceira página. A maior parte do que escrevi foi direto para o papel, do fundo da minha mente e do meu coração. De certo modo, eu me livrei de um peso ao escrever sobre minha fé em Hardin. O professor Soto anuncia o fim da aula, e ouço Landon falar sobre o que escreveu. Ele decidiu discorrer sobre a fé que tem em si mesmo e no futuro. Escrevi sobre Hardin sem pestanejar. Não sei muito bem como me sinto em relação a isso.

O restante do dia se arrasta com tristeza, já que não falei com Hardin. À uma da tarde, já telefonei para ele mais três vezes e enviei mais oito mensagens de texto, mas nada. Eu me sinto mal por isso — principalmente depois de ter escrito sobre a fé e sobre meus sentimentos por ele, mas meu primeiro pensamento é esperar que não esteja fazendo algo que nos prejudique.

Em seguida, penso em Molly. É engraçado que ela sempre apareça em meus pensamentos quando alguma coisa está acontecendo. Bom, engraçado não é, mas é algo recorrente. Ela mais parece uma assombração em minha mente, apesar de eu saber que ele não me trairia.

77

HARDIN

"Quer mais uma xícara de café?", ela pergunta. "Vai ajudar na ressaca."

"Não, eu sei me livrar de uma ressaca. Já tive várias", resmungo.

Carly revira os olhos.

"Não seja grosso. Eu só estava perguntando."

"Para de falar." Esfrego as têmporas. A voz dela é muito irritante.

"Gentil como sempre, estou vendo." Ela ri e me deixa sozinho na cozinha pequena de sua casa.

Sou um imbecil por estar aqui, mas não tive opção. Sim, até tive, mas estou tentando não levar a culpa pela minha reação exagerada. Tive uma reação exagerada com Tessa e disse umas coisas bem idiotas, e agora estou aqui na cozinha de Carly tomando uma merda de café a uma hora dessas.

"Precisa de uma carona até seu carro?", ela grita do outro quarto.

"É lógico que sim", respondo, e ela entra na cozinha só de sutiã.

"Você teve sorte por eu ter trazido você bêbado para cá. Meu namorado vai chegar logo, então precisamos ir." Ela veste uma camiseta.

"Você tem namorado? Legal." A situação só melhora.

Ela revira os olhos.

"Sim, tenho. Pode ser surpreendente para você ver que nem todo mundo quer uma trepada diferente por noite."

Quase conto sobre Tessa, mas mudo de ideia, porque não é da conta dela.

"Preciso mijar primeiro", digo a caminho do banheiro.

Minha cabeça está latejando, e estou irritado comigo mesmo por estar aqui. Eu deveria estar em casa... ou melhor, no campus. Ouço meu telefone tocar em cima do balcão e me viro.

"Nem pense em atender", rosno para Carly, e ela dá um passo para trás.

"Não vou atender! Cara, você não foi tão idiota assim ontem!", ela diz, mas eu a ignoro.

Sigo Carly até o carro dela, sentindo minha cabeça latejar a cada passo. Eu não deveria ter bebido tanto. Não deveria ter bebido nada. Olho para Carly enquanto ela desce o vidro e acende um cigarro.

Como ela pode ter sido meu tipo? Não está nem usando o cinto de segurança. Passa maquiagem quando para nos semáforos. Tessa é bem diferente dela, de qualquer garota com quem estive.

Enquanto voltamos ao bar onde enchi a cara ontem, fico relendo as mensagens de texto de Tessa, sem parar. É terrível —ela deve estar morrendo de preocupação. Minha cabeça está confusa demais para pensar numa boa desculpa, então só envio uma mensagem de texto: **Dormi no carro depois de beber muito com o Landon ontem. Daqui a pouco estou em casa.**

Alguma coisa parece errada, e eu paro para pensar por um minuto. Mas minha cabeça não está funcionando direito, então envio a mensagem e fico de olho no telefone para ver se ela vai responder. Nada.

Bom, não posso contar a ela sobre isso, sobre ter ficado na casa de Carly. Ela nunca vai me perdoar, não vai nem querer me ouvir. Sei que não. Percebo que ela anda cansada das minhas palhaçadas ultimamente. Sei que está.

Só não faço a menor ideia de como consertar isso.

Carly interrompe meus pensamentos quando pisa no freio e xinga.

"Ah, merda. Precisamos dar a volta... teve um acidente aqui", ela diz, apontando os carros que bloqueiam nosso caminho.

Olho para a frente e vejo um homem de meia-idade de pé com as mãos no bolso enquanto fala com um policial. Ele aponta o carro branco que parece... é igual...

Entro em pânico.

"Para o carro", eu digo.

"O quê? Meu Deus, Hardin..."

"Eu mandei *parar essa porra de carro!*" Sem pensar, abro a porta e saio correndo em direção à batida.

"Onde está a outra motorista?", pergunto com raiva ao policial e olho ao redor.

A frente do carro branco está muito batida, e então vejo um cartão do estacionamento da WCU pendurado no espelho retrovisor. Merda. Uma ambulância está estacionada ao lado do carro da polícia. Merda.

Se alguma coisa aconteceu com ela... se ela não estiver bem...

"Onde está a garota? Alguém me responde, porra!", grito.

O policial faz uma cara de irritação, mas o outro motorista percebe minha ansiedade e diz baixinho:

"Ali", e aponta a ambulância.

Meu coração para de bater.

Apesar de estar confuso e atordoado, vejo que as portas da ambulância estão abertas... e Tessa está sentada dentro dela, com um saco de gelo no rosto.

Graças a Deus. Graças a Deus não é nada grave.

Eu corro até ela, e as palavras começam a sair de minha boca.

"O que aconteceu? Você está bem?"

O alívio toma conta do rosto dela quando me vê.

"Sofri um acidente."

Há um pequeno curativo acima de seu olho, e o lábio está inchado e cortado no lado.

"Você pode ir embora?", me apresso em perguntar. "Ela já pode ir?", pergunto à jovem paramédica que está perto.

A mulher assente e se afasta depressa. Pego o saco de gelo de Tessa e o tiro de seu rosto, e vejo um calombo do tamanho de uma bola de golfe.

Seu rosto está manchado pelas lágrimas, os olhos estão inchados e vermelhos. Já consigo ver o hematoma se formando sob sua pele delicada.

"Merda... você está bem? Foi culpa dele?" Eu me viro e tento encontrar aquele imbecil de novo.

"Não, fui eu que bati no carro dele", ela diz, fazendo uma careta ao pegar o gelo e colocá-lo de novo sobre o rosto. Mas então o alívio desaparece de seus olhos quando ela se vira para mim e pergunta:

"Onde foi que você ficou o dia todo?"

"O quê?", pergunto, verdadeiramente confuso por causa da ressaca e por vê-la dessa maneira.

Com um olhar mais frio, ela diz:

"Perguntei onde você ficou o dia todo."

Eu volto para a realidade. *Merda.*

E, quando estou prestes a dar uma desculpa, Carly se aproxima e me dá um tapa no traseiro.

"E aí, sr. Chato e Bipolar, posso ir? Você pode voltar andando até seu carro, certo? Preciso ir para casa."

Tessa arregala os olhos.

"Quem é você?"

Merda. Merda. Merda. Isso não. Não agora.

Carly sorri e faz um breve aceno para Tessa.

"Sou Carly, amiga do Hardin. Sinto muito pelo acidente." E então ela olha para mim. "Posso ir agora?"

"Tchau, Carly", digo.

"Espera", Tessa diz. "Ele passou a noite na sua casa?"

Tento olhar nos olhos dela, mas ela continua virada para Carly, que diz:

"Sim, só estava dando uma carona para ele pegar o carro dele."

"O carro dele? Onde está?", ela pergunta com a voz trêmula.

"*Tchau*, Carly", digo de novo, olhando para ela.

Tessa se levanta, apesar de seus joelhos parecerem meio fracos.

"Não... Me diz onde está o carro dele."

Seguro o cotovelo dela numa tentativa de impedi-la, mas ela se afasta e faz uma careta por causa da dor que sente com o movimento.

"Não encosta em mim", ela diz com os dentes cerrados. "Carly. Onde está o carro dele?", Tessa pergunta de novo.

Carly ergue as mãos e olha para Tessa e depois para mim.

"No bar onde trabalho. Tudo bem? Estou indo agora", ela diz e se afasta.

"Tess...", eu digo. Meu Deus, por que sou tão imbecil?

"Sai de perto de mim", ela responde. Seu rosto está tenso; percebo que ela está se controlando para não chorar. Agora que está aqui, olhando para a frente e tentando parecer indiferente, sinto saudade dos dias em que ela só chorava.

"Tessa, a gente precisa...", começo, mas fico com a voz embargada. Agora eu sou o emotivo, e pela primeira vez não me importo. O pânico por ter visto o carro batido ainda toma conta de mim, e não quero outra coisa que não seja abraçá-la agora.

Ela não olha para mim.

"Vai embora. Agora. Ou vou chamar a polícia para afastar você."

"Não estou nem aí para a polícia..."

Ela volta a olhar para mim com raiva.

"Não... já cansei de você! Não sei bem o que aconteceu ontem à noite, mas hoje de manhã eu sabia — alguma coisa me dizia — que você estava com outra. Eu só estava fazendo de tudo para não acreditar."

"Podemos resolver isso", imploro. "Sempre resolvemos."

"Hardin! Você não está vendo que acabei de sofrer um acidente?", ela grita e começa a chorar. A paramédica se aproxima. "Acho que você não entendeu, porque sua visão da realidade é toda distorcida. Você me escreveu um bilhete ontem à noite avisando que ia tomar café com seu pai hoje, e depois mandou uma mensagem de texto dizendo que dormiu no carro depois de beber com o Landon. Com o Landon! Você deve achar que sou muito idiota para acreditar em qualquer coisa — por mais que elas sejam contraditórias." Ela arregala os olhos. "Claro, você é uma contradição ambulante, então, sim, acredito que você pense que o resto da realidade também é contraditória."

Percebo como fui idiota, e não consigo falar nada por um tempo. Sou muito imbecil, muito, muito imbecil. E não só porque não soube manter uma história.

A paramédica aproveita o momento para pôr a mão no ombro de Tessa e perguntar:

"Está tudo bem aqui? Precisamos levar você ao hospital, para fazermos exames."

Secando as lágrimas do rosto, Tessa olha para mim sem qualquer emoção e diz a ela:

"Sim, tudo bem. Eu já posso ir."

78

∞

HARDIN

Abro a quarta cerveja e giro a tampinha na superfície brilhante de madeira de nossa mesa de canto. *Quando ela vai chegar? Ela vai chegar?*

Talvez seja uma boa enviar uma mensagem de texto dizendo que realmente transei com a Carly, só para acabar com nosso sofrimento.

Uma batida forte na porta afasta esses pensamentos.

Aqui vamos nós. Espero que ela esteja sozinha. Pego minha cerveja, tomo mais um gole e sigo em direção à porta. As batidas se transformam em socos, e quando abro a porta dou de cara com Landon. Antes que eu consiga reagir, ele agarra a gola da minha camiseta e me joga contra a parede.

Como assim, caralho? Ele é muito mais forte do que pensei, e fico surpreso com seu comportamento agressivo.

"O que você tem na cabeça?", ele grita. Eu não sabia que sua voz podia ficar tão alta.

"Me larga, porra!" Eu o empurro, mas ele não se mexe. Caralho, ele é bem forte.

Ele me larga e por um minuto acho que vai me bater, mas isso não acontece.

"Já estou sabendo que você dormiu com outra garota e que por isso ela bateu o carro!" Ele se aproxima de mim de novo.

"Acho melhor você baixar o tom da sua maldita voz", digo.

"Não tenho medo de você", ele responde entredentes.

O álcool me deixa revoltado, sendo que eu deveria estar envergonhado.

"Eu já acabei com você antes, lembra?", digo enquanto volto ao sofá e me sento.

Landon vem atrás de mim.

"Eu não estava tão bravo com você naquele dia como estou agora."

Ele ergue ainda mais o queixo. "Você não pode sair por aí magoando a Tessa o tempo todo!"

Eu faço um gesto para afastá-lo.

"Eu nem dormi com aquela garota. Só dormi na casa dela, então cuida da sua vida."

"Ah, claro! Claro que você está bebendo!" Ele faz um gesto para as garrafas de cerveja vazias sobre a mesa e para a que estou segurando. "A Tessa está toda ferrada e se machucou por sua causa, e você aqui bebendo. Que idiota!", ele praticamente grita.

"Não foi minha culpa, porra! E eu tentei falar com ela."

"Sim, foi sua culpa! Ela estava tentando ler a merda da sua mensagem de texto quando bateu o carro. Uma mensagem que ela percebeu logo de cara que era mentira, devo acrescentar."

Fico sem fôlego.

"Do que você está falando?", pergunto.

"Ela estava ansiosa para ter notícias suas, e pegou o telefone assim que viu seu nome na tela."

É minha culpa. Por que não liguei uma coisa à outra? Sou sempre eu que causo esse tipo de problema. Ela sempre se machuca por minha causa.

Landon continua me encarando.

"Ela já cansou de você. Você sabe, né?"

Olho para ele, irritado.

"Sim, eu sei." Pego minha cerveja. "E você pode ir embora agora."

Mas ele pega a garrafa da minha mão e entra na cozinha.

"Você está passando dos limites, caralho", eu digo e me levanto.

"Você está sendo um idiota e sabe disso. Está aqui enchendo a cara enquanto a Tessa está machucada, e você nem se importa!", ele grita.

"Para de gritar comigo! Porra!" Puxo os cabelos com os dedos. "É claro que eu me importo. Mas ela não vai acreditar em nada do que eu disser!"

"E com razão, né? Você devia ter vindo para casa, ou, imagina só: não devia ter saído!", ele diz e despeja minha cerveja no ralo. "Como você consegue ser tão sem consideração? Ela te ama demais." Ele vai até a geladeira e me dá uma garrafa de água.

"Não é questão de falta de consideração, só estou cansado de esperar sempre pelo pior. Você estava se gabando de sua vida amorosa perfeita e sobre fazer sacrifícios, blá, blá, blá. Aí, a Tessa pega e diz o nome daquele maldito." Jogo a cabeça para trás, olhando para o teto por um momento.

"O nome de quem?", ele pergunta.

"Zed. Ela disse o nome dele enquanto dormia. Como se quisesse que ele estivesse com ela, não eu".

"Enquanto dormia?", ele pergunta e eu percebo o sarcasmo em sua voz.

"Sim. Dormindo ou não, ela disse o nome dele e não o meu."

Ele revira os olhos.

"Você tem noção do quanto isso é ridículo, certo? A Tessa disse o nome do Zed enquanto dormia, aí você saiu e encheu a cara? Está fazendo tempestade num copo d'água!"

A garrafa de água está amassada e cai da minha mão.

"Você nem...", começo, mas então ouço o barulho de chaves e da porta da frente sendo aberta.

Eu me viro e a vejo entrar. Tessa... e Zed. Zed ao lado dela.

Não consigo enxergar direito quando me levanto e caminho na direção deles.

"Que porra é essa?", grito.

Tessa dá um passo para trás, hesita e se apoia na parede atrás de si.

"Hardin, para!", ela grita comigo.

"Não! Vai se foder! Não aguento mais ver você quando as merdas acontecem!", digo e dou um empurrão no peito de Zed.

"Para!", ela grita de novo.

"Por favor", ela pede, e então olha para Landon. "O que você está fazendo aqui?"

"Eu... vim para conversar com ele."

Eu balanço a cabeça de modo sarcástico.

"Na verdade, ele veio aqui tentar brigar comigo."

Os olhos de Tessa quase saltam das órbitas.

"Como é?"

"Conto depois", Landon diz.

Zed está com a respiração ofegante, olhando para ela. Como ela tem coragem de aparecer com ele aqui depois de tudo? É claro que ela correria para os braços dele. O homem de seus sonhos.

Tessa se vira para Zed e apoia a mão delicadamente no ombro dele.

"Obrigada por me trazer para casa, Zed. Agradeço muito, mas acho que é melhor você ir."

Ele olha para mim.

"Tem certeza?", pergunta.

"Sim, tenho. Muito obrigada. O Landon está aqui, e vou para a casa dos pais dele hoje."

Zed concorda — como se ele tivesse que concordar com alguma coisa! —, e então se vira e sai. Tessa fecha a porta.

Não consigo controlar minha raiva quando Tessa se vira para mim fazendo cara feia. "Vou pegar minhas roupas." Ela entra no quarto.

Eu vou atrás dela, claro.

"Por que você pediu carona para ele?", grito atrás dela.

"Por que você foi beber com aquela tal de Carly? Ah, sim, você provavelmente estava reclamando de sua namorada *carente* e cheia de *expectativas*", ela diz.

"Ah, então me deixa adivinhar quanto tempo você demorou para falar para o Zed que eu sou um merda", respondo.

"Não! Na verdade, não falei nada para ele. Tenho certeza de que ele já sabe."

"Você vai me deixar explicar meu lado?", pergunto a ela.

"Claro", ela diz, tentando pegar a mala da prateleira mais alta do guarda-roupas. Eu faço menção de ajudá-la.

"Sai daqui", ela diz, obviamente sem paciência comigo. Dou um passo atrás e a deixo pegar a mala.

"Eu não deveria ter saído ontem à noite", admito.

"*É mesmo?*", ela responde com sarcasmo.

"Sim, é mesmo. Não deveria ter saído e não deveria ter bebido tanto. Mas não traí você. Nunca faria isso. Só dormi na casa dela porque estava bêbado demais para dirigir. É isso", explico.

Ela cruza os braços e faz a pose clássica de namorada irada.

"Então, por que mentir?"

"Não sei... porque eu sabia que você não ia acreditar em mim se eu contasse."

"Bom, os traidores não costumam admitir quando traem."

"Não traí você", garanto a ela, que suspira, obviamente sem acreditar.

"É muito difícil acreditar em você, com todas essas mentiras descaradas o tempo todo. Não tem por que ser diferente desta vez."

"Eu sei. Sinto muito por ter mentido antes, a respeito de tudo, mas eu não trairia você." Levanto os braços.

Ela coloca uma camisa muito bem dobrada dentro da mala.

"Como eu disse, os traidores não admitem que traem. Se você não tinha nada a esconder, não deveria ter mentido."

"Não é nada de mais, eu não fiz nada com ela", eu me defendo enquanto ela guarda mais roupas.

"E se eu ficasse bêbada e passasse a noite na casa do Zed? O que você faria?", ela pergunta, e imaginar essa situação me deixa louco.

"Eu ia acabar com a raça dele."

"Então, se não é nada de mais quando você faz, por que seria se eu fizesse?" Ela faz questão de apontar a contradição. "Nada disso importa, você deixou claro que sou só uma companhia temporária na sua vida", Tessa acrescenta.

Ela sai do quarto e entra no banheiro do outro lado do corredor para pegar suas coisas de lá. Ela vai mesmo com Landon para a casa do meu pai. Que besteira. Ela não é uma companhia temporária para mim, como pode pensar isso? Provavelmente por causa de toda a merda que disse a ela ontem à noite e pela falta de comunicação hoje.

"Você sabe que não vou deixar isso acontecer", digo a ela quando ela fecha a mala.

"Bom, estou indo."

"Por quê? Você sabe que vai voltar." Minha raiva fala por mim.

"É exatamente por isso que vou sair", ela diz com a voz embargada ao pegar a mala e sair do quarto sem olhar para trás.

Quando ouço a porta da frente se fechar, eu me recosto na parede e escorrego o corpo até o chão.

79

TESSA

Nove dias. Nove dias se passaram sem nenhuma notícia de Hardin. Não pensei que conseguiria passar um único dia sem falar com ele, muito menos nove. Parecem cem dias, para ser sincera, apesar de cada hora machucar microscopicamente menos do que a anterior. Não tem sido fácil, nem perto disso. Ken me fez ligar para o sr. Vance perguntando se eu podia tirar o resto da semana de folga, o que na verdade só significava perder um dia de trabalho.

Sei que quem foi embora fui eu, mas me mata o fato de ele nem sequer ter tentado entrar em contato. Sempre fui eu quem mais investiu em nossa relação, e essa seria a chance de ele mostrar como se sente de verdade. Acho que, de certo modo, ele está mostrando — e o que sente é o oposto do que eu desesperadamente desejava. E precisava.

Sei que Hardin me ama. Sei mesmo. No entanto, também sei que, se seu amor fosse tão grande como eu imaginava, ele teria me procurado. Hardin disse que não deixaria isso acontecer, mas deixou. Ele me deixou ir embora. A parte que mais me assusta é que, na primeira semana, eu andei totalmente perdida. Fiquei perdida sem Hardin. Perdida sem seus comentários espirituosos. Perdida sem suas respostas sinceras. Perdida sem sua confiança e sua força. Perdida sem o modo como ele traçava círculos em minha mão enquanto a segurava, o modo como me beijava sem motivo e sorria para mim quando achava que eu não estava olhando. Não quero ficar perdida sem ele; quero ser forte. Quero que meus dias sejam iguais, independentemente de estar sozinha ou não. Estou começando a achar que talvez vá ficar sozinha para sempre, por mais dramática que essa ideia possa parecer; eu não estava feliz com Noah, mas Hardin e eu não demos certo. Talvez eu seja como a minha mãe nesse aspecto. Talvez fique melhor sozinha.

Não queria que tudo terminasse assim, de repente. Queria conversar, queria que ele atendesse meus telefonemas para podermos chegar a um tipo de acordo. Eu só precisava de espaço, precisava dar um tempo para mostrar a ele que não sou seu capacho. O tiro saiu pela culatra, porque obviamente ele não se importa como pensei que se importasse. Talvez esse tenha sido o plano dele o tempo todo: fazer com que eu terminasse com ele. Conheço algumas garotas que fazem isso quando querem se livrar de seus namorados.

No primeiro dia, esperei um telefonema, uma mensagem de texto ou, sei lá, eu esperava que Hardin entrasse pela porta gritando a plenos pulmões e fazendo escândalo enquanto sua família e eu estivéssemos na sala de jantar em silêncio, sem saber o que dizer. Isso não aconteceu, e eu perdi as estribeiras. Não fiquei chorando pelos cantos e sentindo pena de mim mesma. Mas fiquei perdida. A cada segundo, eu esperava que Hardin viesse implorar meu perdão. Quase dei o braço a torcer naquele dia. Quase voltei para o apartamento. Eu estava pronta para dizer que não estava interessada em casar, que não me importava se ele mentisse para mim todos os dias e não me respeitasse, desde que ele nunca me abandonasse. Felizmente, não fiz isso e mantive um pouco de respeito por mim mesma.

O terceiro dia foi o pior. Foi quando realmente comecei a entender. Foi quando finalmente voltei a falar depois de três dias de silêncio quase total, depois de murmurar um simples sim ou não a Landon ou Karen durante suas tentativas estranhas de conversar comigo. Os únicos sons que emiti foram um sussurro contido e uma explicação chorosa do motivo por que minha vida seria melhor e mais fácil sem ele, algo no qual nem sequer acreditava. O terceiro dia foi quando finalmente olhei no espelho e vi meu rosto marcado, os olhos inchados a ponto de quase não se abrirem. O terceiro dia foi quando fui ao chão, finalmente orando a Deus para que fizesse a dor desaparecer. Ninguém aguenta essa dor, disse a Ele. Nem mesmo eu. No terceiro dia, eu liguei para Hardin, não me contive. Disse a mim mesma que, se ele atendesse, nós resolveríamos as coisas e chegaríamos a um acordo, pediríamos desculpas e prometeríamos nunca mais terminar. Mas a ligação caiu na caixa postal depois de dois toques, uma prova de que ele rejeitou a chamada.

No quarto dia, eu fraquejei e liguei de novo. Dessa vez, ele teve a gentileza de deixar tocar até cair na caixa postal em vez de ignorar. O quarto dia foi quando percebi o quanto me importo com ele, e que não recebo quase nada em troca disso. Foi quando passei o dia todo na cama repassando as poucas vezes em que ele me contou como se sentia em relação a mim. Comecei a perceber que a maior parte do nosso relacionamento e da minha interpretação dos sentimentos dele era só fruto da minha imaginação. Comecei a perceber que, enquanto eu pensava que poderíamos dar certo, que faríamos a coisa funcionar para sempre, ele nem sequer pensava em mim.

Foi o dia em que decidi agir como uma adolescente normal e pedi a Landon que me ensinasse a baixar música em meu telefone. Quando comecei, não consegui mais parar. Mais de cem músicas foram adicionadas, coloquei os fones em minhas orelhas e ali eles ficaram por quase vinte e quatro horas. A música ajuda muito. Ouvir a respeito da dor das outras pessoas faz com que me lembre de que não sou a única a sofrer na vida. Não sou a única que amou e não foi correspondida.

O quinto dia foi quando finalmente tomei um banho e tentei ir para a aula. Fui para a ioga esperando que conseguiria lidar com as lembranças que teria. Eu me senti estranha andando em meio a um monte de universitários contentes. Usei toda a energia torcendo para não encontrar Hardin no campus. Já tinha superado a fase de querer que ele ligasse. Consegui beber metade do meu café naquele dia, e Landon disse que meu rosto estava ficando corado de novo. Ninguém parecia me notar, e era exatamente isso o que eu queria.

O professor Soto pediu que escrevêssemos sobre nossos maiores medos em relação à vida, e sobre como eles se relacionam à fé e a Deus.

"Vocês têm medo de morrer?", ele perguntou à sala. *Já não morri?* Essa foi minha resposta a mim mesma.

O sexto dia foi uma terça-feira. Comecei a dizer frases, sentenças interrompidas que normalmente não tinham nada que ver com o assunto em questão, mas ninguém teve coragem de me alertar. Voltei para a Vance. Kimberly não conseguiu olhar em meus olhos na primeira parte do dia, mas finalmente tentou conversar, mas não consegui participar do papo. Ela mencionou um jantar, e eu tentei lembrar a mim mesma de perguntar a respeito quando conseguisse pensar direito. Passei o dia olhando para a primeira página de um manuscrito que, por mais que eu lesse e relesse, não conseguia prender minha atenção. Comi naquele dia, um pouco mais do que só arroz ou uma banana, como nos dias anteriores. Karen assou um tender — eu só notei porque, ao olhar para ele, lembrei que isso havia feito parte do cardápio de um jantar com Hardin no começo do nosso relacionamento. As imagens daquela noite, pensar nele sentado ao meu lado e segurando minha mão embaixo da mesa, me colocaram de novo em meu estado trágico, e passei a noite no banheiro, vomitando tudo o que tinha comido.

Conforme o sétimo dia foi passando, comecei a imaginar o que aconteceria se eu não tivesse mais que sentir essa dor. E se eu simplesmente desaparecesse? A ideia me aterrorizou — não por causa de minha morte, mas porque minha mente foi capaz de chegar a um ponto tão sombrio. Pensar nisso me tirou da mania de fazer downloads e me aproximou da realidade, na medida do possível. Troquei de camiseta e jurei nunca mais pisar no quarto de Hardin, independentemente do que acontecesse. Comecei a procurar apartamentos pelos quais pudesse pagar perto da Vance, e cursos à distância na WCU. Gosto muito da vida acadêmica para me fechar em mim mesma e começar a fazer aulas on-line, então acabei mudando de ideia, mas encontrei alguns apartamentos para ver.

No oitavo dia, abri um sorriso breve, mas ninguém notou. Pela primeira vez, peguei meu donut e café de sempre quando cheguei ao trabalho. Consegui comer e até repetir. Encontrei Trevor, e ouvi que estava bonita, apesar das roupas amassadas e dos olhos fundos. O oitavo dia foi a mudança, o primeiro dia em que apenas na metade do meu tempo desejei que as coisas com Hardin tivessem sido diferentes. Ouvi Ken e Karen comentarem sobre o aniversário de Hardin alguns dias depois, e fiquei surpresa ao sentir só um leve aperto no peito ao ouvir o nome dele.

O nono dia é hoje.

"Vou esperar lá embaixo!", Landon grita pela porta do "meu" quarto.

Ninguém perguntou quando vou embora nem para onde iria nesse caso. Fico feliz por isso, mas, ao mesmo tempo, sei que minha presença acabará sendo um peso. Landon insiste que posso ficar o tempo que julgar necessário, e Karen sempre diz que adora minha companhia. Mas, no fim das contas, eles são a família de Hardin. Quero seguir em frente, decidir para onde ir e onde morar, e não sinto mais medo.

Não posso e me recuso a passar mais um dia chorando por causa de um cara desonesto e todo tatuado que não me ama mais.

Quando vejo Landon no andar de baixo, ele está comendo um pão; ele suja o canto da boca com cream cheese, e limpa com a língua.

"Bom dia." Ele sorri, o rosto cheio e os olhos arregalados.

"Bom dia", repito e encho um copo com água.

Ele continua olhando para mim enquanto beberico a água.

"O que foi?", pergunto finalmente.

"Bom... você... está ótima", ele diz.

"Obrigada. Decidi tomar um banho e ressuscitar dos mortos", respondo brincando, e ele sorri lentamente como se não estivesse certo a respeito de meu estado mental. "Estou bem", garanto a ele, que come o resto do pão.

Resolvo preparar uma torrada e tento não perceber que Landon está me encarando como se eu fosse um animal em um zoológico.

"Estou pronta, se você também estiver", digo a ele depois de terminar o café da manhã.

"Tessa, você está linda hoje!", Karen exclama quando entra na cozinha.

"Obrigada." Sorrio para ela.

Hoje foi o primeiro dia em que tive o cuidado de me arrumar, ficar apresentável. Nos últimos oito dias, deixei de lado minha aparência normalmente boa. Hoje, estou de novo me sentindo bem comigo mesma. Meu novo eu. Meu eu "pós-Hardin". O nono dia é o meu dia.

"Esse vestido é muito lindo." Karen me elogia de novo.

O vestido amarelo que Trish me deu de Natal serve bem e é muito casual. Não cometerei o mesmo erro da última vez e não vou usar salto alto para ir à aula, então escolho minhas sapatilhas. Metade de meus cabelos está preso para trás, com algumas mechas soltas caindo sobre meu rosto. A maquiagem está leve, mas acho que combina bem comigo. Meus olhos arderam um pouco quando passei lápis de olho marrom... a maquiagem certamente não estava em minha lista de prioridades durante meu momento de tristeza.

"Muito obrigada", volto a sorrir.

"Tenha um ótimo dia." Karen sorri, claramente surpresa, mas muito feliz com meu retorno ao mundo real.

Ter uma mãe que se importa deve ser assim, alguém que mande você para a escola com palavras gentis e incentivadoras. Alguém bem diferente da minha mãe.

Minha mãe... evitei todos os telefonemas dela, ainda bem. Ela era a última pessoa com quem eu queria conversar, mas, agora que consigo respirar sem querer arrancar o coração do peito, sinto vontade de telefonar para ela.

"Ah, Tessa, você também vai à casa de Christian no domingo?", Karen pergunta quando estou saindo.

"Domingo?"

"O jantar para comemorar a mudança para Seattle?", ela diz como se eu já soubesse. "Kimberly disse que comentou com você. Se não quiser ir, sei que eles vão entender", ela acrescenta.

"Não, não, eu quero ir. Pego carona com vocês." Sorrio. Estou pronta para isso. Posso aparecer em público, num evento social, sem chorar.

Meu subconsciente está calado pela primeira vez em nove dias, e eu agradeço por isso antes de sair com Landon.

O clima reflete meu humor, ensolarado e um pouco quente para o fim de janeiro.

"Você vai no domingo?", pergunto a ele quando entramos no carro.

"Não, vou embora hoje à noite, lembra?", ele responde.

"O quê?"

Ele olha para mim franzindo a testa.

"Vou passar o fim de semana em Nova York. Dakota vai se mudar para o apartamento dela. Contei para você há alguns dias."

"Desculpa, eu deveria ter prestado mais atenção em você, em vez de só pensar em mim", digo a ele. Não acredito que fui egoísta a ponto de nem dar atenção à mudança de Dakota para Nova York.

"Não, tudo bem. Eu falei só de passagem. Não queria esfregar minha alegria na sua cara em um momento em que você está tão... sabe como é."

"Tão zumbi?", complemento por ele.

"Sim, um zumbi de dar medo", ele brinca, e eu sorrio pela quinta vez em nove dias. É bom.

"Quando você volta?", pergunto a Landon.

"Segunda de manhã. Vou perder a aula de Religião, mas chego logo depois."

"Uau, que legal. Essa viagem para Nova York vai ser incrível." Eu adoraria poder escapar, sair um pouco daqui.

"Eu estava preocupado em ir e deixar você aqui", ele confessa, e a culpa toma conta de mim.

"Nada disso! Você já faz coisas demais por mim; está na hora de eu fazer também. Não quero, de jeito nenhum, que você abra mão de alguma coisa por mim. Sinto muito por ter feito você se sentir assim", digo a ele.

"Não é sua culpa, é dele", ele me lembra e eu concordo.

Volto a encaixar os fones de ouvido, e Landon sorri.

Na aula de Religião, o professor Soto escolhe o tema "sofrimento". Por um momento, posso jurar que fez isso por minha causa, para me torturar, mas, quando começo a escrever sobre como o sofrimento pode fazer as pessoas se esconderem da fé e de Deus, ou recorrerem a eles, sinto gratidão por essa tortura.

Meu texto acaba repleto de ideias a respeito de como o sofrimento pode mudar uma pessoa, trazer forças e, no fim, fazer com que a pessoa não precise tanto da fé. Você precisa de si mesmo. Você precisa ser forte e não permitir que o sofrimento tome conta ou o empurre para o nada.

Acabo voltando para a cafeteria antes da ioga para ter mais energia. No caminho, passo pelo prédio de estudos ambientais e penso em Zed. Será que ele está aqui agora? Imagino que sim, mas não faço ideia do horário de suas aulas.

Antes que acabe pensando demais, eu entro. Tenho um tempinho antes do começo da aula, que fica a menos de cinco minutos de caminhada daqui.

Olho ao redor do amplo saguão do prédio. Como eu esperava, árvores grandes tomam a maior parte do espaço. O telhado é todo feito de claraboias, criando a ilusão de que é quase inexistente.

"Tessa?"

Eu me viro e, de fato, ali está Zed, usando um jaleco de laboratório e óculos de proteção de lentes grossas no topo da cabeça, empurrando seus cabelos para trás.

"Oi...", digo.

Ele sorri.

"O que você está fazendo aqui? Mudou de curso?"

Adoro o jeito como ele esconde a língua atrás dos dentes quando sorri, sempre adorei.

"Eu estava procurando você, na verdade."

"É mesmo?" Ele parece surpreso.

80

HARDIN

Nove dias.

Nove dias sem conversar com Tessa. Não pensei que conseguiria passar um único dia sem falar com ela, muito menos nove, porra. Parece que foram mil, e cada hora é mais dolorosa do que a outra.

Quando ela saiu do apartamento naquela noite, esperei muito para ouvir seus passos voltando, e sua voz gritando comigo. Não aconteceu. Eu me sentei no chão esperando, e esperei muito. Não aconteceu. Ela não voltou.

Terminei de beber a cerveja que estava na geladeira e destruí a garrafa na parede. Na manhã seguinte, quando acordei e ela ainda não tinha chegado, arrumei minhas coisas. Peguei um avião para sair de Washington. Se ela fosse voltar, teria sido naquela noite. Eu precisava sair daqui, ter um espaço. Com bafo de álcool e manchas em minha camiseta branca, parti para o aeroporto. Não telefonei para minha mãe antes de chegar lá; ela não teria compromisso nenhum mesmo.

Se Tessa me ligar antes de eu pegar o voo, desisto. Mas, se não ligar, que seja, fiquei pensando. Ela teve a chance de voltar para mim. Ela volta sempre, independentemente do que eu faça, então por que seria diferente dessa vez? Eu não fiz nada, afinal. Menti para ela, mas foi uma mentirinha, e ela exagerou na reação.

Se alguém tem que estar puto, esse alguém sou eu. Ela levou Zed para a porra da minha casa. Além disso, Landon aparece rugindo como o Hulk e me joga na parede? O caralho.

Essa situação toda é totalmente maluca, e não é minha culpa.

Bom, talvez seja, mas ela tem que vir se arrastando de volta para mim, e não o contrário. Sou apaixonado por ela, mas não vou dar o primeiro passo. Passei o primeiro dia no avião dormindo para curar a ressaca. Recebi olhares tortos de comissárias de bordo esnobes e de caras imbecis de terno, mas não dei a mínima. Eles não significam nada para mim. Tomei um táxi para a casa da minha mãe e quase esganei o motorista. Quem cobra tanto por uma merda de corrida de menos de vinte quilômetros?

Minha mãe ficou chocada e feliz ao me ver. Chorou alguns minutos, mas felizmente parou quando Mike apareceu. Parece que os dois começaram a levar as coisas dela para a casa dele, e ela quer vender a casa. Não dou a mínima para aquela casa, então tanto faz. Aquele lugar está repleto de lembranças ruins com o bêbado de merda do meu pai.

É bom poder pensar nessas coisas sem a influência de Tessa.

Eu me sentiria levemente culpado sendo grosseiro com minha mãe e o namorado dela se a Tessa estivesse aqui comigo.

Então, ainda bem que não está.

O segundo dia foi bem exaustivo. Passei a tarde inteira ouvindo minha mãe falar sobre seus planos para o verão e me esquivei das perguntas dela, que queria saber por que fui para casa. Eu disse que falaria sobre isso só quando quisesse. Vim para casa para ter um pouco de paz, mas só me irritei mais. Às oito, fui até o pub da rua. Uma morena bonita com a mesma cor de olhos de Tessa sorriu para mim e me ofereceu uma bebida naquela noite. Recusei com educação, e minha gentileza só surgiu por causa da cor de seus olhos. Quanto mais eu olhava para eles, mais percebia que não eram como os de Tessa. Eram sem graça, não tinham vida. Os olhos de Tessa são meio acinzentados e parecem azuis à primeira vista, até olharmos bem. São bonitos. *Por que diabos estou sentado em um pub pensando em olhos? Porra.*

Vi a decepção nos olhos de minha mãe quando voltei depois das duas da madrugada, mas fiz o melhor que consegui para ignorar, murmurando uma desculpa qualquer antes de me arrastar escada acima.

O terceiro dia foi quando começou. Pequenas lembranças de Tessa em momentos aleatórios. Enquanto observava minha mãe lavando a louça à mão, pensei em Tessa enchendo a lava-louças, tomando o cuidado de nunca deixar um único prato sujo dentro da pia.

"Vamos à feira hoje. Quer ir?", minha mãe perguntou.

"Não."

"Por favor, Hardin, você veio me visitar e mal falou comigo."

"Não, mãe." Eu a dispenso.

"Sei por que você está aqui", ela diz com delicadeza.

Bati o copo na mesa e saí da cozinha.

Eu sabia que ela perceberia que eu estava fugindo, me escondendo da realidade. Não sei que tipo de realidade existe sem Tessa, mas não estou pronto para lidar com essa merda, então por que ela tem que me perturbar por isso? Se Tessa não quer ficar comigo, que se dane. Não preciso dela... estou melhor sozinho, como planejei desde sempre.

Segundos depois, meu telefone tocou, mas ignorei a chamada assim que vi o nome dela. Por que ela me ligou? Para dizer que me odeia ou para pedir que eu tire o nome dela do contrato do aluguel, com certeza.

Merda, Hardin, por que você fez isso? Fiz essa pergunta muitas vezes. Não consegui encontrar uma boa resposta.

O quarto dia começou da pior maneira possível.

"Hardin, vai lá para cima!", *ela está implorando. Não, isso de novo, não. Um dos homens dá um tapa no rosto dela, que olha para a escada; seus olhos se encontram com os meus e eu grito.* Tessa.

"Hardin! Acorda, Hardin! Por favor, acorda!", minha mãe gritou e me chacoalhou para que eu acordasse.

"Cadê ela? Cadê a Tess?", perguntei, e o suor cobria minha pele.

"Ela não está aqui, Hardin."

"Mas eles..." Demorei um pouco para colocar os pensamentos em ordem e perceber que foi só um pesadelo. O mesmo pesadelo que tive a vida toda, mas, dessa vez, muito pior. O rosto de minha mãe foi substituído pelo de Tessa.

"Shh... Tudo bem. Foi só um sonho." Minha mãe tentou me abraçar, mas eu recusei o contato.

"Não, estou bem", disse a ela e pedi que me deixasse sozinho.

Fiquei acordado o resto da noite tentando tirar a imagem da minha mente, mas não consegui.

O quarto dia continuou como começou. Minha mãe me ignorou o dia todo, e eu pensei que fosse gostar, mas foi meio... solitário. Comecei a sentir saudade de Tessa. Eu me pegava olhando para o lado para falar com ela, esperando que dissesse algo que certamente me faria sorrir. Quis telefonar para ela, meu dedo passou por aquele botão verde mais de cem vezes, mas não consegui. Não posso dar o que ela quer, e o que tenho não vai ser suficiente. É melhor assim. Passei a tarde pesquisando quanto custaria para levar minhas coisas dos Estados Unidos para a Inglaterra. É para cá que vou voltar, de qualquer modo, então é melhor já começar.

Tessa e eu nunca daríamos certo juntos. Eu sempre soube que não ia durar. Não tinha jeito. Era impossível para nós dois ficarmos juntos. Ela é boa demais para mim, e eu sei disso. Todo mundo sabe. Vejo o modo como as pessoas se viram para olhar para nós em todos os lugares onde passamos, e eu sei que estão se perguntando por que uma garota bonita como ela anda comigo.

Passei um tempão olhando para meu telefone enquanto bebia meia garrafa de uísque, e então apaguei a luz e dormi. Pensei ter ouvido meu telefone vibrar no criado-mudo, mas estava bêbado demais para sentar e atender. O pesadelo veio de novo; dessa vez, a camisola de Tessa estava empapada em sangue e ela gritava para que eu fosse embora, para que a deixasse ali, naquele sofá.

No quinto dia, eu acordei e vi uma luz vermelha piscando no telefone, indicando que havia perdido a ligação dela, mas dessa vez não foi intencional. O quinto dia foi quando fiquei olhando para seu nome na tela e para todas as fotos dela que tenho. Quando foi que tirei tudo isso? Eu não tinha percebido quantas fotos havia feito sem que ela percebesse.

Enquanto via as imagens, fiquei me lembrando de sua voz. Nunca gostei do sotaque dos americanos — acho chato e irritante —, mas a voz de Tessa é perfeita. Seu sotaque é perfeito, e eu poderia ouvi-la o dia todo, todos os dias.

Será que vou ouvir a voz dela de novo?

Esta é a minha preferida, pensei pelo menos dez vezes enquanto repassava as fotos. Finalmente, escolhi uma foto na qual ela está deitada de bruços na cama, com as pernas cruzadas no ar e os cabelos soltos, mas presos atrás da orelha, o queixo apoiado em uma das mãos e os lábios levemente entreabertos enquanto lê as palavras na tela de seu e-reader. Tirei a foto no momento em que ela me viu olhando, no momento exatamente em que um sorriso, o sorriso mais lindo, apareceu em seu rosto. Ela parecia tão feliz por estar olhando para mim naquela foto. Ela sempre... olhava para mim daquele jeito?

Naquele dia, o quinto dia, foi quando o aperto surgiu no meu peito. Um lembrete constante do que eu havia feito, e provavelmente do que tinha perdido. Eu deveria ter ligado para ela enquanto via suas fotos. Ela viu as minhas? Ela só tem uma até hoje, e ironicamente me arrependi por não ter deixado que ela tirasse mais.

O quinto dia foi quando joguei o telefone na parede na esperança de destrui-lo, mas só a tela rachou. Foi quando desejei desesperadamente que ela me ligasse. Se ligasse, tudo bem, tudo ficaria bem. Nós dois pediríamos desculpas e eu iria para casa. Se ela me ligasse, eu não me sentiria culpado por voltar para sua vida. Fiquei pensando se ela poderia estar se sentindo como eu. Será que cada dia estava ficando mais difícil para ela? Cada segundo sem mim seria pior para ela?

Comecei a perder o apetite naquele dia. Simplesmente não senti fome. Estava com saudade de sua comida, até mesmo das refeições mais simples que ela fazia para mim. Nossa! Eu sentia saudade até de vê-la comer. Sentia saudade de tudo sobre aquela garota brava com olhos doces. No quinto dia, foi quando finalmente perdi as estribeiras. Chorei como um louco e não me senti mal por isso. Chorei sem parar. Não conseguia parar. Tentei desesperadamente, mas ela não saía da minha cabeça. Ela não me deixava em paz; ficava aparecendo, dizendo que me amava, e não parava de me abraçar, e quando percebi que era minha imaginação chorei mais ainda.

No sexto dia, acordei com os olhos inchados e vermelhos. Não conseguia acreditar no modo com sofri na noite anterior. O aperto no meu peito estava ainda maior, e eu não conseguia ver as coisas com clareza. Por que fui tão idiota? Por que continuei a tratá-la tão mal? Ela é a primeira pessoa que conseguiu me ver por dentro, quem realmente sou, e eu a tratei mal. Pus a culpa inteira nela, quando na realidade fui eu. O tempo todo... mesmo quando eu não parecia estar fazendo nada de errado, estava. Fui grosseiro quando ela tentou conversar comigo sobre as coisas. Gritei com ela quando me repreendeu pelas minhas bobagens. E menti para ela várias vezes. Ela me perdoou por tudo, sempre. Achei que sempre poderia contar com seu perdão, por isso eu a tratava daquele modo, porque sabia que podia. Destruí meu telefone pisando nele com minha bota no sexto dia. Passei metade do dia sem comer. Minha mãe me ofereceu mingau de aveia, mas, quando tentei me forçar a comer, quase vomitei. Não tomava banho desde o terceiro dia, estava totalmente acabado. Tentei ouvir quando minha mãe me pediu para comprar umas coisas no mercado, mas não consegui. Só conseguia pensar em Tessa e no fato de ela precisar ir ao Conner's pelo menos cinco dias por semana.

Tessa me disse uma vez que eu havia acabado com ela. Agora, sentado aqui tentando me concentrar, tentando respirar, sei que ela estava errada. *Ela* acabou *comigo*. Rompeu minhas barreiras e me destruiu. Eu havia passado anos construindo essas barreiras — a vida toda, na verdade —, e ela chegou derrubando tudo, deixando nada além de ruína.

"Você ouviu o que eu disse, Hardin? Fiz uma listinha para o caso de você ter esquecido", minha mãe disse e me deu um pedaço de papel todo decorado.

"Sim." Minha voz estava quase inaudível.

"Tem certeza de que está bem?", ela perguntou.

"Sim, estou bem." Eu me levantei e enfiei a lista no bolso da calça jeans suja.

"Ouvi você ontem, Hardin. Se quiser..."

"Não, mãe. Por favor, não." Quase comecei a chorar.

Minha boca estava muito seca, e a garganta, doendo.

"Certo." Os olhos dela eram pura tristeza quando saí de casa para ir ao mercado no fim da rua.

A lista tinha apenas alguns itens, mas não consegui me lembrar de nenhum deles sem olhar no maldito papel que enfiei no bolso. Consegui pegar os poucos produtos: pão, geleia, café em grãos e frutas. Ao ver toda aquela comida no mercado, senti meu estômago se revirar. Peguei uma maçã e comecei a me forçar a comê-la. Tinha gosto de papelão, e consegui sentir os pedaços chegando ao meu estômago enquanto pagava à velhinha do caixa.

Saí e começou a nevar. A neve também fez com que eu pensasse nela. Tudo me fazia pensar nela. Minha cabeça estava doendo, uma dor que se recusava a passar. Esfreguei os dedos nas têmporas com a mão livre e atravessei a rua.

"Hardin? Hardin Scott?", alguém me chamou do outro lado da rua. Não. Não podia ser. "É você?", ela perguntou de novo.

Natalie.

Isso não pode estar acontecendo, foi o que fiquei pensando enquanto ela caminhava na minha direção com os braços cheios de sacolas de compras.

"Hã... oi", foi só o que consegui dizer, com a cabeça girando a mil, e as palmas das minhas mãos começaram a suar.

"Pensei que você tivesse se mudado", ela disse.

Seus olhos estavam brilhantes, não sem vida como eu me lembrava dela enquanto ela chorava e implorava para que eu a deixasse ficar na minha casa, sem ter para onde ir.

"Eu me mudei... só vim visitar", disse a ela, que colocou as sacolas na calçada.

"Ah, que bacana." Ela sorriu.

Como ela podia estar sorrindo para mim depois do que fiz com ela?

"Hã... é. Como você está?", eu me forcei a perguntar à garota cuja vida eu destruí.

"Estou bem, muito bem", ela disse e passou as mãos pela barriga protuberante.

Barriga protuberante? Ai, meu Deus. Não, espera... a cronologia não batia. Puta merda, por um instante levei um tremendo susto.

"Você está grávida?", perguntei, torcendo para que estivesse, e eu não tivesse acabado de ofendê-la.

"Sim, de seis meses. E noiva!" Ela sorriu de novo, estendendo a mão pequena para me mostrar uma aliança dourada no dedo.

"Ah."

"É, engraçado o jeito como as coisas acontecem, não é?" Ela prendeu os cabelos castanhos atrás da orelha e olhou para meus olhos, para as olheiras causadas pela falta de sono.

A voz dela estava tão meiga, que me senti mil vezes pior. Não conseguia parar de pensar no rosto dela quando nos surpreendeu olhando para ela na tela pequena. Ela deu um berro, literalmente, e saiu da sala correndo. Eu não fui atrás, claro. Só ri dela, ri de sua humilhação e de sua dor.

"Eu sinto muito", disse. Foi estranho, esquisito e necessário. Esperava que ela me xingasse, que me dissesse que sou um merda, até que me batesse.

O que eu não esperava era que ela me abraçasse e dissesse que me perdoava.

"Como pode me perdoar? Eu fui tão idiota. Acabei com a sua vida", eu disse com os olhos ardendo.

"Não acabou, não. Bom, no começo, sim, mas no fim acabou dando tudo certo", ela falou, e quase vomitei em sua blusa de lã verde.

"O quê?"

"Depois de você... bom, sabe... eu não tinha para onde ir, então encontrei uma igreja, uma igreja nova, já que a minha me expulsou, e foi onde conheci o Elijah." Seu rosto se iluminou assim que disse o nome dele. "E agora aqui estamos nós, quase três anos depois, noivos e esperando um bebê. Tudo acontece por um motivo, acho. Parece meio bobo, não é?" Ela riu.

O som de sua risada fez com que eu me lembrasse de que ela sempre foi uma garota muito meiga. Eu simplesmente não dava a mínima; sua meiguice facilitava meu comportamento detestável.

"Acho que sim, mas estou muito feliz por você ter encontrado alguém. Andei pensando em você ultimamente... sabe... no que fiz, e me senti muito mal. Sei que você está feliz agora, mas isso não me desculpa pelo que fiz a você. Só quando conheci Tessa..." Eu me interrompi.

Ela esboçou um leve sorriso.

"Tessa?"

Quase desmaiei de dor.

"Ela é... hã... ela é...", gaguejei.

"Ela é o quê? Sua esposa?" Ao dizer isso, ela olhou para meus dedos à procura de uma aliança.

"Não, ela era... era minha namorada."

"Ah. Então agora você namora?" Ela disse isso de modo brincalhão; conseguiu perceber que eu estava sofrendo, tive certeza.

"Não... quer dizer, só ela."

"Entendi. E agora ela não é mais sua namorada?"

"Não." Levei os dedos ao piercing no lábio.

"Bom, sinto muito em saber disso. Espero que as coisas deem certo para você, como deram certo para mim", ela disse.

"Obrigado. Parabéns pelo noivado e... pelo bebê", digo, todo desconfortável.

"Obrigada! Queremos casar no verão."

"Já?"

417

"Bom, estamos noivos há dois anos." Ela riu.

"Nossa!"

"Foi rápido, logo depois de nos conhecermos", Natalie explicou.

Eu me senti um imbecil assim que as palavras saíram de minha boca, mas perguntei:

"Você não é muito nova?"

Mas ela só sorriu.

"Tenho quase vinte e um anos, e não faz sentido esperar. Tive a sorte de conhecer, ainda jovem, a pessoa com quem quero passar o resto da vida. Por que perder mais tempo se ele está bem na minha frente me pedindo em casamento? É uma honra para mim ser a mulher dele; não existe expressão de amor maior que essa." Enquanto ela explicava, eu conseguia ouvir a voz de Tessa dizendo aquelas palavras.

"Acho que você tem razão", eu disse a ela, que sorriu.

"Olha ele ali! Tenho que ir. Estou morrendo de frio e grávida, o que não é uma boa combinação!" Ela riu antes de pegar as sacolas da calçada e cumprimentar um homem com uma blusa de lã e calça cáqui. O sorriso dele ao ver a noiva grávida foi tão grande que posso jurar que clareou o dia escuro da Inglaterra.

O sétimo dia foi longo. Assim como todos os outros. Fiquei pensando em Natalie e em seu perdão; não poderia ter vindo em momento melhor. Claro, eu estava péssimo e ela viu, mas ela estava feliz e apaixonada. Grávida. Eu não acabei com a vida dela como pensei que tivesse feito.

Graças a Deus.

Passei o dia todo na cama. Não me dei ao trabalho nem de abrir as malditas cortinas. Minha mãe e Mike passaram o dia fora, por isso fiquei sozinho com minha tristeza. Cada dia ficava pior. Eu não parava de imaginar o que ela estaria fazendo, com quem estava. Estaria chorando? Estaria sozinha? Teria voltado ao nosso apartamento para me procurar? Por que não tinha telefonado de novo?

Essa não era a dor sobre a qual li nos romances. Não é uma dor que está apenas em minha mente, não é física. É uma dor na alma, algo que está me destruindo por dentro, e acho que não vou conseguir sobreviver a ela. Ninguém conseguiria.

Deve ser assim que Tessa se sente quando eu a magoo. Não consigo imaginar seu corpo frágil enfrentando essa dor, mas está claro que ela é mais forte do que parece. Tem que ser, para me aguentar. A mãe dela me disse que, se realmente me importasse com ela, eu a deixaria em paz; Tessa acabaria magoada mais cedo ou mais tarde, segundo ela.

Ela tinha razão. Eu deveria tê-la deixado em paz já naquela época. Deveria tê-la deixado em paz no primeiro dia em que entrou naquele quarto. Eu prometi a mim mesmo que preferiria morrer a magoá-la de novo e... pois é. Isso é a morte, é pior do que morrer. Machuca mais. Só pode ser.

Passei o oitavo dia bebendo, o dia todo. Não consegui parar.

A cada gole, rezava para que ela saísse da minha mente, mas não funcionava. Não tinha como.

Você precisa se recompor, Hardin. Precisa. Precisa fazer isso. Precisa muito.

"Hardin..." *A voz de Tessa me dá um arrepio na espinha.*

"Lindo...", *ela diz.*

Quando olho para ela, eu a vejo sentada no sofá de minha mãe com um sorriso aberto e um livro no colo.

"Vem aqui, por favor", *ela murmura quando a porta se abre e um grupo de homens entra.* Não.

"Ali está ela", *diz o baixinho que atormenta os meus sonhos todas as noites.*

"Hardin?" *Tessa começa a chorar.*

"Saiam de perto", *eu alerto quando eles se aproximam. Parece que não me ouvem.*

Sua camisola é rasgada, e ela é jogada no chão. Mãos enrugadas e com manchas de sujeira sobem por suas coxas, e ela grita meu nome.

"Por favor... Hardin, me ajuda." *Ela olha para mim, mas estou paralisado.*

Não consigo me mexer, não consigo ajudá-la. Sou forçado a assistir enquanto eles a agridem e abusam dela até ela acabar jogada no chão, calada e ensanguentada.

Minha mãe não me acordou, ninguém me acordou. Tive que ir até o fim, ver tudo, e quando acordei minha realidade era pior do que qualquer pesadelo.

O nono dia é hoje.

"Você soube que Christian Vance vai se mudar para Seattle?", minha mãe pergunta enquanto remexo o cereal na tigela em minha frente.

"Sim."

"Legal, né? Uma nova sede em Seattle."

"Acho que sim."

"Ele vai dar um jantar no domingo. Pensou que você fosse estar lá."

"Como você sabe?", pergunto.

"Ele me disse, conversamos de vez em quando." Ela desvia o olhar e volta a encher minha caneca de café.

"Por quê?"

"Por que não? Coma seu cereal." Ela me repreende como uma criança, mas não tenho energia para fazer um comentário sarcástico.

"Não quero ir", digo a ela e enfio a colher na boca à força.

"Pode ser que você passe um tempo sem vê-lo."

"E daí? A gente não tem se falado muito ultimamente."

Parece que ela tem algo mais a dizer, mas se cala.

"Tem aspirina?", pergunto, e ela assente e sai para buscá-la.

Não quero ir a um jantar idiota celebrando a ida de Christian e de Kimberly para Seattle. Estou cansado de ouvir todo mundo falando sobre Seattle, e eu sei que a Tessa vai estar lá. A dor de pensar em vê-la toma conta de mim e quase me derruba da cadeira. Preciso ficar longe dela, devo isso a ela. Se puder ficar aqui mais uns dias, talvez semanas, podemos superar isso. Ela pode encontrar alguém como o noivo de Natalie, alguém muito melhor para ela do que eu.

"Ainda acho que você deveria ir", minha mãe diz de novo enquanto engulo o comprimido, sabendo que não vai adiantar nada.

"Não posso ir, mãe... mesmo se eu quisesse. Teria que ir embora amanhã cedo, e não estou pronto para ir."

"Você está dizendo que não está pronto para enfrentar o que abandonou", ela diz.

Não consigo mais me segurar. Cubro o rosto com as mãos e deixo a dor me dominar, deixo a dor me afogar. Eu me rendo, e torço para que a dor me mate.

"Hardin..." A voz de minha mãe é baixa e reconfortante. Ela me abraça e eu choro em seus braços.

81

TESSA

Assim que Karen sai de casa para levar Landon ao aeroporto, começo a sentir a solidão chegando, mas tenho que ignorá-la. Preciso. Estou bem sozinha. Desço a escada até a cozinha depois de meu estômago roncar muito e lembrar que estou com muita fome.

Ken está recostado no balcão da cozinha, arrancando o papel alumínio de um cupcake com cobertura azul-clara.

"Oi, Tessa." Ele sorri e dá uma mordida. "Pegue um."

Minha avó costumava dizer que os cupcakes são alimento para a alma. Se eu preciso de alguma coisa, é de algo para minha alma.

"Obrigada." Sorrio e passo a língua pela cobertura.

"Não agradeça a mim, e sim à Karen."

"Pode deixar." Esse cupcake está delicioso. Talvez seja porque eu tenha comido pouquíssimo nos últimos nove dias, ou talvez porque os cupcakes sejam mesmo muito bons para a alma. Qualquer que seja o motivo, termino o meu em menos de dois minutos.

Depois que o sabor desaparece da boca, sinto que a dor ainda está presente, constante como meus batimentos cardíacos. Mas não está mais tomando conta de mim, não está mais me puxando para baixo.

Ken me surpreende ao dizer:

"Vai ficar mais fácil, e você vai encontrar alguém que seja capaz de se apaixonar de verdade."

Meu estômago se revira com a repentina mudança de assunto. Não quero voltar, quero seguir em frente.

"Eu tratei a mãe de Hardin muito mal. Sei que fiz isso. Sumia por vários dias, mentia, bebia até não conseguir mais enxergar direito. Se não fosse o Christian, não sei como a Trish e o Hardin teriam sobrevivido..."

Conforme ele fala, eu me lembro da raiva que senti de Ken quando soube a origem dos pesadelos de Hardin. Eu me lembro de ter sentido vontade de dar um tapa na cara dele por ter permitido que algo magoasse o filho daquele modo, e volto a sentir essa mesma raiva. Cerro os punhos.

"Nunca vou conseguir consertar nada daquilo, por mais que eu tenha vontade. Não fui bom para ela, e sei disso. Ela foi boa demais para mim, e eu também sei disso. Assim como todas as outras pessoas. Agora, ela tem o Mike, e eu sei que ele vai cuidar dela como merece. Existe um Mike para você também, tenho certeza", ele diz, olhando para mim de modo paternal. "Espero que meu filho tenha a sorte de encontrar sua Karen mais adiante, quando crescer e parar de brigar com tudo e com todos pelo caminho."

Quando ele fala de Hardin com "sua Karen", engulo em seco e desvio o olhar. Não quero imaginar Hardin com mais ninguém. É cedo demais. Mas desejo isso a ele; nunca desejaria que ele passasse o resto da vida sozinho. Só espero que ele encontre alguém a quem ele ame tanto quanto Ken ama Karen, para que possa ter uma segunda chance de amar alguém mais do que me amou.

"Também espero", digo por fim.

"Sinto muito por ele não ter entrado em contato", Ken diz baixinho.

"Tudo bem... desisti de esperar contato há alguns dias."

"Bem", ele diz suspirando, é melhor eu subir para o escritório. Tenho alguns telefonemas para fazer.

Ainda bem que ele saiu antes de aprofundarmos a conversa. Não quero mais falar sobre Hardin.

Quando paro na frente do apartamento de Zed, ele está esperando do lado de fora com um cigarro atrás da orelha.

"Você fuma?", pergunto, enrugando o nariz.

Ele parece confuso ao entrar no meu carro pequeno.

"Ah, fumo. Quer dizer, às vezes. E você me viu fumando na fraternidade aquela noite, lembra?" Ele pega o cigarro de trás da orelha e sorri. "Encontrei este no meu quarto."

Eu dou uma risadinha.

"Sim, depois do lance da cerveja e do Hardin gritando com nós dois naquela noite, acho que me esqueci do cigarro." Sorrio para ele, mas então noto uma coisa: "Mas, espera, então além de fumar, você vai fumar um cigarro velho?".

"Acho que sim. Você não gosta de cigarro?"

"Não, nem um pouco. Mas, se quiser fumar, tudo bem. Bom, não no meu carro, claro."

Ele leva a mão à porta, e então pressiona um dos botões. Quando o vidro desce até a metade, ele joga o cigarro pela janela.

"Então, nada de fumar." Ele sorri e volta a subir o vidro.

Por mais que eu deteste esse hábito, tenho que admitir que algo nele, com os cabelos quase arrepiados, os óculos de sol e a jaqueta de couro, fez aquele cigarro parecer estiloso.

82

HARDIN

"Toma", minha mãe diz quando entra no meu quarto. Ela me dá uma pequena xícara de porcelana com um pires, e eu me sento na cama.

"O que é isto?", pergunto com a voz rouca.

"Leite morno com mel", ela diz, e eu tomo um gole. "Lembra quando era pequeno e eu fazia isso quando você estava doente?"

"Sim."

"Ela vai perdoar você, Hardin", ela me diz, e eu fecho os olhos.

Finalmente parei de soluçar, as lágrimas secaram e agora estou amortecido. É isso, estou amortecido.

"Acho que não..."

"Vai, sim, eu vi como ela olhava para você. Ela já perdoou coisa muito pior, lembra?" Ela afasta os cabelos suados de minha testa, e eu não recuso o toque.

"Eu sei, mas dessa vez é diferente, mãe. Destruí tudo que passei meses construindo com ela."

"Ela ama você."

"Não consigo mais, não dá. Não consigo ser quem ela quer que eu seja. Eu sempre estrago tudo. É assim que sou e sempre vou ser, o cara que destrói tudo."

"Não é não, e, na verdade, sei que você é exatamente o que ela quer."

A xícara chacoalha na minha mão e eu quase a derrubo.

"Sei que você só está tentando ajudar, mas por favor... para, mãe."

"E agora, então? Você vai simplesmente esquecer e seguir em frente?"

Apoio a xícara no criado-mudo antes de responder. Solto um suspiro.

"Não, não conseguiria seguir em frente nem se quisesse, mas ela precisa. Eu tenho que deixar isso acontecer antes de causar ainda mais dor."

Tenho que permitir que ela termine como Natalie. Feliz... feliz depois de tudo o que fiz com ela. Feliz com alguém como Elijah.

"Tudo bem, Hardin. Não sei o que mais posso dizer para convencer você a entrar em contato com ela e se desculpar", ela diz.

"Me deixa sozinho. Por favor", eu peço.

"Vou, mas só porque acredito que você vai fazer a coisa certa, que é lutar por ela."

Jogo a xícara e o pires na parede, que se quebram em pedacinhos, assim que ela sai e fecha a porta.

83

TESSA

Depois de almoçarmos em uma galeria simplesinha de lojas, voltamos para a casa de Zed. Enquanto passamos pelo campus, finalmente reúno a coragem de fazer a ele a pergunta que sempre quis fazer.

"Zed, o que acha que teria acontecido se você tivesse ganhado?"

Está claro que ele foi pego de surpresa, mas se recupera depois de olhar para as próprias mãos por um minuto.

"Não sei. Já pensei muito nisso."

"Já?" Olho para ele, e seus olhos cor de caramelo estão fixos nos meus.

"Claro."

"E a que conclusão chegou?" Prendo o cabelo atrás da orelha, esperando sua resposta.

"Bom... eu sei que teria contado a você antes que fosse longe demais. Sempre quis contar. Sempre que via vocês dois juntos, queria que você soubesse." Ele engole em seco. "Você precisa saber disso."

"Eu sei." Eu sussurro e ele continua:

"Gosto de pensar que você poderia ter me perdoado, já que eu teria contado antes de alguma coisa acontecer, e nós teríamos saído juntos, em encontros de verdade. Tipo cinema ou coisa assim, e seria divertido. Você ia sorrir e dar risada, e eu não tiraria vantagem da situação. E gosto de pensar que você acabaria se apaixonando por mim, como se apaixonou por ele, e quando fosse o momento a gente iria... e eu não contaria a ninguém. Não revelaria nenhum detalhe para ninguém. Caramba, eu nem ia andar mais com nenhum deles, porque ia querer passar todos os segundos com você, fazendo você rir como ri quando acha alguma coisa muito engraçada... É diferente de uma risada comum. É assim que sei que estou sendo engraçado de verdade, ou quando você está fingindo para ser educada." Ele sorri, e meu coração começa a acelerar. "E eu respeitaria você, não mentiria. Não ia rir da sua cara nem ofender você. Não me preocuparia com minha reputação e... e... acho que nós poderíamos ser felizes. Você poderia ter sido feliz, o tempo todo, não só às vezes. Gosto de achar que..."

Eu o interrompo segurando a gola de sua jaqueta para beijá-lo na boca.

84
∞
TESSA

Zed leva a mão imediatamente ao meu rosto, fazendo a pele de minha nuca se arrepiar, e ele puxa meu braço para me aproximar. Bato o joelho no volante quando subo em cima dele e me repreendo mentalmente por quase estragar o momento, mas ele não parece notar e passa os braços pelas minhas costas e me aperta contra o peito. Passo os braços pelo pescoço dele, e nossas bocas se movem em sincronia.

Seus lábios são diferentes para mim; não são como os de Hardin. Sua língua não se movimenta da mesma maneira, não passa pela minha, e ele não prende meu lábio inferior com os dentes.

Para, Tessa. Você precisa disso, preciso parar de pensar no Hardin. Ele deve estar na cama com uma garota qualquer, talvez até com Molly. Ai, Deus, se for com a Molly...

Você poderia ter sido feliz o tempo todo, não só às vezes, Zed acabou de dizer.

Sei que ele tem razão. Eu teria sido muito mais feliz com ele. Mereço isso. Mereço ser feliz. Depois de sofrer um bocado e aguentar as besteiras de Hardin, ele nem tentou conversar comigo. Só uma pessoa muito fraca poderia reatar com alguém que só a enganou. Não posso ser tão fraca, tenho que ser forte e seguir em frente. Ou tentar, pelo menos.

Eu me sinto melhor agora, neste momento, do que me senti nos últimos nove dias. Nove dias não parece muito tempo até você ter que passá-los contando os segundos de tristeza esperando por algo que não vem. Nos braços de Zed, finalmente consigo respirar. Consigo ver a luz no fim do túnel.

Zed sempre foi muito gentil comigo, e sempre esteve por perto. Gostaria de ter me apaixonado por ele, não por Hardin.

"Meu Deus, Tessa...", Zed geme e eu puxo seus cabelos.

Eu o beijo com mais intensidade.

"Espera...", ele diz ainda me beijando, e eu me afasto lentamente.

"O que foi?" Ele olha em meus olhos.

"Eu... não sei." Minha voz está trêmula e estou sem fôlego.

"Nem eu..."

"Sinto muito... Estou muito emotiva, passei por muitas coisas, e o que você acabou de me dizer me deixou... não sei, eu não deveria ter feito isso." Eu desvio o olhar, saio de seu colo e volto para o assento do motorista.

"Não precisa se desculpar... só não quero ter a impressão errada, sabe? Só quero saber o que isso significa para você", ele diz.

O que significa para mim?

"Acho que não sei responder, ainda não. Eu..."

"Foi o que pensei", ele diz, meio irritado.

"Simplesmente não sei..."

"Tudo bem, eu entendo. Você ainda é apaixonada por ele."

"Só faz nove dias, Zed, não tem muito jeito." Eu continuo fazendo novas besteiras, uma maior do que a outra.

"Eu sei, não estou dizendo que você pode ou que vai esquecê-lo. Só não quero ser um estepe. Comecei a namorar alguém — estava sozinho desde que conheci você, e finalmente conheci a Rebecca. E então, quando eu levei você para casa e vi sua reação, comecei a pensar... sei que sou um idiota, mas comecei a pensar que você não queria que eu gostasse de outra pessoa ou coisa assim." Eu desvio o olhar do belo rosto dele e me viro para a janela.

"Você não é meu estepe. Só senti vontade de beijar você agora; eu não sei o que estou pensando, nem fazendo. Nada fez sentido para mim nos últimos nove dias, e finalmente parei de pensar nele quando beijei você, e foi incrível. Senti que poderia fazer isso. Poderia esquecê-lo, mas sei que não é justo fazer as coisas desse modo. Estou confusa, não estou pensando direito. Peço desculpas por ter feito você trair sua namorada, não foi minha intenção. É que..."

"Não espero que você o esqueça tão depressa. Sei o quanto ele abalou você."

Ele não faz ideia.

"Só me diz uma coisa", Zed me pede, e eu concordo. "Me diz que pelo menos vai tentar ser feliz. Ele ainda nem ligou para você, nem uma vez. Fez um monte de merda e nem tentou lutar pelo relacionamento. Se fosse comigo, eu estaria lutando por você. Para começo de conversa, nunca nem teria abandonado você." Ele estende o braço e prende uma mecha de cabelos atrás da minha orelha. "Tessa, não preciso de uma resposta agora, só preciso saber que você está pronta para tentar ser feliz. Sei que não está pronta para nenhum tipo de relacionamento comigo, mas talvez um dia esteja."

Minha mente está girando a mil, meu coração está acelerado e doendo, e não consigo nem respirar. Quero dizer a ele que *posso* tentar e *vou* tentar, mas as palavras não vêm. Aquele sorrisinho de Hardin logo cedo quando finalmente consigo acordá-lo depois de reclamar do meu alarme, o modo como ele diz meu nome com a voz rouca, o jeito como tenta me forçar a ficar na cama com ele, me obrigando a sair correndo e gritando do quarto, o fato de ele gostar de café puro, como eu, o fato de eu amá-lo mais do que qualquer coisa no mundo todo — isso tudo me faz desejar que ele fosse diferente. Queria que ele fosse igual, mas diferente — não faz sentido para mim, e com certeza para mais ninguém, mas é assim que as coisas são.

Não gostaria de amá-lo como amo. Gostaria que ele não tivesse feito com que eu me apaixonasse por ele.

"Eu entendo. Tudo bem", Zed diz, e tenta sorrir, mas não consegue.

"Sinto muito...", respondo, e estou sendo mais sincera do que ele pode imaginar.

Ele sai do carro e fecha a porta, e volto a ficar sozinha.

"Porra!", grito e bato as mãos no volante, o que me faz pensar em Hardin de novo.

85

HARDIN

Acordo ensopado de suor de novo. Tinha até esquecido como é horrível acordar assim quase toda noite. Pensei que as noites insones fossem coisa do passado, mas agora o passado voltou a me assombrar.

Olho para o relógio: são seis da manhã. Preciso dormir, dormir de verdade. Um sono ininterrupto. Preciso dela, preciso de Tess. Talvez, se eu fechar os olhos e fingir que ela está aqui, consiga voltar a dormir...

Fecho os olhos e tento imaginar a cabeça dela em meu peito enquanto permaneço deitado de costas. Tento me lembrar de seus cabelos com cheiro de baunilha, sua respiração profunda enquanto dorme. Por um momento, eu sinto sua presença, sinto o calor de sua pele em meu peito nu... estou enlouquecendo de vez.

Porra.

Amanhã vai ser melhor, tem que ser. Tenho pensado isso nos últimos... dez dias. Se eu pudesse vê-la mais uma vez, não seria tão ruim. Só uma vez. Se eu visse seu sorriso mais uma vez, poderia me conformar por não tê-la mais. Será que ela vai à festa do Christian amanhã? É bem provável...

Olho para o teto e tento imaginar o que ela estaria vestindo se fosse. Usaria aquele vestido branco que sabe que adoro? Vai enrolar o cabelo, deixando preso atrás da orelha, ou vai prender? Vai passar maquiagem, mesmo sem precisar?

Inferno.

Sento e saio da cama. Não tenho como voltar a dormir. Quando desço, Mike está sentado à mesa da cozinha, lendo o jornal.

"Bom dia, Hardin", ele cumprimenta.

"Oi", respondo e encho uma xícara de café.

"Sua mãe ainda está dormindo", ele avisa.

"Não diga...", reviro os olhos.

"Sua mãe está muito feliz por você estar aqui."

"Até parece. Fui um grosso o tempo todo."

"Sim, verdade, mas ela ficou feliz por você ter aberto o jogo. Ela sempre se preocupou com você... até conhecer Tessa. Depois disso, parou de se preocupar."

"Bom, acho que ela vai ter que se preocupar de novo", suspiro. Por que diabos ele está tentando falar comigo sobre assuntos pessoais às seis da manhã, porra?

"Queria dizer uma coisa", ele diz e se vira para mim.

"Pode dizer..." Olho para ele.

"Hardin, eu amo a sua mãe e pretendo me casar com ela."

Cuspo o café dentro da xícara.

"*Casar* com ela? Está maluco?"

Ele ergue uma sobrancelha.

"E por que minha intenção de me casar com ela seria maluquice?"

"Não sei... ela já foi casada... e você é nosso vizinho... vizinho dela."

"Posso cuidar dela como ela deveria ter sido cuidada a vida toda. Se você não aprova, sinto muito, mas achei melhor contar, porque, quando chegar a hora, vou pedir a ela que passe o resto da vida comigo, oficialmente."

Não sei o que dizer a esse cara, que foi nosso vizinho a vida toda, um homem que nunca vi irritado, nem uma vez. Ele a ama, sei que ama, mas isso é esquisito demais para eu tentar entender agora.

"Certo..."

"Certo", ele repete e então olha atrás de mim.

Minha mãe entra na cozinha com o roupão envolvendo seu corpo e os cabelos muito despenteados.

"O que está fazendo acordado, Hardin? Vai voltar para casa?", ela pergunta.

"Não, não consegui dormir. E aqui é a minha casa", digo a ela e tomo mais um gole de café. Esta é a minha casa.

"Hum...", ela responde, sonolenta.

86

TESSA

Estou sendo puxada de volta para baixo. As lembranças que dividi com Hardin me prendem, tentando me afogar.

Desço o vidro em uma tentativa de tomar um pouco de ar. Zed é tão bom comigo, é compreensivo e gentil. Enfrentou muita coisa por mim, e sempre o deixei de lado. Se eu conseguisse deixar de ser boba, poderia tentar a sorte com ele. Não consigo me imaginar numa relação no momento, nem em breve. Mas talvez, se tivesse tempo, poderia. Não quero que Zed termine com Rebecca por minha causa se eu não der uma resposta a ele, ou uma tentativa de resposta. Enquanto dirijo para a casa de Landon, estou mais confusa do que nunca.

Se eu pudesse conversar com Hardin, vê-lo mais uma vez, poderia colocar um ponto final. Se ele me dissesse que não se importa, se fosse cruel comigo só mais uma vez, poderia dar a Zed uma chance, dar uma chance a mim mesma.

Antes que eu consiga me controlar, pego o telefone e aperto o botão que tenho evitado desde o quarto dia. Se ele me ignorar, posso seguir em frente. Estaremos oficialmente terminados se ele não atender meu telefonema. Se ele me disser que está arrependido e que podemos fazer as coisas darem... não. Coloco o telefone no assento de novo. Não posso ligar para ele depois de tudo por que passei, não posso ceder de novo.

Mas preciso saber.

A chamada cai direto na caixa postal.

"Hardin...", digo as palavras bem depressa. "Hardin... é a Tessa. Eu... bom, eu... preciso falar com você. Estou no meu carro e estou muito confusa..." Começo a chorar. "Por que não tentou entrar em contato? Você simplesmente me deixou ir embora, e agora estou pateticamente ligando para você e chorando em sua caixa de recados. Preciso saber o que aconteceu com a gente. Por que dessa vez foi diferente? Por que não lutar? Por que você não lutou por mim? Eu mereço ser feliz, Hardin." Soluço e desligo.

Por que eu fiz isso? Por que perdi o controle e liguei para ele? Sou uma idiota — ele provavelmente vai ouvir e rir. Ele provavelmente vai deixar a garota com quem estiver ouvir a mensagem, e os dois vão rir muito à minha custa. Entro em um estacionamento vazio para reorganizar meus pensamentos antes de acabar sofrendo outro acidente.

Olho para o telefone e respiro fundo para parar de chorar. Vinte minutos se passam, e ele ainda não me ligou de volta nem mandou mensagem.

Por que estou dentro de um estacionamento às dez da noite chorando e ligando para ele? Lutei nos últimos nove dias para ser forte, mas estou desmoronando de novo. Não posso deixar isso acontecer. Saio do estacionamento e volto para o apartamento de Zed.

Hardin obviamente está ocupado demais para se preocupar comigo, e Zed está aqui, sincero e sempre disposto a me ajudar. Estaciono ao lado de seu carro e respiro fundo. Preciso pensar em mim primeiro, e no que quero.

Quando subo a escada até a porta da casa de Zed, estou em paz comigo mesma.

Bato na porta e me mexo de um lado a outro esperando que ela se abra. E se for muito tarde e ele não atender? Nesse caso vou ter o que mereço, acho. Eu deveria ter pensado bem antes de beijá-lo no meio de tudo isso.

Quando a porta se abre, quase paro de respirar. Zed está usando só um short, exibindo seu peito tatuado.

"Tessa?", ele pergunta, claramente surpreso.

"Eu... eu não sei o que posso oferecer para você, mas quero tentar", eu digo a ele.

Ele passa a mão pelos cabelos pretos e respira fundo. Ele vai me rejeitar, eu sei.

"Desculpa. Eu não deveria ter vindo..." Não consigo enfrentar mais rejeição.

Corro em direção à escada e desço os degraus de dois em dois até Zed me segurar pelo braço e me virar para encará-lo.

Ele não diz nada; só pega a minha mão e me leva escada acima, para dentro de seu apartamento.

Zed se mantém tranquilo, calado e compreensivo enquanto ficamos no sofá, ele de um lado e eu do outro. Ele é completamente diferente do que estou acostumada a ver quando estou com Hardin. Quando não quero falar, ele não me faz falar. Quando não consigo pensar em uma explicação para meus atos, ele não pede uma explicação. E, quando digo que não estou à vontade para ir para a cama com ele, ele me traz um cobertor bem macio e um travesseiro razoavelmente limpo e os coloca sobre o sofá.

Na manhã seguinte, quando acordo, meu pescoço está me matando. O velho sofá de Zed não é dos mais confortáveis, mas eu dormi bem, considerando as circunstâncias.

"Oi", ele diz quando entra na sala de estar.

"Olá", respondo com um sorriso.

"Dormiu bem?", ele pergunta, e eu faço que sim com a cabeça.

Zed foi incrível na noite passada. Nem sequer titubeou quando eu disse que queria dormir no sofá. Ele me ouviu falar sobre Hardin e sobre como as coisas tinham dado errado. Disse que gosta da Rebecca, mas que agora não sabe o que fazer, porque sempre pensou em mim, mesmo depois de conhecê-la. Eu me sinto culpada durante a primeira hora enquanto chorava, mas, conforme a noite avançou, as lágrimas se transformaram em sorrisos, e depois em risadas. Minha barriga literalmente dói enquanto nos lembramos das coisas ridículas de nossa infância, até decidirmos dormir.

Já são duas da tarde, o mais tarde que já acordei, mas é isso o que dá ficarmos acordados até sete da manhã.

"Sim, e você?" Fico de pé e dobro o cobertor que ele me emprestou. Vagamente me lembro de ele ter me coberto enquanto eu adormecia.

"Também." Ele sorri e se senta no sofá. Seu cabelo está molhado, e sua pele brilha como se ele tivesse acabado de sair do banho.

"Onde eu guardo?", pergunto a ele, apontando para o cobertor.

"Onde quiser. Não precisava dobrar." Ele ri.

Eu me lembro do armário no apartamento, e da maneira como Hardin joga as coisas lá dentro de qualquer jeito, o que me deixa louca.

"Você tem planos para hoje?", pergunto a ele.

"Trabalhei hoje cedo, então, não."

"Já?"

"Sim, das nove ao meio-dia." Ele sorri. "Basicamente, só fui consertar minha caminhonete."

Eu me esqueci de que Zed trabalha numa oficina mecânica. Não sei muito sobre ele. Só sei que é cheio de energia, a ponto de dormir apenas duas horas e sair para trabalhar.

"Prodígio dos estudos ambientais de dia e mecânico à noite?", provoco e ele ri.

"Mais ou menos isso. Quais são seus planos?"

"Não sei. Preciso comprar uma roupa para usar no jantar do meu chefe amanhã." Por um momento, penso em pedir a Zed para me acompanhar, mas isso seria errado. Jamais faria isso; deixaria todo mundo desconfortável, inclusive eu mesma.

Zed e eu combinamos que não vamos forçar nada. Vamos só passar um tempo juntos para ver no que dá. Ele não vai me forçar a esquecer Hardin; nós dois sabemos que preciso de mais tempo antes de começar a namorar alguém. Tenho muitas coisas para resolver — como encontrar um lugar para morar, para começo de conversa.

"Posso ir com você, se quiser. Ou que tal ver um filme mais tarde?", ele pergunta, todo apreensivo.

"Sim, qualquer coisa está bom." Sorrio e confiro meu telefone.

Não há ligações perdidas. Nem mensagens não lidas. Nem correio de voz.

Zed e eu acabamos pedindo pizza e passamos a maior parte do dia juntos até eu ter que voltar à casa de Landon para tomar um banho. No caminho de volta, passo no shopping um pouco antes de fechar e encontro o vestido vermelho perfeito com gola quadrada; ele desce até meus joelhos. Não é muito conservador, mas também não é revelador.

Quando volto para a casa de Landon, encontro um bilhete sobre o balcão ao lado de um prato de comida que Karen separou para mim. Ela e Ken foram ao cinema e voltam logo, ela escreveu.

Fico aliviada por ter a casa só para mim, apesar de que, quando eles estão lá, nem sempre percebo, porque a casa é enorme. Tomo um banho e visto o pijama, e logo depois me deito e me forço a dormir para compensar a noite anterior.

Meus sonhos se intercalam entre garotos de olhos verdes e olhos cor de mel.

87

TESSA

Onze dias. Faz onze dias que não tenho notícias de Hardin, e não tem sido fácil.

Mas a companhia de Zed certamente ajudou.

O jantar na casa de Christian é hoje, e durante todo o dia, sinto cada vez mais receio de estar entre conhecidos que vão me fazer lembrar de Hardin e abalar as barreiras que tenho erguido. E, com uma simples rachadura, não estarei mais protegida.

Finalmente, na hora de ir embora, respiro fundo e olho meu reflexo no espelho mais uma vez. Meus cabelos estão como sempre foram, soltos e com cachos leves, mas minha maquiagem está mais pesada do que o normal. Coloco a pulseira de Hardin no pulso; apesar de saber que não deveria usá-la, eu me sinto nua sem ela, pois faz parte de mim agora, simbolizando como é nossa relação... ou era. O vestido está ainda melhor hoje do que ontem, e fico feliz por ter recuperado os poucos quilos que perdi nos primeiros dias que passei quase sem comer.

"*Só quero que volte a ser como antes. E quero ver você de novo na minha porta...*" A música toca enquanto pego minha bolsa de mão. Depois de mais um segundo, tiro os fones das orelhas e os coloco dentro da bolsa.

Quando encontro Karen e Ken lá embaixo, eles estão muito bem-vestidos. Karen está usando um vestido comprido com estampa azul e branca, e Ken está de terno e gravata.

"Você está linda", digo a ela, que fica corada.

"Obrigada, querida, você também." Ela sorri.

Karen é muito gentil. Vou sentir falta de ver Ken e ela com frequência quando eu for embora.

"Estava pensando que, nesta semana, podemos ir à estufa trabalhar um pouco", ela sugere enquanto caminhamos até o carro; meus saltos batucam o chão e fazem barulho na calçada.

"Eu adoraria", digo e entro no Volvo.

"Esse jantar vai ser muito divertido. Já faz um tempo que não vamos a uma festa como essa." Karen segura a mão de Ken e a coloca em seu colo enquanto ele sai da garagem.

O carinho entre eles não me causa inveja, mas me lembra que as pessoas podem fazer bem umas às outras.

"Landon vai chegar tarde de Nova York hoje à noite. Vou buscá-lo às duas da manhã", Karen conta, toda animada.

"Mal posso esperar para tê-lo de volta", comento. E estou sendo sincera — senti saudade do meu melhor amigo, de suas sábias palavras e de seu sorriso caloroso.

A casa de Christian Vance é exatamente como eu imaginava. Extremamente moderna, e a estrutura toda é quase transparente, com vigas e vidro parecendo ser as únicas coisas que a mantêm equilibrada sobre o morro. A decoração e os detalhes são feitos de modo a formarem um conjunto perfeito em todo o interior. É incrível, e me faz lembrar de um museu, porque nada parece ter sido tocado.

Kimberly nos recebe na porta de entrada.

"Muito obrigada por terem vindo", ela diz e me abraça.

"Obrigada por nos convidar." Ken aperta a mão de Christian. "Parabéns pela grande mudança."

Perco o fôlego com a vista da janela dos fundos. Agora entendo por que a maior parte da casa é de vidro — ela está localizada sobre um lago enorme. A água do lado de fora parece não ter fim, e o sol se pondo cria uma paisagem ainda mais incrível quando se reflete no lago, e quase me cega. O fato de a casa estar em um morro e o quintal ser levemente inclinado dá a ilusão de que estamos flutuando sobre a água.

"Todo mundo chegou." Kimberly nos leva à sala de jantar, que, assim como o resto da casa, é perfeita.

Nada disso é meu estilo. Prefiro uma decoração mais tradicional, mas a casa de Vance é realmente deslumbrante. Duas mesas de jantar alongadas e retangulares tomam conta do espaço, cada uma delas cheia de flores multicoloridas e pequenas tigelas com velas flutuantes para cada apoio de prato. Os guardanapos estão dobrados em forma de flores, e um anel prateado os mantém no lugar. É tudo muito lindo. Tão elegante e colorido, que mais parece uma foto de revista. Kimberly se dedicou muito a essa festa.

Trevor está sentado à mesa mais próxima da janela com outros poucos rostos que reconheço do escritório, incluindo Crystal do marketing e seu futuro marido. Smith está sentado a duas cadeiras dali, distraído com um videogame portátil.

"Você está linda." Trevor sorri e se levanta para cumprimentar Ken e Karen.

"Obrigada. Como você está?", pergunto.

A gravata dele é exatamente do mesmo tom azul de seus olhos, que estão brilhantes e alegres.

"Ótimo, pronto para a grande mudança!"

"Aposto que sim!", digo, mas estou pensando que gostaria de poder me mudar para Seattle agora...

"Trevor, prazer em ver você." Ken aperta a mão dele e eu olho para baixo quando sinto alguém puxando meu vestido.

"Oi, Smith, como vai?", pergunto ao menininho de olhos verdes e brilhantes.

"Bem." Ele encolhe os ombros. E então, com a voz baixa, pergunta:

"Onde está o seu Hardin?"

Não sei o que dizer, e o modo com que Smith o chamou de "meu Hardin" mexe comigo. As barreiras já estão começando a ruir, e estou aqui há apenas dez minutos.

"Ele... hã... ele não está aqui agora."

"Mas ele vem?"

"Não, sinto muito. Acho que não, querido."

"Ah."

"Mas ele mandou um oi para você." É uma baita mentira, e qualquer um que conheça Hardin saberia disso, mas é o que digo ao garotinho, mexendo um pouco nos cabelos dele. Agora Hardin me faz mentir para crianças. Que legal.

Smith dá um sorrisinho e volta a sentar.

"Certo. Eu gosto do seu Hardin."

Eu também, quero dizer a ele, *mas ele não é meu.*

Em quinze minutos, mais vinte pessoas chegam, e Christian liga seu sistema de som superultrahigh-tech. Com um simples botão, uma melodia suave de piano se espalha pela casa. Jovens de camisa de colarinho branco começam a fazer rodinhas na sala com bandejas de aperitivos, e eu pego algo que parece um pedaço pequeno de pão com tomate e molho.

"O escritório de Seattle é de arrasar, vocês precisam ver", Christian diz a um pequeno grupo de pessoas. "Fica logo acima da água; é duas vezes maior do que nosso escritório aqui. Não acredito que finalmente estou expandindo a empresa."

Tento parecer interessada quando o garçom me dá uma taça de vinho branco. Bom, eu *estou* interessada — mas também muito abalada, por terem mencionado Hardin e por pensar em Seattle. Enquanto olho pela janela de vidro para a água, imagino Hardin e eu nos mudando para um apartamento no meio da agitação de uma nova cidade, um lugar novo e pessoas novas. Faríamos novos amigos e começaríamos uma vida nova por lá. Hardin trabalharia para a Vance de novo e se gabaria por ganhar mais dinheiro do que eu, que brigaria com ele para poder assumir a responsabilidade pela conta da TV a cabo.

"Tessa?"

Sou tirada de meu sonho impossível pela voz de Trevor.

"Desculpa...", gaguejo e percebo que só nós dois estamos ali, e que ele está começando ou terminando uma história que nem percebi que estava sendo contada.

"Como eu estava dizendo, meu apartamento fica perto do prédio novo, e bem no centro da cidade — você precisa ver a vista." Ele sorri. "Seattle é muito linda, principalmente à noite."

Sorrio e concordo. Aposto que é. Aposto que é mesmo.

88

HARDIN

O que é que eu estou fazendo, porra?

Ando de um lado a outro. Essa ideia foi muito idiota.

Chuto uma pedra no caminho. O que estou esperando acontecer? Que ela venha correndo para os meus braços e me perdoe depois de todas as merdas que fiz? Que de repente acredite que eu não dormi com a Carly?

Olho para a bela casa de Vance. Tessa provavelmente nem vai estar ali, e eu vou parecer um idiota por aparecer sem ser convidado. Na verdade, vou parecer um idiota de qualquer maneira. É melhor eu ir embora, logo de uma vez. Além disso, essa camisa coça demais, e eu odeio me arrumar para ir aos lugares. É só uma camisa preta social, mas mesmo assim.

Ao ver o carro do meu pai, eu me aproximo um pouco mais e olho lá dentro. No banco de trás, está a bolsa horrorosa que Tessa leva consigo para todos os lugares.

Então, ela está ali dentro, está, sim. Sinto um frio na barriga ao pensar em vê-la, em ficar perto dela. *O que eu posso dizer?* Não sei. Tenho que explicar que minha vida tem sido um grande inferno desde que fui para a Inglaterra e que preciso dela, preciso dela mais do que qualquer outra coisa. Tenho que dizer a ela que sou um imbecil e que não consigo acreditar que estraguei a única coisa boa da minha vida. Ela é tudo para mim e sempre vai ser.

Vou entrar e pedir que ela saia comigo para podermos conversar — *estou nervoso... puta que pariu, como estou nervoso.*

Vou vomitar. Não. Mas, se eu tivesse comido, certamente seria isso que aconteceria. Sei que estou com uma aparência péssima. Será que ela também está? Não que pudesse ficar feia, mas será que tem sido tão difícil para ela quanto para mim?

Finalmente chego à porta da frente, mas acabo dando meia-volta. Odeio lugares cheios de pessoas, e há pelo menos quinze carros na frente da casa. Todo mundo vai ficar olhando para mim, e vou parecer um idiota — o que sou, exatamente.

Antes de conseguir me convencer a ir embora, eu me viro e rapidamente toco a campainha.

É pela Tessa. É por ela, fico dizendo a mim mesmo quando Kim abre a porta com um sorriso surpreso.

"Hardin? Não sabia que você viria", ela diz. Percebo que está tentando ser educada, mas com uma raiva escondida, provavelmente porque está do lado de Tessa.

"É... nem eu", respondo.

E então, surge uma nova emoção: pena. Aparece nos olhos dela quando me observa, pois minha aparência provavelmente está ainda pior do que imagino, já que acabei de sair do avião e vim diretamente para cá.

"Bom... entra, está muito frio aqui fora", ela diz.

Por um momento, fico surpreso ao ver a casa de Vance decorada como obra de arte; nem parece que alguém vive aqui. É bacana e tudo mais, mas gosto de coisas mais velhas, não tanto de arte moderna.

"Estamos nos preparando para comer", ela me avisa, e eu a acompanho até a sala de jantar com paredes de vidro.

E é quando eu a vejo.

Meu coração para, e sinto uma pressão no peito tão forte que quase sufoco. Enquanto ela ouve alguém contar uma história ou coisa assim, sorri e passa a mão pela testa para afastar os cabelos. O reflexo do sol se pondo logo atrás faz com que ela brilhe — literalmente —, e não consigo me mexer.

Ouço a risada dela, e pela primeira vez em dez dias, consigo respirar. Senti muita saudade, e ela está fenomenal como sempre, mas o vestido vermelho que está usando e o sol sobre sua pele, o sorriso... por que ela está sorrindo e rindo?

Não deveria estar chorando e como uma aparência péssima? Ela ri de novo, e meus olhos finalmente reconhecem a pessoa com quem está conversando, quem está fazendo com que ela se esqueça de mim.

O filho da puta do Trevor. Odeio esse bosta com todas as minhas forças. Eu poderia ir até lá e arremessá-lo por aquela janela de vidro e ninguém conseguiria me deter. Por que diabos ele está sempre perto dela? É um imbecil, e vou acabar com ele.

Não. Preciso me acalmar. Se eu fizer isso agora, Tessa nunca vai me ouvir.

Fecho os olhos por alguns segundos e me acalmo. Se eu mantiver a calma, ela vai ouvir, e sair daqui comigo para podermos ir para casa, onde vou implorar por seu perdão, ela vai dizer que ainda me ama, vamos fazer amor e tudo vai ficar bem.

Continuo observando; ela parece animada quando começa a contar uma história. A mão que não está segurando a taça não para de se mexer enquanto ela fala e sorri. Meu coração se acelera quando vejo a pulseira em seu braço. Ela ainda a está usando. É um bom sinal; tem que ser.

O filho da puta do Trevor a encara com intensidade, mostrando uma adoração por ela que faz meu sangue ferver. Mais parece um maldito cachorrinho babão, e ela está alimentando essa paixão.

Será que ela já decidiu seguir em frente? Com ele?

Acabaria comigo se ela tivesse feito isso... mas quem sou eu para julgar? Nem atendi quando ela ligou. Não me dei nem ao trabalho de comprar um celular novo. Ela provavelmente acha que não me importo, que eu também já estou em outra.

Minha mente volta para aquela rua calma na Inglaterra, para a barriga de Natalie, para o sorriso de adoração de Elijah por sua noiva.

Trevor está olhando para Tessa da mesma maneira.

Trevor é o Elijah dela. Sua segunda chance de ter o que merece.

Perceber isso acaba comigo. Preciso ir embora. Tenho que sair daqui e deixá-la em paz.

Agora faz sentido por que encontrei Natalie naquele dia. A garota que magoei demais cruzou meu caminho para que eu não cometesse o mesmo erro com Tessa.

Preciso ir embora. Preciso sair daqui antes que ela me veja.

Mas, assim que admito isso a mim mesmo, ela olha para a frente e nossos olhos se encontram. Seu sorriso desaparece, e a taça de vinho escorrega de sua mão e se espatifa no chão de madeira.

Todo mundo se vira para ela, que permanece concentrada em mim.

Desvio o olhar e vejo Trevor olhando para ela, confuso, mas pronto para entrar em ação para ajudá-la.

Tessa hesita um pouco, e olha para o chão.

"Desculpa", ela diz e se abaixa para pegar os cacos de vidro.

"Ah, por favor, não tem problema! Vou pegar uma vassoura e alguns guardanapos de papel", Kimberly diz e se afasta.

Preciso sair daqui. Eu me viro, pronto para correr. E quase tropeço em uma pessoinha. Olho para baixo e vejo Smith, me encarando com seu olhar sem expressão.

"Pensei que você não viesse", ele diz.

Balanço a cabeça e ponho a mão na cabeça dele.

"É... estou indo embora."

"Por quê?"

"Porque eu não deveria estar aqui", digo a ele e olho para trás. Trevor pegou a vassourinha da mão de Kimberly e está ajudando Tessa a juntar os cacos de vidro e jogá-los em uma sacolinha. Deve haver algum simbolismo por trás desse ato de ajudá-la a juntar os cacos. Metáfora de merda.

"Também não estou gostando", Smith resmunga, e eu olho para ele e concordo.

"Pode ficar?", ele pergunta inocentemente. Assim espero.

Olho para ele e para Tessa. Não me sinto irritado com ele como já me senti. Acho que não tenho energia para isso.

Alguém põe a mão em meu ombro de repente.

"Acho melhor seguir o conselho dele", Christian diz, me apertando um pouco. "Pelo menos até a hora do jantar. Kim se dedicou muito a esta noite", ele acrescenta com um sorriso caloroso.

Olho para a namorada dele, que está usando um vestido preto simples, passando um pano na sujeira que Tessa fez por minha causa. E, claro, Tessa está do lado dela, desculpando-se mais do que o necessário.

"Tudo bem", concordo.

Se conseguir sobreviver a esse jantar, posso sobreviver a qualquer coisa. Simplesmente vou engolir a dor que sinto ao ver Tessa tão contente sem mim. Ela parecia normal até me ver, e então a tristeza tomou conta de seu belo sorriso.

Vou agir normalmente, como se ela não estivesse me matando a cada piscada. Se ela tiver a impressão de que não me importo, pode ficar livre para seguir adiante e finalmente ser tratada como merece.

Quando Kimberly termina de limpar, um dos garçons toca uma sineta.

"Bom, agora que o show acabou, está na hora de comer!", ela diz, rindo e mexendo os braços para indicar as mesas às pessoas.

Sigo Christian até uma mesa, e então escolho uma cadeira qualquer, sem prestar atenção em Tessa e em seu "amigo". Brinco com os talheres um pouco, até meu pai e Karen se aproximarem para me cumprimentar.

"Não esperava ver você aqui, Hardin", comenta meu pai.

Solto um suspiro quando Karen se senta ao meu lado.

"Todo mundo está dizendo isso", respondo. Faço força para olhar ao redor à procura de Tessa.

"Você falou com ela?", Karen pergunta bem baixinho.

"Não", respondo.

Olho para os pequenos bordados na toalha e espero que os garçons tragam a comida. Frangos inteiros são trazidos em grandes bandejas. Tigelas e mais tigelas de acompanhamentos são colocadas em uma fileira sobre a mesa. Por fim, olho para ela. Ao virar para a minha esquerda, me surpreendo ao ver que ela está sentada quase na minha frente... ao lado do filho da puta do Trevor, claro.

Distraidamente, ela empurra um aspargo de um lado a outro no prato. Sei que ela não gosta de aspargo, mas é educada demais para não comer algo que outra pessoa tenha preparado para agradá-la. Observo quando ela fecha os olhos e leva o vegetal à boca, e quase sorrio quando a vejo se esforçar para não fazer cara de nojo ao beber água para engolir a comida, secando os lábios com o guardanapo.

Tessa me flagra olhando para ela, e imediatamente desvio o olhar. Consigo ver a dor em seus olhos azuis-acinzentados. Dor que eu causei. E que só vai embora se eu ficar longe e permitir que ela siga sua vida.

Todas as palavras que não falamos flutuam no ar entre nós... e ela volta a prestar atenção a seu prato.

Não tiro mais os olhos da refeição suntuosa, e como muito pouco. Mesmo ao ouvir Trevor conversar com Tessa sobre Seattle, evito ficar olhando. Pela primeira vez na vida, desejo ser outra pessoa. Daria qualquer coisa para ser Trevor, para poder fazê-la feliz, e não magoá-la.

Ao longo da refeição, Tessa responde às perguntas dele de modo breve, e sei que fica contente quando Karen começa a falar sobre Landon e sua namorada em Nova York.

O barulho de um garfo batendo em uma taça se espalha pela sala, e Chris fica de pé dizendo:

"Gostaria da atenção de todos, por favor..." Ele faz mais um barulho, e então ri, acrescentando: "Melhor parar antes de quebrar a taça", e lança um olhar brincalhão para Tessa.

Ela fica corada, e eu tenho que pressionar as mãos contra as coxas para me controlar e não partir para cima dele por tê-la envergonhado. Sei que só está brincando, mas mesmo assim foi babaca.

"Muito obrigado a todos por terem vindo, é muito importante para mim ter todas as pessoas que amo aqui conosco. Estou mais do que orgulhoso do trabalho que todos aqui têm feito, e não poderia fazer essa mudança sem vocês. Eu não poderia ter uma equipe melhor. Talvez... no próximo ano, podemos abrir um escritório em Los Angeles ou mesmo em Nova York, e eu posso enlouquecer todos vocês com os preparativos de novo." Ele ri da própria piada, mas sorri com ambição.

"Uma coisa de cada vez", Kimberly diz, dando um tapa no traseiro dele.

"E principalmente você, Kimberly. Eu não estaria em lugar nenhum sem você." Seu tom de voz muda drasticamente, mudando a atmosfera na sala. Ele segura as mãos dela e fica de pé na frente do lugar onde está sentada. "Depois que a Rose morreu, eu estava vivendo numa escuridão total. Os dias iam e vinham num borrão, e eu nunca pensei que seria feliz de novo. Pensei que não fosse capaz de amar mais ninguém; eu tinha aceitado que seríamos só Smith e eu. Então, um dia, essa loira linda apareceu no meu escritório, dez minutos atrasada para a entrevista e com uma mancha de café horrorosa na blusa branca — e foi o que bastou para mim. Eu me senti cativado por seu espírito e energia." Ele se vira para Kimberly. "Você me devolveu a vida quando eu não tinha mais nada. Ninguém poderia substituir a Rose, e você sabia disso. Mas não tentou substituir a Rose — você aceitou o legado dela e me ajudou a retomar a vida. Gostaria de ter conhecido você antes, para que não tivesse passado tanto tempo na tristeza." Ele dá uma risadinha, tentando diminuir a emoção do momento, mas não consegue. "Amo você, Kimberly, mais do que qualquer coisa, e adoraria passar o resto da vida retribuindo o que me deu." Ele se apoia em um joelho.

Isso é piada? Todo mundo que conheço de repente decidiu se casar ou isso é uma brincadeira sem graça, uma pegadinha comigo?

"Não era uma festa de comemoração, era uma festa de noivado." Ele sorri para seu amor. "Bom, isso se você aceitar."

Kimberly grita e começa a chorar. Desvio o olhar quando ela praticamente berra o sim.

Olho para Tessa, que aplaude e seca as lágrimas. Sei que ela está se esforçando para sorrir para a amiga nesse momento de alegria, fingir que as lágrimas são de felicidade. Mas, sinceramente, sei que está só fingindo. Está emocionada por ter visto a amiga ouvir tudo o que ela já desejou ouvir de mim.

89

TESSA

Meu peito dói ao observar Christian abraçar Kimberly e erguê-la do chão em um abraço amoroso. Estou feliz por ela, de verdade. Mas não é fácil ver alguém conseguir o que você queria, por mais feliz que possamos nos sentir pela pessoa. Eu jamais desejaria tirar nem um grama da felicidade dela, mas é difícil vê-lo beijar as faces dela e colocar um lindo anel de diamante em seu dedo.

Eu me levanto de onde estou sentada, torcendo para que ninguém perceba minha ausência. Chego à sala de estar antes de começar a soluçar. Sabia que isso aconteceria, que eu perderia o controle. Se ele não estivesse aqui, eu poderia dar conta, mas é surreal demais, doloroso demais, vê-lo aqui.

Ele veio aqui para me assombrar, claro. Por que mais viria e não conversaria comigo? Não faz sentido; ele me evitou nos últimos dez dias, e então aparece aqui, onde sabia que eu estaria. Eu não deveria ter vindo. Deveria, pelo menos, ter vindo com o meu carro, para poder ir embora agora. Zed só vai chegar...

Zed.

Zed vem me buscar às oito. Olhando para um relógio, vejo que já são sete e meia. Hardin vai matá-lo, literalmente, se os dois se encontrarem aqui.

Ou talvez não, talvez ele não se importe.

Encontro o banheiro e fecho a porta depois de entrar. Demoro um pouco para perceber que o interruptor da luz é um painel sensível ao toque na parede. Essa casa é high-tech demais para mim.

Eu me senti totalmente humilhada quando derrubei a taça de vinho. Hardin parece muito indiferente, como se não se importasse com o fato de eu estar aqui nem com meu embaraço em sua presença. Será que ele sofreu? Passou dias chorando e deitado na cama, como eu? Não tenho como saber, e ele não está transmitindo a impressão de estar triste.

Respira, Tessa. Você tem que respirar. Ignora a faca fincada em seu peito.

Seco os olhos e olho para meu reflexo. Minha maquiagem não está borrada, ainda bem, e meu cabelo ainda está perfeitamente enrolado. Estou levemente corada, mas de um modo que faz com que eu fique mais bonita, mais viva.

Quando abro a porta, Trevor está recostado na parede com a preocupação estampada no rosto.

"Você está bem? Você saiu correndo de lá." Ele dá um passo na minha direção.

"Sim... só precisava de um pouco de ar", minto. Uma mentira idiota. Não faz o menor sentido correr para o banheiro para tomar ar.

Felizmente, Trevor é um cavalheiro e nunca apontaria minha mentira, como Hardin faria.

"Certo, eles estão servindo a sobremesa, se você ainda estiver com fome", ele diz e me acompanha pelo corredor.

"Não muita, mas vou comer um pouco", respondo. Pratico o controle da respiração e percebo que isso me ajuda a me acalmar um pouco. Estou pensando no que fazer a respeito do encontro entre Zed e Hardin quando ouço a vozinha de Smith na sala por onde passamos.

"Como você sabe?", ele pergunta de um jeito observador.

"Porque sei de tudo", Hardin responde.

Hardin? Com Smith?

Paro e faço um gesto para que Trevor continue.

"Trevor, por que não vai até lá... hã... vou conversar com o Smith."

Ele olha para mim, desconfiado.

"Tem certeza? Posso esperar", ele oferece.

"Não, estou bem." E, educadamente, eu o dispenso. Ele faz um breve meneio de cabeça e se afasta. E me deixa livre para ouvir a conversa, numa atitude mal-educada.

Smith diz algo que não entendo e Hardin responde:

"Sei, sim, sei de tudo." Sua voz está mais calma do que nunca.

Eu me recosto na parede ao lado da porta quando Smith pergunta:

"Ela vai morrer?"

"Não, cara. Por que você sempre acha que todo mundo vai morrer?"

"Não sei", o garotinho diz a ele.

"Bom, não é verdade, nem todo mundo morre."

"Quem morre?"

"Nem todo mundo."

"Mas quem, Hardin?", Smith pressiona.

"As pessoas, as pessoas más, acho. E as pessoas velhas. E as pessoas doentes... ah, e as pessoas tristes, às vezes."

"Como sua garota bonita?"

Meu coração acelera.

"Não! Ela não. Ela não está triste", Hardin diz, e eu cubro os lábios com a mão.

"Está, sim."

"Não, não está. Ela está feliz, e não vai morrer. Nem a Kimberly."

"Como você sabe?"

"Como disse antes, eu sei de tudo."

O tom de voz dele mudou desde que falou sobre mim.

Ouço uma risadinha de Smith.

"Não, não sabe."

"Você está bem agora? Ou vai chorar mais?", Hardin pergunta.

"Não fala assim."

"Desculpa. Mas você parou de chorar?"

"Sim."

"Legal."

"Legal."

"Não fica me imitando. É falta de educação", Hardin diz.

"Você é mal-educado."

"Você também é. Tem certeza de que só tem cinco anos?", Hardin pergunta.

Eu sempre quis perguntar isso para ele. Smith é muito maduro para a idade, mas acho que não poderia ser diferente, considerando as coisas por que passou.

"Certeza absoluta. Quer brincar?", Smith pergunta a ele.

"Não, não quero."

"Por quê?"

"Por que você faz tantas perguntas? Você me lembra..."

"Tessa?" A voz de Kimberly me assusta, e eu quase grito. Ela põe a mão em meu ombro para me acalmar. "Desculpa! Você viu o Smith? Ele saiu correndo, e Hardin, quem diria, foi atrás dele."

Ela parece confusa, mas, ao mesmo tempo, tocada com esse gesto.

"Hã, não." Atravesso o corredor para evitar a humilhação de ser flagrada por Hardin. Sei que ele ouviu Kimberly dizer meu nome.

Quando volto para a sala de jantar, eu me aproximo do pequeno grupo com quem Christian está falando e agradeço muito pelo convite, além de parabenizá-lo pelo noivado.

Kimberly aparece instantes depois. Dou um abraço de despedida nela, e em seguida faço a mesma coisa com Karen e Ken.

Confiro meu telefone: dez minutos para as oito. Hardin está ocupado com Smith e claramente não pretende falar comigo, então tudo bem. É disso mesmo que preciso, não que ele se desculpe e me diga que andou arrasado sem mim. Não preciso que ele me abrace e diga que vamos encontrar uma saída, que vamos consertar tudo que ele destruiu. Não preciso disso. Ele não vai fazer isso, de qualquer modo, então é inútil desejar.

Dói menos quando eu não preciso.

Quando chego ao fim da rua, estou congelando.

Deveria ter vestido um casaco. Estamos no fim de janeiro, e começou a nevar. Não sei onde estava com a cabeça. Espero que o Zed chegue logo.

O vento gelado é inclemente, sopra meus cabelos e me faz tremer. Eu envolvo o corpo com os braços numa tentativa de me manter aquecida.

"Tess?" Viro a cabeça e, por um momento, penso que estou imaginando um cara todo de preto caminhando na minha direção no meio da neve.

"O que você está fazendo?", Hardin pergunta, chegando mais perto.

"Estou indo embora."

"Ah..." Ele passa a mão na nuca como sempre faz. Fico calada. "Como você está?", ele pergunta, e me surpreende.

"Como estou?" Eu me viro para encará-lo.

Tento manter a calma enquanto ele olha para mim com uma expressão totalmente neutra.

"É... tipo, você... está bem?"

Eu deveria dizer a verdade ou mentir...?

"Como você está?", pergunto, batendo os dentes.

"Perguntei primeiro", ele responde.

Não foi assim que imaginei que seria nosso reencontro. Não sei exatamente o que pensei que aconteceria, mas não foi isso. Pensei que ele me xingaria e que começaríamos a gritar. A última coisa que poderia imaginar é que estaríamos em uma calçada coberta de neve, perguntando um ao outro como estão as coisas. As lanternas penduradas nas árvores da rua fazem Hardin brilhar como um anjo. Obviamente, uma ilusão.

"Estou bem", minto.

Ele me olha de cima a baixo lentamente, provocando um frio na minha barriga, e fazendo meu coração se acelerar.

"Estou vendo." Ele fala mais alto do que o sopro do vento.

"E você, como está?"

Quero que ele diga que está péssimo. Mas ele não diz.

"Mesma coisa. Bem."

Rapidamente, eu pergunto:

"Por que não me ligou?" Talvez isso cause alguma reação nele.

"Eu..." Ele olha para mim e então para as mãos antes de passá-las pelos cabelos cobertos de neve. "Eu... estava ocupado." Sua resposta é a marreta que faz desabar o resto do meu muro.

A ira se sobrepõe à mágoa avassaladora que está ameaçando me dominar a qualquer momento.

"Você estava 'ocupado'?"

"É... eu estava ocupado."

"Uau."

"Uau o quê?", ele questiona.

"Você estava ocupado? Sabe pelo que eu passei nos últimos onze dias? Foi um inferno, e senti uma dor que não sabia ser capaz de encarar, e em alguns momentos pensei que não ia aguentar. Fiquei esperando... esperando como uma idiota!", grito.

"Você também não sabe como eu fiquei! Você sempre acha que sabe de tudo... mas não sabe de merda nenhuma!", ele responde aos gritos, e eu saio andando pela rua.

Ele vai ficar louco quando descobrir quem vem me buscar.

Onde está o Zed, afinal? Já são oito e cinco.

"Então, conta! Conta o que foi mais importante do que lutar por mim, Hardin." Seco as lágrimas dos olhos e imploro a mim mesma para parar de chorar.

Estou cansada de chorar o tempo todo.

90

HARDIN

Quando ela começa a chorar, fica bem mais difícil manter uma expressão neutra. Não sei o que aconteceria se eu contasse a ela que para mim também foi um inferno, que também senti uma dor que não sabia se aguentaria. Acho que ela se jogaria nos meus braços e diria que está tudo bem. Ela estava ouvindo a minha conversa com Smith, sei que estava. E está triste, exatamente como o garotinho sabichão disse, mas sei como isso termina. Se ela me perdoar, vou acabar encontrando outra coisa idiota para fazer da próxima vez. Sempre foi assim, e eu não sei parar.

Minha única opção é dar a ela uma chance para estar com alguém que lhe faça bem. No fundo, no fundo, acho que ela quer alguém que seja mais parecido com ela. Alguém sem tatuagens e sem piercings. Alguém que não tenha tido uma infância toda ferrada e que não tenha problemas de temperamento. Ela pensa que me ama, mas um dia, quando eu fizer algo ainda mais errado, vai se arrepender de ter me conhecido. Quanto mais olho para ela chorando nessa calçada com a neve caindo ao seu redor, mais sei disso. Não faço bem para ela.

Sou Tom, e ela, Daisy. A linda Daisy, que é prejudicada por Tom, e que nunca mais volta a ser quem era. Se eu implorar por seu perdão agora, de joelhos, nessa calçada coberta de neve, ela será Daisy para sempre, toda a sua inocência vai desaparecer e ela vai acabar odiando a si mesma, além de mim. Se Tom tivesse abandonado Daisy no primeiro momento de incerteza, ela poderia ter vivido com o homem com quem estava destinada a ficar, um homem que a trataria como merecia.

"Não é da sua conta, tá bom?", digo e observo minhas palavras tocarem sua alma.

Ela deveria estar dentro da casa com Trevor, ou com Noah, na casa de sua mãe. Não comigo. Não sou Darcy, e ela merece um. Não posso mudar por ela. Vou encontrar um modo de viver sem ela, assim como ela deve viver sem mim.

"Como você pode dizer isso? Depois de tudo por que passamos, você simplesmente me joga para escanteio e não tem nem a dignidade de me dar uma explicação?", ela grita.

Faróis aparecem no fim da rua escura, iluminando a silhueta dela e criando novas sombras pelo chão.

Tenho vontade de gritar que estou fazendo isso por ela! Mas não grito. Só dou de ombros.

Ela abre a boca e volta a fechá-la quando uma caminhonete para à nossa frente.

Aquela caminhonete...

"O que ele está fazendo aqui?", pergunto.

"Ele veio me buscar", ela diz de modo tão natural, e a notícia quase me coloca de joelhos.

"Por que ele... por que... como assim, *caralho*?" Começo a andar de um lado para o outro. Estou tentando afastá-la de mim para que siga em frente e encontre alguém como ela... não o porra do Zed, logo ele!

"Você... você andou saindo com esse merda?", pergunto, olhando para ela. Percebo que estou gritando, mas não estou nem aí. Passo por Tessa e me aproximo de onde a caminhonete está. "Sai do maldito carro!", grito.

Zed me surpreende quando sai e deixa o motor ligado. Ele é um idiota.

"Você está bem?", ele tem a coragem de perguntar a ela.

Parto para cima de Zed.

"Eu sabia! Sabia que você estava esperando o momento de dar o bote! Achou que eu não ia descobrir?"

Eles se entreolham. *Porra, isso está mesmo acontecendo.*

"Deixa o Zed em paz, Hardin!", ela insiste...

E eu ataco.

Com uma das mãos, agarro a gola da jaqueta de Zed. A outra acerta o queixo dele. Tessa grita, mas não passa de um sussurro, sob o vento e minha ira.

Zed tomba para trás com a mão no rosto. Mas ele rapidamente dá um passo na minha direção. Ele e seu ódio.

"Você achou que eu não ia descobrir! Eu mandei você ficar longe dela, porra!" Eu me preparo para bater nele de novo, mas, dessa vez, ele me bloqueia e consegue me acertar no queixo.

A ira se mistura com a adrenalina de estar brigando pela primeira vez em semanas. Senti saudade dessa sensação, da energia correndo pelo meu sangue, dando um barato.

Eu acerto um soco em suas costelas. Dessa vez, ele cai no chão e subo nele em segundos, e o acerto mais vezes. Dou a Zed o merecido crédito: ele conseguiu me dar uns socos. Mas não tem como me vencer.

"Eu estava aqui... e você não." Ele quer me provocar.

"Para! Para, Hardin!" Tessa puxa meu braço e, num reflexo, eu a jogo de costas na calçada.

No mesmo momento, saio do estado de ira e me viro enquanto ela se afasta com as mãos e os joelhos do chão, fica de pé e estende os braços para a frente, como se quisesse me manter à distância. *Que merda eu acabei de fazer?*

"Não chega perto dela!", Zed grita atrás de mim. Ele se aproxima dela bem depressa, e ela não tira os olhos dele, não se dá o trabalho de olhar para mim.

"Tess... eu não quis fazer isso. Não sabia que era você, juro! Você sabe que fico louco quando estou bravo... Me desculpa. Eu..."

Ela olha para um ponto além de onde estou.

"Podemos ir, por favor?", ela pergunta calmamente, e meu coração se acelera... até eu perceber que ela está falando com ele, com Zed.

Como essa porra toda foi acontecer?

"Sim, claro." Zed cobre os ombros dela com a jaqueta e abre a porta do passageiro da caminhonete para ela, ajudando-a a entrar.

"Tessa...", eu chamo de novo, mas ela não olha para mim, apenas cobre o rosto com as mãos e seu corpo treme com os soluços. Aponto um dedo para Zed e ameaço: "Isso não terminou".

Ele balança a cabeça e dá a volta para o lado do motorista antes de olhar para mim de novo.

"Acho que terminou, sim." Ele sorri e entra na caminhonete.

91

TESSA

"Sinto muito que ele tenha empurrado você daquele jeito", Zed me diz quando passo o pano quente no rosto ferido dele. A pele abriu e não para de sangrar.

"Não foi culpa sua. Peço desculpas por ter envolvido você nisso tudo." Suspiro e volto a mergulhar o pano na água.

Ele havia se oferecido para me levar de volta à casa de Landon em vez de seguir com nosso plano de ver um filme, mas eu não quis ir para lá. Não queria que Hardin aparecesse e fizesse um escândalo.

Ele provavelmente está destruindo a casa de Ken e Karen no momento. Meu Deus, espero que não.

"Tudo bem. Sei como ele é, só estou feliz por ele não ter machucado você. Bom, mais do que já machucou." Ele suspira.

"Vou apertar com o pano, então pode ser que doa", aviso. Ele fecha os olhos e eu pressiono o pano contra sua pele. O corte é fundo — pode até deixar uma cicatriz. Espero que não; o rosto de Zed é perfeito demais para ficar com uma cicatriz assim, e não quero ser a causa disso.

"Pronto", digo, e ele sorri apesar de seus lábios também estarem inchados. *Por que estou sempre limpando ferimentos?*

"Obrigado." Ele sorri de novo enquanto enxáguo a toalha manchada de sangue.

"Vou mandar a conta para você", digo brincando.

"Mas você tem certeza de que está bem? Caiu no chão com força."

"Sim, estou um pouco dolorida, mas bem." Os acontecimentos da noite se tornaram dramáticos quando Hardin saiu da casa atrás de mim. Fiquei com a sensação de que ele não estava muito triste por eu tê-lo deixado, pensei que ficaria mais abalado do que pareceu. Ele disse que estava ocupado e que por isso não me ligou. Apesar de eu achar que ele não se importaria tanto quanto eu, pensei que me amasse o suficiente para se importar um pouco. Mas ele agiu como se nada tivesse acontecido, como se fôssemos amigos conversando casualmente. Isto é, até Zed aparecer e ele perder a cabeça. No mínimo, pensei que ver Trevor o irritaria, e ele tentaria começar uma briga na frente de todo mundo, mas Hardin não deu a mínima. Isso foi meio estranho.

Apesar de eu estar muito magoada, sei que Hardin não me machucaria de propósito, mas é a segunda vez que algo assim acontece. Na primeira, eu logo perdoei seu comportamento. Eu o convenci a passar o Natal na casa do pai, e ele não conseguiu lidar com a situação. Hoje, foi culpa dele... ele não deveria estar aqui.

"Está com fome?", Zed pergunta quando saímos do lavabo da sala de estar.

"Não, já comi na festa", digo. Minha voz ainda está rouca por ter chorado muito, de modo embaraçoso, a caminho do apartamento de Zed.

"Certo, não tenho nada de comer aqui, mas posso pedir alguma coisa para você se quiser, então é só dizer se mudar de ideia."

"Obrigada." Zed é sempre tão incrivelmente fofo comigo.

"Meu colega vai chegar daqui a pouco, mas ele não vai incomodar. Provavelmente vai cair no sono assim que entrar."

"Desculpa pelo que está acontecendo, Zed."

"Não precisa se desculpar. Como eu disse, estou contente por estar por perto. O Hardin parecia bem irritado quando cheguei lá."

"Nós já estávamos brigando." Reviro os olhos e me sento no sofá, fazendo uma careta de dor. "Grande surpresa!"

Todos os hematomas e cortes causados pelo acidente de carro cicatrizaram, e agora vou ter mais um, por culpa de Hardin. A parte de trás de meu vestido está suja e estragada, e meus sapatos estão arranhados nas laterais. Hardin sempre consegue estragar tudo.

"Você precisa de roupas para dormir?", Zed pergunta e me dá o cobertor com que dormi há algumas noites.

Fico um pouco apreensiva em pegar as roupas de Zed emprestadas. Uso as roupas de Hardin, mas nunca usei as peças de mais ninguém.

"Acho que a Molly deixou umas coisas aqui... no quarto do meu colega. Sei que isso provavelmente é estranho..." Ele esboça um sorriso. "Mas tenho certeza de que é melhor do que dormir com esse vestido."

A Molly é muito mais magra do que eu, e quase dou risada.

"Não entro nas roupas dela, mas obrigada por achar que me serviriam."

Zed parece confuso com a minha resposta; ele não faz ideia, e isso é muito adorável.

"Bom, tenho umas roupas que você pode vestir", ele oferece e aceito sem pensar muito. Posso usar a roupa de quem for, Hardin não é meu dono... ele nem se deu ao trabalho de tentar se explicar.

Zed entra em seu quarto e volta alguns instantes depois com os braços cheios de peças.

"Peguei várias coisas diferentes, não sei do que você gosta." Algo em seu tom de voz me faz pensar que ele gostaria de chegar a um nível em que soubesse do que gosto. O nível em que estou com Hardin. Ou estava. Sei lá.

Pego uma camiseta azul e uma calça xadrez de pijama.

"Não sou fresca." Sorrio agradecida e entro no banheiro para me trocar.

Para meu horror, a peça xadrez que pensei que fosse uma calça é, na verdade, uma cueca. A cueca de Zed. Ai, meu Deus. Tiro o vestido e ponho a camiseta antes de pensar o que fazer com a cueca.

A camiseta é menor do que as de Hardin; mal chega ao topo das minhas coxas, e não tem o cheiro dele. É claro que não tem, não é dele. Tem cheiro de sabão em pó com um toque bem fraco de fumaça de cigarro. O cheiro é até bom, de certo modo, mas não tanto quanto o cheiro familiar do cara de quem sinto falta.

Visto a cueca e olho para baixo. Não é curto demais. Na verdade, é até meio soltinho, mais justo do que a de Hardin seria, mas não demais. Minha intenção é correr até o sofá e me esconder com o cobertor o mais rápido possível.

Estou com muita vergonha por estar usando essas roupas, mas seria ainda mais vergonhoso fazer uma cena por causa disso depois de tudo por que Zed passou essa noite por minha causa. Em seu rosto está a prova da ira de Hardin, um grande e sangrento lembrete do motivo por que Hardin e eu não damos certo. Hardin só se importa com ele mesmo, e só perdeu as estribeiras quando viu Zed pelo orgulho ferido.

Ele não me quer, mas não quer que eu fique com ninguém.

Deixo meu vestido dobrado no chão do banheiro; já está sujo e estragado, mesmo. Vou tentar dar um jeito na lavanderia, mas não sei se pode ser salvo. Adorei esse vestido, e paguei um preço razoável por ele... um dinheiro de que vou precisar quando encontrar um apartamento para alugar.

Caminho o mais rápido que consigo, mas, quando chego à sala de estar, Zed está de pé ao lado da televisão. Ele arregala os olhos ao me medir de cima a baixo.

"Eu... é... estava procurando algo... estava procurando, tentando encontrar um filme... para assistir. Ou algo para você ver", ele gagueja e eu me sento no sofá e me cubro.

As palavras confusas e sua expressão fazem com que ele pareça ainda mais novo e vulnerável do que o normal.

Ele ri com nervosismo.

"Desculpa, eu estava tentando dizer que estava ligando a TV para você poder assistir."

"Obrigada", digo e sorrio quando ele senta na outra ponta do sofá, apoia os cotovelos nos joelhos e olha para a frente.

"Se não quiser continuar andando comigo, eu compreendo", digo para romper o silêncio.

Ele se vira para me olhar.

"O quê? Não, não penso isso." Ele olha em meus olhos. "Não se preocupa comigo, eu sei lidar com essas coisas. Não vou me afastar de você só por causa de alguns socos. Só vou fazer isso se você pedir. Se quiser que eu me afaste, vou me afastar. Mas, se não quiser, estou sempre por perto."

"Não quero. Não quero que se afaste, quer dizer. Só não sei o que fazer em relação ao Hardin. Não quero que ele volte a machucar você", respondo.

"Ele é um cara bem violento. Acho que sei o que esperar. Mas não se preocupa comigo. Só espero que, depois de ter visto quem ele realmente é, você mantenha a distância."

Sinto tristeza ao pensar nisso, mas digo:

"Vou fazer isso, com certeza. Ele não se importa, então por que eu me importaria?"

"Não deveria se importar mesmo. Você é boa demais para ele; sempre foi", ele diz. Eu me aproximo dele no sofá, e Zed levanta o cobertor e entra embaixo dele também, e pressiona um botão para ligar a televisão. Adoro essa tranquilidade entre nós; ele não diz as coisas só para me irritar, e não fere meus sentimentos de propósito.

"Está cansado?", pergunto depois de um tempo.

"Não, e você?"

"Um pouco."

"Vai dormir, então. Posso ir para o meu quarto."

"Não. Você pode ficar aqui até eu dormir?" Meu tom é mais de pergunta do que de afirmação.

Ele olha para mim com alívio e felicidade no olhar.

"Sim, claro. Posso, sim."

92

HARDIN

Bato o punho no porta-malas do meu carro e grito para extravasar um pouco da raiva.

Como isso aconteceu? Como eu a empurrei e como ela caiu no chão?

Ele sabia o que aconteceria assim que saiu daquela caminhonete, e acabou apanhando de novo. Conheço Tessa: ela vai sentir pena dele e se culpar por Zed ter apanhado, e então vai achar que deve algo a ele.

"Caralho!", grito ainda mais alto.

"Por que está gritando?" Christian aparece na rua cheia de neve.

Viro para ele e reviro os olhos.

"Nada." A única pessoa que vou amar na vida acabou de ir embora com o cara que mais odeio no mundo.

Vance olha para mim com um ar divertido por um segundo.

"É claro que tem alguma coisa", ele insiste, tomando um gole de sua bebida.

"Não estou nem um pouco a fim de abrir meu coração no momento", digo.

"Que coincidência, nem eu. Estou só tentando entender por que tem um imbecil gritando na frente da minha casa", ele responde com um sorriso.

Quase dou risada.

"Cai fora."

"Pelo visto, ela não aceitou seu pedido de desculpas."

"Quem disse que tenho um pedido de desculpas ou motivo para me desculpar?"

"Porque você está arrependido e, ainda por cima, é um homem..." Ele faz um meneio de cabeça e vira o resto do que ficou no copo. "Sempre temos que pedir desculpa primeiro. É assim que as coisas funcionam."

Suspiro e digo:

"É, ela não quer meu pedido de desculpas."

"Toda mulher quer um pedido de desculpas."

Não consigo esquecer a imagem de Tess olhando para Zed em busca de consolo.

"Não o meu... não ela."

"Certo, certo, certo", diz Christian, abaixando as mãos. "Você vai entrar de novo?"

"Não... eu não sei." Tiro a neve dos cabelos e os afasto da testa.

"Ken... seu pai e a Karen já estão de saída."

"E por que eu estaria preocupado com isso?", retruco, e ele ri.

"Sua boa educação sempre me surpreende."

Sorrio para ele.

"Por que está dizendo isso? Você é tão boca-suja quanto eu."

"Exatamente." Ele me abraça pelos ombros. E eu me surpreendo ao deixar que ele me leve para dentro de novo.

93

TESSA

Não consigo dormir. Acordo a cada trinta minutos para conferir o telefone e ver se Hardin tentou entrar em contato. Claro que não há nada. Confiro meu alarme de novo. Tenho aula amanhã, então Zed vai me levar de volta à casa de Landon bem cedo para eu me arrumar e chegar à aula a tempo.

Quando tento fechar os olhos de novo, minha mente está a mil, relembrando um sonho em que Hardin me implorou para ir para casa. Ouvir isso, mesmo sendo só um sonho, ainda acaba comigo. Depois de me revirar no pequeno sofá, decido fazer o que deveria ter feito no início da noite.

Quando abro a porta do quarto de Zed, imediatamente ouço seu ronco leve. Está sem camisa e deitado de bruços, com os braços dobrados sob a cabeça. Estou travando uma batalha interna comigo mesma quando ele desperta.

"Tessa?" Ele se senta. "Você está bem?" Parece em pânico.

"Sim... Desculpa ter acordado você... será que posso dormir aqui?", pergunto timidamente.

Ele olha para mim por um segundo e diz:

"Sim, claro."

Ele se remexe um pouco e confere se tem espaço suficiente para eu me deitar.

Tento ignorar o fato de que sua cama está sem lençol. Ele é um universitário, afinal; nem todo mundo é tão limpinho como eu. Ele desliza um travesseiro pelo colchão, e eu me deito ao seu lado, a uma distância de no máximo trinta centímetros.

"Você quer conversar sobre alguma coisa?", ele pergunta.

Quero? Fico pensando. Mas digo:

"Não, hoje, não. Não consigo organizar a bagunça dentro da minha cabeça."

"Posso fazer alguma coisa?" Sua voz é muito suave no escuro.

"Pode ficar mais perto?", peço e ele obedece.

Estou nervosa quando me viro para ele, que leva a mão ao meu rosto, deslizando o polegar de um lado a outro. Seu toque é quente e suave.

"Estou feliz por você estar aqui comigo, e não com ele", Zed sussurra.

"Eu também", respondo, sem saber se estou sendo sincera ou não.

94

HARDIN

Landon ficou mais confiante comigo desde a noite em que tentou me bater. Fez um escândalo no aeroporto quando me viu de pé na área de bagagem e percebeu que eu estava ali para buscá-lo, e não a mãe dele. Karen concordou que eu fosse buscar seu filho, talvez porque não quisesse sair depois da festa de Vance, ou talvez por ter pena de mim. Não sei, mas, de qualquer modo, fiquei contente.

Quanto a Landon, ele está totalmente contrariado, dizendo que sou o maior imbecil que ele conhece e se recusa a entrar no carro comigo, a princípio. Demorei quase vinte minutos para convencer o querido enteado do meu pai que ir comigo seria melhor do que andar quase cinquenta quilômetros no meio da noite.

Depois de passarmos algum tempo em silêncio, começo a conversa que deixamos morrer no terminal de chegada.

"Bom, estou aqui, Landon, e preciso que você me diga o que fazer. Estou dividido. Bem no meio."

"Entre o quê?", ele pergunta.

"Entre voltar para a Inglaterra para permitir que Tessa tenha a vida que merece e ir à casa do Zed e matar aquele infeliz."

"Onde ela entra na segunda opção?"

Eu olho para ele e encolho os ombros.

"Eu posso pedir para ela ir comigo depois que eu matasse o Zed."

"Esse é o problema. Você acha que pode manipular a Tessa em qualquer situação, e no fim olha só o que aconteceu."

"Não quis dizer isso. É que..." Sei que ele está certo, então nem tento concluir a ideia. "Mas ela está com o Zed... sei lá, como isso foi acontecer? Não consigo manter a cabeça fria pensando nisso", resmungo, esfregando as têmporas.

"Bom, então que tal eu dirigir?"

Landon é bem irritante.

"Hardin, ela passou a noite de sexta e o sábado inteiro com ele."

Minha visão escurece, literalmente.

"O quê? Então ela... eles estão namorando?"

Landon desliza o dedo pela janela.

"Não sei se eles estão namorando... mas sei que, quando conversamos no sábado, ela disse que tinha dado risada pela primeira vez desde que você sumiu."

Dou uma risada irônica.

"Ela nem conhece o cara." Não acredito que essa merda esteja acontecendo.

"Não quero ser um idiota, mas não dá para ignorar a ironia do fato de você estar tão obcecado com essa coisa de ela ficar com alguém que seja a cara dela, mas no fim acabar com alguém igualzinho a você", Landon comenta.

"Ele não tem nada a ver comigo", digo e tento me concentrar na direção antes que acabe chorando na frente de Landon. Fico calado durante todo o resto do trajeto até a casa do meu pai.

"Mas ela chorou?", pergunto quando finalmente chegamos.

"Sim, durante uma semana inteira." Ele balança a cabeça. "Cara, você não tem ideia do que fez com ela, e nem sequer se importou. Ainda está só pensando em si mesmo."

"Como você pode dizer isso depois do que fiz por ela? Fiquei longe para que ela pudesse seguir em frente. Eu não mereço a Tessa, você mesmo me disse isso, lembra?"

"Sim, e continuo achando a mesma coisa. Mas também acho que essa decisão cabe a ela", ele diz, bufando, e sai do carro.

Jace dá um trago em seu baseado e olha para ele com intensidade.

"Não ando fazendo muita coisa ultimamente, estou de bobeira por aí. O Tristan quase nunca aparece; vive grudado com Steph."

"Humm", murmuro. Tomo um gole da minha cerveja e olho ao redor em seu apartamento bagunçado. Nem sei por que vim aqui, para começo de conversa, mas não sabia para onde ir. A única certeza que tenho é a de que não vou voltar para aquele apartamento hoje. Não acredito que a Tessa está com Zed... *puta merda*.

E Landon não quis ligar para Tessa pedindo que fosse à casa do meu pai, mesmo depois de eu tentar forçá-lo a fazer isso. Ele é um babaca.

Ainda assim, tenho que admitir que admiro sua lealdade, mas não quando atrapalha os meus planos. Landon disse que eu deveria deixar Tessa escolher se quer ficar comigo ou não, mas sei o que ela escolheria. Bom, pensei que soubesse.

Fiquei totalmente cego quando soube que Zed passou quase o fim de semana todo com ela.

"O que está acontecendo com você?", Jace pergunta, soprando a fumaça da maconha na minha cara.

"Nada."

"Sou obrigado a dizer que fiquei bastante surpreso quando você apareceu na porta da minha casa hoje depois do que aconteceu na última vez em que a gente se viu", ele me lembra.

"Você sabe por que estou aqui."

"Sei?"

"Tessa e Zed. Sei que você já está sabendo."

"Tessa? Tessa Young e Zed Evans?" Ele sorri. "Não me diga."

Ele precisa tirar esse maldito sorriso do rosto.

Eu me calo e ele dá de ombros.

"Não sei de nada, sério." Ele traga mais uma vez, e pequenos flocos de papel branco caem em seu colo, mas ele não parece notar.

"Você nunca fala sério." Tomo mais um gole.

"Claro que falo. Então, eles estão trepando?" Ele ergue uma sobrancelha.

Quase perco o fôlego com a pergunta.

"Não fala assim, porra. Você viu os dois juntos?" Tento respirar devagar.

"Não, não sei de nada sobre eles." Jace coloca o baseado no cinzeiro. "Pensei que ele estivesse namorando uma garota de colégio."

Olho fixamente para um monte de roupa suja no canto do quarto.

"Eu também pensei."

"Então, ela largou você para ficar com o Zed?"

"Nem tenta me zoar. Não estou no clima para isso."

"Foi você que veio aqui com esse monte perguntas. Não estou zoando você", Jace diz.

"Fiquei sabendo que eles saíram juntos na sexta-feira, e queria saber quem foi junto."

"Não sei. Mas eu não fui. Vocês dois não moram juntos ou coisa assim?" Ele tira os óculos de metido a hipster e coloca sobre a mesa.

"Sim, por que você acha que estou tão bravo com esse lance com o Zed?"

"Bom, você sabe que ele vai atrás do que você..."

"Eu *sei*." Odeio Jace, odeio mesmo. E Zed. Tessa não poderia ter escolhido ficar com o Trevor? Puta merda, nunca pensei que consideraria Trevor uma boa opção para ela.

Reviro os olhos e me controlo para não arremessar Jace em cima da mesinha. Isso não está me levando a lugar nenhum, nada disso — a bebedeira, a ira, nada disso.

"Tem certeza de que não sabe de nada? Porque, se eu descobrir que sabe, acabo com você. Já sabe, né?", ameaço, com toda a sinceridade.

"Sim, cara, todo mundo sabe que você vira um psicopata por causa dessa mina. Para de ser tão babaca."

"Só estou avisando", digo a ele, e ele revira os olhos.

Por que eu comecei a andar com esse cara? Ele é um baita vagabundo, e eu deveria ter deixado que a nossa amizade terminasse naquela briga.

Jace levanta e se espreguiça.

"Bom, cara, vou para a cama agora. São quatro da manhã. Você pode usar o sofá, se quiser."

"Não, beleza", digo e saio porta afora.

São quatro da madrugada e está frio do lado de fora. Mas nunca vou conseguir dormir, sabendo que ela está com Zed. No apartamento dele. E se ele a estiver tocando? E se passou o fim de semana todo tocando o corpo dela?

Ela transaria com ele só para me irritar?

Não, eu sei que ela não é assim. É a garota que ainda fica vermelha sempre que eu tiro sua calcinha. Mas Zed sabe ser convincente, e pode dar bebida para ela. Sei que ela não tem resistência ao álcool — depois de duas bebidas, ela começa a xingar como um caminhoneiro e tenta abrir meu cinto.

Porra, se ele der bebida para ela para se aproveitar...

Faço uma conversão proibida bem no meio do cruzamento, torcendo para que não haja policiais por perto, principalmente porque iam perceber que bebi cerveja.

Que se foda essa história de ficar longe dela. Posso ter sido um idiota, e a tratei muito mal — mas Zed é muito pior do que eu. Eu a amo mais do que ele, ou qualquer outro homem, poderia amar. Sei o que tinha com ela. Sei o que perdi — e, agora que perdi, preciso reconquistar. Ele não pode tê-la, ninguém pode. Ninguém além de mim.

Merda. Por que não me desculpei com ela na festa?

Era o que eu deveria ter feito. Deveria ter caído de joelhos na frente de todo mundo e implorado para ela me perdoar, e nós dois poderíamos estar juntos na nossa cama agora. Mas, em vez disso, eu discuti com ela, e sem querer a derrubei quando estava tão bravo que não conseguia distinguir quem era quem.

Zed é um otário. Quem ele pensa que é para ir buscá-la naquela festa? Ele só pode estar de brincadeira.

Minha ira está me dominando. Preciso me acalmar antes de chegar lá. Se eu ficar calmo, ela vai falar comigo, espero.

Quando chego à casa de Zed, são quatro e meia da madrugada.

Fico parado por alguns minutos em uma tentativa de me acalmar. Finalmente, bato e espero com impaciência.

Quando estou prestes a transformar a batida em socos, a porta se abre, e vejo Tyler, o colega de apartamento de Zed, com quem conversei algumas vezes nas festas que eles davam.

"Scott? E aí, cara?", ele pergunta com a voz mole.

"Cadê o Zed?" Eu passo por ele, sem querer perder mais tempo.

Ele esfrega os olhos.

"Cara, você sabe que são cinco da manhã, né?"

"Não, são só quatro e meia. Onde..." Mas então vejo o cobertor dobrado no sofá. Muito bem dobrado: um indício de Tessa. Demoro um pouco para entender por que o sofá está vazio.

Onde ela está senão no sofá?

Sinto a bile subir pela minha garganta, e perco a capacidade de respirar pela centésima vez na noite. Atravesso o apartamento, e Tyler fica confuso e parado na sala.

Quando abro a porta de Zed, está escuro, quase totalmente escuro. Pego o telefone do bolso e ligo a lanterna. Os cabelos loiros de Tessa estão espalhados no travesseiro, e Zed está sem camisa.

Ai, meu Deus.

Quando encontro o interruptor e acendo a luz, Tessa se remexe e se vira de lado. Bato o pé na beira de uma mesa e faço barulho. Ela fecha os olhos e então os abre um pouco para descobrir quem estava causando a interrupção.

Tento pensar no que dizer ao processar a cena diante de meus olhos. Tess e Zed juntos na cama.

"Hardin?", ela geme e franze a testa quando parece despertar. Ela olha para Zed antes de olhar para mim, claramente chocada. "O que... o que você está fazendo aqui?", ela pergunta, desesperada.

"Não, não. O que *você* está fazendo na cama com ele?" Faço o melhor que posso para não gritar, cerrando os punhos com força.

Se eles transaram, tudo terminou, a porra toda está acabada.

"Como você entrou aqui?", ela pergunta, com o rosto tomado pela tristeza.

"O Tyler abriu a porta. Você está na cama dele? Como foi parar na cama dele?"

Zed fica de barriga para cima, passa as mãos nos olhos, e então se senta, olhando para mim, parado na porta.

"Que merda você está fazendo no meu quarto?", ele pergunta.

Não faz nada, Hardin, continua parado. Preciso ficar parado ou alguém vai parar no hospital. Esse alguém é Zed, mas, se quero tirá-la dele, tenho que ficar o mais calmo que conseguir.

"Vim buscar você, Tessa. Vamos", digo e estendo a mão, apesar de estar do outro lado do quarto.

Ela franze a testa.

"Como é que é?"

Lá vem a infame coragem de Tessa...

"Você não pode entrar no meu apartamento e começar a mandar nela."

Zed se mexe para sair da cama, e vejo que está usando só um short com uma cueca por baixo.

Acho que não vou conseguir ficar calmo.

"Não só posso como vim. Tessa..." Fico esperando que ela saia da cama, mas isso não acontece.

"Não vou a lugar nenhum com você, Hardin", ela responde.

"Você ouviu o que ela disse, cara. Ela não vai com você", Zed diz para mim.

"Se eu fosse você, ficava quietinho. Estou tentando com todas as forças não fazer nenhuma merda, então cala essa porra dessa boca", rosno.

Ele abre os braços para me desafiar.

"É o meu apartamento, meu quarto — e ela não quer ir com você, então não vai. Se quiser me bater, pode bater. Mas ela não vai sair daqui se não quiser." Quando ele termina, lança para ela o olhar mais falso que já vi.

Dou uma risada bem alta.

"É esse o plano, certo? Você me irrita o suficiente para levar porrada, ela fica se sentindo culpada, e eu viro o monstro de quem todo mundo tem medo? Você não pode acreditar nessa merda, Tessa!", eu grito.

Não consigo tolerar o fato de ela ainda estar na cama dele, e ainda menos o fato de não poder partir para a ignorância, porque é exatamente o que ele quer.

Tessa suspira.

"Vai embora."

"Tessa, me ouve. Ele não é quem você pensa, ele não é o Coitadinho Inocente."

"E por que não?", ela me afronta.

"Porque... bom, não sei... ainda. Mas sei que ele está usando você para alguma coisa. Ele só quer transar com você... você sabe disso", digo a ela, tentando controlar minhas emoções.

"Não, ele não quer", ela responde sem se alterar, mas vejo que está se irritando.

"Cara, você precisa ir embora... ela não quer sair. Você está fazendo papel de idiota."

Quando ele diz isso com os lábios machucados, meu corpo começa a tremer. Tenho muita raiva dentro de mim que preciso extravasar.

"Eu mandei você calar a boca. Tessa, para de dar uma de difícil e vamos. Precisamos conversar."

"É madrugada, e você...", ela começa, mas eu a interrompo.

"Por favor, Tessa."

Sua expressão muda ao ouvir minhas palavras, e não sei por quê.

"Não, Hardin, você não pode simplesmente entrar aqui e me mandar ir embora!"

Zed encolhe os ombros e diz:

"Não me força a chamar a polícia, Hardin."

Essa é a gota d'água. Dou um passo na direção dele, mas Tessa sai da cama e para entre nós.

"Não. De novo, não", ela implora olhando diretamente em meus olhos.

"Então vem comigo. Você não pode confiar nele", digo a ela.

Zed ironiza: "E pode confiar em *você*? Você estragou tudo, admite de uma vez. Ela merece coisa melhor, e se você simplesmente permitisse que ela fosse feliz...".

"Permitisse que ela fosse feliz? Com você? Como se realmente quisesse um relacionamento com ela? Sei que você só está atrás de uma trepada!"

"Não é verdade! Eu gosto dela, e sou capaz de cuidar dela muito melhor que você!", ele grita na minha cara, e Tessa pressiona as mãos contra o meu peito.

Sei que é idiota, mas sinto prazer com o toque dela, com suas mãos sobre meu corpo. Faz tempo que não sinto esse toque.

"Vocês dois, parem, por favor! Hardin, você precisa ir embora."

"Não vou, Tessa. Você é ingênua demais, ele não está nem aí para você!", digo na cara dela.

Ela nem pisca.

"E você está? Ficou 'ocupado demais' para me ligar durante onze dias! Ele ficou do meu lado quando você sumiu, e se...", ela grita e continua gritando algo para mim, mas, nesse momento, percebo o modo como está vestida.

É isso mesmo? Não pode ser.

Dou um passo para trás para ter certeza.

"Isso é... que porra é essa que você está vestindo?", gaguejo e começo a andar de um lado para o outro.

Ela olha para baixo, e como se tivesse se esquecido de como estava vestida.

"Essa merda de roupa é dele?", quase grito. Minha voz fica esganiçada e puxo meus cabelos.

"Hardin...", ela tenta falar.

"É, sim", Zed responde por ela.

Se ela está usando as roupas dele...

"Você transou com ele?", pergunto, e as lágrimas ameaçam escorrer a qualquer momento.

Ela arregala os olhos.

"Não! Claro que não!"

"Me diz a verdade, Tessa. Você transou com ele, caralho?"

"Já respondi!", ela grita também.

Zed dá um passo para trás e observa a cena com os olhos preocupados e o rosto machucado. Eu deveria ter batido ainda mais.

"Você encostou nele? Ai, caralho. Ele encostou em você?" Estou desesperado e não me importo de mostrar. Não consigo lidar com isso; se ele a tocou, eu não aguentaria; não conseguiria aguentar.

Eu me viro para Zed antes que um deles possa responder.

"Se você encostou nela, juro por Deus, não me importa se ela estiver aqui ou não, vou..."

Ela se coloca entre nós de novo, e vejo o medo em seus olhos.

"Saia do meu apartamento agora ou vou chamar a polícia", Zed me ameaça.

"Polícia? Você acha que estou preocupado com..."

"Eu vou." A voz de Tessa soa serena em meio ao caos.

"O quê?", Zed e eu dizemos em uníssono.

"Vou com você, Hardin, só porque sei que você não vai embora se eu não sair daqui."

E eu sinto alívio. Bem, um pouco. Não me importa por que ela está indo, desde que vá.

Zed se vira para ela, quase implorando.

"Tessa, você não precisa ir; vou chamar a polícia. Você não precisa sair com ele. É isso que ele faz, ele controla você amedrontando todo mundo ao seu redor."

"Você não está errado..." Ela suspira. "Mas estou exausta, são cinco da manhã e temos coisas para conversar, então essa é a maneira mais fácil."

"Você não precisa..."

"Ela vai comigo", digo a ele, e Tessa me lança um olhar que certamente me mataria se olhares matassem.

"Zed, ligo para você amanhã. Me desculpa por ele ter vindo aqui", ela diz com delicadeza e, por fim, ele assente, compreendendo finalmente que eu ganhei. Ele está só fazendo drama, e é melhor que ela não se deixe enganar.

Na verdade, fico surpreso por ela estar concordando em ir comigo tão facilmente... mas ela me conhece melhor do que ninguém, então estava certa quando disse que eu não iria embora sem ela.

"Não precisa se desculpar. Toma cuidado e, se precisar de alguma coisa, pode me chamar", ele responde.

Deve ser péssimo ser um merda e não conseguir fazer nada quando apareço em seu apartamento no meio da madrugada e levo Tessa comigo.

Tessa não sai do quarto dele em silêncio e entra no banheiro do outro lado do corredor.

"Não chega perto dela de novo. Já avisei antes, e você ainda não se ligou", digo quando chego à porta do banheiro.

Zed olha feio para mim e, se não fosse Tessa me chamando da sala de estar, eu teria acabado com ele.

"Se você magoá-la, juro por Deus que vou acabar com isso de uma vez por todas!", ele diz alto o bastante para ela ouvir ao passar pela porta e sair na neve.

95

HARDIN

Sapato de salto e a cueca dele. É uma combinação ridícula, mas ela não deve ter outra coisa para calçar, o que pode ser um sinal de que não estava planejando dormir lá. Mas dormiu mesmo assim, e estou com muita raiva porque ela estava na cama dele. Não suporto olhar para ela com essas roupas. É a primeira vez que não quero olhar para Tessa. Ela está segurando o vestido vermelho no braço, e sei que está congelando. Tentei ceder meu casaco, mas ela me mandou calar a boca e ir para a casa do meu pai. Não me importo com essa raiva toda; na verdade, eu gosto. Estou aliviado e feliz demais por ela ter saído comigo. Poderia me xingar durante todo o trajeto que eu adoraria cada palavra. Estou furioso também, por ela ter corrido para os braços de Zed. Furioso comigo mesmo por tentar afastá-la de mim.

"Tenho muitas coisas a dizer para você", digo quando entro na rua de meu pai.

Com um olhar gélido, ela mantém sua posição.

"Não quero ouvir. Você teve a chance de falar comigo nos últimos onze dias."

"Só me escuta, tá bom?", imploro.

"Por que agora?", ela pergunta e olha pela janela.

"Porque... porque sinto sua falta", admito.

"Sente minha falta? Na verdade, você ficou com ciúmes por eu estar com o Zed. Só sentiu minha falta quando ele foi me buscar hoje à noite. Você está agindo por ciúmes, não por amor."

"Não é verdade, isso não tem nada a ver."

Certo, tem a ver, *sim*, mas sinto falta dela de verdade.

"Você não falou comigo a noite toda, aí saiu da casa e me disse que andou ocupado demais para falar comigo. Não é isso que as pessoas fazem quando sentem saudade de alguém", ela rebate.

"Eu estava mentindo." Levanto as mãos.

"*Você? Mentindo?* Não brinca." Ela fecha os olhos e sacode a cabeça lentamente.

Nossa! Ela está irritada hoje. Respiro fundo para não dizer algo que torne tudo pior.

"Fiquei sem telefone, para começo de conversa, e fui para a Inglaterra."

Ela levanta a cabeça e olha para mim.

"Como é?"

"Fui para a Inglaterra para esfriar a cabeça. Não sabia o que mais fazer", explico.

Tessa abaixa o volume do rádio e cruza os braços na frente do peito.

"Você não atendeu às minhas ligações."

"Eu sei. Ignorei as chamadas, e sinto muito por isso. Queria ligar para você, mas não consegui, e então fiquei bêbado e quebrei meu telefone."

"Está falando isso para eu me sentir melhor?"

"Não. Só quero que você seja feliz, Tessa."

Ela não diz nada; olha pela janela de novo e eu seguro sua mão, mas ela a puxa de volta.

"Não faz isso", ela diz.

"Tess..."

"Não, Hardin! Você não pode aparecer onze dias depois e segurar minha mão. Estou cansada de ter sempre os mesmos problemas com você. Finalmente cheguei a um ponto em que consigo ficar uma hora sem chorar, e aí você aparece e tenta me puxar para baixo de novo. Você faz isso comigo desde que me conheceu, e estou cansada de ceder. Se você se importasse comigo, teria se explicado." Ela está se esforçando ao máximo para não chorar, estou percebendo.

"Estou tentando me explicar", digo a ela, e minha irritação aumenta quando estaciono na frente da casa do meu pai.

Ela tenta abrir a porta, mas eu travo todas.

"Não acredito que você está tentando me trancar no carro. Já me arrancou quase à força da casa do Zed! Qual é o seu problema?", ela começa a gritar.

"Não estou tentando trancar você no carro." Na verdade estou. Só que existe também o meu lado da situação: ela é teimosa e não gosta de ouvir nada do que eu digo.

Ela pressiona o botão para destravar a porta e sai.

"Tessa! Caramba, Tessa, me escuta!", grito ao vento.

"Você fica me pedindo para ouvir, mas não está dizendo nada!"

"Porque você não fecha a boca para escutar!"

Sempre acabamos brigando sem parar. Preciso deixar que ela grite comigo, caso contrário, vou acabar dizendo algo que não deveria. Quero falar sobre Zed e sobre o fato de ela estar usando a merda da roupa dele, mas preciso manter o controle sobre minhas emoções.

"Certo, desculpa, só me dá dois minutos para eu falar sem ser interrompido. Por favor?"

Ela me surpreende assentindo e cruzando os braços para esperar que eu fale.

A neve está caindo pesada, e sei que ela está congelando, mas tenho que falar antes que ela mude de ideia.

"Fui para a Inglaterra porque você não voltou naquela noite. Fiquei tão bravo que não consegui pensar direito. Você estava sendo muito difícil, e eu..."

Ela dá as costas para mim e começa a subir o caminho cheio de neve em direção à casa. Inferno. Sou péssimo em pedir desculpas.

"Sei que não é sua culpa. Menti para você e sinto muito!", grito, esperando que ela se vire.

Ela se vira.

"Não é só a mentira, Hardin. Tem muito mais coisa envolvida", Tessa responde.

"Então fala, por favor."

"Tem a ver com você não me tratar como eu deveria ser tratada. Nunca estou em primeiro lugar para você — você sempre pensa em si mesmo. Nos seus amigos, nas suas festas, no seu futuro. Não consigo tomar decisão nenhuma a respeito de nada, e você fez com que eu me sentisse uma tonta quando disse que estava sendo louca em pensar em casamento. Não estava me ouvindo. Não estou falando de casamento, mas do fato de você não ter pensado sobre o que quero para mim e para o meu futuro. E, sim, eu gostaria de me casar um dia, não em breve, mas preciso de segurança. Então para de agir como se eu estivesse mais envolvida no relacionamento do que você. Não podemos esquecer que você estava bêbado e passou a noite toda com outra mulher." Ela está sem fôlego quando termina de falar, e eu dou alguns passos em direção a ela.

Ela está certa, e não tem dúvida disso. Só não sei o que fazer em relação a isso.

"Eu sei, pensei que se estivéssemos só nós dois, você...", hesito.

"Eu o que, Hardin?" Os dentes dela estão batendo, e seu nariz está vermelho por causa do frio.

Cutuco as cascas de ferimentos nos dedos. Não sei dizer o que sinto sem parecer o maior imbecil egoísta do mundo.

"Você não ia querer me deixar", admito... e espero pela resposta indignada, que não vem.

Mas ela começa a chorar.

"Não sei o que mais eu poderia ter feito para mostrar o quanto eu te amo, Hardin. Eu voltei todas as vezes em que você me magoou, passei a morar com você e perdoei todas as coisas horríveis que fez comigo. Abri mão do meu relacionamento com a minha mãe por você, e você continua inseguro."

Ela seca as lágrimas rapidamente.

"Não sou inseguro", retruco.

"Está vendo?", ela grita. "É por isso que as coisas não têm como dar certo. Você sempre deixa seu ego na frente de tudo."

"Não deixo meu ego na frente de porra nenhuma!", estouro. "No mínimo, meu ego está todo fodido agora porque peguei você na cama do Zed."

"Você vai entrar nesse assunto agora?"

"Sim, vou, você está agindo como uma..." Eu paro quando ela se retrai por causa palavras que sabe que virão em seguida. Sei que não é culpa de Tessa se Zed grudou nela — ele é bom nisso —, mas ainda dói muito o fato de ela ter ficado com ele.

Ela abre os braços.

"Vai em frente, Hardin, começa a me xingar."

Ela é a mulher mais enlouquecedora do mundo todo, mas eu a amo mesmo quando ela age assim. Quando me calo e tento diminuir a raiva, ela diz:

"Bom, isso é um avanço, mas vou entrar. Estou com frio e preciso estar pronta para a aula daqui a uma hora."

Ela caminha em direção à casa, e eu a acompanho, esperando que ela se lembre de que deixou a bolsa no carro do meu pai. Que está aqui, mas trancado.

Depois de olhar para a porta por um momento, ela diz, mais para si mesma:

"Vou ter que ligar para o Landon, estou sem chave."

"Você pode ir para casa", sugiro.

"Você sabe que não é uma boa ideia."

"Por que não? Precisamos resolver isso." Puxo meus cabelos com uma das mãos. "Juntos."

"Juntos?", Tessa repete, meio rindo.

"Sim, juntos. Senti muito a sua falta. Minha vida virou um inferno sem você... e espero que tenha sentido minha falta também."

"Você deveria ter me procurado. Estou cansada disso, sempre repetimos as mesmas coisas."

"Mas podemos resolver. Você é boa demais para mim, e eu sei disso. Mas, por favor, Tessa, eu faço qualquer coisa. Não posso passar mais nenhum dia assim."

96

TESSA

Meu coração dói quando ouço suas palavras. Ele é bom demais nisso.

"Você sempre faz isso. Diz as mesmas coisas sem parar, mas nada muda", respondo.

"Você tem razão", ele admite, olhando diretamente em meus olhos. "É verdade. Sim, admito que nos primeiros dias eu estava furioso e não queria conversa, porque você estava exagerando — mas então comecei a perceber que nossa relação podia estar chegando ao fim, e me assustei. Eu sei que não tenho tratado você como merece. Não sei amar ninguém além de mim mesmo, Tess. Estou tentando o máximo que posso — tudo bem, não estou tentando tanto quanto deveria. Mas vou tentar a partir de agora. Juro."

Olho bem para ele. Já ouvi essas palavras muitas vezes.

"Você sabe que já disse isso antes."

"Sim, mas dessa vez estou falando sério. Depois que vi Natalie, eu..."

Natalie? Sinto o estômago revirar.

"Você encontrou com *ela*?"

Ela ainda o ama? Ou o odeia? Será que ele acabou mesmo com a vida dela?

"Sim, e falei com ela. Ela está grávida."

Ai, Deus.

"Fazia anos que eu não falava com ela, Tess", ele diz de modo sarcástico, lendo minha mente. "Ela está noiva, e está feliz. Disse que me perdoa e também comentou que está feliz porque vai se casar, porque não existe honra maior e coisa e tal, mas abriu meus olhos." Ele dá mais um passo na minha direção.

Meus braços e minhas pernas estão amortecidos por causa do vento frio, e estou furiosa com Hardin, mais do que furiosa. Estou irada e triste. Ele vai e volta, é cansativo. Agora, está aqui na minha frente falando sobre casamento, e não sei o que pensar.

Eu não deveria ter saído com ele. Estava tudo decidido: eu ia me livrar dele, nem que fosse a última coisa que fizesse.

"O que você está dizendo?", pergunto.

"Que agora percebo como tenho sorte por ter você, e por você ter se mantido ao meu lado depois de todas as merdas que causei."

"Tem mesmo. E deveria ter percebido isso antes. Sempre amei você mais do que você me ama e..."

"Isso *não é verdade*! Eu amo você mais do que alguém já amou outra pessoa. Enfrentei um inferno também, Tessa. Fiquei doente, literalmente, sem você. Não conseguia comer, sei que minha aparência está péssima. Eu estava fazendo isso por você, para que pudesse me esquecer", ele explica.

"Isso nem faz sentido." Afasto os cabelos úmidos do rosto.

"Faz, sim. Faz todo sentido. Pensei que, se ficasse fora da sua vida, você poderia seguir em frente e ser feliz sem mim, com seu Elijah."

"Quem é Elijah?" *O que ele está falando?*

"O quê? Ah, é o noivo da Natalie. Então, ela encontrou alguém para amar e com quem se casar; você também pode encontrar", ele me diz.

"Mas essa pessoa não é você... certo?", pergunto a ele.

Alguns segundos se passam e ele não diz nada. Sua expressão está confusa, e ele puxa os cabelos pela décima vez na última hora. Feixes de luz laranja e vermelha começam a aparecer atrás das casas grandes no quarteirão, e preciso entrar antes que todos acordem e eu tenha que passar a vergonha de aparecer diante deles de salto alto e cueca.

"Foi o que pensei." Solto um suspiro, para não derramar mais lágrimas por ele, pelo menos até eu estar sozinha.

Hardin para na minha frente totalmente sem expressão enquanto ligo para Landon e peço a ele para abrir a porta. Eu já deveria saber que Hardin só se esforçaria até me tirar do apartamento de Zed. Agora que tem a oportunidade perfeita de dizer tudo que preciso ouvir, ele fica em silêncio.

"Vamos, está muito frio aqui fora", Landon diz e fecha a porta quando entro.

Não quero despejar meus problemas nele agora. Ele voltou de Nova York há poucas horas, e não posso ser egoísta.

Ele pega o cobertor das costas da poltrona e o coloca sobre meus ombros.

"Vamos subir antes que eles levantem", ele sugere, e eu concordo.

Meu corpo e minha mente estão amortecidos por causa da neve e de Hardin. Olho para o relógio enquanto subo a escada com Landon; faltam dez para as seis. Preciso entrar no banho em dez minutos. O dia vai ser longo. Landon abre a porta do quarto onde estou hospedada e acende a luz. Eu sento na beira da cama.

"Você está bem? Parece que vai congelar", ele diz, e faço que sim com a cabeça. Fico contente por ele não perguntar o que estou vestindo e por quê.

"Como foram as coisas em Nova York?", pergunto, mas sei que minha voz está monótona e pareço desinteressada. A verdade é que estou interessada na vida do meu melhor amigo, só não tenho mais nenhuma emoção para mostrar.

Ele olha para mim.

"Tem certeza de que quer falar sobre isso agora? Dá para esperar até a hora do café, sabe?"

"Tenho certeza", digo e forço um sorriso.

Estou acostumada com esse vai e vem com Hardin; ainda dói, mas eu sabia que aconteceria. Sempre acontece. Não acredito que ele foi para a Inglaterra para ficar longe de mim. Ele disse que precisava esfriar a cabeça, e eu deveria estar esfriando a minha. Não deveria ter ficado do lado de fora conversando com ele por tanto tempo. Deveria ter feito com que me trouxesse para cá e entrado no mesmo instante, em vez de ouvi-lo. As palavras que ele disse só me deixaram mais confusa. Pensei, por um momento, que ele diria que quer um futuro comigo, mas, quando chegou o momento de dizer isso, permitiu que eu me afastasse de novo.

Quando ele admitiu que queria me levar para a Inglaterra para que não pudesse abandoná-lo, eu deveria ter saído correndo, mas o conheço bem demais. Sei que não se considera digno de ser amado por ninguém, e sei que, em sua mente, isso fazia sentido. O problema é que isso não é muito normal — ele simplesmente não pode esperar que eu desista de tudo e fique presa com ele na Inglaterra. Não podemos ir para lá só porque ele teme que, se não formos, nosso relacionamento vai acabar.

Há muitas coisas que ele precisa resolver sozinho, e eu também. Sou apaixonada por ele, mas preciso me amar mais.

"Foi bom, eu adorei. O apartamento de Dakota é incrível, e sua colega de quarto é bem bacana", Landon começa a contar. E só consigo pensar que deve ser muito bom ter um relacionamento descomplicado. Lembro de ver filmes com Noah por horas a fio; nada era complicado com ele. Mas talvez por isso não tenha durado. Talvez seja por isso que eu ame tanto Hardin; porque ele me desafia e temos muita paixão entre nós, o que quase nos destrói.

Depois que Landon me conta mais detalhes, eu me empolgo em relação a Nova York, assim como ele.

"Então você vai se mudar para lá?", pergunto.

"Sim, acho que vou. Só quando o semestre terminar, mas quero muito ficar perto dela. Sinto muita saudade", ele diz.

"Sei que sim. Estou feliz por você, de verdade."

"Sinto muito que você e Hardin..."

"Não precisa. Acabou. Eu cansei. Tenho que mudar. Talvez seja uma boa ir para Nova York com você." Sorrio, e ele abre o sorriso caloroso que tanto amo.

"Você poderia, viu?"

Sempre digo isso. Sempre digo que estou cansada de Hardin, e acabo reatando com ele; é um ciclo que não termina. Então, neste momento, tomo uma decisão:

"Vou falar com o Christian sobre Seattle na terça-feira."

"Sério?"

"Preciso fazer isso", digo a ele, que concorda.

"Vou me vestir para você poder tomar um banho. Encontro você lá embaixo."

"Senti muito a sua falta." Eu levanto e dou um abraço apertado nele.

Lágrimas escorrem por meu rosto, e ele me abraça ainda mais forte.

"Desculpa, estou um caos agora. Estou assim desde que ele entrou na minha vida", choro e me afasto.

Ele franze a testa, mas não diz nada enquanto segue em direção à porta. Pego minhas roupas e vou atrás dele no corredor até o banheiro.

"Tessa?", ele diz quando chega à porta do quarto.

"Oi?"

Landon olha para mim com muita solidariedade nos olhos.

"Só porque Hardin não te ama do jeito que você quer, não significa que não te ama com todas as forças", ele diz.

O que isso quer dizer? Processo as palavras enquanto fecho a porta do banheiro e começo o banho. Hardin me ama, sei que sim, mas comete muitos erros. E eu continuo cometendo o erro de tolerar isso. Ele me ama com todas as forças? É suficiente? Enquanto tiro a camiseta de Zed, alguém bate à porta.

"Espera um segundo, Landon", digo e desço a camiseta para cobrir a barriga.

Mas, quando abro a porta, não é Landon. É Hardin, e seu rosto está molhado de lágrimas e seus olhos estão vermelhos.

"Hardin?"

Ele leva a mão à minha nuca, me puxa para junto dele e me beija antes que eu consiga resistir.

97

HARDIN

Consigo sentir o gosto de minhas lágrimas e a hesitação nos lábios dela quando aproximo seu corpo do meu. Pressiono a mão na parte inferior de suas costas e a beijo com mais intensidade — é um beijo quente e cheio de emoção, e eu poderia desmaiar de alívio de sentir os lábios dela nos meus.

Sei que não vai demorar para ela me afastar, então aproveito todos os movimentos de sua língua, cada gemido audível que ela emite.

Toda a dor dos últimos onze dias quase desaparece quando ela passa os braços pela minha cintura, e nesse momento, mais do que nunca, sei que, por mais que as brigas ocorram, sempre vamos encontrar uma maneira de ficar juntos. Sempre.

Depois de observá-la entrar na casa, fiquei sentado no carro por um tempo e finalmente reuni coragem para ir atrás dela. Já a deixei ir embora muitas vezes, e não posso correr o risco de fazer com que esta seja a última vez. Perdi o controle. Chorei quando Landon fechou a porta. Sabia que precisava ir atrás dela, tinha que lutar por ela antes que outra pessoa a tire de mim.

Vou mostrar que posso ser quem ela quer. Não totalmente, mas posso mostrar o quanto eu a amo e que não vou abrir mão dela tão facilmente, não mais.

"Hardin...", ela diz e cuidadosamente me empurra com a mão no meu peito, interrompendo nosso beijo.

"Não, Tessa", imploro. Não estou pronto para terminar o momento ainda.

"Hardin, você não pode simplesmente me beijar e esperar que tudo se resolva com isso. Não dessa vez", ela sussurra, e eu caio de joelhos na frente dela.

"Eu sei, não sei por que deixei você se afastar de novo, mas sinto muito. Desculpa, linda", digo a ela, esperando que o uso dessa palavra me ajude. Passo as mãos pelas pernas dela, e ela acaricia meus cabelos, passando os dedos por eles. "Sei que sempre estrago tudo, e que não posso tratar você como venho tratando. Eu te amo demais e perco o controle, não sei o que fazer na maior parte do tempo, então digo as coisas por impulso e não penso em como minhas palavras vão afetar você. Sei que sempre acabo fazendo você sofrer, mas por favor... por favor, vou dar um jeito de fazer tudo ficar bem. Vou consertar tudo para nunca mais estragar de novo. Me desculpa. Sei que estou sempre pedindo desculpas. Vou procurar um psicólogo ou coisa do tipo, não me importo, mas..." Eu soluço agarrado às pernas dela.

Levo as mãos ao elástico da cueca e a escorrego para baixo.

"O que você está..." Ela segura minhas mãos.

"Por favor, tira isso. Não suporto ver você com isso, por favor... Não vou tocar em você, mas me deixa tirar isso", imploro, e ela tira as mãos das minhas, levando-as de volta aos cabelos enquanto deslizo a cueca até o chão.

Ela leva a mão ao meu queixo para levantar minha cabeça. Seus dedos pequenos acariciam meu rosto, e afastam as lágrimas de meus olhos. Em seu rosto, vejo uma expressão confusa, e ela me observa com atenção, como se me estudasse.

"Não entendo você", ela diz, ainda passando o polegar por meu rosto molhado.

"Nem eu", respondo, e ela franze a testa.

Permaneço nessa posição, ajoelhado à frente dela, implorando para que me dê a última chance, apesar de eu ter estragado mais oportunidades do que mereço. Percebo que o banheiro está cheio de vapor, e que os cabelos dela estão grudados no rosto, e que a umidade começa a se acumular em sua pele.

Nossa, como ela é linda.

"Não podemos continuar nesse vai e volta, Hardin. Não faz bem pra nenhum dos dois."

"Não vai mais ser assim; podemos superar isso. Já passamos por coisa pior, e sei que posso perder você a qualquer momento. Não valorizei o que tenho, e sei disso. Só estou pedindo mais uma chance." Seguro o rosto dela com as duas mãos.

"Não é tão simples assim", ela diz; seu lábio inferior começa a tremer, e eu ainda estou tentando controlar minhas lágrimas.

"Não precisa ser simples."

"Mas também não precisa ser tão complicado." Ela começa a chorar comigo.

"Pois é. Nunca vai ser fácil para nós. Somos quem somos, mas nem sempre vai ser tão difícil. Só precisamos aprender a conversar sem brigar todas as vezes. Se a gente tivesse conversado sobre o futuro, não teria acontecido essa puta confusão."

"Eu tentei, mas você não quis", ela lembra.

"Eu sei." Solto um suspiro. "E isso é uma coisa que preciso aprender. Fico perdido sem você, Tessa. Viro um nada. Não consigo comer, dormir nem respirar. Estou chorando há dias, e você sabe que não sou disso. Eu... preciso de você." Minha voz está embargada, e pareço um grande idiota.

"Levanta daí." Ela passa o braço por baixo do meu para tentar me puxar.

Quando levanto, fico bem na frente dela. Minha respiração está ofegante, e é difícil respirar aqui, com o vapor enchendo cada centímetro do banheiro.

Ela olha em meus olhos enquanto ouve minha confissão. Se eu não estivesse chorando, ela não acreditaria em mim. Eu sei que ela está em dúvida. Consigo ver em seu olhar. Já vi essa expressão antes.

"Não sei se consigo; fazemos isso sem parar. Não sei se vou aguentar de novo." Ela olha para o chão. "Desculpa."

"Ei, olha para mim." Eu peço e ergo sua cabeça para que ela me olhe nos olhos.

Mas ela desvia o olhar.

"Não, Hardin. Preciso entrar no banho, vou me atrasar."

Pego uma única lágrima que cai de seu olho e concordo.

Sei que tornei sua vida um inferno, e que ninguém em sã consciência me aceitaria depois da aposta, das mentiras e da minha constante necessidade de estragar tudo. Mas ela não é como as outras pessoas; ela me ama incondicionalmente, e se dedica totalmente a mim. Mesmo agora, enquanto me recusa, sei que ela me ama.

"Só pensa no assunto, tá bom?", peço a ela.

Vou dar um tempo para ela pensar, mas não vou desistir. Preciso demais dela.

"Por favor?", peço quando não obtenho resposta.

"Tá bom", Tessa sussurra, finalmente.

E meu coração acelera.

"Vou mostrar... vou mostrar o quanto te amo e que isso pode dar certo. Mas não desiste de mim ainda, tá?" Levo a mão à maçaneta.

Ela morde o lábio inferior, e eu tiro a mão da maçaneta para me aproximar de novo. Quando chego mais perto, ela me encara com os olhos cautelosos. Quero beijar seus lábios de novo, sentir seu abraço, mas, em vez disso, dou um único beijo em seu rosto e me afasto.

"Tá", ela repete, e eu saio pela porta.

Preciso de toda a autodisciplina que existe dentro de mim para sair do banheiro, principalmente quando me viro e ela está tirando a camiseta e expondo a pele clarinha, que parece que não vejo há anos.

Encosto a porta e me apoio no batente, fecho os olhos para não chorar de novo. Merda.

Pelo menos, ela disse que vai pensar. Parecia muito apreensiva, como se estivesse sofrendo só de pensar em estar comigo de novo. Abro os olhos quando a porta do quarto de Landon se abre, e ele aparece no corredor vestindo uma polo branca e uma calça cáqui.

"Oi", ele diz para mim ao pendurar a mochila no ombro.

"Oi."

"Ela está bem?", ele pergunta.

"Não, mas espero que fique."

"Eu também. Ela é mais forte do que pensa."

"Sei que é." Uso a camisa para secar os olhos. "Sou apaixonado por ela."

"Eu sei", ele diz, o que me surpreende.

Olho para ele de novo.

"Como eu mostro isso a ela? O que eu faço?", pergunto.

Ele olha para mim com uma expressão de dor, mas logo muda quando responde:

"Você tem que provar que vai mudar por ela; tem que tratá-la como ela merece ser tratada e dar o espaço de que ela precisa."

"Não é muito fácil dar espaço", digo a ele. Não acredito que estou falando com Landon sobre isso de novo.

"Mas você tem que fazer isso, senão ela vai ficar contra você. Por que não tenta mostrar, de um modo que não sufoque, que vai lutar por ela? É só o que ela quer. Que você se esforce."

"Um modo que não 'sufoque'?" Eu não a sufoco.

Certo, talvez eu sufoque, mas não consigo me controlar, não existe meio-termo para mim; ou a afasto de mim ou a puxo para muito perto. Não sei equilibrar as coisas.

"É", ele diz, como se eu não estivesse sendo sarcástico.

Mas, como preciso da ajuda dele, ignoro a resposta.

"Pode me explicar o que isso quer dizer? Me dá um exemplo, qualquer coisa assim."

"Bom, você poderia convidá-la para um encontro. Vocês já tiveram um encontro de verdade?", ele pergunta.

"Sim, claro que sim", me apresso em responder.

Não tivemos?

Landon arqueia uma sobrancelha.

"Quando?"

"Bom, nós fomos ao... e teve uma vez em que..." Não tenho respostas. "Bom, talvez não", concluo.

Trevor a teria convidado para um encontro. E Zed? Se ele a convidou, juro que vou...

"Certo, então marca de sair com ela. Mas não hoje, porque ainda é muito cedo, até mesmo para vocês dois."

"O que isso quer dizer?", pergunto.

"Nada, só estou dizendo que vocês precisam de um tempo. Bom, ela precisa; caso contrário, você só vai afastá-la, mais do que já afastou."

"Quanto tempo preciso esperar?"

"Alguns dias, pelo menos. Tenta agir como se vocês estivessem começando a namorar, ou como se você estivesse tentando fazer com que ela aceite ser sua namorada. Na prática, vai ter que fazer com que ela se apaixone por você de novo."

"Está dizendo que ela não me ama mais?", pergunto.

Landon revira os olhos.

"Não. Nossa, quer parar com esse pessimismo o tempo todo?"

"Não sou pessimista", digo para me defender. No mínimo, nunca fui tão otimista como agora.

"Sei..."

"Você é um idiota", digo ao enteado do meu pai.

"Um idiota a quem você não para de pedir conselhos amorosos", ele se gaba com um sorriso irritante.

"Só porque você é meu único amigo que tem um relacionamento de verdade, e por acaso conhece a Tessa melhor do que ninguém... além de mim, claro."

Ele abre um sorriso ainda maior.

"Você acabou de me chamar de amigo."

"O quê? Não fiz isso, não."

"Sim, fez", ele diz, claramente feliz.

"Não quis dizer amigo-amigo, quis dizer... não sei o que quis dizer, mas com certeza não foi 'amigo'."

"Claro." Ele ri e eu ouço o chuveiro ser fechado dentro do banheiro. Acho que ele não é tão ruim, mas nunca vou admitir isso para ele.

"Posso oferecer uma carona até o campus hoje?" Eu desço a escada com ele.

Ele balança a cabeça, negando.

"Que parte de não sufocar você não entendeu?"

"Eu gostava mais de você quando não era tão linguarudo."

"Eu gostava mais de você... bom, nunca gostei de você", ele diz, mas sei que está só me provocando.

Nunca pensei que ele gostasse de mim, na verdade. Pensei que me odiasse pelas coisas que já fiz a Tessa. Mas ele está sendo meu único aliado nessa confusão que criei.

Estendo o braço e o empurro com delicadeza, o que o faz dar risada, e quase começo a rir junto quando vejo meu pai no fim da escada observando nós dois como se fôssemos artistas de circo.

"O que você está fazendo aqui?", ele pergunta e toma um gole da caneca de café.

Encolho os ombros.

"Eu trouxe Tessa para casa... bom, para cá."

Esta é a casa dela agora? Espero que não.

"Ah", meu pai diz e olha para o Landon.

Provavelmente de modo muito intenso, eu diria.

"Tá tudo bem, pai. Eu posso dar carona para ela sempre que quiser. Pode parar de querer bancar o protetor, e tenta lembrar qual de nós é seu filho de verdade."

Landon me lança um olhar enquanto descemos, e nós três entramos na cozinha. Pego uma xícara de café, ainda percebendo o olhar de Landon sobre mim.

Meu pai pega uma maçã da fruteira sobre o balcão e dá início a um sermão paternal.

"Hardin, Tessa se tornou parte da família nos últimos meses, e aqui é o único lugar para onde ela pode vir quando você..." Ele para de falar quando Karen entra na cozinha.

"Quando eu o quê?", pergunto.

"Quando você faz besteira."

"Você nem sabe o que aconteceu."

"Não preciso saber a história toda. Só sei que ela é a melhor coisa que aconteceu na sua vida, e estou observando você cometer os mesmos erros que cometi com sua mãe."

Ele está falando sério?

"Não sou nem um pouco parecido com você! Sou apaixonado pela Tessa, e faria qualquer coisa por ela, que é tudo para mim — o que não tem nada a ver com a sua história com a minha mãe!" Bato a xícara com força no balcão, derramando café.

"Hardin...", Tessa diz atrás de mim. *Droga.*

Para minha surpresa, Karen sai em minha defesa.

"Ken, deixe o garoto em paz. Ele está fazendo o melhor que pode."

Os olhos do meu pai se suavizam quando ele olha para a esposa. E então, volta a olhar para mim.

"Desculpa, Hardin, só estou preocupado com você." Ele suspira e Karen sobe e desce a mão pelas suas costas.

"Tudo bem", digo e olho para Tessa de pé, de calça jeans e moletom da WCU. Está inocentemente linda, com os cabelos úmidos soltos ao redor do rosto sem maquiagem. Se ela não tivesse aparecido na cozinha, eu teria dito que ele é um imbecil e precisa aprender a cuidar da própria vida.

Pego um guardanapo de papel para limpar o café que derramei no balcão de granito caríssimo.

"Está pronta?", Landon pergunta a Tessa, e ela assente, ainda olhando para mim.

Quero muito levá-la, mas preciso ir para casa dormir, ou então tomar um banho, deitar na cama e olhar para o teto, limpar tudo... bom, qualquer coisa além de ficar aqui conversando com meu pai.

Ela finalmente desvia os olhos dos meus, e então sai da sala. Quando ouço a porta da frente se fechar, suspiro alto.

Assim que começo a me afastar de meu pai e de Karen, ouço os dois falando sobre mim, claro.

98

TESSA

Sei o que deveria ter feito: deveria ter dito a Hardin para ir embora, mas não consegui. Ele raramente demonstra alguma emoção, e o modo como se ajoelhou à minha frente estraçalhou meu coração já partido. Eu disse que vou pensar no caso, sobre dar mais uma chance a nós, mas não sei como vai ser.

Estou muito confusa agora, mais dividida do que nunca, e irritada comigo mesma por quase me entregar a ele. Mas, por outro lado, me sinto orgulhosa por ter interrompido as coisas antes que fossem longe demais. Preciso pensar em mim, não só nele — pelo menos uma vez.

Enquanto Landon dirige, meu telefone vibra no meu colo e eu leio a mensagem. É Zed. **Você está bem?**

Respiro fundo antes de responder. **Sim, estou bem. Estou indo para o campus com o Landon. Sinto muito por ontem, foi culpa minha ele ter ido lá.**

Aperto o botão de enviar e olho para Landon.

"O que você acha que vai acontecer agora?", ele pergunta.

"Não faço ideia. Ainda estou conversando com Christian sobre Seattle", explico.

Zed responde: **Não, não é. A culpa é dele. Que bom que você está bem. O nosso almoço de hoje continua de pé?**

Eu tinha esquecido que marquei de me encontrar no prédio de estudos ambientais na hora do almoço. Ele quer me mostrar uma flor que brilha no escuro que ajudou a criar.

Quero manter os planos com Zed — ele tem sido muito gentil comigo, apesar de tudo —, mas, agora que eu beijei Hardin hoje cedo, não sei o que fazer. Eu estava dormindo com Zed ontem, e hoje beijei Hardin. *O que está acontecendo comigo?* Não quero ser esse tipo de garota; ainda sinto uma certa culpa pelo que aconteceu com Hardin enquanto eu ainda estava com Noah. Está certo que Hardin chegou como um furacão — não tive escolha além de deixar que ele me destruísse lentamente, para depois me reconstruir, e me destruir outra vez.

Tudo que está acontecendo com Zed é totalmente diferente. Hardin não falava comigo fazia onze dias, e eu nem sabia por quê. Pensei que ele não me quisesse mais, e Zed se manteve ao meu lado. Desde o começo, vem sendo gentil comigo. Tentou acabar com a aposta, mas Hardin não quis — ele precisava provar que era capaz de me ganhar, apesar dos protestos de Zed para que acabassem com a brincadeira nojenta.

O clima entre Hardin e Zed é ruim desde que os conheci. Não sei o motivo — por causa da aposta, eu pensava até pouco tempo —, mas a tensão é evidente desde a primeira vez em que vi os dois. Hardin diz que Zed só quer transar comigo, mas, sinceramente, é meio hipócrita da parte dele. E Zed não fez nada, nadinha que desse a entender que está tentando dormir comigo. Mesmo antes de eu saber da aposta e beijá-lo em seu apartamento, ele nunca forçou a barra para eu fazer algo que não quisesse.

Odeio quando volto a pensar naquela época. Eu não sabia de nada, e os dois brincaram comigo. Mas, nos olhos cor de mel de Zed, vejo gentileza, enquanto só vejo ira nos olhos verdes de Hardin.

Sim. Pode ser ao meio-dia, respondo a Zed.

99

TESSA

Não sei bem como estou me sentindo hoje. Não estou exatamente feliz, mas também não estou arrasada. Só confusa, e sentindo falta de Hardin. Ridículo, eu sei. Não consigo evitar. Quando estávamos distantes, quase o tirei de minha mente, mas com um só beijo ele voltou a pulsar por minhas veias, dominando todo o resto de juízo que eu ainda tinha.

Landon e eu esperamos o semáforo abrir para atravessarmos, e percebo que estou bem contente por ter vestido o moletom hoje, porque o tempo frio não está dando trégua.

"Bom, parece que chegou a hora de fazer aqueles telefonemas para a NYU", ele diz e pega uma lista de nomes.

"Uau! A NYU! Você se daria muito bem lá. Que incrível!", respondo.

"Obrigado. Estou com um pouco de receio de não ser aceito para o curso de verão, e não quero ficar um tempão sem estudar."

"Está maluco? É claro que eles vão aceitar você, para qualquer curso! Seu histórico escolar é perfeito", digo, aos risos. "E seu padrasto é reitor."

"Você devia telefonar por mim", ele brinca.

Seguimos por caminhos separados e combinamos de nos encontrar no estacionamento no fim do dia.

Sinto meu estômago se embrulhar quando me aproximo do prédio de estudos ambientais e empurro as portas duplas pesadas. Zed está sentado em um banco de concreto na frente de uma das árvores no saguão.

Quando me vê, abre um sorriso no mesmo instante e se levanta para me receber. Está usando uma camisa branca de mangas compridas e calça jeans, e o tecido de sua camisa é tão fino que consigo ver o contorno de suas tatuagens através da peça.

"Oi." Ele sorri.

"Olá."

"Pedi uma pizza, deve chegar aqui a qualquer momento", ele diz, e sentamos no banco para conversar sobre nosso dia.

Quando a pizza é entregue, Zed me leva para uma sala cheia de plantas que parece uma estufa. Fileiras e mais fileiras de flores de diferentes tipos, flores que nunca vi antes, preenchem o espaço pequeno. Zed se aproxima de uma das mesas pequenas e senta.

"Que cheiro delicioso", digo quando me acomodo na frente dele.

"O das flores?"

"Não, o da pizza. Mas o das flores também é bom", digo com uma risada.

Estou morrendo de fome, não consegui tomar café da manhã hoje cedo e estou acordada desde que Hardin entrou com tudo no apartamento de Zed para me pegar.

Ele pega uma fatia de pizza e a coloca sobre um guardanapo para mim.

Em seguida, pega um pedaço para ele e o dobra na metade, como meu pai costumava fazer. Antes de dar uma bela mordida, ele pergunta:

"Como foram as coisas ontem... bom, hoje cedo?"

Começo a me sentir apreensiva enquanto o observo, e o cheiro das flores faz com que eu me lembre das horas que costumava passar na estufa nos fundos de minha casa, para onde fugia quando meu pai bêbado gritava com a minha mãe.

Desvio o olhar e termino de mastigar antes de responder.

"Foi um desastre no começo, como sempre."

"No começo?" Ele inclina a cabeça e lambe os lábios.

"Sim, como sempre acabamos brigando, mas agora está um pouco melhor." Não vou contar a Zed que Hardin chorou e se ajoelhou aos meus pés; é algo pessoal demais, e só eu e Hardin devemos saber disso, mais ninguém.

"Como assim?"

"Ele se desculpou."

Ele me lança um olhar que não me agrada muito.

"E você caiu nessa?"

"Não, eu disse que não estou pronta para nada ainda. Só falei que ia pensar." Dou de ombros.

"Mas você não vai pensar de verdade, né?" A decepção é evidente na voz dele.

"Bom, não vou mergulhar de cabeça em nada e não vou voltar ao apartamento dele."

Ele pousa a fatia de pizza no guardanapo de novo.

"Você não deveria dar a ele nem um minuto do seu tempo, Tessa. O que mais ele tem que fazer para você se afastar de vez?" Ele me olha como se eu lhe devesse uma resposta.

"Não é bem assim. Não é tão fácil simplesmente cortar relações com ele. Eu não disse que estou reatando com Hardin nem nada, mas passamos por muitas coisas juntos e ele está sofrendo muito sem mim."

Zed revira os olhos.

"Ah, claro, beber e fumar com Jace é a versão dele de sofrimento, então?", ele rebate, e sinto o estômago embrulhar.

"Ele não tem andado com o Jace. Estava na Inglaterra."

Ele estava mesmo na Inglaterra?

"Ele estava na casa do Jace ontem à noite, um pouco antes de aparecer lá no apartamento."

"Ah, é?" De todas as pessoas com quem poderia falar, nunca pensei que Hardin escolheria justamente Jace.

"Parece meio estranho ele ficar andando com alguém que teve tanta participação em tudo que aconteceu, já que parece odiar quando eu me aproximo de você."

"Sim... mas você também estava envolvido", eu argumento.

"Não quando tudo veio à tona. Eu não tive nada a ver com a ideia de humilhar você na frente de todo mundo. Jace e Molly armaram a coisa toda... e Hardin sabe disso, por isso bateu no Jace. E você sabe que eu sempre quis contar tudo; sempre foi mais do que uma aposta para mim, Tessa. Mas, para ele, não. Ele provou isso quando mostrou o lençol."

Perdi o apetite e estou me sentindo enjoada.

"Não quero mais falar sobre isso."

Zed balança a cabeça e ergue a mão.

"Você está certa. Desculpa tocar nesse assunto de novo. Só queria que você desse a mim metade das chances que ele tem. Eu nunca faria coisas como andar com o Jace se estivesse no lugar do Hardin. Além disso, o Jace sempre convida várias garotas para irem à casa dele..."

"Tá bom", eu o interrompo. Não quero mais ouvir sobre Jace e as garotas que vão a seu apartamento.

"Vamos falar sobre outra coisa. Me desculpa se feri seus sentimentos agora. Desculpa mesmo. Só não entendo. Você é boa demais para ele, e já deu chances de sobra. Mas não volto a falar sobre isso se você não quiser." Ele estende o braço e pousa a mão sobre a minha.

"Tudo bem", digo. Mas não acredito que Hardin possa ter ido à casa de Jace depois de brigarmos na rua. É o último lugar aonde pensei que ele iria.

Zed se levanta e caminha em direção à porta.

"Vem cá, quero mostrar uma coisa." Eu me levanto e vou com ele. "Espere aqui", ele pede quando chego ao centro da sala.

A luz se apaga e penso que a escuridão vai tomar conta do ambiente. Mas em vez disso vejo tons fluorescentes de verde, rosa, laranja e vermelho. Cada fileira de flores brilha com uma cor diferente, algumas mais fortes do que outras.

"Nossa...", eu sussurro.

"Legal, né?", ele pergunta.

"Demais." Passo pelo corredor lentamente, observando tudo.

"Basicamente fomos nós que criamos, e então alteramos as sementes para que ficassem assim." De repente, ele está atrás de mim. "Olha só." Ele me segura pelo braço e guia minha mão para tocar a pétala de uma flor cor-de-rosa cintilante. Essa flor não está brilhando tanto quanto o resto — pelo menos não até eu tocá-la e ela ganhar vida. Afasto a mão, surpresa, e ouço Zed rir atrás de mim.

"Como isso é possível?", pergunto, encantada.

Sou apaixonada por flores, principalmente lírios, e esses botões modificados em laboratório se parecem com elas — são oficialmente a minha nova flor preferida.

"Tudo é possível quando a ciência está envolvida", ele diz, o rosto iluminado pelas flores, sorrindo.

"Que coisa mais nerd", eu provoco, e ele ri.

"*Você* não tem moral para me chamar de nerd", ele rebate, e eu dou risada.

"Verdade." Volto a tocar a flor e observo quando ela brilha mais uma vez. "Que incrível!"

"Sabia que você ia gostar. Estamos fazendo a mesma coisa com uma árvore; o problema é que as árvores demoram muito mais tempo a crescer do que as flores. Mas também vivem por muito mais tempo; as flores são frágeis demais. Se não receberem cuidados, elas murcham e morrem." Seu tom de voz é suave, e eu me comparo mentalmente a uma flor, e tenho a sensação de que ele está fazendo a mesma coisa.

"Se pelo menos as árvores fossem tão lindas quanto as flores", comento.

Ele para na minha frente.

"Poderiam ser, se alguém cuidasse delas. Assim como pegamos flores comuns e fizemos isso, a mesma coisa poderia ser feita com uma árvore. Com carinho e atenção na medida certa, ela poderia brilhar como as flores, mas sendo muito mais fortes." Permaneço em silêncio quando ele leva o polegar ao meu rosto. "Você merece esse tipo de atenção. Merece estar com alguém que faça você brilhar, não alguém que bloqueie sua luz."

E então ele se inclina para me beijar.

Dou um passo para trás e bato em uma estante de flores; felizmente, nenhuma cai enquanto me equilibro.

"Desculpa, mas não posso."

"Não pode *o quê*?" Ele eleva um pouco o tom de voz. "Eu quero ser a pessoa a mostrar que você pode ser feliz."

"Não... não posso beijar você, não agora. Não posso ficar alternando entre você e ele. Eu estava na sua cama ontem à noite, e então beijei Hardin hoje cedo, e agora..."

"Vocês se beijaram?", ele pergunta, surpreso, e fico contente pela escuridão na sala, com o brilho vindo das flores.

"Bom, ele me beijou, mas logo me afastei", explico. "Estou confusa, e enquanto não decido o que fazer não posso sair por aí beijando todo mundo. Não está certo."

Ele não diz nada.

"Desculpa se estou te dando esperança ou fazendo com que pense..."

"Tudo bem", Zed diz.

"Não, não está. Eu não deveria ter envolvido você nessa situação se ainda nem sei o que fazer."

"Não é culpa sua. Eu também não dou folga. Não me importa se me der esperança, desde que me queira por perto. Sei que podemos ficar bem juntos, e tenho todo o tempo do mundo para esperar até que você veja isso", ele diz e se afasta para acender a luz.

Como ele consegue ser tão compreensivo o tempo todo?

"Não culparia você se me detestasse, sabia?", digo a ele e passo a alça da mochila sobre o ombro.

"Eu jamais odiaria você", ele responde, e eu sorrio.

"Obrigada por me mostrar isto... é incrível."

"Obrigado por ter vindo. Pode deixar, pelo menos, que eu leve você até a aula?", ele oferece com um sorriso.

Quando chego ao vestiário para me trocar e pegar meu tapete, a aula de ioga está para começar em cinco minutos. Uma morena alta pegou meu lugar na frente, e sou obrigada a me acomodar na fileira dos fundos, mais perto da porta. Eu tinha planejado dizer a Zed que nunca vou sentir por ele o que sinto por Hardin, que tinha me arrependido por tê-lo beijado, e que poderíamos ser só amigos, mas ele falou todas as coisas certas. Fui pega totalmente desprevenida quando ele me contou que Hardin esteve com Jace ontem.

Sempre acho que sei o que fazer até Zed começar a falar. A suavidade de sua voz e a gentileza de seus olhos sempre me encantam e mexem com minha razão.

Preciso ligar para Hardin quando voltar para a casa de Landon para falar sobre meu almoço com Zed, e para perguntar por que ele foi à casa de Jace... O que será que Hardin está fazendo agora? Ele foi para a aula hoje?

A aula de ioga foi exatamente o que precisava para clarear a mente. No fim, eu me sinto muito melhor. Enrolo meu tapete e saio da sala, e de repente ouço um "Tessa!" ao chegar ao vestiário.

Quando me viro, Hardin está correndo para me encontrar, passando as mãos pelos cabelos.

"Eu, hã... queria conversar com você sobre uma coisa..."

Ele parece estranho... Está *nervoso*?

"Agora? Acho que aqui não é o lugar..." Não quero expor todos os nossos problemas no meio do prédio da educação física.

"Não... não é isso." A voz dele está estridente. Ele está muito tenso; isso não deve ser boa coisa. Ele nunca fica nervoso.

"Eu estava pensando... não sei... Deixa pra lá." Ele fica vermelho e se vira para se afastar. Suspiro e me viro para entrar no vestiário e me trocar.

"Quer sair comigo?", ele grita... praticamente berra, na verdade.

Não consigo esconder minha surpresa ao me virar.

"O quê?"

"Tipo um encontro... então, eu poderia ter um encontro com você? Só se você quiser, claro, mas poder ser divertido. Não sei muito bem, mas poderia..." Ele hesita, e eu decido acabar com a vergonha dele, já que está muito vermelho.

"Claro", respondo, e ele olha para mim.

"Sério?" Ele abre um sorriso. Um sorriso de nervosismo.

"Sim." Não sei como vai ser, mas ele nunca me chamou para sair antes. A coisa mais próxima de um encontro foi quando ele me levou até um rio e depois saímos para comer. Mas aquilo tudo foi uma mentira, não um encontro de verdade. Foi seu jeito de conseguir o que queria de mim.

"Tá... Quando você quer ir? Sei lá... que tal agora mesmo? Ou amanhã ou mais para o fim da semana?"

Não me lembro de tê-lo visto tão nervoso assim antes; é muito fofo, e tento não rir.

"Amanhã?", sugiro.

"É, amanhã está bom." Ele sorri e morde o lábio inferior. O clima entre nós é esquisito, mas não de um jeito ruim.

"Então, tá..."

Eu me sinto nervosa, como nas primeiras vezes em que o vi.

"Então tá", ele repete.

Ele se vira e se afasta bem depressa, quase tropeçando em um tapete enrolado. Quando entro no vestiário, começo a rir.

100

HARDIN

Landon se assusta ao me ver no escritório do meu pai, e diz:

"O que você está fazendo aqui?"

"Vim falar com você."

"Sobre o quê?", ele pergunta, e eu sento na cadeira grande de couro atrás da mesa de carvalho absurdamente cara.

"Sobre a Tessa, sobre o que mais seria?" Reviro os olhos.

"Ela me contou sobre o convite para sair... pelo jeito você deu mesmo um espaço para ela respirar."

"O que ela disse?"

"Não vou contar a você as coisas que ela me fala." Ele coloca uma folha de papel no fax.

"O que você está fazendo?", pergunto a ele.

"Mandando documentos por fax para a NYU. Vou para lá no próximo semestre."

Próximo semestre? *Que porra é essa?*

"Por que tão rápido?"

"Porque não quero mais perder tempo aqui se posso estar com a Dakota."

"A Tessa sabe?" Sei que isso vai deixá-la triste. Ele é o único amigo de verdade que ela tem. Acabo ficando meio relutante com a ida dele... meio.

"Sim, claro que ela sabe, foi a primeira pessoa a quem contei."

"Bom, preciso de ajuda com essa merda de encontro."

"Merda de encontro?" Ele sorri. "Que bacana."

"Você vai me ajudar ou não?"

"Acho que sim." Ele dá de ombros.

"Onde ela está, aliás?", pergunto a ele. Passei pelo quarto onde ela estava hospedada, mas a porta estava fechada e eu não quis bater. Bom, eu queria bater, mas estou fazendo o máximo para dar um tempo. Se o carro dela não estivesse na frente da casa, eu estaria enlouquecido, mas sei que ela está aqui. Bom, pelo menos espero.

"Não sei; ela está com aquele tal de Zed", Landon diz e sinto um aperto no peito. Fico de pé em segundos.

"Brincadeira! Estou brincando. Ela está na estufa com a minha mãe", Landon explica, olhando para mim com uma expressão brincalhona.

Mas tudo bem, estou aliviado por saber que meus pensamentos paranoicos não estavam certos.

"Isso não tem graça. Você é um babaca", digo, e ele ri. "Não está me ajudando em nada."

Depois de me dar alguns conselhos, Landon dá a conversa por encerrada e me leva até a porta de entrada. No caminho, pergunto:

"Ela tem ido de carro à Vance?"

"Sim, ela faltou alguns dias quando estava... bom, você já sabe."

"Humm..." Falo mais baixo quando passamos pelo quarto onde Tessa está hospedada. Não quero pensar em como a magoei, não agora. "Você acha que ela está aqui dentro?", pergunto baixinho.

Ele dá de ombros.

"Não sei. Provavelmente."

"Eu poderia só..." Giro a maçaneta e a porta se abre com um rangido. Landon me lança um olhar sério, mas eu o ignoro e espio.

Ela está deitada na cama com papéis e livros espalhados ao redor. Ainda está usando jeans e um moletom; devia estar muito cansada para dormir enquanto estudava.

"Já parou de ser esquisito?", Landon sussurra em meu ouvido.

Eu apago a luz e saio do quarto, fechando a porta.

"Não estou sendo esquisito. Sou apaixonado por ela, entendeu?"

"Entendi, mas está na cara que você não entende o que significa dar um tempo para ela."

"Não consigo me controlar. Me acostumei a estarmos sempre juntos, e essas duas semanas sem ela estão sendo um inferno. É difícil para mim manter distância."

Descemos a escada em silêncio, e espero não ter parecido desesperado demais. Mas, enfim, é só o Landon, e não estou nem aí.

Odeio ir ao apartamento agora que Tessa não está mais lá. Por um segundo, penso em telefonar para Logan e ir à fraternidade, mas no fundo sei que não é uma boa ideia. Não quero me meter em encrenca, e lá não é o lugar ideal para ficar na minha. Mas também não quero voltar para aquele apartamento vazio.

Acabo voltando mesmo assim. Estou muito cansado. Não durmo direito há anos, é a impressão que tenho.

Deitado na nossa cama, tento imaginá-la com os braços envolvendo minha cintura e a cabeça em meu peito. É difícil imaginar passar o resto da vida assim. Se eu nunca mais abraçá-la de novo, se nunca mais sentir o calor de seu corpo perto do meu... Tenho que fazer alguma coisa diferente, que mostre a ela e a mim mesmo que posso fazer tudo dar certo.

Posso mudar. Tenho que mudar, e é isso que vou fazer.

101

TESSA

Quando termino de tomar um banho e secar meu cabelo, já são seis horas, e o céu já está escuro. Bato à porta do quarto de Landon, mas ele não abre. Não vejo seu carro na frente da casa, mas ele tem estacionado na garagem ultimamente, então pode ser que ainda esteja lá.

Não faço ideia do que vestir porque não sei aonde vamos. Não consigo parar de olhar pela janela, esperando ansiosamente que o carro de Hardin apareça. Quando a luz dos faróis finalmente aparece, sinto meu estômago se embrulhar.

A maior parte de minha ansiedade acaba quando Hardin sai do carro com a camisa social preta que usou no jantar. Ele está de calça social? Ai, meu Deus, está. E um par de sapatos pretos e lustrosos. Nossa. Hardin todo arrumado? Eu me sinto mal-vestida, mas o modo como ele olha para mim acaba com essa sensação.

Ele realmente está se dedicando. Está tão lindo, e fez até um penteado. Seus cabelos estão puxados para trás, e vejo que usou algum produto para mantê-los assim, porque os fios não caem em sua testa enquanto ele caminha, como costuma acontecer.

Ele está vermelho.

"Hã... oi."

"Oi." Não consigo parar de olhar para ele. *Espera aí...* "Onde estão seus piercings?" Ele tirou as argolas de metal da sobrancelha e do lábio.

"Eu tirei", ele diz, dando de ombros.

"Por quê?"

"Não sei... você não acha que fico melhor assim?" Ele olha em meus olhos.

"Não! Eu gostava da sua aparência antes... e agora também, mas você deveria pôr de volta."

"Não quero pôr de volta." Ele caminha até a porta do passageiro do carro e abre para mim.

"Hardin... espero que você não tenha tirado por achar que assim eu ia gostar mais, porque não é verdade. Eu te amo de qualquer jeito. Por favor, põe de volta."

Os olhos dele brilham com minhas palavras, e eu desvio o olhar antes de entrar no carro. Por mais irritada que eu esteja com ele, não quero que pense que precisa mudar sua aparência por mim. Eu torci o nariz quando vi os piercings pela primeira vez, mas passei a adorá-los. São parte dele.

"Não é isso, sério. Tenho pensado nisso há um tempo. Já tenho essas coisas faz anos, e são meio irritantes. Além disso, quem diabos vai me contratar para um emprego de verdade com aquilo tudo na cara?" Ele prende o cinto de segurança e olha para mim.

"As pessoas contratariam você; estamos no século vinte e um. Se você gosta..."

"Não tem problema. Eu gosto assim, de como fico sem eles, como se não estivesse mais me escondendo, sabe?" Olho para ele de novo e assimilo sua nova aparência.

Ele está lindo — como sempre —, mas é bacana não ter nada que distraia a atenção de seu rosto perfeito.

"Olha, acho que você fica perfeito de qualquer jeito, Hardin; só não pensa que eu quero interferir na sua aparência, porque não quero", digo com sinceridade.

Quando ele olha para mim, abre um sorriso tímido, e eu me esqueço o que queria dizer.

"Aonde você vai me levar?", pergunto.

"Para jantar. É um lugar bem bacana." A voz dele está trêmula. O Hardin nervoso é meu Hardin preferido.

"Eu já fui a esse lugar?"

"Não sei... talvez."

O resto do trajeto é feito em silêncio. Canto baixinho as músicas do Fray, das quais Hardin claramente passou a gostar muito, e ele olha para a frente. Não para de passar a mão na coxa enquanto dirige — um tique nervoso, percebo.

Quando chegamos ao restaurante, vejo que é um lugar lindo e muito caro. Todos os carros do estacionamento custam mais do que a casa da minha mãe, com certeza.

"Quero abrir a porta para você", ele me diz quando me preparo para descer.

"Quer que eu feche de novo para você abrir?", ofereço.

"Não é a mesma coisa, Theresa." Ele sorri seu sorriso tímido, e sinto o frio na barriga de sempre quando me chama pelo nome.

Isso costumava me deixar com raiva, mas secretamente adorava todas as vezes em que ele o dizia só para me irritar. É quase a mesma sensação de quando ele me chama de "Tess".

"Voltamos a 'Theresa', então?" Sorrio para ele.

"Sim, sim, voltamos", ele diz e pega meu braço. Consigo ver a confiança voltando a crescer a cada passo que damos em direção ao restaurante.

102

HARDIN

"Você não conhece algum outro lugar que esteja a fim de ir?", pergunto quando voltamos para o carro. O cara do restaurante chique no qual fiz reservas disse que meu nome não estava na lista. Mantenho a calma, tomando o cuidado de não estragar a noite. Ele foi um cuzão. Seguro o volante com força.

Calma. Preciso relaxar. Olho para Tessa e sorrio.

Ela morde o lábio e desvia o olhar.

Será que meu sorriso saiu muito esquisito? Acho que sim.

"Então, aquilo não foi nada bom." Minha voz está instável e estranhamente estridente. "Tem alguma coisa que você queira em especial, já que pelo jeito passamos para o plano B?", pergunto a ela, tentando pensar em outro lugar para levá-la. Um que aceite a nossa entrada.

"Não, na verdade, não. Qualquer lugar com comida." Ela sorri.

Ela está sendo bem bacana, e fico feliz com isso. Foi humilhante ser barrado daquela forma.

"Certo... pode ser o McDonald's?", provoco só para ouvir sua risada.

"A gente vai parecer meio deslocado no McDonald's."

"É, um pouco", concordo.

Não faço ideia de onde podemos ir. Eu deveria ter criado um plano B com antecedência. A noite já está indo pelo ralo e ainda nem começou.

Paramos num semáforo, e olho ao redor. O estacionamento ao nosso lado está cheio.

"O que tem ali?", Tessa pergunta, tentando espiar atrás de mim.

"Não sei, uma pista de patinação no gelo ou alguma merda do tipo", respondo.

"Patinação no gelo?" Ela eleva o tom de voz como faz quando se anima.

Ah, não...

"Podemos ir?", ela pergunta.

Porra.

"Patinar no gelo?", pergunto como se não tivesse entendido direito.

Por favor, diz que não. Por favor, diz que não.

"É!", ela exclama.

"Eu... não..." Nunca patinei no gelo na vida, e não pretendia, mas se é o que ela quer, então não vou morrer se tentar... Talvez até morra, mas vou mesmo assim. "Claro... podemos, sim."

Quando olho para ela, vejo que está surpresa — ela nunca pensou que eu concordaria. Nossa, nem eu.

"Espera... o que vamos vestir? Só tenho esse vestido e minhas sapatilhas. Seria melhor de calça jeans, muito mais divertido."

"Podemos passar em uma loja e comprar umas roupas para você. Tenho algumas no porta-malas para mim", digo a ela. Não acredito que planejei tanto para acabar patinando no gelo.

"Certo." Ela sorri. "O porta-malas cheio de roupas é bem útil. Na verdade... por que você deixa aquelas roupas ali? Você nunca me contou."

"Era só um hábito. Quando eu dormia com alguém... quer dizer, quando eu passava a noite toda fora, precisava de roupas limpas de manhã e nunca tinha, então comecei a deixar algumas no porta-malas. É bem prático", explico.

Os lábios dela estão comprimidos, e sei que não deveria ter mencionado que dormia com outras, ainda que tudo isso tenha acontecido antes dela. Se pelo menos ela soubesse como era antes, como eu transava sem emoção. Não era a mesma coisa. Eu não fazia o que faço com Tessa, não observava cada pedacinho do corpo delas, não tentava sincronizar minha respiração com a delas, não esperava desesperadamente que dissessem que me amavam enquanto entrava nelas.

Não permitia que me tocassem enquanto eu dormia; se dormisse na mesma cama que elas, era porque estava bêbado demais para ir embora. Não era nada parecido com o que tenho com ela e, se Tessa soubesse disso, talvez não se incomodasse ao ouvir falar delas. Se fosse ela, eu...

Penso em Tess transando com outro cara e me sinto nauseado.

"Hardin?", ela diz baixinho e me traz de volta à realidade.

"Sim?"

"Você ouviu o que eu disse?"

"Não... desculpa. O que você disse?"

"Que você já passou pela Target."

"Ai, merda, desculpa. Vou fazer um retorno." Entro no primeiro estacionamento que vejo e viro o carro. Tessa tem uma obsessão com a Target que nunca vou entender. É uma loja como a M&S de Londres, só que mais cara, e os empregados são muito irritantes com suas polos vermelhas e calças cáqui. Mas ela sempre diz: "A Target tem roupas de qualidade e muita variedade". Não posso dizer que ela está errada, mas essas "lojas de baciada" continuam sendo uma das coisas nos Estados Unidos que fazem com que eu me sinta o estrangeiro que sou.

"Vou entrar rapidinho e comprar alguma coisa", Tessa avisa quando estaciono o carro.

"Tem certeza? Posso ir junto." Quero ir com ela, mas não posso insistir, hoje não.

"Se quiser..."

"Quero", digo antes que ela termine.

Em dez minutos, ela está com a sacola cheia de tranqueiras. Acabou pegando um moletom enorme e uma calça de lycra — ela jura que não é lycra, que é uma legging, mas, para mim, parece lycra. Tento parar de imaginá-la com essa calça enquanto ela pega luvas, um cachecol e uma touca. Ela está agindo como se estivéssemos indo para a Antártida; bem, de fato, está muito frio lá fora.

"Acho que você deveria comprar luvas também. O gelo é muito frio e, quando você cair, suas mãos vão ficar congeladas", ela avisa de novo.

"Não vou cair... mas claro, posso comprar as luvas, se você faz questão."

Eu sorrio, e ela sorri de volta ao colocar um par de luvas pretas na sacola.

"Quer uma touca?", ela pergunta.

"Não, tenho uma no porta-malas."

"Claro." Ela tira o cachecol da sacola e volta a pendurá-lo na arara.

"Não vai levar o cachecol?", pergunto.

"Acho que já estou bem equipada", ela diz e aponta a sacola.

"Sim, acho que sim", eu provoco, mas ela me ignora e vai até a seção de meias. Vamos passar a noite toda nessa loja maldita.

Por fim, Tessa diz:

"Pronto, acho que terminei."

No caixa, ela tenta brigar comigo para poder pagar todas as coisas, como sempre. Mas estamos em um encontro para o qual eu convidei, e por isso não vou deixar ela pagar de jeito nenhum. Ela revira os olhos algumas vezes, pega a bolsa e entrega suas últimas notas à atendente.

Ela está ficando sem dinheiro? Se estivesse, ela me contaria? Será melhor perguntar? Droga, estou pensando demais.

Quando voltamos ao local onde fica a pista, Tessa está animada para sair do carro, mas precisamos trocar de roupa primeiro. Enquanto me visto, ela olha pela janela o tempo todo. Em seguida, digo a ela:

"Podemos procurar um banheiro para você se trocar."

Mas ela só dá de ombros.

"Eu queria me trocar no carro para não ter que ficar andando com meu vestido."

"Não, tem muita gente aqui. Alguém vai ver você tirando a roupa."

Olho ao redor no estacionamento onde estamos e está bem vazio, mas mesmo assim...

"Hardin... não tem problema", ela diz, meio irritada.

Eu deveria ter roubado aquela bolinha antiestresse que estava na mesa do meu pai ontem à noite

"Se você prefere...", digo, e ela arranca as etiquetas das roupas novas.

"Pode me ajudar a descer o zíper antes de sair do carro?", ela pergunta.

"Hã... sim." Estendo o braço e ela levanta os cabelos para que eu tenha acesso ao zíper. Já desci o fecho desse vestido inúmeras vezes, mas é a primeira vez que não poderei tocá-la quando ele escorregar por seus braços.

"Obrigada. Agora me espera lá fora", ela diz.

"O quê? Mas eu já...", começo a dizer.

"Hardin..."

"Tá bom. Vai logo." Saio do carro e fecho a porta.

O que eu acabei de dizer foi grosseiro, percebo. Abro a porta depressa e me inclino para a frente.

"Por favor", acrescento e volto a fechá-la.

Escuto a risada dela do lado de dentro.

Minutos depois, ela sai e passa as mãos pelos cabelos antes de vestir uma touca roxa. Quando se aproxima de mim pelo outro lado do carro, está... uma graça. Ela sempre está linda e sexy, mas alguma coisa no moletom enorme, na touca e nas luvas faz com que ela pareça ainda mais inocente do que o normal.

"Olha, você esqueceu as suas luvas", ela diz, e entrega a mim.

"Boa. Não sei o que faria sem elas", eu provoco, e ela me dá uma cotovelada de leve. Ela é tão linda. Há muitas coisas que quero dizer a ela, mas não quero falar bobagem e estragar a noite.

"Olha, se você queria usar uma blusa tão grande, era só pegar uma das minhas e teria economizado vinte paus", digo e ela segura minha mão, mas logo a solta.

"Desculpa", ela diz, e fica vermelha.

Quero segurar sua mão de novo, mas sou distraído por uma mulher baixinha que nos cumprimenta.

"Quais são os tamanhos dos patins?", a moça pergunta com uma voz grossa.

Olho para Tessa, que responde por nós dois. A mulher volta com dois pares de patins, e eu me retraio. Isso não vai dar certo.

Sigo Tessa até um banco perto dali e tiro os sapatos. Ela calça os dois patins enquanto ainda estou no primeiro.

Espero que ela fique entediada logo e queira ir embora.

"Tudo bem aí?", ela provoca enquanto finalmente fecho o segundo calçado.

"Sim. Onde coloco meus sapatos?", pergunto a ela.

"Pode deixar comigo." A mulher baixinha aparece do nada. Entrego meus sapatos a ela e Tessa faz a mesma coisa com os dela.

"Pronto?", ela pergunta, e eu me levanto.

Eu me agarro à grade imediatamente. *Como é que eu vou fazer isso, caralho?*

Tessa segura o riso.

"Fica mais fácil quando estamos no gelo."

Espero muito que sim.

Mas não fica mais fácil, e eu caio três vezes em cinco minutos. Tessa dá risada em todas elas, e eu tenho que admitir que, se não estivesse usando luvas, minhas mãos já teriam virado gelo.

Ela ri e pega a minha mão para me ajudar a levantar.

"Lembra que há meia hora você estava falando que não ia cair?"

"Você é o quê? Uma patinadora profissional?", pergunto quando me levanto. Odeio patinar mais do que qualquer outra coisa no momento, mas ela está se divertindo demais.

"Não, já faz um tempo que não patino, mas já fiz muito isso com a minha amiga Josie."

"Josie? Nunca ouvi você falar de seus amigos de onde morava."

"Não tinha muitos. Passei a maior parte da minha infância com Noah. Josie se mudou antes do meu último ano do colégio."

"Ah." Não sei por que ela não tinha muitos amigos. E daí que ela tem um pouco de TOC, é meio recatada e obcecada por romances...? Ela é legal, às vezes até demais, com todo mundo. Menos comigo, claro, comigo ela vive brava, mas adoro isso nela. Na maior parte do tempo.

Trinta minutos depois, ainda não demos uma volta completa na pista porque não consigo coordenar o movimento dos pés.

"Estou com fome", ela diz finalmente e olha para a barraquinha de comida com luzes piscantes em cima.

Abro um sorriso.

"Mas você nem me derrubou junto para a gente se olhar nos olhos no chão, como nos filmes."

"Isto aqui está bem diferente dos filmes", ela diz e toma o rumo da saída.

Gostaria que ela tivesse segurado minha mão enquanto patinávamos — quer dizer, se eu tivesse conseguido ficar de pé. Todos os casais felizes parecem estar rindo de nós enquanto passam de mãos dadas.

Assim que saio da pista, tiro a porcaria dos patins, procuro a moça baixinha e pego meus sapatos de volta.

"Você tem futuro no esporte", Tessa me provoca pela milésima vez quando vamos até a barraca de comida, onde ela pede um bolo e espalha açúcar cristal pela blusa roxa.

"Ha, ha." Reviro os olhos. Meus tornozelos ainda estão doloridos por causa daquela merda. "Eu poderia ter levado você a outro lugar para comer; um bolo não é bem um jantar", digo a ela e olho para o chão.

"Tudo bem. Faz tempo que não como bolo." Ela comeu o dela inteiro e metade do meu.

Flagro Tessa olhando para mim de novo; parece pensativa enquanto observa meu rosto.

"Por que você não para de me encarar?", pergunto, e ela desvia o olhar.

"Desculpa... não estou acostumada a ver você sem os piercings", ela admite, olhando de novo.

"Não é tão diferente assim." Sem perceber, levo os dedos à boca.

"Eu sei... mas é esquisito. Eu estava acostumada."

Será que ponho de volta? Não tirei por causa dela, estava dizendo a verdade. Sinto que estava me escondendo atrás de argolinhas de metal para afastar todo mundo. Os piercings intimidam as pessoas e tornam menos provável que conversem comigo ou que se aproximem, e acho que estou superando essa fase da minha vida. Não quero manter as pessoas afastadas, muito menos Tessa. Quero aproximá-la.

Eu pus os piercings quando era adolescente, falsifiquei a assinatura da minha mãe e bebi muito antes de entrar no estúdio. O idiota sentiu o cheiro de álcool em mim, mas fez o serviço mesmo assim. Não me arrependo de ter colocado; mas já enjoei deles.

Com as tatuagens é diferente. Eu gosto muito delas e sempre vou gostar. Vou continuar a cobrir meu corpo com elas, para expressar ideias que não consigo dizer com palavras. Bom, não é bem o caso, já que são coisas aleatórias sem nenhum sentido, mas parecem combinar comigo, então foda-se.

"Não quero que você mude", ela diz, e eu a encaro. "Não fisicamente. Só quero que me mostre que pode me tratar bem e não tente me controlar. Também não quero que você mude sua personalidade. Quero que lute por mim, não que se transforme em alguém com quem pensa que quero estar."

Suas palavras acertam meu coração em cheio, e me emociono muito.

"Não vou mudar", garanto a ela.

Estou tentando mudar por ela, mas não nesse sentido. Fiz isso por mim também, não só por ela.

"Tirar os piercings foi só um passo nisso tudo. Estou tentando ser uma pessoa melhor, e os piercings me lembram de um momento ruim da minha vida. Um momento que eu quero superar", explico.

"Ah", ela quase sussurra.

"Então você gostava deles?" Sorrio.

"Sim, muito", ela admite.

"Eu posso pôr de novo", digo, mas ela sacode a cabeça.

Estou bem menos nervoso agora do que duas horas atrás. Essa é Tessa, a minha Tessa, e eu não preciso ficar nervoso.

"Só se você quiser."

"Posso pôr de novo quando nós..." Eu me interrompo.

"Quando nós o quê?" Ela inclina a cabeça para o lado.

"Você não vai querer que eu complete."

"Quero, sim! O que você ia dizer?

"Tudo bem, então. Eu queria dizer que posso pôr de volta sempre que a gente transar, se você curte tanto assim."

Sua expressão horrorizada me faz rir, e ela olha ao redor para ter certeza de que ninguém ouviu.

"Hardin!", ela me repreende, ficando bem vermelha.

"Eu avisei... Além disso, não fiz nenhum comentário pervertido hoje, então tenho direito a pelo menos um."

"Verdade", ela concorda com um sorriso e toma um gole de sua limonada.

Quero perguntar se isso significa que ela se imaginou transando comigo de novo, já que não fez nenhuma objeção, mas tenho a impressão de que não é o momento certo para isso. Não só porque quero senti-la de novo, mas porque eu realmente sinto falta dela, demais. Estamos nos entendendo muito bem, melhor do que o normal. Sei que em grande parte é porque não estou sendo um idiota, só para variar. Mas não é tão difícil. Só tenho que pensar antes de falar merda.

"Seu aniversário é amanhã. Quais são seus planos?", ela pergunta depois de alguns momentos de silêncio.

Merda.

"Bom... Logan e Nate querem dar uma festa. Eu não queria ir, mas a Steph disse que eles gastaram uma baita grana, então pensei que poderia pelo menos dar uma passada. A não ser que... você quisesse fazer outra coisa... aí eu não iria."

"Não, tudo bem. Aposto que a festa vai ser bem mais divertida."

"Você vai?" E, como sei a resposta, completo: "Ninguém sabe o que está rolando entre nós, só o Zed, claro".

Preciso parar de pensar em como Zed ficou sabendo dos meus assuntos.

"Obrigada, mas não." Ela sorri, mas não é um sorriso natural.

"Eu também não preciso ir."

Se ela quiser passar meu aniversário comigo, Logan e Nate que se fodam.

"Não, tudo bem. Tenho coisas para fazer, na verdade", ela diz e desvia o olhar.

103

TESSA

"Você tem planos para o resto da noite?", Hardin pergunta quando para na frente da casa de seu pai.

"Não, vou só estudar e dormir. Noite agitada." Sorrio para ele.

"Sinto falta de poder dormir." Ele franze a testa, passando o indicador pelo volante.

"Você não tem dormido?" Claro que não. "Você... Você voltou a ter...", começo.

"Sim, todas as noites", ele diz, e sinto um aperto no peito.

"Sinto muito." Odeio isso. Odeio aqueles pesadelos que o assombram. Odeio ser o único elixir, a única coisa capaz de fazer com que desapareçam.

"Tudo bem, tudo bem", ele diz, mas suas olheiras indicam o contrário.

Convidá-lo para subir seria uma ideia bem idiota. Preciso pensar no que fazer com a minha vida a partir de agora, não em passar a noite com Hardin. É muito estranho que ele esteja me deixando na casa do pai dele; é exatamente por isso que preciso da minha própria casa.

"Você pode subir. Só para dormir um pouco. Ainda está cedo", eu digo, e ele levanta a cabeça.

"Você não se importaria?", ele pergunta, e eu concordo antes de permitir que meus pensamentos tomem conta de mim.

"Claro... mas só para dormir", eu reforço com um sorriso, e ele concorda.

"Eu sei, Tess."

"Não quis dizer...", tento explicar.

"Saquei", ele responde.

Então tá...

Há uma distância entre nós que é ao mesmo tempo desconfortável e necessária. Só quero estender o braço e afastar a mecha solitária que caiu em sua testa, mas isso seria demais. Preciso dessa distância, assim como preciso de Hardin. É muito confuso, e sei que convidá-lo para subir não vai ajudar a desfazer essa confusão, mas quero que ele consiga dormir. Abro um sorrisinho, e ele olha para mim por um segundo e sacode a cabeça.

"Olha, é melhor não. Tenho trabalho para fazer e...", ele começa.

"Não tem problema, de verdade." Interrompo e abro a porta do carro para escapar da minha vergonha.

Eu não deveria ter feito isso. Seria melhor me distanciar dele, e estou aqui sendo rejeitada... de novo.

Quando chego à porta, eu me lembro de que esqueci o vestido e os sapatos no carro de Hardin, mas ele já está arrancando com o carro quando me viro.

Enquanto tiro a maquiagem do rosto e me preparo para dormir, minha mente fica repassando nosso encontro sem parar. Hardin foi tão... bonzinho. Hardin foi bonzinho. Ele estava arrumado e não brigou com ninguém, nem xingou ninguém. É um tremendo progresso. Começo a rir como uma idiota quando me lembro de suas quedas no gelo; ele ficou todo irritado, mas foi engraçado vê-lo cair. Ele é bem alto e esguio, e suas pernas tremiam sobre os patins. Foi, sem dúvida, uma das coisas mais engraçadas que já vi.

Não sei bem como me sinto em relação à remoção dos piercings, mas ele me disse várias vezes que não quer mais usá-los, então não depende de mim. Fico pensando no que os amigos dele vão dizer.

Meu humor mudou um pouco quando ele me contou sobre a festa de aniversário. Não sei o que pensei que ele faria no aniversário, mas não pensei que seria ir a uma festa. Mas sou uma idiota, porque é seu aniversário de vinte e um anos, afinal.

Quero passar esse dia com ele mais do que qualquer coisa, mas algo ruim sempre acontece todas as vezes em que vou àquela maldita fraternidade, e não quero dar continuidade a esse ciclo, principalmente por estarmos numa situação tão delicada. A última coisa da qual preciso é beber e piorar ainda mais as coisas. Queria comprar algo para ele, apesar de ser péssima com presentes, mas vou pensar em alguma coisa. Passo no quarto de Landon, mas ele não abre quando bato à porta; abro e vejo que ele está dormindo e decido ir para a cama também.

Abro a porta do quarto e quase morro de susto ao ver alguém sentado na cama. Deixo minha nécessaire na cômoda... e então percebo que é Hardin e me acalmo. Enquanto observo, ele cruza as pernas de um modo esquisito.

"Eu... hã, desculpa por eu ter sido um idiota lá embaixo, porque na verdade queria ficar." Hardin passa os dedos pelos cabelos despenteados.

"Eu pedi para você ficar", digo a ele e me aproximo da cama.

Ele suspira.

"Pois é, me arrependi. Posso ficar, por favor? Eu me diverti muito só estando perto de você hoje, e estou tão cansado..."

Penso nisso por um minuto. Eu queria que ele ficasse. Sinto o conforto de tê-lo em minha cama, mas ele disse que tinha coisas a fazer.

"Mas e seu trabalho?", pergunto erguendo uma sobrancelha.

"Pode esperar", ele diz, parecendo cansado.

Sento ao lado dele na cama e pego o travesseiro, cobrindo as pernas.

"Obrigado", Hardin diz, e eu me aproximo. Ele ainda é como um ímã para mim; não consigo ficar longe dele.

Olho para ele, que sorri, e então abaixa a cabeça. Meu corpo tem vida própria, e eu me recosto nele, segurando sua mão. Suas mãos estão frias, e sua respiração está pesada.

Tive saudades, sinto vontade de dizer. *Quero ficar perto de você*, sinto vontade de confessar.

Ele aperta minha mão com cuidado, e eu repouso a cabeça em seu ombro. Ele passa um dos braços pelas minhas costas e me abraça.

"Eu me diverti muito hoje", digo a ele.

"Eu também, linda. Eu também."

Ser chamada de "linda" me dá vontade de me aproximar ainda mais.

Olho para ele e vejo que está olhando para meus lábios. Instintivamente, levanto a cabeça, aproximando minha boca da dele. Quando o beijo, ele deita e se apoia nos cotovelos, e eu subo em seu colo. Sinto uma de suas mãos na parte inferior das minhas costas, e ele puxa meu corpo para mais perto de si.

"Senti sua falta", ele diz, passando a língua na minha. Estranho a ausência do toque frio da argola de metal, mas meu corpo está aquecido por meu desejo, e isso torna todo o resto irrelevante.

"Senti sua falta também." Passo os dedos pelos cabelos dele e o beijo com mais intensidade. Minha outra mão procura seus músculos firmes por baixo da camisa, mas ele me interrompe, me afastando um pouco, mas sem me tirar de seu colo.

Ele sorri, não sem um certo desapontamento.

"Acho melhor parar por aqui." Seu rosto está vermelho, e sua respiração, ofegante contra minha pele.

Quero protestar, dizer que preciso de seu toque, mas sei que ele está certo. Suspirando, saio de seu colo e me deito do outro lado da cama.

"Desculpa, Tess... Não quis...", ele hesita.

"Não, você está certo. Mesmo, tudo bem. Vamos dormir um pouco." Sorrio, mas meu corpo ainda está abalado pelo contato.

Ele se deita do meu lado, e se mantém ao seu lado da cama com um travesseiro posicionado entre nós, o que me faz lembrar do nosso começo. Hardin adormece depressa, e seus roncos serenos tomam o ambiente, mas, quando acordo no meio da noite, ele se foi, e deixou um bilhete em seu lugar.

Obrigado de novo, tinha um pouco de trabalho a fazer.

Na manhã seguinte, envio uma mensagem de feliz aniversário para Hardin assim que acordo, e me visto enquanto espero a resposta. Gostaria que ele tivesse ficado, mas, pensando com clareza, fico feliz por não ter que lidar com a manhã estranha depois de um primeiro encontro.

Suspirando, guardo o telefone na bolsa e desço a escada para encontrar Landon e avisar que vou perder as primeiras aulas de hoje para poder sair e comprar um presente de aniversário para o Hardin.

104

HARDIN

"Vai ser irado, cara", Nate diz enquanto sobe num muro de pedra no fim do estacionamento.

"Claro que vai", comento. Saio de perto da fumaça do cigarro de Logan e me sento ao lado de Nate.

"Vai mesmo, e é melhor você não dar o cano, porque estamos planejando isso há meses", avisa Logan.

Balanço as pernas para a frente e para trás e, por um segundo, penso em empurrar Logan de cima muro por todas as merdas que ele me disse por eu ter tirado meus piercings.

"Eu vou. Já tinha dito que vou."

"E ela vai junto?", Nate pergunta, obviamente falando sobre Tess.

"Não, ela está ocupada."

"Ocupada? É seu aniversário de vinte e um anos, cara. Você tirou os piercings por ela, ela precisa ir", Logan diz.

"Sempre que ela vai, alguma merda acontece. E, pela última vez, não tirei os piercings por causa dela, porra." Reviro os olhos e observo as rachaduras no concreto.

"De repente você pode dizer para ela dar umas porradas na Molly de novo... aquilo foi impagável." Nate ri.

"Foi engraçado; ela é engraçada quando está bêbada. E, quando fala palavrão, fica mais engraçada ainda. É como ouvir minha avó xingar."

Logan ri com Nate.

"Dá para parar de falar dela, caralho? Ela não vai."

"Tá bom, tá bom, calma aí", Nate diz sorrindo.

Queria que os dois não tivessem organizado uma festa para mim, porque seria melhor passar meu aniversário com Tessa. Não dou a mínima para aniversários, mas queria vê-la. Sei que ela não tem nada para fazer, simplesmente não quer estar perto dos meus amigos — e eu entendo perfeitamente.

"Tem alguma coisa acontecendo com você e o Zed?", Nate pergunta enquanto caminhamos para a aula.

"Sim, ele é um cuzão e não sai de perto da Tessa. Por quê?"

"Eu queria só saber, porque vi Tessa entrando no prédio ambiental, sei lá como chama aquela porra, e achei estranho...", Nate diz.

"Quando foi isso?"

"Faz uns dois dias. Segunda-feira, acho."

"Você tá..." Mas paro porque sei que ele está falando sério.

Merda, Tessa, qual parte de "fica longe da porra do Zed" você não entendeu?

"Você não se importa se ele for, certo? Já avisamos todo mundo, e não quero desconvidar ninguém", Nate diz; ele sempre foi o cara mais bacana do grupo.

"Não estou nem aí. Não é ele que transa com ela, sou eu", respondo, e ele ri. Se ao menos soubesse o que está rolando.

Nate e Logan me deixam na frente do prédio da educação física, e eu tenho que admitir que estou ansioso para ver Tessa. Fico tentando imaginar como ela prendeu os cabelos hoje e se está usando aquela calça de que tanto gosto.

Que merda é essa? Ainda me surpreendo pensando nas coisas mais idiotas. Meses atrás, se alguém me dissesse que ficaria tentando imaginar como estavam os cabelos de uma garota, eu teria partido para a ignorância. Mas agora estou aqui torcendo para que os cabelos de Tessa estejam presos para eu conseguir ver seu rosto.

Mais tarde, não consigo acreditar que estou na fraternidade de novo. Parece que morei aqui há muito, muito tempo. Não sinto falta, mas também não gosto nada de viver sozinho naquele apartamento.

Este ano foi maluco. Não consigo acreditar que tenho vinte e um anos e que vou terminar a faculdade ano que vem. Minha mãe chorou ao telefone hoje de manhã dizendo que estou crescendo depressa demais, e acabei desligando na cara dela, porque simplesmente não parava de falar. Em minha defesa, devo dizer que fui até educado na conversa, agindo como se meu telefone estivesse com sinal fraco para me livrar dela.

A casa está lotada, a rua está cheia de carros e estou me perguntando quem diabos são todas essas pessoas que vieram para o meu aniversário.

Sei que a festa não é só para mim. É só uma desculpa para uma baita comemoração, mas mesmo assim. Quando começo a desejar que Tessa estivesse aqui, vejo os horrendos cabelos cor-de-rosa de Molly e fico contente por ela não ter vindo.

"Aí está o aniversariante." Ela sorri e entra na casa.

"Scott!", Tristan grita da cozinha; ele já está bebendo, percebi.

"Cadê a Tessa?", Steph pergunta.

Todos os meus amigos estão formando um pequeno círculo e olhando para mim enquanto tento pensar em algo para dizer. A última coisa de que preciso é que eles saibam que estou tentando convencê-la a voltar para mim.

"Espera... antes de qualquer coisa, onde estão seus piercings?"

Steph leva a mão ao meu queixo e levanta minha cabeça para me examinar como se eu fosse uma porra de um rato de laboratório.

"Sai fora", resmungo e me afasto dela.

"Puta merda! Você está se tornando um deles", Molly diz e aponta um grupo de mauricinhos do outro lado da sala.

"Não estou, não", arregalo os olhos para ela.

Ela ri e me pressiona mais:

"Está, sim! Ela mandou você tirar, não foi?"

"Não, não mandou. Eu tirei porque me deu na telha, caralho. Cuida da sua vida", digo, e ela revira os olhos.

"Se você está dizendo..." Ela se afasta, graças a Deus.

"Não liga para ela. E aí, a Tessa vem?", Steph pergunta, e eu balanço a cabeça, negando. "Ah, vou sentir falta dela! Queria que ela aparecesse mais vezes." Ela toma um gole do copo vermelho.

"Eu também", digo baixinho e encho um copo com água.

Para meu desespero, a música e as vozes se tornam mais altas conforme a noite avança. Todo mundo está bêbado antes das oito. Ainda não decidi se quero beber ou não. Passei muito tempo sem beber até aquela noite na casa do meu pai, quando quebrei toda a louça de Karen. Eu costumava aguentar essas festas idiotas sem beber... bom, a maioria delas. Mal me lembro de meus primeiros dias de faculdade, garrafa atrás de garrafa, vagabunda atrás de vagabunda — é tudo uma lembrança vaga, o que me deixa contente. As coisas não faziam sentido antes de Tessa.

Encontro um espaço no sofá ao lado de Tristan e começo a pensar em Tessa enquanto meus amigos fazem mais uma brincadeira idiota com bebidas.

105

TESSA

Oi.
Recebo uma mensagem de Hardin.
O frio que sinto na barriga é ridículo.
Como está sua festa?, envio a resposta e enfio mais um punhado de pipoca na boca. Estou olhando para a tela do meu e-reader há duas horas sem parar, e preciso de um tempo.
Uma merda. Posso ir aí?, ele responde.
Quase pulo da cama. Tomei a decisão mais cedo, depois de passar horas procurando um presente decente, que meu "espaço" pode esperar até depois do aniversário dele. Não me importo se vou parecer carente ou ridícula. Se ele decidir ficar comigo e não com os amigos, vou aceitar. Ele está tentando de verdade, e preciso reconhecer isso; por outro lado, precisamos discutir o fato de ele não querer um futuro comigo, e como isso pode afetar minha carreira.
Mas isso pode esperar até amanhã.
Sim, em quanto tempo você chega?, digito.
Procuro na cômoda e encontro uma blusa sem mangas azul que Hardin já disse que fica bonita em mim. Vou ter que vestir uma calça jeans; caso contrário, vou parecer uma idiota neste quarto de vestido. Tento imaginar o que ele está usando. Seus cabelos estarão puxados para trás como estavam ontem? Será que a festa estava chata sem mim e ele quis me ver? Ele está mudando de verdade, e eu o amo por isso.
Por que estou tão feliz?
Trinta minutos.
Corro para o banheiro para tirar as casquinhas de pipoca dos dentes. É melhor não beijá-lo. Ou será que posso? É aniversário dele... um beijo não é nada de mais e, sendo bem sincera: ele merece um beijo por todo o esforço que fez até aqui. Um beijo não vai estragar nada que estou tentando fazer.

Retoco a maquiagem e passo a escova pelos meus cabelos e os prendo em um rabo de cavalo. Está na cara que não tenho nenhum juízo quando o assunto é Hardin, mas posso me repreender amanhã.

Sei que ele não liga muito para aniversários, mas quero que este seja diferente — quero que saiba que seu aniversário é importante.

Pego o presente que comprei e começo a embrulhá-lo depressa. O papel é cheio de notas musicais, e seria bacana para encapar livros. Estou ficando nervosa, apesar de saber que não deveria.

Certo, até já, envio, e desço depois de escrever o nome dele na fitinha do presente.

Karen está dançando ao som de uma canção antiga de Luther Vandross, e dou risada quando ela se vira com o rosto todo vermelho.

"Desculpa, não sabia que você estava aqui", ela diz, claramente embaraçada.

"Adoro essa música. Meu pai sempre a tocava", digo e ela sorri.

"Ele tem bom gosto, então."

"Tinha." Eu sorrio quando me ocorre a lembrança até certo ponto feliz de meu pai me rodopiando pela cozinha... antes de as coisas degringolarem e ele deixar minha mãe de olho roxo pela primeira vez.

"O que vai fazer hoje? O Landon está na biblioteca de novo", ela conta, apesar de eu já saber.

"Queria saber se você pode me ajudar a fazer um bolo ou coisa do tipo para o Hardin. É aniversário dele, e ele vai estar aqui em meia hora." Não consigo conter o sorriso.

"Ele vem? Bom, claro, podemos fazer um bolo rápido... um bolo redondo de duas camadas. Do que ele gosta mais: chocolate ou baunilha?"

"Bolo de chocolate com cobertura de chocolate", digo a ela. Por mais que eu sinta não conhecê-lo às vezes, eu o conheço mais do que a mim mesma.

"Certo. Você pode separar as formas?", ela pergunta, e eu começo a fazer isso.

Trinta minutos depois, estou esperando o bolo esfriar totalmente para poder cobri-lo antes de Hardin chegar. Karen encontrou umas velas antigas; ela só conseguiu achar um número um e um número três, mas sei que ele vai achar engraçado.

Caminho até a sala de estar e olho pela janela para ver se ele já chegou, mas não há carro nenhum na frente da casa. Ele provavelmente só está um pouco atrasado. Faz quarenta e cinco minutos.

"Ken vai chegar daqui a uma hora, mais ou menos, foi jantar com alguns colegas. Por ser uma pessoa terrível, eu disse que estava com dor de estômago. Odeio esses jantares." Ela ri, e eu também dou risada enquanto tento alisar a cobertura pelas laterais do bolo.

"Eu te entendo", digo e coloco as velas em cima do bolo.

Depois de organizá-las para formarem o número 31, eu as reorganizei para serem 13. Karen e eu rimos das velas, e eu me esforço com a cobertura grossa para escrever o nome de Hardin embaixo das velas.

"Ficou... legal", ela mente.

Faço uma careta por causa de minhas péssimas habilidades de confeiteira.

"O que vale é a intenção. Pelo menos eu espero..."

"Ele vai adorar", Karen diz antes de subir para que Hardin e eu possamos ter um pouco de privacidade quando ele chegar.

Faz uma hora que ele enviou as mensagens, e estou sentada sozinha na cozinha, esperando. Sinto vontade de ligar, mas, se ele não vier, tem a obrigação de telefonar e me dizer.

Ele vai vir. Foi ideia dele, afinal. Ele vai vir.

106

HARDIN

Pela terceira vez, Nate tenta me entregar seu copo.

"Vamos lá, cara. Só uma bebida, é seu aniversário de vinte e um anos, é ilegal não beber!"

Por saber que isso vai facilitar minha saída, finalmente aceito.

"Certo, uma bebida. Mas só."

Sorrindo, ele pega o copo e também a garrafa de destilado da mão de Tristan.

"Certo. Bebe pelo menos um do forte", ele diz.

Reviro os olhos antes de entornar o líquido escuro.

"Beleza, chega. Agora me deixa em paz", resmungo, e ele concorda.

Vou para a cozinha pegar mais um copo de água, e Zed, justamente ele, me para.

"Aqui", ele diz, e me entrega meu telefone. "Você deixou cair no sofá quando levantou."

Ele volta para a sala de estar.

107

TESSA

Depois de duas horas, deixo o bolo no balcão e subo para tirar a maquiagem e vestir meu pijama. Isso é o que acontece sempre que dou outra chance a ele. A realidade me dá um tapa na cara.

Pensei que ele viria; sim, sou uma idiota. Eu estava lá embaixo fazendo um bolo... Nossa, como sou imbecil.

Pego meus fones antes de começar a chorar de novo. A música invade meus ouvidos, deito na cama e faço o melhor que posso para não ser dura comigo. Ele agiu de um modo tão diferente ontem à noite — na maior parte do tempo, se comportou bem, mas sinto saudade de seus comentários pervertidos e grosseiros que sempre finjo odiar, mas que secretamente amo.

Ainda bem que Landon não veio falar comigo quando o ouvi chegar em casa. Eu ainda tinha um pouco de esperança, e teria parecido ainda mais ridícula — não que ele fosse me dizer isso, claro.

Estendo o braço, apago a luz da luminária e então abaixo o som. Se isso tivesse acontecido um mês antes, eu teria entrado no carro e dirigido até aquela república idiota para perguntar por que diabos me deixou esperando, mas agora não tenho mais vontade de brigar. Não mais.

Sou despertada por meu telefone tocando em meus ouvidos, e o barulho vindo dos meus fones me assusta.

É Hardin. E já é quase meia-noite. Não atende, Tessa. Eu tenho que me forçar a ignorar o telefonema e desligar meu telefone. Estendo o braço e ligo o alarme do criado-mudo. Fecho os olhos.

Claro que ele está bêbado, e está ligando para mim depois de me deixar esperando. Eu já deveria saber.

108

HARDIN

Tessa não está atendendo minhas ligações, e isso está me irritando. O dia do meu maldito aniversário termina em quinze minutos, e ela não atende o telefone?

Sim, eu provavelmente deveria ter ligado mais cedo, mas mesmo assim. Ela nem sequer respondeu às minhas mensagens de horas atrás. Pensei que tivéssemos nos divertido ontem, e ela até tentou tirar minha roupa. Dizer não quase me matou, mas eu sabia o que aconteceria se fizéssemos aquilo. Não preciso me aproveitar dela agora, apesar de querer muito.

"Acho que já vou", digo a Logan, e ele se desgruda da morena de pele escura de quem obviamente gostou.

"Não, você ainda não pode ir embora, só quando... ah, ali estão elas!", ele diz e aponta.

Eu me viro e vejo duas garotas de sobretudo caminhando na nossa direção. *Não acredito.*

Todo mundo que está lotando a sala de estar começa a bater palmas e gritar.

"Não curto strippers", digo a ele.

"Ah, para! Como você sabe que elas são strippers?" Ele ri.

"Elas estão de sobretudo e salto alto!" Isso é muito idiota.

"Qual é, cara, a Tessa não vai se importar!", Logan acrescenta.

"Não é esse o problema", resmungo, apesar de ser. Não é o único problema, mas é o maior.

"Este é o aniversariante?", uma das garotas pergunta.

O batom vermelho dela já está me dando dor de cabeça.

"Não, não, não. Não sou", minto e saio pela porta.

"Qual é, Hardin!", algumas pessoas me chamam.

De jeito nenhum, não vou voltar. Tessa vai perder a cabeça se desconfiar que cheguei perto de strippers. Já praticamente consigo ouvi-la gritando comigo por isso. Queria que ela tivesse atendido quando liguei. Tento ligar para ela mais uma vez enquanto Nate tenta ligar para mim ao mesmo tempo.

Não vou voltar para dentro, de jeito nenhum. Já participei da festa por tempo suficiente.

Aposto que ela está brava comigo por não ter telefonado antes, mas nunca sei quando devo ligar e quando não devo. Não quero pressioná-la, mas também não quero deixá-la solta demais. É difícil passar por isso, e nunca sei qual é a medida certa.

Confiro o telefone mais uma vez, e vejo que o **Oi** que mandei é a última mensagem enviada ou recebida. Parece que vou passar a noite no apartamento vazio de novo.

Feliz aniversário de merda para mim.

109

TESSA

Acordo com um alarme estranho, e demoro alguns segundos para me lembrar de que desliguei o telefone ontem à noite por causa do Hardin. Em seguida vem a recordação de ficar sentada ao balcão da cozinha, sentindo minha animação morrer um pouco a cada minuto, e ele não apareceu.

Lavo o rosto e me preparo para o longo trajeto até a Vance; a única coisa de que sinto falta no apartamento é o trajeto mais curto. E de Hardin. E das estantes que tomam a parede toda. E da cozinha pequena e perfeita. E daquele abajur. E de Hardin.

Quando desço, Karen é a única pessoa na cozinha. Olho diretamente para o bolo com o número 13 em velas e o nome que foi escrito — o que antes era Hardin, depois de passar a noite toda ali, agora parece mais com "Hell".

Talvez seja um inferno mesmo.

"Ele não conseguiu vir", digo a ela sem olhar em seus olhos.

"É... Imaginei." Ela sorri para mim de modo solidário e limpa os óculos no avental.

Karen é a dona de casa perfeita, está sempre cozinhando ou limpando alguma coisa. Mais do que isso, ela é supergentil, e ama muito o marido e a família, até mesmo seu enteado grosseiro.

"Tudo bem", dou de ombros e encho uma caneca de café.

"Você sabe que nem sempre precisa estar tudo bem, querida."

"Eu sei. Mas assim é mais fácil", digo a ela, que balança a cabeça.

"Nem sempre vai ser fácil", ela me diz, e quase rio da ironia de ouvi-la usar as palavras que Hardin sempre usa contra mim.

"Enfim, estamos pensando em ir para a praia na semana que vem. Se quiser ir, seria ótimo." Uma das coisas que adoro a respeito da mãe de Landon é que ela nunca me pressiona a falar.

"Praia? Em fevereiro?", pergunto.

"Temos um barco que gostamos de usar antes que fique quente demais. Saímos para observar baleias, e é bem bacana; você deveria ir."

"É mesmo?" Nunca estive em um barco, e a ideia me assusta, mas observar baleias parece ser legal. "Sim, eu vou."

"Ótimo! Vamos nos divertir muito", ela me garante, e vai para a sala de estar.

Finalmente volto a ligar o telefone quando chego à Vance. Preciso parar de desligá-lo quando estou brava. Posso simplesmente ignorar as ligações de Hardin da próxima vez. Se algo acontecesse com minha mãe e ela não conseguisse falar comigo, eu me sentiria péssima.

Kimberly e Christian estão juntos no corredor quando saio do elevador. Ele sussurra algo, e ela ri antes de prender os cabelos atrás da orelha e abrir um sorrisão quando ele a beija, e os dois continuam sorrindo.

Corro até meu escritório para ligar para a minha mãe — decidi que está na hora, mas ela não atende. O manuscrito que estou lendo me irrita nas primeiras cinco páginas. Quando passo os olhos pelas últimas páginas, vejo um *sim* e solto um suspiro. Estou cansada da mesma história de sempre: garota conhece garoto, eles se apaixonam, surge um problema, eles fazem as pazes, casam, têm filhos, fim. Jogo as páginas no lixo sem continuar lendo. Eu me sinto mal por não dar uma chance ao texto, mas não está chamando minha atenção.

Preciso de uma história realista, na qual haja problemas reais, mais do que uma briga, e até um rompimento. Com gente de verdade. As pessoas se magoam e continuam se magoando... inclusive eu, claro. Percebo isso agora.

Christian passa pela minha sala e eu respiro fundo antes de levantar para segui-lo. Aliso minha saia e tento ensaiar o que vou dizer sobre Seattle. Espero que Hardin não estrague minha chance de ir.

"Sr. Vance?" Bato levemente à porta.

"Tessa? Entre", ele diz com um sorriso.

"Peço desculpa por incomodar, mas queria saber se tem alguns minutos para conversarmos", pergunto, e ele faz um gesto para que eu me sente. "Estava pensando em Seattle e se eu teria chance de ser transferida para lá. Vou entender se for muito tarde, mas gostaria muito de ir, Trevor me contou tudo, e eu estava pensando que poderia ser uma boa oportunidade para mim se..." Christian levanta a mão e ri, me interrompendo.

"Você quer mesmo ir?", ele pergunta com um sorriso. "Seattle é um lugar muito diferente daqui." Seus olhos verdes são suaves, mas tenho a sensação de que ele não está convencido.

"Sim, quero. Eu adoraria ir..." De verdade. Gostaria, sim. Não gostaria?

"E o Hardin? Ele iria com você?" Ele puxa o nó da gravata, afrouxando o tecido estampado ao redor do pescoço.

Devo dizer que Hardin se recusa a ir? Que a participação dele no meu futuro é bem incerta, e que ele é teimoso e paranoico?

Mas, em vez disso, digo apenas:

"Estamos discutindo."

Vance olha em meus olhos:

"Adoraria levar você para Seattle conosco." E então, depois de um instante, ele acrescenta: "Hardin também. Ele pode ir junto, talvez até retomar seu emprego antigo", Christian diz, e então ri. "Se conseguir manter a boca fechada."

"Sério?"

"Sim, claro. Você deveria ter dito antes." Ele mexe um pouco mais na gravata antes de retirá-la totalmente e colocá-la sobre a mesa.

"Muito obrigada! Agradeço de verdade", digo com toda a sinceridade.

"Você tem ideia de quando pode ir? Kim, Trevor e eu vamos em duas semanas, mas você pode ir quando estiver pronta. Sei que precisa transferir seu curso. Faço questão de ajudar o quanto puder."

"Duas semanas é um bom prazo", respondo antes de conseguir pensar direito.

"Ótimo, ótimo. Kim vai ficar muito feliz." Ele sorri, e eu observo quando ele olha para a foto de Kimberly com Smith sobre sua mesa.

"Obrigada de novo, isso é muito importante para mim", digo a ele antes de sair do escritório. Seattle. Duas semanas. Vou me mudar para Seattle em duas semanas. Estou pronta.

Não estou?

Claro que estou, espero por esse momento há anos. Mas nunca pensei que aconteceria em tão pouco tempo.

110

TESSA

Espero do lado de fora do apartamento de Zed, torcendo para que ele não demore muito. Preciso muito falar com ele, ele disse que estava voltando do trabalho. Parei para comprar um café e matar um pouco de tempo. Depois de esperar alguns minutos, ele estaciona, e dentro do carro está tocando música muito alta. Quando sai do veículo, está muito bem arrumado com jeans preto e uma camiseta vermelha com mangas cortadas, e me distraio momentaneamente de meu propósito.

"Tessa!", ele diz com um sorrisão e me convida a entrar. Depois de me dar mais um café e pegar um refrigerante para si, vamos para a sala de estar.

"Zed, tenho uma coisa para contar, acho. Mas quero contar outra coisa primeiro", digo.

Ele leva as mãos à nuca e se recosta no sofá.

"É sobre a festa?"

"Você foi?", pergunto, e deixo as minhas notícias de lado um pouco. Eu sento na cadeira de frente para o sofá.

"Sim, fiquei um pouco, mas quando as strippers apareceram, fui embora."

Zed esfrega a nuca. Eu perco o fôlego.

"Strippers?" pergunto, colocando minha xícara de café sobre a mesa antes que derrube o líquido quente no colo.

"Sim, todo mundo estava bem louco, e além disso contrataram strippers. Não é meu lance, então caí fora." Ele dá de ombros.

Eu estava assando um bolo de aniversário para Hardin enquanto ele estava na farra com strippers?

"Alguma coisa aconteceu na festa?", pergunto, mudando de assunto de novo. Não consigo esquecer as strippers. Como Hardin pôde aceitar isso?

"Não, foi como sempre. Você conversou com o Hardin?", ele pergunta, com os olhos concentrados na lata de refrigerante, empurrando o anel da lata de um lado a outro.

"Não, eu..." Não quero admitir que ele me deixou esperando.

"O que você ia dizer?", Zed pergunta.

"Ele disse que viria, mas não apareceu."

"Que sacanagem." Ele balança a cabeça.

"Eu sei, e sabe qual é a pior parte? Que nos divertimos muito em nosso encontro, e eu pensei que ele realmente estava me colocando em primeiro lugar." Os olhos de Zed estão cheios de solidariedade quando olho para ele.

"E então, ele preferiu ir a uma festa a ficar com você", ele diz.

"É..." Não sei mais o que dizer.

"Acho que isso mostra bem o tipo de pessoa que ele é e que não vai mudar. Sabe?" Ele tem razão.

"Eu sei. Só queria que ele tivesse conversado comigo sobre isso, ou que dissesse que não queria me ver, em vez de me deixar esperando durante horas." Corro os dedos pela borda da mesa, puxando a madeira descascada.

"Acho melhor você não falar com ele sobre isso; se ele quisesse ir, teria aparecido, e não deixado você esperando."

"Sei que você tem razão, mas esse é o principal problema do nosso relacionamento. Não conversamos sobre as coisas, chegamos a conclusões que levam a gritos e um de nós vai embora", digo. Sei que Zed só está tentando ajudar, mas quero muito que Hardin se explique para mim, na minha cara, por que ficar com strippers foi mais importante do que ir me ver.

"Pensei que vocês não tivessem mais um relacionamento."

"Temos... bem, não temos, mas... nem sei como explicar." Estou mentalmente exausta, e a presença de Zed às vezes me deixa ainda mais confusa.

"A escolha é sua, eu só queria que você parasse de perder tempo com ele." Ele suspira e levanta do sofá.

"Eu sei", sussurro e confiro meu telefone para ver a mensagem de Hardin. Não tem nenhuma.

"Está com fome?", Zed pergunta da cozinha, e escuto quando ele joga a latinha no lixo.

111

HARDIN

Esse apartamento está tão vazio, que droga!

Detesto ficar aqui sem ela. Sinto falta de sentir suas pernas no meu colo enquanto estuda e eu a observo furtivamente enquanto finjo que trabalho. Sinto falta do jeito como ela cutuca meu braço com a caneta até eu arrancá-la de sua mão e segurá-la acima da cabeça, e ela agir como se estivesse muito irritada, mas na verdade só está tentando me provocar para conseguir atenção. O modo como ela subia no meu colo para pegar de volta a caneta sempre levava à mesma coisa, todas as vezes, o que obviamente era bom para mim.

"Caralho", digo a mim mesmo e solto o fichário. Não fiz nada hoje, nem ontem, nem nas duas últimas semanas, para ser sincero. Ainda estou irritado por ela não ter atendido ontem à noite, mas, acima de tudo, quero vê-la. Tenho certeza de que ela está na casa do meu pai, então eu deveria ir até lá falar com ela. Se eu telefonar, pode ser que ela não atenda, e isso vai me deixar mais ansioso, então vou até lá.

Sei que deveria dar um tempo a ela, mas sinceramente... que se foda. Não está dando certo para mim, e espero que para ela também não.

Quando chego à casa do meu pai, são quase sete, e o carro de Tessa não está lá.

Que porra.

Ela deve estar no mercado ou na biblioteca com Landon ou coisa do tipo. Mas minha suspeita não se confirma quando vejo Landon sentado no sofá com um livro no colo. Que maravilha.

"Cadê ela?", pergunto assim que entro na sala de estar. Quase sento ao lado dele, mas decido ficar de pé. Seria muito estranho se eu sentasse com ele.

"Não sei, ainda não nos vimos hoje", ele responde, quase sem desviar os olhos do texto.

"Você falou com ela?", pergunto.

"Não."

"Por que não?"

"Por que eu falaria? Nem todo mundo quer controlar os passos dela", ele diz sorrindo.

"Vai se foder", retruco.

"Não sei mesmo onde ela está", garante Landon.

"Bom... vou esperar aqui... acho." Entro na cozinha e sento ao balcão. Só porque gosto dele um pouco mais agora, não quer dizer que vou ficar sentado olhando para a cara dele enquanto ele estuda.

Tem uma gororoba de chocolate em uma travessa à minha frente com velas formando o número 13. Essa coisa é o bolo de aniversário de alguém?

"De quem é esse bolo horroroso aqui?", grito. Não consigo ler o nome, se é que tentaram mesmo escrever um nome em cima.

"É o *seu* bolo horroroso", Karen responde. Quando me viro, ela está sorrindo com sarcasmo.

Não a vi entrar.

"Meu? Com o número 13?"

"Essas eram as únicas velas que eu tinha, e a Tessa se divertiu com elas", ela diz. Há algo em sua voz que parece meio esquisito. Ela está brava ou coisa do tipo?

"Tessa? Não estou entendendo."

"Ela fez esse bolo ontem à noite, enquanto esperava você chegar", ela explica, e então volta a atenção ao frango que está cortando.

"Eu não vim para cá."

"Sei que não, mas ela estava esperando você." Olho para o bolo horroroso e me sinto um idiota total. Por que ela me faria um bolo e nem pediria que eu viesse? Nunca vou entender essa garota. Quanto mais olho para o bolo que ela fez, mais bonito ele se torna. Admito que não está bem-feito, mas ontem deveria estar, antes de passar a noite toda aqui.

Consigo imaginá-la rindo sozinha ao posicionar as velas em cima do bolo de chocolate. Consigo imaginá-la lambendo a massa do bolo da colher e enrugando o nariz ao escrever meu nome.

Ela fez um bolo e eu fui àquela festa. Tem como eu ser mais idiota?

"Onde ela está agora?", pergunto a Karen.
"Não faço ideia, não sei se ela vem jantar."
"Posso ficar para jantar?", pergunto a ela.
"Claro que pode, não precisa pedir." Ela se vira sorrindo.

Seu sorriso é prova de seu caráter; ela deve achar que sou um imbecil, mas ainda assim sorri e me convida para o jantar.

Na hora do jantar, estou quase surtando, inquieto na cadeira, olhando pela janela a cada poucos segundos, prestes a telefonar mil vezes para ela, até que atenda. Surtando mesmo.

Meu pai está conversando com Landon a respeito da próxima temporada de beisebol, e gostaria que os dois calassem a boca. *Onde ela está?*

Pego meu telefone para enviar uma mensagem de texto quando ouço a porta da frente se abrir. Fico de pé sem perceber, e todo mundo olha para mim.

"O que foi?", pergunto e vou para a sala de estar.

Sou tomado pelo alívio quando ela praticamente tromba em mim carregando livros e o que parece ser um pôster.

Assim que me vê, os objetos começam a cair no chão. Eu me aproximo para ajudá-la a pegá-los.

"Obrigada." Ela pega os livros de minhas mãos e começa a subir a escada.

"Aonde você vai?", pergunto.

"Vou guardar minhas coisas...", ela se vira para responder, mas volta a dar as costas.

Normalmente, eu começaria a brigar e esbravejar, mas espero descobrir o que está acontecendo sem ter que gritar, pelo menos uma vez.

"Você vai jantar?", pergunto.

"Vou", ela responde sem se virar.

Mordo a língua e volto para a sala de jantar.

"Ela vai descer em um minuto", digo, e percebo que Karen está sorrindo, mas disfarça quando olho para ela.

Os minutos mais parecem horas quando Tessa finalmente senta ao meu lado à mesa. Espero que ela sentar ao meu lado seja um bom sinal.

Alguns minutos depois, percebo que não é um bom sinal, já que ela não fala comigo nem uma vez e mal comeu o que está em seu prato.

"Ajeitei toda a papelada para a NYU. Ainda não consigo acreditar", Landon diz, e a mãe dele sorri, orgulhosa.

"Você não vai receber a sua parte na herança", meu pai brinca, mas só a esposa dele ri.

Tessa e Landon — por serem cheios de boas maneiras — sorriem e tentam uma risada forçada, mas eu os conheço.

Quando meu pai volta a falar de esportes, encontro a brecha para conversar com Tessa.

"Eu vi o bolo... eu não sabia...", começo a sussurrar.

"Não. Agora não, por favor." Ela franze a testa e faz um gesto para as outras pessoas na sala.

"Depois do jantar?", pergunto, e ela confirma com um aceno.

Fico maluco ao vê-la comer tão devagar; sinto vontade de enfiar uma garfada de batata em sua boca. É por isso que temos problemas, porque eu me imagino impondo as coisas a ela à força. Na sala de jantar, meu pai está tentando distrair as pessoas falando amenidades e fazendo piadinhas, sem sucesso. Eu o ignoro o máximo que consigo e termino de comer.

"Estava muito bom, querida", meu pai elogia Karen quando ela começa a tirar a mesa. Ele olha para Tessa, e então para a esposa. "Quando você terminar, por que não vamos, eu, você e Landon, ao Dairy Queen? Faz tempo que não vou lá..."

Karen assente com um entusiasmo forçado, e Landon levanta para ajudá-la.

"Podemos conversar, por favor?", Tessa me surpreende quando fica de pé.

"Sim, claro." Eu a acompanho escada acima até o quarto em que ela está hospedada.

Não sei se ela vai gritar comigo ou chorar quando fecha a porta.

"Eu vi o bolo..." Decido falar primeiro.

"Viu?" Ela parece quase desinteressada quando senta à beira da cama.

"Sim... foi... legal da sua parte."

"É..."

"Me desculpa por ter ido à festa em vez de ficar com você."

Ela fecha os olhos por alguns segundos e respira fundo antes de voltar a abri-los.

"Tudo bem", ela diz com uma voz monótona.

O modo como olha pela janela sem qualquer emoção no rosto me dá um arrepio. Parece que a vida foi sugada de seu corpo...

Alguém sugou a vida de seu corpo.

Eu.

"Sinto muito, de verdade. Não pensei que você quisesse me ver, você disse que estava ocupada."

"Como assim? Fiquei esperando duas horas, e você falou que ia chegar em trinta minutos." Ela ainda parece alheia, e os pelos de minha nuca se eriçam.

"Do que você está falando?"

"Você disse que ia vir aqui, mas não veio. Simples assim." Queria muito que ela gritasse comigo.

"Eu não disse isso. Perguntei se você queria ir à festa e até mandei mensagem e liguei para você ontem, mas você não respondeu nem atendeu."

"Uau. Você deve ter enchido a cara", ela diz lentamente, e eu levanto e paro na sua frente.

Apesar de eu estar aqui, ela não olha para mim. Olha para o nada, e isso é bem irritante. Estou acostumado com a intensidade dela, a teimosia, as lágrimas... mas não com isso.

"Como assim? Eu liguei para você..."

"Sim, à meia-noite."

"Sei que não sou tão inteligente como você, mas estou bem confuso agora", digo a ela.

"Por que você mudou de ideia? Por que não veio?", ela pergunta.

"Eu não sabia que era para vir aqui. Mandei uma mensagem dizendo 'oi', mas você não respondeu."

"Respondi, sim, e você também. Disse que não estava se divertindo e perguntou se podia vir aqui."

"Não... eu não fiz isso." Ela bebeu ontem?

"Fez, sim." Ela me entrega seu celular.

Uma merda. Posso ir aí?

Sim, em quanto tempo você chega?

Trinta minutos.

Que porra é essa?

"Não fui eu que mandei essas mensagens." Tento relembrar o que aconteceu ontem à noite.

Ela não diz nada, só cutuca as unhas.

"Tessa, se eu tivesse pensado, por um minuto que fosse, que você estava me esperando, eu teria vindo correndo."

"Está mesmo me dizendo que não mandou essas mensagens depois de eu mostrar a prova a você?" Ela quase ri.

Preciso que ela grite comigo; quando está gritando, pelo menos sei que ela se importa.

"Eu não acabei de dizer isso?", pergunto.

Ela fica em silêncio.

"Quem enviou, então?"

"Não sei... merda, não sei quem... Zed! Foi ele, porra... foi o Zed." Aquele desgraçado me devolveu o telefone quando caiu no sofá; ele deve ter enviado as mensagens a Tessa como se fosse eu, para que ela ficasse me esperando.

"Zed? Sério que você está querendo pôr a culpa nele?"

"Sim! É isso mesmo que estou fazendo. Ele sentou no sofá logo depois de mim e depois me devolveu meu telefone. Sei que foi ele, Tessa", garanto a ela.

Seus olhos estão confusos e, por um instante, sei que acreditou em mim, mas em seguida ela sacode a cabeça.

"Não sei..." Ela parece estar falando sozinha.

"Eu não daria o cano em você, Tessa. Estou tentando muito, muito mesmo, mostrar que posso mudar. Eu não faria você esperar desse modo, não mais. Aquela festa foi tão entediante, e eu estava arrasado sem você por lá..."

"Estava mesmo?" Ela fala mais alto e levanta da cama.

Aqui vamos nós.

"Você estava arrasado enquanto se divertia com as strippers?", ela grita.

Porra.

"Claro! Eu fui embora quando elas chegaram! Espera... como você sabe sobre as strippers?"

"Isso faz diferença?", ela me desafia.

"Sim! Claro que faz. Foi ele, não foi? Foi o Zed! Ele está enchendo a sua cabeça com toda essa merda para fazer você se virar contra mim!", grito em resposta. Eu sabia que ele estava aprontando alguma. Só não sabia que podia ser tão baixo. Ele mandou as mensagens do meu telefone e depois apagou. Ele é tão idiota assim para destruir meu relacionamento de novo? Vou encontrar aquele merda...

"Ele não está fazendo isso!", ela grita, interrompendo minha ira.

Ah, caralho.

"Certo, então vamos telefonar para o seu precioso Zed e perguntar para ele." Pego o telefone dela e procuro o nome dele... está na lista de favoritos. Porra, quero jogar essa merda numa parede.

"Não liga para ele", ela rosna para mim, mas eu a ignoro.

Ele não atende. Claro que não.

"O que mais ele disse pra você?" Estou espumando.

"Nada", ela mente.

"Você mente muito mal, Tessa. O que mais ele disse pra você?"

Ela olha para mim com os braços cruzados, e eu espero a resposta.

"E então?", pressiono.

"Que você foi até o Jace na noite em que eu estava na casa dele." Minha raiva está ameaçando me dominar.

"Você quer saber quem anda com o Jace, Tessa? O merda do Zed, isso sim. Eles sempre estão juntos. Fui lá para perguntar sobre vocês dois, já que do nada você decidiu dormir com ele."

"Dormir com ele? Eu não estava fazendo nada disso! Fiquei lá algumas vezes porque gosto da companhia dele, e porque ele sempre foi legal comigo! Ao contrário de você!" Ela dá um passo na minha direção.

Queria que ela gritasse comigo, e agora ela não para mais, mas é muito melhor do que vê-la sentada aqui como se não desse a mínima.

"Ele não é tão meigo quanto você pensa, Tessa! Ainda não deu para entender? Ele está dizendo todas essas merdas para ficar com você. Ele quer uma trepada, só isso. Não fica se achando..." Eu me interrompo. Fui sincero na parte sobre Zed, mas não no resto. "Não quis dizer a última parte", me corrijo, tentando aumentar a raiva nela, não a tristeza.

"Claro que não." Ela revirou os olhos.

Não acredito que estamos brigando por causa de Zed. Que puta absurdo. Eu avisei para ela ficar longe dele, mas, como é teimosa, Tessa não ouve.

Pelo menos, ela disse que não não dormiu com ele nas vezes em que ficou em seu apartamento... *vezes?*

"Quantas vezes você ficou na casa dele?", pergunto, torcendo para ter entendido errado.

"Você já sabe disso." Ela está ficando cada vez mais irritada, e eu também.

"Vamos tentar falar sobre isso com calma, porque estou prestes a perder a cabeça, e isso não vai ser bom para ninguém."

Aproximo o polegar e o indicador para provar o que estou dizendo.

"Tentei fazer isso, e você..."

"Você pode ficar quieta por dois segundos e me ouvir?", grito e passo os dedos pelos cabelos.

E, surpreendentemente, ela faz exatamente o oposto do que pensei, sentando na cama e calando a maldita boca.

Não sei o que dizer, nem por onde começar, pois não pensei que ela fosse me ouvir.

Eu me aproximo e paro na sua frente; ela olha para mim com uma expressão impossível de decifrar, e eu ando de um lado para o outro por alguns segundos e paro para conversar.

"Obrigado." Suspiro aliviado e frustrado. "Certo... isso tudo está muito confuso e zoado. Você achou que eu pedi para vir aqui e dei o cano; você já deveria saber que eu não faria isso."

"Deveria mesmo?", ela me interrompe.

Não sei como espero que ela saiba disso agora, depois de eu ter feito tanta merda.

"Você está certa... mas espera um pouco aí", digo, e ela revira os olhos. "Minha festa foi um lixo, e eu não teria ido se você não quisesse. Não bebi nada — bom, na verdade, eu tomei uma bebida, mas só. Não conversei com nenhuma outra garota, mal falei com a Molly, e é claro que não cheguei perto de nenhuma stripper. Que porra eu faria com uma stripper quando posso ter você?"

Seu olhar se tranquiliza um pouco, e ela não está mais me encarando como se quisesse arrancar minha cabeça. Já é um começo.

"Não que eu tenha você... mas estou tentando ter de novo. Não quero mais ninguém. Acima de tudo, quero que você não queira mais ninguém. Não sei por que você sempre recorre ao Zed, para dizer a verdade. Sei que ele é bacana com você, blá, blá, blá... mas ele é um escroto."

"Ele não fez nada para fazer com que eu pensasse isso, Hardin", ela insiste.

"Ele mandou uma mensagem de texto para você do meu telefone, fingindo ser eu, contou sobre as strippers de propósito..."

"Você não sabe se foi ele que mandou as mensagens, e na verdade fiquei feliz por saber sobre as strippers."

"Eu teria contado se você tivesse atendido quando liguei. Não fazia ideia do que estava acontecendo. Não sabia que você tinha feito um bolo para mim ou que estava me esperando. Já é bem difícil fazer você perceber que estou me esforçando, e aí ele se mete na história e planta essas ideias na sua cabeça."

Ela fica calada.

"Então, o que vamos fazer agora, Tessa? Preciso saber, porque essa merda de idas e vindas está me matando, e não aguento mais dar um tempo." Eu me ajoelho na frente dela, que olha nos meus olhos enquanto espero uma resposta.

112

TESSA

Não sei o que fazer nem o que dizer a Hardin neste momento. Por um lado, sei que ele não está mentindo a respeito das mensagens de texto, mas eu não acho que Zed faria isso comigo. Acabei de falar com ele sobre todas as coisas relacionadas ao Hardin, e ele foi muito gentil e compreensivo.

Mas este é Hardin.

Seu tom de voz é baixo e tranquilo, mas ele pressiona:

"Pode me dar uma resposta?"

"Não sei, também estou cansada das idas e vindas. É exaustivo, e não consigo continuar, não mesmo", digo a ele.

"Mas eu não fiz nada; a gente estava bem até ontem, e nada disso é minha culpa. Sei que normalmente sou culpado, mas não dessa vez. Sinto muito por não ter passado meu aniversário com você. Sei que deveria, e me arrependo", Hardin diz.

Ele apoia as mãos nas coxas quando se posiciona à minha frente de joelhos, não implorando como antes, mas só esperando.

Se ele está dizendo a verdade sobre não ter enviado aquelas mensagens, e eu acredito que esteja, então tudo isso foi um mal-entendido.

"Mas quando vai acabar? Já cansei de tudo isso. Eu me diverti muito quando saímos, mas aí você foi embora no meio da noite, nem esperou amanhecer." Fiquei incomodada com o fato de ele ter saído daquela maneira, mas eu não havia me dado conta.

"Não fiquei porque... — por causa do Landon, com quem eu *também* falei —, porque estou tentando te dar espaço. Sou péssimo nisso, claro, mas pensei que, se desse um tempo para pensar nisso tudo, ia ser mais fácil para você", ele explica.

"Não é fácil para mim, mas não sou só eu nessa história. Tem você também", digo a ele.

"O quê?", ele pergunta.

"Não sou só eu. Isso deve ser exaustivo para você também."

"Quem se importa comigo? Só quero que você fique bem e que saiba que estou tentando de verdade."

"Eu sei."

"Você sabe o quê? Acredita que estou tentando?", ele pergunta.

"Isso, e me importo com você", digo a ele.

"Então, o que estamos fazendo, Tessa? Estamos bem agora? Ou pelo menos no caminho para isso?" Ele levanta a mão e toca meu rosto.

Ele olha para mim pedindo permissão, e eu não o interrompo.

"Por que nós dois somos tão malucos?", sussurro quando o polegar dele passa por meu lábio inferior.

"Eu não sou. Mas você é, com certeza." Ele sorri.

"Você é mais maluco do que eu", digo a ele, que se aproxima mais e mais.

Estou irritada com ele por gritar comigo e por me fazer esperar à toa ontem à noite, apesar de supostamente não ter sido culpa sua. Estou chateada por não conseguirmos nos dar bem, mas, acima de tudo, sinto saudade dele. Sinto falta da proximidade entre nós. Sinto falta do modo como seus olhos mudam quando se viram para mim.

Tenho que admitir meus erros e o papel que desempenhei em toda essa confusão. Sei que sou teimosa, e não ajudo nada ao ver só o que existe de pior nele quando sei que está tentando melhorar. Não estou pronta para ter um relacionamento com ele, mas não tenho por que ficar chateada por causa da noite passada. Espero que não, pelo menos.

Não sei o que pensar, mas não quero pensar no momento.

"Não", ele sussurra, os lábios a centímetros dos meus.

"Sim."

"Cala a boca." Ele pressiona os lábios contra os meus com muito cuidado. Eles mal tocam os meus, porque ele usa as duas mãos para segurar meu rosto.

Ele passa a língua pelo meu lábio inferior, e perco o fôlego.

Abro a boca para tentar respirar, mas não tem ar nenhum — não existe nada, só ele. Puxo sua camisa para levantá-lo, mas ele não se mexe e continua a me beijar lentamente. Seu ritmo tortuoso está me deixando louca, e eu saio de onde estou e vou para o chão, para ficarmos da mesma altura.

Ele passa os dois braços pela minha cintura, e eu o abraço pelo pescoço. Tento empurrá-lo para trás para montar nele, porém mais uma vez ele não se mexe.

"O que foi?", pergunto.

"Nada, só não quero que isso vá longe demais."

"Por que não?", pergunto, nossos lábios ainda unidos.

"Porque temos muito sobre o que conversar; não podemos pular na cama sem resolver nada."

O quê?

"Mas não estamos na cama, estamos no chão." Eu pareço desesperada.

"Tessa..." Ele me puxa de novo.

Desisto. Eu levanto e sento na cama, e ele olha para mim com os olhos arregalados.

"Só estou tentando fazer a coisa certa, está bem? Quero transar com você, pode acreditar que quero. Porra, como eu quero. Mas..."

"Tudo bem. Agora para de falar", imploro.

Sei que não é uma boa ideia, mas também não pensei necessariamente que dormiríamos juntos. Eu só queria ficar mais perto dele.

"Tess."

"Você pode parar? Já entendi."

"Não, está na cara que não entendeu", ele diz, frustrado, e fica de pé.

"Nunca vai ficar tudo bem, né? As coisas entre nós vão ser sempre assim. Idas e vindas, altos e baixos. Você me quer, mas, quando eu quero você, me afasta", digo, tentando não chorar.

"Não... não é verdade."

"Parece que é. O que você quer de mim? Quer que eu acredite que está tentando mudar, mas e daí?"

"Como assim?"

"E depois?"

"Não sei... não chegamos a esse ponto ainda. Eu quero continuar saindo com você e fazer você rir em vez de chorar. Quero que você me ame de novo." Seus olhos estão marejados, e ele está piscando depressa.

"Eu te amo, sempre amei", digo a ele. "Mas só isso não basta, Hardin. O amor não é capaz de superar tudo, como nos romances. São tantas as complicações, e elas estão encobrindo o amor que sinto por você."

"Eu sei. As coisas estão complicadas, mas não vão ser sempre assim. Não conseguimos ficar bem nem mesmo por um dia, nós gritamos, brigamos e ficamos emburrados como crianças de cinco anos, fazemos as coisas por raiva e falamos bobagem. Complicamos tudo quando não é preciso complicar, mas vamos conseguir resolver as coisas de algum jeito."

Não sei o que dizer agora. Estou feliz por ele e eu termos uma discussão razoavelmente civilizada em relação a tudo que aconteceu, mas não posso ignorar o fato de que ele não apoiaria minha ida a Seattle.

Eu pretendia contar a ele, mas receio que, se contar, ele vai falar com Christian de novo e, sinceramente, se Hardin e eu vamos continuar tentando reconstruir nosso relacionamento ou o que quer que seja que exista entre nós, isso só vai complicar ainda mais as coisas.

Se realmente conseguirmos resolver isso, não faz diferença se eu estiver a duas horas daqui. Fui criada para não deixar que homem nenhum determine meu futuro, por maior que seja meu amor por ele.

Sei exatamente o que vai acontecer: ele vai perder a paciência e sair daqui para procurar Christian ou Zed. Mais provável que seja Zed.

"Se eu fingir que as últimas vinte e quatro horas não aconteceram, você me promete uma coisa?", pergunto a ele.

"Qualquer coisa", ele se apressa em responder.

"Não bate nele."

"Zed?", ele pergunta, com a raiva pesando em sua voz.

"Sim, o Zed", esclareço.

"Não, de jeito nenhum. Não vou prometer isso. Ele está causando esse problema entre nós, e não vou deixar barato. De jeito nenhum."

Ele caminha de um lado para o outro.

"Você não tem provas de que ele fez isso que está dizendo, Hardin, e brigar não vai resolver nada. Vou falar com ele e..."

"Não, Tessa! Eu já disse que não quero você perto dele. Já cansei de falar isso", ele rosna.

"Você não pode dizer com quem eu vou ou não conversar, Hardin."

"De que prova mais você precisa? Ele ter mandado mensagens do meu telefone não bastou?"

"Não foi ele! Ele não faria isso."

Pelo menos, acho que não faria. Faria?

Vou perguntar a ele sobre isso de qualquer modo, mas não consigo imaginá-lo fazendo isso comigo.

"Você é a pessoa mais ingênua que conheço, dá até raiva."

"Podemos parar de brigar?" Eu sento na cama e levo as mãos à cabeça.

"Me diz que vai ficar longe dele."

"Me diz que não vai brigar com ele de novo", respondo.

"Você vai se afastar se eu não brigar com ele?"

Não quero concordar, mas também não quero que Hardin brigue com ele. Tudo isso está me dando uma grande dor de cabeça.

"Sim."

"Quando digo para você ficar longe dele, é para não ter contato nenhum. Nada de mensagens, nada de ir ao prédio de ciências, nada", ele diz.

"Como você soube que fui lá?", pergunto a ele. Será que ele me viu?

Meu coração começa a se acelerar quando penso que Hardin pode ter me visto com Zed na estufa cheia de flores cintilantes.

"O Nate disse que viu você."

"Ah."

"Tem mais alguma coisa que você precisa me dizer sobre o assunto Zed? Porque, quando terminarmos esta conversa, não quero mais ouvir nada sobre ele", avisa Hardin.

"Não", minto.

"Tem certeza?", ele pergunta de novo.

Não quero contar, mas preciso. Não posso esperar que ele seja sincero se eu também não for.

Fecho os olhos.

"A gente se beijou", sussurro, torcendo para que ele não me ouça. Mas, quando ele derruba os livros da mesa, não tenho como negar que ouviu.

113

TESSA

Abro os olhos para ver Hardin, mas ele não está olhando para mim. Sinto que mal está percebendo minha presença. Seus olhos estão focados nos livros que empurrou para o chão, e seus punhos estão cerrados ao lado do corpo.

Para trazê-lo de volta de onde quer que ele esteja, digo de novo:

"A gente se beijou, Hardin."

Em vez de olhar para mim, ele bate os punhos na testa, frustrado, e fico procurando alguma justificativa.

"Eu... você... por quê?", ele murmura.

"Pensei que você tivesse se esquecido de mim... que não me quisesse mais, e ele estava ali e..." Minha explicação não é justa, e sei disso. Mas não sei mais o que dizer.

Meus pés não caminham na direção dele como minha mente deseja, e eu permaneço na cama.

"Para de dizer essa merda! Para de dizer que ele estava disponível. Juro por Deus que se ouvir isso mais uma vez, puta que pariu...!"

"Certo! Me desculpa, eu peço desculpas, Hardin. Estava muito magoada e confusa, e ele disse todas as coisas que eu estava desesperada para ouvir e..."

"O que ele disse?"

Não quero repetir nada do que Zed falou, não para Hardin.

"Hardin..." Eu me agarro ao travesseiro como se fosse uma tábua de salvação.

"*Agora*", ele exige.

"Ele só falou o que teria acontecido se tivesse ganhado a aposta, se nós estivéssemos namorando."

"E como foi?"

"O quê?"

"Como foi ouvir essa merda? É o que você quer? Quer ficar com ele e não comigo?" A raiva dele está fervilhando, e percebo que está se esforçando demais para mantê-la sob controle, mas a pressão está grande.

"Não, não é o que quero." Saio da cama e dou um passo em direção a ele.

"Não. Não chega perto de mim." As palavras dele machucam, e me prendem no lugar.

"O que mais ele fez com você? Ele te comeu? Você chupou o pau dele?"

Fico muito contente por saber que a casa está vazia e ninguém estar ouvindo as acusações nojentas de Hardin.

"Meu Deus! Não! Você sabe que não. Não sei o que eu estava pensando quando a gente se beijou. Eu estava sendo idiota, e me sentindo péssima por você ter me abandonado."

"Abandonado você? Foi você quem me deixou, e agora descubro que estava farreando pelo campus como uma puta!", ele grita.

Quero chorar, mas sei que ele está muito magoado e irritado.

"Não foi nada disso. Não me xinga assim." Eu aperto o encosto da cadeira.

Hardin me dá as costas, e fico sozinha com minha culpa.

Não consigo imaginar como me sentiria se ele tivesse feito isso durante o pior momento da minha vida. Mas não pensei em como ele se sentiria quando fiz o que fiz: pensei que ele estivesse fazendo a mesma coisa.

Não quero continuar a pressioná-lo. Sei que ele perde totalmente a cabeça, e tem se esforçado para se controlar.

"Quer que eu deixe você sozinho agora?", pergunto baixinho.

"Quero."

Não queria que ele concordasse com isso, mas faço o que ele pede e saio do quarto. Ele não se vira.

Não sei o que fazer, e me recosto na parede do corredor. Por mais doentio que isso possa parecer, eu preferiria que ele estivesse gritando comigo, me pressionando contra a parede e exigindo que eu dissesse por que fiz tudo isso, e não só olhando pela janela e me mandando sair do quarto.

Talvez seja esse o nosso problema: nós dois gostamos do drama das brigas. Não acho que seja verdade; já passamos por muita coisa desde o começo de nosso relacionamento, apesar de termos muito mais tempo de briga do que de paz. A maioria dos romances que li me levaram a acreditar que as discussões vêm e vão num piscar de olhos, e que um simples pedido de desculpas resolve qualquer problema, tudo se resolve em minutos. Os romances mentem. Talvez seja por isso que eu goste tanto de O morro dos ventos uivantes e Orgulho e preconceito; os dois são incrivelmente românticos à sua maneira, mas revelam a verdade por trás do amor cego e pretensamente eterno.

Essa é a verdade. Estamos em um mundo no qual todo mundo comete erros, até mesmo a garota incrivelmente ingênua que costuma ser vítima da insensibilidade e do mau humor de um homem. Ninguém é inocente de verdade no mundo, ninguém. As pessoas que se julgam perfeitas são as piores.

Um barulho vindo do quarto onde está Hardin me assusta, e eu levo a mão aos lábios ao ouvir outro baque, e depois mais outro. Ele está quebrando tudo. Sabia que ele faria isso. Eu deveria impedi-lo de quebrar mais coisas de seu pai, mas, sinceramente, estou com medo. Não de que ele possa me ferir fisicamente — tenho medo das palavras que ele diz quando está nesse estado. Mas não posso ter medo, porque sei lidar com ele.

"Porra!", ele grita e eu entro do quarto. Ainda bem que Ken e Karen saíram com o Landon para tomar sorvete, mas também queria que houvesse alguém aqui para me ajudar a detê-lo.

Hardin está segurando um pedaço de madeira, a perna de uma cadeira, o que percebo ao ver a cadeira tombada de lado aos pés dele. Ele joga a peça escura longe, e seus olhos ardem de ódio quando me veem.

"Qual parte de 'me deixa sozinho, porra' você não entende, Tessa?"

Respiro fundo mais uma vez e não deixo suas palavras me atingirem.

"Não vou deixar você sozinho." Minha voz não sai tão forte quanto eu pretendia.

"Se tiver algum juízo, é melhor sair", ela ameaça. Dou alguns passos à frente para me aproximar e paro a menos de trinta centímetros. Ele tenta se afastar, mas é bloqueado pela parede.

"Você não vai me machucar", digo a ele.

"Você não tem como saber, já machuquei antes."

"Não de propósito. Você não suportaria o remorso se me machucasse, eu sei disso."

"Você não sabe de nada!", ele grita.

"Fala comigo", digo calmamente. Estou com o coração na boca e o vejo fechar os olhos e abrir de novo.

"Não tenho nada a dizer a você, não quero você." A voz dele está rouca.

"Quer, sim."

"Não, Tessa, não quero. Não quero nem chegar perto de você. Ele pode ficar com você."

"Não é ele que eu quero." Tento ignorar as palavras duras.

"Claro que é."

"Não, só quero você."

"Mentira!" Ele bate a palma da mão na parede. Eu me assusto, mas permaneço firme. "Sai daqui, Tessa."

"Não, Hardin."

"Você não tem nada melhor para fazer? Vai procurar o Zed. Vai dar para ele, eu não ligo a mínima. Vou fazer a mesma coisa, pode acreditar, Tessa. Vou sair daqui e foder a primeira garota que encontrar."

Meus olhos se enchem de lágrimas, mas ele não se importa.

"Você está dizendo essas coisas porque está com raiva, não está sendo sincero."

Ele olha ao redor à procura de algo, qualquer coisa, que possa quebrar. Não sobrou muita coisa. Felizmente, as coisas que foram destruídas são minhas, na maioria. O pôster que trouxe para casa para o trabalho de biologia de Landon, a mala cheia de livros foi virada, e meus romances estão espalhados pelo carpete. Algumas roupas minhas foram arrancadas da cômoda, e a cadeira, claro, foi derrubada e quebrada.

"Não quero olhar para você... sai daqui", ele diz, mas de modo mais suave do que antes.

"Me desculpa por ter beijado o Zed, Hardin. Sei que você está magoado, e estou pedindo desculpas por isso." Eu olho para ele.

Silenciosamente, ele me observa. Tenho um sobressalto quando ele passa o polegar em meu rosto para secar as lágrimas.

"Não precisa ficar com medo", ele sussurra.

"Não estou", digo num tom murmurado.

"Não sei se consigo superar isso." Ele respira com dificuldade.

Sinto os joelhos fraquejarem ao ouvir isso. Acho que, desde que declaramos nosso amor um pelo outro, nunca pensei que Hardin poderia terminar tudo por causa de uma traição. Meu beijo com o desconhecido na noite de Ano-Novo não teve o mesmo peso; ele ficou bravo, e eu sabia que ia me punir, mas no fundo, no fundo, tinha certeza de que ele não se prenderia a essa raiva por muito tempo. Mas dessa vez foi com Zed, com quem ele sempre teve uma amizade turbulenta por minha causa; eles já brigaram várias vezes, e eu sei que Hardin fica revoltado quando converso com Zed. Acho que retomar um relacionamento sério com Hardin no momento não é uma boa ideia, mas nossos problemas passaram da incerteza em relação ao futuro a isso. Lágrimas indesejadas rolam de meus olhos infiéis, e ele franze a testa ainda mais.

"Não chora", ele diz, abrindo os dedos e pousando-os no meu rosto.

"Me desculpa", digo; uma única lágrima rola até meus lábios, e eu a aparo com a língua. "Você ainda me ama?" Preciso perguntar.

Sei que ele me ama, mas estou desesperada e preciso ouvir essas palavras.

"Claro que amo, sempre vou amar." Ele me conforta com uma voz calma.

É um som estranhamente bonito; o modo como sua respiração está pesada e alta, mas sua voz está calma e suave, como a imagem de ondas fortes quebrando na praia sem fazer barulho.

"Quando você vai saber o que quer fazer?", pergunto a ele, com medo da resposta.

Ele suspira e pressiona a testa contra a minha quando sua respiração começa a se acalmar.

"Não sei; não posso ficar sem você."

"Também não posso", sussurro para ele. "Não posso ficar sem você."

"A gente não toma jeito, né?"

"Não mesmo." Quase sorrio com essas palavras suaves depois do escândalo de alguns minutos atrás.

"Podemos tentar?", pergunto, e tento me recostar nele, esperando que me impeça.

"Vem aqui." Seus dedos apertam meu braço, e ele me puxa para seu peito.

É uma sensação maravilhosa, como voltar para casa depois de passar muito tempo longe, e o cheiro que sinto ao encostar o rosto em sua camiseta acalma meu coração.

"Você não vai chegar perto dele de novo", ele diz com os lábios em meus cabelos.

"Eu sei." Concordo sem pensar.

"Isso não quer dizer que superei tudo isso, mas sinto sua falta."

"Eu sei", repito, sentindo seu cheiro ainda mais. Meus batimentos cardíacos estão firmes e rápidos, ecoando no meu ouvido.

"Você não pode sair por aí beijando todo mundo sempre que fica brava. Isso é um comportamento de merda, e eu não vou aceitar. Você ia surtar se eu fizesse o mesmo."

Levanto a cabeça e olho para seu rosto hostil.

Meus dedos largam o material fino de sua camiseta e sobem para seus cabelos.

O olhar de Hardin é intenso, mas seus lábios entreabertos me mostram que ele não vai me impedir se eu puxá-lo pelos cabelos para aproximar seu rosto do meu. Não fosse pela altura dele, isso seria muito mais fácil. Hardin suspira; ele aperta minha cintura, e seus dedos passeiam pelo meu quadril antes de subir de novo.

Minhas lágrimas estão misturadas com a respiração ofegante dele na combinação mais letal de amor e desejo. Eu o amo mil vezes mais do que o desejo, mas os dois sentimentos se misturam e se intensificam quando ele afasta os lábios dos meus para corrê-los pelo meu queixo e pescoço. Ele flexiona os joelhos para ter mais contato com minha pele, e mal consigo me manter em pé quando ele morde delicadamente a pele onde os ossos da clavícula apareceriam se eu fosse tão magra quanto a sociedade gostaria.

Começo a caminhar de volta para a cama e agarro sua camiseta quando ele tenta protestar. Ele cede suspirando e beija meu pescoço; chegamos à cama e paramos para trocar um olhar.

Não quero que ninguém fale nada para estragar o que começamos, então seguro a barra de sua camiseta e a puxo em direção à cabeça. A respiração dele está mais acelerada de novo, mas dessa vez de desejo, não de raiva.

Quando minha blusa chega ao chão, levo as mãos à frente do corpo para despi-lo. Ele levanta a própria camiseta e, enquanto meus dedos rápidos e nervosos mexem em seu cinto e descem a calça jeans por suas coxas, Hardin fica impaciente e usa a perna livre para empurrar a calça para o chão.

Subo na cama e ele faz o mesmo, com os dedos percorrendo minha pele nua sem parar. Hardin se ajeita quando seus lábios encontram os meus de novo, e enfia a língua em minha boca lentamente, usando o braço para se apoiar.

Consigo sentir que ele está se excitando só com nosso beijo, então levanto o quadril levemente para encontrar o dele e criar uma fricção entre nós. Ele geme e tira a cueca com uma das mãos, deixando-a na altura dos joelhos. Levo a mão imediatamente ao pau dele, e Hardin sussurra em meu ouvido. Minha mão faz um movimento leve para cima e para baixo. Eu me deito, passando a língua na ponta de seu pau, desejando que ele emita mais sons como aquele. Levanto a cabeça para encará-lo e volto a envolvê-lo com a mão.

"Eu te amo", digo enquanto ele geme perto de meu pescoço.

Ele leva uma das mãos ao meu peito e puxa meu sutiã para expor meus seios.

"Eu te amo", ele diz finalmente. "Tem certeza de que quer fazer isso? Com tudo que está acontecendo, e não estamos juntos no momento...", ele começa, e eu balanço a cabeça em um gesto afirmativo.

"Por favor", imploro.

Seus lábios chegam ao meu peito, e suas mãos passam atrás de minhas costas para abrir meu sutiã. Seus dedos estão frios contra minha pele, mas a língua está quente e carente quando passeia sobre meu mamilo, mordiscando a pele.

Agarro seus cabelos, e sou recompensada com um gemido baixo quando ele leva a boca ao meu outro seio.

114

HARDIN

Olho para Tessa enquanto ela se despe e estou pronto para me enterrar dentro dela. Sei que nossos problemas não foram todos resolvidos, mas preciso disso, nós dois precisamos.

Desço a calça jeans pelos tornozelos e volto para a cama para encontrá-la, a garota enlouquecedora que me roubou por inteiro, corpo e alma, e não quero que devolva. Nem me importo com o que vai fazer comigo. Sou dela. Estou em suas mãos.

Já estou duro só de olhar para seu corpo nu. Afasto os lábios dos belos seios dela tempo suficiente para pegar uma camisinha na cômoda. Ela está deitada de costas com as pernas abertas.

"Quero olhar para você", digo a ela.

Ela vira a cabeça levemente para o lado, confusa, então a mantenho em meus braços e a puxo para cima de meu corpo. A sensação de tê-la sobre mim é boa demais; ela foi feita para mim.

Tessa abre as pernas ainda mais e movimenta o quadril, esfregando sua umidade em meu pau duro. Já estou bem ansioso e pronto, mas isso, o modo como ela se mexe em cima de mim, toda provocante, está me deixando maluco.

Posiciono a mão entre nossos corpos e esfrego seu clitóris com o polegar. Ela respira fundo e leva a mão à minha nuca.

Ela se abaixa sobre meu corpo, e nós dois nos beijamos enquanto eu a penetro. Puta merda, senti falta disso. Senti falta de nós.

"É uma delícia quando entro em você." Eu a elogio e vejo seus olhos se revirarem de prazer. Seu quadril começa a se movimentar em círculos lentos enquanto observo a cena diante de mim. Ela é linda e sexy demais. Nunca vi nada nem ninguém como ela. Seus seios são fartos, e sobem sempre que ela movimenta o quadril. Adoro observá-la em cima de mim.

Ela está cada vez melhor nisso de ficar em cima. Eu me lembro da primeira vez em que ela tentou. Não foi ruim, mas ela ficou nervosa o tempo todo. Agora, está assumindo o controle total, e não poderia ser melhor. Está cada vez mais à vontade com seu corpo, e isso me deixa feliz. Ela é gostosa demais, e tem que saber se aproveitar disso.

Ergo meu quadril da cama para acompanhar seus movimentos. Ela geme, arregalando os olhos.

"É bom, não é, linda? Você é incrível", eu a incentivo.

Delicadamente, puxo o braço de Tessa para trazê-la mais para perto. Por mais que eu queira observar seu corpo sobre o meu, a vontade de beijá-la é ainda mais forte. Meus lábios encontram os dela, e adoro ouvir seu gemido enquanto me beija.

"Me fala como você está se sentindo", peço enquanto a beijo e aperto sua bunda, enfiando o pau ainda mais fundo.

"Bem... muito bem, Hardin", ela geme. Suas mãos estão em meu peito para apoiar seu peso.

"Mais rápido, linda." Eu estendo o braço e seguro um de seus seios. Dou um apertão, e ela adora.

"Hum...", ela murmura.

Segundos depois, ela franze a testa e para, olhando nos meus olhos.

"O que foi?" Tento me sentar com ela em meu peito sem sair de dentro dela.

"Nada... mas foi uma sensação... mais intensa ou algo assim. Consigo sentir você bem mais fundo." Ela está vermelha, e fala com um tom de voz suave e surpreso.

"Isso é bom ou ruim?" Levanto a mão para prender os cabelos dela atrás da orelha.

"Ah, é bom", ela diz e revira os olhos.

Já fodi essa garota tantas vezes, e ela ainda não sabe praticamente nada sobre sexo, além de chupar o meu pau. Nisso, ela é ótima.

Movimento o quadril de novo tentando encontrar aquele ponto, o ponto que vai fazer com que ela grite meu nome em segundos. Adoro quando ela mexe o quadril; seu corpo é mais do que perfeito. Ela finca as unhas no meu peito nu, e sei que encontrei o ponto. Ela tampa a boca com a mão e morde a palma para não fazer barulho quando ergo o quadril para acompanhar seus movimentos, para entrar e sair dela com mais rapidez.

"Vou fazer você gozar assim", digo.

Ela é perfeita demais. Seus olhos se fecham e seus movimentos ficam mais lentos.

"Você vai gozar agora, não vai? Vai gozar para mim, linda?"

"Hardin..." Ela geme meu nome, e é a resposta perfeita.

"Puta merda." Solto um palavrão quando ela arqueia as costas e os olhos azul-acinzentados se fecham de novo. Ela finca as unhas da mão que não está usando para tapar a boca, e sinto que fica mais apertada em meu pau. Caralho, que delícia. Mudo o ritmo e passo a me movimentar mais devagar, mas tomo o cuidado de ir bem fundo a cada movimento do quadril.

Sei que ela adora ouvir minha voz enquanto transo com ela, e grita quando começo a gemer e gozo no preservativo.

"Hardin...", ela geme e deita a cabeça no meu peito, ofegante.

"Linda", digo, e ela olha para mim com um sorriso sonolento.

Nossa respiração segue o mesmo ritmo, e passo os dedos por seus cabelos loiros espalhados sobre meu peito. Ainda estou bravo com ela, com Zed, mas eu a amo, e estou tentando provar que estou mudando por ela. Não posso negar que nossa comunicação está mil vezes melhor do que antes.

Tessa vai se irritar comigo pelo menos mais uma vez por causa de Zed, mas ele precisa saber que ela é minha e que, se tocá-la de novo, vou matá-lo.

115

TESSA

Eu me deito sobre Hardin para recuperar o fôlego. Nossos peitos nus sobem e descem lentamente no prazer pós-coito. Não é estranho como pensei que seria, nem um pouco. Estava desesperadamente precisando dessa intimidade com ele; sei que fazer amor tão cedo, antes de qualquer coisa ter sido resolvida, pode não ser a melhor ideia, mas no momento, enquanto seus dedos sobem e descem pelas minhas costas, parece o mais certo.

Não consigo parar de pensar no corpo dele sob o meu quando ergueu o quadril do colchão para me penetrar totalmente. Fizemos amor muitas vezes, mas essa foi uma das melhores. Foi muito intensa, sincera e cheia de desejo — não, necessidade — um pelo outro.

Hardin estava descontrolado agora há pouco, mas quando me viro para ele vejo que está de olhos fechados e esboçando um leve sorriso.

"Sei que você está olhando para mim, e preciso mijar", ele diz finalmente, e não consigo evitar o riso. "Vamos levantar." Ele ergue meu corpo pela cintura para me deitar ao seu lado.

Hardin passa as mãos pelos cabelos e afasta a franja da testa enquanto pega as roupas do chão. Continua sem camisa e sai do quarto, enquanto fico ali, nua. Olho para sua camiseta usada no chão e, por hábito, eu me abaixo para pegá-la, mas acabo derrubando-a de novo. Não quero forçar as coisas nem deixá-lo com raiva, então vou cuidar só da minha roupa por enquanto.

São quase oito, então pego uma blusa larga e uma camiseta lisa. A bagunça causada por Hardin cobre o chão, então começo a arrumar tudo de novo; começo guardando as roupas nas gavetas. Hardin entra no quarto enquanto fecho a mala cheia de romances.

"O que está fazendo?", ele pergunta. Está segurando um copo de água e um muffin.

"Arrumando", digo baixinho.

Tenho medo de acabarmos brigando de novo, então não sei como me comportar.

"Certo", ele diz, colocando o copo e o muffin sobre a cômoda e se aproximando de mim.

"Vou ajudar", ele se oferece e pega a cadeira quebrada do chão. Trabalhamos em silêncio para deixar o quarto normal de novo.

Hardin pega a mala para pôr dentro do closet, e quase tropeça em uma almofada decorativa da cama.

Não sei se deveria falar primeiro, e não sei bem o que dizer; ele ainda está com raiva, mas, por sua expressão, não deve estar tão bravo assim.

Ele sai do closet segurando uma sacola pequena e uma caixa de tamanho médio.

"O que é isso?"

Ah, não.

"Nada." Eu fico de pé na tentativa de tomá-las de suas mãos.

"São para mim?", ele pergunta com uma expressão curiosa.

116

HARDIN

"Não", ela mente e fica na ponta dos pés para tentar tirar a caixa da minha mão esquerda. Eu a levanto ainda mais.

"Essa etiqueta está com meu nome", eu digo, e ela olha para baixo. Por que está com tanta vergonha?

"É que... bom, eu comprei umas coisas antes, mas agora parecem bem bobas; não precisa abrir."

"Eu quero", digo a ela e sento na beira da cama. Eu não deveria ter quebrado aquela cadeira horrorosa.

Ela suspira e mantém a distância enquanto puxo as bordas do papel de embrulho. Fico meio irritado com a quantidade de fita que ela usou para essa caixa, mas admito que estou um pouco...

... *Animado*.

Não animado, exatamente, mas feliz. Não consigo me lembrar da última vez em que recebi um presente de aniversário de alguém, nem mesmo da minha mãe. Quando era mais novo, fiz questão de passar a detestar aniversários, e agia de um modo tão idiota ao receber qualquer presente da minha mãe que ela parou de me presentear antes dos meus dezesseis anos.

Meu pai enviava algum cartão imbecil com um cheque dentro todos os anos, mas eu me divertia queimando aquela merda. Cheguei até a mijar no que chegou no meu aniversário de dezessete anos.

Quando finalmente consigo abrir a caixa, vejo várias coisas ali dentro.

Primeiro, uma cópia desgastada de *Orgulho e preconceito*. Quando eu a pego, Tessa se aproxima e retira o livro de minhas mãos.

"Este é idiota... ignora", ela diz, mas é claro que não vou fazer isso.

"Por quê? Quero de volta", peço, estendendo a mão.

Quando fico de pé, ela parece se dar conta de que não vai vencer essa batalha, então põe o livro de novo em minhas mãos. Enquanto eu folheio as páginas, percebo marcações amarelas ao longo do texto.

"Você lembra que me disse que grifava trechos de Tolstói?", ela pergunta, corada como nunca.

"Sim."

"Bom... eu fiz isso também", ela admite e olha em meus olhos.

"É mesmo?", pergunto e abro em uma página que está praticamente toda grifada.

"Sim, principalmente com este livro; você não precisa reler nem nada. Só pensei... sou péssima em dar presentes, de verdade."

Mas não é, não. Eu adoraria ver as palavras que a fazem se lembrar de mim em seu romance preferido. É o melhor presente que alguém poderia ter me dado. São essas coisas simples que me dão esperança de que, de alguma forma, posso fazer tudo dar certo, o fato de nós dois estarmos fazendo a mesma coisa, lendo Jane Austen, quando não nos conhecíamos.

"Não é, não", digo a ela e sento na cama.

Coloco o livro embaixo da perna para evitar que ela o tome de mim de novo. Dou risada quando pego outro item da caixa.

"Para que serve isso?", pergunto sorrindo, erguendo um fichário de couro.

"Para o seu trabalho. Aquele fichário que você usa está caindo aos pedaços e é muito desorganizado. Viu, esse tem fichas para cada semana — ou assunto, você decide." Ela sorri.

Esse presente é engraçado, porque percebo as caretas que ela faz sempre que enfio os papéis de qualquer jeito no fichário antigo. Eu me recuso a permitir que ela o organize para mim, apesar de já ter insistido muito, e sei que isso a deixa maluca. Não quero que ela veja o que tem lá dentro.

"Obrigado." Eu dou risada.

"Este não é bem um presente de aniversário. Eu comprei há um tempo e ia jogar fora o antigo, mas não tive a oportunidade", ela admite aos risos.

"Porque ele está sempre comigo. Eu sabia que você queria fazer isso", provoco. A sacola pequena precisa ser aberta e, mais uma vez, estou rindo do que ela escolheu.

Kickboxing é a primeira palavra que vejo no ingresso.

"É uma semana de aulas de kickboxing na academia perto do nosso... do seu apartamento." Ela sorri, claramente orgulhosa de seu presente espirituoso.

"E por que você acha que eu me interessaria em fazer kickboxing?"

"Você sabe por quê."

Para extravasar parte da minha raiva, o motivo está na cara.

"Nunca fiz."

"Pode ser divertido", ela diz.

"Não tão divertido quanto chutar alguém sem proteção", respondo, e ela franze a testa.

"Brincadeira", digo e pego o CD que ainda está dentro da sacola. O idiota que existe dentro de mim quer provocá-la por ela ter comprado um CD se eu poderia tê-lo baixado. Vou gostar de ouvi-la cantarolando; imagino que seja o segundo do Fray.

Tenho certeza de que ela já sabe todas as letras de todas as músicas e vai adorar explicar o sentido delas para mim enquanto estivermos no carro ouvindo.

117

TESSA

"Passa essa noite comigo?", Hardin perguntou, olhando para meu rosto. Eu faço que sim com a cabeça, toda animada.

Então, agora que ele está tirando a camiseta, eu a pego e a levo ao peito. Ele me observa enquanto me troco, mas permanece em silêncio. Nosso relacionamento é muito confuso — sempre foi —, e ainda mais agora. No momento, não tenho certeza de quem está no controle. Mais cedo, eu estava chateada com ele por ter me deixado esperando no dia de seu aniversário, mas agora estou convencida de que não teve culpa, então voltei para onde estava dias antes, quando ele me levou para patinar.

Ele ficou muito bravo comigo por causa de Zed, mas agora não sei como se sente, pois não para de sorrir e de fazer piadas sarcásticas. Talvez a raiva fosse maior por sentir minha falta... Será que agora está feliz por saber que não estou mais chateada com ele? Não sei o motivo, mas sei que é melhor não questionar. Gostaria que ele me deixasse falar sobre Seattle. Como Hardin vai reagir? Não quero contar, mas sei que preciso. Ele vai ficar feliz por mim? Acho que não; sei que não.

"Vem cá." Ele me puxa para seu peito, e deita na cama, pega o controle da TV e passa de canal em canal até escolher um tipo de documentário histórico.

"Como foi a visita à sua mãe?", pergunto alguns minutos depois.

Ele não responde e, quando olho para seu rosto, vejo que ele está dormindo.

Está quente, quente demais quando retomo a consciência. Hardin está deitado em cima de mim, com quase todo o peso do corpo me prendendo. Estou de costas e ele está de frente, com a cabeça em meu peito; um de seus braços envolve minha cintura, e o outro está estendido no espaço ao lado dele. Senti falta de dormir assim e até de acordar suando com o corpo de Hardin cobrindo o meu. Quando olho para o relógio, vejo que são sete e vinte — meu alarme vai tocar em dez minutos. Não quero acordar Hardin, seu sono parece ser bem tranquilo; está esboçando um sorriso enquanto dorme. Mesmo dormindo, ele costuma franzir a testa.

Tentando movê-lo sem acordá-lo, eu levanto seu braço para tirá-lo de minha cintura.

"Hum, hummm", ele geme enquanto seus olhos tremem e o corpo fica tenso, fazendo mais pressão sobre mim.

Olho para o teto e tento decidir se devo simplesmente rolar o corpo dele de cima do meu.

"Que horas são?", ele pergunta, com a voz rouca.

"Quase sete e meia", respondo baixinho.

"Droga. Pode matar aula hoje?"

"Não, mas você pode." Sorrio e delicadamente corro os dedos sobre seus cabelos, massageando seu couro cabeludo.

"Podemos sair para tomar café da manhã?" Ele se vira para olhar para mim.

"É uma proposta tentadora, mas não posso." Só que quero muito. Ele desliza o corpo levemente de modo a pousar o queixo em meu peito. "Dormiu bem?", pergunto.

"Sim, muito bem. Não durmo assim desde...", ele para de falar.

De repente, eu me sinto muito feliz e abro um sorrisão.

"Que bom que você dormiu."

"Posso contar uma coisa?" Ele não parece totalmente acordado ainda; os olhos estão vidrados, e a voz está muito rouca.

"Claro." Volto a massagear seu couro cabeludo.

"Quando estava na Inglaterra, na casa da minha mãe, tive um sonho... bem, um pesadelo."

Ah, não. Sinto um aperto no peito. Sabia que os pesadelos tinham voltado, mas ainda me chateia saber disso.

"Que droga que esses sonhos voltaram a acontecer."

"Não, eles não só voltaram, Tess. Estão piores." Sinto o corpo dele estremecer, mas não há emoção em seu rosto.

"Piores?"

Como podem ter piorado?

"Eram com você... eles estavam... fazendo com você", ele conta, e sinto meu sangue gelar dentro das veias.

"Nossa." Minha voz está fraca.

"É. Foi... Absurdo. Foi muito pior do que antes, porque estou acostumado com os sonhos com a minha mãe, sabe?"

Balanço a cabeça para assentir e levo a outra mão ao braço dele, continuando os mesmos carinhos que estou fazendo no couro cabeludo.

"Nem tentei dormir depois daquilo. Fiquei acordado de propósito porque não aguentaria ver tudo de novo. Pensar em alguém machucando você me deixa maluco."

"Que coisa." Os olhos dele estão assustados, e os meus estão cheios de lágrimas.

"Não precisa sentir pena de mim." Ele estende o braço e seca minhas lágrimas antes de caírem.

"Não é isso. Fico triste porque não quero ver você infeliz. Não tenho pena de você." É verdade, não sinto pena dele. Eu me sinto péssima por esse homem desajustado que tem pesadelos nos quais sua mão sofre abusos, e pensar que o rosto de Trish deu lugar ao meu me deixa arrasada. Não quero que esses pensamentos perturbem sua mente já angustiada.

"Você sabe que eu nunca deixaria ninguém machucar você, certo?" Ele olha em meus olhos.

"Sim, eu sei, Hardin."

"Mesmo agora, mesmo se nunca mais voltarmos ao que éramos antes. Eu mataria qualquer um que tentasse, sabe?" Ele está tenso, mas sua voz sai suave.

"Eu sei", digo a ele com um sorriso.

Não quero parecer assustada com suas ameaças repentinas, porque sei que ele está sendo carinhoso.

"Foi bom dormir." Ele fica mais contente, e eu concordo.

"Onde você quer tomar café da manhã?", pergunto a ele.

"Você disse não, porque..."

"Mudei de ideia. Estou com fome."

Depois de Hardin ter sido tão sincero comigo a respeito dos pesadelos, quero passar a manhã com ele; talvez ele continue a manter aberta a linha de comunicação. Normalmente, tenho que brigar para conseguir informações, mas ele confessou isso por vontade própria, o que significa muito para mim.

"Foi convencida pela minha história ridícula?" Ele ergue uma sobrancelha.

"Não fala assim", eu o repreendo.

"Por que não?" Ele senta e sai da cama.

"Porque não é verdade. Não foi o que você me disse que me fez mudar de ideia, mas o fato de ter me contado. E pode parar de dizer que é ridículo. Isso está muito longe da verdade." Desço da cama enquanto ele veste a calça jeans. "Hardin...", eu chamo, porque ele não disse mais nada.

"Tessa...", ele me imita com uma voz estridente.

"Estou falando sério, você não pode pensar isso de si mesmo."

"Eu sei", ele diz depressa, interrompendo a conversa abruptamente.

Sei que Hardin está longe de ser perfeito e que tem seus defeitos, mas todo mundo tem, principalmente eu. Gostaria que ele conseguisse ver além de seus defeitos; talvez isso ajudasse a resolver seus problemas em relação ao futuro.

"Então, vou ter você o dia todo ou só no café da manhã?" Ele se inclina para calçar os tênis.

"Gostei desses calçados, estou querendo dizer isso há um tempo." Aponto os tênis pretos que ele está calçando.

"É... Obrigado..." Ele amarra o cadarço e fica de pé. Para quem tem um ego tão grande, Hardin não sabe receber elogios.

"Você não me respondeu."

"Só no café da manhã. Não posso perder todas as aulas." Tiro a camiseta dele e visto a minha.

"Certo."

"Só preciso prender os cabelos e escovar os dentes", digo quando termino de me trocar. Quando começo a escovar minha língua, Hardin bate à porta.

"Entra", murmuro com a pasta na boca.

"Faz tempo que não fazemos isso", ele diz.

"Sexo no banheiro?", pergunto. *Por que eu disse isso?*

"Nãããooo... Eu ia dizer 'escovar os dentes juntos'."

Ele ri e abre uma das embalagens de escova de dente de dentro do armário. "Mas se você quiser fazer sexo no banheiro...", Hardin provoca e eu reviro os olhos.

"Não sei por que eu disse isso, foi a primeira coisa que me ocorreu." Dou risada de minha estupidez e língua solta.

"Foi bom ouvir." Ele enxágua a escova e não diz mais nada. Depois de escovarmos os dentes, e de eu tentar pentear os cabelos para prendê-los em um rabo de cavalo, descemos.

Karen e Landon estão na cozinha comendo mingau de aveia.

Landon sorri para mim; ele não parece muito surpreso ao ver Hardin comigo. Karen também não. Acho até que parece até... alegre? Não dá para saber, porque ela leva a xícara de café à boca para disfarçar o sorriso.

"Vou levar a Tessa ao campus hoje", Hardin diz a Landon.

"Tudo bem."

"Está pronta?" Hardin se vira para mim, e faço que sim com a cabeça.

"Vejo você na aula de Religião", digo a Landon antes de Hardin me arrastar, literalmente, para fora da cozinha.

"Por que a pressa?", pergunto quando saímos.

Ele pega a bolsa de meu ombro enquanto caminhamos até o carro.

"Nada, mas conheço vocês dois; se começarem a conversar, nunca vamos sair daqui, e com Karen junto, ainda por cima, eu morreria de fome e vocês ainda estariam conversando." Ele abre a porta do carro para mim e dá a volta para abrir a do motorista e entrar.

"Verdade", sorrio.

Discutimos por vinte minutos se devemos ir ao IHOP ou ao Denny's e, por fim, decidimos ir ao IHOP. Hardin diz que eles fazem a melhor torrada francesa, mas eu só acredito comendo.

"Vamos ter uma mesa livre daqui a dez ou quinze minutos", uma mulher baixinha com um cachecol azul no pescoço nos diz quando entramos.

"Tudo bem", digo, mas Hardin questiona:

"Como assim?"

"Não temos nenhuma mesa disponível no momento", ela explica de modo educado. Hardin revira os olhos, e eu o afasto dela para nos sentarmos no banco na entrada.

"Bom ver que você voltou", brinco.

"Que conversa é essa?"

"Só quis dizer que você voltou a ser esquentadinho."

"Quando deixei de ser?"

"Não sei, no nosso encontro, e um pouco ontem à noite."

"Invadi um quarto e arranquei você de lá", ele relembra.

"Eu sei. Estou tentando fazer uma piada."

"Bom, tenta fazer uma piada engraçada da próxima vez", ele resmunga, mas vejo que está segurando o riso.

Quando finalmente sentamos, fazemos o pedido a um rapaz com uma barba que parece ser um pouco comprida demais para alguém que trabalha como garçom. Quando ele se afasta, Hardin reclama e jura que, se encontrar um fio de cabelo na comida, vai perder a cabeça.

"Precisava mostrar a você que continuo esquentadinho", ele diz, e eu dou risada.

Adoro ver que ele está tentando ser um pouco mais bacana, mas também adoro sua atitude e sua maneira de não se importar com o que as pessoas pensam. Gostaria de ser assim também. Ele faz mais uma lista de coisas que o incomodam até a comida chegar.

"Por que você não pode faltar o dia todo?", Hardin pergunta ao dar uma mordida na torrada.

"Porque...", começo. Ah, porque, sabe como é, vou trocar de campus e não quero complicar as coisas perdendo pontos de participação antes de pedir transferência no meio do semestre. "Não quero perder a chance de tirar a nota máxima", digo a ele.

"Estamos na faculdade, ninguém vai às aulas", ele diz pela centésima vez desde que o conheci.

"Você não está animado com a ioga?", pergunto aos risos.

"Não, nem um pouco."

Terminamos o café da manhã, e o clima continua leve enquanto Hardin dirige até o campus. Seu telefone vibra no painel, mas ele o ignora. Quero atender por ele, mas estamos nos dando muito bem. Na terceira vez em que toca, eu acabo falando.

"Não vai atender?"

"Não, vai cair na caixa de mensagens. Deve ser minha mãe." Ele levanta o telefone para me mostrar a tela.

"Viu? Ela deixou uma mensagem de voz. Quer ouvir?", ele pergunta.

Minha curiosidade fala mais alto, e eu pego o telefone da mão dele.

"Põe no viva-voz", ele me lembra.

"Você tem sete novas mensagens", a voz robótica anuncia quando ele estaciona o carro.

Ele resmunga.

"É por isso que nunca escuto."

Teclo o número um para ouvir todas elas.

"Hardin... Hardin... é a Tessa... eu...", tento apertar o botão para encerrar a mensagem, mas Hardin pega o telefone da minha mão.

Ai, Deus.

"*Eu... bom, eu... preciso falar com você. Estou no meu carro e estou muito confusa...*" Minha voz está histérica na mensagem e sinto vontade de sair do carro.

"Por favor, desliga", imploro, mas ele segura o telefone com a outra mão para que eu não o alcance.

"O que é isso?", ele pergunta, olhando para o aparelho.

"*Por que não tentou entrar em contato? Você simplesmente me deixou ir embora, e agora estou pateticamente ligando para você e chorando em sua caixa de recados. Preciso saber o que aconteceu com a gente. Por que dessa vez foi diferente? Por que não lutar? Por que você não lutou por mim? Eu mereço ser feliz, Hardin.*"

Minha voz ridícula domina o ambiente do carro, e me prende ali dentro.

Fico em silêncio e olho para as mãos sobre o colo. Isso é humilhante. Eu quase havia me esquecido dessa mensagem, e gostaria de não tê-la ouvido, muito menos agora.

"Quando foi isso?"

"Enquanto você estava fora."

Ele respira fundo e interrompe a mensagem.

"Por que estava confusa?", ele pergunta.

"Acho que você não quer falar sobre isso." Mordo o lábio.

"Quero, sim." Hardin solta o cinto de segurança e se vira para mim.

Olho para ele e tento pensar em como dizer isso.

"Aquela mensagem de voz horrorosa é da noite... da noite em que beijei o Zed."

"Ah." Ele vira o rosto para o outro lado.

O café da manhã correu muito bem, mas foi destruído pela minha mensagem de voz idiota, deixada no meio de um turbilhão de emoções. Eu não deveria ser responsabilizada por isso.

"Antes ou depois do beijo?"

"Depois."

"Quantas vezes vocês se beijaram?"

"Uma."

"Onde?"

"No meu carro."

"E depois? O que você fez depois de deixar essa mensagem?" Ele levanta o telefone entre nós.

"Voltei para o apartamento dele." Assim que digo isso, Hardin encosta a testa no volante.

"Eu...", começo a dizer.

Ele ergue um dedo para me calar.

"O que aconteceu no apartamento dele?" Ele fecha os olhos.

"Nada! Comecei a chorar e ficamos vendo TV."

"Você está mentindo."

"Não, não estou. Dormi no sofá. A única vez em que dormi no quarto dele foi quando você apareceu lá. Não fiz nada com ele além desse beijo, e há alguns dias, quando a gente se encontrou para almoçar, ele tentou me beijar e eu recusei."

"Ele tentou beijar você *de novo*?"

Merda.

"Sim, mas ele entende o que sinto por você. Sei que fiz uma baita confusão com isso tudo e me arrependo por ter ficado com ele. Não tenho um bom motivo nem uma desculpa, mas sinto muito."

"Você se lembra do que disse, certo? Que vai ficar longe dele?" Sua respiração está controlada, controlada até demais, quando ele levanta a cabeça do volante.

"Sim, eu me lembro." Não gosto dessa ideia de ele me dizer com quem posso ou não ter amizade, mas não posso garantir que não faria o mesmo se os papéis estivessem invertidos, o que tem acontecido muito ultimamente.

"Agora que sei os detalhes, não quero voltar a falar sobre isso, tá? Estou falando sério... tipo, não quero nem ouvir a porra do nome dele saindo da sua boca." Ele está tentando ficar calmo.

"Tá certo." Concordo e estendo o braço para segurar a mão dele. Também não quero mais falar sobre isso. Já dissemos tudo o que podemos sobre o assunto, e falar sobre isso só vai causar mais problemas desnecessários para nós e para nosso relacionamento já tão perturbado. É um alívio ser a causa do problema dessa vez, porque a última coisa de que Hardin precisa é de outro motivo para odiar a si mesmo.

"É melhor irmos para a aula", ele diz por fim.

Meu coração está apertado por causa de seu tom frio, mas fico calada quando ele afasta a mão da minha. Hardin me leva ao prédio de filosofia, e eu procuro Landon no caminho, mas não o encontro.

Ele já deve ter entrado.

"Obrigada pelo café da manhã", digo e pego minha bolsa da mão de Hardin.

"Não foi nada." Ele dá de ombros e eu tento sorrir antes de me virar.

Sinto sua mão em meu braço e, antes mesmo de me beijar, Hardin me pega do jeito que só ele sabe pegar.

"A gente se vê depois da aula. Te amo", ele diz e se afasta, e eu entro ofegante e sorridente.

118

HARDIN

Ouço a mensagem de voz pela quinta vez enquanto ando pelo campus. Ela parece tão arrasada e aborrecida! Por mais maluco que possa parecer, fico feliz ao ouvir isso, perceber a angústia e a tristeza pura em sua voz enquanto ela grita em meu ouvido. Eu queria saber se ela estava tão triste sem mim quanto eu sem ela, e aqui está a prova de que ela estava, sim. Sei que a perdoei depressa demais por ter beijado aquele imbecil, mas o que poderia fazer? Não consigo ficar sem ela, e nós dois já pisamos na bola — não só ela.

E é culpa dele, na verdade; Zed sabia que ela ficaria arrasada quando termínassemos. Eu sei que sim: ele a viu chorar e tudo mais, e deu o bote uma semana depois de ela terminar comigo? Que tipo de doente faz uma coisa dessas?

Ele tirou proveito dela, da minha Tessa, e não vou aceitar isso, porra. Ele pensa que é muito malandro e pode sair ileso das merdas que faz, mas agora já chega.

"Onde está Zed Evans?", pergunto a uma loira baixinha sentada perto de uma árvore no prédio de estudos ambientais.

Por que diabos tem uma árvore enorme no meio desse prédio idiota?

"Na sala das plantas, número 218", ela me diz com a voz trêmula.

Chego à sala com o número 218 e a abro a porta antes de conseguir pensar na promessa que fiz a Tessa. Eu não pretendia deixar quieto, mas ouvir o desespero dela na noite em que ficou com ele tornou tudo dez vezes pior para Zed.

A sala é repleta de fileiras de plantas. Que tipo de gente fica mexendo nessa merda o dia todo para viver?

"O que você está fazendo aqui?" Eu o ouço antes de vê-lo.

Está ao lado de uma caixa grande ou alguma bosta do tipo; quando se afasta, dou um passo em sua direção.

"Não tenta dar uma de desentendido, você sabe muito bem o que estou fazendo aqui."

Ele sorri.

"Não, desculpa, não sei. O estudo de botânica não envolve poderes paranormais."

Ele ri de mim com aqueles óculos idiotas na cabeça.

"Você tem a cara de pau de fazer piada sobre isso?"

"Sobre o quê?"

"Tessa."

"Não estou fazendo piada. Você é quem a trata como se fosse merda, então não vem ficar nervoso quando ela me procurar por causa disso."

"Você é mesmo burro o bastante para mexer com o que é meu?"

Ele se afasta e atravessa o corredor ao meu lado.

"Ela não é sua. Você não é dono dela", ele me desafia.

Estendo o braço por cima das caixas de plantas para puxar a gola de sua camisa — e bato a cara dele na barra de metal entre nós. Ouço um estalo, e já sei o que aconteceu. Ele levanta a cabeça e grita:

"Você quebrou meu nariz, porra!" Zed tenta se livrar de mim. Tenho que admitir que a quantidade de sangue que escorre de seu rosto é meio assustadora.

"Já avisei você várias vezes, há meses, para ficar longe da Tessa, mas o que você faz? Vai atrás dela e dorme com ela na porra da sua cama!" Caminho pelo corredor para pegá-lo de novo.

Ele está cobrindo o nariz com a mão enquanto o sangue escorre por seu rosto.

"Eu já disse que não dou a mínima para o que você tem a dizer", ele rosna, dando um passo na minha direção. "Você acabou de quebrar meu nariz!", ele grita de novo.

Tessa vai me matar.

É melhor ir embora agora. Ele merece apanhar de novo, mas ela vai ficar furiosa.

"Você fez coisa pior comigo, fica mexendo com a minha namorada!", rebato.

"Ela não é sua namorada, e nem comecei a mexer com ela ainda!"

"Está me ameaçando, caralho?"

"Não sei, estou?"

Dou mais um passo na direção dele, que me surpreende e reage. Ele me dá um soco no queixo, e eu sou jogado para trás, caio numa caixa de madeira com plantas. Elas caem no chão e, enquanto me recupero, ele me ataca de novo com fúria, mas dessa vez consigo bloqueá-lo e escapar pela lateral.

"Você pensa que eu sou cagão, não é?" Ele abre um sorriso ensanguentado e continua caminhando na minha direção. "Você se acha mesmo o fodão, não é?" Ele para e cospe o sangue no piso frio branco.

Agarro o tecido de seu jaleco e o empurro para outra fileira de plantas; as plantas e nós dois caímos no chão. Subo em cima dele, tomando o cuidado de não permitir que ele fique no controle. Pelo canto do olho, eu o vejo erguer o braço, mas, quando me dou conta do que está acontecendo, ele bate com um dos vasos pequenos na lateral da minha cabeça.

Minha cabeça balança, e eu pisco depressa para retomar a visão. Sou mais forte do que Zed, mas ele parece saber brigar melhor do que eu pensava.

Mas de jeito nenhum vou permitir que ele leve a melhor.

"E eu já trepei com ela mesmo", ele diz quando eu seguro seus cabelos e bato sua cabeça no chão. Nesse momento, não estou nem aí se vou matá-lo ou não.

"Trepou porra nenhuma!", eu grito.

"Trepei, sim. Ela é... gostosa e a-apertada também." Sua voz está esganiçada, e ele continua a destilar o veneno com minhas mãos ainda em seu rosto.

Dou um soco na cabeça dele, que grita de dor, e por um momento penso em torcer seu nariz quebrado para causar ainda mais sofrimento. Ele mexe as pernas sem parar sob o meu corpo para tentar me tirar de cima dele. Imagens de Zed tocando Tessa alimentam minha raiva, e me levam ainda além.

Zed segura meus braços e tenta me arrancar de cima dele.

"Você nunca mais vai encostar nela", digo e levo a mão à sua garganta. "Se você pensa que vai tirá-la de mim, está muito enganado, seu merda."

Aperto seu pescoço ainda mais. Seu rosto ensanguentado está ficando vermelho, e ele tenta falar, mas só ouço seus esforços para puxar o ar.

"Que diabos está acontecendo aqui?", um homem grita atrás de mim.

Quando viro a cabeça para ver quem é, Zed tenta agarrar meu pescoço. Nem fodendo. Só preciso dar mais um soco na cara dele para que seus braços caiam sem vida ao lado de seu corpo.

Alguém segura meu braço, e tento me livrar de seu toque incômodo.

"Chamem os seguranças!", o homem diz, e eu saio de cima de Zed imediatamente.

Puta que pariu.

"Não, não precisa", digo e fico de pé.

"O que está acontecendo? Saia daqui! Vá esperar na outra sala", o homem de meia-idade grita, mas não me mexo. Deve ser um professor. *Merda.*

"Ele entrou aqui e me atacou", Zed diz, e então começa a chorar. Literalmente, começa a *chorar*.

Ele cobre o nariz torto e inchado com a mão enquanto se levanta. Seu rosto está ensanguentado, seu avental está manchado de vermelho, e o sorriso presunçoso desapareceu.

Com ar de autoridade, o homem aponta para mim e diz:

"Fique de pé encostado na parede até a polícia chegar! Estou falando sério, não se mexa!"

Porra, a polícia do campus está vindo. Estou fodido.

Por que eu vim até aqui para começo de conversa, caralho? Eu prometi ficar longe dele se ela fizesse o mesmo.

Agora que mais uma vez não cumpri uma de minhas promessas, ela vai cumprir a dela?

119

TESSA

Quando encosto a caneta no papel, tenho intenção de escrever a respeito da minha avó, que dedicou a vida ao cristianismo, mas, por algum motivo, o nome de Hardin aparece.

"Srta. Young?" A voz do professor Soto é calma, mas alta o suficiente para todo mundo da primeira fila ouvir.

"Sim?" Olho para a frente, e volto minha atenção imediatamente para Ken. Por que ele está aqui?

"Tessa, preciso que você venha comigo", ele diz, e a loira irritante atrás de mim faz um "oooh", como se estivéssemos de volta à sexta série. Ela provavelmente nem sabe quem ele é, não sabe que Ken é o reitor da faculdade.

"O que está acontecendo?", Landon pergunta a Ken quando levanto e começo a juntar minhas coisas.

"Podemos falar sobre isso lá fora." A voz de Ken está tensa.

"Eu vou também", Landon diz e também levanta.

O professor Soto olha para Ken.

"Tudo bem para você?"

"Sim, ele é meu filho", ele responde, e os olhos do professor se arregalam.

"Sinto muito. Não sabia. Ela é sua filha?", ele pergunta.

"Não", Ken responde, abalado. Ele parece estar em pânico, o que está começando a me assustar.

"É o Hardin..." começo a perguntar, mas Ken me leva para fora com Landon logo atrás.

"Hardin foi preso", Ken diz assim que saímos.

Eu perco o fôlego.

"Ele *o quê*?"

"Ele foi preso por brigar, e por destruir propriedades da universidade."

"Ai, meu Deus." É a única coisa que consigo dizer.

"Quando? Como?", Landon pergunta.

"Há uns vinte minutos. Estou fazendo o que posso para manter o assunto dentro do campus, mas ele não está ajudando." Ken atravessa a rua depressa, e eu quase tenho que correr para acompanhá-lo.

Minha mente está a mil. *Hardin, preso? Ai, meu Deus. Como ele foi preso? Com quem ele brigou?*

Mas já sei a resposta para essa pergunta.

Por que ele não conseguiu manter a calma, pelo menos uma vez? Hardin está bem? Ele vai para a prisão? Uma cadeia de verdade? Zed está bem?

Ken destrava as portas do carro, e nós três entramos.

"Aonde vamos?", Landon pergunta.

"Até a sede da segurança do campus."

"Ele está bem?", pergunto.

"Está com um corte no rosto e outro na orelha, pelo que me disseram."

"Pelo que disseram? Você ainda não falou com ele?", Landon pergunta a seu padrasto.

"Ainda não. Ele está fazendo escândalo, então eu sabia que seria melhor chamar a Tessa primeiro." Ken faz um meneio de cabeça na minha direção.

"Sim, boa ideia", Landon concorda, e eu fico calada.

Um corte na cabeça e no rosto? Espero que ele não esteja sentindo muita dor. Ai, meu Deus, isso tudo é muito louco. Eu deveria ter concordado em passar o dia todo com ele. Se tivesse feito isso, ele não teria vindo ao campus hoje.

Ken percorre várias ruas secundárias, e em poucos minutos estamos na frente do pequeno prédio de tijolos aparentes que abriga a segurança do campus. Há uma placa de "Não estacione" bem na frente de onde ele para o carro, mas acho que esse deve ser um dos benefícios de ser o reitor.

Entramos correndo no prédio, e começo a procurar por Hardin imediatamente.

Mas ouço primeiro sua voz...

"Não estou nem aí, você não passa de um imbecil com um distintivo fajuto! Na verdade, você é tipo um segurança de shopping center, seu trouxa do caralho!"

Sigo a voz dele e entro no corredor à sua procura. Ouço Ken e Landon atrás de mim, mas só quero encontrar Hardin.

Eu caminho até uma aglomeração de gente... e vejo Hardin andando de um lado a outro dentro de uma pequena cela. Caramba. Seus braços estão algemados às costas.

"Vão se foder! Todos vocês!", ele grita.

"Hardin!" A voz do pai dele reverbera atrás de mim.

Meu namorado nervoso olha para o lado, para onde estou, e arregala os olhos na mesma hora. Seu rosto está machucado pouco abaixo do osso da face, e a pele está cortada da orelha até a nuca, os cabelos molhados de sangue.

"Estou tentando resolver a situação, e você não está ajudando!", Ken grita com o filho.

"Eles me prenderam aqui como se eu fosse um animal, porra! Um puta de um abuso. Chama quem tiver que chamar e manda abrir essa merda!", Hardin grita, tentando tirar as mãos das algemas.

"Para com isso!", digo a ele, olhando feio.

Imediatamente, seu comportamento muda. Ele se acalma um pouco, mas continua alterado.

"Tessa, você nem deveria estar aqui. De quem foi a ideia genial de trazer você aqui?", Hardin grita com o pai e com Landon.

"Hardin, para com isso agora. Ele está tentando ajudar você. Se acalma", digo por entre as grades. Não consigo acreditar que estou conversando com ele algemado lá dentro. Não pode ser verdade. Mas é assim que as coisas acontecem no mundo real. Você é preso se atacar alguém, na faculdade ou fora dela.

Quando ele olha em meus olhos, acho que consegue ver a dor que estou sentindo por ele agora. Quero pensar que é por isso que ele desiste, balança a cabeça e diz:

"Tá bom."

"Obrigado, Tessa", diz Ken. E então, alerta o filho: "Espere alguns minutos para eu ver o que posso fazer — enquanto isso, você precisa parar de gritar. Está só piorando as coisas, mesmo já estando com um problemão".

Landon olha para mim, e então para Hardin, e segue Ken pelo corredor estreito. Já odeio este lugar; tudo é muito branco e preto, e pequeno, e cheira a alvejante.

Os seguranças da universidade, sentados à mesa, estão conversando no momento, ou pelo menos começaram a fingir, já que o reitor da universidade apareceu para falar com o filho.

"O que aconteceu?", pergunto a Hardin.

"Fui preso pelos seguranças do campus", ele conta.

"Você está bem?", pergunto, desesperada para passar a mão no rosto dele.

"Eu? Sim, estou bem. Não é tão ruim quanto parece", ele responde, e quando olho melhor vejo que tem razão. De onde estou, percebo que os cortes não são profundos. Seus braços estão marcados por arranhões, misturados com a tinta preta, formando uma visão bem assustadora.

"Está brava comigo?" A voz dele é suave, muito diferente de momentos atrás, enquanto ele gritava com os seguranças.

"Não sei", respondo sinceramente.

É claro que estou chateada com ele, porque sei com quem brigou... bom, não é difícil adivinhar. Mas também estou preocupada com Hardin, e quero saber o que aconteceu para que ele se metesse nessa confusão.

"Não me controlei", ele diz, como se isso justificasse sua atitude.

"Eu já tinha dito que não ia querer visitar você numa cadeia, lembra?" Olho ao redor na cela onde ele está.

"Aqui não conta, não é uma cadeia de verdade."

"Para mim, parece de verdade." Bato nas barras de metal para provar o que digo.

"Não é, não; é só um lugar idiota para me segurar até eles decidirem chamar a polícia de verdade", ele diz alto o bastante para que os dois seguranças interrompam a conversa para encará-lo.

"Para. Isso não é brincadeira, Hardin. Você pode se encrencar de verdade."

Ao ouvir isso, ele revira os olhos.

É este o problema com Hardin: ele ainda não percebeu que suas atitudes têm consequências.

120

TESSA

"Quem começou?", pergunto, tentando não tirar conclusões precipitadas, como costumo fazer.

Hardin tenta olhar em meus olhos, mas eu viro a cabeça.

"Fui atrás dele depois que levei você para a aula", ele diz.

"Você prometeu que não ia fazer isso."

"Eu sei."

"E por que fez?"

"Ele provocou, começou a dizer um monte de coisas, falou que já tinha transado com você." Ele olha para mim, desesperado. "Você não está mentindo, né?", ele pergunta, e eu quase perco a cabeça.

"Não vou responder isso de novo. Já disse que não aconteceu nada entre nós, e você está na cadeia perguntando a mesma coisa", digo, frustrada.

Hardin revira os olhos e se senta no pequeno banco de metal dentro da cela. Ele está me irritando.

"Por que você foi atrás dele? Quero saber."

"Porque ele precisava apanhar, Tessa. Precisava saber que não podia se aproximar de você de novo. Estou cansado dos joguinhos dele, e dessa mania de achar que tem alguma chance com você. Fiz isso por você!"

Cruzo os braços na frente do peito.

"Como você se sentiria se eu tivesse ido atrás dele hoje depois de dizer que não iria? Pensei que nós dois estivéssemos empenhados em fazer as coisas darem certo, mas você mentiu descaradamente. E sabia que não ia cumprir sua promessa desde o início, né?"

"Sim, eu sabia, e daí? Agora não importa, o que está feito está feito", ele bufa como uma criança mimada.

"Para mim importa, Hardin. Você não para de arrumar encrencas desnecessárias."

"Essa é muito necessária, Tessa."

"E o Zed, onde está? Na cadeia também?"

"Aqui não é uma cadeia."

"Hardin..."

"Não sei onde ele está, nem quero saber, nem você. Você não vai mais chegar perto dele."

"Para de ser assim! Para de dizer o que posso e o que não posso fazer — está me enchendo o saco."

"Está gritando comigo?", ele diz com um sorriso divertido.

Por que ele acha que isso é engraçado? Não é nada engraçado. Eu começo a me afastar, e o sorriso desaparece de seu rosto.

"Tessa, volta aqui", ele pede, e eu me viro.

"Vou procurar seu pai para saber o que está acontecendo."

"Fala para ele resolver isso logo."

Rosno para ele, literalmente, ao me afastar. Hardin acha que, só porque seu pai é reitor, ele vai sair dessa sem dificuldades, e sinceramente, espero que dê tudo certo. Mas ainda assim é irritante ver como ele está levando tudo na brincadeira.

"Tá olhando o quê, caralho?", escuto Hardin esbravejar com um segurança, e esfrego as têmporas com os dedos.

Encontro Ken e Landon junto com um homem mais velho, de cabelos grisalhos e bigode. Ele está de gravata e calça social preta, e o modo como se comporta passa a sensação de que é importante. Quando Landon me vê de pé no corredor, ele se aproxima de mim.

"Quem é ele?", pergunto baixinho.

"É o vice-reitor."

Landon parece preocupado.

"O que está acontecendo? O que eles estão conversando?" Tento ouvir os dois homens, mas não consigo entender nada.

"Bom... não está com uma cara muito boa. O laboratório onde Zed estava foi muito destruído... estamos falando de um prejuízo de milhares de dólares. Além disso, Zed saiu com o nariz quebrado e uma pancada na cabeça. Foi parar no hospital."

Meu sangue começa a ferver. Hardin não deu só um susto em Zed. Ele o machucou de verdade!

"Além disso, Hardin derrubou um professor. Tem uma garota que estuda na sala do Zed que já escreveu um depoimento dizendo que Hardin chegou procurando especificamente por ele. A coisa está bem feia no momento. Ken está fazendo possível para Hardin não ir para a cadeia, mas não sei se vai ser possível." Landon suspira, passando os dedos pelos cabelos. "Ele só não vai ser preso se o Zed não quiser prestar queixa. Mesmo assim, não sei o que vai acontecer."

Minha cabeça está girando.

"Expulsão." Ouço o homem de cabelos grisalhos dizer, e Ken esfrega a mão no queixo.

Expulsão? Hardin não pode ser expulso da universidade! Ai, meu Deus, que pesadelo.

"Ele é meu filho", Ken diz baixinho, e eu dou um passo para me aproximar deles.

"Sei que é, mas atacar um professor e destruir as instalações da universidade não são coisas que podemos ignorar", o homem argumenta.

Maldito Hardin e seu temperamento explosivo.

"Que desastre", digo a Landon, e ele concorda.

Sinto vontade de me jogar no chão e chorar, ou, melhor ainda, quero entrar na cela de Hardin e dar um soco na cara dele.

Nada disso vai resolver.

"De repente você pode conversar com o Zed para que ele não preste queixa contra o Hardin", Landon sugere.

"Hardin vai enlouquecer se eu chegar perto dele." Não que eu devesse ouvir o que ele diz, já que ele não dá a menor bola para o que falo.

"Eu sei", Landon responde, "mas é só o que posso sugerir neste momento."

"Acho que você tem razão." Olho para Ken, e então para o corredor onde Hardin está.

Hardin é minha prioridade, mas me sinto péssima pelo que ele fez a Zed, e espero que ele fique bem. Talvez, se eu for falar com ele, Zed decida não prestar queixa, o que pelo menos eliminaria um problema.

"Onde ele está? Você sabe?", pergunto a Landon.

"Acho que ouvi dizerem que ele está no Grandview Hospital."

"Certo. Vou lá primeiro."

"Você precisa de uma carona até seu carro?"

"Droga. Não vim de carro."

Landon enfia a mão no bolso e me entrega suas chaves.

"Aqui estão. Só dirija com cuidado."

Abro um sorriso para o meu melhor amigo.

"Obrigada."

Não tenho ideia do que faria sem ele, mas, como ele vai embora em breve, vou ter que descobrir. Pensar nisso me entristece, mas deixo para lá. Não posso pensar na partida de Landon por enquanto.

"Vou falar com o Hardin e contar o que está acontecendo."

"Obrigada de novo." Abraço Landon com força.

Quando chego à porta, ouço a voz de Hardin ecoando pelo corredor.

"Tessa! Nem pense em ir atrás dele!", ele grita. Eu o ignoro e abro as portas duplas.

"Estou falando sério, Tessa! Volta aqui!" O ar frio abafa a voz dele enquanto saio. Como ele ousa dizer o que devo fazer? Quem ele pensa que é? Criou um problemão porque não é capaz de controlar sua raiva e seu ciúme. Estou tentando ajudar a limpar a bagunça. Ele tem sorte por eu não me voltar contra ele por ter deixado de cumprir sua promessa. Meu Deus, que coisa frustrante!

Quando chego ao Grandview, a mulher no balcão das enfermeiras não quer me dar nenhuma informação sobre Zed. Ela não confirma se ele está no hospital, nem se ele passou por aqui.

"Ele é meu namorado, e preciso muito vê-lo", digo à jovem loira.

Ela estoura uma bola de chiclete e enrola uma mecha de cabelos nos dedos.

"Ele é seu namorado? O rapaz cheio de tatuagens?" Ela ri, obviamente sem acreditar em mim.

"Sim. Isso mesmo." Falo com seriedade, em um tom quase ameaçador, e fico surpresa ao ver como consigo ser intimidadora.

Deve funcionar, porque ela dá de ombros e diz: "Atravesse o corredor e entre à direita. Primeira porta à esquerda". Ela vira as costas e vai embora.

Bom, não foi tão ruim. Eu deveria ser mais incisiva mais vezes. Faço o que ela disse e me aproximo da primeira porta à esquerda.

Está fechada, então bato levemente antes de entrar. Espero que ela tenha me indicado o quarto certo.

Zed está sentado à beira da cama do hospital. Está sem camisa, vestindo apenas jeans e meias. O rosto dele.

"Ai, meu Deus!" Não consigo evitar essa reação ao ver sua aparência. Seu nariz está quebrado. Eu já sabia disso, mas está bem feio. Está inchado, e os dois olhos estão roxos. Seu peito está cheio de faixas; o conjunto de estrelas tatuado abaixo de sua clavícula é a única parte de seu corpo onde não há curativos nem cortes.

"Você está bem?" Eu me aproximo da cama. Espero que ele não esteja bravo comigo por ter vindo aqui; afinal, é tudo culpa minha.

"Não muito", Zed diz timidamente. Ele suspira alto e despenteia os cabelos antes de abrir os olhos. Depois disso dá um tapinha na cama ao seu lado, e eu me aproximo para sentar ao lado dele.

"Sinto muito por isso tudo. Você pode me contar o que aconteceu?"

Os olhos cor de mel de Zed miram os meus, e ele assente:

"Eu estava no laboratório — não aquele que mostrei a você, o laboratório de tecido de plantas —, e ele entrou e começou a dizer que eu deveria ficar longe de você."

"E depois?"

"Eu disse que ele não é seu dono, e ele bateu minha cabeça contra uma barra de metal." Faço uma careta ao ouvir isso, e olho para seu nariz.

"Você disse que a gente transou?", pergunto, sem saber se acredito.

"Sim, disse. Estou muito arrependido, mas você precisa entender que ele estava me atacando, e eu sabia que seria a única maneira de atingi-lo. Estou me sentindo um idiota. Desculpa, Tessa."

"Ele me prometeu que ficaria longe de você se eu também ficasse", digo a ele.

"Bom, parece que é mais uma promessa não cumprida, né?", ele comenta, pondo o dedo na ferida.

Fico calada por um minuto e tento entender essa briga. Estou brava com Zed por ter dito a Hardin que dormimos juntos, mas estou contente por ter admitido e pedido desculpas. Não sei com quem devo me irritar mais. É difícil ficar brava com Zed quando ele está aqui tão machucado, ferimentos causados por mim, basicamente, e apesar de tudo isso ele ainda está sendo bem gentil comigo.

"Eu lamento por tudo isso estar acontecendo por minha causa", digo a ele.

"Não é culpa sua. É minha e dele. Ele vê você como uma espécie de propriedade, e isso me irrita. Sabe o que ele disse para mim? Que eu deveria pensar bem antes de 'mexer com as coisas dele'. É assim que ele fala de você na sua ausência, Tessa." Ele se expressa com calma e suavidade, o oposto perfeito de Hardin.

Não gosto do fato de Hardin se considerar meu dono, mas me incomoda quando outra pessoa diz isso. Hardin não sabe lidar com seus sentimentos, e nunca teve um relacionamento antes.

"Ele é só possessivo."

"Você não pode estar defendendo o Hardin agora."

"Não estou, não estou fazendo isso. Não sei o que pensar. Ele está na cadeia... bom, em uma cela de detenção no campus, e você está no hospital. Isso tudo é demais para mim. Sei que não deveria estar reclamando, mas estou muito cansada de tanto drama o tempo inteiro. Sempre que vejo uma chance de respirar de novo, outra coisa acontece. Isso está me sufocando."

"*Ele* está sufocando você", Zed me corrige.

Não é só Hardin que está me sufocando. É tudo. A universidade, meus supostos amigos que me traíram, Hardin, Landon indo embora, minha mãe, Zed...

"Eu fiz isso comigo mesma."

Zed rebate, meio irritado:

"Para de se culpar pelos erros dele. Ele faz essas merdas porque não se importa com ninguém além de si mesmo. Caso se importasse com você, teria me deixado em paz como prometeu. Não teria deixado você esperando no seu aniversário... a lista é imensa."

"Você mandou mensagens do telefone dele?"

"O quê?" Ele pressiona a mão na cama para se reposicionar e ficar mais perto de mim. "Ai." Ele geme de dor.

"Precisa de alguma coisa? Quer que eu chame a enfermeira?", eu pergunto, momentaneamente distraída.

"Não, estou me preparando para sair daqui. Eles devem estar finalizando a papelada da minha alta. O que você disse sobre eu ter mandado mensagens?", ele pergunta.

"O Hardin acha que você mandou mensagens para mim com o telefone dele, no dia do aniversário, para que eu pensasse que ele iria me ver, quando na verdade ele não sabia de nada."

"É mentira dele. Eu nunca faria isso. Por que faria?"

"Não sei, Hardin acha que você está tentando me jogar contra ele ou coisa do tipo."

O olhar de Zed é muito intenso, então viro a cabeça para o outro lado.

"Ele está fazendo um ótimo trabalho com isso sozinho, não é?"

"Não, não está", discordo. Por mais que eu esteja brava com ele, e por mais confusa que as palavras de Zed estejam me deixando, ainda quero defender Hardin.

"Ele só está dizendo isso para você pensar que sou o vilão, e eu não sou. Sempre estive ao seu lado quando ele não estava. Ele não consegue nem cumprir uma simples promessa. Ele veio atrás de mim e me atacou... e atacou um professor! Ficava dizendo que ia me matar, e eu acreditei na ameaça. Se o professor Sutton não tivesse entrado, ele teria me matado. Ele sabe que consegue me bater, já fez isso inúmeras vezes." Zed estremece e fica de pé. Pega sua camiseta verde da cadeira e levanta os braços para vesti-la. "Merda." Ele a derruba no chão.

Fico de pé para ajudá-lo a pegar a camiseta do chão.

"Levante os braços o máximo que conseguir", peço, e ele ergue os braços à frente do corpo para me ajudar a vesti-lo.

"Obrigado." Ele tenta sorrir de novo.

"O que está doendo mais?", pergunto, observando seu rosto inchado de novo.

"A rejeição", ele responde timidamente.

Ai. Olho para as minhas mãos e começo a mexer nos dedos.

"Meu nariz", ele diz para melhorar o clima. "Quando tiveram que consertar o osso quebrado."

"Você vai prestar queixa?", finalmente pergunto o que vim perguntar.

"Vou."

"Não faz isso, por favor." Olho nos olhos dele.

"Tessa, você não pode me pedir isso. Não é justo."

"Eu sei. Desculpa, mas, se você prestar queixa, ele vai para a cadeia, vai ser preso de verdade." Pensar nisso me faz entrar em pânico de novo.

"Ele quebrou meu nariz e eu sofri uma concussão cerebral; se tivesse batido minha cabeça no chão de novo, teria me matado."

"Não estou dizendo que está tudo bem, mas estou implorando. Por favor, Zed. Nós estamos indo embora daqui, na verdade. Vou me transferir para Seattle, e Hardin também vai."

Zed olha para mim com preocupação.

"Ele vai com você?"

"Não... Bom, sim. Você não vai mais ter que se preocupar com ele. Se não prestar queixa, não vai mais precisar cruzar o caminho dele."

Zed me encara com os olhos inchados por alguns segundos.

"Tudo bem." Ele suspira. "Não vou prestar queixa, mas, por favor, me promete que vai pensar melhor. Em tudo isso; pensa em como sua vida seria bem mais fácil sem ele, Tessa. Ele me atacou sem motivo, e você está aqui tendo que dar um jeito em tudo, como sempre", Zed diz, profundamente irritado.

Eu não tenho do que reclamar. Estou usando seus sentimentos por mim contra ele, para convencê-lo a não prestar queixa contra Hardin.

"Vou pensar, muito obrigada", digo, e ele balança a cabeça.

"Queria ter me apaixonado por alguém que pudesse me amar", ele diz tão baixinho que mal consigo ouvir.

Amar? Zed me ama? Sei que ele tem sentimentos por mim... mas amor? Sua briga com Hardin — o motivo pelo qual está no hospital agora — é minha culpa. Mas ele me ama? Ele tem namorada, e eu vivo entre idas e vindas com o Hardin. Olho para ele e torço para que isso seja efeito adverso da medicação contra a dor, e não o que ele sente de verdade.

121

∞

HARDIN

"Vejo você em casa, Tessa", Landon diz quando Tessa e eu saímos do carro do meu pai e caminhamos na direção do meu.

Olho para ele e digo um "vai se foder" bem baixinho.

"Deixa o Landon em paz", ela avisa e entra no meu carro.

Quando entro, eu ligo o ar quente e me viro para ela com olhos cheios de gratidão.

"Obrigado por ir para casa comigo, mesmo que seja só hoje."

Tessa só assente e encosta o rosto na janela.

"Você está bem? Sinto muito por hoje, eu...", começo.

Ela suspira e me interrompe:

"Só estou cansada."

Duas horas depois, Tessa está dormindo na cama, abraçada ao meu travesseiro e com os joelhos unidos próximos do peito. Ela é linda mesmo exausta. Ainda é muito cedo para dormir, então entro no closet e pego a cópia de *Orgulho e preconceito* que ela me deu. A caneta marca-texto amarela cobre muito mais trechos do que pensei, então eu me deito ao lado dela mais uma vez e começo a ler as partes grifadas. Uma delas chama a minha atenção:

"São muito poucas as pessoas que eu realmente amo, e ainda menos as que tenho em alta conta. Quanto mais conheço o mundo, mais insatisfeita fico com ele; e todo dia se confirma minha crença na inconsistência de todo caráter humano, e na pouca confiança que se pode ter na aparência tanto do mérito quanto da razão."

Essa certamente é do nosso começo. Consigo imaginá-la agora, irritada, sentada em sua cama pequena naquele quarto, com uma caneta marca-texto e o livro na mão.

Olho para ela e dou risada. Ao folhear as páginas, vejo um padrão; ela me detestava. Eu sabia disso na época, mas ser lembrado é muito estranho.

"Elizabeth, você tem diante de si uma infeliz alternativa. A partir de hoje você

será uma estranha para os seus pais. — Sua mãe nunca mais olhará para você se você não se casar com o sr. Collins; e eu, se você aceitar se casar."

A mãe dela e Noah.

"Pessoas irritadiças nem sempre são sábias."

Não é mesmo?

"Não tive o prazer de entendê-lo."

Nem eu mesmo me entendia, e ainda não entendo, na verdade.

"Eu poderia facilmente perdoar o orgulho dele, se não tivesse ofendido o meu."

Ela grifou isso no dia em que eu disse que a amava e retirei o que disse. Sei disso.

"Devo aprender a me contentar com ser mais feliz do que mereço."

Mais fácil falar do que fazer, Tess.

"Gostar de dançar era um passo para se apaixonar."

O casamento. Com certeza. Eu me lembro de como ela sorriu para mim e fingiu não sentir dor quando pisei em seus pés várias vezes.

"Todos sabemos que é um homem orgulhoso e desagradável; mas isso não seria nada se você gostasse dele."

Isso ainda é verdade. Landon diria algo assim a Tessa, e provavelmente já disse.

"Até este momento, eu nunca me conheci."

Não sei bem qual de nós dois combina mais com isso.

"'Creio que existe, em todos os tipos de disposição, a tendência a um determinado tipo de maldade peculiar, algum defeito natural, que nem mesmo a melhor educação é capaz de suplantar.'

"'E o seu defeito é uma propensão a odiar as pessoas.'"

"'E o seu', respondeu ele com um sorriso, 'é voluntariamente compreendê-las mal'." Cada trecho é mais verdadeiro que o outro, e volto para a parte inicial do romance tão familiar.

"É razoável; mas não é bonita o bastante para me tentar; e no momento não estou disposto a me envolver com moças desdenhadas pelos outros homens."

Certa vez, disse a Tessa que ela não fazia meu tipo — que imbecil eu fui. É só olhar para ela. Ela é o tipo de todo mundo, ainda que a pessoa seja muito idiota para perceber a princípio. Minhas mãos continuam folheando, e meus olhos analisam várias frases marcadas que se relacionam a nós dois, ou a como ela se sente em relação a mim. Esse é o melhor presente que receberei na vida, sem dúvida alguma.

"*Você me enfeitiçou, corpo e alma.*"

Uma de minhas frases preferidas, eu a usei uma vez quando nos mudamos para cá. Ela enrugou o nariz quando eu disse a frase, riu de mim, e jogou um pedaço de brócolis em mim. Ela está sempre jogando coisas em mim.

"*Mas as pessoas em si mudam tanto que sempre existe algo de novo a ser observado.*"

Eu mudei para melhor, por ela, desde que a conheci. Não sou perfeito, porra, nem chego perto de ser, mas poderia ser um dia.

"*Pouca felicidade perene caberia a um casal que apenas se aproximara por suas paixões serem mais fortes que suas virtudes.*"

Não gosto dessa nem um pouco. Sei exatamente o que estava passando na cabeça dela quando fez esse destaque. Seguindo em frente...

"*A imaginação de uma dama é muito rápida; salta da admiração para o amor, e num instante do amor para o casamento.*"

Pelo menos, não é só a mente de Tessa que faz essa maluquice.

"*Apenas o amor mais profundo vai me convencer a me casar.*"

Ela deixou o resto da frase de fora, a parte que diz "e é por isso que devo acabar como uma solteirona".

Apenas o amor mais profundo vai me convencer a me casar. Humm... não sei nem se isso me faria mudar de ideia. Não existe a possibilidade de haver um amor mais profundo do que o que sinto por essa garota, mas não muda minha opinião sobre o casamento. As pessoas não se casam mais pelos motivos certos, se é que um dia já fizeram isso. No passado, era por status ou dinheiro, e agora é só para terem certeza de que não serão solitários e tristes — duas coisas que quase toda pessoa casada ainda sente, de qualquer modo.

Coloco o livro no criado-mudo antes de apagar a luz, e deito a cabeça no colchão. Quero pegar meu travesseiro de volta, mas ela o está segurando com força e não quero ser grosseiro.

"Você pode parar de ser tão teimosa e ir para a Inglaterra comigo? Não consigo ficar sem você", sussurro em seu ouvido enquanto ela dorme, passando o polegar pela pele quente de seu rosto.

Estou ansioso para dormir de novo, dormir de verdade com ela ao meu lado.

122

TESSA

Quando acordo, Hardin está espalhado na cama, com um braço cobrindo o rosto e o outro para fora do colchão. Sua camiseta está empapada de suor, e me sinto nojenta.

Beijo seu rosto rapidamente e corro para o banheiro.

Quando volto do banho, Hardin está acordado, como se estivesse à minha espera. Ele se apoia sobre o cotovelo.

"Estou com medo de ser expulso", ele diz. Sua voz me assusta, mas sua confissão me assusta ainda mais.

Eu me sento ao seu lado na cama, e ele tenta tirar a toalha de meu corpo.

"Está?"

"Sim, eu sei que é bobagem...", ele começa.

"Não, não é bobagem. Qualquer pessoa estaria com medo; eu, com certeza, estaria. Não tem nada de errado com isso."

"O que eu vou fazer se não puder mais estudar na WCU?"

"Ir para outra universidade."

"Quero voltar para casa", ele diz, e sinto um aperto no peito.

"Por favor, não", digo baixinho.

"Tenho que ir, Tessa. Não posso pagar uma faculdade sem meu pai."

"A gente dá um jeito."

"Não, isso não é problema seu."

"É, sim. Se você for para a Inglaterra, a gente nunca vai se ver."

"Você tem que ir comigo, Tessa. Sei que não quer, mas tem que ir. Não posso ficar longe de você de novo. Por favor, vamos." As palavras dele estão tomadas de emoção, e não consigo dizer nada.

"Hardin, não é tão fácil assim."

"É, sim. É fácil... você pode conseguir um emprego para fazer exatamente o que faz agora e talvez até ganhar mais dinheiro e estudar numa universidade até melhor."

"Hardin..." Olho para sua pele nua.

Ele suspira.

"Você não tem que decidir agora."

Quase digo que vou fazer as minhas malas e ir para a Inglaterra com ele, mas não posso.

Por enquanto, continuo sendo a covarde que sou, e não vou falar sobre Seattle, vou me deitar de lado para ele me abraçar.

Pela primeira vez, ele consegue me fazer voltar para a cama de manhã. Consolá-lo é mais importante para mim do que minha rotina.

"O dono, Drew, parece um idiota, mas ele é bem legal", Hardin diz quando nos aproximamos do prédio pequeno de tijolos aparentes.

Uma campainha soa acima da minha cabeça quando Hardin abre a porta para mim e entramos. Steph e Tristan já estão lá.

Steph está sentada em uma cadeira de couro, e Tristan está olhando o que parece ser... um livro de tatuagens?

"Vocês demoraram demais!", Steph estica as pernas quando Hardin e eu passamos, e ele segura a bota dela antes que possa me acertar.

"Já está sendo irritante, pelo que posso ver..." Ele revira os olhos e tenta me levar até Tristan, mas tiro minha mão da dele e fico perto de Steph.

"Ela vai ficar bem comigo", Steph diz a ele, que faz uma careta, mas não diz nada.

Hardin fica a alguns metros de distância de Tristan, pega um livro preto como o que Tristan está lendo e folheia as páginas.

"Nunca vi você aqui antes." O cara olha para mim enquanto seca a barriga de Steph com uma toalha.

"Nunca vim aqui antes", respondo.

"Meu nome é Drew. Sou o proprietário."

"Prazer, eu sou a Tessa."

"Você vai fazer tatuagem hoje?" Ele sorri.

"Não, não vai", Hardin responde por mim, passando o braço pela minha cintura.

"Ela está com você, Scott?"

"Sim, está." Hardin me puxa para mais perto. Está claro que faz isso para se exibir. Ele disse que Drew é um idiota, mas não achei. Parece um cara bem bacana.

"Legal, legal. Já estava na hora de você arrumar uma namorada." Drew dá risada.

Hardin relaxa um pouco, mas mantém o braço ao redor de meu corpo.

"Por que não faz uma tatuagem, *hombre*?"

Um zunido toma a sala, e olho encantada para a barriga de Steph enquanto a pistola de tinta desliza lentamente por sua pele. Drew retira o excesso de tinta com uma toalha e continua.

"Talvez eu faça", Hardin diz a ele.

Olho para Hardin, que olha para mim.

"Sério? O que quer fazer?", pergunto.

"Não sei ainda, alguma coisa nas costas." As costas de Hardin são praticamente a única parte sem nenhum desenho.

"Sério?"

"Sim." Ele encosta o queixo na minha cabeça.

"Por falar em fazer outra tatuagem, onde diabos estão seus piercings?", Drew pergunta, enfiando a ponta da pistola em um copo pequeno de plástico cheio de tinta preta.

"Cansei deles." Hardin dá de ombros.

"Se ele errar o desenho porque você não para de falar com ele, você vai pagar a conta." Steph olha feio para Hardin, e eu dou risada.

"Não vou pagar essa merda", Hardin e Drew dizem em uníssono.

Tristan finalmente se aproxima e puxa uma cadeira para se sentar ao lado de Steph; ele segura a mão dela. Olho para o pequeno bando de passarinhos recém-desenhados na pele de Steph. Ficou bonito, o posicionamento. Drew entrega um espelho a ela, para que possa ver melhor.

"Adorei!" Ela sorri, devolvendo o espelho a Drew antes de se sentar.

"O que você vai fazer, Hardin?", pergunto para ele, baixinho.

"Seu nome." Ele sorri.

Chocada, dou um passo para trás, boquiaberta.

"Você não quer?"

"Não! Nossa, não, isso é... não sei, é loucura", sussurro.

"Loucura? Não, é só para mostrar que sou comprometido com você e não preciso de uma aliança nem de um pedido de casamento para isso."

A voz dele está tão confiante que não sei mais se ele está brincando.

Como passamos das brincadeiras e começamos a falar de compromissos e casamento em menos de três minutos? As coisas são sempre assim com nós dois, então acho que já deveria estar acostumada.

"Está pronto, Hardin?"

"Claro." Hardin se afasta de mim e tira a camiseta.

"Uma frase?", Drew diz exatamente o que estou pensando.

"Só quero que ela tome a parte de cima de minhas costas; quero escrever: 'A partir de hoje, não quero me afastar de você'. Quero que ela tenha uns três centímetros de altura, e faça com sua caligrafia mais bacana", Hardin orienta o tatuador e se vira para olhar para ele.

A partir de hoje, não quero me afastar de você...

"Hardin, podemos conversar sobre isso um segundo, por favor?", peço.

Juro que ele sabe a respeito de meus planos para ir para Seattle e está zombando de mim com essa tatuagem. A frase que escolheu é perfeita, mas cruelmente irônica, considerando que não contei a ele sobre minha mudança para Seattle.

"Não, Tessa, quero fazer", ele diz.

"Hardin, acho que não..."

"Não tem nada de mais, Tessa, não é minha primeira tatuagem", ele brinca.

"É que..."

"Se você não ficar quieta, vou tatuar seu nome e o número de sua identidade nas minhas costas todas", ele ameaça, aos risos, mas tenho a impressão de que ele seria capaz de fazer isso.

Fico em silêncio para tentar pensar no que dizer. Eu deveria falar alguma coisa antes de a pistola ser acionada sobre sua pele limpa. Se eu esperar...

O zumbido agora familiar da pistola começa, e a tinta preta aparece nas costas de Hardin.

"Agora, vem aqui e segura minha mão." Ele ri, estendendo a mão para mim.

123

HARDIN

Tessa segura minha mão com timidez, e eu a puxo para mais perto de mim.

"Para de se mexer", reclama Drew.

"Foi mal."

"Está doendo?", ela pergunta delicadamente.

A inocência de seus olhos me surpreende até hoje. Ela estava brava ontem à noite e, vinte horas depois, está falando comigo como falaria com uma criança ferida.

"Sim, pra caralho", minto.

"Sério?" Seu rosto é tomado pela preocupação.

Adoro a sensação da agulha passando a tinta para a minha pele; não dói mais, é relaxante.

"Não, linda, não dói", garanto a ela, e Drew, por ser o idiota que é, emite sons de vômito atrás de mim.

Tessa ri, e eu levanto o dedo do meio. Não pretendia chamá-la de linda agora, na frente do Drew, mas não ligo a mínima para sua opinião, e sei muito bem que ele está de quatro pela garota com quem teve um filho há alguns meses, então não pode me dizer merda nenhuma.

"Ainda não acredito que você está fazendo isso", ela diz quando Drew espalha a pomada sobre a nova tatuagem.

"Já está feita", digo, e ela parece preocupada ao olhar para a tela de seu telefone.

Espero que Tessa não faça um drama por causa dessa tatuagem; não é nada muito sério. Tenho um monte de desenhos. Este é para ela, e espero que tenha gostado. Eu gostei.

"Onde estão Steph e Tristan, porra?" Olho pelas janelas do estúdio em uma tentativa de ver os cabelos chamativos de Steph.

"Podemos ir aqui do lado para encontrá-los?", Tessa sugere depois que eu pago Drew e prometo voltar para que ele faça um desenho que pegue as costas inteiras.

Quase dou na cara dele quando ele sugere fazer uma tatuagem no braço de Tessa ou colocar um piercing na barriga dela.

"Acho que eu ficaria bonita com um piercing no nariz." Ela sorri quando saímos.

Dou risada do comentário e passo o braço pela cintura dela quando um homem barbado passa por nós. Sua calça jeans e seus sapatos estão sujos, e a blusa grossa está manchada de bebida. Pelo cheiro, imagino que seja vodca.

Tessa para ao meu lado, e o homem faz a mesma coisa. Delicadamente, eu a puxo para trás de mim. Se esse morador de rua beberrão acha que vai se aproximar dela, vou acabar...

O que ela diz em seguida sai tão baixo que mais parece um sussurro, e eu observo, muito confuso, seu rosto empalidecer.

"Pai?"

124

TESSA

"Hardin, está frio demais aqui." Enfio os pés sob suas pernas abertas, e ele se encolhe, aspirando o ar por entre os dentes.

Mexendo os dedos contra suas pernas quentes, dou risada quando ele faz uma careta e puxa o shorts para colocar o tecido entre meus pés gelados e sua pele.

"Você estava com tanto calor quinze minutos atrás que me mandou ligar o ar." Hardin sorri, alcança meus pés e os puxa para o seu colo.

Fecho os olhos quando suas mãos quentinhas começam a me massagear. Ele aperta o meu calcanhar com o dedão, e o alívio instantâneo que sinto é divino. Meus pés estão oficialmente me sacaneando nos últimos tempos.

"Está reclamando?" Levanto as sobrancelhas quando pergunto.

Ele faz que não com a cabeça, sorrindo para mim.

"Eu?" Ele bate com a mão no peito. "Jamais."

"Humm. Sei", provoco, e ele leva os dedos ao arco do meu pé, fazendo uma leve pressão.

"Estou cansada de ficar com os pés inchados", resmungo. "Estão melhores do que ontem, mas a pele ainda está toda esticada."

Eu giro os tornozelos, sentindo minha pele se repuxar com o movimento. Não tenho ficado muito de pé, a não ser para andar da cama para o chuveiro, e agora para o sofá, onde Hardin e eu decidimos acampar o domingo inteiro. Quase não consegui acreditar quando ele fechou a pasta com as coisas de trabalho, guardou na prateleira com um sorriso tão aberto que não tinha como não ser sincero e concordou em passar o dia comigo no sofá, sem trabalho, sem e-mails, sem celulares. Só nós. Eu sei que ele precisa revisar as edições que foram feitas em seu último manuscrito e tem uma pilha de entrevistas à espera no e-mail, mas hoje o dia é só nosso, e nenhum dos dois pode sair da bolha da nossa pequena família em crescimento.

Ficar no sofá sem fazer absolutamente nada é uma concessão a mim.

"Vamos lá, pequena. Termina logo de assar aí dentro e vem aqui para fora." Hardin usa uma voz bem suave quando levanta a bainha da minha camiseta com os dedos, centímetro por centímetro.

Eu o observo com atenção, notando a maneira como seus olhos gritam de pânico e se acalmam totalmente quando ele toca minha barriga. Não importa quantas vezes eu o sinta encostar no local onde está nosso bebê, minha pele ainda se arrepia por inteiro quando vejo sua mão tatuada acalentando nosso filho. Meu coração quase não aguenta.

"Termina logo de assar? Sério mesmo, Hardin?" Dou risada com seu jeito de falar.

"Bom, é isso o que essa coisinha está fazendo." Ele encolhe os ombros.

"Coisinha." Eu reviro os olhos. "Como você é eloquente. Onde foi que aprendeu a ser tão habilidoso com as palavras?"

"Minha habilidade com as palavras parece estar funcionando muito bem", ele responde com um sorriso, olhando para a pilha de livros na mesinha de centro com seu nome impresso na capa.

"Foi o que me disseram."

"Por falar em eloquência", ele começa.

Enquanto ele fala, eu estendo a mão e tiro um fiapo de sua camisa preta.

"Preciso da sua ajuda em outra entrevista."

"De novo?", eu provoco.

Ele assente, e seus cabelos caem sobre a testa. Estão quase secos depois de nosso banho de uma hora.

"Seu cabelo demora tanto pra secar", digo sem me dar conta, envolvendo uma mecha escura no dedo, deixando os fios se enrolarem e então voltarem para sua testa. Ele os afasta com a mão, detestando o toque de seus cabelos depois de semanas os mantendo mais curtos que de costume. Fiquei mais do que aliviada ao vê-los crescer depois que ele me deixou dar uma (desastrosa) aparada com a tesoura, e não queria que Hardin mexesse neles de novo.

"Está tentando me seduzir ou me distrair, Theresa?"

"Nem uma coisa nem outra", respondo, rindo junto com ele. "Meu cérebro está totalmente incapaz de se concentrar, como sempre."

"Por favoooor, Tess", ele choraminga. "Até a minha assessora de imprensa pediu pra você ajudar. Ela diz que as entrevistas que você responde por mim são muito mais simpáticas. Você quer que o público goste de mim, né?"

"Não do jeito que a sua assessora de imprensa gosta." Eu fecho a cara ao pensar nela.

Ela era ótima em seu trabalho. Mas também parecia bem oportunista, e eu não gostava da maneira como me sentia perto dela. Tinha alguma coisa errada, mas eu não podia pôr o emprego de uma mulher em risco com base em uma simples intuição. E Hardin precisa mesmo de ajuda com sua imagem, agora que pessoas desconhecidas julgam na internet tudo o que ele fala e faz. Às vezes essa coisa de ter a nossa vida pessoal exposta para todo mundo comentar à vontade é uma verdadeira merda.

"Ela não gosta de mim." Ele revira os olhos e beija o alto da minha barriga. Eu estremeço.

"Ei, eu não ligo. Não tenho mais dezoito anos", lembro a mim mesma e, para minha irritação e prazer, ele ri e beija minha barriga de novo.

"Não se preocupa, Tess, vocês duas são as únicas garotas que eu vou conseguir tolerar na vida", ele diz com a boca colada à minha pele.

Ele contorna com o dedo a linha roxa e escura que se estende do meu quadril até o meio da minha barriga. Preciso me esforçar para conter a insegurança, que tento substituir pelo consolo de saber que tem alguém que ama cada pedacinho de mim, que curte cada mudança pela qual estou passando, e de conseguir ler sua mente e entender o que ele está pensando com um único olhar depois de tudo o que aconteceu entre nós. Alguns dias são mais fáceis que outros, mas ultimamente está bem mais complicado, depois que a carreira de Hardin decolou e ele passou a conviver com um número cada vez maior de mulheres lindas e bem-sucedidas. Enquanto meu corpo inteiro muda a cada semana, os vestidos delas se tornam cada vez mais apertados, e os saltos, cada vez mais altos.

Por causa das complicações da gravidez anterior, recebi recomendações médicas para não trabalhar. Sinceramente, apesar de jamais querer colocar a gestação em risco, é como se mais uma parte da minha identidade estivesse se perdendo. Nunca pensei em deixar de trabalhar fora, principalmente depois de passar a vida inteira ouvindo da minha mãe que eu deveria ter uma carreira e nunca depender de ninguém. Apesar de nem sempre se mostrar confiável no passado, Hardin conseguiu se tornar uma exceção para essa regra.

"No que você está pensando?", Hardin me pergunta, segurando minha mão quando me perco nos meus próprios pensamentos.

Solto um suspiro. "Ah, só estou tentando entender meu papel na sociedade moderna como mãe e mulher. O de sempre", acrescento com mais um suspiro.

Hardin franze de leve os lábios, e seus dedos param de se mexer. "Só isso?"

Eu confirmo com a cabeça.

"Quer conversar a respeito? Não que eu seja um especialista nessa coisa de... bom, em qualquer coisa, na verdade, mas se você quiser conversar eu..."

Cubro sua boca com a mão e balanço negativamente a cabeça. Não quero falar a respeito. Nada que ele possa dizer vai fazer com que eu me sinta melhor. Ele está se esforçando ao máximo, mas existem coisas que só a gente mesmo pode resolver. E essa é uma delas.

"Não, na verdade não. Prefiro falar das suas entrevistas e de como sou boa respondendo às perguntas no seu lugar."

Hardin observa meu rosto. Primeiro os olhos, depois a boca. Quando encontra o que está procurando, ele abre um sorriso.

"Combinado." Ele se afasta.

Nossa, como eu amo esse homem que ele está se tornando.

"Enfim, eu sou obrigado a concordar com a assessora de imprensa e salvar a minha imagem. Não quero mais ser o 'sad boy' nem o babaca que era quando jovem."

"Você não tem nem trinta anos. Ainda é um jovem."

"Nem todo mundo pensava como uma pessoa de quarenta anos quando tinha doze, meu amor." Ele enfia a mão entre as minhas coxas e aperta minha perna em um gesto brincalhão. "Você é boa em tudo que faz, Tess. Sendo mãe, sendo esposa, uma verdadeira especialista. Uma força da natureza. Uma..."

Eu o faço se calar tapando sua boca de novo. "Tá bom, tá bom. Agora você está só me bajulando. E eu não sou a esposa de ninguém, amigão."

Ele sacode a cabeça e lambe minha mão. Quando estou no meio de um grito, ele cobre minha boca com a sua. Se comunica comigo com essa suave demonstração de afeto.

"Eu não preciso mais bajular ninguém. Posso dizer que já estou bem garantido na minha posição." Ele batuca de leve com os dedos na minha barriga, como se fosse as teclas de um piano.

"Está garantido, é?" Eu me finjo de ofendida e fico boquiaberta.

"Um-hum. Literalmente." Ele sorri quando reviro os olhos.

"Eu não ficaria assim tão seguro. Com certeza a cidade está lotada de bons aquecedores de pés e buscadores de cobertas."

"Buscadores de cobertas? Minha nossa!" Ele volta a atenção para minha barriga. "Então, você precisa sair mesmo daí. Está transformando sua mãe em uma tirana que inventa palavras pra me humilhar. Está me ouvindo?" Ele dá um tapinha na minha barriga.

"Oi?" Ele dá outro tapinha.

Minha adoração por ele só aumenta. Apesar de eu sempre achar que não existe espaço dentro de mim para meu amor por ele crescer ainda mais, sempre descubro que existe, sim.

Um instante de silêncio se estabelece entre nós, e ele solta um suspiro. "Minha nossa, agora ela também está me ignorando. Que Deus me ajude."

Sinto um frio na barriga diante de sua certeza de que é uma menina. Não que eu saiba que ele está errado, ou que me importe com o sexo do bebê. É mais o medo de que a gravidez não dure o suficiente para a gente descobrir, ou para escolher um nome. É o medo gigantesco de que o sofrimento seja ainda maior se a gente perder outra criança. Hardin diz que seria a coisa mais dolorosa que a gente poderia sentir pelo resto da vida, e que não deixaria que acontecesse. Como se fosse assim tão simples, como se os deuses ou o universo tivessem ouvido nossas preces antes. Nós não somos diferentes de ninguém, e o tempo todo somos obrigados a lembrar disso. Eu deixo que ele mantenha o otimismo porque sei que é sua forma de lidar com o medo.

Desde o começo, Hardin tem sido a pessoa feliz e positiva que diz que nada pode dar errado. Desde o (infernal) primeiro trimestre, que nós dois passamos no limite da tensão e da ansiedade. Ele escondeu melhor que eu. Passei os dias, e Hardin as noites, me perguntando se a maldição que parecia ter sido lançada sobre nós havia sido retirada, ou se era melhor nos prepararmos para mais um castigo, mais uma perda. Ainda não sei, e não consigo respirar direito desde que o segundo tracinho apareceu no terceiro teste de gravidez.

"A gente não tem a menor ideia se vai ser menino ou menina", eu o lembro, com a voz ligeiramente embargada. Estendo a mão para o copo d'água na mesinha, que Hardin pega para mim e me entrega.

Ele percebe minha mudança de humor — claro que sim — e me põe em seu colo, devolvendo a água à mesinha.

"Eu sei o que você está pensando. Não se preocupa, Tess."

"Como isso é possível?" Pergunto, desviando os olhos para o bebê entre nós.

"Sei que é mais fácil falar do que fazer. É que eu fico surtado pra caralho quando penso que você está sendo tão dura consigo mesma que não consegue nem ficar feliz. Você merece essa felicidade, Tess. Fez tudo direitinho, e a bebê está aqui, e vai continuar aqui, e vai sentar com a gente aqui neste sofá horroroso que você me fez comprar. E, quando isso acontecer, não quero que você sinta falta de nada, porque merece essa alegria de colocar outra pessoa no mundo e saber que ela vai ter uma infância muito melhor que a da mãe e a do pai."

Queria muito acreditar nessas palavras, mas infelizmente meu cérebro não funciona assim, e nos últimos tempos a maior parte da felicidade que sinto logo se transforma em preocupação, não importa o que eu faça.

Ainda restam cento e sessenta e oito dias de gestação, e cada um deles representa uma pequena vitória aqui na casa dos Scott. Landon deu um calendário para a gente de Natal, cheio de fotos horríveis de Hardin, que fez todo mundo morrer de rir — menos Hardin —, e toda manhã nós marcamos o dia anterior com um círculo bem grande, em vez de um X.

As fileiras de círculos fazem com que eu me sinta uma vitoriosa a cada dia que passa. Ainda não estamos garantidos. Na gravidez anterior, eu fiquei tranquila demais e muitas vezes ignorei os riscos. Não queria fazer isso desta vez. Também não suportaria a ideia de perder outro bebê. Nós já o conhecemos bem demais. O bebê conhece nossas vozes e nossas risadas e vê romances água com açúcar com a gente. Já é parte da nossa família, e outra perda seria insuportável. Hardin diz que, se acontecer, nós conseguimos segurar a barra, mas não sou capaz de acompanhar esse otimismo dele ultimamente. Ah, como as coisas mudaram desde que conheci esse homem, anos atrás.

"Tenho certeza de que é menina. Mais duas semanas e você vai ver."

"Mais catorze círculos", eu digo. Parece tão próximo, e ao mesmo tempo tão distante. "E se você estiver errado?", pergunto.

Ele leva as mãos ao meu rosto, e a luz revela as cicatrizes nas juntas de seus dedos. Seu polegar toca minha bochecha, um pouco acima do canto da minha boca.

"Não seria a primeira vez que eu erro."

"Esse é o eufemismo do ano."

O sorriso dele se alarga. "Do século."

Ele me beija. Seus lábios estão gelados, ao contrário de suas mãos ardentes que passeiam pelas minhas coxas, embalando lentamente o meu corpo contra o seu. Seu shorts se move junto comigo, até revelar um pedaço de sua cueca preta. Meu corpo assume o controle, e consigo relaxar quando Hardin desliga meu cérebro e me proporciona paz ao beijar meu queixo e meu pescoço.

"Ainda está com frio, Tess?", ele pergunta, com um tom de voz bem diferente de alguns segundo atrás.

Faço que não com a cabeça e enlaço seu pescoço com um dos braços, cravando os dedos em seus cabelos pretos e grossos. Agora, todo derretido, ele me beija de novo.

"Está quase passando", digo, sabendo que ele vai entender que estou me referindo ao turbilhão de dúvidas na minha cabeça. "Me beija mais forte", eu peço, e é isso que ele faz, de um jeito tão íntimo que todos os pensamentos desaparecem do meu cérebro e só o que consigo ver ou cheirar ou sentir ou tocar é Hardin.

Ele me beija como se não existisse mais nada no mundo. Ele me beija como se eu fosse tudo o que existe e pode existir onde quer que seja. Seu coração batendo forte no peito por mim e por nosso bebê me faz esquecer de tudo. De tudo menos o celular dele tocando na mesa. Eu o beijo e puxo seu cabelo para esquecer o telefone vibrando sobre o vidro.

"Ignora", ele diz, prendendo meu lábio inferior entre os seus. Ele me morde na medida certa para eu não ter como impedir que um gemido escape da minha boca.

Em seguida ele lambe o ponto sensível e tira minha camiseta por cima da cabeça. Assim que a peça cai no sofá atrás de mim, ouço uma batida forte na porta. Dou um pulo em seu colo, e sinto suas mãos nas minhas costas para me segurar.

"Que porra é essa?" A campainha toca, e Hardin solta um grunhido de frustração.

"Hardin!", uma voz feminina grita do outro lado da porta. Eu a reconheço imediatamente.

"Por que você não atendeu? Atende o telefone. Você já está atrasado!", a assessora de imprensa berra lá de fora.

Saio de seu colo e pego o celular dele. Três chamadas não atendidas e um lembrete do calendário de um jantar com um tal Carlton Santos.

Hardin pega minha camiseta e me devolve com um olhar de quem pede desculpas estampado no rosto.

"Espera aí", ele diz ao ouvir as batidas na porta de novo.

Ele me olha para ver se estou vestida antes de abrir a porta.

"Que diabos você está fazendo aqui?", ele questiona.

Ela está toda agitada, com o rosto vermelho e um tanto sem fôlego. Até os cabelos compridos, sempre lisos e perfeitos, estão um pouco desarrumados.

"Você tem um jantar hoje. Agora mesmo, com o sr. Santos, da Unified One, a empresa que você pediu que patrocinasse sua festa de lançamento e seu evento beneficente. O homem a quem nós pedimos que doasse dez mil dólares para..."

"E eu não fui informado disso?", ele pergunta.

Ela parece prestes a chorar. Me sinto mal por isso, apesar de saber que ela está aqui para tirar Hardin da nossa pequena bolha. Ele vai mesmo?

"Anotei no seu calendário e falei pra você naquele dia que liguei", ela se explica.

É impossível deixar de perceber que ela ignorou minha presença.

"Como se eu prestasse atenção no que você fala", ele responde. Ela não se deixa abalar pela grosseria. "E eu nunca olho essa porra de calendário."

"Bom, ele está esperando agora mesmo no Masa, com uma filha que é sua fã. Por sorte, ele concordou em vir até o Brooklyn, então podemos chegar lá rapidinho", ela fala, verificando o celular.

Hardin olha para mim, à espera da minha reação. Percebo que, de verdade, ele não sabe o que fazer.

"Tudo bem", digo, sabendo que isso é mais importante que o meu domingo à noite na minha pequena bolha.

"Está vendo, ela não liga. Vamos." Ela sorri para mim provavelmente pela primeira vez desde que nos conhecemos algum tempo atrás.

"Não fala com ela", diz Hardin, se colocando na minha frente. "Tem certeza de que você não se importa? Desculpa, eu não sabia que tinha esse lance... Ia ficar com você aqui a noite toda, eu juro", ele me fala, buscando desesperadamente a minha aprovação.

"Você quer ir junto? Se quiser, pode vir", ele oferece, e percebo a mudança imediata na expressão da assessora de imprensa. Talvez ela não queira que a fã tenha sua experiência arruinada pelo lembrete de que ele tem um bebê a caminho, ou pode ser que o tal cara se mostre menos disposto a fazer a doação para a fundação de Hardin se eu estiver junto. O motivo eu não sei, mas com certeza é outro duro golpe no meu estado mental já fragilizado.

"Não, não. Tudo bem. Eu já estou com sono, inclusive", minto, sabendo muito bem que estava totalmente desperta dois minutos atrás e tinha um plano bem diferente para nossa noite afastados do mundo.

"Ainda vamos ter outros domingos antes da chegada do bebê", complemento com um sorriso, tentando amenizar um pouco a pressão sobre ele.

"Desculpa", ele murmura no meu ouvido antes de beijar minha orelha.

"Shhh, não precisa se desculpar." Fico torcendo para que a decepção que toma conta de mim não transpareça na minha voz.

Será que vai ser sempre assim? Sempre vai ter uma ligação, um jantar, uma sessão de autógrafos ou um evento exigindo a atenção dele? São pensamentos incrivelmente egoístas, mas estou desapontada demais para me importar, e tenho o resto da noite para ficar remoendo isso.

"Eu não vou me trocar", ele avisa, se virando para ela e apertando minha mão, que logo em seguida solta para ir até a porta.

Ela se mantém em silêncio enquanto ele calça os tênis e ajeita os cabelos bagunçados com os dedos. Em vez de se preocupar com ele, está olhando para mim. Seu olhar me deixa desconfortável, e fico com a sensação de que ela acha que ganhou mais do que uma simples doação quando sai da nossa casa. Quando a porta se fecha, meu cérebro volta à carga, e todos os pensamentos venenosos que Hardin ajudou a dissipar reaparecem com toda a força enquanto ouço o som dos passos deles se afastando.

Agradecimentos

Aqui estamos de novo, com o segundo livro pronto. Dois já foram, faltam dois. Vou tentar fazer este texto sem virar uma manteiga derretida como aconteceu enquanto escrevia os agradecimentos do primeiro livro. (Acho difícil, mas vale a pena tentar.)

Primeiro, quero agradecer ao meu marido, que me deu apoio enquanto eu passava horas e horas escrevendo, tuitando, escrevendo e tuitando, e escrevendo de novo.

Depois, agradeço meus "Afternators" (acho que decidimos usar esse nome — rá!). Vocês são tudo para mim, e ainda não consigo acreditar na minha sorte por tê-los como incentivadores. (Lá vêm as lágrimas.)

Cada tuíte, cada comentário, cada *selfie* aleatória que vocês enviam para mim, cada segredo que me contam nos tornaram uma família. Para vocês que me acompanham desde o começo (da época do Wattpad), temos um elo que nunca poderá ser explicado. Seremos as pessoas que se lembrarão de como foi a primeira vez em que Harry e Tess se beijaram. Vocês sabem como foi emocionante esperar pelas atualizações — e se lembram de ter comentado coisas como OMH HARTYSH SHJD, e todos sabemos exatamente o que quer dizer. Não seria capaz de agradecer o suficiente, e espero que Hardin tenha o mesmo lugar no coração de vocês que o nosso Harry.

Devo muito ao Wattpad. Não tenho ideia de como minha vida estaria agora se eu não tivesse encontrado a plataforma. Ashleigh Gardner, você sempre esteve ao meu lado para responder a todas as perguntas e me dar conselhos para a vida. Você se tornou uma amiga, e sou grata por tê-la por perto. Candice Faktor, você sempre me dá apoio e luta pela visão por trás de *After*, e devo muito a você por isso. Nazia Khan, você torna minha vida mais fácil todos os dias, e tenho sorte por ser sua amiga. O Wattpad foi minha primeira casa, e sempre será meu lugar preferido para escrever.

Adam Wilson, o editor mais fabuloso e inteligente do mundo, você é o próximo, meu amigo. Sei que enlouqueço você com minhas referências ao fandom, com as referências ao *Crepúsculo*, e com todas as outras coisas aleatórias. Você fez o trabalho perfeito em *After* (e comigo) e tornou esta a experiência mais fácil e divertida (apesar de ter enviado trabalho para mim durante um show do 1D, lol). Obrigada por tudo. Temos mais dois pela frente!

Gallery Books, obrigada por acreditar em mim e na minha história. Vocês fizeram meus sonhos se tornarem realidade! Kristin Dwyer, você sempre me apoia e me ajuda a manter a sanidade! Meu enorme muito obrigada a todos os revisores e ao pessoal da produção desta série: Steve Breslin e sua equipe, sei que vocês fizeram o melhor trabalho, e são incríveis!

One Direction, posso ter vinte e cinco anos e ser casada, mas não existem limites no amor. Amo todos vocês há três anos, e vocês fizeram muito por mim, sem falar da inspiração que foram para esta série. Então, obrigada por terem me mostrado que é certo sermos quem realmente somos.

Conecte-se com Anna Todd no Wattpad

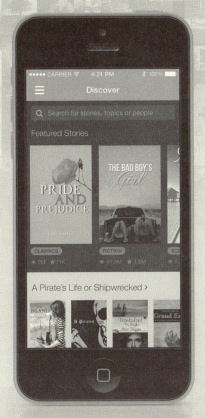

Anna Todd, a autora deste livro, começou sua carreira sendo uma leitora, assim como você. Ela entrou no Wattpad para ler histórias como esta e para se conectar com as pessoas que as criaram.

Faça hoje mesmo o download do Wattpad para se conectar com a Anna:
W imaginator1D

www.wattpad.com

TIPOGRAFIA Adriane por Marconi Lima
DIAGRAMAÇÃO Osmane Garcia Filho
PAPEL Pólen Soft, Suzano S.A.
IMPRESSÃO Gráfica Bartira, outubro de 2020

A marca FSC® é a garantia de que a madeira utilizada na fabricação do papel deste livro provém de florestas que foram gerenciadas de maneira ambientalmente correta, socialmente justa e economicamente viável, além de outras fontes de origem controlada.